Paul Grote
Die Insel, der Wein
und der Tod

# Paul Grote

# Die Insel, der Wein und der Tod

## Kriminalroman

dtv

Von Paul Grote
sind bei dtv u. a. erschienen:
Tödlicher Steilhang
Königin bis zum Morgengrauen
Die Spur des Barolo
Ein Weingut für sein Schweigen

Originalausgabe 2016
5. Auflage 2023
© 2016 dtv Verlagsgesellschaft mbH & Co. KG, München
Umschlaggestaltung: dtv unter Verwendung
eines Fotos aus dem Privatbesitz des Autors
Karte: www.landkarten-erstellung.de
Gesetzt aus der Minion 10/12·
Gesamtherstellung: Druckerei C.H.Beck, Nördlingen
Printed in Germany · ISBN 978-3-423-21645-6

»Wenn man mit Narren lebt, muss man auch seine Lehrzeit als Verrückter durchmachen.«

*Alexandre Dumas: Der Graf von Monte Christo*

Der Roman ist Bernd Mattheis (†) gewidmet,
ehemals Weinhändler in Tübingen und Winzer
in der Toskana

# Kapitel 1

»Brich ihm die Knochen! Du kannst alles Mögliche mit ihm anstellen. Nur bis zum Äußersten darfst du nicht gehen.«

Diego wählte seine Worte sehr vorsichtig, er durfte Rafael keinesfalls verärgern. Er brauchte ihn. Keiner der anderen Häftlinge war für den Auftrag besser geeignet. Er wusste, wie mit ihm umzugehen war, er kannte ihn seit genau sechs Jahren, seit Rafael hier einsaß. Obwohl sie ihn hier wie draußen *el puño* nannten, die Faust, obwohl dieser Name Programm war und er daher von allen Insassen respektiert und gefürchtet wurde, war er innerlich ein Seelchen und gefährlich leicht aus der Ruhe zu bringen. So brutal er sich einerseits gebärdete, so empfindlich reagierte er andererseits und prügelte schnell los, wenn man ihm zu nahe kam. Dann wurde er zur Faust, und jeder, der mit ihr in Berührung kam, hatte danach, falls er ohne Kieferbruch aus der Ohnmacht aufwachte, das Gefühl, von einem Vorschlaghammer getroffen worden zu sein.

Jedem anderen hätte Diego deutlichere Worte gesagt, aber er wusste, wie wichtig bei diesem Auftrag eine leise und kontinuierliche Aufbauarbeit war.

»Ich habe weder gesagt noch gemeint, dass du ihn umbringen sollst.«

Diego flüsterte, er bewegte beim Sprechen kaum die Lippen. Töten würde er ihn selbst, später, das wäre sein größtes Vergnügen, das gönnte er keinem anderen. Der Deutsche war es, der ihn hier reingebracht hatte, der Deutsche hatte ihm bisher fast ein Jahrzehnt seines Lebens geraubt, das vergaß er keinen Tag, keine Stunde. Sein Hass wuchs täglich, manchmal hatte er das Gefühl, vor ohnmächtiger Wut zu platzen. Der Deutsche war es, der die Firma ruinieren würde, die sein Urgroßvater und sein Großvater in Jahrzehnten aufgebaut und groß gemacht hatten und die an die Wand zu fahren sein Vater gerade dabei war, mithilfe dieser Drecksau.

Es würde der perfekte Mord werden, denn Diego wusste, wenn diesem Schweinehund etwas geschah, wäre er selbst der Erste, den man verdächtigen würde. Allein schon deshalb ließ er sich nicht allzu oft mit Rafa sehen, damit man sie nicht in Verbindung brachte, er kam ihm nur nahe, wenn sie unbeobachtet waren, denn den Kriminellen um ihn herum durfte man nicht trauen. Nein, keinem durfte man vertrauen, außer man war Mitglied einer Organisation wie dem Al-Akhirah-Syndikat, der Vázquez-Familie, oder man gehörte zu den Latinos. Und da waren die Kolumbianer ganz speziell. Um sie machte er einen großen Bogen, denn seine kleinen Kokain-Deals wickelte er hinter ihrem Rücken ab.

Und überall hockten die Spitzel dazwischen, für ihn Menschen niederer Gesinnung, die sich bei der Gefängnisleitung beliebt machen wollten, in ihrer Armseligkeit darauf spekulierten, ein halbes Jahr oder drei Monate früher entlassen zu werden. Und weil es Leute gab, die Worte von den Lippen ablesen konnten, hatte er sich die Sprechweise eines Bauchredners angewöhnt, wenn es um heikle Geschäfte ging. Über etwas anderes als Geschäfte redete er allerdings selten.

Diego Peñasco schüttelte den Kopf und lehnte sich seufzend an die kühle Betonmauer. »Du wirst dich zurückhalten, zu weit darfst du nicht gehen«, sagte er tonlos zu Rafa. »Er darf dir nicht unter den Händen wegsterben. Lass es wie einen Raubüberfall aussehen. Deine Schläge oder was dir sonst noch einfällt, müssen wohldosiert sein. Das kannst du, das weiß ich, und deshalb schätze ich dich!« Er wusste, wie sein Gegenüber auf Lob reagierte. »Jeden Tag seines beschissenen Lebens soll er daran denken, er soll den Tag verfluchen, an dem er geboren wurde.« Diego presste die Worte zwischen den Zähnen durch, gleichzeitig war ihm die Vorfreude anzusehen, die Vorfreude auf den Moment, wenn man ihm die Nachricht überbringen würde, dass es geschehen sei. »*Hit and run*, zuschlagen und untertauchen. Er soll wissen, woher der Anschlag kommt, aber es darf keinen Beweis dafür geben, nicht eine einzige Spur.«

Aus dem Schatten der Mauer heraus konnten sie ungesehen den Hof überblicken, sie standen in dem Teil, der auch bei vierzig Grad im Sommer einigermaßen kühl blieb. Jeder hatte seinen Platz, jeder, der wichtig war. Die Belanglosen standen in der Sonne. Diegos besonderer Stellung unter den Gefangenen war es geschuldet, dass man beiseiteging, besonders dann, wenn er mit Rafa hier auftauchte. Die Marokkaner und die Schwarzen machten sowieso besser einen riesigen Bogen um diesen Teil des Hofes. Das kriminelle Gesocks sollte man sofort abschieben, dachte Diego im Vorbeigehen, statt sie hier auf Kosten der Steuerzahler noch zu ernähren. Schließlich zahlte auch er auf seine Gewinne Steuern, und das nicht zu knapp. Dabei ging es diesem Gesindel hier weitaus besser als in ihren verkeimten Ländern.

Ohne seine Unruhe nach außen dringen zu lassen, fuhr er sich wie gelangweilt mit beiden Händen durchs Haar, eine Geste, die mit der Zeit überflüssig werden würde, denn ihm fielen die Haare aus. Sehr zu seinem Verdruss bekam er eine Glatze, aber er wollte bei allen Teufeln nicht so aussehen wie die primitiven Ganoven, die sich den Schädel rasieren und tätowieren ließen.

Diego betrachtete das Haar, das zwischen seinen Fingern hängen geblieben war, unterdrückte seinen Zorn, denn auch dafür war *er* verantwortlich. Hatte Rafa tatsächlich das Zeug, den Auftrag in seinem Sinne auszuführen? Er durfte nicht zu weit gehen. Er fragte sich zum hundertsten Mal, ob er alles bedacht, nicht eine Kleinigkeit übersehen hatte, die seinen

Plan zum Scheitern bringen würde und einen Beweis lieferte, dass er der Auftraggeber war.

Nein, auf Rafa konnte er unmöglich verzichten. Er war der Intelligenteste in dieser dumpfen Umgebung, er war ihm ergeben, er hatte ihn sich quasi herangezüchtet, seine Familie mit Geld unterstützt. Rafa hasste Ausländer und brachte das richtige Maß an Skrupellosigkeit mit, ohne die das Vorhaben nicht gelingen konnte. Nur an Fingerspitzengefühl und an der Fähigkeit, eine Situation schnell richtig einzuschätzen, mangelte es ihm manchmal.

»Du kennst mich jetzt lange genug, *hombre*, manchmal habe ich den Eindruck, du nimmst mich nicht für voll. Was denkst du dir eigentlich, wer du bist, Diego?« Rafa war angesäuert, besonders schnell regte er sich auf, wenn jemand an seiner Intelligenz zweifelte. »Klar habe ich kapiert, dass er am Leben bleiben muss, nur ordentlich was aufs Maul kriegen soll, und ab in den Rollstuhl.« Er sprach über das Attentat, als ließe er sich über Motorräder aus, sein Lieblingsthema.

Diego wusste: Zweifel blieben immer, einhundert Prozent Sicherheit gab es nicht, in keiner Hinsicht. Das hatte er von seinem Großvater gelernt, seinem großen Lehrmeister, um den er noch immer trauerte, obwohl Don Horácio seit zehn Jahren tot war. Nicht einmal sein Grab ließ ihn der verfluchte Richter besuchen.

Rafa hätte mit Don Horácio wenig anfangen können. Er war im Grunde ein Gangster, ein Schläger, nicht mit Kapuze, aber doch auch ein Hooligan, ein leidenschaftlicher Anhänger von Atlético Madrid, Mitglied der Frente Atlético – die härtesten Hooligans im Land. Er war jemand, den man gut gebrauchen konnte, wenn es zu gewaltsamen Auseinandersetzungen kam. Und er war jemand mit der richtigen nationalen Gesinnung, den man nicht immer wieder überzeugen und aufs richtige Gleis führen musste. Er hatte nichts übrig für die *maricónes*, die Schwulen, die Sozialarbeiter und Psychologen hier im Knast von Valencia, die Resozialisierer, und dann konnte er, mit seinem eingeschränkten Horizont wohlgemerkt, sogar strategisch denken, planen und logisch handeln. Mit Drogen hatte er wenig im Sinn, er rauchte höchstens mal einen *porro*, um es sich mit den Marokkanern nicht zu verderben. Haschisch war nicht schädlich. Offene Feindschaft oder die Ablehnung der Araber hingegen konnten tödlich enden.

»Mach dir immer wieder den Zweck der Aktion klar. Es geht nicht um meine persönlichen Gefühle. Es geht darum, was unserer Bewegung dient.« Diego spielte auch die politische Karte, es hatte ihm immer genutzt. »Wir ziehen einen Feind aus dem Verkehr, und gleichzeitig kriegt er einen Denkzettel, der ihn für den Rest seines Lebens beschäftigen wird. Er darf niemals vergessen, was er uns angetan hat, meinem Großvater und auch mir persönlich, dieser Hurensohn.«

Diego sagte den letzten Satz fast beiläufig, in einem Ton, der verbergen sollte, wie stark seine persönlichen Motive wirklich in diese Angelegenheit hineinspielten. De facto war Henry Meyenbeeker als Gegner oder Feind der nationalen Bewegung bedeutungslos, er mischte sich nicht in die Politik ein, was nicht hieß, dass er ungefährlich war. Doch Diego war es gelungen, den ehemaligen deutschen Journalisten als politischen Feind aufzubauen. Ressentiments gegen diese Berufsgruppe gab es genug, und er hatte ihm eine bedeutende Rolle angedichtet, die weit von jeder Realität entfernt war. »Du weißt, es ist wichtig für die Bewegung, er schadet ihr, wo er nur kann.«

»*Hombre*, das weiß ich alles längst, du langweilst mich ...«

»Nein, einiges habe ich dir noch nicht gesagt.« Diego machte einen Schritt nach vorn, trat aus dem Schatten und zog Rafa am Arm mit. Er hatte den Eindruck, dass einer der Wärter zu lange zu ihnen herüberstarrte, und sie gingen in die Mitte des Hofes, vorbei an den Rumänen, die sich wieder lautstark stritten, und reihten sich in die Schlange vor dem

Kiosk ein. Bis sein Dienst begann, war noch Zeit, und ein Café solo für sich und ein Cortado für Rafa würden die Wartezeit abkürzen.

»*Hola hombre!*« Der Mann vor ihnen in der Warteschlange wandte sich um. »Du bist Diego Peñasco, nicht wahr, *el viticultor*?«

Der Winzer, das war der Name, den man ihm angehängt hatte, und es war nicht mal falsch, er war Winzer, er hatte Weinbau und Kellerwirtschaft studiert, sah sich noch immer als Experten und Unternehmer, schließlich war er Mitinhaber einer großen Kellerei in La Rioja, und es erfüllte Diego immer wieder mit Stolz, so angesprochen zu werden. Doch nicht von diesem Mann. Der gefiel ihm gar nicht. Er war erst seit einem Monat hier, angeblich wegen Raubes, einer anderen Version nach hatte er seine Frau verprügelt und ihr den Arm gebrochen und ihrem Chef die Nase. Angeblich kam er aus Palma, der Hauptstadt Mallorcas, also einer von der Insel, damit war er ein halber Katalane, und denen durfte er selbst – als gebürtiger Baske – sowieso nicht trauen. Für ihn waren sie alle Spanier.

»Was willst du, *qué quieres*?«

»Man hat mir gesagt, du kennst dich mit Geld aus ...«

»Du heißt Joan, nicht wahr, Joan Noriega? Von welchem Idioten hast du das gehört?«

»Weiß nicht, man erzählt es so, es wird viel geredet.«

»Eben, es wird zu viel geredet. Du kannst ja mal zu meiner Beratung kommen, von vier bis sechs in der Santander Central Hispano, die Filiale der Bank ist in der Gran Vía de Ramón y Cajal; ich nehme hundert Euro die Stunde.«

Diego wies lachend mit der Hand über die hohe Mauer des Gefängnisses in Richtung Stadt, und die Umstehenden lachten mit. Man war dankbar für jede noch so kleine Abwechslung.

»Ich werde mich erkundigen, darauf kannst du Gift nehmen.« Der Neue ließ sich nicht so leicht einschüchtern.

Ich werde mich mit diesem Joan beschäftigen müssen, dachte Diego, sein Gefühl sagte ihm, dass er ein Spitzel war. Es gab noch einen zweiten Mitgefangenen, von dem Diego sich in letzter Zeit beobachtet fühlte. Er konnte nicht vorsichtig genug sein.

Zumindest hatte er sich die gefährlichsten Leute seines Blocks mit Geld gefügig gemacht. Doch die Angst, mit einer Rasierklinge oder einem geschärften Stück Blech das Gesicht zerschnitten zu bekommen, war oft wirkungsvoller als jeder große Geldschein, wirkungsvoller noch als ein Briefchen Koks, außer bei den Süchtigen. Nach neun Jahren im Knast war ihm nichts mehr fremd, er lebte in der idealen Schule des Verbrechens. Es würde ihm nach seiner Entlassung im Geschäftsleben helfen. Egal, wo man sich befand, man musste lernen, mitnehmen, was sich kriegen ließ, auf Biegen und Brechen …

Die beiden Männer trennten sich, jeder mit seinem Kaffee in der Hand, um nach fünf Minuten auf der anderen Seite des Hofes wie zufällig wieder zusammenzutreffen. Noriega, von dem Diego sich beobachtet fühlte, war momentan außer Sicht, und die Wachhabenden waren damit beschäftigt, auf der anderen Seite des Hofes Streit zu schlichten.

»Du wirst nächste Woche entlassen, du Glücklicher«, fuhr Diego fort, den Hof weiter im Auge behaltend. »Klar, erst mal werdet ihr feiern, das verstehe ich, die Weine kriegst du natürlich von uns, da sorge ich für, ich lasse mich nicht lumpen …«

»Schick sie auf keinen Fall zu mir nach Hause, das fällt auf.«

Der Einwand war Diego lieb, zeigte er ihm doch, dass Rafa mitdachte. Die Arbeit des letzten Jahres war also nicht vergebens gewesen.

»Hältst du mich für so kurzsichtig? Die Kisten gehen an unseren Vertrauensmann bei der Zeitung La Razón. Wir, also die Kellerei, deklarieren es als Proben für die Presse, und er leitet dann die Kisten weiter.«

»Wie heißt der Mann?«

»Wozu musst du das wissen?«

»Schon verstanden.« Rafa winkte ab, dann hellte sich sein Gesicht auf. »Aber er kann sie bringen, er feiert mit, klar, er ist eingeladen. Ich hoffe nur, er säuft vorher nicht alles aus.« Es war ihm anzusehen, wie sehr er sich auf seine Entlassungsfeier freute, obwohl er nur sechs Jahre gesessen hatte. Denn von den gemeinschaftlichen Einbrüchen in die Villen von Ausländern an der Costa del Sol wusste die Staatsanwaltschaft nichts. In Rafas Bande war der gelernte Maschinenschlosser für die Fahrzeuge und den Ordnungsdienst verantwortlich gewesen, ein Posten, den er wieder einnehmen würde, wie man ihm zugesichert hatte.

»Was ich anfasse, das klappt auch, *amigo*.« Diego war von seinen eigenen Fähigkeiten absolut überzeugt. Die Fehler, die damals zu seiner Verhaftung geführt hatten, würde er niemals wiederholen. Nein, es waren keine Fehler, es war reines Pech gewesen. Nun, die neun Jahre hatte er ohne Schaden überstanden, bis auf den Haarausfall. Überlebt hatte er durch sein Verhandlungsgeschick, hatte mit seinem Geld hier so ziemlich jeden korrumpiert und durch seine Anlageberatung auch die Chefs der wichtigsten Gruppen auf seine Seite ziehen können. Noch nie hatte er Geld als so wichtig empfunden wie hier. Er war reich, wurde täglich reicher, und es befriedigte ihn immer aufs Neue, dass gerade Meyenbeeker ihm dabei half. Dem blieb gar nichts anderes übrig. Wenn der Deutsche die Firma nach vorn bringen wollte, verdiente er, Diego, an jeder Flasche mit. Obwohl er behauptete, Meyenbeeker würde die Firma ruinieren, konnte er die Augen nicht davor verschließen, dass sich die Kellerei seit dem Einstieg des Deutschen vor drei Jahren trotz der Krise bestens entwickelte. Mit diesem Widerspruch ließ sich ganz gut leben.

Immerhin gehörten Diego fünfundzwanzig Prozent der Kellerei, Prozente, die Don Horácio ihm kurz vor seinem

Tode überschrieben hatte. Sein guter Name hatte Diego auch den Zugang zur Bewegung verschafft und das Vertrauen der Obleute der Alianza Nacional.

»Also – nicht töten. Brich ihm die Hände, dann kann er nicht mehr schreiben, für einen ehemaligen Journalisten so gut wie tödlich. So wie bei dem linksradikalen Sänger in Chile, Victor Jara, nach dem Putsch des großen Generals Pinochet. Dieser Musiker konnte nie wieder eine Gitarre halten, aber sie haben ihn später sowieso erschossen.« Diego lachte hämisch.

»Ich kann ihm auch was aufs Maul hauen, dann kann er nicht mehr reden ...«

Diego überging den Einwand, er war unwichtig, und unwichtige Worte konnte man sich sparen. »Er soll sich jeden verdammten Tag seines beschissenen Lebens daran erinnern müssen. Meyenbeeker wird wissen, aus welcher Richtung die Schläge kommen.« Er legte Rafa freundschaftlich die Hand auf die Schulter. Die Geste konnte auch als Drohung verstanden werden. Diego war es recht, ein wenig Druck konnte nicht schaden. »Glaub ja nicht, dass ich nicht wüsste, was draußen abgeht.«

Sollte Rafa einen Fehler begehen, würde er es erfahren, auch dafür hatte er vorgesorgt. Rafa würde sich nicht lange an dem Geld freuen, das er ihm zukommen lassen würde. Aber die Dreißigtausend waren ihm das Vergnügen wert. Geld spielte keine Rolle, es wurde täglich mehr.

»*Oiga, hombre*, was ist los?« Rafa hatte bemerkt, wie sich Diegos Gesicht verfinsterte.

Diego entspannte sich sofort, er durfte seine Gefühle nicht nach außen dringen lassen, wer sie zeigte, war verwundbar, und jeder beobachtete jeden, ununterbrochen, es gab nichts anderes zu tun. Aber sein Hass war so groß, dass er Meyenbeeker am liebsten mit eigenen Händen erwürgt hätte. Nicht nur, dass der ihn in den Knast gebracht hatte, nein, er hatte ihm auch den Großvater genommen, dem die Familie alles verdankte. Und zu allem Übel ging er mit seiner Schwester ins Bett. Aber die taugte sowieso nichts.

Er atmete tief, blickte über den Hof, bemerkte die Athleten drüben an den Sportgeräten. Eine Gruppe spielte Basketball, der Kiosk war umlagert wie immer, alle pafften, Rauchwolken stiegen auf und verflüchtigten sich im blassblauen Himmel über der fünf Meter hohen Mauer, die Sonne – nein, Flucht war nicht möglich, er konnte nicht einfach abhauen, in irgendein fremdes kriminelles Milieu eintauchen und so tun, als wäre er ein gewöhnlicher Verbrecher. Er gehörte hier nicht dazu. Das hier war Plebs. Er müsste schon nach Südamerika gehen. Papiere zu beschaffen war nicht das Schwierigste. Er würde sich an die Kolumbianer wenden, aber die wollten in erster Linie ihr Kokain loswerden, leider beschissen sie jeden mit gepanschtem Zeug. Er besaß genügend Erfahrung, er roch, ob der Stoff sauber war. Er hatte seine eigenen Kanäle und nahm nur, was sein Lieferant sich selbst reinzog. Aber wie komme ich in Südamerika an mein Vermögen?, fragte er sich. Es war eine unbeantwortete Frage. Er musste intensiver darüber nachdenken. Wenn er das tat, wenn er in Gedanken ein Problem zu lösen hatte, beruhigte er sich rasch.

»Wenn du draußen bist, Rafa, dann liegt für dich der Katalog von Bodegas Peñasco bereit, mein Anwalt hat ihn an deine Eltern geschickt, du findest ihn zu Hause vor. Das spart uns Zeit. Im Katalog findest du von allen Familienmitgliedern und von diesem Deutschen die aktuellen Fotos, natürlich auch auf der Website. Meine Gewährsleute bei Peñasco wissen, dass jemand kommt. Wie der Kontakt läuft, das weiß mein Anwalt, von dem bekommst du auch das neueste Smartphone.«

»Hoffentlich nicht auf meinen Namen registriert?«

»Müssen wir das Selbstverständliche erwähnen? Im Notfall zerstörst du das Ding, hackst es klein …«

»… die Geräte sind teuer …«

»Sicherheit hat ihren Preis, außerdem ist es mein Geld.

Wir reden später weiter, ich muss in die Küche, also nachher wieder hier.«

Diego überquerte den Platz, er hoffte, dass sein langes Treffen mit Rafa nicht aufgefallen war. So lange redete er niemals mit jemandem, außer mit den Bossen. Jetzt musste er in die Küche, an seinen Arbeitsplatz, da konnte man die besten Teile für sich rauspicken und anderen, die es verdient hatten, Motten und Kakerlaken unter die Paella mischen.

Der Wärter am Eingang ließ ihn passieren, Diego grüßte freundlich, der Mann grüßte zurück. Auch einige Wärter holten sich von ihm Tipps für die Geldanlage oder liehen Geld, selbstredend zu niedrigeren Zinsen als die Mitgefangenen, man war ja schließlich kooperativ.

Guillermo, der Kolumbianer, ein dunkler Krauskopf, klein und verschlagen, sieben Jahre wegen Drogenhandels, arbeitete ebenfalls in der Küche. Diego hielt ihn für einen Schwätzer. Guillermo näherte sich von der Seite, als wäre das Zusammentreffen rein zufällig. Aus den Augenwinkeln bemerkte Diego, dass dieser Spitzel wieder in seine Richtung blickte, absichtlich oder unbeabsichtigt, wer konnte das wissen? Diego registrierte immer, wenn ihn jemand beobachtete.

»Es ist wieder was angekommen. Wenn du probieren willst?«

»Wenn du mir nicht diesen Dreck anbietest, den ihr den anderen verkauft, dann gern.« Diegos Gesicht zeigte nicht die geringste Regung.

»Ich weiß, keiner hat eine so gute Nase wie du, eigentlich ein Wunder bei deinem Konsum, aber es ist wirklich kein Levamisol drin ...«

»Ist es über Afrika gekommen oder direkt?«, unterbrach ihn Diego. Er wusste, dass alles, was über die afrikanische Route kam, von minderer Qualität war, mit jedem nur möglichen Stoff gestreckt wurde, um noch mehr zu verdienen, wobei Zucker das Harmloseste war. Meist wurden Lidocain oder Benzocain druntergemischt, was einen betäubenden

Effekt auf die Schleimhäute hatte und für einen schnelleren Wirkungseintritt sorgte.

»Wenn ich dir sage, es ist korrekt, dann ist es korrekt, klar?«

»Bleib cool, leg nachher was zwischen die Tabletts dort drüben.« Diego wies auf einen Stapel in der Küche, der selten benutzt wurde. »Ich probiere es aus. Du sagst mir den Preis, und in vier Tagen hast du das Geld auf dem Konto.«

Der Kolumbianer drückte Diegos Hand, in ihr blieb ein Briefchen zurück. »Zur Probe, nur für dich, dann klappt's mit der Arbeit besser. Vielleicht kommen wir ins Geschäft.« Er zwinkerte Diego zu und blieb zurück.

Um sechzehn Uhr waren auch die Gefangenen auf dem Hof, die vormittags arbeiteten oder Unterricht besuchten, um die Zeit rumzukriegen. Die wenigsten versprachen sich davon nach der Entlassung einen Job. Diego trainierte eine halbe Stunde lang an den Geräten, morgens hielt er sich mit Seilspringen und Gymnastik fit, nachmittags war Gewichteheben dran. So kräftig und durchtrainiert wie jetzt war er nie im Leben gewesen, so wach, aber auch in ständiger Alarmbereitschaft, und in Bezug auf Wirtschaftsfragen konnte ihm hier nicht einmal der Direktor der Anstalt das Wasser reichen. Den Wirtschaftsteil von El Mundo, von ABC und die Gaceta de los Negocios las er täglich. In der Verwaltung ließ man ihn nicht arbeiten, denn er hätte binnen drei Tagen herausfinden können, wer in der Gefängnisleitung korrupt war, aber das wusste er sowieso.

Nachdem er sich den Schweiß abgewischt hatte, schlenderte er hinüber zum Kiosk, trank eine Cola, nahm eine zweite mit und ließ sich in die Richtung treiben, wo Rafa im Schatten auf einem Kaugummi herumbiss.

»Was wir besprochen haben hinsichtlich deines Verhaltens in La Rioja hast du dir gemerkt?« Die Wand, an die Diego sich lehnen wollte, war zu warm, er ließ sich im Schneidersitz auf den Betonboden nieder, den Hof im Blick.

»Alles.«

»Dann machen wir mit dem Typen weiter, mit Meyenbeeker. Halte ihn auf Abstand. Wenn du ihm zu nah kommst, bist du verloren. Er trainiert regelmäßig mit einem Spezialbullen, einem der härtesten Hunde von der internen Ermittlung, angesetzt auf andere Bullen. Den haben sie inzwischen kaltgestellt, der war sogar ihnen zu hart. Er ist ein kleiner Mann, wirkt unscheinbar, aber unglaublich clever und entschieden, gräbt sich in die Fälle ein wie eine Zecke. Einer von denen, die du nie kaufen kannst, sondern beiseiteschaffen musst. José Maria Salgado. Ist jetzt fünfundfünfzig. Mit dem arbeitet er zusammen, sie sind Freunde. Also, dieser Meyenbeeker, Enrique oder Henry, der ist ebenfalls Anfang fünfzig, aber das sieht man ihm nicht an. Er kennt sich bestens mit Wein aus, spricht perfekt Spanisch. Irgendein Verwandter von ihm stammt von hier, war Kommunist, ist vor dem Generalissimo abgehauen, die Flucht ist ihm leider geglückt, sonst hätten wir das Problem nicht …«

»Du kannst sicher sein, wir haben es nicht mehr lange.«

»Das hoffe ich sehr«, sagte Diego und dachte an den Tag, an dem sein Anwalt ihm die Nachricht brächte, das Problem Meyenbeeker sei gelöst. Er würde sich aufatmend zurücklehnen, würde sich eine gewaltige Nase geben, sich seine Frau kommen lassen und mit ihr einige Flaschen vom besten Wein seiner Kellerei niedermachen. Als er merkte, wie er sich in Fantasien verlor, in Zukunftsträumen, kam er ruckartig auf den Boden der Tatsachen zurück.

»*Amigo*, der größte Fehler ist es, den Feind zu unterschätzen. Betrachte den Mann als unseren Feind, einen mit *cojones pelados*, er ist mit allen Wassern gewaschen. Sechs sind über ihn hergefallen und wollten ihn fertigmachen, und er hat es überlebt …«

»Das waren Anfänger.«

»Ich sagte, unterschätze ihn nicht!« Diego zwang sich zu einem gemäßigten Ton. Es machte ihn wahnsinnig, zu wissen, dass Meyenbeeker in aller Freiheit durch seine, Diegos, Weinberge stromerte, über Rebschnitt und Lese entschied, den Arbeitern Anweisungen gab. Es war Meyenbeeker, der mit den Bauern diskutierte, mit dem Kellermeister den Reifegrad des Weins in den einzelnen Barriques besprach, und nicht er. Meyenbeeker galt inzwischen als engster Vertrauter von Diegos Vater, und mit seiner Tante und seinem Onkel zogen sie das Andenken Don Horácios in den Dreck, finanzierten mit Isabellas Hilfe die Exhumierung der angeblichen Opfer Francos … *Mierda*, er verlor sich schon wieder. Diegos Gesicht verzerrte sich unwillkürlich, er biss die Zähne zusammen, bis sie knirschten.

»Eh, *hombre*, was ist los? Du siehst fürchterlich aus. Hab Vertrauen, ich regle das.« Beruhigend legte Rafa ihm die Hand auf den Arm.

Diego zog sie weg. Er durfte sich nicht gehen lassen. »Ach, es ist nichts, nur so ein Gedanke, ich würde die Sache liebend gern selbst ausführen, ja, ich beneide dich wirklich darum, dass du das erledigen darfst.« Schnell hatte er sich gefasst und wirkte wieder gelassen. Andere zu blenden und gegeneinander auszuspielen hatte ihm immer Spaß gemacht. Bei diesen Gedanken lächelte er, als müsste er in einem Nonnenkloster um ein Nachtlager bitten. Derweil suchten seine Augen nach den beiden Männern, die er für mögliche Spitzel hielt.

»Mein Anwalt wird dir auch die Namen von drei Leuten nennen, die in der Kellerei für mich arbeiten. Sie waren meinem Großvater verpflichtet, jetzt stehen sie mir gegenüber in der Schuld. Sie beobachten den Deutschen, sie wissen, wo er sich aufhält, kennen seinen Tagesrhythmus, kommen an die Reisepläne, denn er ist viel unterwegs, er kümmert sich um den Vertrieb. Meine Leute zeigen dir, wo er wohnt. Man kommt unauffällig an ihn heran, denn er bewohnt ein Apartment in der Gran Vía del Rey Juan Carlos I., wo sie auf die Calle Marqués de Murrieta trifft. Die Avenida ist sehr belebt, es gibt dort viele Straßencafés, um ihn zu beobachten. Er fährt täglich mit dem Wagen in die Kellerei, die ist ungefähr zehn Kilometer von Logroño entfernt. Die Straße weist einige ziemlich unübersichtliche Stellen auf. Du wirst das alles genau studieren. Im Grunde machst du dieselbe Arbeit wie die Bullen: jemanden observieren, seine Gewohnheiten kennenlernen, sich mit den Schwächen beschäftigen – seine sind die Frauen, besonders die jungen, auf die steht er. Meine Schwester ist knapp zwanzig Jahre jünger als er, damit ist er fast so alt wie mein Vater.«

»Was hat deine Schwester mit ihm zu tun? Arbeitet sie auch in der Kellerei? Ich denke, er …«

»Meine Schwester ist mit ihm verheiratet. Habe ich dir das nicht gesagt?« Diego tat so beiläufig wie möglich, er hatte das Gefühl, einen Fehler gemacht zu haben, denn wenn die Familie ins Spiel kam, zuckte mancher zurück, egal, wie hart er sich auch sonst zu geben pflegte.

Rafa setzte an, um etwas zu entgegnen, aber er verkniff sich die Worte, denn ein Gefängnisbeamter bewegte sich auf sie zu. Es war Morales. Schweigend sahen sie ihm entgegen, genau wissend, dass in diesem Moment die Aufmerksamkeit aller Männer im Hof ausschließlich ihnen galt.

»Ist dir entgangen, dass du für heute deinen Anwalt bestellt hast? Brauchst du wieder eine besondere Einladung? Komm mit!« Die Handbewegung des Beamten war eine unmissverständliche Aufforderung, sich sofort zu erheben.

Wie üblich ließ sich Diego damit viel Zeit, womit er der Meute im Hof deutlich machte, dass ihn hier niemand herumkommandierte. Stöhnend erhob er sich, schüttelte die Beine aus, reckte sich und setzte sich provozierend langsam in Bewegung. Mit Morales kam er nicht gut aus, der Beamte ließ sich auf nichts ein, wahrte Distanz, war allen gegenüber misstrauisch und hielt sämtliche Insassen der Strafanstalt für Schwerverbrecher. Ginge es nach Morales, würden alle Gefangenen noch fünf Jahre extra einsitzen. Daher verbot sich mit ihm auch jedes Gespräch, während Diego sonst jede Gelegenheit nutzte, Kontakt mit den Wärtern aufzunehmen, um sie besser kennenzulernen und auf ihre Verwendbarkeit für seine Ziele hin abzuklopfen. Er schlenderte hinter dem Beamten her, die Hände in den Taschen seiner Jeans. Hier trug niemand Häftlingskleidung.

Die Besprechungen mit den Anwälten fanden unter Ausschluss des Gefängnispersonals in einem fensterlosen, schmuddeligen Raum statt, in dem lediglich ein Tisch und zwei Stühle standen. Es gab bislang keinen Hinweis, dass sie hier drinnen abgehört wurden.

Der Anwalt war es gewohnt, auf Diego zu warten. Doctor Miguel Angel Gurpegui Zapatero war ein großer Mann um die fünfzig, seine Körperfülle gab ihm ein gemütliches Aussehen, er saß friedfertig mit gefalteten Händen am Tisch, lächelte versöhnlich, aber die ruhelosen Augen taxierten alles und jeden. Darin ähnelte er seinem Klienten, der gut erzogen sofort nach Betreten des Raums die Hände aus den Hosentaschen zog und eine Verbeugung andeutete.

»Doctor!«

»Señor! *Mucho gusto*, es ist mir ein Vergnügen.« Zapatero stand auf, deutete ebenfalls eine Verbeugung an und bedankte sich bei dem Beamten, der den Gefangenen gebracht hatte. »Ich würde mich gerne mal mit Ihnen woanders treffen, ehrlich gesagt.«

»Sie sprechen mir aus der Seele, Doctor.« Nach der kurzen Einleitung erkundigte sich Diego nach seiner Familie, nach seiner Gesundheit, nach der Arbeit und fragte dann: »Wie sieht's aus? Irgendwas Neues?«

»Machen Sie weiter wie bisher, die Gefängnisleitung hat einen guten Eindruck von Ihnen, doch Sie werden sich weiterhin gedulden müssen, ein paar Jahre auf jeden Fall, zwei, wenn nichts dazwischenkommt«, sagte der Anwalt vieldeutig.

Diego kam schnell zur Sache. »Ich habe zwei Aufträge für Sie. Zum einen möchte ich, dass Sie eine zivilrechtliche Klage anstrengen und den Beschluss der Gesellschafterversammlung der Kellerei Peñasco anfechten, dass man mir als Gesellschafter mit dem größten Anteil am Unternehmen das Stimmrecht entzogen hat …«

»Das Thema haben wir bereits durch die Instanzen getrieben, wenn ich nicht irre«, erklärte der Anwalt leicht gereizt. »Wir haben jedes Mal verloren.«

»Dann versuchen wir es eben ein weiteres Mal«, sagte Diego aufbrausend. »Wir müssen den Gesellschaftervertrag in Gänze anfechten.«

»Der ist mit Ihrem Herrn Großvater aufgesetzt worden!«

»Jetzt sind es meine Anteile, und über die bestimme ich allein.« Diegos Blick war hart, und seine Worte kamen scharf.

Zapatero reagierte verblüfft, diese Wendung hatte er offenbar nicht erwartet, er kannte die Hochachtung, die sein Klient sonst für den Großvater äußerte, sie grenzte geradezu an Heiligenverehrung.

»Rollen Sie das Verfahren neu auf, fangen Sie von vorne an, stellen Sie alles infrage. Es werden sich demnächst Veränderungen ergeben …« Diego tat wichtig und geheimnisvoll, die Chefallüren hatte er nie abgelegt. »Aber vielleicht lag der Misserfolg ja auch an der rechtlichen Vertretung?« Er provozierte gern, wenn er meinte, im Recht zu sein. »Vielleicht kennen Sie einen Anwalt, der in dieser Frage besser bewandert ist und entsprechende Erfolge vorweisen kann?«

Diego bluffte, denn auf Zapatero konnte er nicht verzichten. Der Anwalt wusste zu viel, doch das beruhte auf Gegenseitigkeit. Er koordinierte Diegos Finanzen, schob Geld von einem Konto aufs nächste, ließ es verschwinden, anderen zukommen und wieder auftauchen. Außerdem war er der Anwalt der Bewegung und Mitglied der Alianza Nacional, die Diego finanziell großzügig unterstützte.

»Der Passus der sogenannten Geschäftsschädigung, der wegen meines missratenen Onkels in Chile eingefügt wurde, was man jetzt fälschlicherweise mir vorwirft, muss aus dem

Vertrag gestrichen werden. Das Stimmrecht von diesem Deutschen muss ebenfalls gestrichen werden.«

»Um welche Entscheidungen in der Firma geht es Ihnen?«

»Um alle. Mein Vater ist krank, er kann die Geschäfte nicht mehr führen, meine Schwester ist mit anderen Dingen beschäftigt, und meine Tante ist zu dumm dafür, sie ist Sängerin. Hauptsächlich geht es mir darum, dass Meyenbeeker aus dem Vertrag gestrichen wird.« Mit dem rechten Zeigefinger machte er auf der zerkratzten Tischplatte das Zeichen eines Kreuzes.

Das schien Zapatero überhaupt nicht zu gefallen, er sah Diego durchdringend an, als hielte er das Vorhaben für kritisch und letzten Endes überflüssig. »Der Deutsche arbeitet gut, das wissen Sie.«

Das kann er auch vom Rollstuhl aus, dachte Diego und sagte laut: »Es ist so weit. Ende nächster Woche meldet sich bei Ihnen ein Mann namens Rafael Viadero. Es ist der, über den wir gesprochen haben. Er ist mein Vertrauter, er ist oder vielmehr war bei der Frente Atlético aktiv. Erfüllen Sie ihm jeden Wunsch. Händigen Sie ihm fürs Erste dreißigtausend Euro aus.«

»Dreißigtausend? Wofür?«

»Es ist besser, wenn Sie das nicht erfahren.«

»Dann kann ich Ihnen auch keinen Rat geben.«

»Wenn ich einen benötige, frage ich Sie.«

»Sie wissen, was Sie tun?«

»Sehr genau. Schicken Sie an die Adresse, die ich Ihnen gleich nenne, zwei Firmenkataloge.« Diego diktierte ihm die Anschrift. »Meine Leute in der Kellerei sollten wissen, dass jemand kommt, und sich bereithalten. Er nimmt Kontakt mit ihnen auf. Ach, fast hätte ich es vergessen: Es gibt da zwei Männer, über die müssen wir dringend Erkundigungen einziehen, am besten direkt bei der Gefängnisverwaltung oder über die Justizbehörde. Der eine heißt Joan Noriega, kommt aus Palma de Mallorca, der andere ...«

# Kapitel 2

Sie verabschiedeten sich auf dem Flur. Isabella blickte sich um, und als sie sicher war, dass niemand sie beobachtete, umarmte sie Henry noch einmal und hielt ihn einen Moment lang fest.

»Wir können heute leider nicht zusammen essen. Ich fahre mit Vater nach Bilbao. Wir haben einen Termin bei der Bank, du weißt, weshalb. Aber ich bin früh zurück, heute stehen weder Besuchergruppen noch Händler auf dem Programm, die uns den Abend kaputtmachen könnten.«

Als sie hörte, wie eine Tür geöffnet wurde, löste sie sich schnell aus Henrys Armen. Es war ihr unangenehm, wenn einer der Mitarbeiter der Kellerei sie in dieser sehr privaten Haltung sah. Es spielte für sie dabei weder eine Rolle, dass sie mit Henry verheiratet und die Tochter des Chefs war, noch dass sie zu den Inhabern des Familienunternehmens gehörte. Privates und Berufliches hielt sie strikt auseinander. Über die Ereignisse ihrer Kindheit, die sie menschenscheu hatten werden lassen, wussten nur die ihr Nahestehenden etwas.

Henry gehörte zu den Eingeweihten. Er hatte gelernt, mit ihrem teils schroffen und unnahbar erscheinenden Verhalten umzugehen und es nicht als gegen sich gerichtet zu begreifen. Er lächelte, strich ihr mit der Außenseite seiner Finger über die Wange und wünschte ihr viel Erfolg bei dem Termin, von dem er selbst profitieren würde – es ging um einen Kredit für den Kauf weiterer Weinberge. Er wandte sich ab und betrat sein Büro. Kaum schickte er sich an, das Sakko seines dunklen Anzugs über die Lehne des Schreibtischstuhls zu hängen, klopfte Luisa und trat ohne Aufforderung ein.

Seit er endgültig aus Barcelona nach La Rioja übergesiedelt war und sein Leben als Weinjournalist zugunsten der Tätigkeit als Vertriebsleiter in der Kellerei Peñasco aufgegeben hatte, arbeitete die junge Frau für ihn. Seinetwegen hatte sie die Arbeit in der Kooperative LAGAR aufgegeben. Henry war für sie der ideale Chef, mit dem sie auch eine tiefe Freundschaft verband. Sie verstanden sich ohne viele Worte, sie wusste genau, wie er reagierte, belächelte seine Launen, mokierte sich selten über sein Phlegma, schätzte ein offenes Wort, zumindest ihr gegenüber. Und auch die über sie beide kursierenden Gerüchte brachten Luisa nicht aus der Ruhe. Er war für sie der Retter der Kooperative gewesen und damit der Retter der Existenz ihrer Familie und ihrer Weinberge, mochten es auch nur drei Hektar sein. Doch mit Tempranillo bepflanzt und den über vierzig Jahre alten Rebstöcken stellten sie für Luisa ein Vermögen dar.

Für eine Spanierin war sie recht groß und schlank. Sie trug lachsfarbene Jeans und darüber ein blaues Polohemd mit dem Logo der Kellerei, der Schriftzug Peñasco über einer liegenden Flasche. Sie trug diese Hemden gern, denn sie identifizierte sich voll und ganz mit dem Unternehmen. Ihr schwarzes Haar trug sie kurz und in Stufen geschnitten, was ihr jungenhaftes Aussehen unterstrich. Doch von ihrem Temperament her war sie eher zurückhaltend und vorsichtig, außer wenn ein Kollege sich offenkundig dumm anstellte oder nachlässig war, dann konnte sie sich über die Maßen ereifern, zumal sie stets an der Seite ihres Chefs stand, was sie bei den Kollegen nicht sehr beliebt machte. Es dauerte lange, ihr Vertrauen zu gewinnen. Als Henry erwog, bei Peñasco als Teilhaber einzusteigen und den Vertrieb zu übernehmen, zögerte sie keinen Moment, seinetwegen die Kooperative zu verlassen. Sie war die ordnende Kraft in seinem Rücken, Henry der Mensch mit den Ideen.

Luisa trat mit einem Zettel in der Hand auf ihn zu. »Gerhard Schiller aus Tübingen hat angerufen. Du möchtest ihn bitte zurückrufen, so bald wie möglich – das hat er betont, es sei wichtig, und so hat es sich auch angehört.«

»Der Weinhändler aus Tübingen?« Henry kannte ihn seit einigen Jahren. Schiller war ein guter Kunde, sowohl was die klassischen Riojas von Peñasco betraf wie auch die für dieses Ursprungsgebiet neuen Weinexperimente von LAGAR. Als man die neue Kellerei gebaut hatte, war Henry nach Rioja gekommen, inzwischen stieß man bereits an die Kapazitätsgrenze, da viele Weinbauern sich um eine Mitgliedschaft bewarben. Als *cooperativistas*, die eigenen Wein produzierten, verdienten sie deutlich mehr, als wenn sie den großen Bodegas lediglich ihre Trauben lieferten. So konnte sich der Vorstand die fähigsten Bewerber aussuchen. Mit Schiller machte auch Peñasco sehr gute Umsätze, und er zahlte pünktlich. Man verkehrte eher freundschaftlich miteinander als geschäftsmäßig, und Henrys Besuche in Deutschland nutzte Schiller, um in seinem Gewölbekeller aus dem 16. Jahrhundert Weinpräsentationen für ein ausgewähltes Publikum zu veranstalten, die lange im Voraus ausverkauft waren.

Henry starrte auf den Zettel in ihrer Hand und blickte auf die Uhr, es war kurz nach neun. »Ist etwas passiert, dass er so früh anruft? Eigentlich macht er seinen Laden nie vor elf Uhr auf.«

Luisa sprach mittlerweile so gut Deutsch, dass Henry ihr die Gespräche mit den dortigen Kunden überlassen konnte und nicht mehr zum Übersetzen gebraucht wurde.

»Er hat nichts von Problemen gesagt, aber er schien ziemlich aufgeregt zu sein, es war ihm wichtig, dass du so schnell wie möglich zurückrufst.« Luisa reichte ihm den Zettel.

Henry nahm ihn entgegen, und während er sich langsam setzte, las er die Nachricht. Verblüfft sah er auf. »Das ist nicht die Vorwahl von Tübingen. Null-null-drei-vier ist die Vorwahl von Spanien, und sieben-eins-fünf – was ist das …?«

»Mallorca«, sagte Luisa und schien auf irgendeine Anweisung zu warten. Sie entschuldigte sich, weil sie ihn nicht gleich darauf hingewiesen hatte. »Es hörte sich dringend an, ich habe jedoch nicht alles verstanden, was er sagte, es ging um den Kauf eines Weingutes und dass er deine Hilfe braucht. Soll ich ihn …?« Sie streckte die Hand nach dem Zettel aus.

Henry winkte ab, sagte, dass er selbst anrufen würde, aber zuvor einen Kaffee trinken wolle. Er hasste es, im Büro sofort mit Verpflichtungen überfallen zu werden. Aus seiner Zeit als Journalist hatte er die Gewohnheit beibehalten, erst einmal die wichtigen Zeitungen zu lesen und dann die Arbeit zu beginnen. Er kam nur langsam in Fahrt, brauchte einen sachten Anfang, so hatte er sein Leben als Journalist geführt, bestimmt durch die Arbeit, durch die Aufgaben und nicht von Arbeitszeiten eingezwängt, die ihn sowieso nie interessiert hatten. Falls es nötig sein sollte, konnte er gut eine Nacht durcharbeiten. Gestern war es spät geworden, er hatte bis tief in die Nacht die Texte des neuen Flyers korrigiert, nein, besser umgeschrieben, den Entwurf schob er jetzt beiseite, um Platz für den Kaffee zu schaffen, den Luisa ihm hinstellte.

Dass sie seit einem Jahr verheiratet war, hielt sie nicht davon ab, ihm zwar nicht jeden, doch ziemlich viele Wünsche von den Augen abzulesen, nötigenfalls Überstunden zu machen, den Urlaub zu verschieben und ihren Mann warten zu lassen. Und sie sagte klar ihre Meinung und hatte sich als Tochter des Chefs der Kooperative voll in den Aufbau von LAGAR eingebracht, sie verstand vom Weinbau mehr als so mancher studierte Önologe. Ihr Mann war dagegen, dass sie überhaupt arbeitete, man habe es nicht nötig, wie er sagte, »dass du deine Arbeitskraft verkaufst«. Er verdiene genug für zwei, und so ging sie gegen seinen ausdrücklichen Willen täglich zu Peñasco, was der jungen Ehe nicht besonders gut bekam. Luisa brauchte ihre Unabhängigkeit, vom Geld ihres Mannes zu leben wäre für sie unerträglich gewesen. Henry verstand sie, schließlich arbeitete er in der Firma seiner Frau, wozu er sich erst nach etlichen Jahren hatte durchringen können. Der wichtigste Grund war, dass Isabella ihn brauchte, denn ihr Vater, mit dem er sehr gut zurechtkam, litt seit einigen Jahren unter Herzrhythmusstörungen – als Folge unbewältigter Probleme, so jedenfalls sah es Henry.

Er nippte an dem heißen Kaffee und starrte auf den Zettel. Was wollte Schiller? Was machte er in Spanien, wieso rief er ihn an? Gab es Schwierigkeiten mit anderen Lieferanten? Hatte mit der letzten Lieferung nach Tübingen etwas nicht gestimmt? Am Wein konnte es nicht liegen, der war in Ordnung. Wollte er mit ihm über Preise diskutieren? In letzter Zeit wollten alle Kunden über Preise diskutieren, wollten Billigangebote, wollten zwölf Flaschen für den Preis von zehn, um selbst zwölf zum Preis von elf zu verkaufen. Seit er bei Peñasco dem Exportleiter übergeordnet war und die Politik dieser mittelständischen Kellerei verteidigen musste, schlug er sich mit derart schrecklichen Fragen herum.

Er merkte, wie er sich vor dem Anruf drückte, er kannte Schillers Schliche. Etwas daran störte ihn, war ihm unangenehm, er konnte nicht benennen, was es war, zumal er Schiller gut leiden konnte, denn er schätzte ihn und seinen Weinverstand. Doch es war nicht mehr als eine gute geschäftliche Beziehung. Aber der Wunsch, sich vor etwas zu drücken, war für ihn auch eine Aufforderung, die Sache schleunigst hinter sich zu bringen, und er wählte die angegebene Nummer.

»Wo stecken Sie?« Die Telefonnummer war der erste Anknüpfungspunkt mit Schiller. »Ich vermutete Sie in Tübingen …«

»Weit gefehlt, Herr Meyenbeeker«, sagte Schiller, »aber danke, dass Sie so schnell zurückrufen«, und Henry merkte an seiner Stimme, dass der Grund des Anrufs nicht bei Peñasco zu suchen war. »Ich würde mich auch in Tübingen vermuten, aber meine Frau hat mich dazu gebracht, die Koffer zu packen und herzukommen.«

»Sie machen Ferien?«

»Da liegen Sie falsch. Wir sind hier, um uns ein Weingut anzusehen, das wir vielleicht kaufen wollen.«

Henry verschlug es die Sprache.

»Hallo? Meyenbeeker, sind Sie noch da?«

»Sind Sie verrückt?«

»Wieso …« Es klang entrüstet.

»Ein Weingut auf Mallorca?« Henry wiederholte seine Frage, als würde er an Schillers Geisteszustand zweifeln.

Jetzt war es Schiller, dem die Worte fehlten, sein Schweigen dauerte so lange, als wäre der Weinhändler sich auch nicht sicher, ob er im Begriff stand, eine riesige Dummheit zu begehen.

»Ist es zurzeit sehr heiß auf der Insel?«, fragte Henry und schickte ein Lachen hinterher, um der indirekten Frage nach dem Hitzschlag die unhöfliche Spitze zu nehmen.

Schiller stöhnte. »Sie meinen, ob ich zu lange in der Sonne war? Nein, verrückt bin ich nicht«, stammelte er, verwirrt von Henrys Reaktion, »meine Frau ist es, vielleicht. Sie wollte schon immer aufs Land, sie liebt das Landleben, sogar Tübingen ist ihr zu groß. Außerdem ist sie vernarrt in die Insel, und ich wollte schon immer den Wein selber machen, den ich später verkaufe. Mallorca muss es nicht sein, Provence wäre auch möglich. Aber wir haben ein sehr interessantes Angebot bekommen.«

»Die Unterschiede sind ihnen wohl bewusst?« Provence und Mallorca! Unterschiedlicher ging es kaum – Franzosen und Mallorquiner! Henry zwang sich zu einer verbindlicheren Ausdrucksweise, obwohl er Schillers Vorhaben für unrealistisch hielt, wenn nicht sogar für eine Schnapsidee. Ein wenig Wein im Garten anzubauen – gut –, als Hobby – vielleicht –, das war ganz hübsch und machte Spaß, aber ein Weingut, geführt nach betriebswirtschaftlichen Regeln? Schiller war verrückt.

Henry hatte in Deutschland für die Zeitschrift Wein & Terroir gearbeitet, hatte später ein halbes Jahr auf dem Weingut von Isabellas Onkel Cristóbal in Chile hospitiert, anschließend mehrere Jahre lang die wichtigsten Kellereien in Spanien und Portugal besucht und einen Newsletter über hiesige Bodegas, Weinbaumethoden und Weine herausgegeben. Seit drei Jahren war er nun in La Rioja – und verstand sich noch immer als Lernender. Unwille machte sich in ihm breit, er begann, sich über so viel Blauäugigkeit zu ärgern. Es war eine lächerliche Idee.

»Was habe ich damit zu tun? Weshalb rufen Sie mich an? Mir scheint, Sie haben sich längst entschieden. Wozu brauchen Sie dann noch meinen Rat? Macht Ihnen Ihre Vinothek nicht genug Sorgen, oder haben Sie zu viel Geld? Lassen Sie uns nach Jamaika fliegen und Reggae-Bands promoten, da hätten wir beide was davon, zumindest den Musikgenuss und gute Drinks am Strand. Das Geld wäre bei meinem Vorschlag genauso futsch!«

»Ihr Humor in Ehren, Herr Meyenbeeker. Wir meinen es ernst. Wir sind gegenwärtig auf der Insel und haben uns das Weingut Ses Palmes angesehen, darum geht es, es liegt im Osten bei Sineu und gehört zur Denominación Pla i Llevant.« Unmut war aus Schillers Stimme herauszuhören, die jetzt eindringlicher klang. Oder war es Hilflosigkeit? Er schien den Schrecken überwunden zu haben, den Henrys ablehnende Haltung ihm eingejagt haben mochte. »Ihre Meinung respektiere ich selbstverständlich, aber ich brauche Sie hier. Sie müssen kommen, unbedingt, ich wüsste nicht, an wen ich mich sonst wenden sollte.«

»Wozu, wenn bereits alles geklärt ist, so jedenfalls verstehe ich Sie …« Henry starrte das Großfoto an der Wand gegenüber seinem Schreibtisch an, es zeigte Frauen und Männer, die bis zum Hals in grünen Rebgärten standen und Wein lasen, die steil aufragende Sierra de Cantabria im Hintergrund. Sie alle arbeiteten hier, kannten das Land von Kindesbeinen an, Traube und Wein, *uva y vino*, das waren Worte, die sie bereits als Zweijährige gelernt hatten, vielleicht sogar früher, so wie Luisa. Und Henry sah den Berg Arbeit auf seinem Schreibtisch, Sebastián, sein Schwiegervater, war nur zur Hälfte einsetzbar, und Isabella war weder mit den Arbeiten im Keller noch im Weinberg vertraut. Sie konnte nicht gut mit den Männern umgehen. Außerdem stand wieder eine Reise zu den Exhumierungen in Andalusien an. Könnte Cristóbal, Sebastiáns Bruder aus Chile, einspringen?

Nein, der hatte Besseres zu tun, als Henry den Rücken frei zu halten, damit er einem deutschen Weinhändler dabei half, sich zu ruinieren, ihn dabei zu beraten, wie sich sein Vermögen am besten verbrennen ließ. Henry kannte die harten Seiten des Geschäfts. Schiller sollte sein Kapital in Euromünzen einwechseln und sie einzeln im Hafen von Palma ins Wasser werfen, dann hörte er es wenigstens platschen.

»Ich dachte auch, dass alles klar sei«, meinte Schiller nach einer Pause, »aber nach dem zweiten Gespräch mit der Besitzerin haben meine Frau Ulrike und ich ein komisches Gefühl dabei. Alles klingt gut, aber irgendetwas scheint uns faul an der Sache.«

Komische Gefühle hatte Henry ab und an auch, besonders dann, wenn er schlechten Wein trank oder mit Kunden zu spät essen ging, was ihm nicht bekam. Die spanische Manie, um zweiundzwanzig Uhr ein Restaurant aufzusuchen, war ihm ein Graus. »Wenn es so ist, dann lassen Sie's einfach sein.« Das hätte er Schiller am liebsten gesagt, doch jetzt hütete er sich, seine Gedanken laut zu äußern.

»Was könnte der Grund für diese … Gefühle sein?«, fragte er diplomatisch. »Glauben Sie, dass man Sie betrügen will? Sie sagten, es handele sich bei dem Verkäufer um eine Frau? Da stellen sich doch tausend Fragen. Ist sie seriös?«

»Sie ist Deutsche …«

Das war für Henry kein Argument. »Weshalb will sie sich vom Besitz trennen? Wie groß ist das Gut, wie viel Land gehört dazu? Ist es ein funktionierendes Weingut, im Markt eingeführt, oder wurde es stillgelegt? Wie sieht es mit Hypotheken aus? Um Ihnen einen Rat zu geben, müsste ich mehr wissen.«

»Sie sollen mir keinen Rat geben, Sie sollen herkommen.«

»Wohin – nach Mallorca?«

»Wohin denn sonst? Nicht nach Tübingen!«

Schiller erzählte, dass seine Frau über eine Anzeige in einer Weinzeitschrift auf das Weingut aufmerksam geworden sei. Das Haus gefalle ihr, ebenfalls die Lage am Fuß eines Berges im Zentrum der Insel, Schiller wusste einiges über vorhandene Einrichtungen und einsatzbereite Maschinen zu sagen, nannte die Anzahl der Gärtanks, der Barriques sowie der großen Holzfässer und war über die Anzahl der gelagerten Flaschen informiert. Zwölf Hektar sollte die mit Weinstöcken bepflanzte Fläche betragen. Hinzu kamen Weideland für Ziegen und Schafe sowie Orangen- und Mandelbäume. Auch einen Gemüsegarten sollte es geben.

»Woher wissen Sie das alles, haben Sie das Inventar gezählt?«

Schiller lachte verschämt. »Nein, vor mir liegt die Projektbeschreibung.«

»Sie sind dort gewesen, wie Sie sagten. Haben Sie mit der Winzerin gesprochen?«

»Winzerin ist eigentlich das falsche Wort, sie ist die Frau des Winzers. Er ist vor einem halben Jahr gestorben, und sie fühlt sich überfordert, von Wein hat sie nicht viel Ahnung, wie sie zugab, und er interessiert sie auch nicht, sonst würde sie Ses Palmes weiterführen.«

Für Henry hörte sich alles normal an, zumal auch die Weine, wie Schiller bestätigte, im Handel eingeführt waren, wobei der größte Teil an Restaurants auf der Insel geliefert wurde. Und Laufkundschaft sollte es auch geben, deutsche Residenten, die dort ihren Vorrat auffüllten. Schiller konnte sich gut vorstellen, mallorquinische Weine in Deutschland zu verkaufen, obwohl er sie bislang nicht im Sortiment führte. Wer Mallorcas Weine auf der Insel kennen und schätzen gelernt hatte, trank sie auch gern nach der Rückkehr weiter. Obwohl sie dann längst nicht mehr so schmecken wie im Urlaub, räumte er ein.

Henrys Gedanken überschlugen sich. Schiller war nicht nur für Peñasco wichtig, auch für LAGAR, für die er die Vertriebswege nach Deutschland geöffnet hatte. Schiller zu verärgern, ihm einen Gefallen auszuschlagen, konnte auf ihn zurückfallen. Aber war eine Reise nach Mallorca nicht zu viel verlangt? Er selbst hatte keine Ahnung von den dortigen Weinen, auch nicht von den autochthonen, den inseltypischen Rebsorten, er war nur einmal vor vielen Jahren auf der Insel gewesen, die er völlig überlaufen fand, außerdem hasste er Salzwasser und langweilte sich am Strand. Und um einige Leute, die dort regelmäßig ihre Ferien verbrachten, machte er lieber einen Bogen.

Aber ob er hinfahren würde oder nicht, konnte er nicht selbst entscheiden. Nichts konnte er mehr allein entscheiden, immer waren sie zu dritt: Isabella und ihr Vater und er, wobei er den geringsten Stimmenanteil hatte, sogar noch geringer als La Cantora, Sebastiáns Schwester, die Sängerin, die sich in letzter Zeit häufiger in der Kellerei nützlich machte. Und da gab es noch die Ratte, Diego Peñasco, nur war ihm das Stimmrecht aberkannt worden, aber von jedem verdienten Euro bekam er fünfundzwanzig Cent – Henry selbst hatte nur Anrecht auf fünf, und das ärgerte ihn maßlos.

Er spielte sein letztes Argument aus. »Sie hatten meinen Newsletter abonniert. Ist Ihnen aufgefallen, dass ich nie über mallorquinische Weine geschrieben habe?« Henry wartete auf eine Entgegnung, aber die blieb aus. »Ich kenne die dortigen Weine nicht, Boden, Klima, Einfluss des Mittelmeeres, das alles ist mir fremd, außerdem verstehe ich kein Mallorquin, und die Insulaner sollen recht sonderlich sein, ein eigenbrötlerisches Volk, wie die Katalanen, die sich nicht gern mit Deutschen mischen.«

»Sie versuchen, mich mit allen Mitteln vom Kauf abzuhalten? Dabei kennen Sie die Situation nicht. Sie enttäuschen mich, Meyenbeeker. Aber zumindest sprechen Sie Spanisch, Sie könnten einiges für mich recherchieren.«

»Auf Mallorca spricht man Mallorquin!« Henry erinnerte sich an die fruchtlosen Diskussionen mit seinem Freund Daniel Pons in Barcelona über das Recht der Katalanen auf ihre eigene Sprache. Lange hatte er es für Unsinn und überflüssig gehalten, Katalan zu lernen, genauso überflüssig, wie es für jemanden, der sich in seiner Heimatstadt Mainz niederließ, war, Hessisch zu sprechen. Erst später hatte er begriffen, dass es hier um Identität ging, um den Widerstand gegen die endgültige Unterwerfung der Katalanen ebenso wie die der Basken unter die Zentralgewalt Madrids, Kastiliens. Ein Jahrhunderte währender Konflikt.

Schiller stieß hörbar die Luft aus. »Also bin ich doppelt auf mich gestellt. Sie wollen mich ins offene Messer laufen lassen?«

»Wer sollte Ihnen ein Messer auf die Brust setzen, Herr Schiller?« Wenn er es derart dramatisch sah, blieb Henry kaum etwas anderes übrig, als auf seine Bitte einzugehen.

»Ja, ich sehe es so. Wir hatten bislang zwei Treffen mit Gesine Fröhlich. Nach den Treffen war eigentlich alles klar, nur dieses Gefühl hat sich verstärkt, ich kann Ihnen nicht sagen, woher es kommt. Irgendetwas stimmt hier nicht. Ich würde ja Erkundigungen in der Nachbarschaft einziehen, wenn ich könnte, aber ich würde wahrscheinlich von einem Fettnäpfchen ins nächste tappen und der Frau vielleicht Unrecht tun. Sie aber ...«

Henry dachte an einige tausend Euro, die sie mit Schiller verdient hatten. »Gut, Herr Schiller, Sie haben mich überzeugt. Ich helfe Ihnen.«

»Na ...«, plötzlich war es Schiller, der skeptisch reagierte, »sehr überzeugt klingt mir das nicht, mehr nach überredet, aber mir soll's recht sein, Hauptsache ist, dass Sie kommen. Ich nehme Ihre Hilfe an. Außer Ihnen kenne ich niemanden, auf den ich mich in dieser Sache verlassen könnte. Wann können Sie hier sein?«

»Ich werde das mit meinen Partnern absprechen müssen. Ich hoffe nur, dass man mich entbehren kann. Wie viele Tage werden Sie mich brauchen, was glauben Sie?«

»Woher soll ich das wissen? Sie haben Erfahrung mit Recherchen, nicht ich. Möglicherweise sagen Sie mir bereits nach einem Tag, dass es eine Schnapsidee war, Ses Palmes zu kaufen. Aber bitte erst, nachdem Sie es gesehen haben.«

Das brauche ich nicht zu sehen, dachte Henry, nachdem das Gespräch beendet war. Im Gegensatz zu Schiller wusste er von massiven Grundstücksspekulationen auf Mallorca, von Korruptionsskandalen inklusive Dokumentenfälschungen, die Liste der Vergehen war lang, und etliche Beteiligte, auch Mitglieder der Inselregierung, saßen bereits in Untersuchungshaft oder waren auf Kaution entlassen. Schiller sollte sich dringend einen Anwalt nehmen. Nur woher sollte er wissen, ob der zuverlässig war oder ebenfalls korrupt und für die Gegenseite arbeitete? Verfahrensfehler einzubauen, deren negative Auswirkungen dann auf den Käufer zurückfielen, war ein Leichtes.

Er erklärte Luisa kurz, worum es ging. Auch sie hielt die Idee für unsinnig, aber sie würde ihm für übermorgen einen Flug von Bilbao nach Palma de Mallorca buchen. Er wäre lieber mit dem Wagen gefahren, nur war der Transfer von Barcelona aus mit der Fähre extrem teuer, außerdem würde Schiller auf der Insel für ihn den Fahrer spielen. Das war das Mindeste, was er erwarten konnte.

# Kapitel 3

Isabella kam spät aus Bilbao zurück. Die Verhandlungen waren erfolgreich verlaufen, Peñasco würde die Kredite erhalten und die Weinberge wie beabsichtigt kaufen.

»Bei den heutigen Preisen wird es Jahrzehnte dauern, bis sie sich amortisiert haben«, unkte Henry beim Abendessen auf der Dachterrasse ihres Penthouse, obwohl er nicht zu den notorischen Bedenkenträgern gehörte.

»Heutzutage etwas anderes als Sachwerte zu erwerben wäre bei der katastrophalen spanischen Wirtschaftslage dumm«, meinte Isabella. Sie schlüpfte nach der Dusche vom grauen Kostüm in eine bunte Seidenbluse und Shorts, und das sonst streng nach hinten genommene Haar hing nass über ihre Schultern. Die Füße in Flipflops – nichts erinnerte mehr an die junge energische Geschäftsfrau, die eher hart als diplomatisch verhandelte. Ihre Argumente Henry gegenüber brachte sie häufig ähnlich kategorisch vor. »So bleibt der Besitz in der Familie.«

In Geldangelegenheiten und ökonomischer Weitsicht war Isabella Henry weit voraus, sie managte die Finanzen des Familienunternehmens mit kluger Hand. Dabei hatte sie zum Leidwesen der Familie nach dem *bachillerato* und dem frühen Tod ihrer Mutter spanische Geschichte studiert. Und um dieser Familie zu entgehen, besonders ihrem schrecklichen Großvater, Don Horácio, hatte sie Sevilla als möglichst weit entfernten Studienort gewählt und, wie sich erst später herausstellte, auch Wirtschaftswissenschaften belegt.

Henry kannte ihr gespanntes Verhältnis zur Familie, noch immer machte sie es ihrem Vater zum stillen Vorwurf, dass er sich gegen den seinen nicht durchgesetzt und dem geschäftsschädigenden Treiben seines Sohnes Diego tatenlos zugesehen hatte. Von der Familie Peñasco jedoch, in deren Händen der gesamte Besitz bleiben sollte, war nicht viel übrig. Nur Henry war hinzugekommen. Isabella sah sich noch zu sehr in ihrer eigenen Vergangenheit gefangen, als dass sie Kinder haben wollte, und Henry hatte die fünfzig bereits überschritten. Da waren mögliche Erben nicht in Sicht. Oder hat sich ihre Einstellung unbemerkt verändert, dachte Henry, wenn sie so redet? Wen meinte sie, wenn sie davon sprach, dass der Besitz in der Familie bleiben sollte?

Während des Essens berichtete er ihr von seinem Telefonat mit Schiller.

Mit dem Gedanken, dass Henry für einige Tage verreisen würde, konnte sich Isabella überhaupt nicht anfreunden. Sie hielt seine Gegenwart für unentbehrlich, zumal sie ihren gesundheitlich angegriffenen Vater schonen musste, wie sie betonte. Obwohl ihre Vorhaltungen mehr oder weniger berechtigt waren, gefielen sie Henry überhaupt nicht, der sich bereits mit der Idee einer kurzen Reise angefreundet hatte. Jetzt war er war neugierig, wie es auf Mallorca nach zwanzig Jahren aussah. Man las vieles, aber der eigene Eindruck war entscheidend. Mallorca war für ihn ein Kunstprodukt, ein Ferienklub, fest in deutscher Hand.

»Ist dir deine neue Aufgabe bereits zu langweilig? Brauchst du neue Abenteuer?« Isabellas Augen zeigten mehr Besorgnis als Ärger. »Wenn es so ist, wärst du besser nicht bei uns eingestiegen. Du bist wichtig, das Unternehmen muss mit dir rechnen können, ich muss es auch. Du bist doch oft genug unterwegs. Oder bricht etwa der Journalist wieder durch? Ich habe genau das befürchtet, genau das habe ich dir vorausgesagt, als du bei uns Verantwortung übernommen hast. Die gilt in erster Linie uns gegenüber, Vater und mir, dann kommen die Mitarbeiter, und erst an dritter Stelle kommt ein einzelner Kunde.«

Mit derart heftigem Widerstand hatte Henry nicht gerechnet. »Schiller zu helfen ist wichtig, es ist eine Sache, die letztlich ihm und damit sowohl Peñasco wie auch LAGAR nutzt, und die Genossen sind genau wie ich am Unternehmen beteiligt. Das hast sogar du damals eingefädelt, als die Sache mit den enteigneten Weinbergen herausgekommen war; du warst die treibende Kraft dahinter, dass die Genossen entschädigt wurden.«

»Du hast schon immer geschickt argumentiert.« Isabella schwankte zwischen Verständnis für ihren Mann und der Pflicht dem Unternehmen gegenüber, sie verkniff sich ein bewunderndes Lächeln, denn sie schätzte viele seiner Eigenschaften. Sie griff zu ihrem Glas, erhob sich, ging zur Brüstung und schaute über das nächtliche Logroño. In der Ferne erschienen die Dörfer der Rioja entlang des Rio Ebro lediglich als kleine Lichtflecken. Dunkel stand dahinter die Sierra de Cantabria. Isabella empfand die mehr als eintausend Meter hohe Steilwand als schützend und bedrohlich zugleich. Den größten Teil ihres Lebens hatte sie die Sierra vor Augen gehabt. »Du hättest Priester werden sollen, Henry, man könnte bei deiner Argumentation meinen, du hättest ein Jesuitenkolleg besucht.«

»So schlimm war die katholische Oberschule nicht, außerdem argumentierst du nicht weniger geschickt.«

»Das habe ich von dir gelernt.«

Henry nahm ebenfalls sein Glas zur Hand und stieß mit Isabella an, die ihrerseits zögerte. »Schlichtung?«

Er lachte. Er ließ sich ungern aus der Ruhe bringen, er hasste Streit und vermied ihn, wenn es nur irgend möglich war. Erst wenn es sich partout nicht vermeiden ließ, nahm er die Herausforderung an. Dann kämpfte er auch – nur nicht mit ihr, da brach er jede Debatte vor dem möglichen kritischen Punkt ab. Er ertrug es nicht, wenn sie ihm gram war, wenn sie unglücklich schien; und wenn sie zweifelte, tat er alles ihm Mögliche, diese Zweifel zu zerstreuen oder für eine rasche Klärung zu sorgen. Doch hier und heute meinte er das Richtige zu tun, nein, das einzig Mögliche.

»Es ist die Art und Weise, in der Schiller mich gebeten hat, ihm zu helfen. Wenn er sich mit dem Kauf verausgabt, wie soll er unsere Rechnungen bezahlen? Er wird sich in den Weinbau stürzen, dann kommen Anforderungen auf ihn zu, von denen er keinen blassen Schimmer hat, theoretisch vielleicht, aber die Praxis sieht immer anders aus, und er wird sein Geschäft in Tübingen vernachlässigen. Man kann sich nicht zerreißen. Beides richtig zu machen ist kaum möglich, jedenfalls für ihn. Er ist kein Manager. Er will selbst handeln, selbst seine Kunden bedienen, um ihre Wünsche zu verstehen und den Kontakt nicht zu verlieren. Und im Weinberg wird er nicht anders sein, da muss er sehen, fühlen, riechen und schmecken, er muss präsent sein!«

»Du hast gesagt, dass er zuverlässige Mitarbeiter hat.«

»Wie fähig die manchmal sind und wie wenig willens, sich entsprechend einzusetzen, weißt du selbst. Außerdem hat er erwähnt, dass sich zwischen dem ersten und dem zweiten Gespräch mit der Besitzerin etwas verändert haben muss, dass er das merkwürdige Gefühl gehabt hat, dass irgendetwas faul an der Sache sei.«

»Na bitte, da haben wir's. Das ist der Knackpunkt. Henry Meyenbeeker, wie er leibt und lebt. Das ist es, was dich reizt, dass da was faul ist, vielleicht etwas Verborgenes, ungeahnte Hintergründe, das ist der Spürhund in dir, da geschieht etwas, dem du nachgehen musst. Wie damals, als du hergekommen bist. Versteh es bitte nicht falsch.«

Isabella sagte es, ohne vorwurfsvoll zu klingen, eher fatalistisch einem Wesenszug Henrys gegenüber, der nicht zu ändern war, bei dem ihr nichts anderes übrig blieb, als ihn zu akzeptieren. So war er, und er würde sich nie ändern. Und es war der Mann, den sie liebte.

»Langweilst du dich hier? Ist es dir zu wenig aufregend, Wein zu verkaufen, in Europa herumzureisen und Weinhändler zu treffen, dir Strategien zu überlegen, wie wir nach vorn kommen, mit den Freunden von LAGAR neue Produktlinien zu entwerfen, die Trauben wachsen zu sehen, auf den Regen zu warten, auf den Austrieb, dabei zu sein, wenn aus Trauben Weine werden, dabei mit unseren vielen Mitarbeitern umzugehen, an einer gemeinsamen Aufgabe zu arbeiten?« Isabella merkte, dass Henry bei den letzten Worten zu lächeln begonnen hatte. Diesen Ausdruck kannte sie aus anderen Debatten: Jetzt würde er mit unschlagbaren Argumenten kontern.

»Und du, Isabella, ist dir das, was du eben angeführt hast, zu langweilig und musst du mit Gerichtsmedizinern, Archäologen, greisen Dorfbewohnern und verlogenen Priestern in den trockensten und steinigsten Stellen Spaniens die Leichen General Francos ausgraben? Verliere ich je ein Wort darüber, wenn du zu den politischen Kongressen der ARMH reist und für die Vereinigung zur Wiedererlangung des historischen Gedächtnisses tagelang in historische Archive abtauchst und nach dem Verbleib der *desaparecidos* suchst? Wenn du dich um die Verschwundenen kümmerst, machen dein Vater und ich die Arbeit und neuerdings auch deine Tante. La Cantora zeigt täglich mehr Familiensinn. Sie tut es still, nicht laut, aber immer besser.«

»Meine Arbeit ist politisch, politisch wichtig«, fuhr Isabella auf. »Wir haben viel bewegt. Deine Sache hingegen ist die Privatangelegenheit von diesem Schiller. Da geht es nur um Geld.«

Eine Sache gegen die andere aufzurechnen war Henry fremd, doch hier tat er es. Isabella hatte recht, es ging um Geld, es ging aber auch darum, einem Kunden einen Gefallen zu tun, ihn vor Fehlern zu bewahren. Und es ging um das Leben, das Schiller führte oder führen wollte. Der Kauf einer Finca, ja der einer Bodega, und sie zu betreiben waren eine

Entscheidung, die das gesamte Leben auf den Kopf stellte und die Prioritäten neu setzte. Schiller würde nur noch gehetzt zwischen Tübingen und Mallorca hin- und herfliegen und hoffen, nichts vergessen zu haben.

Isabella hatte jedoch auch in einem anderen Punkt recht: Es war der Satz, dass »etwas nicht stimmte«, der ihn hatte hellhörig werden lassen, der ihn lockte, es stimmte auch, dass ihm die Büroarbeit, speziell das Marketing und der Vertrieb, zur Routine geworden war. Es gab schließlich noch vieles mehr auf der Welt, als Wein herzustellen und ihn zu verkaufen, er hätte es auch nie getan, wenn es nicht Isabella gäbe und er nicht an allen Phasen des Geschäfts beteiligt wäre. Glücklicherweise reichte die Welt des Weins über das rein Geschäftliche weit hinaus. Er hatte mit Menschen zu tun, mit Winzern, ihren Familien und Mitarbeitern. Ihrer aller Schicksale bewegten ihn, und die Verirrungen, die seine Aufmerksamkeit anzogen, die der Önologen, Kellermeister und Lesehelfer. Es war eine Art Universum. Seit vielen Jahren beobachtete er diesen Ausschnitt der Menschheit wie unter einem Vergrößerungsglas. Und es ging weiter, es ging um das Klima, die Geologie, um Biologie und Wetterkunde, es ging um Politik, hier um die Abwehr der nordamerikanischen Forderungen im Rahmen des Freihandelsabkommens TTIP und den Erhalt der erprobten europäischen Standards sowie der Ursprungsbezeichnungen. Spanisches Bodenrecht musste für Schiller ein unlesbares Buch sein, Henry selbst kam damit nur mühsam zurecht, zumindest kannte er Anwälte, die ihr Wissen nicht zum Schaden der Klienten einsetzten. Und deshalb hatte er zu Schillers Ansinnen, ihm zu helfen, nicht Nein sagen können. Sein Ansinnen abzulehnen und ihn dadurch möglicherweise als Kunden zu verlieren wäre zu verschmerzen gewesen, doch es lag in der Kellerei momentan nichts Bedeutendes an – die Korrektur des neuen Prospekts und der Produktbeschreibung würde er morgen beenden.

Er merkte, dass Isabella sich nicht wohlfühlte, und er hakte nach. Es gab möglicherweise noch andere Gründe, weshalb sie so strikt dagegen war, dass er einige Tage verschwand. Mehr als drei oder vier würden es sowieso nicht werden.

»Ich habe es dir noch nicht gesagt«, druckste sie herum, »auch ich werde demnächst einige Tage fort sein. Die ARMH braucht mich. Ich … wir … haben Hinweise gefunden, dass es 1938 in einem Ort in der Nähe von León Massenerschießungen gegeben haben könnte. Ich habe dir davon erzählt. Jetzt wollen sie, dass ich mir die alten Unterlagen von der Kirche und der Stadt vornehme und nach den Namen von Verschwundenen suche. Ich mache wirklich nur Archivarbeit! Du weißt, dass zum Teil falsche Todesursachen angegeben oder nach den Erschießungen die Namensregister gefälscht wurden.«

Henry sah sie an und schwieg. Hatte sie so heftig argumentiert, damit sie diese Aufgabe wahrnehmen konnte und er hier nach dem Rechten sah? Die Suche nach den Toten hatte sie sich zur Lebensaufgabe gemacht, was er voll und ganz akzeptierte. Gleichzeitig dachte er an die Drohbriefe, an die Morddrohungen, die sie wegen ihres Engagements erhalten und vor ihm verheimlicht hatte. Er hatte die Briefe kopiert und seinem Freund José Maria Salgado gezeigt. Für den ehemaligen Leiter der internen Ermittlung der Polizei waren es ernst zu nehmende Kriegserklärungen. Er hatte die Briefe mit anderen vergleichen lassen, die von Rechtsradikalen stammten, denn viele Militante der ARMH und auch der Foros por la Memoria, die ebenfalls an der Aufklärung der Massenmorde durch Franquisten beteiligt waren, bekamen ähnliche Schreiben, die ihnen Angst einjagen und sie von ihrer Arbeit abbringen sollten, »mit der sie das Ansehen Spaniens beschmutzen«. Sowohl der Staat als auch die regierende Partido Popular sowie die Hälfte der Bevölkerung waren dagegen, dass man sich mit den »angeblichen« Massenmorden der Diktatur Francos beschäftigte. Die Toten des Bürgerkriegs, »alles Kommunisten, Anarchisten und Schwule«, sollten verdammt noch mal begraben sein und nicht noch nach ihrem Tod wie zu Lebzeiten weiter für Unfrieden sorgen.

»Wieso sagst du nichts?«, fragte Isabella leise in das leichte Rauschen des Verkehrs, das von der Avenida bis hier oben in den siebten Stock heraufdrang.

»Ich mache mir Sorgen, ich habe Angst um dich«, sagte er, gestand ihr, dass er die Briefe heimlich gelesen hatte, und erzählte ihr von Salgados Reaktion.

»Und, was soll ich tun?«, fuhr Isabella auf. »Alles liegen lassen, so weitermachen wie bisher, bis die nächste Katastrophe passiert? Wo du hinsiehst, sind die Rechten auf dem Vormarsch, Neonazis, Konservative, sogenannte Patrioten, Neoliberale mit ausländerfeindlichen Parolen ... und ich soll stillhalten? Du bist ja nicht gescheit. Sonst hilfst du mir, bestärkst mich in meiner Aufgabe, und plötzlich hast du Angst, weil dieser Polizist dich nervös gemacht hat? Übrigens hat die Vereinigung Memòria de Mallorca auch die ersten Opfer von Francos Mördern auf der Insel entdeckt, in einem Ort namens Sant Joan. Die Opfer, alles Männer, stammten aus Maria de la Salut, sie sind verschleppt worden und wurden ohne Gerichtsverfahren hingerichtet. So ist das, *así es!* Und du schnüffelst in meinen Sachen herum und schlägst mir vor, ich soll mich nicht mehr kümmern?«

»Ich habe nicht geschnüffelt.« Den Vorwurf konnte Henry nicht auf sich sitzen lassen. »Du bist vom Frühstück aufgestanden, musstest plötzlich dringend wer weiß wohin, hast die Fenster offen gelassen, was weiß ich, und alle Papiere flogen durch die Bude, die besagten Briefe lagen unter der Zeitung. Natürlich schaut man darauf.«

Henry wusste, dass er jetzt argumentieren konnte, wie er wollte. Isabella hatte sich sozusagen eingeschossen und ließ nichts mehr an sich heran, in dem Zustand suchte sie ausschließlich nach Bestätigung für ihr grundsätzliches Misstrauen. In diesen Momenten schien es ihm, als fürchte sie um ihr Selbst, als meinte sie, dass man sie berauben wolle. Es ging so weit, dass sie vermutete, ihr inhaftierter Bruder hätte Zuträger in der Kellerei oder auch im Büro, Spione, die ihn über alles informierten, was im Hause Peñasco geschah. Möglich war alles, nur was hätte Diego davon?

»Ich bin müde«, sagte Isabella distanziert und stellte ihr halb volles Glas auf dem Tisch ab, nahm die leere Salatschüssel und wandte sich der Küche zu, ohne weiter auf die Drohbriefe einzugehen. »Es war ein anstrengender Tag, ich gehe schlafen. Sei so nett und räume den Rest ab.« Dann schob sie noch ein »bitte« nach, ganz so unverbindlich wollte sie den Abend nicht beenden.

»So benimmt sie sich nur, wenn sie Angst hat«, sagte Henry, nachdem er José Maria Salgado von Isabellas Reaktion berichtet hatte.

Der ehemalige Polizist empfand Isabellas Verhalten als durchaus verständlich. Er kannte sie fast ebenso lange wie Henry, allerdings längst nicht so gut.

»Ihr könnt nicht vorsichtig genug sein.« Salgado setzte die Ohrenschützer auf, brachte seine automatische Pistole in Anschlag und schoss fünfmal hintereinander, obwohl das Magazin seiner Waffe vierzehn Schuss fasste. Fünf Schuss waren bei Wettbewerben üblich. Alle waren Treffer, alle im Schwarzen. Er nahm die Ohrenschützer wieder ab, die jeder hier auf dem Schießstand in Lardero trug, der zum Trainieren herkam. Ohne sie wirkte sein Kopf schmaler, als hätten die Ohrenschützer ihn zusammen- und seine Nase herausgedrückt. Henry notierte die Ergebnisse, dann stand er auf, auch er schoss einhändig mit seiner Sig Sauer. Seine Schießkünste reichten kaum an die seines Freundes heran, sehr zu seinem Leidwesen.

»Du wirst immer besser.« Salgado machte ihm Mut. »Leider gibst du dir zu wenig Mühe, man schießt nicht mit der Hand, nicht mit dem Finger, man schießt mit dem Geist, das ist wie Bogenschießen beim Zen-Buddhismus, der Geist trägt die Kugel ins Ziel. Waffe und Arm sind nur Werkzeuge. Konzentrier dich!«

Er blickte ihn finster an, sein immer kritischer Blick aus schmalen, dunklen Augen signalisierte Besorgnis. Es ging ihm weniger um die Kellerei Peñasco und Isabella als vielmehr um Henry, mit dem ihn inzwischen eine intensive Freundschaft verband. Zu gut erinnerte er sich noch an den Augenblick, an dem er den damals noch als Journalisten tätigen Deutschen von Schlägern übel zugerichtet vorgefunden hatte und Henry nur mit fremder Hilfe das Haus verlassen konnte. Aber erst das beinahe fatale Abenteuer am Kaiserstuhl in Deutschland hatte Henry dazu bewegen können, mit Salgado und einigen ehemaligen Kollegen der Provinzpolizei ein Kampfsporttraining aufzunehmen. Salgado hatte auch seine Beziehungen spielen lassen, sodass Henry, mit einer Spanierin verheiratet, nach seiner Einbürgerung in den Besitz eines Waffenscheins gelangte und jetzt hier mittun durfte.

»Ihr beobachtet die Ratte weiterhin?« Nur wenn niemand aus der Familie in der Nähe war, nannte Henry seinen Schwager Diego bei diesem Namen, der seinen ganzen Abscheu vor ihm ausdrückte.

»Seiner Schwester wird er nichts tun, Sebastián auch nicht. Du bist sein Feind. Außerdem ist er in andere Aktivitäten verstrickt. Isabellas Bruder ist und bleibt gefährlich, besonders durch seine Verbindungen zu den Neofaschisten. Sogar im Gefängnis zieht er seine Drähte, und er verfügt über reichlich Geld, wobei uns noch nicht klar ist, wie und durch wen er es nutzt. Zu guter Letzt sorgt ihr dafür, dass es mehr statt weniger wird. Lasst euch was einfallen, dreht ihm den Geldhahn zu.« Wieder schoss Salgado eine Sequenz, wieder trafen alle Schüsse.

Henry war der Ansicht, dass nur die Polizei Diego finanziell blockieren könnte. »Es ginge vielleicht, wenn ihr beweisen könntet, dass er das Geld für illegale Aktivitäten verwendet. Aber mich überrascht, dass ihr ihn weiter beobachtet. Auch sein Umfeld, seine Beziehungen zu den Neonazis?«

»Ganz besonders die. Nicht die Polizei ist es, wir sind es, die ihn beobachten.«

Henry hatte Salgado bislang nicht dazu bewegen können, ihm zu sagen, wer genau hinter diesem »wir« steckte. Er brachte die Waffe erneut in Anschlag.

Salgado stand ruhig neben ihm und sah ihm zu. »Hör auf zu denken und atme ruhig, und bei jedem Ausatmen drückst du ab!«

Drei von fünf Schüssen trafen, Salgado war zufrieden. »Woran hast du gedacht?« Er grinste anzüglich. »Hast du dir ein Ziel vorgestellt?«

Henry fühlte sich ertappt, sagte nichts und kehrte rasch zum ursprünglichen Thema zurück. »Wer überwacht ihn? Ich kann es mir kaum vorstellen, dass die konservative Regierung der Partido Popular, weder die von La Rioja noch die Zentralregierung, die Aktivitäten von Rechtsradikalen im Auge behält. Schließlich sympathisieren viele Abgeordnete, Parteimitglieder und weite Teile der Wählerschaft mit den Rechten – die Wirtschaft, die Polizei, das Militär und der Klerus gehören zu diesen Kreisen, die Sieger eures Bürgerkrieges.«

»Er wird beobachtet, aber nicht offiziell, nicht von der Regierung, nicht von Behörden, ich habe sowieso nichts mehr zu sagen, aber es gibt Leute, die auf meinen Rat hören und die nötigen Maßnahmen ergreifen. Wir wissen, dass er zwar nicht mit Geld um sich wirft, aber gewisse Aktivitäten finanziert, von Leuten, deren Bewegungsfreiheit wir ganz bewusst eingeschränkt haben. Aber Gefängnismauern sind durchlässig. Kein Knast ist sicher. Mehr kann ich dir nicht sagen.« Salgado drückte sich gern verklausuliert aus. Hatte er einen V-Mann eingeschleust, vielmehr einschleusen lassen? Aber wer ging schon freiwillig in den Knast? Das gab's nur in Hollywood. Dann konnte es nur ein Verurteilter sein, der sich von Spitzeldiensten etwas versprach. Diese Leute nahmen ein extremes Risiko in Kauf, denn wenn sie von Mithäftlingen enttarnt wurden, erging es ihnen übel, sehr übel.

»Was wisst ihr über seinen Anwalt?«

»Er ist äußerst diskret, fällt nicht durch markige Sprüche auf, ist ein sehr versierter Jurist. Er vertritt häufig straffällig gewordene Neonazis und Hooligans, für die Alianza Nacional ist er mehr im Hintergrund tätig.«

Henry hatte keine Bedenken, hier über diese Angelegenheit zu sprechen. Es knallte laut, alle Schützen trugen Ohrenschützer und waren auf ihren Sport konzentriert. Als Sport empfand er das Schießen allerdings nicht. Pfeil und Bogen hätten ihm nähergelegen. Aber Salgado wollte es so. Er war der Einzige, dem er sich fügte – ach, Isabella auch, wie konnte er das vergessen?

»Über Diegos Bankkonten könnte man an die Leute rankommen, die wichtig sind, und an das eigentliche Geschäft. Wenn ein Richter die Erlaubnis dazu gibt, ist alles einfacher, aber wir haben keine Beweise, noch nicht, um eine derartige Verfügung zu erlangen. Falls wir uns die Informationen auf illegalem Weg beschaffen, können sie vor Gericht nicht verwendet werden.«

»Na, vor Gericht braucht man ihn nicht wieder zu bringen, der hat noch etliche Jahre hinter Gittern vor sich.«

»Da genau liegt das Problem, dein Problem, *mi caro amigo*, mein lieber Freund.« Salgado wählte diese Formulierung nur, wenn es sich um etwas Ernstes handelte. »Wenn er sich weiter so gut führt, kommt er in zwei oder drei Jahren raus. Inzwischen kann er über seine Kanäle leicht Aufträge nach außen geben, die könnten auch dich betreffen und die Kellerei schädigen.«

Henry winkte ab. »Der hat da drinnen andere Sorgen. Was sind das für Leute, mit denen er sich umgibt?« Henry war sich keinerlei Bedrohung bewusst. Er konnte sich nicht vorstellen, dass jemand seinen Hass ein Jahrzehnt oder länger konservieren konnte und immer noch auf Rache sann. »Es gibt Wichtigeres zu tun und zu denken.«

»Sicher«, murmelte Salgado, er kannte Henrys Phlegma, es war so elastisch, dass man noch schlechter hindurchkam als durch eine harte Mauer. Er begann seine Waffe zu reinigen, nachdem er geprüft hatte, dass keine Patrone mehr im Lauf steckte, und achtete darauf, dass auch Henry mit der gebotenen Sorgfalt vorging.

»Im Gefängnis gibt es nicht viel Wichtigeres. Vergiss nicht, dass er in der Hochschule des Verbrechens lebt, umgeben von allen Spezialisten sämtlicher Fachrichtungen. Nur die arabischen Terroristen und die Etarras sind isoliert. Ob er zur ETA Kontakte hält, wissen wir nicht. Mit allen anderen kann er sich die Zeit vertreiben. Er spielt Karten mit Spezialisten für Geldschränke, arbeitet in der Küche mit Betrügern zusammen, treibt Bodybuilding mit Schlägern, putzt den Flur mit Autoknackern und Fachleuten für Internetbetrug. Wenn er rauskommt, ist er nicht dümmer, was er sowieso nicht ist, er liest viel, lässt sich Fachzeitschriften kommen, auch über Wein. Wenn er dann noch lernt, seine Gefühle zu beherrschen, wird er richtig gefährlich. Ich hoffe, das Peñasco-Geld wird ihn faul werden lassen, und das Kokain macht ihm den Kopf kaputt. Außer …« Salgado steckte sich sein grünes Polohemd wieder in die Hose, er gehörte zu jenen Männern, denen es ständig aus dem Bund rutschte, vielleicht weil er Henrys Rat nicht befolgte, ein wenig mehr zu essen, und ziemlich dürr wirkte.

»… außer er findet Gefallen an der Kriminalität und wird so was wie ein Pate«, vermutete Henry. »Nach außen spielt er den Edelmann, den erfolgreichen Winzer, ein reicher Erbe, Geschäftsmann. Bei Nacht kommen dann die Kanaillen, liefern das Geld aus dem letzten Überfall ab und holen sich neue Aufträge.«

»Das bringt mich auf einen anderen Gedanken. Wer in der Kellerei mag für ihn den Spion spielen, wer könnte ihn informieren über das, was bei euch passiert? Ich könnte mir vorstellen, dass Diego Informationen aus der Firma erhält, kopierte oder fotografierte Unterlagen, Daten, die ihm sein Anwalt reinbringt. Dann wird er auch darüber im Bilde sein, was du machst, wo du bist, wohin du reist. Je näher dir die Informanten sind, desto mehr wird er wissen.«

»Aus der Zeit seines Großvaters arbeiten nicht mehr viele Männer bei uns, die alten sind längst tot oder pensioniert. Und an die neu eingestellten Mitarbeiter kommt Diego nicht heran.«

Salgado nahm die Angelegenheit nicht auf die leichte Schulter. »Du machst es dir mal wieder zu leicht, Henry! Du unterschätzt die Leute.«

Sie packten ihre Waffen in die Koffer und wandten sich dem Ausgang des Schießstandes zu, wo sie sich aus der Anwesenheitsliste austrugen und ihre Waffen zurückließen. Sie wollten noch in die Stadt, etwas essen, da konnten sie die Waffen schließlich nicht mitnehmen und im Auto lassen.

»Etwas muss ich dir noch zu Diego sagen.« Salgado blieb an der Beifahrertür von Henrys Wagen stehen und sah sich um. Sie waren allein. »Neuerdings nimmt er an Rehabilitierungsprogrammen teil, er arbeitet mit einem Psychologen. Dann geht er in die Kirche und quatscht mit den Priestern, spendet Geld für … die Armen, er tut, als wäre er geläutert, vom Saulus zum Paulus. Er mimt den Heiligen, macht sich mit der Gefängnisleitung gut Freund, er will raus, will auf vorzeitige Entlassung hinaus, und sie fallen alle auf ihn rein.«

Während der kurzen Rückfahrt ins Zentrum von Logroño wies Salgado noch einmal darauf hin, dass Henry am nächsten Tag unbedingt daran denken sollte, seine Waffe abzuholen. »Ich will, dass du sie greifbar hast. Du vergisst sie wieder, wie ich dich kenne, du nimmst das nicht ernst genug.«

»Morgen fliege ich nach Mallorca. Da brauche ich sie nicht.«

»Du machst da doch nicht etwa Ferien? Auf Malle, wie ihr

sagt? Kommt der Deutsche wieder durch? Wir Spanier gehen da nicht hin.«

Sie waren mittlerweile in der Calle Laurel angelangt, wo es die besten Tapas-Lokale gab und selbst an Wochentagen Gedränge herrschte. Um diese Zeit stand Henry der Sinn nicht mehr nach einem richtigen Essen, doch die Tapas in der »Bar Ángel« schlug er niemals aus, obwohl er früh würde aufstehen müssen. Isabella wollte ihn zum Flughafen von Bilbao bringen. Von dort abzufliegen oder anzukommen war immer ein Erlebnis, er freute sich darauf, denn er bewunderte jedes Mal wieder das Werk des Architekten Santiago Calatrava, der das Terminal in Form eines Kranichs entworfen hatte. Unter seinen Flügeln fanden die Flugzeuge Unterschlupf, und wenn sie aufgetankt und beladen waren, trauten sie sich wieder hervor und schwangen sich in den Himmel. An das Guggenheim-Museum, erdacht von Frank O. Gehry und seinem Team, konnte er sich bis heute nicht gewöhnen und hielt mit seiner Meinung darüber hinter dem Berg, denn auch José Maria gehörte zu den Gehry-Fans und bildete zusammen mit seiner Frau sowie Isabella eine Front gegen ihn. Auch mit seiner Ansicht über die Schrotthaufen, zu denen er neben dem Museum auch die Kellerei Marqués de Riscal in Elciego zählte, stand er ziemlich allein.

In der »Bar Ángel« drangen sie kaum bis zum Tresen vor. Unvorstellbar bei diesem Getümmel, dass morgen ein Arbeitstag bevorstand. Ihr letztes Thema an diesem Abend war die anstehende Reise. Salgado wollte natürlich mehr wissen, als Henry vom Tübinger Weinhändler erzählte und dessen »komischen Gefühlen«. Salgado gab viel darauf. Er besaß ein Gespür für Gefahr, den berühmten sechsten Sinn. »Was weißt du über die Kellerei?«

»Ich habe versucht, mich schlauzumachen, eine Website hat schließlich jede Bodega. Aber ich kam nur auf die Eingangsseite von Ses Palmes, nicht mal technische Daten waren verfügbar, etwas über die Historie, die Weine und Rebsorten. Man braucht einen Zugangscode, wenn man mehr sehen will. Aber ich habe versprochen zu helfen, der Tübinger ist ein guter Kunde.«

Salgado fand die Idee, dass sich ein Deutscher auf Mallorca oder sonst wo in Spanien ein Weingut kaufte, ziemlich absurd. »Wenn einer sich hinter seiner Finca einen Weinberg anlegt und seine Freude daran hat, dann kann ich das verstehen, aber ein kommerzielles Weingut? Wie groß ist es?«

»Zwölf Hektar. Das ist praktikabel, wenn nicht zu viele Leute davon leben sollen.«

Als Riojaner war Salgado der Weinbau von Kindheit an vertraut, spanischer Wein und Rioja waren Synonyme, man kannte sich zwangsläufig aus, besonders mit einem Weinjournalisten als Freund, der jetzt zu den Kellereibesitzern aufgestiegen war.

»Zwölf Hektar? Das ist nicht gerade viel, ihr habt mehr als fünfzig. Ich hoffe, du hast ihm abgeraten. Was meint er, wie lange wird er brauchen, bis er begriffen hat, wie das Handwerk auf der Insel funktioniert?«

»Acht bis zehn Jahre, wenn er dann nicht längst pleite ist. Aber er ist nicht der treibende Keil, es scheint seine Frau zu sein, sie ist angeblich vernarrt in die Insel, sagt er jedenfalls. Du weißt ja, wie es ist, wenn die Frauen etwas wollen.«

»Ja, meine lässt mir so lange keine Ruhe, bis sie es hat. Aber der Mann ist Weinhändler, der sollte sich in dem Geschäft auskennen. Bist du sicher, dass es um das Weingut geht und nicht etwas anderes dahintersteckt?«

»Mit dir ist es schrecklich, José. Immer vermutest du eine Schweinerei, ein Verbrechen, schlechte Absichten. Kannst du nicht mal den Bullen sein lassen«

»Und an das Gute im Menschen glauben? Ich bin eben so«, lachte Salgado und bestellte in Olivenöl gebratene Gambas, danach würde es Venusmuscheln in Weißweinsauce geben, den Abschluss sollten frittierte Sardellen bilden.

Den Wein zu ordern war Henrys Sache, er ließ eine Flasche Albariño kommen, einen Weißen aus Galizien, Spaniens beste, wie er meinte, die würden sie schnell austrinken. Zum Rotwein danach nahmen sie marinierte Fleischspießchen und auch noch ein wenig Serrano-Schinken von Pata-Negra-Schweinen. Er war äußerst delikat, nussig und rauchig, gerade richtig zu diesem Wein, einer Crianza von Rioja Alta. Wenn sie die geleert hätten, würde er zu Fuß nach Hause gehen, leise seinen Koffer packen, morgen früh Isabella wecken, mit ihr frühstücken und sich von ihr zum Flughafen bringen lassen.

# Kapitel 4

Der Weg von der Maschine zum Baggage Claim in Palma war beinahe eine Tageswanderung. Henry war über die Ausmaße des Terminals bass erstaunt. Er hatte über den Neubau, der inzwischen bereits wieder alt war, in der Zeitung gelesen, es war unvermeidlich; aber dieses Gebäude selbst zu durchlaufen war bedeutend eindrucksvoller. Mehr als dreizehn Millionen Menschen hatten im letzten Jahr die Insel besucht – und das bei einer Bevölkerung von nur achthunderttausend. Wie anders war es in seinem beschaulichen La Rioja. Alle Welt trinkt Rioja-Wein, dachte er, auf einem Rollband stehend und über den Köpfen der ihm entgegenkommenden Menschenmenge nach dem Schild Baggage Claim suchend, aber kein Mensch kommt zu uns nach La Rioja, um Spaniens berühmtestes Weinanbaugebiet kennenzulernen, bis auf einige Weinfreaks und die Händler selbstverständlich.

Isabella lag mit ihrer Vermutung falsch. Er wäre lieber zu Hause geblieben. Das Reisen hatte Henry inzwischen satt, er hatte es übertrieben, war aus beruflichen Gründen ständig unterwegs gewesen, das Kofferpacken langweilte ihn nicht nur, es hing ihm zum Halse heraus. Und er gehörte nicht zu den Männern, die das ihre Frauen machen ließen. Auch deshalb war ihm die Reise nach Mallorca zuwider. Laute und schlechte Hotels, genau wie unpünktliche und schmutzige öffentliche Verkehrsmittel, drängelnde Menschen wie eben in der Maschine, als die Passagiere am liebsten bereits bei Einleitung des Sinkflugs über dem Mittelmeer aufgestanden wären und sich in Richtung Tür vorgearbeitet hätten, als fürchteten sie, nicht rechtzeitig rauszukommen. Und dann die ganz Pfiffigen am Gepäckband, sie bildeten eine Mauer, sodass man kaum sah, wenn der eigene Koffer ankam. Ganz so schlimm wurde es nicht, auf dem Flug Bilbao–Mallorca waren hauptsächlich Spanier an Bord, und die bewegten sich weitaus gelassener als sonnenhungrige Touristen.

Schiller erkannte er bereits von Weitem. Sie waren sich einige Male begegnet, auf der Weinmesse in Barcelona, bei einer Roadshow von Rioja-Weinen in Stuttgart und in seinem Laden in Tübingen. Schiller war nicht besonders groß, ein Rotschopf mit widerspenstigem Haar, roten Augenbrauen und Wimpern, Sommersprossen auf der Nase, einer Nickelbrille und einem freundlichen, zu Skurrilität neigenden Humor. Spöttisch war sein Ausdruck, so als wüsste er es besser. Auf Fremde machte er leicht den Eindruck eines Klassenprimus, eines Strebers und gleichzeitig den eines Mannes, der über den Dingen stand. Ein rot-weiß kariertes kurzärmeliges Hemd hing locker über den verwaschenen Jeans, damit hob er sich in nichts von den übrigen Reisenden ab. Seine Frau hatte er nicht mitgebracht. Henry trug das blaue Polohemd mit dem Firmenaufdruck unter einem hellen Anzug.

»Wie war der Flug?« Schiller schüttelte ihm herzlich die Hand.

»Normal«, antwortete Henry kurz angebunden. Er war direkt nach dem Start eingeschlafen und hatte beim Anflug sogar den Blick aufs Meer vergessen. Das Wecken war abrupt gewesen: »Bitte stellen Sie Ihren Sitz gerade!«, und entsprechend übel war seine Laune. Er hätte noch Stunden weiterschlafen können. Am liebsten würde er sofort ins Hotel fahren und sich wieder hinlegen, die Nacht mit Salgado war hart gewesen, es war nicht bei zwei Flaschen geblieben. Waren es drei oder vier gewesen? Sie waren beide nicht mehr in dem Alter, eine Nacht durchzumachen und das einfach wegzustecken.

»Im Grunde war der Flug phänomenal, denn ich habe nichts gemerkt. Das ist mir am liebsten, ich fliege nicht mehr gern, es ist mir unangenehm. Ich stelle mir immer die schrecklichsten Dinge vor und betrachte dann die Mitreisenden und male mir aus, mit denen auf eine einsame Insel verschlagen zu werden. Die Hölle, sage ich Ihnen, die Hölle. Die Hälfte von allen schwer verletzt, der Rest prügelt sich um Essen und Ausrüstung und Medikamente – ein Flugzeug voller Wölfe.«

»So ist nun mal die Welt, mein Lieber. Damit sie sich mäßigen, verkaufen wir ihnen ab und an eine gute Flasche Wein. Aber diesmal haben Sie es geschafft, Sie sind heil geblieben.« Schiller nahm es auf die leichte Schulter. »Also muss ich es Ihnen besonders hoch anrechnen, dass Sie gekommen sind? Ich schlage vor, da wir einige Tage sehr intensiv miteinander zu tun haben werden, dass wir uns duzen, das macht vieles einfacher. Einverstanden?« Er hielt Henry die Hand hin. »Gerhard!«

Was sollte Henry anderes tun, als die dargebotene Hand zu ergreifen? Er wollte nicht unhöflich sein. Am Telefon hatte er sich auch nicht besonders freundlich gebärdet, viel zu ablehnend war er gewesen, wie er im Nachhinein empfand. Er sah sich um. »Wo ist Ihre Gattin? Ich dachte, sie ist mitgekommen, Sie haben sie als treibende Kraft hinter Ihrem Wunsch bezeichnet, wenn ich Sie recht verstanden habe.«

»… wenn du mich recht verstanden hast«, korrigierte Schiller. »Ulrike, bei uns in Schwaben sagt man ›'s Rickle‹, ist mit der Bahn nach Palma gefahren, sie will Bücher über Flora und Fauna besorgen, auch topografische Karten über die Gegend, in der die Finca liegt. Es soll eine deutsche Buchhandlung geben, Akzent oder Dialog heißt sie, irgendwo im Zentrum. Aber da hast du mich falsch verstanden. Sie ist die treibende Kraft hinter dem Wunsch, sich ein Haus oder ein Grundstück auf der Insel zuzulegen. Mein Wunsch ist es, nicht zu viel Geld zu investieren, und da dachte ich an eine

Bodega, da lässt sich noch was verdienen, vielleicht sogar eine Ferienwohnung einrichten, die Preise hier sind gesalzen.«

Die beiden Männer waren stehen geblieben, Henry musterte die Umgebung. Abholer waren erschienen, Menschen mit Türmen von Gepäck verließen den Flughafen, Vertreter von Reiseveranstaltern hielten Schilder mit den Namen der Unternehmen in die Höhe. Eines davon erregte Henrys Aufmerksamkeit, denn der Name, Viajes Guzmán, sah hingekritzelt aus, und der junge Mann, der es mit beiden Armen in die Höhe hielt, wirkte ein wenig abgerissen. Er hielt das Schild so, dass nur die untere Gesichtshälfte zu sehen war und er gerade eben darunter hindurchschauen konnte. Zwei brennende Augen blickten kurz in seine Richtung, wie Henry sie nie zuvor gesehen hatte. Dann verdeckte das Schild wieder sein Gesicht. Wen hatte er angestarrt, ihn oder Schiller?

Der nahm jetzt Henry den Koffer ab, in dem er das Nötigste verstaut hatte: Ein Anzug mitsamt Krawatte war unter diesen Umständen sowieso überflüssig. Einige leichte Hemden reichten aus, zwei helle Hosen, sein Waschzeug, ach, die Badehose hatte er vergessen, aber er würde sowieso nur zwei oder drei Tage bleiben, die Finca ansehen, sein Urteil abgeben und, ohne ins Mittelmeer einzutauchen, schleunigst wieder verschwinden.

Schiller ging voran ins Parkhaus, mit dem Lift fuhren sie ins vierte Stockwerk, und der Weinhändler drückte auf den Autoschlüssel. Einige Meter vor ihnen piepte es, die Warnblinkanlage zeigte im Halbdunkel deutlich die Position eines asiatischen Geländewagens, der mit seinen wulstigen Formen und schräg stehenden Scheinwerfern einem Meeresungeheuer aus einem japanischen Science-Fiction-Film glich. Das ist Godzilla auf vier Rädern, dachte Henry und schmunzelte, ein Transformer hätte es auch sein können. Er selbst fuhr einen einfachen Audi Kombi, das Modelo Barro, wie Isabella es nannte, frei übersetzt mit Modell Lehm oder Dreck, weil er ständig auf Nebenstraßen und in Weinbergen unterwegs war und selten Zeit für die Waschstraße fand. In Wirklichkeit gefiel ihm ein staubiges Auto besser. Solche Fahrzeuge wurden auch seltener gestohlen.

Plötzlich hatte er das ungute Gefühl, beobachtet zu werden, und drehte sich rasch um, aber da war niemand – außer einem älteren Paar, das sein Gepäck aus dem Kofferraum eines weißen Mercedes holte, und einem Motorradfahrer, der sich den Helm aufsetzte. Schiller starrte Henry an, als hätte er dieses Verhalten erwartet.

»So geht es mir, seit wir das erste Mal Ses Palmes besichtigt haben, das war vor drei Tagen. Gestern waren wir zum zweiten Mal dort.«

Das GPS schaltete sich ein, als Schiller den Motor startete, es brachte sie sicher aus dem Parkhaus und auf die Autobahn. Coll den Rabassa stand auf einem blauen Schild am Straßenrand, und Henry fragte sich, was es bedeutete. Würde er hier wieder das gleiche Problem bekommen wie in Katalonien, wo er übel beschimpft worden war, weil er statt der katalanischen Speisekarte um eine spanische gebeten hatte? Einen »arroganten deutschen Faschisten« hatten ihn die Männer genannt, und er hatte das Lokal daraufhin eilig verlassen. Idiotie machte vor keiner Nation halt.

Schnell bogen sie ab. Kurz sah er Palma vor sich liegen, das Meer blitzte im Sonnenlicht, ein schmaler Streifen des Hafens war zwischen trockenen Bäumen und den üblichen ockerfarbenen Neubauten zu sehen, dann blieb Palma links zurück. Sie umrundeten die üblichen Kreisel auf provisorischen Straßen, fuhren durch gelbes, staubiges Bauland auf ein mächtiges Gebirge zu, die Serra de Tramuntana. Sie zog sich von Westen nach Norden über die gesamte Insel, bis auf eintausendvierhundert Meter reichten die höchsten Spitzen hinauf. Er erinnerte sich vage an diesen Höhenzug, er lächelte bei dem Gedanken, dass er etwas Ähnliches in Logroño quasi vor der Haustür hatte, ja sogar von seinem Schreibtisch aus konnte er die Sierra sehen. Dann empfahl das Navi mit eindringlicher Stimme, rechts abzubiegen. Schiller leistete dem brav Folge.

»Wir haben in unserem Hotel in Sineu auch für dich ein Zimmer gemietet. Ausgaben gehen natürlich auf uns, sozusagen Spesen frei.« Schiller erklärte, dass er den Ort im Zentrum der Insel ausgewählt habe, weil es von dort aus nur fünf oder sechs Kilometer zum »Objekt unserer Begierde« seien und man sich zwischen den beiden D. O. s, den Herkunftsgebieten mit geschützter Ursprungsbezeichnung für Mallorcas Wein, befände, den Denominaciones de Origen: Binissalem im Westen, am Fuß der Serra, und Pla i Llevant im Osten, wo das Gelände meist flacher sei. Von Weinbergen könne hier allerdings kaum die Rede sein, es handele sich bei den Weingärten hauptsächlich um Flachlagen mit nur leichten Steigungen. Ob es in der Serra noch Weinberge gebe, wisse er nicht, aber es interessiere ihn auch nicht. Falls die Zeit es erlaube, könne man ja mal durch die Berge fahren. Es gebe da einige Weingüter, auch die von Deutschen, Es Fangar sei eine der größten deutschen Besitzungen.

Sie aufzusuchen fand Henry wenig hilfreich, viel wichtiger waren die Mallorquiner, denn sie wussten, was zu tun war.

Kaum hatten sie die staubigen Außenbezirke Palmas hinter sich gelassen, wurde das Land grün. So saftig hatte Henry es nicht in Erinnerung, er wusste nicht mehr, in welcher Jahreszeit er hier gewesen war. Und ihm fiel auf, dass die Windräder auf den Dächern der Bauernhöfe funktionstüchtig zu sein schienen, Holzmasten mit einem spinnennetzartigen Gerüst, das mit Segeln bespannt war. Es schien, als könnten sie jederzeit wieder in Bewegung gesetzt werden, einige drehten sich sogar und pumpten Wasser aus der Tiefe auf die Felder der Llanura del Centro oder dienten der Stromerzeugung für Pumpen und andere Geräte. Einst hatten Esel die Arbeit verrichten müssen, die mit verbundenen Augen im Kreis um einen Brunnen liefen und ein Schöpfwerk antrieben.

»Wir waren bei der Ankunft auch erstaunt, wie grün die

Insel ist«, bemerkte Schiller und wunderte sich, wie intensiv hier wieder Landwirtschaft betrieben wurde.

Henry verkniff sich einen Kommentar. Er fürchtete, Schiller mit seinem Pessimismus zu verstimmen. Doch er würde nicht umhinkommen, zu erwähnen, dass man sich erst nach dem Ende des Baubooms auf die Landwirtschaft besonnen habe, um den Charakter der Insel und ihren Ferienwert zu erhalten. War auf dem Festland die Finanzkrise der Auslöser für den Zusammenbruch der Bauwirtschaft gewesen, so waren es auf Mallorca massive Betrügereien und Bestechungen innerhalb der Inselregierung und der Verwaltung. Er würde Schiller davon berichten müssen. Sie mussten jede Urkunde genau prüfen, ebenso Verträge und Baugenehmigungen, denn in der Vergangenheit hatte sich herausgestellt, dass sie gefälscht waren, was häufig vorgekommen war und sicher weiterhin praktiziert wurde, um unkundigen Ausländern das Geld aus der Tasche zu ziehen.

»Sie stürzen sich wie die Lemminge in die Hotelburgen und Touristenzentren, aber sehen wollen sie hier eine intakte Landwirtschaft, die es nicht gibt. Die Insel kann sich nicht selbst versorgen.«

Den Gedanken, dass Schillers Frau offenbar ähnlich wie die meisten Touristen dachte, behielt Henry für sich. Er hatte den Weinhändler mehr als genug gequält, seine Abneigung gegenüber Schillers Kaufabsichten deutlich klargemacht. Es reichte, jetzt waren Diplomatie, Beratung und diskrete Hinweise angebracht. Er würde sich jeden persönlichen Kommentars enthalten und nur vom Sachverstand her argumentieren. Das fiel ihm schwer; diplomatisch war er nur dann, wenn ihn etwas wenig interessierte. Er durfte hier lediglich Fakten eruieren. Die Bewertung musste er dem Mann überlassen, der neben ihm am Steuer saß und den Wagen in aller Ruhe durch ein Dorf lenkte, in dem ein entspannt wirkender Hund vor ihnen die Straße überquerte, als wüsste er, dass ihm hier nichts geschehen konnte. Dachte Schiller ähnlich?

Bislang hatten sie noch nicht über Geld gesprochen, über den Kaufpreis und ob er gerechtfertigt war.

Am Ortsende durfte Schiller bis auf neunzig Stundenkilometer beschleunigen und hielt sich daran. So konnte Henry ein wenig von der Landschaft aufnehmen, die ihn erstaunte und die ihm gefiel. *Huertas*, Gemüsegärten, von Orangen- und Zitronenbäumen eingefasst, grenzten an die einstöckigen Bauernhäuser, typisch war die einseitige Schräge des Daches. Dann folgte ein dunkelgrüner Hügel mit Aleppokiefern, deren Krone an Pinien erinnerte. Daneben weideten Ziegenherden, Steinmauern statt Zäune hinderten sie am Vordringen auf fremde Ländereien. Schafe ruhten im Schatten von Mandel- und Feigenbäumen. Das Blattwerk von Kartoffelpflanzungen bedeckte fast die rote Erde, die stellenweise mal zu einem dunkleren, mal helleren Ocker changierte, daneben ein Weizenfeld in strahlend hellem Grün. Und wieder Trockenmauern, die die Landstraße begleiteten, Naturstein, von geschickten Händen ohne Mörtel aufgeschichtet.

Henry konnte sich gut vorstellen, dass diese Landschaft faszinierte, dass jemand für immer hier leben wollte. Er erinnerte sich nur zu gut daran, wie es ihm vor zehn Jahren in La Rioja ergangen war. Aber er wäre damals zurück nach Deutschland gefahren, wenn es Isabella nicht gegeben hätte …

Dreißig Kilometer sollten es von Palma bis nach Sineu sein, wie Henry auf einem Wegweiser gelesen hatte. Es gab Abzweigungen zu anderen Orten, die ihm nichts sagten, zumindest kannte er einige Namen, die ihm gestern im Internet bei der Suche nach mallorquinischen Weingütern aufgefallen waren. Einige wollte er mit Schiller besuchen, um sich einen Überblick zu verschaffen und den Weinhändler sachkundig zu beraten. Da waren die Orte Santa Eugènia und Algaida genannt worden, Sencelles und Lloret.

Henry fiel auf, dass Schiller plötzlich angespannt wirkte. Obwohl seine Augen von der Sonnenbrille verdeckt waren, bemerkte Henry den unsteten Blick von der Straße zum Rückspiegel, dann zum Außenspiegel und wieder zur Straße.

»Beunruhigt dich etwas?«

»Sieht man mir das an?« Unwillig schüttelte Schiller den Kopf, als wollte er etwas abstreifen, doch seine Augen konnte er nicht still halten.

Henry schaute in den Rückspiegel auf seiner Seite. Da sie sich in einer Kurve befanden, war die Straße hinter ihnen nicht zu überblicken.

»Ich glaube, es folgt uns jemand – auf einem Motorrad. Er ist ziemlich weit zurück, ich kann mich irren, mal ist er da, mal nicht, bleibt hinter einer Anhöhe verschwunden, dann ist er wieder da, aber nur als Punkt. Aber es ist sicher nichts, ich irre mich bestimmt.«

Als sie an einer geraden, leicht abschüssigen Straße angelangten, konnte Henry keinen Verfolger entdecken. Um seinen Begleiter abzulenken und die unangenehme Spannung zwischen ihnen abzubauen, bat er ihn, von Ses Palmes zu berichten, zumindest das, was er bislang in Erfahrung hatte bringen können.

»Gib mir eine umfassende Beschreibung der Finca oder Bodega, oder ist es eine Mischform, sowohl landwirtschaftlicher Betrieb als auch Kellerei?«

Schiller schwieg so lange, dass Henry schon nachfragen wollte, ob er ihm überhaupt antworten wolle.

»Soll ich dir alles erzählen, oder willst du lieber die Projektbeschreibung lesen, die mir die Besitzerin zugeschickt hat?«

»Ich will es von dir hören!« Technische Daten halfen ihm wenig dabei, sich ein Bild zu machen. Dass Schiller sich mit einem Mal so wortkarg präsentierte, mochte ein Zeichen dafür sein, dass Henrys harsche Reaktion den Weinhändler von seinem Vorhaben wenn nicht abgebracht, so doch distanziert hatte. Er musste erreichen, dass Schiller sich in seiner Entscheidung wieder frei fühlte, sonst würde er es ihm ewig nachtragen, seinen Traum zerstört und vielleicht sogar die Ehe ramponiert zu haben.

»Außerdem ist dein erster Eindruck entscheidend«, sagte Henry, »wie so oft. Das Gefühl, das einen überfällt, wenn man zum ersten Mal ein Haus oder ein Gelände betritt, ist wichtig. Das ist nicht anders als der erste Eindruck eines Menschen.« Er sprach aus Erfahrung. »Und besonders wichtig ist die Meinung deiner Frau. Wie du sagtest, ist sie der Motor der Idee.«

»Ganz so einfach ist es nicht. Ich will ein Weingut, Ulrike will eine Finca. Das muss auf einen Kompromiss hinauslaufen.« Wieder irrten Schillers Augen zum Rückspiegel, obwohl die Straße kaum befahren war. Der gesamte Verkehr ins Innere der Insel bewegte sich hauptsächlich über die Autobahn von Palma über Inca nach Sa Pobla.

»Der Winzer, ein Spanier, Ignácio Martínez, einer von der Insel, ist vor sechs Monaten verstorben. Er war nicht alt, Mitte fünfzig, soweit ich weiß; er hatte einen Schlaganfall. Er lag wohl den ganzen Tag über hilflos in seiner Kellerei, erst abends hat ihn seine Frau gefunden. Sie ist Deutsche, eine sehr gut aussehende Frau, Gesine Fröhlich, vielleicht Ende dreißig, groß, blond, der Traum jedes Spaniers. Anfangs, wie sie sagte, hat sie versucht, mithilfe anderer den Betrieb aufrechtzuerhalten, auch die beiden Töchter hätten geholfen …«

»Wie alt sind die?«

»Siebzehn und dreizehn, glaube ich.«

»Ein katastrophales Alter, gerade im Verhältnis von Töchtern zur Mutter …«

»Ich wusste gar nicht, dass du Kinder hast.«

»Habe ich auch nicht, leider, aber ich weiß, was bei Freunden abgeht. In der Phase möchte ich nicht in ihrer Haut stecken.«

»Na – jedenfalls haben sich alle überfordert gefühlt.«

»Und was ist mit Mitarbeitern? Die Arbeit kann man

schließlich nicht allein machen, oder man rackert sich zu Tode.«

»Jetzt, wo du es sagst – klar, an die muss man auch denken. Da sind auch die Gebäude, die erhalten werden müssen. Es gibt die Weinberge, keine Berge, es gibt nur Flachlagen und leicht geneigte Hänge, auf denen man sogar mit Maschinen ernten könnte, sagte man mir, zumindest anfangs, in Lohnarbeit. Ich weiß, dass du nichts davon hältst. Es ist alles eine Frage, welche Qualität von Wein man produzieren will.«

»Deinem Angebot im Laden nach zu urteilen sicher nichts Minderwertiges.«

Schiller nickte. »Es war die Rede von marokkanischen Erntehelfern, Spanier findet man angeblich kaum. Die verdienen im Tourismusgewerbe deutlich mehr.«

»Was wird angebaut, welche Rebsorten?«

»Also bei den Autochthonen, bei den Sorten hier von der Insel, habe ich mir die Namen nicht merken können. Bei den Internationalen sind es die üblichen wie Cabernet Sauvignon, Merlot natürlich und Shiraz, Chardonnay nicht zu vergessen, der ist überall dabei, an Parellada kann ich mich erinnern, die weiße Sorte wird sonst nur in Katalonien angebaut, im Penedès zum Beispiel, wir führen solche Weine …«

»Zwölf Hektar sind es insgesamt, wie du sagtest?«

»Dreizehn sind es, dreizehn sind bestockt, hinzu kommen fünf Hektar Garten und Ackerland, Weide und Mandeln …«

Bei den letzten Worten hörte Henry kaum noch hin. Dreizehn – so ein verdammter Mist. Mit dieser Zahl fing der Schlamassel an. Hätte er das gewusst, wäre er nicht gekommen, er hätte gar nicht argumentiert oder lamentiert. Er hätte Schillers Ansinnen sofort mit einer stichhaltigen Ausrede abgelehnt. Dreizehn war eine Zahl, die ihn ins Unglück ritt. Seit Jahren kämpfte er gegen seinen Aberglauben, hatte deshalb sogar einen Therapeuten aufgesucht und las alles, was ihn hätte befreien können, doch es bewahrheitete sich immer aufs Neue. Sollte er umdrehen, Schiller bitten, ihn zurückzufahren? Dann konnte er mit dem nächsten Flugzeug verschwinden ... Nein, damit würde er sich lächerlich machen.

Er hatte sich intensiv auf philosophischer Ebene mit der falschen Verknüpfung von Ursache und Wirkung beschäftigt und hielt sich für ausreichend intelligent und aufgeklärt. Nur wenn es sich um schwarze Katzen handelte, um die Zahl Dreizehn oder wenn, wie heute, als sie auf dem Weg nach Bilbao hatten halten müssen, auf der Wiese neben der Straße ein Pferd laut wieherte, reagierte er so. Er hätte die Reise abbrechen sollen, erst jetzt erinnerte er sich an die Begegnung mit dem Pferd und schaute in den Rückspiegel. Da war niemand. Er dachte an den jungen Mann, der ihn am Flugplatz angestarrt hatte, mit feurigen Augen, wie es ihm jetzt erschien. Das alles war blanker Unsinn, Einbildung, Aberglauben eben, doch es hatte ihn wieder einmal eingeholt und gepackt.

»Dreizehn«, stöhnte er und seufzte.

»Ein Problem damit?«, fragte Schiller und warf ihm einen skeptischen Blick zu. »Etwa abergläubisch?«

»Nein, nein, keineswegs!« Ob das auf den Weinhändler seltsam wirkte, war Henry egal. Er sah eine tote schwarze Katze am Straßenrand liegen, überfahren, und erinnerte sich an das Exemplar, das im nächtlichen Laguardia über die Straße gelaufen war, bevor der Önologe Jaime Toledo ermordet worden war. Damit hatte der Ärger begonnen. Zu seiner Beruhigung und zu seinem Glück fiel ihm ein, dass er in diesem Zusammenhang auch Isabella kennengelernt hatte. Und er atmete auf. Aber was war damals am Kaiserstuhl gewesen, hatte es nicht auch dort vorab einen Hinweis auf die sich anbahnende Katastrophe gegeben? Man hatte auf ihn geschossen, und er war mit heiler Haut davongekommen. Frank war dabei gewesen, Frank Gatow, der Fotograf, den sie im letzten Jahr in der Toskana besucht hatten, auch ihn hätte es fast erwischt.

Nein, es sind keine dreizehn Hektar, es sind dreizehn plus fünf, also achtzehn, sagte sich Henry, aber es half nicht.

»Wie sieht es mit dem Maschinenpark aus?«, fragte er, um sich selbst auf andere Gedanken zu bringen. »Ist er brauchbar?«

»Alle Maschinen sind angeblich in perfektem Zustand, sagt Frau Fröhlich, ich kann das schwerlich beurteilen.« Schiller hatte sie nicht in Betrieb gesehen, ob man sie lediglich einer Wäsche unterzogen hatte, entzog sich seiner Kenntnis. Beeindruckt hatte ihn die gut ausgestattete Werkstatt, die länger nicht benutzt worden war, wie er meinte, aber eine Inventarliste aller Werkzeuge sollte er morgen oder übermorgen erhalten. Ein Traktor war vorhanden, eine Spritzmaschine sowie ein Aufsatz zum Laubschneiden, der das zeitaufwendige Gipfeln ersparte. Pflug und Egge waren vorhanden, ebenso wie eine Mähmaschine, um die Begrünung zwischen den Rebzeilen kurz zu halten.

In welcher Weise und mit welchen Techniken der Weinbau auf Mallorca betrieben wurde, war Schiller nicht klar, ob es nun integrierter, ökologischer oder dynamischer Weinbau war.

»Wofür habe ich dich einfliegen lassen, mein lieber Henry Meyenbeeker? Ich wollte uns für morgen zu einer Besichtigung und zum Gespräch bei Frau Fröhlich anmelden. Komisch, dass die keinen spanischen Nachnamen hat. Ist das nicht üblich?«

»Nur wenn sie gewollt hätte. Eheleute behalten nach der Hochzeit ihren Geburtsnamen, der setzt sich aus den Vornamen und den Nachnamen der Mutter und des Vaters zusammen. Und, gehen wir morgen zu dieser Frau Fröhlich?«

»Es wird wohl am Vormittag schon klappen, nachmittags muss sie die Töchter von der Schule abholen.«

Henry gähnte herzzerreißend. »Dann werde ich mich nachmittags mal diskret in der Gegend umsehen, vielleicht trifft man zufällig einen Nachbarn, der was zu sagen hat und der gern plaudert.«

»Genau deshalb brauche ich dich, weil du mit diesen Leuten umgehen kannst.«

Aber nicht mit der Dreizehn, dachte Henry, dreizehn Hektar sind eine ganze Menge. Er kannte Weingüter, die waren halb so groß und arbeiteten trotzdem rentabel. Allerdings wurden dort ausschließlich exzellente Weine produziert, für die auch exzellente Preise verlangt wurden, die guten mallorquinischen Weine waren nicht gerade billig. Noch in Logroño hatte er vergeblich versucht, in einschlägigen Weinführern etwas über die Ses-Palmes-Weine in Erfahrung zu bringen. Unter den Ursprungsgebieten Binissalem und Pla i Llevant waren lediglich fünfzehn Weingüter genannt, nicht jedoch Ses Palmes. Dabei sollte es inzwischen mehr als achtzig Produzenten auf der Insel geben.

Ähnlich war Schiller vorgegangen, ebenso erfolglos. »Und um mir das Angebot unserer Fachhändler anzusehen, fehlte mir die Zeit. Frau Fröhlich meinte auf meine Nachfrage, dass sie fast die gesamte Produktion an die lokale Gastronomie verkaufen, nur ein kleiner Teil ginge direkt an deutsche Touristen und Schweizer Händler. Als wir dort waren, habe ich auch einen Schweizer mit Frau Fröhlich reden hören, der Akzent ist unverwechselbar.«

Der letzte Satz ließ Henry schmunzeln, denn auch Schiller sprach Schwäbisch mit unverwechselbarem Akzent.

»Im Internet habe ich nachgesehen, das macht man heutzutage wohl als Erstes, es ist einfach, einige Klicks – und du bist drin, aber da war nichts, nur die Eingangsseite, ein Foto von der Finca mit den drei Palmen, das hat mich gewundert.«

Der Höflichkeit halber fragte Henry, noch immer mit seiner Müdigkeit kämpfend, ob das Foto der Finca der Wirklichkeit entsprach.

»Das tut es, aber es wirkte leblos, sah fast nach Aufgabe aus …«

»Wir müssen uns die Bücher zeigen lassen, die Umsatzzahlen der letzten Jahre, ich weiß nicht, ob ich, was die wirtschaftliche Bewertung einer Firma angeht, der Richtige bin.

Es wäre sinnvoll, einen Steuerberater heranzuziehen, für die Eigentumsfragen brauchen wir einen Rechtsanwalt und Notar.«

»Dazu ist es zu früh, Henry. Ich will von dir lediglich wissen, was du von der weinbaulichen Seite hältst. Du hast LAGAR mit aufgebaut, diese Kooperative, die heute großartig dasteht, und bei Peñasco hätten sie dich nicht genommen, wenn du kein guter Verkäufer wärst. Wie viele Jahre bist du durch die iberischen Kellereien gezogen?«

»Ach, jetzt kommst du damit raus«, sagte Henry in gespielter Empörung. »Ich soll in Zukunft auch deine oder eure Weine verkaufen?« Er schüttelte den Kopf. »Ich habe genug um die Ohren. Jetzt werden wir erst mal sehen, was auf Ses Palmes los ist.«

Er war sich sicher, er würde Schiller die Flausen mit dem Weingut austreiben. Er war kein Pessimist, doch er war davon überzeugt, dass man das fortsetzen sollte, was man am besten konnte. Hätte er demnach Journalist bleiben sollen?

Das Erste, was er von Sineu sah, war der wuchtige Kirchturm auf dem Hügel inmitten der eng stehenden und ineinander verschachtelten Häuser, ein Stück davor ragte die Windmühle über die Dächer. Der Anblick erinnerte ihn an die drei Tage im Städtchen Consuegra in der Mancha, wo er von morgens bis abends mit schmerzendem Rücken Safrankrokusse geerntet und bis Mitternacht mit den Bauern die roten Staubfäden herausgezogen hatte. Es erstaunte ihn, dass alle Eindrücke, die hier auf ihn einströmten, weit mehr mit Spanien zu tun hatten als mit dem Klischee von der Ferieninsel, die einige Deutsche in ihrem Größenwahn als das 17. Bundesland bezeichneten. Zu viel Sangría hatte schlimme Folgen.

Der Charakter Sineus war spanisch, hatte aber nichts von der kastilischen Schwere, die den Besucher in manchen Orten erdrückte, nichts vom dumpfen Klerikalismus oder der Beliebigkeit touristischer Massenquartiere. Der Ort gefiel ihm, er passte in die Landschaft, er gehörte zu ihr, und die Landschaft gehörte zu ihm, umschloss ihn, sie griff fast in den Ort hinein, denn Weizenfelder und Gemüsegärten grenzten an die letzten Häuser. Da war ein Sportplatz, dort eine Palme, Bäume säumten die Straße, rechts die Felder, eine Abzweigung nach Sant Joan, nahe an der Wache der Guardia Civil. Schließlich bogen sie in eine Gasse, in der ein ungeübter Fahrer besser die Außenspiegel einklappte, denn an allen Häuserecken hatten vordere und hintere Kotflügel Lackspuren hinterlassen.

Schiller hielt im Schatten vor einem von außen völlig unscheinbaren Eckhaus, damit Henry seinen Koffer nicht weit schleppen musste, anschließend brachte er den Wagen zum nahen Parkplatz, drei Minuten später kam er zurück. Kühle und Dunkelheit empfingen Henry, alte Mauern und Bogengänge gaben ihm das Gefühl, in Sicherheit zu sein, kunstvolle, moderne Schmiedearbeiten unter Rundbögen vermittelten den Eindruck, sich in einer Galerie zu bewegen. Gläserne Trennwände nahmen dem Stein Schwere und Härte und machten das Halbdunkel durchsichtig.

Schiller hatte mit dem »Can Joan Capó« ein gutes Quartier ausgesucht. Henrys Zimmer im ersten Stock war geräumig, das Bett mit dem Baldachin viel zu groß für ihn allein, es hätte auch Isabella hier gut gefallen, besonders das große komfortable Bad. Schiller ließ sich den Besuch einiges kosten. Henry beeilte sich, nach der Dusche ins Atrium zu kommen, wo Schiller bereits wartete. Über den ersten Eindruck vom Weingut, über sein Gefühl hat er nicht gesprochen, dachte Henry, als er die Zimmertür hinter sich abschloss, und er überlegte, ob er ihn erneut danach fragen sollte. War es nicht besser, auf den eigenen ersten Eindruck zu warten?

Der Weinhändler winkte ihn zu sich an einen Tisch im Innenhof, an dem auch seine Frau saß. Henry erinnerte sich vage, er hatte Ulrike Schiller nur einmal in Tübingen gesehen, doch das war eine Weile her und nur kurz gewesen, und damals hatte sie eine lange Hose und einen dicken Pullover getragen. Heute war sie im Bikinioberteil mit einem um die Hüften geschlungenen bunten Tuch erschienen. Sie hatte im hinteren Teil des Atriums am Pool gelegen. Entweder tat sie das häufiger, oder sie war von Natur aus ein dunkler Typ.

»Ihr beide duzt euch, das sollten wir dann auch so halten.« Mit offenem Lachen streckte sie Henry die Hand entgegen. »Ulrike! Bist du nun Henry oder Heinrich? Danke, dass du unserer Bitte nachgekommen bist.« Jetzt trat sie näher und deutete eine Umarmung an. »Wir haben wichtige Entscheidungen zu treffen, da ist guter Rat teuer. Ich glaube, es sind die letzten wichtigen Entscheidungen im Leben, bevor man richtig alt wird. Im Grunde wäre es für uns ein Neuanfang, und der will wohlüberlegt sein.« Sie wandte sich an ihren Mann. »Nun, Gägge, hol uns was Schönes zu trinken, einen Cocktail, falls es hier so was gibt, oder einen Cava, den gibt's bestimmt. Eine Bar hat doch jedes noch so kleine Hotel, nicht wahr, Henry? Sie haben übrigens nur neun Zimmer, ein schönes Haus. Ist dein Apartment auch so stilvoll eingerichtet?«

Henry hatte den Eindruck, als müsse Frau Schiller für Stimmung sorgen oder ihn, den eingeflogenen Experten, bei Laune halten. Oder wollte sie die Distanz überspielen, die vom ersten Augenblick an zwischen ihnen herrschte? Sie schien eine lebenslustige Person zu sein, die sich aus Lachfalten wenig machte. Sie hatte freundliche dunkle Augen, aber ihr Blick war unstet. Das dunkle Haar, in dem sich erste graue Strähnen zeigten, hatte sie mit einem Tuch hochgebunden, damit es beim Schwimmen nicht nass wurde. Sie bewegte sich langsam, sie lächelte, sie wollte gefallen, sie wusste, dass sie gut aussah. Ob der Eindruck täuschte, dass sie anpacken konnte, woher sollte Henry das wissen? Auf einem Traktor oder beim Rebschnitt konnte er sie sich schlecht vorstellen, schon eher in der Verwaltung oder im Büro. Das war auch ihr Bereich in der Weinhandlung. Sie zahlte die Rechnungen. Und sie zahlte pünktlich.

Sie setzten sich, während Gägge, wie seine Frau ihn nannte (Henry würde Schiller niemals so nennen), nach einem Kellner suchte, um die Drinks zu bestellen. Auf dem Tisch lag eine deutschsprachige Zeitung, in alter Gewohnheit griff Henry danach.

»Was liest man hier, ein deutsches Blatt?« Er nahm die Zeitung im handlichen Berliner Format und blätterte zurück zur Titelseite. Es war das Mallorca Magazin. »Ich wusste gar nicht, dass es hier deutsche Zeitungen gibt.« Dann schlug er die Doppelseite wieder auf und betrachtete die Fotos. Zwischen zwei blauen Müllcontainern und einer fleckigen Mauer lag eine mit einer Plane zugedeckte Leiche, dahinter ein hässliches Gebäude mit einer Galerie im ersten und zweiten Stock, es sah nach einem billigen Apartmenthaus aus, mit einer Lichtreklame im Hintergrund. Von dort kam die Sonne. Henry erkannte am flachen Lichteinfall und der Härte der Konturen, dass die Aufnahme am Morgen entstanden sein musste. Erst jetzt las er die Überschrift der Seite: Unbekannter in S'Arenal erschossen.

»Derartige Storys sollte man sich nicht geben, wenn man beabsichtigt, hier zu leben.«

»S'Arenal ist nicht Mallorca, Henry. Es ist die unangenehme Seite der Insel. Wahrscheinlich handelt es sich um irgendeinen Bandenkrieg, Zuhälter, Drogen, was weiß ich, wie es da zugeht, man hört nichts Gutes, aber du solltest den Artikel dazu lesen. Es gibt ja auch Leute, die springen vom dritten Stock in den Hotelpool. Als Krimileserin finde ich es interessant, dass man – oder vielmehr der Mörder – alle Hinweise entfernt hat, die auf die Identität oder Herkunft des Toten hinweisen. Sogar die Etiketten aus der Kleidung wurden entfernt. Die Polizei geht davon aus, dass der Mann an anderer Stelle erschossen und später absichtlich hier abgelegt wurde. Der sollte gefunden werden.«

»Es ist der falsche Platz für eine Leiche«, meinte Henry, den die Story überhaupt nicht berührte. Er hatte seine Lesebrille aufgesetzt und betrachtete das Foto genauer. »Auf den Containern steht, dass sie für Papier und Pappe vorgesehen sind.«

»Meine Güte, was für einen Zyniker hat mein Mann da angeschleppt? Wenn ich eure Weine nicht kennen würde, hätte ich den allerschlechtesten Eindruck von dir.«

Henry lachte, er mochte diese Art von Geplänkel, die Frau gefiel ihm besser, und er gefiel ihr, und für einen Moment blitzte etwas mehr als nur Verständnis auf. Da erschien Schiller und hinter ihm die Hotelbesitzerin persönlich, um die Wünsche entgegenzunehmen.

Henry bestellte frischen Orangensaft. Nach der langen Nacht mit Salgado stand ihm der Sinn nicht nach Cava, und während seine Begleiter sich über die gewünschte Marke klar zu werden versuchten, blätterte er weiter. Da war ein Artikel, der ihn weitaus mehr interessierte. Es handelte sich auch um S'Arenal, möglich, dass ein Zusammenhang bestand, es konnte eine Warnung sein. Ein pensionierter Beamter der hiesigen Verwaltung war verhaftet worden. Das Foto zeigte ihn, wie er einen Gefangenentransporter verließ, von einem Polizisten geführt, und sich die mit Handschellen gefesselten Hände vors Gesicht hielt. Der Mann stand im Verdacht, bei der Genehmigung von Table-Dance-Lokalen einem gewissen Miguel B. behilflich gewesen zu sein. Auch sollte er dem zwielichtigen Unternehmer aus dem Rotlichtmilieu als Strohmann gedient haben. Zu seinen Aufgaben sollte es gehört haben, schmutzige Partys für Inselpolitiker und Bürgermeister zu organisieren. Die Gegenleistung hatte wohl darin bestanden, die Betreiber der Etablissements vor Razzien zu warnen, da sie Minderjährige aus Osteuropa beschäftigten. Für Henry war das keine sensationelle Meldung, Korruption in Spanien war die Regel, nicht die Ausnahme, und bei den Partys handelte es sich lediglich um das übliche Rotlichtprogramm für Funktionsträger, das alle Vorurteile bestätigte. Das Dumme war nur, dass sie meistens zutrafen.

Was dachten sich die Auftraggeber? Dass man mit derart billigen Vergnügen Vorteile bei Politikern erreichen konnte? Anscheinend ging die Rechnung auf. Es war Henry unverständlich. Einen Karton Wein für den, der ihm einen Gefallen tat, war üblich. Geld war da schon etwas ganz anderes, das war der Motor, damit ließ sich viel bewegen und vermeiden, dass der Bürgermeister den Kollegen aus der Nachbargemeinde am Nebentisch bemerkte, womöglich mit offenem Hemdkragen …

»Etwas Interessantes entdeckt?«, fragte Ulrike.

Henry blätterte weiter, er wollte Frau Schiller nicht nervös machen, er hatte ihrem Mann gegenüber schon zu viel von seiner Einstellung preisgegeben. »Nichts von Belang, Skandale, die üblichen, S'Arenal ist immer gut für Schlagzeilen. Ich halte es eigentlich für einen positiven und für Mallorca wichtigen Ort. Die Playa de Palma zieht die Verrückten und Idioten an, dann lassen sie den Rest der Insel und die vernünftigen Leute in Ruhe.«

»Schon wieder der Zyniker. Geht das so weiter? Bist du mal dort gewesen, in dieser … Zone?«

»Nein, danke, ich hatte bisher keine Veranlassung dazu.«

»Sollte man sie besucht haben?«

Henry zuckte mit den Achseln und starrte Ulrike Schiller über den Rand seiner Lesebrille an. »Wem's beliebt? Ich glaube, dass die Leute tagsüber alle am Strand in der Sonne liegen, dann kommen abends die Hitze und der Alkohol, und nachts in der Masse drehen sie auf und durch. Bis in die Zeitung schaffen es höchstens die wirklichen Exzesse.« Er dachte an die männliche Leiche, die man gefunden hatte, das war eine Geschichte, die für Fortsetzungen geeignet war. Er würde die Angelegenheit weiterverfolgen, allerdings in einer spanischen Zeitung, denn das Mallorca Magazin erschien nur einmal pro Woche. Er konnte seine journalistische Neugier nie ganz ablegen. Vielleicht sollte er doch mal nach S'Arenal fahren? Aber seine Zeit war zu knapp bemessen, obwohl der Rückflug offen geblieben war, wovon er Isabella vorsichtshalber nichts gesagt hatte. Sie wollte übermorgen nach León zu ihren Archiven und Ausgrabungen.

»Weshalb haben Sie das Blatt gekauft?«, fragte Henry.

Schiller hatte sich gesetzt und blätterte fahrig im hinteren Teil der Zeitung. »Mich interessieren die Anzeigen, ich bin auf der Suche nach einem zuverlässigen Anwalt.«

Das Kopfschütteln Henrys blieb innerlich, nach außen zeigte er ein Lächeln. »Da verlasst euch besser auf Empfehlungen und auf Anwälte, die in beiden Ländern operieren, also in Spanien und Deutschland, dann habt ihr wenigstens auf einer Seite die Sicherheit, dass es mit rechten Dingen zugeht.«

»Nur auf einer Seite?« Es schien, als halte Ulrike Schiller Henrys Empfehlung auch für den Ausdruck seines Zynismus.

»Nur auf einer Seite«, wiederholte er. »Die Kanzlei auf deutscher Seite kann sauber sein, der Anwalt, der in Spanien für sie arbeitet, hat vielleicht andere Interessen und Klienten. Alles kann glattgehen, alles kann schiefgehen.«

Die Eheleute sahen sich bedeutungsvoll an, wobei Henry sich nicht sicher war, ob sie an ihrem Entschluss zweifelten, an seiner Kompetenz oder daran, ob es richtig gewesen war, ihn kommen zu lassen. Aber das war ihm gleichgültig. Sollten sie mit ihrem Geld machen, was sie wollten.

»Jetzt sagt mir aber bitte noch mal, was ich wissen muss, bevor wir morgen zu eurer Traumfinca fahren. Gleich in der Frühe?«

»Das wäre Frau Fröhlich am liebsten, dann sind die Töchter in der Schule und stören nicht«, antwortete Frau Schiller.

»Was ist mit den Mitarbeitern?«

»Die gibt's nicht mehr. Sie beschäftigt Kontrakter, eine externe Firma, die arbeitet mit Marokkanern.«

»Die sind momentan mit dem Ausbrechen der neuen Triebe beschäftigt«, fügte Gerhard Schiller hinzu. »Die Reben wachsen täglich mehr als zehn Zentimeter, man könne sie fast wachsen sehen, meinte sie. Es hätte viel geregnet, deshalb sei auch alles so grün. Sie beschäftigen neuerdings, seit dem Tod von … äh …« Er suchte nach dem Namen des verstorbenen Winzers.

Sie half ihm auf die Sprünge: »Ignácio Martínez …«

»Meine Frau spricht ein wenig Spanisch, sie kann sich die hiesigen Namen besser merken. Also, seit dieser Martínez verstarb, wird ein externer Kellermeister beschäftigt. Jemanden fest anzustellen sei Frau Fröhlich zu teuer, es ginge ja nur um die Zusammenstellung der Cuvées und was im Frühjahr so im Weinberg passieren muss. Das hätte ihr Mann früher alles allein gemacht – mit Hilfskräften natürlich –, die Bearbeitung der Weinberge, die Lese und so weiter und so fort.«

Dilettanten sind da am Werk, anders konnte Henry das Gesagte nicht einordnen. Er beschäftigte sich seit fünfzehn Jahren beruflich mit Weinbau, er hatte inzwischen jedes Weinbaugebiet in Spanien und Portugal bereist, bis auf die Balearen und die Kanaren, er wusste, wie die großen Bodegas arbeiteten, er kannte die feinen und kleinen und hatte auch einige untergehen sehen. Entweder war diese Frau Fröhlich gänzlich uninteressiert und wollte alles möglichst schnell loswerden, dann ergäbe sich ein interessanter Preis für den Käufer, oder die Schillers gaben das Gesagte falsch wieder, dann waren sie die Dilettanten. Aber so betrachtete er die Schillers keineswegs. Gerhard zumindest wusste, was ein guter, ein großer und ein schöner Wein war. Aber zwölf, nein dreizehn Hektar? Das war zu viel, um damit herumzuspielen, da passte einiges nicht zusammen.

»Dreizehn Hektar Wein hast du gesagt!« Henry blickte Gerhard an, der bestätigend nickte. »Gehen wir mal von viertausend Weinstöcken pro Hektar aus.« Wieder nickte Gerhard. »Gestattet ist bei den Roten eine Erntemenge von siebentausendfünfhundert Kilo, bei den Weißen sind es neuntausend.«

Jetzt zuckte Gerhard mit den Achseln. »Worauf willst du hinaus?«

»Mir gefällt etwas an der Sache nicht ...«

»Das weiß ich längst«, knurrte der Weinhändler. »Willst du dir die Konkurrenz vom Halse halten?«

»Ach, wenn es das wäre.« Henry winkte gelangweilt ab. »Glaubst du, ich säße dann hier?«

»Ist doch wunderschön.« 's Rickle (was für eine schreckliche Ausdrucksform, er sollte beim hochdeutschen Ulrike bleiben) wies auf die blühenden Pflanzen, die sich an den Mauern und Pfeilern bis zu den Balkonen im ersten Stock hinaufwanden.

Henry überging die Bemerkung. »Sie hat also die Arbeiter oder Angestellten entlassen. Aber gerade nach dem Tod des Winzers ist sie auf gute Mitarbeiter angewiesen. Habt ihr sonst jemanden auf dem Weingut gesehen?«

»Nein.«

»Keinen Menschen, nicht mal eine Hausangestellte?«

»Nichts.«

Das kam Henry sonderbar vor. »Ist das Haus groß?«

»Ziemlich«, bemerkte Gerhard, der langsam begriff, worauf Henry hinauswollte.

»Dann macht sie die Hausarbeit allein, hält den Garten in Ordnung, kümmert sich ums Weingut ...«

»Die Töchter helfen ihr«, wandte Ulrike halbherzig ein, schien sich aber der Fragwürdigkeit ihres Einwandes bewusst.

»In dem Alter bewegt man die Kinder zu nichts. Wenn Frau Fröhlich die Büroarbeit macht, sich um Lieferscheine und Exportpapiere kümmert, dann bleibt der Staub in den Ecken liegen.«

»Es war überall sehr sauber, zumindest was sie uns gezeigt hat.« Ulrike ärgerte sich offenbar über die Bemerkung.

»Jetzt mal konkret. Wie viel rote und wie viel weiße Trauben?« Henry griff nach einem Stück Papier und einem Kugelschreiber. »Produzieren sie Durchschnitt oder Klasse?«

Gerhard hatte die Zahlen im Kopf. »Durchschnitt bis gut, doch keine Klasse. Etwa ein Viertel weiße Trauben, drei Viertel rote.«

»Dann gehen wir mal von fünftausend Kilo roten und siebentausend Kilo weißen Trauben pro Hektar aus, das macht bei dreizehn Hektar in etwa einundsiebzigtausend Kilo, das Ganze mit null Komma sieben multipliziert – so viel bleibt an Wein übrig – ergibt fünfzigtausend Flaschen. Das ist viel, ziemlich viel, das kann einer allein gar nicht bewältigen. Wenn sie nur Trauben produziert und verkauft, könnte es gehen, wenn sie selbst Wein keltert und vermarktet, ist was faul.«

In betretenem Schweigen starrten Ulrike und Gerhard Schiller Henry an, als bäten sie ihn darum, nicht noch genauer hinzusehen, ihnen die Illusionen nicht zu rauben, ihnen den Traum zu lassen, dass alles wunderbar sei.

Er aber blieb hart. Das war er in derartigen Fällen immer, auch wenn er sich die Sympathien verscherzte. Wer Klarheit wollte, sollte sie bekommen. Wie er oder sie damit fertigwurde, war Sache jedes Einzelnen.

»Dann werden wir uns den Laden mal genau ansehen, morgen erst, ja? Jetzt sollten wir essen gehen, ich habe Hunger. Gibt's hier in Sineu ein anständiges Lokal?«

# Kapitel 5

Sie stand vor dem Haus, ganz in Schwarz, hinter sich den Rundbogen der Eingangstür, zur Hälfte eingerahmt von violetten Blüten. Der Kranz strahlender Bougainvillea an der sandfarbenen Mauer des Hauses umgab sie mit der Aura einer Heiligen. Henry fragte sich, ob sie sich immer so fotografieren ließ, sich ganz dieser Wirkung bewusst und darauf bedacht.

Sie war eine schöne Frau, recht groß, nicht zu üppig, der schwarze Pulli und die schwarze Hose ließen sie sowieso schlanker erscheinen. Hellblondes Haar fiel in wohlgeformten Locken auf die Schultern, was den engelhaften Auftritt unterstrich. Bei diesem Klima und in dieser ländlichen Umgebung war es eine äußerst unpraktische Frisur. Die Form ihres Gesichts, besonders die energische Kinnpartie, ließ Biss und Energie vermuten. Den leicht gequälten Ausdruck der Hilflosigkeit um den Mund, schließlich war sie Witwe, kombiniert mit einem dankbaren Lächeln für den frühen und möglicherweise aussichtsreichen Besuch möglicher Käufer ihres Besitzes, bemerkte Henry erst, als sie direkt vor ihm stand und ihm die Hand reichte. Ihre blauen Augen ließen nichts von dem nach außen dringen, was in ihr vorging, aber genau hinschauen konnte sie.

»Ich glaube, sie leidet noch immer schrecklich unter dem Tod ihres Mannes«, bemerkte Ulrike Schiller leise, Henry diskret zugeneigt, als Frau Fröhlich einige Schritte im Flur vorausgegangen war und nach rechts in die *sala* wies, ins

Wohnzimmer. Ulrike blickte forschend in Henrys Gesicht, in der stillen Hoffnung, dass ihm die Besitzerin der Finca Ses Palmes sympathisch war. Das würde die Besichtigung vereinfachen und die Entscheidung für den Erwerb der Immobilie enorm erleichtern. War das Verhältnis der Menschen untereinander geklärt, liefen die Geschäfte oft wie von selbst. Das wusste auch Ulrike.

Gesine Fröhlich bat sie, am Esstisch Platz zu nehmen und nicht in den tiefen Sesseln, schließlich habe man Wichtiges zu besprechen, und sie würde Dokumente auf dem Tisch ausbreiten müssen. Doch ein Kaffee müsste sein. »Oder darf es schon ein Glas Weißwein sein? Wir haben unseren wunderbaren Prensal Blanc vom letzten Jahr, den man bereits zu dieser frühen Stunde durchaus schon trinken kann. Sie kennen die Rebsorte nicht?«, fragte Frau Fröhlich, als sie Henrys Zurückhaltung bemerkte.

Diese war jedoch weniger der unbekannten Rebsorte als vielmehr dem Gedanken geschuldet, bereits jetzt ein Glas Wein zu sich zu nehmen. Eine Weinprobe war Arbeit für ihn und zu dieser Tageszeit kein Vergnügen. Den Namen der Rebe hatte er bereits gehört, man nannte sie auch Moll, aber auf dem spanischen Festland kam sie so gut wie nirgends vor.

Ulrike Schiller ließ sich darauf ein, ihr gefiel der Wein, sie war auch an Ses Palmes mehr als Feriendomizil interessiert als ihr geschäftlich denkender Mann, der es wie Henry bei Kaffee beließ.

»War sie lange verheiratet?« Henry schaute sich in dem großzügig gestalteten Raum um und bemerkte sofort, dass vor nicht allzu langer Zeit eine tragende Wand herausgerissen worden war, um die Wohnfläche zu vergrößern, dazu waren an den Längsseiten Pfeiler eingezogen worden, die einen Träger stützten. Die dunklen Möbel hingegen wirkten schwer, spanisch und ein wenig abgeschabt.

»Nein, nicht allzu lange, so wie ich sie verstanden habe, acht oder neun Jahre«, meinte Ulrike, die vorgestern bereits bei den Gesprächen anwesend gewesen war. »Die beiden Töchter hat sie mit in die Ehe gebracht.«

»War es seine erste Ehe?«

»Nein, er war Witwer. Ist das von Bedeutung?«, fragte Schiller mit Blick auf die Tür des Wohnzimmers. Er wollte sich bei dem Thema nicht von der Hausherrin überraschen lassen.

»Es kann sich als immens wichtig herausstellen. Man muss die Familienverhältnisse in Spanien beim Kauf von Immobilien genau untersuchen, denn irgendeiner Tante gehört ein Stück vom Weinberg, ein Neffe, der vielleicht in Salamanca lebt, besitzt einen Teil des Gemüsegartens, der Schwager aus Torremolinos hat Wegerecht und zwei Hektar lediglich verpachtet, aber sie gehören ihm, und dann sind da noch die Kinder, eine Großmutter mit einer Parzelle und Alzheimer. Der Prozess, ein Gut zusammenzukaufen, kann Jahre dauern. Hatte ... wie hieß der Winzer? Ich hab's vergessen.«

»Ignácio Iñigo Martínez«, antwortete Schiller, der in einem Dokument hatte nachsehen müssen.

»Das ist kein mallorquinischer Name ...« Henry schwieg abrupt.

»Sie sprechen von meinem verstorbenen Mann?« Gesine Fröhlich hatte mit einem Tablett den Raum betreten und kam lächelnd auf sie zu. »Ignácio war ein großartiger Mann, er starb vor sechs Monaten. Es war schrecklich. Wenn man eine gescheiterte Ehe hinter sich hat und zwei Kinder, dann glaubt man nicht, dass man noch mal glücklich werden kann.« Frau Fröhlich seufzte zu deutlich, als dass es von Herzen kam, mit schmerzvollem Blick setzte sie das Tablett ab, stellte Ulrike ein Weinglas hin und füllte es bis zum Punkt des größten Durchmessers. An der Flasche aus klarem Glas bildete sich Kondenswasser, das in kleinen Perlen über das Etikett lief. Es war ein schlichter Namenszug, Ses Palmes, klar und deutlich, überragt von drei leicht nach rechts geneigten Palmen, die in ähnlicher Weise auf der linken Seite der Zufahrt zum Anwesen wuchsen. Ansonsten fanden sich die üblichen Angaben wie Herkunft, Alkoholgehalt und der Hinweis auf Schwefel auf dem Etikett. Es war auch die Rebsorte mit hundert Prozent angegeben, worauf Henry genau achtete, was wiederum Frau Fröhlich nicht entging.

Sie schlenderte zum Fenster, darauf bedacht, es absichtslos erscheinen zu lassen, und ließ den Blick nach draußen schweifen. Als sie sich wieder umwandte, schaffte es Henry, die Augen schnell genug auf Ulrikes Weinglas zu richten. Hell war der Prensal Blanc, von sehr hellem Gelb.

»In der ersten Zeit habe ich wie unter einer Glocke gelebt, als Fremde, als Deutsche, das alles stürzte plötzlich wieder auf mich ein, die Verantwortung. Meine Kinder waren mir eine große Hilfe, zumindest emotional, auch einige Nachbarn, auf sie konnte ich mich verlassen, sie haben geholfen, wann immer ich sie darum bat. Und sie werden sicher auch Ihnen helfen, Frau Schiller, wenn Sie sich für Ses Palmes entscheiden … Sie wissen ja, wie das ist, man fragt in solchen Situationen nicht gern um Hilfe, und die Menschen sind scheu, wer kann schon mit dem Tod umgehen? Was sollen sie auch sagen? So bleibt man mit seiner Trauer meistens allein. Ob es daran lag, dass mein Mann kein Mallorquiner war?«

»Woher stammte er?«

»Er kam aus einem kleinen Dorf in Andalusien, Sie werden es nicht kennen.« Mit dem Lächeln, das sie Henry schenkte, verbot sie ihm weitere Fragen. Es wurde interessant.

»Sie können sich vorstellen«, jetzt sprach sie Ulrike direkt an, »dass ich Ses Palmes schnell verkaufen möchte. Ich verstehe so gut wie nichts vom Weinbau, er hat mich auch nie besonders interessiert. Ignácio war ein typischer Spanier: Männer kümmern sich um Geschäfte, die Frauen um Haus und Familie.«

Dann wird er sehr konservativ gewesen sein, dachte Henry, aber das Büro wird er ihr überlassen haben. Und fürs

Haus hatten sie sicher eine Putzhilfe, auf jeden Fall, immer noch, so sauber und gepflegt wie hier alles war, besonders ihre gepflegten Hände und Fingernägel.

»Werden Sie bleiben, oder gehen Sie nach Deutschland zurück?«

»Ich würde ja bleiben, aber die Mädchen wollen unbedingt heim nach Karlsruhe. Sie haben sich mehr mit der Situation arrangiert, als dass sie gerne hier waren. Am Anfang war es für sie schrecklich, mit der Sprache, mit der Schule, Spanisch und Mallorquin gleichzeitig zu lernen, die Schulkinder sprechen untereinander alle nur Mallorquin, da bleibt man ausgeschlossen. Und nach Palma auf die internationale Schule wollte ich sie nicht schicken, Ignácio war auch dagegen, wegen der besseren Integration hier, und es wäre auch sehr teuer geworden. Mein Spanisch ist nicht besonders gut. Ich bin kein Typ für Sprachen.« Sie lächelte Verständnis heischend.

Henry fragte sich, wofür sie überhaupt der Typ war, wahrscheinlich für die Liege am Pool, ihrer Bräune nach zu urteilen. War das wieder zynisch?

Es war an der Zeit, dass er in seiner Funktion als Weinexperte vorgestellt wurde, Teilhaber einer Großkellerei in La Rioja und Kenner der spanischen Weinszene. Er hatte das Gelaber satt. Schiller hatte Frau Fröhlich auf Henrys Kommen vorbereitet und gab ihr einen kurzen Abriss von seinen bisherigen und aktuellen Tätigkeiten.

»Wenn Sie vom Fach sind, muss ich nicht viel erklären. Ich schlage vor, Sie, Herr Meyenbeeker und Herr Schiller, sehen sich in der Kellerei um, einen Rundgang haben wir neulich bereits hinter uns gebracht, also finden Sie sich wohl zurecht. Mich brauchen Sie dazu kaum, ich kann Ihnen auch nicht viel helfen. Die Abläufe eines Weingutes kennen Sie selbst, die Maschinen auch, alle sind intakt, die Abfüllanlage ist erst zwei Jahre alt und funktioniert perfekt. Wir haben eine Inventarliste, da sind die Preise für die einzelnen

Maschinen wie Presse und Lieferwagen aufgeführt. Meinen Pkw verkaufe ich erst vor meiner Abreise. Vielleicht ist das ja ein Auto für Sie, Frau Schiller? Sie können gern alles ausprobieren; was nicht intakt ist, streichen wir von der Liste, ich habe damit kein Problem. Ich möchte das hier hinter mich bringen, Sie verstehen? Wenn jemand diese Finca kauft und mir damit einen riesigen Gefallen erweist, komme ich ihm selbstverständlich gern entgegen. Ganz ehrlich, mich überfordert das alles bei Weitem. Aber alles hat auch seinen Preis!«

Davon war Henry absolut überzeugt, gerade bei ihr, und er stand auf.

»Frau Schiller und ich werden noch einmal die Räume im oberen Stockwerk besichtigen, das interessiert Sie sicherlich weniger, Schlafzimmer, Kinderzimmer, Bäder und so weiter.« Frau Fröhlich reichte Schiller eine Zeichnung mit dem Grundriss des Anwesens und eine Blaupause, in der eingezeichnet war, wofür die einzelnen Räume des Hauses genutzt wurden. »Wir stehen jetzt hier«, sie zeigte auf die *sala* im Parterre, »gleich gegenüber liegt das Büro mit einem großen Fenster in Richtung Zufahrt. So hat man immer im Blick, wer kommt – Abholer von Wein, Lieferanten, Kunden zur Besichtigung zum Beispiel. Es gibt eine Agentur in Palma, die uns in ihr Wein-Besuchsprogramm für Touristen aufgenommen hat. Ich habe in diesem Jahr kein Interesse signalisiert, doch wird man den Vertrag sicher sofort erneuern, ein Anruf genügt. Man verdient ein wenig Geld damit, und es ist gut für die Werbung.«

Sie ging beiden Männern voraus und trat vor die Haustür, dabei schaute sie sich um, als erwarte sie, jemanden zu sehen. Sie wirkte von einem zum anderen Augenblick äußerst angespannt, ihr Blick war von ungewöhnlichem Ernst. Das erinnerte Henry an die Fahrt hierher und Schillers Stieren in den Rückspiegel. Er war selbst fast so weit, die Umgebung zu beobachten. Aber auf wen oder was hätte er achten sollen?

Vor sich sah er lediglich die lange Zufahrt, einen Weg von ungefähr hundert Metern, von Weingärten eingefasst, die zu Ses Palmes gehörten, der Schotterweg auf einer Seite von weit auseinanderstehenden Kiefern flankiert. Die Reben reichten fast bis ans Haus und führten rechts und links daran vorbei weiter bis zum Hang. Der stieg zuerst nur leicht an und wurde dann geringfügig steiler, auch dort wuchs Wein, erst im oberen Teil war er von Bäumen bewachsen, eine Art Mischwald, gekrönt von der Ermita de Bonany.

»Da müssen Sie unbedingt hinfahren, von Petra aus führt eine Straße hinauf. Von dort haben Sie einen grandiosen Blick über das gesamte Zentrum der Insel, von Palma über Inca am Fuß der Serra de Tramuntana bis zum Cap Formentor im Norden, und im Osten sehen Sie Artà. An besonders klaren Tagen im Winter sind sogar die Spitzen von Menorca zu sehen.«

Sie sagte es, als gehöre der Blick zur Finca Ses Palmes, auf dem Katasteramt eingetragen. Doch all diese Orte waren von Henrys gegenwärtigem Standpunkt aus durch bewaldete Hügel und von Bäumen verdeckt. Selbst als er sich mit Schiller nach rechts wandte, war nicht einmal der Kirchturm von Petra zu sehen, dafür stand er vor dem Pool, an dem Frau Fröhlich ihre Bräune pflegte.

»Ist das nun eine Finca oder ein Feriensitz?«, fragte Schiller und starrte auf das in der Morgensonne glitzernde Wasser.

»Kommt darauf an, was ihr daraus machen wollt.« Henry glaubte, erste Zweifel in Schillers Miene zu entdecken. »Der Pool ist wohl mehr ein Zugeständnis an die Launen seiner Frau und die Wünsche der beiden Mädchen gewesen. Und wenn man ihn endlich hat, wird er kaum genutzt. Das ist bei uns in La Rioja nicht anders. Ebenso wenig wie bei den Tausenden von Segelbooten und Motorjachten in Mallorcas Häfen, die mehr von den Wellen und weniger von den Skippern bewegt werden. Viele Leute besitzen zu viel, sie können sich um nichts mehr richtig kümmern. Da gefällt mir der Gemüsegarten hier rechts schon viel besser.« Henry wies auf den Teil des Gartens, wo auch der Komposthaufen lag. »Das alles ist ziemlich verwildert, scheint sich zurzeit niemand richtig drum zu kümmern, doch die Anlage stimmt. Aber die treibende Kraft fehlt, die Seele der Finca. Es ist wirklich das Beste, wenn alles an jemanden verkauft wird, der mit Energie und Liebe an die Sache geht. Als Feriensitz ist das zu teuer, obwohl ich den Preis nicht kenne, nur dazu müsste man die Weinberge verpachten oder verkaufen. Aber was bringen die? Ich habe keine Ahnung, und es kommt auf die Qualität der Trauben an.«

»Es ist komplizierter, als ich dachte, wenn man dich hört«, stöhnte Gerhard. »Glaubst du, sie macht mit uns eine Rundfahrt zu den Weinbergen, sie kennt die Lagen und kann sie erklären?«

»Das muss sie!« Henry hatte über diese Frage bereits nachgedacht. Unter den gegenwärtigen Umständen kam er mit zwei Tagen Beratung nicht aus. Das Wissen über Mallorcas Weine müsste er sich schnell aneignen, die besten Winzer aufsuchen, wenn sie ihn empfangen würden, und sich ihre Arbeit erklären lassen. Ob sie sich jedoch darauf einließen, einen möglichen Konkurrenten schlauzumachen? Die Erfahrung würde es zeigen.

»Eine Tour durch die Weinberge hat Frau Fröhlich mit euch noch nicht unternommen?«

Schiller verneinte.

»Dann weißt du auch nicht, wie weit die einzelnen Lagen voneinander entfernt sind und wie weit vom Weingut und um welche Lagen es sich handelt? Hast du schon so etwas wie ein Messtischblatt gesehen oder eine Luftaufnahme?«

Wieder verneinte Schiller.

»Bodenbeschaffenheit, Ausrichtung, Wasserdurchlässigkeit, Bestockungsdichte, die ganzen Fragen zum Terroir, das alles ist noch unklar?«

Das musste Schiller bejahen und machte ein unglückliches

Gesicht. »Genau deshalb haben wir dich gebeten, herzukommen und uns zu helfen. Wenn alles klar gewesen wäre, wenn man einen Fachmann vor sich gehabt hätte und nicht diese … Ehefrau, dann hätten wir auch selbst entscheiden können. Wenn klar ist, welcher Wein von welcher Parzelle stammt, wenn Entscheidungsprozesse durchsichtig sind, weshalb weintechnische Entscheidungen getroffen wurden, wieso bestimmte Weine miteinander verschnitten sind …«

»Wenn wir es richtig machen wollen, dann werden hier jeden Tank, jedes Barrique probieren müssen, das sollten wir an einem der nächsten Tage tun. Ich werde meine Kontakte spielen lassen und mir einen Winzer suchen, der mich einweist. Ich weiß noch nicht, ob es richtiger ist, mit offenen Karten zu spielen oder den Weinjournalisten herauszukehren. Es liegt mir nicht, die Kollegen, um die handelt es sich ohne Zweifel, hinters Licht zu führen. Was meinst du?«

Schiller hielt es für besser, dass Henry sich bedeckt hielt und vorgab, weiter an seinem Newsletter zu arbeiten, dann sei das Interesse größer, ihn zu empfangen und etwas preiszugeben.

»Und wenn hinterher rauskommt, worum es mir wirklich ging, bin ich in Spanien unten durch. Du weißt, wie die Branche ist, man trinkt, man redet, man arbeitet zusammen, und die Insel ist nicht groß. Das alles fällt auf dich zurück.«

»Ich denke, hier sind alle korrupt, wie du sagst.«

»Politiker, ohne Zweifel, aber wenn man sich irgendwo niederlässt und bleiben will, muss man Vertrauen gewinnen. Mir ist es in La Rioja durch die Arbeit für die Kooperative LAGAR gelungen und dadurch, dass ich im Krieg zwischen Peñasco und LAGAR vermittelt habe. Letztere waren die damaligen Traubenlieferanten, die sich selbstständig gemacht haben. Ich stand allerdings eine geraume Weile zwischen allen Fronten.«

»Heute arbeitest du für beide, ist doch bestens ausgegangen.«

»Ich habe Schwein gehabt, glaub mir, es hätte tödlich enden können. Isabella hat mir damals das Leben gerettet.«

»Die wusste bestimmt, weshalb«, lachte Schiller und folgte dem Pfad über den flachen Hügel am Ende des Wirtschaftsflügels, der irgendwann später an das wesentlich ältere Haupthaus angesetzt worden war. Die Gebäude bildeten ein L. Rechts um den Wohntrakt führte die Zufahrt zu dem freien Platz vor der Kellerei. Ihnen gegenüber, bisher durch eine Hecke vor Blicken verborgen, standen die Müllcontainer, lagen ungeordnet Paletten sowie Kisten, rostige Drahtkörbe, um Flaschen aufzunehmen, und ungebrauchte, in Kunststoff eingeschweißte Weinflaschen. Die grauen Dauben der auseinanderfallenden Holzfässer glichen den Skeletten gestrandeter Wale. Ein hellgrauer Lieferwagen, ein wenig an den Kotflügeln verschrammt, war daneben geparkt. Halb verdeckt von der Hecke stand ein Trailer mit einer Jolle mit weißem Rumpf und reichlich Kot von Möwen auf der blauen Persenning.

»Man wird sich um vieles kümmern müssen«, unkte Henry, »bin gespannt, wie es innen aussieht.«

»Alles wirkt ein wenig verwahrlost, nicht wahr? Hier fehlt die führende Hand, aber ich glaube, das könnte ich hinkriegen.«

»Da fehlt nicht nur eine, dazu sind mehrere nötig. Frau Fröhlich kann niemandem erzählen, dass sie keine Hilfe hätte, jedenfalls mir nicht«, sagte Henry, der sich ärgerte, wenn man ihn an der Nase herumführte. »Ich verstehe nicht, was das soll. Was steckt dahinter, dass hier angeblich niemand arbeitet, außer ihr und der Mannschaft externer Hilfskräfte?«

Schiller erinnerte sich, dass sie ihm beim ersten Besuch gesagt hatte, dass sie sich ausschließlich mit dem Verkauf der Restbestände herumschlage, deshalb habe sie es mit dem Verkauf so eilig, damit jemand das Weingut noch vor der nächsten Lese übernahm.

Das Tor zur Kelterhalle ließ sich leicht und geräuschlos öffnen. Innen war es dunkel. Schiller erinnerte sich nicht, wo der Lichtschalter gewesen war, und tastete rechts an der Innenwand herum. Sie brauchten einen Moment, bis sich ihre Augen an die Dunkelheit gewöhnt hatten. Was sie zuerst sahen, waren Umrisse und Lichtreflexe, Wölbungen und gerade Linien, die sich verbanden und Sinn ergaben, die Halle nahm Konturen an, der Raum gewann Tiefe. Direkt vor ihnen standen zwei Pressen, wie sie unterschiedlicher nicht sein konnten. Das Holz der Korbpresse war nicht verwittert, also war sie in Gebrauch, ein positives Zeichen. Die Eisenteile waren frei von Rost. Die pneumatische Presse daneben bot einen totalen Gegensatz, ein waagerecht liegender Zylinder von über einem Meter Durchmesser, darin ein Luftsack. Die Presse wurde gefüllt, verschlossen und der Luftsack, je nach Wunsch, härter oder weicher aufgeblasen. Die Haut der Beeren platzte, der Saft lief heraus, tropfte in eine Wanne und wurde in den Gärtank geleitet. Man konnte den ablaufenden Most kosten, und je nachdem, wie man ihn haben wollte, ließ sich der Pressdruck erhöhen.

Nach der ursprünglichen Methode, den Wein zu treten, waren Kelterbäume in Gebrauch gewesen, bei denen ein Hebelarm das zwischen zwei Steinen liegende Traubengut zerquetschte, später nutzte man statt des Steintisches einen Korb. Dann kam im Mittelalter die Spindel auf, die einen Stempel in den Korb hineindrückte. Nach diesem Prinzip funktionierte auch das Gerät, das vor ihnen stand. Die Gelehrten stritten, was die schonendste Pressung sei, für Henry eine müßige Frage, denn Peñasco musste in kurzer Zeit größte Mengen an Trauben verarbeiten und nutzte pneumatische Pressen. Für die Spitzenweine jedoch hatten sie die Korbpressen wieder eingeführt.

»Dass der Winzer beide Arten von Pressen in Gebrauch hatte, zeigt mir, dass Ignácio Iñigo Martínez wahrscheinlich etwas mehr vom Weinbau verstand als andere. Ich bin gespannt auf die Weine, aber wir brauchen einen weiteren Termin, möglichst erst dann, wenn ich mir einen Überblick verschafft habe. Ich könnte bei der Bewertung Fehler machen, ich weiß gar nicht, wie diese oder jene Traube schmeckt oder schmecken muss, wie sich die Rebsorten als Cuvée verbinden lassen, wie die Weine altern und ob sie dazu überhaupt fähig sind. Das willst du doch alles wissen, oder?« Henry fühlte sich einstweilen überfordert.

»Ich lasse mir was einfallen, außerdem haben wir die rechtlichen Fragen wegen des Grundstücks bisher nicht angesprochen, die Weinberge müssen wir sehen …«

»… begehen wäre besser, aber bitte nicht mit ihr.«

Hatte Schiller endlich begriffen, dass Frau Fröhlich eigentlich nichts über den Weinbau zu sagen hatte?

»Sie will es anscheinend auch nicht wissen. Jetzt verstehe ich deine Skepsis. Muss eine komische Ehe gewesen sein.«

»Frag mich nicht, was die Menschen bewegt, ich habe nicht die geringste Ahnung. Eigentlich taumelt man mehr um die Schlaglöcher des Lebens herum und versucht, nicht reinzufallen, einige stoßen dich, andere ziehen, ungewollt oder gewollt stellt dir jemand ein Bein, und der fällt selbst rein …«

»Na hoffentlich nicht ich«, sagte Schiller und tastete weiter nach dem Lichtschalter. Der befand sich, wie er sich jetzt erinnerte, neben der Tür zum Büro, wo Kartonagen, Etiketten und Holzkästen mit dem Emblem des Weingutes gelagert wurden. Die Neonröhren flammten auf, grelles Licht flutete die Halle, deren Ausmaße Henry erst jetzt erkannte. Der rechte Teil war in den Hügel getrieben, was für eine niedrige Temperatur sorgte. Direkt an der Wand standen Barriques in zwei Reihen übereinander. Die beiden Männer folgten der Treppe in den Keller zu den Gärtanks. Rohrleitungen führten von oben durch die Decke, so ließen sich die Gärtanks mittels Schwerkraft befüllen. Hier standen fünf große Holzfässer neben weiteren Barriques. Anhand der

Prägung im Holz erkannte Henry, dass alle aus Frankreich stammten.

»An Material wurde nicht gespart, das sind alles bekannte Tonnellerien, erstklassig, wesentlich teurer als Eiche aus Slowenien oder Fässer aus den USA, wie sie vielfach bei uns verwendet werden. Auf den ersten Blick glaube ich, dass die Kellerei gut geführt wurde, bis auf das momentane Chaos. Das ist sicherlich erst nach dem Tod des Chefs entstanden, weil niemand wusste, wie es weitergehen sollte. Frau Fröhlich, was immer man von ihr hält, ist dem nicht gewachsen. Aber«, Henry lehnte sich an eines der großen Fässer, »es gibt andere Ungereimtheiten. Sie will uns weismachen, dass hier seit dem Tod ihres Mannes nichts mehr geschehen ist, aber das geht nicht. Wer liefert die Weine aus, wer verschickt sie? Wer füllt ab? Dazu muss man die Abfüllanlage kennen. Wer lädt die Paletten und fährt den Gabelstapler? Nein, sie kann mir nicht erzählen, dass ihr niemand hilft.«

»Dann stellt sich zwangsläufig die Frage, warum sie uns das nicht sagen will!«

»Bevor wir dem nachgehen, sollten wir uns die Weinberge ansehen. Womöglich erübrigt sich dann jede weitere Frage. Gib mir drei Tage. Ich versuche, in der Zwischenzeit so viel wie möglich über den hiesigen Weinbau herauszufinden und was sich aus dem Boden herausholen lässt.«

Henry hatte derweil einen kompakten Schichtenfilter mit Filterpumpe und Fahrgestell entdeckt und untersuchte ihn. »Schmutzig, nicht gut gereinigt, nachlässig zusammengebaut. Aber wenn man richtig damit umgeht, bringt er eine gute Leistung, vierhundert Liter die Stunde, das passt zu der Abfüllanlage, die wir oben gesehen haben. Aber was ist da drüben?«

Er zeigte auf einen separaten Raum mit einer Tür und einem Fenster, eine Jalousie verhinderte den Blick ins Innere, die Tür war abgeschlossen. An der Stelle, wo die Lamellen verbogen waren, konnte Henry in den Raum blicken, denn der Lichtschalter befand sich außen neben der Tür. Es war eine Werkstatt, Werkzeuge hingen an den Wänden, Umrisse von Zangen, Schraubendrehern und Maulschlüsseln waren auf die Holzverkleidung gezeichnet und gaben an, wo die Werkzeuge aufbewahrt wurden. Mindestens die Hälfte fehlte. Unter einer Werkbank ragte der Tank eines Motorrades heraus. Henry machte Schiller darauf aufmerksam. »Hier hat jemand an einem Motorrad herumgeschraubt.«

Schiller drückte sein Gesicht gegen die Scheibe und schirmte mit den Händen das Licht ab. »Ich sehe auch noch einen Kettenschutz und Packtaschen. Ich kenn mich aus, ich bin als junger Mann Motorrad gefahren. Ein Auspuff liegt da auch, wenn ich mich nicht irre, beziehungsweise ein Schalldämpfer, unten neben der Kiste.«

»War der Winzer Motorradfahrer?«, fragte Henry.

»Nicht dass ich wüsste. Ist dir aufgefallen, dass die Hälfte des Werkzeugs fehlt?«

»Möglich, dass sie den Kram verkauft hat, an irgendeinen Motorradfreak. Fragen wir sie. Auf das richtige Werkzeug kommt es in so einem Betrieb an. Einen Monteur vom Festland kommen zu lassen wird teuer.«

Jetzt wandten sich die beiden Männer den kleinen Gärtanks zu, Rechtecke und Zylinder aus Edelstahl, die eng beieinander- und übereinanderstanden. Es waren keine zwanzigtausend Liter fassende Säulen wie bei Peñasco, es waren kleine, tausend oder zweitausend Liter fassende Gärtanks. Der Fünftausend-Liter-Tank war im Verhältnis zu den anderen riesig. Auf der Tafel, die an einem Ablasshahn hing, stand die Rebsorte: Manto Negro – Schwarzer Mantel –, eine Henry unbekannte Rebsorte. Der Wein stammte aus dem vergangenen Jahr und gärte noch leicht, wie man an den im Gärröhrchen aufsteigenden Blasen sehen konnte.

»Es wird die Malolaktische sein«, erklärte er dem Weinhändler, der ihn verlegen anschaute. Schiller kannte den Begriff, er wusste, dass beim biologischen Säureabbau die scharfe Apfelsäure von Bakterien in die weichere Milchsäure umgewandelt wurde. Das Ergebnis war ein weicherer Wein, er wirkte voller, weniger aggressiv in der Säure.

»Bei vielen Weißweinen verzichtet man im Süden bewusst auf die Malo, das wird auch hier der Fall sein, damit man die Frische erhält, die Spritzigkeit. In der Hitze werden die Weißweine schnell zu breit. Man muss es ausprobieren. Willst du dir das wirklich geben? Es ist ein Fulltime-Job. Wenn du nicht permanent in deiner Kellerei bist, so wie im Weinladen, geht alles schief.«

Das galt auch für ihn, Isabella hatte es vor der Abreise betont, doch bis jetzt hatte es keinen Anruf von Peñasco gegeben, also keine Panne, die Luisa nicht allein in den Griff bekommen hätte.

»Besonders anfangs musst du die Prozesse begleiten, und dabei ist es nicht gesagt, dass es dann besser klappt. Wenn deine Frau den Laden in Tübingen führt oder ihr gute Leute dort habt, dann könnte sie dir den Rücken frei halten, aber wie ich dich verstanden habe, will gerade sie hierher, mehr zum Genießen, weniger zum Arbeiten. Ich glaube, wir haben das Wichtigste gesehen, den Probelauf der Maschinen machen wir ein andermal. Die Weinberge sind das Wesentliche, darauf kommt es an.«

Henry entging Schillers zunehmende Verunsicherung nicht. Er wurde sich anscheinend erst bei der intensiven Beschäftigung mit den Erfordernissen der Praxis der Tragweite seiner Entscheidung bewusst. Es würde eine Entscheidung fürs Leben sein, wenn das Weingut nicht lediglich ein Hobby bleiben sollte. Henry musste ihn mit einem neuen Thema ablenken.

»Einen halben Hektar kannst du nebenbei oder nach Feierabend gut in Schuss halten, kannst schöne gesunde Trauben produzieren, aber auch dazu musst du hier sein, auf der Insel.«

»Wie viele Hektar habt ihr?«

»Wir sind bei fünfundsechzig angekommen, wir kaufen, was wir kriegen können. In Zukunft wird es schwerer werden, da die Europäische Union die Regeln für die Übertragung von Pflanzrechten verschärft hat. Im Jahr darfst du deine Fläche nur noch um ein Prozent vergrößern, das wären hier 0,13 Hektar, bei uns sechseinhalb.«

Die beiden Frauen hatten ebenfalls ihren Rundgang beendet. Ulrike Schiller war begeistert, sie hielt die Aufteilung der Räume für gelungen. Es gab vier Schlafzimmer und zwei Bäder, einen Raum hatte sie komplett leer und frisch renoviert vorgefunden. Alle Fenster hatten eine moderne Verglasung und Fensterläden, um die Hitze abzuhalten, zwei Schlafzimmer waren mit einer Klimaanlage ausgestattet.

»Doch auch so ist die Hitze auszuhalten«, beruhigte sie Frau Fröhlich, »das Haus hat dicke Mauern, es ist Kalkbruchstein, dafür genießen wir die wunderschönen Sonnenuntergänge hinter der Bergkette, die Front meines Hauses weist nach Westen. Und morgens knallt die Sonne nicht auf die Fenster.«

Schillers würden sich noch wundern, wenn sie das Anwesen tatsächlich kaufen sollten. Henry erinnerte sich, wie schnell er im ersten Sommer in La Rioja seinen Rhythmus umgestellt hatte und notgedrungen zum Frühaufsteher geworden war, um der Hitze des Tages zu entkommen. Mittags machte er zwei Stunden Siesta, manchmal auch im Gärtchen der Kellerei in der Hängematte, die er sich aus Chile mitgebracht hatte, und arbeitete lieber abends länger. Klimaanlagen vertrug er nicht, er bekam davon Halsschmerzen.

»Wie wäre es mit einem Glas Wein?«, fragte Frau Fröhlich recht aufgekratzt, anscheinend hatte sie während des Besuchs ihre Traurigkeit vergessen und die Leidensmaske im ersten Stock abgelegt.

Henry war neugierig geworden, jetzt wollte er es wissen. Er hatte die kleinen Hähne an den Gärtanks unten wohl bemerkt, die Versuchung war groß gewesen, aber Gläser waren nicht in Reichweite, genauso wenig wie ein Weinheber, um Proben aus den Barriques zu ziehen.

»Prensal oder Moll?«

»Prensal«, antwortete Frau Fröhlich, sie hatte sofort begriffen, dass Henry sie auf die Probe stellen wollte. Sie würde sich in Zukunft bei seinen Fragen in Acht nehmen.

Der Weißwein aus dem Vorjahr gefiel ihm gut, er meinte, ein Aroma von grünem Apfel zu riechen, daneben kam ein Duft von frisch geschnittenen Kräutern auf, aber nicht mediterran, nichts von Basilikum, Majoran oder Rosmarin, der Duft war leichter, frisch, eher die Kräuter, die man im Garten schneidet, weil man sie sofort in der Küche verwendet. Der Prensal hatte Körper, er war mundfüllend, nicht wässrig, dabei zeigte sich eine leicht bittere Note, die keineswegs störte. Der Wein blieb vordergründig – mit einer geringeren Erntemenge jedoch könnte man ihm sicher zu mehr Tiefe verhelfen. Das behielt Henry für sich, er nahm auch keine Bewertung vor, er sagte nur das, was er als positiv empfand.

Was Frau Fröhlich davon hielt, gab sie nicht preis, jedenfalls hatte Henry sie verwirrt, nicht mit der Weinbeschreibung, aber sie wusste jetzt gar nicht mehr, was sie von ihm halten sollte, ob er gegen sie war oder für sie. Sie hatte durchaus begriffen, dass er großen Einfluss auf die zukünftigen Käufer der Finca Ses Palmes besaß.

Da erinnerte er sich an das Segelboot, die Jolle auf dem Trailer im Hof. »Wessen Boot ist das? Scheint mir ein 470er zu sein.«

»Ach, Sie kennen sich sogar mit Booten aus?« So spitz, wie sie es sagte, war ihr die Frage gar nicht recht. »Wem es gehört? Na, meinen Töchtern natürlich.«

»Und die segeln hier vor der Küste? Ist das nicht gefährlich? Müssen sehr sportliche junge Damen sein. Der 470er ist eine Rennjolle, wird mit Trapez gesegelt.«

»Ich habe dafür gesorgt, dass sie gleich ihren Segelschein

machen. Und im Übrigen ist das ganze Leben äußerst gefährlich, es kommt nur darauf an, wie man Wind und Wellen nimmt und das Meer meistert, meinen Sie nicht auch, Frau Schiller?« Von ihr bekam sie die Zustimmung, die sie brauchte. Ein Lächeln zeigte, dass sie Ulrike während der Besichtigung des ersten Stockwerks auf ihre Seite hatte ziehen können. Es würde schwer werden, mit rationalen Argumenten durchzudringen.

»Wird das Segelboot mit verkauft?«

»Das würde ich Ihnen sogar schenken«, sagte Frau Fröhlich gönnerhaft, als sei der Kaufvertrag bereits abgeschlossen.

»Das würde Ihren Töchtern kaum gefallen.«

»Die werden sich schon arrangieren, schließlich geht es wieder nach Hause. Und wo sollte man in Karlsruhe auch segeln?«

»Auf dem Minthe-See oder dem Goldkanal.«

»Was Sie nicht alles wissen!«, zischte die Fröhlich schnippisch.

Jetzt mischte Schiller sich wieder ein, der bisher nur aufmerksam zugehört hatte. »Ich möchte die Weinberge sehen. Es wäre mir lieb, wenn wir einen Fachmann fänden, der uns begleitet und die fachlichen Fragen beantwortet, Rebsorten, Bodentypen, Bewässerung. Sie bewässern künstlich?«

»Nur nach Vorschrift mittels Tropfbewässerung. Die Regeln stellt der Consejo Regulador auf, der Kontrollrat unseres Ursprungsgebietes Pla i Llevant. Vorsitzender ist einer von zwei Brüdern, glaube ich jedenfalls, beide sind Winzer, sollen recht gut sein, aber wer Zeit für ein Amt hat, wird sich weniger um seine Weinberge kümmern, man weiß ja, was von Bürokraten zu halten ist. Soll ich Ihnen die Telefonnummer aufschreiben?«

Bevor Schiller zustimmen konnte, winkte Henry mit einer gespielt freundlichen Geste ab, er hatte andere Informationen. Diese Brüder, Miquel und Toni Gelabert, standen ganz oben auf seiner Prioritätenliste, genau wie das Weingut Ribas in Consell.

»Ach, dann gehört das hier gar nicht zu Binissalem?« Ulrike Schillers Erstaunen war echt. »Wenn von Mallorca die Rede ist, wird immer nur von Binissalem und nie von Pla i Llevant gesprochen. Wir führen in unserer Vinothek auch Weine aus Binissalem, die von Macià Batle.«

Wer tut das nicht, dachte Henry. Eigentlich wollte er schweigen, er redete sowieso zu viel, aber er konnte den Mund nicht halten, und letztlich sollte Schiller hören, wie er dachte.

»Batle produziert eine Million Flaschen. Falls, wie üblich, zwanzig Prozent in den Export gehen, ist es kaum verwunderlich, wenn einige Weinhändler in Deutschland sie führen. Sie, Frau Fröhlich, produzieren an die fünfzigtausend Flaschen, zehn Prozent gehen nach Deutschland, das sind gerade mal fünftausend, die für Weinhändler wie Herrn Schiller übrig bleiben.«

»So gut kenne ich mich in dem Geschäft nicht aus.« Frau Fröhlich wirkte so ärgerlich wie jemand, dem man zum dritten Mal hintereinander in die Hacken trat und der kurz davor stand, die Geduld zu verlieren. Es waren eindeutig Henrys Anwesenheit und seine Fragen, die sie aus der Fassung brachten.

Wer fragt, der führt – nach dieser Devise war er als Journalist vorgegangen, und er beherzigte sie weiterhin. Aber er durfte es nicht so weit kommen lassen, dass sie vollends die Geduld verlor. Doch sie mussten klären, mit wem und wann sie die Weingärten oder Rebanlagen besichtigen konnten. »Wir benötigen ein Messtischblatt, in dem die Lagen eingezeichnet sind.«

»Ich werde nachsehen!«, sagte sie harsch, was Henry einen bösen Blick von Ulrike Schiller einbrachte.

»Wir könnten uns zusammensetzen und dann gemeinsam eintragen, um welche Böden es sich handelt, welche Rebsorten darauf wachsen und was noch wichtig ist. Sie führen sicher das *libro de bodega*, ein Kellerbuch. Das ist auch hier wie in Deutschland vorgeschrieben. Sie bereiten das bitte schon mal vor.«

Glücklicherweise klingelte das Telefon nebenan im Büro, Frau Fröhlich hatte einen Grund, nicht auf die Forderung einzugehen. Eilig verließ sie das Wohnzimmer.

Henry wandte sich an Schiller. »Ob es korrekt geführt ist, sehe ich schnell, ich kenne einige Fälschungen.«

»Merken Sie das eigentlich nicht?«, fuhr ihn Ulrike Schiller tadelnd an. »Die arme Frau ist völlig überfordert. Sie nehmen sie ran, als wären Sie die Prüfungsbehörde. Ich finde das absolut unpassend, Herr Meyenbeeker. Das hat sie nicht verdient, besonders nicht in diesem Zustand, in dieser Situation, meine ich.«

Einen Moment lang überlegte Henry, ob er sich ärgern sollte. Wieso siezte sie ihn auf einmal wieder? Wollte sie der Fröhlich gegenüber ihre Distanz zu ihm deutlich machen? Er war um sein Urteil gebeten worden und ging vor wie immer. Man musste eine Ware vor dem Kauf prüfen, wenn man sein Geld nicht vertun wollte. Sechs Jahre lang war er in Spanien und Portugal von Kellerei zu Kellerei gefahren, hatte massenhaft derartige Gespräche oder Interviews geführt, und für seine Verhältnisse schonte er Frau Fröhlich. Bei jedem anderen wäre er direkter vorgegangen, hätte ihn aufgefordert, die Verkaufsverhandlungen erst einmal professionell vorzubereiten.

Henry beschloss, sich nicht zu ärgern. »Sie spielt«, sagte er leise, obwohl er hörte, wie Frau Fröhlich, nachdem sie den Anruf entgegengenommen hatte, eilig die Bürotür schloss. »Sie spielt uns was vor. Über den Inhalt des Stücks bin ich mir jedoch noch nicht im Klaren. Lassen Sie sich nicht von falsch verstandenem Mitgefühl mit einer Witwe und alleinerziehenden Mutter leiten. Wir sind keine Aasgeier, keine wie auch immer gearteten Investoren, denen die Menschen völlig egal sind. Aber es gibt Fragen, die geklärt werden müssen! Es ist allerdings möglich, dass es um andere Dinge geht, um Dinge im Hintergrund, die wir nicht kennen. Das wäre der einzige Grund, der mir Frau Fröhlichs – nennen wir es mal – Verwirrung erklären würde.«

Für Schiller waren Henrys Überlegungen stichhaltig. »Es geht hier nicht um einen Feriensitz, Rickle, es geht um unsere Zukunft, um die unserer Kinder ...«

»Ja, genau, und auch um die von Frau Fröhlich.«

»Hier wird niemand enteignet.« Jetzt schien auch Schiller angesäuert. »Wir wollen etwas kaufen und zahlen das, was sie haben will, oder auch nicht, wenn es uns zu teuer oder uns das nicht wert ist. Aber erst mal müssen wir uns ein genaues Bild machen ...«

In diesem Moment hörten sie, wie die Bürotür geöffnet wurde, Frau Fröhlich starrte für den Bruchteil einer Sekunde herüber, als hätte sie gerade eben erst die Nachricht vom Tod ihres Mannes erhalten, vielleicht war das auch nur Henrys Eindruck, denn sie fing sich sofort.

»Ich würde Ihnen gern länger zur Verfügung stehen, um Ihre wichtigen Fragen zu beantworten, aber ich muss leider sofort weg.«

»Ist etwas mit Ihren Töchtern?« Frau Schiller war aufgestanden, ehrlich besorgt, die gute Seele, dachte Henry.

»Nein, eine Freundin, ihr ist nichts passiert, aber der Wagen ... verzeihen Sie mir. Ich rufe Sie an, ich habe mir alles genau gemerkt, was Sie benötigen. Ich besorge das Messtischblatt, bis dahin habe ich auch jemanden, der die nötige Ortskenntnis mitbringt. Ich muss leider zu meiner Schande gestehen, dass ich mich nicht gut genug auf unser Treffen vorbereitet habe. Sie sind die ersten Interessenten hier auf Ses Palmes ...«

Man war aufgestanden, ein wenig hilflos, aber gutwillig, bereit, das Gespräch in Kürze fortzusetzen, Frau Fröhlich würde sie verständigen, spätestens übermorgen.

»Das ist kein Problem für uns.« Ulrike Schiller blieb überaus verbindlich und legte Frau Fröhlich beruhigend die Hand auf den Arm. »Wir haben sowieso für zehn Tage gebucht, da kommt es auf einen Tag mehr oder weniger nicht an. Und die Insel ist so wunderschön … Dass Sie das alles aufgeben wollen?«

»Ja, das vergisst man und verliert es bei den Alltagssorgen schnell aus den Augen. Kennen Sie die Insel überhaupt? Nein? Fahren Sie nach Andratx und von da aus nach Estellencs an die Küste, Sie finden atemberaubende Aussichten aufs Meer. Und dann weiter über Banyalbufar nach Valldemossa. Die Straße hinunter zum Hafen müssen Sie erlebt haben, Deià, der Ort der Künstler …«

Während man zum Wagen ging, redete Frau Fröhlich ununterbrochen auf Ulrike Schiller ein und pries ihre Insel an.

Es war Schiller, der zuerst bemerkte, dass mit dem Wagen etwas nicht stimmte. Er blieb stehen und betrachtete die Räder mit kritischem Blick. Der Wagen, Godzilla auf vier Rädern, stand schief. »Verdammt, wir haben einen Platten! Dabei hat die Kiste laut Tacho erst viertausend Kilometer runter. Wie kann das sein?«

»Die Straßen hier sind eine Katastrophe«, meinte Frau Fröhlich. »Ich hoffe, Sie haben ein Ersatzrad? Leider kann ich nicht helfen, ich muss wirklich dringend weg. Aber wenn Sie einen Monteur brauchen? In Petra ist eine Werkstatt.«

»Fahren Sie ruhig.« Ulrike Schiller war wieder mehr besorgt um Frau Fröhlich als um ihr Auto. »Meine zwei starken Männer werden damit bestimmt fertig.«

Die Winzerin, oder sollte man sie besser Witwe nennen, verschloss die Haustür, warf einen undefinierbaren Blick in die Runde, schüttelte Hände, umarmte Ulrike Schiller und bestieg ihr Auto, es war ein schwarzer Fiat, der farblich mit der Trauerkleidung harmonierte. Steine flogen, als sie Gas gab.

Henry schaute ihr nach, dann bückte er sich und betrachtete den Reifen von Schillers Geländewagen, bemerkte den seitlichen Schlitz im Gummi. Er stammte eindeutig von einem Messerstich. Es musste ein Stilett gewesen sein. Da hatte jemand etwas gegen sie.

Jetzt betrachtete er die Umgebung der Finca mit anderen Augen. Seine Beobachtung behielt er für sich. Wozu sollte er Schiller ängstigen?

# Kapitel 6

Allein die Vorbereitung des Reifenwechsels dauerte eine halbe Stunde, die Gebrauchsanleitung war derart kompliziert geschrieben, dass jeder die Reparatur auf seine Weise interpretieren konnte. Ein Ersatzreifen war nicht vorhanden. Stattdessen durfte man sich mit einer Flasche mit einem Gummigemisch begnügen, das in den Reifen gespritzt wurde. Anschließend sollte man mit einem kleinen Kompressor den Reifen wieder aufpumpen. Der Strom dazu kam aus dem Zigarettenanzünder. Der Beschreibung nach sollte das Gummigemisch das Loch innerhalb weniger Minuten verschließen, aber die Luft entwich immer wieder. Das Loch, eigentlich ein Schnitt, war zu groß. Henry hielt sich mit Kommentaren zurück. Da musste jemand das Messer tief in den Reifen getrieben haben. Ohne Zweifel wird es ein Mann gewesen sein, sagte er sich, eine Frau hat kaum die Kraft dazu. Nur – was sollte dieser Unfug? Wollte sie jemand an dieser Stelle festnageln, um sie von irgendetwas abzuhalten? Mehr von den guten Vorschlägen seiner Frau denn von der Tücke des Reparatursets genervt, rief Schiller den Pannendienst des Autovermieters an, der allerdings anderthalb Stunden benötigen würde, um mit Werkzeug und einem neuen Reifen herauszukommen.

Die Einfahrt zur Finca befand sich auf halbem Wege zwischen Sant Joan und Petra. Ein Hinweisschild gab es nicht, es schien Henry, der mit nach vorn zur Straße gekommen war, als hätte es jemand abmontiert, ein Pfahl jedenfalls war an der Abzweigung vorhanden. Die Schraubenlöcher glänzten, waren nicht oxidiert, also musste es kürzlich geschehen sein. Stattdessen war mit Draht ein Pappschild wie ein Wahlplakat angebracht: *Se vende* – Zu verkaufen.

Schiller erklärte sich bereit, an der Landstraße zu bleiben und auf den Reparaturwagen zu warten. Henry ging zurück und schlenderte absichtslos über das Grundstück, dann wandte er sich den Rebanlagen zu. Die Rebstöcke rechts vom Haus waren jung, nicht älter als fünfzehn Jahre, sie würden mit der Zeit immer besser werden. Sie waren entlang eines Drahtrahmens gepflanzt, bei dem man die Drähte an beiden Seiten des Weinstocks nur anheben musste, statt die Triebe zwischen die Drähte einzeln einzuflechten oder aufzubinden. Die Anlage war gepflegt, die Pfosten waren fest in der Erde, die Drähte straff gespannt und die Zeilen breit genug, um sie maschinell zu bearbeiten, aber die Lese geschah sicherlich von Hand. Einen Vollernter hatte Henry nirgends gesehen, es gab weder Radspuren, noch war der Boden verfestigt, zwischen den Rebzeilen wuchsen Gräser und Kräuter, das Bodenleben schien intakt. Links vom Haus sah es anders aus …

Da hörte Henry einen trockenen Knall, er zuckte zusammen, duckte sich. Direkt neben ihm schlug etwas ins Laubwerk. Es folgte ein Geräusch, als kullerte ein großer Kiesel über den Boden. Irritiert schaute er sich um, jetzt reagierte er zu seinem Erstaunen bereits wie Schiller, der sich ebenfalls dauernd umblickte. Drei Schritte von seinem Stand aus waren einige Blätter des Weinstocks zerfetzt, als hätte jemand auf sie eingeschlagen. Er richtete sich auf und schaute in die Richtung, aus der der Knall gekommen war. Aber er sah niemanden. Ulrike Schiller saß im Auto, die Beifahrertür stand offen, sie hörte Radio. Er ging zum Wagen und fragte, ob sie etwas gehört oder jemanden bemerkt hatte, aber sie schwelgte in spanischen Schlagern, voller Vorfreude auf ihre spanische Finca.

So wie Henry es verstand, hatte sie ein großes Mietshaus geerbt und verkauft und wollte das Geld hier anlegen. Sie hätte die Finca auch ohne die Weinberge genommen, doch das war lediglich eine Vermutung. Er hatte ernstliche Zweifel, dass sie dieses Weingut, auch wenn es klein war, führen könnte. Sie blieb besser in Tübingen, führte das Weingeschäft und überließ ihrem Mann den Weinbau. Der verstand zwar nur theoretisch etwas davon, aber das war ein Vielfaches dessen, was sie an Wissen mitbrachte.

Kopfschüttelnd setzte Henry seinen Rundgang fort, vorsichtig und aufmerksam die Umgebung betrachtend. Er umrundete das Gebäude, wie zuvor mit Schiller, ging zur Kelterhalle und rüttelte an der Klinke. Jetzt war das Tor abgeschlossen. Frau Fröhlich musste es getan haben, aber wann? Sie war lediglich in ihrem Büro verschwunden, als das Telefon geklingelt hatte. Wenn er sich richtig erinnerte, führte vom Büro aus eine Tür in die Halle, sie konnte von innen abgeschlossen haben.

Er schlenderte hinüber zum Segelboot. Es war lange nicht benutzt worden, sicherlich zuletzt im vergangenen Herbst. Die Persenning war verdreckt, die Knoten der Bändsel zum Festbinden ließen sich schwer lösen. Er schlug die Persenning zurück und schaute in das Innere der Jolle. Es war, wie er vermutet hatte, ein 470er, kein Boot für zwei junge Mädchen, mit dem Trapez viel mehr eine Rennmaschine für erfahrene Segler, gerade auf See, und der Vorschoter musste ziemlich viel Gewicht mitbringen, um eine zu starke Krängung zu vermeiden, die sich negativ auf die Geschwindigkeit ausgewirkt hätte. Dann der Name, *Pelea*, nein, so einen Namen gaben junge Mädchen ihrem Boot nicht. *Prügelei* – das war was für junge Männer.

Von jenseits des Hauses wurde sein Name gerufen, der Mann von der Mietwagenfirma musste eingetroffen sein. Henry beschloss, selbst einen Wagen zu mieten, er musste sich von dem Ehepaar unabhängig machen. Mit Unmut bemerkte er, wie schnell sich sein Verhältnis zu Ulrike Schiller wandelte, es verschlechterte sich in dem Maß, wie sie sich bei Frau Fröhlich anbiederte, sie hätte es »sich solidarisieren« genannt. Aber hier ging es um Geld, um Immobilien, um Land, um Weinberge und nicht um vermeintliche Freundschaft. Es war eigentlich Schillers Sache, sie darauf hinzuweisen.

Dann erklärte Henry dem Monteur das Problem. Der junge Mann wechselte den Reifen routiniert in wenigen Augenblicken und verschwand sofort wieder.

Froh, endlich von hier wegzukommen, stieg Henry in den Wagen und setzte sich auf die Rückbank hinter den Fahrersitz. Hier musste er nicht reden, 's Rickle saß vorn, er konnte seinen Gedanken nachhängen, um den Besuch in allen Einzelheiten Revue passieren zu lassen. Vorsichtig fuhr Schiller an …

Es knallte, eine Scheibe zersplitterte. Henry schrie auf, vor Schreck und vor Schmerz. Er schlug die Hände vors Gesicht, aber es war zu spät. Schiller trat hart auf die Bremse, was Henry zwischen die Vordersitze rutschen ließ. Als er die Hände zurücknahm, sah er das Blut.

Ulrike Schiller geriet in Panik, als sie Henry anblickte. Er hatte das Blut so verschmiert, dass die Verletzung größer erschien, als sie war. Angst hatte Henry um sein linkes Auge, da die linke Seite getroffen war, doch es war unverletzt. Die Schnitte waren oberflächlich, wie er beim Blick in den Spiegel erleichtert feststellte, aber er sah gruselig aus.

Schiller wollte den Verbandskasten holen, aber Henry zog ihn am Hemd nach unten und bedeutete ihm, in Deckung zu bleiben. »Womöglich schießt er wieder, wenn er merkt, dass er uns verfehlt hat.«

Auch Ulrike kauerte sich vor den Sitz und ließ sich dann rechts aus dem Wagen gleiten. Der Schütze musste sich linker Hand im Weinberg versteckt halten. Schiller robbte fast zur Heckklappe, um an den Verbandskasten zu kommen, er hatte ihn beim Reifenwechsel gesehen. Henry, obwohl als Einziger verletzt, behielt die Nerven, er gab Schiller zu verstehen, dass er besser hinter dem Wagen in Deckung blieb. Die Verletzungen waren oberflächlich, doch vom Rasieren her wusste er, wie heftig auch leichte Oberflächenschnitte bluteten.

»Wir müssen die Polizei rufen!« Ulrike hielt ihr Mobiltelefon Henry hin. »Du musst es tun, uns verstehen sie nicht, du sprichst Spanisch.«

Henry war sich nicht sicher, ob er die Polizei hier haben wollte. Sie würden sowieso nichts finden, vielleicht ein Projektil, die Geschosshülse, aber niemals den Schützen, der mit einem Zielfernrohr auch aus einigen Hundert Metern Entfernung traf. Wer war so durchgeknallt, im Weinberg auf sie zu schießen? Ein Jäger? Überall an den Grenzen verwilderter Grundstücke und Wäldchen las man den Warnhinweis *Coto privado de caza* – privates Jagdrevier. Aber in der Nähe von bewohnten Gebäuden war das Jagen verboten. Der Schütze konnte nur ein Verrückter oder ein völlig verantwortungsloser Mensch sein. Ulrike tupfte ihm das Gesicht mit Papiertaschentüchern ab, und statt die Polizei zu rufen, kroch Henry auf die Seite des Wagens, von woher der Schuss gekommen war, und betrachtete die geborstene Scheibe.

»Das war kein Schuss«, sagte er laut und erinnerte sich an das Geräusch und die zerfetzten Weinblätter vorhin. »Das muss ein Stein gewesen sein. Eine Kugel hätte die Scheibe durchschlagen und ein Loch hinterlassen, der Stein aber hat sie zertrümmert.«

»Wer ist so bescheuert und wirft mit Steinen?«, rief Schiller aus seiner Deckung heraus.

»Jemand, der keine Touristen mag oder keine Deutschen, jemand, der uns von hier vertreiben will.«

»Oder wollte sich jemand einen Spaß erlauben und uns erschrecken?«

Ulrike schien zu Henrys Ärger immer eine Entschuldigung für die anderen zu suchen, oder glaubte sie grundsätzlich an das Gute im Menschen? Wie lächerlich. Dieser

Glaube war Henry in seinem Leben abhandengekommen oder, besser gesagt, ausgetrieben worden. Und die Erfahrungen in der Kellerei, die kleinen und großen Betrügereien von Mitarbeitern, Lieferanten, Dienstleistern und Kunden hatten seinen Glauben nicht erneuert. Und der Betrug in großem Stil durch die Regierenden, bei denen ein Fall schwarzer Kassen den nächsten jagte, machte ihn extrem wachsam.

»Was sollen wir der Polizei erzählen? Wer wird denn so naiv sein und glauben, dass ein Streifenwagen kommt, nur weil uns jemand eine Scheibe eingeworfen hat?«

»Es war ein böswilliger Angriff«, empörte sich Ulrike Schiller.

»Wir könnten das höchstens auf der nächsten Wache anzeigen, wegen der Versicherung. Dein Wagen ist Vollkasko versichert?« Henry nahm die Sache nicht so ernst, obwohl er der Leidtragende war, und er wischte sich erneut durchs Gesicht.

»Mit dreihundertfünfzig Euro Selbstbehalt«, antwortete Schiller aus seiner Deckung hinter dem Wagen. »Den Spaß muss ich wohl selbst bezahlen.«

Henry zog es vor zu schweigen, um seine Position nicht zu verraten. Vielleicht entdeckte er den Werfer noch. Der musste es auf ihn abgesehen haben, anscheinend war es sein zweiter Versuch. Beim ersten zwischen den Rebzeilen hatte er nicht getroffen. Wer konnte so genau werfen, dass er zwischen Fahrer und der Person auf dem Rücksitz unterscheiden konnte? Er hob kurz den Kopf und blickte in die Richtung, aus der der Stein gekommen war, dann ging er wieder in Deckung und robbte mühsam unter den Drähten der ersten Rebzeilen durch. Zu seinem Glück war der Boden eben, nicht sehr steinig, und die Rebstöcke standen weit genug auseinander, um durchzukommen. Hier im Dreck liegend erinnerte er sich an das Drama am Kaiserstuhl vor vier Jahren, das war gefährlicher gewesen, zwei Italiener hatten ihn gejagt, und die hatten geschossen. Nur mit Glück hatte er eine Grube im Wald gefunden, um sich zu verstecken. Aber hier war offenes Gelände, und hier warf jemand mit Steinen, im Vergleich zu damals war das geradezu lächerlich.

Er richtete sich wieder kurz auf, blickte sich um, dann tauchte er erneut ab, lief einige Meter gebückt zwischen den Rebzeilen in Richtung Finca, kroch wieder unter den Drähten hindurch und stand für einen Moment still. In dem Meer grüner Blätter und aufschießender Triebe war nichts zu sehen. Er horchte, er hörte, wie der Motor eines Wagens angelassen wurde, doch sicher war er sich nicht. Auf der nahen Landstraße knatterte ein Motorrad vorüber. Hatte Schiller gestern auf der Fahrt nach Sineu nicht immer wieder Ausschau nach einem Motorrad gehalten, von dem er sich verfolgt fühlte?

Obwohl Henry den Steinwurf gern als Dummen-Jungen-Streich abgetan hätte, blieb er wachsam, es bestand immer die Möglichkeit, dass sich mehr dahinter verbarg. Vornüber gebeugt, den Kopf kurz über den Gipfeln der Rebstöcke, erreichte er den Wagen.

»Nichts, der Werfer hat sich abgesetzt, er wird sich hier auskennen.«

Schiller war nach vorn zur Straße gelaufen, um zu sehen, ob sich jemand mit einem Fahrzeug davonmachte. 's Rickle war damit beschäftigt, Fotos zu machen, dann sammelte sie Glassplitter ein und schüttelte die Fußmatten aus. Sie nahm eine Wasserflasche zur Hand und Papiertaschentücher, befahl Henry, sich auf den Beifahrersitz zu setzen, und reinigte vorsichtig sein Gesicht.

»Du hast recht, es sieht schlimmer aus, als es wirklich ist. Die Schrammen sind oberflächlich, aber sie könnten sich trotzdem entzünden. Wir besorgen dir auf dem Rückweg ein Desinfektionsmittel. Bist du gegen Tetanus geimpft?«

Henry zuckte mit den Achseln, er erinnerte sich nicht, wann das gewesen war; wenn man sich zu viel mit seinem Körper beschäftigte, wurde man höchstens krank.

»Ob du willst oder nicht, wir gehen zur Polizei und zeigen die Sache an, allein schon wegen der Versicherung.« Ulrike Schiller bestand darauf, sie griff in die Tasche ihres Sommerkleids und holte einen Stein hervor, er war grau und rund wie ein Ei, sie legte ihn in Henrys Hand. Er war viel schwerer als ein Ei.

»Was ist das?«

»Damit hat uns der Unbekannte die Scheibe eingeworfen, ich habe ihn im Wagen gefunden. Wenn dich der Stein an der Schläfe oder am Auge getroffen hätte, stündest du jetzt nicht hier, mein lieber Henry! Und genau deshalb gehen wir zur Polizei.«

Henry wusste, dass er die Anzeige erstatten musste, er war betroffen, er konnte mit den Beamten von der Guardia Civil reden. Er nahm sich vor, José Maria zu fragen, was er davon hielt. Die Meinung des ehemaligen Ermittlers war ihm wichtiger als die von Ulrike, sein Rat hatte sich immer als hilfreich erwiesen.

In einer Bar in Sant Joan erfuhren sie, dass die Polizei von Vilafranca de Bonany für die Gegend zuständig sei, aber die Finca Ses Palmes gehöre zum Gemeindegebiet von Petra. Natürlich kenne man das Weingut, der Besitzer sei ja leider im letzten Jahr verstorben. Ob sie denn interessiert seien, die Finca zu kaufen? Sie sei ja bestimmt ein Schnäppchen, denn die Witwe, die gut aussehende Deutsche, die mit den beiden Töchtern, verstehe ja nichts vom Geschäft.

»Also fahren Sie nach Vilafranca, die Wache liegt an der Straße nach Palma, das sind, wenn's hochkommt, höchstens acht Kilometer, die können Sie gar nicht verfehlen. Wollen Sie nicht doch noch einen Kaffee?«

Der Barbesitzer hatte in einer Geschwindigkeit gesprochen, dass Ulrike vor Staunen der Mund offen blieb. Sogar Henry, der seit Jahren kaum etwas anderes als Spanisch sprach und hörte, hatte Schwierigkeiten mit dem Tempo.

Mit Kaffee konnte man Henry immer eine Freude machen, eine Flasche Wasser musste auch sein. Sie hatten seit dem Morgen nichts mehr getrunken. Sie setzten sich an einen der Tische unter der Markise am Straßenrand und schauten auf die menschenleere Straße. Sant Joan war nicht gerade das Kleinod mallorquinischer Baukunst.

Es gab viele enge Gassen in diesem rechtwinklig angelegten Ort, meist waren es Einbahnstraßen, mal aufsteigend, mal abfallend, eine Seite mit Autos vollgestellt, die Front der ein- und zweistöckigen Häuser war meist geschlossen, zu dieser Tageszeit waren sämtliche Fenster und Balkontüren wegen der Hitze verrammelt. Auf den ersten Blick war kein zentraler Platz auszumachen, nicht einmal vor der wuchtigen Kirche. Dann waren sie an der Landwirtschaftlichen Genossenschaft vorbeigekommen, auf die Henry sie aufmerksam gemacht hatte, wo man normalerweise fast alles einkaufen konnte, was ein landwirtschaftlicher Betrieb benötigte.

»Wichtig zu wissen«, meinte Ulrike Schiller, doch es war mehr eine Floskel.

Schiller trank ein Bier und aß dazu Oliven und Zicklein mit Kichererbsen, Tomaten, Lorbeer und Salbei, seine Frau bestellte ein Glas Weißwein, das sie überschwänglich lobte, und probierte Nierchen in Sherry. Innereien waren Henry zuwider, er war mit seinem Kaffee zufrieden, er hatte es sich angewöhnt, erst abends zu essen. Gesund war das nicht, aber man passte sich eben an.

Gegen sechzehn Uhr waren sie bei der Guardia Civil. Der Polizist, der Henrys Anzeige aufnahm, ein junger blasser Bursche mit Nickelbrille und kurzem Schnäuzer, musste erst davon überzeugt werden, dass es sich wirklich so zugetragen hatte, wie die drei Deutschen ihm gegenüber behaupteten. Er stellte mehr Fragen zu Henrys Status in Spanien und seinem Aufenthaltsrecht als zur Sache selbst und wollte Dokumente sehen. Er kam mit auf den Parkplatz, um den Schaden zu begutachten, aber erst Ulrikes Fotos von Henrys blutverschmiertem Gesicht und den Glassplittern im Wageninneren bewogen ihn, ein Protokoll aufzunehmen.

Der Guardia druckte das Protokoll aus und reichte es Henry wie die Urkunde zur Ernennung zum spanischen König. »Machen Sie sich keine Hoffnung, dass wir jemanden finden. Es wird ein Verrückter gewesen sein, ein Bauerntölpel, der hier herumstromert und nichts Besseres zu tun hat. Das ging bestimmt nicht gegen Sie persönlich. Wir kümmern uns drum, wir werden unsere Patrouillen anweisen, in nächster Zeit die Augen besonders offen zu halten.« Dann durften sie gehen.

»Was sollen sie auch tun? Wegen eines Steins die Gegend absuchen?« Henry bekam immer schlechte Laune, wenn er mit der Guardia zu tun hatte. »Den Stein hat er auch behalten, als ›Beweismittel‹, wie er sagt. Wir hätten den sonst wo auflesen können. So ein Trottel, als wenn wir nichts anderes zu tun hätten, als uns eine derart blöde Geschichte auszudenken.«

»Wer weiß, was für Geschichten sie sonst vorgesetzt bekommen. Vielleicht lässt er ihn auf Fingerabdrücke untersuchen?« Ulrike glaubte eben an das Gute im Menschen, ihr Mann rollte mit den Augen, sicherlich kannte er diese Attitüde zur Genüge.

»Wo wir alle daran rumgegrabscht haben?« Henry hielt es für ausgemachten Blödsinn.

Ulrike wollte unbedingt noch einmal bei Ses Palmes vorbei, dann über Petra zurück nach Sineu. Sie übernahm das Steuer. Bei Sant Joan war das Gelände noch wellig, die Straße kurvenreich, und man musste vorsichtig fahren. Überall begegneten ihnen versprengte Reste der Tour-de-France-Teilnehmer, Nachzügler vom Giro d'Italia oder welche, die auf der Spanienrundfahrt hängen geblieben waren, greise Radrennfahrer und Rentnerinnen in vielfarbigen Trikots, Kleinkinder im Rennoutfit, Übergewichtige in hautengen Radlerhosen, alle unter Helmen und mit Sonnenbrillen bis zur Unkenntlichkeit vermummt, in Dreier- oder Viererreihen nebeneinander und mit Mittelfingern auf ihr Wegerecht pochend.

»Daran müsst ihr euch gewöhnen.« Henry konnte sich den Kommentar nicht verkneifen. »Malle ist das Mekka der Radfahrer. Im Frühjahr kommen die Spanier vom Festland, im Sommer schwitzen die anderen Europäer, beim Herzinfarkt wird der Notarzt über Mobilfunk verständigt.«

»Und die Einheimischen?« Ulrikes Frage klang bissig.

»Die fahren Auto, Moped, Roller und ärgern sich. Aber die Touristen bringen das Geld.«

Ses Palmes, das merkten sie bei der erneuten Anfahrt deutlich, lag genau in der Mitte zwischen beiden Orten. Ulrike stoppte den Wagen. Das Pappschild mit der Aufschrift *Se vende* lag im Straßengraben, ein dickes Loch in der Mitte.

»Sieht aus, als hätte auch hier jemand den ersten Stein geworfen.« Henry untersuchte den Draht. Er war glatt durchgeschnitten, die Schnittstelle blank, also war eine Zange benutzt worden.

»Wer läuft hier mit Werkzeug in der Hosentasche herum?«, fragte Schiller.

»Menschen wie ich.« Henry zog sein Multifunktionswerkzeug aus der Hosentasche. Im Weinberg hatte er es immer dabei.

Das Schild wies zwei weitere Einschlagstellen aus, aber da hatten die Geschosse die Pappe nicht durchschlagen. Zu dritt suchten sie den Umkreis des Schildes ab, und tatsächlich fand Schiller einen Stein, der dem glich, der das Wagenfenster durchschlagen hatte.

»Den heben wir auf, und wenn in unserer Nähe noch mal so ein Ding niedergeht, wissen wir, dass wir gemeint sind.«

»Davon gehe ich sowieso aus«, sagte Henry. Aber die Schlussfolgerung, dass irgendwer sie von der Finca vertreiben wollte oder nicht mit deren Verkauf einverstanden sei, behielt er mit einem Seitenblick auf Ulrike für sich. Rücksicht war es nicht, es geschah mehr aus dem Gefühl heraus, dass er sie als Gesprächspartnerin immer weniger ernst nehmen konnte.

Einen zweiten Stein fanden sie nicht, und immer wieder richtete sich einer von ihnen während der Suche auf und beobachtete die Gegend. Die Einschläge waren näher gekommen. Besonders Henry lag wenig daran, erneut in die ballistische Bahn dieser Steinzeitgeschosse zu geraten. Schoss sich da jemand auf ihn ein? Aus welchem Grund?

Ulrike bestimmte, dass sie weiterfuhren, sie wollte unbedingt nach Petra. »Man muss die nächsten Orte kennen, man muss wissen, wie es da aussieht, wo ein Arzt ist und wo man einkaufen kann, wenn man hier wohnen will.«

»Es hört sich an, meine Liebe, als hättest du dich bereits entschieden? Liebe auf den ersten Blick? Wir haben nicht einen einzigen Weinberg gesehen.« Der Unwille ihres Mannes klang deutlich durch.

»Doch, die rings ums Haus, und die sehen prächtig aus, gepflegt und gesund, und gespritzt hat man auch, nicht wahr, Henry?«, antwortete sie. »Ihr Männer nehmt alles immer viel zu ernst.« Ihre Augen trafen die von Henry im Rückspiegel. Ihm war klar, dass er gemeint war.

Bis nach Petra waren es nur dreieinhalb Kilometer auf einer sehr schmalen, aber gut asphaltierten Straße. Links lagen die Weizenfelder, rechter Hand zogen sich Weiden und Baumgruppen sowie kleine Wäldchen am Berg empor, den die Ermita de Bonany krönte. Wie in tausend spanischen Dörfern der Peninsula überragte auch hier die Kirche noch alle anderen Gebäude. Petra schlief zu dieser Zeit, Siesta, doch es wirkte bei Weitem offener, freundlicher und übersichtlicher als Sant Joan. Hier befand sich die Kellerei von Miquel Oliver, die Henry empfohlen worden war. Es war eine gute und zeitsparende Entscheidung, dass Schiller das Städtchen Sineu als Basis ausgesucht hatte. Die Distanzen hielten sich in Grenzen, und wie Frau Fröhlich erwähnt hatte, sollten sich alle ihre Weinberge innerhalb der Gemeinden von Sant Joan, Petra und Vilafranca de Bonany befinden.

Im Zentrum des Städtchens fanden sie einen Platz, eingerahmt von Bars und Restaurants, die besonders von den Radsportenthusiasten der Deutschland-Tour frequentiert wurden. Sie suchten sich einen Tisch etwas abseits der aufgekratzten Meute, wo man sich – ungestört von Debatten über die gestrige Herzfrequenz und den adäquaten Pulsmesser – über den missglückten Besuch, wie Ulrike Schiller es nannte, unterhalten konnte. Sie musste beiden Männern ins Gewissen reden.

»Ich finde es falsch, unhöflich und unangemessen, wie ihr Frau Fröhlich behandelt. Ihr begegnet ihr nur mit Misstrauen, quetscht sie aus, löchert sie geradezu, fragt nach Einzelheiten, um die es nun wirklich nicht geht. Besonders du, Henry, du hast etwas gegen sie! So ist jedenfalls ihr Eindruck, das hat sie mir vorsichtig anzudeuten versucht. Und das ist auch meiner. Es geht nicht um Sympathie. Es ist, glaube ich, besser, wenn ihr nicht mehr zusammentrefft. Du bist zu undiplomatisch, zu hart, zu direkt. Du solltest dir ihre Situation vor Augen führen: Die Frau ist vom Schicksal geschlagen, hat zwei Töchter, ein Weingut am Hals und das Gefühl, jeder Käufer würde sie am liebsten betrügen wollen. Sie hat es alles andere als leicht, Gerhard, ich möchte mich nicht unbedingt daran erinnern, wie es bei unseren Kindern in der Pubertät zuging, nicht wahr?«

Ihr Mann stimmte ihr notgedrungen zu, jedenfalls nickte er, sah sie aber dabei nicht an, stattdessen versuchte er Henrys Gedanken zu lesen.

Die Schimpfkanonade war längst nicht vorüber. »Unter solchen Bedingungen ist es schwer, korrekt zu verhandeln.«

»Und Sie sind sicher, dass sie das tut?«, unterbrach sie Henry und ging wieder zum Sie über. »Was gibt Ihnen die Gewissheit?«

»Sie gibt mir keine Veranlassung, daran zu zweifeln.«

»Was sollte das mit dem überstürzten Aufbruch beziehungsweise Abbruch unseres Gesprächs? Dann werden Sie ihr auch nichts über den Vorfall mit den Steinen sagen?«

»Mit dem Stein«, korrigierte Ulrike ihn schnippisch. »Wer weiß, was du da gehört hast. Was soll es schon bedeuten, dass Gesine plötzlich wegmusste? Das passiert mir auch, irgendetwas hat sich ereignet, und sie ist nicht verpflichtet, uns das auf die Nase zu binden. Viel bedeutender finde ich, was Gesine mir über ihren Unglückstag erzählt hat, wie sie ihren Mann fand und wie lange es dauerte, bis die Rettung kam, und dass die Sanitäter zuerst den Schlaganfall nicht erkannten. Er hatte vorher bereits Herzrhythmusstörungen und erhöhten Blutdruck, das typische Risiko war gegeben. Dass sie sich die allerschwersten Vorwürfe macht, noch immer, finde ich äußerst verständlich. Sie kam, anders als sonst, erst abends mit den Kindern nach Hause. Üblicherweise hat sie die Mädchen von der Schule abgeholt, und sie sind dann zu dritt nach Palma gefahren und haben sich einen schönen Nachmittag gemacht ...«

Was Henry erstaunte, war Ulrikes Erzählweise. Sie sprach von den Ereignissen, als sei sie dabei gewesen. Wenn jemand etwas derart überzeugt darstellte, war Skepsis angebracht. Aber er zeigte sie nicht, er blieb bei seinem verbindlichen Lächeln.

»Er muss den Tag über hilflos dagelegen haben. Da sind die Schäden am Gehirn nicht mehr reparabel. Ich verstehe vollkommen, dass man sich in so einem Fall schuldig fühlt. Aber sie kann in Wirklichkeit nichts dafür. Und was den Wein angeht und dass sie nicht alle Fragen beantworten kann, wer kann das schon, und wer wollte ihr das verübeln?«

»Sie wusste, dass wir kommen«, warf ihr Mann halbherzig ein, »auch dass unser Experte dabei sein wird, man kann sich entsprechend vorbereiten ...«

Ulrike wurde schärfer im Ton, heftig verteidigte sie das Verhalten Gesine Fröhlichs. »›Ignácio‹, so sagte sie mir, ›hat in dieser Beziehung alles an sich gerissen.‹ Wie soll sie sich da auf dem Gut auskennen? Sie hat die Büroarbeit gemacht, den Verkauf, hat den Wein manchmal sogar mit dem Lieferwagen zu den Kunden gebracht; bei den Steuersachen half ihr natürlich jemand. Und wenn wir die Bestandslisten einsehen wollen, was an Wein vorhanden ist, dann sollen wir das beim nächsten Besuch klären. Ich finde es gut, ja, ich danke dir ausdrücklich, Henry, dass du uns hilfst, wirklich, aber bitte, dann hilf auch und sorge nicht nur für Missstimmung und Dissonanzen. Wir müssen Gesine bei Laune halten, schließlich wollen wir das Weingut kaufen.«

Sie brachte noch eine Reihe von Argumenten vor, die Henry nicht mehr interessierten. Was Gesine zum Beispiel alles aufgegeben habe, wie sie Deutschland hinter sich gelassen habe, die Kinder mussten überzeugt werden, und eine Scheidung hätte sie hinter sich.

Wer hat das nicht, dachte Henry und hörte Ulrike Schiller nicht weiter zu. Wenn sie das Geld besaß und es klar war, dass sie das Weingut kaufen wollte, wozu saß er dann noch hier? Begriff sie nicht, wie geschickt sie eingewickelt worden war?

Von Gesine Fröhlich hatte sie erfahren, dass Petra über einen Bahnhof verfügte, von dem aus man in einer Stunde bequem nach Palma gelangen konnte, die Züge fuhren stündlich. Petra war, anders als das im 11. Jahrhundert gegründete Sant Joan, ein Ort mit Geschichte. Der berühmteste Sohn des Städtchens, Juniperus Serra, war hier anno 1713 geboren. Er wurde Priester, ging nach Mexiko, begleitete das spanische Militär bei der Eroberung der nördlichen Pazifikküste, brachte den Indianern das Evangelium und gründete später einige Missionen, darunter San Diego und Los Angeles.

Nach zwanzig Minuten waren sie zurück im Hotel. Ulrike Schiller verschwand sofort in ihrem Zimmer, die Hitze machte ihr zu schaffen, sie wollte schlafen, der Tag sei sehr anstrengend und nervenaufreibend gewesen. Gerhard jedoch wollte sich im Ort umschauen, es war ein Vorwand, Henry zu einem Gespräch unter vier Augen zu bitten.

Sie verließen das Hotel und fanden knapp hundert Meter entfernt mehrere Bars nebeneinander an der Straße, die in einer engen Kurve von der Anhöhe herunterführte und am Bahnhof endete. Gegenüber war ein großer Parkplatz, dahinter eine Sportanlage, wo Jugendliche Basketball spielten. Auch weiter rechts befand sich eine weitere Bar mit einem Restaurant, doch die Tische unter den Sonnenschirmen waren verwaist. Jeden Mittwoch würde hier Markt abgehalten, wie der Kellner, ein junger Spanier mit Bart, Bermudashorts und T-Shirt erklärte, den sie zuvor für einen Gast gehalten hatten. Es sei der ehemalige Tiermarkt der Insel, aber das sei heutzutage eine Nebensache, seit sich hier die Touristen gegenseitig tottreten würden, für ihr Geschäft sei das jedoch hervorragend.

Heute war von dem Trubel nichts zu merken, ab und zu kam ein Spanier in einem verkratzten Auto vorgefahren, man redete laut durchs Fenster mit den Gästen am Tisch, winkte, fuhr weiter, jemand stieg aus und brachte seinen kleinen Sohn mit, der an den Tischdecken zerrte und nach den Tapas griff.

In Sichtweite der Bar befand sich ein Tabakladen, wo Henry sich das Diario de Mallorca kaufte. Es erschien im Gegensatz zum deutschen Mallorca Magazin täglich. Ein wenig mehr Aktuelles wollte er schon über die Insel wissen. Schiller schwieg, als Henry mit der Zeitung unter dem Arm zurückkehrte, der Weinhändler suchte nach Worten, um das zu sagen, was ihn bewegte, er starrte auf seinen Kaffee, als fände er darin die Lösung, und hatte sein Stück Schokoladentorte zerlegt, ohne es zu essen.

Über den Platz schauend dachte Henry über die Ereignisse des Tages nach und blätterte gedankenverloren in der Zeitung, die Überschriften überfliegend. Brand in einem Jachthafen, international besetzte Polizeikontrollen in Magaluf, wo hauptsächlich Engländer zuschlugen, ein neuer Korruptionsfall in der Regierung, der Präsident wanderte in Galicien und die übliche Geldverschwendung bei einem öffentlichen Projekt. Die Artikel langweilten ihn, er beobachtete Schiller und dachte an den Besuch auf Ses Palmes. Fehlte Schillers Frau das feine Gespür für Menschen? Hatte sie nicht bemerkt, wie sie mit einer herzergreifenden Geschichte eingewickelt und anschließend über den Tisch gezogen werden sollte? Aber da Ulrike Schiller sich anscheinend entschieden hatte, die Finca in jedem Fall zu kaufen, konnte er beruhigt nach Hause fliegen, ohne dass Schiller ihm das übel nehmen konnte. Isabella würde sich freuen, und der Kellerei würde es guttun. Er würde das Flugticket selbst zahlen und auch die Hotelrechnung begleichen.

Die Besuche bei den Winzern konnte er sich sparen. Langfristig würde er sich in Tübingen einen anderen Kunden suchen. Er hätte sich nie auf Schillers Bitten einlassen dürfen. Aber so war es häufig, wenn man um Rat gebeten wurde. Wenn er nicht wie gewünscht ausfiel, war der Ratgeber der Böse!

»Ich kann mir vorstellen, wie es in dir aussieht«, sagte Schiller und stocherte weiter in seiner Schokoladentorte, die Brocken auf dem Teller verteilend. »Es ist mir unangenehm, wie sie dich behandelt. Aber sie hat sich schon immer ein Leben im Süden gewünscht, Mallorca war ihr Traum, das blaue Meer, die Sonne und Wärme. Wir waren Studenten, trafen uns beim Jobben, haben zusammen in einer Weinhandlung gearbeitet. Als wir dann zusammen waren, haben wir uns ausgemalt, wie es wäre, wenn der Laden uns gehörte, junge Leute eben. Wir reisten nach Frankreich, nach Spanien und Portugal und lernten dort die Winzer kennen, deren Weine wir bis heute verkaufen. Das haben wir auch ziemlich gut hingekriegt, aber nicht das mit dem eigenen Weingut. Die Wirklichkeit ist anders, Wein zu verkaufen ist ein hartes Geschäft, Wein kriegst du inzwischen an jeder Tankstelle, in jeder Drogeriekette.«

Schiller dachte nach und stocherte weiter auf dem Teller, aus den Bröckchen waren Krümel geworden. Henry blätterte um und kam zu einem Artikel, in dem es um den Toten ging, über den er gestern im Mallorca Magazin gelesen hatte. Die Identität war noch immer nicht geklärt, man hoffte auf die Mithilfe der Bevölkerung und auch der Hoteliers, denn sie könnten feststellen, ob ein Gast nicht wieder auftauchte. Die Mordkommission der Polizei hielt es für wenig wahrscheinlich, dass es sich bei dem Toten um einen Spanier handelte.

Da fing Schiller wieder an zu reden. »Dass Rickle sich Frau Fröhlich verbunden fühlt, ist ein ganz anderes Kapitel. Man versteht es, wenn man ihren Hintergrund kennt. Auch ihr Vater ist jung gestorben, damals war sie sechzehn, das hat sie traumatisiert, sie lebte dann mit Bruder und Mutter unter ziemlich ärmlichen Verhältnissen. Die Mutter hat wie eine Wahnsinnige geschuftet, damit die Kinder auf dem Gymnasium bleiben konnten und zumindest eine gute Ausbildung erhielten. Mehr konnte sie ihnen nicht mitgeben. Na ja, für den Rest haben wir gesorgt. Später hat ihre Mutter wieder geheiratet, einen sehr wohlhabenden Herrn, mit dem Ulrike prächtig ausgekommen ist, deshalb hat er ihr auch das Mietshaus vermacht. Heute lebt die alte Dame ein paar Häuser weiter, es geht ihr blendend. So, jetzt kennst du den Hintergrund. Ich weiß, dass es noch einige Tage dauern wird, bis Rickle wieder einen klaren Kopf hat. Ich könnte verstehen, wenn du abreist, aber ich bitte dich trotzdem, zu bleiben. Ich brauche dich hier! Wir müssen die Weinberge anschauen, da kommt Arbeit auf uns zu. Auch wenn wir nur das Haus behalten und die Weinberge verpachten, muss ich doch wissen, ob sie was taugen.«

Was Schiller gesagt hatte, führte bei Henry zwar zu einer gewissen Nachsicht Ulrike gegenüber, aber es veränderte nicht seinen Eindruck von Gesine Fröhlich. Er merkte, dass der Schreck vom Steinwurf ihm noch in den Knochen saß, und zwar tiefer, als er gedacht hatte. Er sah dem Mann zu, der vor der Bar parkte und Kartons aus dem Kofferraum holte und sie in die Bar brachte. Es war Henry unangenehm, derart um Hilfe gebeten zu werden, weil es kaum eine Möglichkeit gab, sich herauszuwinden, besonders nach den um Verständnis heischenden Worten.

»Was hältst du von Gesine Fröhlich, traust du ihr?«, fragte er, statt auf das Gesagte einzugehen.

Jetzt formte Schiller die Krümel zu Klümpchen, und als er einen davon genauer betrachtete, wurde ihm bewusst, was er tat, und schüttete alles in eine Serviette. »Ob ich ihr traue oder nicht, kann ich nicht sagen. Für mich ist es ein Geschäft. Ich muss wissen, ob es sich lohnt, ob man dort guten Wein machen und verkaufen kann, ob der Preis stimmt, ob die Verträge sauber sind, ob wir alles bezahlen können und wie man das Ganze, also den Laden in Tübingen und die Finca in Sant Joan oder Petra, später organisiert. Mich interessiert, ob Ses Palmes verschuldet ist, mit Hypotheken belastet, und mich interessiert, wie der Betrieb wirtschaftlich dasteht. Ob wir die Kücheneinrichtung übernehmen, ist mir schnuppe. Ob die Spritzmaschine funktioniert und wie lange noch, ist wichtig. Ein Mallorquiner wird die Weinberge niedrig bewerten, um weniger Pacht zu bezahlen. Frau Fröhlich bewertet sie höher, weil sie einen höheren Preis erzielen will. Bei einem externen Berater weiß man nie, auf wessen Seite er wirklich steht. Ich kenne deine Skepsis, also kann ich nur dir trauen, du hast nirgends Aktien drin, und unsere gute Geschäftsbeziehung wirst du keinesfalls gefährden.«

Das waren erfrischend klare Worte. Henry starrte auf die Seite mit dem Artikel über den Toten. Wer machte sich die Mühe, einen Erschossenen auszuziehen, aus allen Kleidungsstücken die Etiketten herauszutrennen und den Toten wieder anzukleiden? Vordergründig sah es so aus, als ob die Identität verschleiert werden sollte, anhand der Kleidung hätte man die Herkunft ermitteln können. Wäre es nicht einfacher gewesen, den Toten unbekleidet irgendwo liegen zu lassen oder ihn von einer Klippe ins Meer zu werfen, wo die Strömung ihn hinaustrug? Es trieben zurzeit so viele Tote im Mittelmeer … Die Fingerabdrücke hatte die Polizei laut Pressemeldung überprüft, doch sie hatten sich in keiner Kartei oder Datei einer europäischen Polizeibehörde gefunden. Dann war es auch kein Krimineller, oder zumindest war er als solcher noch nicht bekannt.

»Ich möchte zu den Winzern gern mitkommen«, sagte Schiller, um Henry von der Lektüre abzubringen.

Der Wunsch war verständlich, aber es war zwecklos, ihn zu erfüllen. »Du könntest die Weine probieren, leider wirst du von den Gesprächen kein Wort verstehen, und das wird euer nächstes Problem werden. Wie wollt ihr mit der Sprache umgehen? Ulrike stellt sich das alles zu einfach vor. Keiner von euch beiden spricht Spanisch.«

»Dann müssen wir halt ins kalte Wasser springen. Und was die Besuche angeht, ich kann mir die Kellereien anschauen, ich kann Fragen stellen, und du kannst übersetzen, natürlich nicht simultan, aber zumindest doch sinngemäß. Nun – was ist?«

Also buchte Henry keinen Rückflug, sondern verbrachte den Rest des Tages damit, sich vor seinen Tablet-Computer zu setzen, die Seiten der hiesigen Winzer im Internet aufzurufen und per Mail und Telefon die entsprechenden Verabredungen zu treffen. Von dem Gedanken, Schiller mitzunehmen, war er nicht begeistert. Er würde auf ihn Rücksicht nehmen müssen, wodurch die Distanz zum Interviewpartner wuchs, auch ihn würde man wie einen Fremden behandeln.

Er war im Guía Peñín als Nutzer registriert und konnte daher auf alle Daten des wichtigsten spanischen Weinführers zugreifen, auf die Adressen von mehr als zweitausend Kellereien und die Bewertungen von etwa zehntausend verkosteten Weinen. Er war beileibe nicht mit allem einverstanden, was dort geschrieben stand, schließlich kannte er viele

Kellereien und Weine aus eigener Anschauung, er wusste, was sie über die Peñasco-Weine schrieben, aber im Großen und Ganzen gab der Weinführer eine gute Orientierung.

Er hatte Glück, gleich am nächsten Morgen würde sich ein Besuch bei Miquel Gelabert in Manacor ergeben. Er sollte einer der Ausnahmewinzer der Insel sein, seine Weine waren vielfach prämiert, aber große Mengen produzierte er nicht. Henry freute sich auf den Besuch, es machte Spaß, sich mit Kollegen auszutauschen. Er würde auf andere Gedanken kommen, und er beschloss, ehrlich zu sein, klar den Grund seines Besuchs zu nennen, denn man brauchte nur seinen Namen in eine Suchmaschine einzugeben und bekam wer weiß wie viele Fundstellen. Daraus war seine wirkliche Tätigkeit ersichtlich.

Während er noch dabei war, eine Liste für die Besuche zu erstellen, läutete sein Telefon, die Nummer des Anrufers war unterdrückt, aber die Stimme erkannte er sofort: Es war Salgado. Ohne weitere Erklärung gab er ihm eine unbekannte Telefonnummer und bat ihn, von der offiziellen Hotelleitung dort anzurufen. »Da erreichst du mich! Geht es sofort?«

Es musste etwas sehr Unangenehmes passiert sein, dass José Maria zu derartigen Sicherheitsmaßnahmen griff. Er wollte eine Leitung benutzen, die nicht abgehört wurde, denn seine berufliche Vergangenheit und sein Wissen um Interna des Polizeiapparats machten ihn für die Sicherheitsdienste verdächtig. Henry stand sofort auf, ging hinunter zur Rezeption in der kühlen, schummerigen Halle des Hauses und fand die Hotelbesitzerin in der Küche. Sie sagte nichts zu seinem Aussehen, den kleinen Schnitten im Gesicht, doch selbstverständlich überließ sie ihm das Telefon. Ein Durchstellen der Anrufe auf die Gästezimmer war nicht möglich, es handelte sich schließlich nicht um ein Geschäftshotel.

Henry wählte die angegebene Nummer, sofort meldete sich sein Freund. »Du musst nicht viel fragen, ich erkläre dir kurz, worum es geht, und bitte dich, dass du dich an meine Anweisungen hältst.«

Die Art, wie er es sagte, verschlug Henry die Sprache. So redete José Maria nur, wenn es gefährlich wurde.

»Ich muss dich warnen, du weißt, vor wem! Wir haben vor deiner Abreise darüber gesprochen. Es könnte sein, dass ein Mann, der kürzlich entlassen wurde und in engem Kontakt mit unserem gemeinsamen Freund steht, auf dich angesetzt wurde. Es ist ruhig um ihn geworden. Er hat gelernt, er hält sich in letzter Zeit zurück, passt sich an, doch das ist Teil seiner Strategie, unauffällig zu wirken. Er zieht noch viel mehr Fäden, finanzieller Natur, sogar die Gefängnisleitung hat er eingewickelt, hat beste Beziehungen zum Gefängnisgeistlichen, er spendet für die Kirche, und du weißt, wie unsere Priester auf Geld reagieren, besonders bei großen Summen.«

Der Stein, dachte Henry und fuhr sich mit der Hand durchs Gesicht.

»Wann ist er entlassen worden?«, fragte er. Nein, nicht mit einem Stein, wenn dann mit einer Kugel. Oder doch mit einem Stein? Seit Jahren lebte Henry mit dem Gedanken, dass Diego sich eines Tages rächen würde. Er hatte geglaubt, dass er zumindest bis zu Diegos Entlassung aus dem Gefängnis Ruhe haben würde, aber dass er jetzt einen ehemaligen Mitgefangenen ...

»Wie sicher ist die Information?«

»Ziemlich sicher. Wir haben jemanden dort unter den Gefangenen, der ihn beobachtet. Nicht einmal das Gefängnispersonal ist vertrauenswürdig. Es ist eine Frage des Preises. Wie sonst gelangen wohl Mobiltelefone und jede Menge Drogen in den Knast? Schreib dir folgende Adresse in Palma auf. Du gehst morgen gleich hin, da bekommst du ein Foto von dem Mann und ein Päckchen. Es könnte deine Lebensversicherung sein.«

# Kapitel 7

Das Frühstück verlief in aller Stille. Es war Henry sehr lieb, nicht reden zu müssen, Schiller jedenfalls war genauso wortkarg, wahrscheinlich hatte seine Frau ihm gestern ins Gewissen geredet, besser auf Henrys Beistand zu verzichten, und Schiller wand sich, um nicht klar Farbe bekennen zu müssen. Er wusste, dass sie auf ein Problem zusteuerten, das nicht leicht zu lösen war. Seine Frau wollte die Finca, und er würde im Laden bleiben müssen und nie dazu kommen, sich den Wunsch zu erfüllen, selbst Wein zu machen.

Schweigend fuhren sie in Richtung Manacor. Die Straße war wenig befahren, die Sonne schien, nicht eine Wolke am hellblauen Himmel. Die Harmonie der Landschaft wirkte sich positiv aufs Gemüt aus, das Grün der Weizenfelder und das üppige Rot der Mohnblumen beruhigten Henry. Er hatte schlecht geschlafen, José Marias Eröffnung verunsicherte ihn, auch wenn er es vor sich selbst herunterspielte. Wenn er Isabella gegenüber erwähnen würde, dass Diego jemanden auf ihn angesetzt hatte, würde sie kompromisslos darauf bestehen, dass er sofort zurückkam. Aber erst einmal musste man ihn finden. La Rioja schien ihm unter gegebenen Umständen gefährlicher.

In weiten Kurven schwang sich die Straße durch die Ebene im Osten, nichts anderes bedeutete Pla i Llevant – Ebene und Osten. Baumgruppen lockerten die Landschaft auf. Hier stand eine Palme, dort führte eine Buchsbaumhecke zur Ruine eines aufgelassenen Bauernhofs, eines der *cases de foravila*, der »Häuser außerhalb des Dorfes«, die bei Ausländern so beliebt waren, die alles hochmodern rekonstruierten, um sich dort anzusiedeln. Im Alter von siebzig Jahren verließen sie das Anwesen dann wieder, wenn die Nähe zu den Ärzten wichtiger wurde als das Rumsitzen unter Palmen oder die nahtlose Bräune. Außerdem waren fünfunddreißig Grad im Schatten nichts für den schwachen Kreislauf. Träume vergaß man nach dem Aufwachen schnell.

Nur an die Albträume erinnert man sich lange, dachte Henry beim Seitenblick auf Schiller und warf einen Blick in den Rückspiegel. Er fragte sich, ob sich jetzt auch bei ihm etwas wie Verfolgungswahn bemerkbar machte. Er hatte noch Zeit, zuerst müsste der Attentäter herausfinden, dass Henry sich auf Mallorca befand. Davon wussten bei Peñasco einige, es war schließlich kein Geheimnis. Hingegen hatte er nur wenigen erzählt, dass er in Sineu weilte: Mit Isabella, seinem Schwiegervater und seiner Sekretärin, auch mit Armando García, ihrem Kellermeister, hatte er darüber gesprochen. José Maria wollte versuchen, jemanden zu finden, der den Attentäter beschatten sollte. Attentäter? Was für ein martialisches Wort, ähnlich dramatisch wie Meuchelmörder, total übertrieben. Doch ging es letztlich nicht tatsächlich um ein Attentat? Henry wusste, dass Diego ihn lieber tot als lebendig sah.

»Folgt uns jemand? Siehst du was?«

Schiller wurde sofort nervös, als Henry zum zweiten Mal in den Rückspiegel schaute und sein Blick darin haften blieb.

»Nein, was könnte das sein?«

»Ein Motorrad vielleicht? Du erinnerst dich? Als ich dich am Flughafen abgeholt habe, da war auch ein Motorrad hinter uns.«

»Motorräder gibt's viele.« Henry tat uninteressiert.

»Aber nicht unbedingt welche, die hinter einem herfahren.«

»Es ist nichts hinter uns.«

»Hast du nichts gehört, als wir gestern bei Ses Palmes waren, als der Stein geflogen kam, da habe ich auch ein Motorrad gehört.«

»Jeder Bauernsohn fährt ein Moped, die Mädels fahren Roller, wie die Töchter von Frau Fröhlich.«

Noch immer machte sich Schiller Gedanken über ihren plötzlichen Aufbruch und fragte Henry, was er davon hielt.

»Frag sie einfach, wenn wir sie wiedersehen. Wann wird das nächste Treffen sein? Mich will sie bestimmt nicht dabeihaben.«

»Aber ich will es. Sie will uns anrufen, damit wir uns die Bücher ansehen, und dann steht der Besuch beim Notar bevor, Grundbuch, Vertrag und so weiter.«

Bei Ariany bogen sie rechts ab, der einladende Ort auf dem Hügel blieb hinter ihnen zurück, die Besichtigung wurde auf den Rückweg verschoben, denn einladend wirkte an diesem Morgen alles ringsum. Leider hatten sie es eilig, sie waren spät dran. Sonst wäre Henry gern zur Ermita de Bonany gefahren und hätte sich die Gegend, in der Schillers zukünftige Finca lag, von oben angesehen. Das wollte er gerade für den Rückweg vorschlagen, als er sich erinnerte, dass er in Palma ein Päckchen abholen sollte.

Kurz vor Manacor, einer flachen, gemütlichen Kleinstadt, nur wenig von Hochhäusern verschandelt, stießen sie auf die Schnellstraße aus Palma. Die Hand am Herzen bedeutete der Name Manacor, *mano en el corazón*, und Henry betrachtete das Stadtwappen im Reiseführer, auf dem eine Hand um ein Herz griff. Isabella hatte sich im Rahmen ihres Geschichtsstudiums tief in den Spanischen Bürgerkrieg eingearbeitet und ihm vor der Reise einiges zur jüngeren Geschichte erzählt. Von Manacor hatte er nur so viel behalten, dass auch hier die Falangisten nach der Machtübernahme gewütet und nicht gezögert hatten, sogar Krankenschwestern zu erschießen, die verwundete Republikaner gepflegt hatten. Es wäre interessant zu erfahren, wie es in beiden Orten Petra und Sant Joan aussah. Wegen des Bürgerkrieges waren spanische

Familien auch auf der Insel bis heute Todfeinde – kaum jemand sprach offen darüber. Allein Isabella hatte es gewagt und damit in der eigenen Familie die Katastrophe ausgelöst. Diego war eine davon ...

Wieder blickte Henry in den Rückspiegel. Heute Nachmittag würde er ein Foto vom möglichen Attentäter bekommen. Was würde in dem Päckchen sein? Wenn es eine Waffe war, hielt José Maria die Situation tatsächlich für brenzlig. War der Mann, bei dem er es abholen sollte, ein Kollege oder auch jemand von den Internen, oder einer wie er, der halb offiziell als Ermittler arbeitete? Wenn José Maria ihn empfahl, musste er vertrauenswürdig sein.

»Schalt besser das Navi ab«, sagte Henry kurz angebunden zu Schiller. »Du starrst nur auf das Ding und siehst nichts von der Gegend. Außerdem hat mir der Winzer erklärt, wie man zu ihm kommt. Halte dich links, immer die Palmenallee entlang bis zur Tankstelle, dann rechts und die zweite wieder links, es ist eine Einbahnstraße.«

In der geschlossenen Front der Häuser in der Calle Salas war von außen nicht zu erkennen, dass sich hier eine Kellerei befand. Die Straße wirkte fast ärmlich, Kleinwagen standen vor Schlaglöchern, die mit Asphalt zugekleistert waren, Kabelstränge statt kunstvoller Simse führten außen an fleckigen Fassaden entlang, und den Balkonen fehlte der sonst übliche Charme des Südens. Nur eine Front, lediglich mit einem großen runden Tor versehen, war frisch gestrichen. Das Firmenschild neben dem Eingang wies auf die Kellerei von Miquel Gelabert hin. In der Fassade waren zwei Türchen, hinter dem einen verbarg sich die Wasseruhr, hinter dem anderen der Elektrozähler. Der vergitterte Einlass in Bodennähe sorgte wahrscheinlich für die Belüftung des Weinkellers, der sich unter dem Haus befinden musste.

Das Tor war noch verschlossen, Henry und Schiller warteten an die Mauer gelehnt im Schatten.

»*Mañana, mañana*?« Schiller grinste.

»Das mit dem Verschieben auf morgen ist in Spanien längst vorbei«, sagte Henry, der sich über derartige Sprüche ärgerte. »Leider halten sich die Vorurteile am längsten.«

In diesem Moment kam ein Wagen auf sie zu, und die Tochter des Winzers stieg aus, schloss das Tor auf und bat sie in die Kellerei. Die Kühle der Eingangshalle machte die ersten Schritte angenehm, dann nahm eine mit gerahmten Urkunden geschmückte Wand ihre gesamte Aufmerksamkeit in Anspruch. Es waren nationale und internationale Preise. Der Mann schien sehr stolz auf seine Arbeit zu sein und auf die damit verbundene Anerkennung. Und auf einer Glasplatte, auf einem kleinen Holzfass liegend, waren die Bücher und Nachschlagewerke drapiert, die von Miquel Gelabert und seinen Weinen erzählten.

Der bärtige Winzer selbst kam einen Augenblick später. Er war ein Mann in den besten Jahren. Mit einem Blaumann gekleidet, hätte er hier ebenso gut Kellerarbeiter sein können. Seine Stimme war tief, die Art zu sprechen strahlte Selbstbewusstsein aus. Er war jemand, der wusste, wie er seine Sache vorzutragen hatte, immer mit einem verschmitzten Lächeln, stolz darauf, dass er, der einfache Mann aus dem Volk, es geschafft hatte, in internationale Ränge vorzustoßen.

Gelabert führte seine Besucher in einen kleinen weiß gekachelten Raum mit dem Flair eines Labors mit Gläsern in Haltern, Flaschen und Werbematerial in Regalen, wo er Regiestühle unter einer Schreibplatte hervorzog, sie aufklappte und seinen Gästen zuschob. Der gelernte Koch, der zuerst Wein als Hobby angebaut hatte, trauerte seinem Restaurant in Cala Millor nicht nach. »Viel arbeiten musste ich immer« – und Zeit hatte er auch heute wenig. Deshalb kam Henry nach der Vorstellung sofort auf das Wesentliche zu sprechen, den Boden. Was dieser Winzer darüber wusste, war für jemanden wie Schiller, der Wein anbauen wollte, unentbehrlich – ebenso für Henry, wenn er einen fundierten Rat erteilen wollte.

Dass jeder Weinstock sich an Klima und Boden gewöhnen musste, war nichts Neues, jedoch war ihm neu, dass man auf hundertfünfzig Metern über dem Meeresspiegel mehrere verschiedene Bodentypen fand. Er war bisher von der Homogenität der mallorquinischen Erde ausgegangen, gemeinhin war auf Mallorca die Rede von der Tierra Roja, der rötlichen Erde, gefärbt vom Eisenoxid. Das galt für die D. O. Binissalem im Zentrum der Insel, nicht aber für die Ebenen und Hügel im Osten. Hier färbten Ton, Kalk und Magnesiumkarbonat die Erde weißlich, der Boden zeigte ganz verschiedene Farbtöne, wobei die jeweilige chemische Zusammensetzung den Wein entsprechend prägte. Der Kalk war wichtig für die Eleganz. In der Ebene waren die Böden tief, Ton hielt das Wasser, anders als im Gebirge mit felsigem Untergrund. Eine Bewässerung fand nicht statt.

»Weinberge habe ich nur dort erworben oder neue angelegt, wo es nachts kalte Luftströme gibt. Die Hitze ist unser größtes Problem, weniger das fehlende Wasser.«

»Und wie findet man diese Luftströme?«, wollte Schiller wissen.

»Indem man nachts auf dem Traktor sitzt, seine Flächen bearbeitet und plötzlich einen kalten Luftstrom spürt, der zwischen zwei Hügeln auf einen zukommt. Auch die Alten wussten gut Bescheid, sie haben zum Beispiel Ställe nur dort gebaut, wo die Schafe nachts zum Schlafen hinzogen. Genau diese Stellen muss man suchen.«

Für Henry war es nicht neu, dass die Tag- und Nacht-Unterschiede wesentlich für die Entstehung der Säure in der Beere waren, sie ließ den Wein leben. Zu viel Hitze machte ihn plump und schwerfällig, dick und pappig. Henry kannte sämtliche Grundregeln des Weinbaus, wann immer seine Arbeit es zuließ, war er im Weinberg, aber welche Regeln hier auf Mallorca eine Rolle spielten, musste er erfragen. Schiller als Weinhändler war in puncto Weinbau der reine Theoretiker. Seine Kunden wollten schon mal das eine oder andere über den Wein wissen, der ihnen schmeckte, aber nicht zu viel, es verwirrte sie und war letztlich bedeutungslos. Der Geschmack entschied und der Preis – und nicht zu vergessen der Name des Winzers und sein Renommee.

»Das ist das Wichtigste für die Etikettentrinker«, bemerkte Schiller, nachdem Henry ihm in kurzen Worten das Gesagte übersetzt hatte. Dazu gehörte auch der Hinweis, dass die Traubenzone möglichst hoch liegen musste, weit vom Boden weg, auch das wirkte sich auf die Säure aus. Die Reife war bei der hiesigen Sonneneinstrahlung nie das Problem, im Gegenteil, die Trauben hatten derart viel Zucker, dass die Weine alle sehr alkoholisch wurden, fünfzehn Prozent Alkohol waren üblich. Und das ließ sich nur mit entsprechender Säure ausgleichen.

Neben der Hitze machte den Winzern die hohe Feuchtigkeit zu schaffen, bedingt durch die Insellage. Da half nur der entsprechende Rebschnitt, um die Weinberge gut zu durchlüften.

Dreitausend bis dreitausendfünfhundert Stöcke pflanzte Miquel Gelabert pro Hektar, 2,20 Meter waren die Rebzeilen breit, die Stöcke standen im Abstand von 1,15 Meter. Der große Abstand war vorteilhaft für die Ventilation, und man konnte mit Maschinen in den Zeilen arbeiten. Henry notierte die Zahlen, er würde anderen Winzern dieselben Fragen stellen und sie mit dem vergleichen, was er in den Weingärten von Ignácio Martínez vorfinden würde. Unbewusst verwandte er den Namen des Verstorbenen, wie er überrascht feststellte, es waren seine Weinberge und nicht die der Frau Fröhlich.

Obwohl Miquel Gelabert viel von den Methoden des ökologischen Weinbaus hielt, wie er sagte, verstand er sich nicht als Ökowinzer. Eine seiner Methoden würde Henry allerdings in den heimischen Weinbergen einführen: Gelabert pflanzte säurearme Trauben rings um seine Finca, die zogen die Vögel an, und sie ließen seine anderen Trauben in Ruhe.

Eine gute Idee. Es gab noch einen anderen Trick, den Henry Schiller zur Nachahmung empfahl. Da die Trauben bei der Lese in der Sonne bis zu fünfundvierzig Grad heiß wurden, mussten sie vor der Gärung gekühlt werden. Gelabert hatte nie viel Kapital einsetzen können, also hatte er einen ausrangierten Kühltransporter angeschafft, in dem die Trauben auf die gewünschte Temperatur gebracht wurden.

»Auf Ses Palmes haben wir nichts Derartiges gesehen«, meinte Schiller.

»Man wird sie im Keller gelassen haben, bis sie abgekühlt waren, aber soweit ich weiß, gehörte Ignácio Martínez nicht zu den Spitzenwinzern. Wer in der Oberliga mitspielen will, muss sich weit mehr bemühen als andere.«

Das hatte Miquel Gelabert immer getan. »Vor etlichen Jahren, 1995, fragte mich jemand aus dem Consell de Agricultura, ob ich nicht mal versuchen könne, einen rebsortenreinen Wein aus der Callet-Traube zu keltern. Ich war neugierig und sagte zu.«

Bis dato waren die heimischen Rebstöcke zugunsten der bekannten internationalen Sorten wie Cabernet Sauvignon, Syrah und Merlot gerodet worden, wie er erklärte.

Neugier, das wusste Henry aus eigener Erfahrung, war ein wichtiger Motor, eine Triebfeder, die eigene Arbeit zu verbessern. Neugier hatte er auch bei Schiller bemerkt, aber er glaubte, dass seine Frau ihn bremste. Sie hatte das Geld, um die Finca zu kaufen, und er war auf sie angewiesen. Würde er den Mut und die Ausdauer haben, drei Jahre mit dieser auf Mallorca gezüchteten Rebsorte zu experimentieren, wie Miquel Gelabert es getan hatte, bis er mit dem Ergebnis zufrieden gewesen war? Im Jahr 2001 hatte Gelabert den Wein dann in Madrid vorgestellt. Mit dem Son Caules begann sein Erfolg, eine Assemblage aus Callet und den ebenfalls heimischen Reben Manto Negro und Fogoneu. Dieser Wein schnitt als bester des Wettbewerbs ab. Damit trat Mallorca in die spanische Weinwelt ein, und der glückliche

Unbekannte brachte drei Goldmedaillen mit nach Hause. Jetzt beachtete man ihn auf der Insel.

Immer wieder, wenn Henry und der Winzer Spanisch sprachen und Schiller dem Gespräch nicht folgen konnte, war sein Blick über die Flaschen oben im Regal geglitten. Es waren viele Flaschen, zweiundzwanzig verschiedene Weine machte Miquel Gelabert, und das bei einer Produktion von lediglich dreißig- bis fünfunddreißigtausend Litern, je nachdem, wie die Erntemenge im jeweiligen Jahr ausfiel. So konnte sich nur ein Besessener verhalten, aber besessen wovon? Hier in dieser kleinen und alles andere als protzigen Kellerei – wie sie anonyme Bankengruppen und Investoren in La Rioja hatten entstehen lassen, geleitet von internationalen Stars am Önologenhimmel und begleitet von teuren Werbekampagnen – bewunderte ihn niemand. Was war dann die Triebfeder? Geld konnte es auch nicht sein, wenn er nachts auf dem Traktor saß und kalten Luftströmen nachspürte. Freude an der Arbeit, am Gelingen? Vielleicht würde Henry sich der Antwort nähern, wenn er den Bruder treffen würde: Morgen waren sie mit Toni Gelabert verabredet.

Ein wesentliches Ergebnis war, dass Miquel Gelabert keine Rücksicht auf die Preisvorstellungen seiner Abnehmer nehmen musste, eine Freiheit, von der Henry beim Verkauf der Peñasco-Weine nur träumen konnte. Sie schlugen sich mit der gesamten Rioja-Konkurrenz auf dem internationalen Markt herum. Eine Crianza war eben eine Crianza, ihre Reserva für 14,90 Euro wurde mit der von Aldi für 3,99 verglichen, obwohl Welten dazwischen lagen. Wo Aldi seinen Stoff herbekam, war ihm schleierhaft. »Renommierte Erzeuger«, hieß es. Wer die Fässer und Keller noch vom letzten Jahr voll hatte und wem die neue Lese bevorstand, war bereit, zu jedem Preis zu verkaufen.

Miquel Gelabert setzte seine Weine sicher nicht mühelos, aber doch stetig ab. An die fünfzigtausend Flaschen produzierte er jährlich. Alle bekannten Rebsorten Mallorcas waren darunter, von der weißen Prensal bis zur roten Gorgollassa, die spanische Macabeu wie die internationale Cabernet Franc, eher in Bordeaux oder an der Loire heimisch. Man fand seine Weine im Duty-free-Shop in Palma, bei der Kaufhauskette El Corte Inglés und in der Top-Gastronomie der Insel. Auch in Deutschland war er zu haben.

Der erste Wein, den sie auf Henrys Bitte hin probierten, war der schlichteste. Henry folgte der Hypothese, dass zwischen diesem und dem nach Ansicht des Winzers hochwertigsten sowohl seine Fähigkeiten zu erkennen waren wie auch die Möglichkeiten, die seine Weinberge boten. Dieser Ansicht war auch Miquel Gelabert: »Wer zwei Weine von mir probiert, kennt meine Linie.«

Der Schlichteste, nicht der Schlechteste, war der Sa Vall, eine Cuvée verschiedener weißer Rebsorten. Welche genau es waren, ließ sich mangels Kenntnis weder herausschmecken, noch verriet es ihnen der Winzer. Er war im Geschmack sehr vielfältig, blumig statt vegetal, kraftvoll, weich und rund geworden durch die Reife im Barrique, nicht der frische, spritzige Riesling von Schieferterrassen, nicht der leichte, fruchtige Macabeu oder Viura, wie sie Peñasco produzierte, die im Jahr nach der Lese getrunken wurden. Der Sa Vall hingegen war bereits vier Jahre alt und immer noch exzellent, ohne jede oxidative Note. Es war für Henry ein Vergnügen, dass er sich quasi mit einem Kollegen über die Nuancen eines Weins verständigen konnte. Und auch Schiller hatte einen guten Geschmack.

Der Chardonnay, auf den Gelabert besonders stolz war und der ihm viele Preise eingebracht hatte, war nicht Henrys Fall. Das lag weniger an der speziellen Art, wie der Winzer ihn gemacht hatte, er war selbstverständlich fehlerfrei, das durfte man erwarten. Henry mochte den Geschmack nicht, ob er nun sechs oder zwölf Monate im Barrique gewesen war oder gar nicht, ob auf der Hefe oder nicht, Chardonnay war nichts für ihn. Es war eine Rebe, mit der sich alles machen ließ. Die Frucht war schön, sicher, die leichte Karamellnote vom Holzfass hielt sich im Hintergrund, auch gut, aber es war eben Chardonnay.

Da gefiel ihm trotz seiner Skepsis gegenüber einem Rosé der Caules Rosat bedeutend besser, der aus den beiden mallorquinischen Rebsorten Callet und Manto Negro gekeltert und mit Spätburgunder verschnitten war. Eine derartige Assemblage war immer ein Risiko. Diese war gelungen, das Traubenmaterial war großartig, das Mischungsverhältnis stimmte, es war ein Wein, der Freude machte, gerade bei diesem Klima. Aber auf ihn traf das zu, was Schiller mit »nicht einfach zu trinken« bezeichnete. Für Henry war es nur ein ungewöhnlicher Geschmack, und für Neues, sofern es gelang, war er immer dankbar. Aber Schillers Kunden dachten anders.

Der Golós genannte Rosé, gekeltert aus Trauben des Spätburgunders und im Barrique gereift, zeigte die Klasse des Winzers. Es war jedoch ein Wein, den Schiller meinte, auch andernorts probiert zu haben, was dem Vergnügen nach Henrys Verständnis keineswegs Abbruch tat. Himbeere und Johannisbeere traten deutlich im Aroma hervor, dazu kam eine angenehme Frische, die Reife im Barrique gab ihm zusätzliche Tiefe.

Der Caules, der schlichteste Rotwein des Hauses, Manto Negro mit einem Anteil Callet und Tempranillo, wäre besser dekantiert worden, er brauchte Zeit, das Aroma zu entfalten. Das Tannin war noch recht deutlich, der Wein würde mit der Zeit aber runder werden. Um Schiller von den Fähigkeiten des Winzers zu überzeugen, bedurfte es gar nicht mehr des Spätburgunders, hier Pinot Noir genannt, es war ein geradezu perfekter Wein. Wer mit dieser kapriziösen Rebe richtig umgehen konnte, musste ein Meister seines Fachs sein. Es war klar, dass morgen Proben nach Tübingen gehen und Schiller diesen Wein begeistert in sein Sortiment aufnehmen würde. Leider gab es nur wenig davon, und die Nachfrage war zu groß.

Das Gespräch nach der Probe drehte sich um die Möglichkeit, auf Mallorca eine Finca zu übernehmen. Gelabert war der Ansicht, dass alle, die von ihrer Arbeit auf einem hiesigen Weingut leben mussten, auch Erfolg hatten, gezwungenermaßen sozusagen. Es gab natürlich auch Investoren, die zig Hektar gekauft hatten und über derart viel Geld verfügten, dass ihre Betriebe nicht rentabel sein mussten. Das würden sie auch nie werden. Henry hoffte, dass Schiller sich diese Worte gut einprägte. Eigentlich waren sie mehr für seine Frau bestimmt, aber die würde zu einer derartigen Verkostung nur gezwungenermaßen mitkommen, »obwohl sie zu Hause gern probiert«, wie Schiller entschuldigend meinte.

Gelabert sprach davon, wie kompliziert die Rebsorte Callet sich darstelle, weil es keine vernünftige Klonselektion gegeben habe. Pinot Noir jedoch, die Kapriziöse unter den Reben, machte ihm die größten Sorgen.

»Man weiß nie, wie sie sich entwickelt. Bis ich einen Wein so weit habe, wie er sein soll, laboriere ich etwa acht Jahre daran herum, aber bei Pinot Noir greift einfach keine Regel. Mein Pinot braucht allein zehn Jahre auf der Flasche, bis er so ist, wie ich ihn mir wünsche.«

Schiller schaute ziemlich betreten drein. Was sich hinter Klonselektion und einer Wartezeit von zehn Jahren verbarg, war ihm nur theoretisch bekannt, als schickes Argument den Kunden gegenüber, die lediglich den Wein bewerteten. Er bekam langsam eine Ahnung davon, auf welche gigantische Aufgabe er sich einlassen wollte. Jetzt war er fünfzig. In zehn Jahren vielleicht war er fit. Lohnte sich das, mit sechzig erst die Lorbeeren zu ernten? Schwankte er in seinem Entschluss? Henry hätte sich nicht gewundert. Aber Schillers Augen hatten während der Verkostung ein Funkeln bekommen, ein feines Blitzen, das auch Neugier und Ehrgeiz sowie Bewunderung signalisierte. Doch ohne den nötigen Durchhaltewillen, Geduld und auch Draufgängertum war nichts erreicht.

Erschöpft saß Schiller nach der Verabschiedung im Auto.

Um Miquel Gelaberts Weinberge zu begehen, fehlte heute die Zeit, der Winzer würde sie anrufen. Henry war es recht, so konnte er nach Palma fahren.

Schiller bot sich an, ihn hinzubringen, er musste sowieso noch zur Mietwagenfirma, den Wagen gegen einen mit heilen Scheiben eintauschen.

Henry lehnte dankend ab. »Schau dich lieber rund um Ses Palmes um, lauf durch die Gegend, geh zu Fuß, du siehst immer etwas, besonders dann, wenn du gerade nicht zielgerichtet vorgehst. Ist dir übrigens aufgefallen, dass nicht ein einziges Bild vom ehemaligen Besitzer und Ehemann an der Wand hing, weder im Wohnzimmer noch im Büro? Es gibt keine Ahnengalerie.«

Es war Schiller allerdings aufgefallen. »Ich habe Ulrike darauf angesprochen und gefragt, ob im ersten Stock vielleicht eines hing; sie hat alle Zimmer gesehen, auch das ehemals gemeinsame Schlafzimmer.«

»Und?«

»Nichts, nicht mal ein Foto auf dem Nachttisch. Wahrscheinlich ist es ihr zu persönlich, oder es schmerzt Frau Fröhlich zu sehr, an ihn erinnert zu werden, meint Rickle.«

*Dios mío*, dachte Henry, was für ein weites Herz diese Frau hat. Hätte er es laut gesagt, hätte Schiller wieder angenommen, er wäre zynisch.


Erstaunt darüber, was für einen modernen Bahnhof Sineu besaß, stand Henry hilflos vor dem Fahrkartenautomaten. Das Gerät war derart modern und kompliziert, dass er sich von einem Einheimischen erklären lassen musste, wie die Fahrkarte nach Palma zu lösen sei. Im selben Gebäude waren ein Restaurant und eine Kunstgalerie eröffnet worden, doch statt sich mit Bildern und Objekten zu beschäftigen, ließ er sich auf einer Bank auf dem Bahnsteig nieder und schlug die Ultima Hora auf, die er sich im Zeitungsladen besorgt hatte.

Fast ein Viertel aller jungen Mallorquiner im Alter von

fünfzehn bis neunundzwanzig Jahren besuchte einer Studie dieser Zeitung nach weder eine Schule, noch lernte diese Gruppe einen Beruf oder ging einer Beschäftigung nach. Wäre es nicht sinnvoller, jemanden hier Fahrkarten verkaufen zu lassen, statt Fahrkartenautomaten aufzustellen? Ein derartiger Job ließe sich mit einer Touristeninformation verbinden, einem Kartenvorverkauf für Theater und Konzerte. Aber das Geschäft wollten sich wohl die Hoteliers nicht aus den Händen nehmen lassen. Was auf Mallorca geschah, bestimmten sie, und auch, wer in der Regierung der Balearen das Sagen hatte.

Der Zug, ein Triebwagen, war so leise, dass Henry fast die Einfahrt verpasst hätte. Er kam aus Manacor, hatte kurz in Petra gehalten und stoppte nach fünf Minuten bereits wieder in Enllac, wo alle Fahrgäste auf den Zug wechselten, der zwischen Enllac und Palma pendelte. Die Fahrtzeit betrug eine knappe Stunde, gerade genug Zeit für die Zeitung. Der Tote aus S'Arenal geisterte weiter durchs Blatt. Der Polizei zufolge wurde in einem Hotel am Paseo Marítimo in Palma ein Tourist seit zwei Tagen vermisst. Die Behörde hielt den Namen zurück, weil die Bekanntgabe die Ermittlungen hätte behindern können, würde aber den Namen in spätestens zwei Tagen bekanntgeben, wenn die Identität eindeutig geklärt war.

Das letzte Stück nach Palma fuhr die Bahn unterirdisch, und zu Henrys Überraschung befand sich die Endstation am Rande des Zentrums an der Plaça d'Espanya. Sein Ortsgedächtnis funktionierte, er erinnerte sich von seinem damaligen Besuch daran, dass er die breite Avenida vor der Station überqueren musste, um linker Hand die Markthalle zu finden. In allen Städten waren sie eine Institution, die Boqueria auf der Rambla in Barcelona, wo er einige Jahre gelebt hatte, war leider zum Touristentreff verkommen. Doch dem war hier nicht so. Da die Touristen in ihren Unterkünften abgefüttert wurden, hatte der Mercat de l'Olivar seinen Charakter als Einkaufsstätte der Palmesanos erhalten.

Die Mittagszeit war längst vorüber, Henry musste sich an den Imbissständen für Tapas mit den Resten begnügen, mit frittiertem Calamar, gefüllten Sardellen und Miesmuscheln in einer Vinaigrette mit Safran und Weißwein. Alles war sehr schmackhaft, jedoch längst nicht so herzhaft wie an der galizischen Küste. Der Prensal Blanc passte gut zur Mittagshitze. Der Koch hatte zum Wein nicht viel zu sagen, außer dass es die beliebteste Weißweinsorte der Insel sei. Die Frische, die Frucht und die würzige Note bemerkte Henry selbst.

Er hätte gern noch länger hier gesessen, aber er musste bereits die Beine heben, um den Scheuerlappen auszuweichen. An vielen Ständen wurden die Rollläden heruntergelassen, und es wurde auch für ihn Zeit, sich auf den Weg zu José Marias Vertrautem zu machen. Er würde ihn in der Avenida Jaume III treffen, gleich neben dem Hotel Ciutat de Palma. Der Weg dorthin führte Henry über die Sant Miquel vorbei an den Edelläden von Louis Vuitton, Prada, Boss, Mango und Violeta, Schuhe, die teurer waren als Hin- und Rückflug von Bilbao hierher, es war die übliche Langeweile der Einkaufsstraßen. Über eine schmale Treppe hinter der Plaça Major gelangte er zur Calle Unió und von dort zur Avenida Jaume III. Je länger er allein unterwegs war, desto mehr hob sich seine Laune. Henry wurde wieder bewusst, wie sehr er das Einzelgängertum schätzte. Isabella war von gleichem Holz, deshalb klappte es auch zwischen ihnen so gut. Er musste sie anrufen, es war Zeit, Bericht zu erstatten. Aber was hier und jetzt in Bezug auf Diego geschehen würde, behielt er besser für sich. Er war in Gefahr, nicht Isabella. An seiner Schwester würde Diego sich niemals vergreifen.

Die Straße war schattig, Hitze und Verkehr erträglich und der Weg nicht weit. Das gesuchte Gebäude wies die Pracht vergangener Zeiten auf, neben dem schmiedeeisernen Portal war ein Spiegel. Bevor er auf die Klingel mit der Nummer 24 drückte, schaute Henry hinein und fragte sich, was für einen Eindruck er auf Fremde machte. Nahmen sie ihn als Ausländer wahr? Er trug eine leichte hellgrüne Hose und ein creme-farbenes Polohemd, Slipper aus braunem Leder zog er noch immer den klobigen, aber weichen Sportschuhen vor. Er strich sich durchs Haar, das er gern länger trug, es wirkte weniger streng. Denn die steilen Falten zwischen den Brauen, darunter der skeptische Blick aus dunklen Augen, entstanden beim stundenlangen Verfassen von Texten über Wein und den neuen Aufgaben in der Kellerei, ließen ihn ernst wirken. Und es stimmte, er war zynischer geworden. Ihm etwas einzureden oder vorzumachen war nicht einfach. Er glaubte an immer weniger Menschen und immer weniger das, was sie sagten. War es ein Zeichen des Alterns? Nicht nur sein Haar wurde grau …

Er drückte die Klingel. Schräg über sich sah er die Kamera. Jetzt beobachtete ihn jemand, eine Stimme, verzerrt vom schlechten Lautsprecher, fragte nach seinem Namen. Henry nannte ihn, die Stimme bat ihn herauf, und die Tür öffnete sich automatisch. Was war das für ein Haus? Ein sicheres von irgendeinem Geheimdienst? Henry war davon überzeugt, dass auch José Maria ihm nicht alles sagte. Als ehemaliger Beamter war er angehalten, über Dienstgeheimnisse Stillschweigen zu bewahren. Und der Mann, den er jetzt treffen würde, gehörte sicher zum selben Verein oder hatte dazugehört. Es gab Kreise in der spanischen Justiz, weit von der Politik entfernt und glücklicherweise noch unabhängig, die waren nicht käuflich.

Das Innere des Hauses war hochmodern, der Aufzug schnell, die Flure hell, die nummerierten Türen wirkten massiv. Ein großer, hagerer Typ stand in der Tür von Apartment 24, ein verbindliches Lächeln huschte über das kantige Gesicht, der Mann, etwa in Henrys Alter, musterte ihn aus graublauen Augen, ohne zu zeigen, wie die Musterung ausgefallen war. Sein Händedruck war kurz, hart und knochig, die Handbewegung hin zum Inneren des Apartments wirkte wie ein Befehl, was Henry zu einem Lächeln mit hochgezogenen

Augenbrauen veranlasste und seinen Widerstandsgeist hervorrief. Sein Gegenüber bemerkte es und schmunzelte.

»Sie sind der Freund eines Freundes«, sagte Señor Victor Tejeda. »Das bedeutet mir viel. Treten Sie ein!«

José Marias Freund, den Henry jetzt für einen ehemaligen oder noch tätigen Geheimdienstler hielt – vielleicht hatte er ebenfalls in der internen Ermittlung gearbeitet –, führte ihn in einen schmucklosen Raum, an dessen Wänden großformatige Bilder von Mallorcas atemberaubenden Küstenlandschaften hingen. Ansonsten wirkte der Raum so steril wie ein Operationssaal – nur ohne das entsprechende chirurgische Besteck. In der Mitte stand ein Tisch mit weißer Platte und vier unbequem wirkenden Stühlen, eine geschlossene Jalousie verhinderte den Blick nach draußen und den von draußen nach drinnen. Unter dem Fenster surrte eine Klimaanlage, wofür Henry dankbar war, denn sie zog auch den Rauch ab. Victor Tejeda steckte sich, kaum dass sie saßen, eine Zigarette an.

»Sie haben etwas für mich«, sagte Henry, um das Gespräch zu eröffnen. »Das eine soll ein Foto sein von einem Mann, der …« Jetzt zögerte Henry, denn er glaubte, sich offenbaren zu müssen, was ihm unangenehm war. Was wusste sein Gegenüber von ihm? Wie weit hatte José Maria ihn eingeweiht? »Was das andere ist, weiß ich nicht, ich könnte es mir denken …«

»Salgado hat mir Ihren Fall erläutert. Ihr Schwager, wegen Anstiftung zum Mord zu fünfzehn Jahren Gefängnis verurteilt, hat vermutlich einen Mann auf Sie angesetzt, der vor einigen Tagen entlassen wurde. Der Mann heißt Rafael Viadero, in seinen Kreisen als Rafa bekannt. Er ist Ende dreißig und topfit, wie die Gefängnisleitung berichtet. Er war zuletzt wegen schwerer Körperverletzung verurteilt worden, aber es war nicht seine erste Strafe. Er war bereits im Jugendgefängnis und ist später als eines von mehreren Bandenmitgliedern verurteilt worden, aber nur wegen Mitgliedschaft, einzelne

Verbrechen konnten ihm nicht direkt nachgewiesen werden. Die Bande aber hat Überfälle organisiert. Er ist, anders als Ihr Schwager, Mitglied einer Hooligan-Truppe, der Frente Atlético.«

»Gehört er zu den Neofaschisten?«

»Politisch ist er bislang nicht besonders in Erscheinung getreten, aber er bewegt sich in diesen Kreisen, aus ihnen heraus werden viele Gewalttaten begangen, besonders gegen Ausländer, Homosexuelle, Linke und Flüchtlinge. Wer auf der sozialen Leiter ganz unten steht, tritt gern auf die, die auch hoch wollen. Er hat denselben Anwalt wie Ihr Schwager.«

Tejeda stand auf, verließ wortlos den Raum und kam nach wenigen Augenblicken mit einem großen Umschlag zurück und zog ein Foto heraus, er legte es vor Henry auf den Tisch. »Das ist Rafael Viadero. Es ist der Ausschnitt eines Bildes. Es kann sehr wichtig für Sie sein. Wenn Sie ihn sehen sollten, ist es bereits gefährlich. Prägen Sie sich das Gesicht gut ein.«

Rafael Viadero wirkte keineswegs unsympathisch. Er war weder untersetzt noch vierschrötig und rasierte sich auch nicht den Schädel. Weder hatte er einen gewalttätigen Zug um den Mund, noch entsprach er der Vorstellung eines gewalttätigen Kriminellen. Er war ein gut aussehender Mann, ein durchtrainierter Sportler in seinen besten Jahren, sein verschmitztes Lächeln hätte man nur bei Kenntnis des Hintergrunds als verschlagen oder hinterhältig bezeichnen können. Es war ein Farbfoto, dem groben Korn nach aus der Ferne aufgenommen, er blickte in die Kamera, als hätte er den Fotografen gesehen und sich darüber amüsiert, dass man ihn für so wichtig hielt. Auf dem zweiten Foto, das Tejeda aus dem Umschlag zog, stand Rafa in einer Gruppe von Männern, die er sämtlich überragte. Erst hier kam seine kräftige Statur richtig zum Ausdruck.

»Wo haben Sie die Fotos aufgenommen?«

»In der Strafanstalt von Valencia.«

»Trägt da niemand Anstaltskleidung?«

»Das ist bei uns nicht üblich. Man will den Delinquenten nicht gänzlich ihre Persönlichkeit rauben.«

»Und woher wissen Sie das alles, über ihn, darüber, dass er möglicherweise auf mich ... äh ... angesetzt wurde?«

»Polizeiarbeit eben. Sie nehmen doch wohl nicht an, dass mit dem Zufallen der Gefängnistüren unsere Arbeit vorbei wäre.«

»Haben Sie V-Leute im Knast?«

»Wer viel fragt, bekommt viele Antworten, Señor Meyenbeeker, das sollten Sie als ehemaliger Journalist wissen.«

Nachdenklich schob Henry die Bilder bis in die Mitte des Tisches, als wolle er damit sowohl den Mann als auch den Sachverhalt von sich wegschieben. Ein Gefühl der Leere ergriff von ihm Besitz, nicht Angst, kein Gefühl von Mutlosigkeit oder gar Verzweiflung, einfach nur Leere, die sich in Abscheu und Überdruss verwandelte, und er sah Tejeda fragend an. »Die zweite Sache?«

José Marias Vertrauensmann ging erneut hinaus.

Wenn es ihm etwas bedeutet, dass ich der Freund eines Freundes bin, ist er dann auch meiner?, fragte sich Henry und sah, wie Tejeda einen kleinen grauen Karton auf den Tisch stellte. Der Inhalt wog schwer, das hatte er an Tejedas Handbewegung gesehen. Handelte es sich um seine Lebensversicherung?

»Sie haben, wie ich hörte, mit einer Sig Sauer trainiert, einer P 29 Al SO. Sie haben die Pistole auf José Marias Rat hin gekauft, und hier haben Sie das gleiche Modell.«

»Ich hatte vor Jahren ein unangenehmes Erlebnis mit Italienern, deshalb ...«

»Das will ich gar nicht wissen. Ich möchte lediglich dafür sorgen, dass es nicht zu ähnlichen Erlebnissen kommt. Ich wollte mich nur vergewissern, dass Sie damit umgehen können.«

»Ist der Mann so gefährlich?« Henry versuchte, sich diesen Gedanken möglichst vom Leib zu halten.

»Wir wissen nicht, was abgesprochen wurde, aber da dieser Rafa kurz nach der Entlassung auch beim Anwalt Ihres Schwagers gesehen wurde, machen wir uns Sorgen.«

»Sicherlich nicht im Rahmen normaler Polizeiarbeit? Sie können nicht jeden freigelassenen Straftäter beobachten lassen.«

»Das tun wir auch nicht, aber der Freund eines Freundes kann Hilfe erwarten. José Maria macht sich Sorgen, zumal der Mann inzwischen in Logroño aufgetaucht ist ... Und dass Sie sich derzeit auf Mallorca befinden, ist kein Geheimnis.«

Nach diesen Worten konnte Henry sich nicht mehr vor der Wirklichkeit wegducken. »Ist dieser Rafael Viadero bereits auf der Insel?« Henry erzählte von dem Vorfall mit dem Stein, der ihn beinahe getroffen und die Scheibe zerstört hatte.

»Daher die Kratzer in Ihrem Gesicht? Vom Rasieren können derartige Schrammen und Schnitte nicht stammen, außer man ist total betrunken, aber das kann ich mir trotz Ihres Berufs bei Ihnen schlecht vorstellen.« Tejeda blickte Henry nachdenklich an und runzelte die Stirn. »Was war das für ein Stein?«

»Ein Stein eben, ziemlich glatt und rund, wie ein Ei, als wäre er glatt geschliffen, ich habe mich darüber gewundert.«

»Haben Sie ihn noch?«

»Nein, er ist bei der Polizei, Schiller und ich haben Anzeige erstattet ...« Da erinnerte er sich an den zweiten Stein. Schiller hatte ihn.

»Es könnte eine Schleuder benutzt worden sein, es ist eine alte mallorquinische Waffe, die Ureinwohner der Balearen waren für den Umgang damit berühmt. Es gibt Leute auf der Insel, die heute noch diese Kunst praktizieren. Aber ich kann mir nicht vorstellen, dass Rafa ... nein, er stammt nicht von hier, und mit einer Schleuder umgehen? Eher nicht. Mit einer Pistole, ja, mit seinen Fäusten, auf jeden Fall, aber mit Steinen zu werfen, das hat was sehr Kindliches. Theoretisch könnte er bereits hier sein, was ich nach den Jahren im Gefängnis nicht glaube. Er wird sich Zeit lassen. Wer weiß in Ihrer Bodega, wo Sie sich befinden?«

Henry sagte es ihm, machte aber deutlich, dass nur seine Frau den Namen des Hotels kannte.

Victor Tejeda glaubte nicht, dass Rafa, wie er ihn nannte, das Flugzeug oder die Fähre nehmen würde, falls er von Henrys Aufenthaltsort erfuhr. »Er wird mit einer privaten Jacht kommen, es sind knapp hundertvierzig Seemeilen von Barcelona hierher, da wird man kaum registriert, falls man sich nicht beim Hafenmeister meldet. Man kann Waffen mitbringen und wird ungesehen von einem Beiboot an Land gebracht. Schmuggler, die Passagiere für entsprechendes Geld transportieren, gibt es momentan auf dem Mittelmeer genug. An Geld soll es Ihrem Schwager nicht mangeln, wie José Maria mir sagte.«

Es war Henry immer wieder peinlich, wenn von Diego als seinem Schwager gesprochen wurde, aber es entsprach den Tatsachen, das ließ sich nicht leugnen.

»Woher weiß Rafael Viadero, wo er mich finden kann?«

»Entweder sagt es ihm jemand in La Rioja, jemand aus Ihrer Kellerei, oder er findet heraus, wo hier eine Finca verkauft werden soll. So viele Weinbaubetriebe, die zum Verkauf anstehen, gibt es auf unserer Insel nicht. Oder man erkundigt sich in den Hotels.«

Henry stöhnte. Das war etwas viel für ihn, er musste nachdenken, musste Entscheidungen treffen, die heute anders aussahen als noch vor Jahren. Er entschied nicht mehr für sich allein, er hatte Verantwortung übernommen, für Isabella, für Peñasco und für seinen Schwiegervater. Sebastián war herzkrank, daran erinnerte er sich einmal mehr. Und das Ehepaar Schiller konnte er nicht im Regen beziehungsweise in der prallen Sonne stehen lassen.

»Wie erfahre ich, dass er eingetroffen ist?«

»Wahrscheinlich erst, wenn er auf Sie schießt – falls das der Plan sein sollte.«

# Kapitel 8

»Machen Sie sich nicht zu viele Gedanken, ich bin auch noch da!« Es war überaus freundlich, dass Tejeda seine Hilfe anbot, aber deshalb nicht weniger beunruhigend, dadurch besserte sich Henrys Laune auch nicht. Sollte dieser Rafa vor ihm stehen, war es bereits zu spät. Es würde zu lange dauern, nach der Sig Sauer zu greifen. Wo trug man so ein Ding mit sich herum? Eine Waffe nutzte nur dann, wenn man sie bereits in der Hand hielt.

»Das ist falsch«, sagte Tejeda, »allein das Bewusstsein, dass man eine trägt, wird wahrgenommen, besonders von den Leuten, die Streit suchen. José Maria hat mich nicht gebeten, Ihnen die Waffe zu geben, damit Sie auf der Straße rumballern.« – *Disparando por las calles*, eine Formulierung, die Henry schmunzeln ließ.

»Darf ich damit überhaupt auf die Straße? Meine Waffe bleibt nach dem Training auf dem Schießstand oder liegt zu Hause.«

»Man hat Ihnen eine vorläufige Lizenz erstellt …«

»Man? Wer ist das?«

»Auf viele Fragen gibt es viele Antworten, Señor Meyenbeeker.«

»Sie wiederholen sich.« Das war keineswegs unfreundlich gemeint.

»Wenn nötig, wiederhole ich mich noch einmal.« Und das war ebenfalls liebenswürdig gesagt.

Das Thema weiter zu vertiefen stand nicht in Henrys Absicht, er würde die Kanone im Hotelzimmer verstecken, und damit hatte es sich. Oder besser doch mitschleppen? Er ließ es dabei bewenden, ihn interessierte vielmehr, woher José Maria und Tejeda sich kannten und warum sie eine derart vertrauensvolle Beziehung pflegten.

»Das ist kein Geheimnis. Sollten wir nicht besser zum Du übergehen?«

»*De acuerdo*, einverstanden!«

Tejeda stand auf und kam mit zwei Cognacschwenkern und einer Flasche Gran Duque de Alba zurück. Es war eine Solera Gran Reserva, zwölf Jahre gereift, mit das Beste, was Spanien an Brandys zu bieten hatte. Er schenkte ein, Henry stand auf, sie schüttelten sich die Hände und tranken. Der Brandy war grandios.

»Seit wann hast du eine Beziehung zu Spanien?«

»Von Geburt an. Meine Mutter ist Spanierin, sie verließ unter Franco als kleines Kind mit ihren Eltern Spanien und hat später einen Deutschen namens Meyenbeeker geheiratet, meinen Vater.«

»Dann hast du sicher von den GAL gehört, den Grupos Antiterroristas de Liberación?«

Henry war damals zwanzig Jahre alt, hatte gerade mit dem vierten Semester Volkswirtschaft und Politik begonnen, als die Todesschwadronen 1983 in Spanien ihre Mordkampagne gegen die Eta und gegen vermeintliche Mitglieder begannen. Fünf Jahre später wurde aufgedeckt, dass die Terroreinheit unter dem Sozialisten Felipe Gonzalez vom spanischen Innenministerium finanziert und geführt wurde.

»Wir sind in etwa gleich alt«, sagte Tejeda, »ich gehörte damals, zusammen mit José Maria zu einer Polizeieinheit, deren Aufgabe der Kampf gegen die GAL war, daher auch später der Wechsel zur internen Ermittlung. Nur irgendwann weiß man zu viel, entweder wird man bis zum höchsten Grad seiner Unfähigkeit weiterbefördert, sprich bis zum Innenminister, dann darf man nichts mehr sagen, oder man wird kaltgestellt, bei guter Pension, versteht sich. Unsere Einheit hat seinerzeit diverse Verhaftungen vorgenommen, dazu gehörten der Innenminister, der Direktor für Staatssicherheit, sogar der Leiter des Antiterrorkampfes und der Geheimdienstchef. Der Innenminister ging damals für zehn Jahre ins Gefängnis. Damit macht man sich im Apparat keine Freunde. Aber das Vertrauen in die ehemaligen Kollegen bleibt. Man darf das nicht mit Korpsgeist verwechseln, bei dem ein Wolf keinen anderen Wolf beißt. Was lächelst du?«

»Im Deutschen heißt es, dass eine Krähe der anderen kein Auge aushackt.«

»Da siehst du, wie ähnlich sich Deutsche und Spanier sind.«

Als die Flasche halb leer war, verabschiedete sich Henry. Es ging auf den Abend zu, er war müde, es war ein anstrengender Tag gewesen. Er würde erst den vorletzten Zug zurück nach Sineu nehmen, denn er hatte keine Lust, mit Ulrike Schiller zusammenzutreffen und sich von ihr anzuhören, was für eine wunderbare und dabei vom Schicksal geschlagene Frau die Besitzerin von Ses Palmes war. Es war ihm zuwider, ein falsches Spiel zu treiben, einerseits um Hilfe gebeten zu werden und andererseits nicht sagen zu dürfen, was er dachte. Er schlenderte die Avenida Jaume III zurück, wechselte die Straßenseite hinüber zu einem Buchladen, unschlüssig, ob er eines der ausgestellten deutschen Bücher kaufen sollte, und merkte, dass ihm sein ehemaliger Beruf fehlte, seine Berufung. Bei Peñasco machte er einen Job, zwar einen guten, aber es war noch immer ein Job. Es war noch nicht *seine* Kellerei geworden, er fühlte sich nicht wirklich als Teilhaber, was wenig mit seinem geringen Anteil an der Firma zu tun hatte. Die Peñascos waren noch nicht *seine* Familie, obwohl sie und seine Eltern, die zur Hochzeit mit Isabella gekommen waren, sich bestens verstanden, besonders seine Mutter hatte sich sofort zu Hause gefühlt. Was stand zwischen ihnen? War es noch immer der Geist des verstorbenen Don Horácio, der in Diego weiterlebte? Die Sig Sauer im Karton in der Plastiktüte wog verdammt schwer, und sie war geladen. Er sah sich um, sah den Entgegenkommenden ins Gesicht. Es war niemand darunter, der diesem Rafael Viadero glich.

Wieder auf der anderen Straßenseite verwarf er den Gedanken und sah eine Bar, in der ziemlich viel Betrieb herrschte. Als ein Pärchen an einem der draußen stehenden Tische zahlte, stellte er sich hinter den Kellner, der, die offene Geldtasche in Händen, sich erschrocken umsah und die Tasche an den Bauch drückte.

»*Profilácticamente*«, sagte Henry, der den Platz haben wollte, und der Kellner entspannte sich. Er bestellte ein Bier und ein Schinkenbrötchen und setzte sich, gerade rechtzeitig, bevor die nächsten Gäste ihm den Stuhl unter dem Hintern wegziehen konnten. Fast hatte er den Eindruck, als sähe ihm hier jeder an, dass er bewaffnet war.

Die Bar »Bosch« an der Ecke zum Paseo del Borne schien nicht nur bei Ausländern ein beliebter Treffpunkt zu sein. Dankbar nahm er das Schinkenbrötchen sowie das frisch gezapfte Bier entgegen, bestellte sofort ein zweites und wandte sich der Beobachtung der Menschheit zu. Er wollte nicht nachdenken, sich keine Sorgen machen, nicht überlegen, was er Isabella sagen würde. Vorsichtshalber schaltete er sein Telefon ab und starrte auf Bäuche und kleine Füße, die vorbeitrippelten, Büroangestellte mit stierem Blick, die Tüte mit den Orangen fest in der Hand. Da saß eine junge Frau, die Augen gierig aufs Smartphone gerichtet, daneben eine mit der Nase am Arm schnuppernd, das eben gekaufte Parfüm testend, und dann hielt sie der Freundin den Arm hin. Ein Glatzkopf, sicher ein Brite, führte die übel gelaunte Ehefrau aus, während eine Frau mit Stadtplan ihrer Gruppe ganz genau erklärte, wo es langzugehen hatte, wobei dem braun gebrannten Ehemann die Widerworte fehlten. Am Nebentisch stocherte eine Blondine mit Leidensmiene in ihrem Kuchen, da sie zum wiederholten Mal an diesem Tag ihr Kalorienlimit überschritten hatte, wobei Männer für sie längst uninteressant geworden waren. Dem vorbeitrottenden Fanklub von Manchester United war auch das egal, man hielt Ausschau nach dem nächsten McDonald's-Imbiss. Braune Beine in knappen weißen Shorts wurden vorgeführt, äußerst unansehnliche in Leggins und unter langen Röcken versteckt. Die Wirtschaftszeitung Expansión unter dem Arm, ließ sich der gut situierte Rentner am Nebentisch nieder, nur um sofort die Seite mit den Börsenkursen zu studieren, während der hinter ihm sitzende Vater mit süßsaurer Miene die Rechnung seiner vier Kinder, die der Ehefrau und des Schwiegervaters beglich. Der ganz in Schwarz auftretenden zukünftigen Mutter, stolz den achten Monat vor sich hertragend, wurde sofort Platz gemacht, während der bärtige Ehemann, den weinroten Sweater locker um den Hals geworfen, mit dem Griff nach der Schulter des Kellners zeigte, dass man sich als Stammgast Vertraulichkeiten herausnehmen durfte. Achtzehnjährige übten das Gehen in High Heels, Achtzigjährige mit dem Rollator.

Was mochte in den Köpfen der hier Sitzenden vorgehen, als die schwarz verschleierte Gruppe auftauchte, Geschlecht, Alter und Absichten verbergend, sogar die Augen hinter einem Netz verborgen? Aber Selbstmordattentäter traten, wenn überhaupt, selten in Gruppen auf und bewegten sich auch weniger in Begleitung dicker bärtiger Männer, der wichtige, stolzgeschwellte Schritt mittels knallroter Cloudrunner an den Füßen betont. Waren das Ehemänner oder Bodyguards? Dann schwebten plaudernd gut gelaunte Damen in weiten afrikanischen Tuniken vorüber. Kehrten zurück und ließen sich neben weiß- und rothäutigen Skandinaviern nieder. Sie waren alle da, alle, bis auf die Nordamerikaner. Die ließen ihre 6., 7. oder 8. Flotte vor der Insel kreuzen, und die

Boote der Schlepperbanden kamen nicht hierher, obwohl Libyen nicht weit war.

Henry hatte nun genug fremde Eindrücke im Kopf, um sich unbeschadet vom Gespräch mit Tejeda und mit weniger Sorgen auf den Heimweg zu begeben, allerdings peinlich darauf bedacht, den schweren Gegenstand in dem grauen Karton nicht liegen zu lassen. Hatte nicht jede Waffe eine Nummer? Auf wen mochte sie registriert sein?

Der Zug stand im Bahnhof, abfahrbereit, in der Anzeige über dem Bahnsteig war Manacor via Inca als Ziel angegeben. Henry würde also auch ohne Wagen nach Hause kommen, vorausgesetzt er schlief nicht ein und wachte in Manacor auf. Aber in Enllac mussten sie sowieso wieder den Zug wechseln. Er hatte ein Auto mieten wollen, er brauchte die Unabhängigkeit, aber er hatte den Gedanken nicht zu Ende gedacht. Wo könnte er das Fahrzeug übernehmen? Zum Flughafen war es zu weit, doch im Hotel würde man ihm sicher helfen.

Die Gesichter der Fahrgäste entsprachen der späten Stunde. Es waren Menschen, die bis jetzt gearbeitet hatten. Da war der Arbeiter im Blaumann, seine Werkzeugkiste diente als Fußbank. Ein Büroangestellter versuchte gegen den Schlaf anzukämpfen und die Zeitung zu lesen, die ihm immer wieder wegsackte. Flüsternd unterhielten sich zwei alte Frauen, zwischen jedem Satz eine Pause von mindestens einer Minute einlegend. Sie sprachen Mallorquin, und Henry verstand nichts. Drei Asiaten mit riesigem Gepäck, der Inhalt undefinierbar, sprachen kein Wort, während die junge Mutter versuchte, nicht einzuschlafen. Doch immer wieder fiel ihr Kopf zur Seite, das Kind auf dem Schoß rutschte fast herunter. Henry starrte in die Dunkelheit, der Zug huschte an kleinen Weilern vorbei, in den Dörfern hielt er kurz, es stiegen immer mehr Leute aus, und in Enllac standen nur noch zehn Personen auf dem Bahnsteig, die weiter nach Sineu, Petra und Manacor fuhren. Dorthin würden sie morgen wieder fahren, zu Toni Gelabert, dem Bruder Miquels. Der kannte die großen Hotels sicher auch nur vom Lieferanteneingang her, wenn er den Wein lieferte.

Den Karton fest unter den Arm geklemmt, stieg Henry in Sineu aus, ging zur Plaça es Fossar und steuerte die »Bar Ca'n Castell« an. Drinnen rannten auf dem Großbildschirm junge Männer einem Ball hinterher, und begeisterte Zuschauer johlten, aber einige Gäste saßen draußen, genossen die Kühle des Abends und tranken Bier. Henry schloss sich ihnen an, und als er nach dem Smartphone griff, erinnerte er sich daran, dass er es ausgeschaltet hatte. Isabella hatte bereits dreimal angerufen. Bevor er das Gerät wieder einschaltete, dachte er darüber nach, was er ihr sagen wollte. Auf keinen Fall würde er Victor Tejeda erwähnen, dann stünde sie morgen hier und würde ihn notfalls mit Gewalt nach Hause schleifen. Von Ses Palmes konnte er berichten, ohne Gefahr zu laufen, ihren Verdacht zu wecken, dass er sich mal wieder in Gefahr begab.

Er suchte sich einen Tisch vorn an der Straße, wo das Fußballgeschrei nicht zu ihm drang. Er trank das Bier aus, bestellte ein weiteres und drückte die Kurzwahltaste mit ihrer Nummer. Isabela war noch in Logroño, ihre Tante, La Cantora, war zu Besuch gekommen. Daher fragte Isabella nicht viel und war auch durch seine Antworten nicht beunruhigt, sondern sorgte sich wegen des Kellermeisters, der sich für einige Tage krankgemeldet hatte.

»Ich mache mir Sorgen um Armando, er ist nicht mehr der Jüngste, und er ist einer unserer wichtigsten Mitarbeiter im Betrieb.«

Darin stimmte Henry ihr voll und ganz zu. Der Mann hatte ein phänomenales Geschmacksgedächtnis, er erinnerte sich an jede Crianza und jede Reserva, die er vor zehn oder fünfzehn Jahren gemacht hatte. Sogar die Jungweine blieben ihm in Gedächtnis. Seit vierzig Jahren arbeitete er in der Kellerei Peñasco und hatte nicht vor, in Rente zu gehen.

Isabella kündigte an, dass sie morgen früh bei ihm vorbeifahren würde, falls er nicht zur Arbeit erschiene. »Soweit ich weiß, ist seine Frau zu den Kindern gefahren, um auf die Enkel aufzupassen, und eine Haushälterin hat er nicht. Er lebt allein, also müssen wir uns um ihn kümmern. Ich glaube, es ist das erste Mal, dass er nicht zur Arbeit gekommen ist.«

Der Gedanke, bei Armando vorbeizuschauen, war nachvollziehbar; er näherte sich dem Rentenalter, aber Henry empfahl Isabella, besser einen Tag zu warten. »Du weißt, wie sensibel er ist und wie eigensinnig. Nachher denkt er, wir würden ihn kontrollieren. Den Eindruck darfst du nicht entstehen lassen.«

»Ich fahre morgen Nachmittag. Wenn es sich also bei dir bereits abzeichnet, dass es mit dem Kauf der Finca nichts wird und du zurückkommst, dann müsstest du …«

»Das habe ich nicht gesagt«, unterbrach Henry sie, »ich meinte nur, dass ich dagegen bin. Es gibt zu viele Ungereimtheiten, die Aussagen sind zu vage, mir ist das alles zu nebulös. Die haben dreizehn Hektar, und diese Frau Fröhlich versucht, uns weiszumachen, dass sie zwei Kinder, Finca, Kellerei, Verkauf und Weinberge allein managt. Sie sagt zwar, alles wachse ihr über den Kopf, aber sie sagt nicht, wer ihr hilft.«

»Dann komm nach Hause, wir brauchen dich hier. Sebastián fühlt sich besser, wenn du da bist.«

Ganz gegen seine sonstige Gewohnheit war Henry bemüht, das Telefonat rasch zu beenden. Der Gedanke an Diego hatte ihn daran erinnert, was Tejeda ihm vorhin anvertraut hatte, und wenn er länger darüber nachdachte, würde es ihm den Schlaf rauben …

Die Weine von Toni Gelabert, den sie am folgenden Tag morgens aufsuchten, waren völlig anders als die seines Bruders Miquel. Sie waren weder besser noch schlechter, sie waren anders, so verschieden wie die beiden Männer. Und Toni begnügte sich mit vierzehn verschiedenen Weinen statt mit zweiundzwanzig. Auch er war Autodidakt, hatte in der Bauwirtschaft gearbeitet, bevor er sich vor mehr als drei Jahrzehnten dem Weinbau zuwandte. Ursprünglich bearbeitete er sechs Hektar, einen halben Hektar davon »an einem magischen Ort«, wie er meinte, wo bereits die Römer Weinbau betrieben hatten, vielleicht sogar die Phönizier, die vor ihnen da gewesen waren. Seine Weine hielt er für derart persönlich, so von seinen Vorstellungen eines Weins geprägt, dass er seine Produktion keinesfalls erhöhen wollte.

Die ihm zur Verfügung stehende Fläche genügte ihm, sie waren zu dritt, mit Sohn und Schwiegersohn, was Henry einmal mehr davon überzeugte, dass Frau Fröhlich sie belog. Ses Palmes war doppelt so groß, die Anzahl an Flaschen lag mit mehr als siebzigtausend weit über den fünfunddreißigtausend, die von Gelabert angeboten wurden. Da musste es auf Fröhlichs Weingut weitere Arbeitskräfte geben. Es hatte den Anschein, dass sie vermeiden wollte, dass Schiller oder er mit diesen Leuten zusammentrafen und von ihnen erfuhren, was wirklich auf Ses Palmes gespielt wurde. Henry übersetzte sehr genau, was ihm eigentlich zuwider war, da ihm so keine Zeit blieb, über das Gesagte nachzudenken, doch er fügte sich in die Situation.

Gleichzeitig versuchte er zu lesen, was bei den Größenangaben hinter Schillers Stirn ablief. Er notierte die Zahlen. Er war Kaufmann, sein Weinhandel florierte, selbstverständlich auch dank seiner Mitarbeiter. Ohne sie hätte er sich diese Reise nicht gestatten können. Also war auch die Frage der Arbeitskräfte auf Ses Palmes für die Kaufentscheidung von Belang und wo man fähige Leute herbekam. Wenn Frau Fröhlich einen Dummen suchte, war sie bei Schiller an der falschen Adresse. Und er, Henry, würde sich für ihn starkmachen.

Henry stand nicht der Sinn nach einer Verkostung des gesamten Sortiments, auch Schiller wollte die Probe begrenzen, er war nicht hier, um weitere Weine für den Verkauf zu finden, er musste sich von der Art und Qualität der hiesigen Weine ein Bild machen, erfahren, was möglich war, und sich von der Kompetenz ihrer Gesprächspartner überzeugen, wie er beim Frühstück betont hatte.

Der erste Wein ihrer Probe war der Son Fangos Blancos, ein Zusammenschnitt aus Prensal als mallorquinischer, Moscatel als internationaler Rebsorte. Die Assemblage überzeugte mit ihrer Frische, mit dem deutlichen Geschmack von weißen Johannisbeeren und Zitrusfrüchten, ein Geschmack, der lange im Mund blieb.

»Den Wein werde ich spätestens im Juli verkauft haben«, meinte Toni Gelabert, der nicht nur geschliffenere Weine machte als sein Bruder, sondern auch anders auftrat. Man hätte den einen als den bodenständigen Künstler und den anderen als brillanten Handwerker charakterisieren können und hätte beiden unrecht getan, das Gleiche galt für das Begriffspaar des Intellektuellen und des Praktikers, doch auch das war falsch und charakterisierte weder die Weine noch die beiden richtig. Es waren zwei interessante Männer, beide arbeiteten sowohl mit dem Verstand wie mit den Händen – und ohne Intuition und Erfahrung war kein guter Wein zu machen.

Beides musste vorhanden gewesen sein, sonst wäre der Macabeu, von dem es nur fünfhundertfünfzig Flaschen gab, nicht so fantastisch ausgefallen. Schiller hatte eine Abneigung gegen den Ausbau von Weißwein im Barrique, allerdings nicht im großen Stückfass oder Fuder. Beim neuen Barrique überlagerten häufig die Aromen des Holzes – Zimt, Vanille und Nelke – den Geschmack der vergorenen Trauben. Für Henry bestand der Fehler darin, dass oftmals schwache Trauben verwendet wurden oder der Wein nicht konzentriert genug war, dass er zu lange im Barrique blieb oder das Holz zu sehr von innen geflämmt war und dass Winzer (und häufig auch Kunden) den Holzgeschmack für den Ausdruck besonderer Eleganz hielten.

Aber bei diesem Macabeu war alles richtig gemacht worden, weder überwog das Holz, noch war der Wein zu schwach. Sein Aroma stand im Vordergrund. Das Holz blieb diskret. Die Trauben waren rechtzeitig gelesen worden, wodurch die floralen Noten erhalten blieben und der Wein nicht in übermäßige Schwere und Honigaromen absackte. In La Rioja hieß die Rebsorte Viura, bei Peñasco machten sie sowohl Cava wie auch Stillwein daraus. Aber dieser Wein hier hatte ein anderes Aroma, was Henry als Beleg dafür sah, wie die Bodenverhältnisse und das Klima der Insel den Wein beeinflussten.

Es kann auch ein anderer Klon sein, dachte er, und für einen Moment brachen sich in seinem Kopf wieder die unangenehmen Gedanken Bahn, das Bewusstsein, dass jemand auf der Jagd nach ihm war, dass ihn jemand zerstören wollte, ein persönlicher Feind, dem es einen Haufen Geld wert war, ihn fallen zu sehen. Da lauerten keine abstrakten Gefahren, hervorgerufen von Politikern, Banken oder Investoren, denen es um die Ausdehnung ihrer Macht ging. Da lauerte ein Gangster, ein Ganove mit Gesicht und Namen, ein Verbrecher, dem er als Person völlig egal war, dem die Hintergründe seines Auftrags gleichgültig waren, dem es um das Geld ging, das er dafür erhielt.

Und dann stand wieder ein anderer Wein vor ihm, der ihn ablenkte, der seine Aufmerksamkeit erforderte, dessen Leichtigkeit ihn für eine glückliche Weile die Bedrohung vergessen ließ.

Der Negre de Sa Colonia verfügte über den Charakter eines jungen Weins, gleichzeitig zeigte er Anklänge an Erde, an Stein und Mineralien, die Frucht zeigte sich spät, aber dann war die Kirsche deutlich herauszuschmecken. Ähnlich stellte sich auch der Negre Selecció dar, gekeltert aus den Reben Manto Negro, Garnacha und Cabernet Sauvignon. Hier verband sich Mallorca mit der Iberischen Halbinsel und internationalem Standard, fein, elaboriert und ausgewogen. Der Mann am Tisch verstand sein Geschäft.

Er arbeitete nach biologischen Richtlinien, erntete zum Teil weniger als die Hälfte der zugelassenen Menge, weder chemische noch synthetische Substanzen gelangten in seine Weingärten, gegen Mehltau ging man mit Pflanzenextrakt vor, mit Öl gegen die Cochinilla blanca, die weiße Schildlaus. Und die Finca mit angeschlossenem Wohnhaus, beides unterkellert, war nach den Richtlinien des Feng Shui gebaut worden.

Henry übersetzte jetzt nur das Wesentliche, trotzdem wurde Schillers Gesicht immer länger, sah er sich doch einem Umfang von Aufgaben und Problemen gegenüber, die auf ihn einstürzen würden, sobald er die Besitzurkunde von Ses Palmes in Händen halten würde, aber für die Weine der beiden Brüder war er Feuer und Flamme, er würde alles an Wein in seinem Laden führen, was die Brüder entbehren konnten, was leider nicht viel sein würde.

»Es sind die Hoteliers, die hier bestimmen«, sagte Toni Gelabert bedauernd, »sie sind es auch, die uns die qualifizierten Arbeitskräfte wegnehmen.« Dabei war er sich bewusst, dass der Tourismus seit den Achtzigerjahren des letzten Jahrhunderts der Insel sowohl den Fortschritt wie auch gute Einkommen gebracht hatte. »Und der Weinberg bleibt grün! Würden wir unsere Umwelt nicht erhalten, dann käme niemand mehr her.«

Das sah Henry anders. Solange der Strand und das Frühstücksbuffet existierten und die Flüge billig blieben, würden die Nordländer auch mitten in der Wüste Urlaub machen.

Toni Gelabert hatte seine Äußerungen nicht auf den Massentourismus bezogen, den sah er ähnlich, und er kannte Fälle, wo Landwirte ihren Landbesitz verkauft hatten und heute perspektivlos in den Bars rumhingen. Dreißig- bis sechzigtausend Euro kostete ein Hektar Rebland, je nach Lage, Qualität und Alter der Trauben. Aber unter denen, die geblieben waren, fand – zumindest in der D. O. Pla i Llevant – ein kollegialer Austausch statt. Das hörte Schiller gern, auch dass die Kollegen bereit waren, andere an ihrem Wissen teilhaben zu lassen und auch mal eine Maschine zu verleihen oder konkret zu helfen. Was nicht bedeutete, dass die Alten nicht misstrauisch und die Jungen nicht desinteressiert waren.

Gelabert lud sie zum Mittagessen ein. Henry und Schiller nahmen das Angebot gern an, so ließ sich das Gespräch ungezwungen fortsetzen, wobei sie auf die Insellage und die Auswirkungen auf den Weinbau zu sprechen kamen. Tonis Weingärten waren durchschnittlich zwölf Kilometer vom Meer entfernt, was einerseits zu konstanten Temperaturen führte, aber es entstand Morgennebel, und die Feuchtigkeit begünstigte das Wachstum schädlicher Pilze. Der morgendliche Tau ab August erforderte wieder eine andere Technik des Beschneidens ... Auch Esca, eine sehr komplexe Rebkrankheit, international auf dem Vormarsch, war bis nach Mallorca vorgedrungen. In Rioja bekämpften sie Esca mittels wundarmen Rebschnitts bei trockener, kühler Witterung. Aber so trocken und kalt wie in La Rioja war Mallorca nicht ...

Schweigend saß Schiller auf dem Heimweg hinter dem Steuer, das Kinn trotzig vorgeschoben, die Lippen zusammengekniffen, ab und zu stöhnte er leise, als sie durch die Felder zurück nach Manacor fuhren, mal wieder beschimpft von Rennradlern, die alle Straßen gnadenlos für sich beanspruchten. Ziellos fuhr Schiller durch die Stadt, verfuhr sich im System der Einbahnstraßen, beeindruckt von der hier herrschenden Ruhe und den an Straßenecken mit ihren kleinen Kindern herumstehenden, von Kopf bis Fuß verhüllten Nordafrikanerinnen. Ihre Männer waren nirgends zu sehen ...

»Die sind in den Weingärten und machen Rebarbeiten. Zurzeit ist das Einflechten der schießenden Triebe in die Drahtrahmen dran, die Reben wachsen wie verrückt.« Henry hatte ein kurzer Blick in Toni Gelaberts Weingarten genügt, er war in perfektem Zustand.

Schließlich hielten sie vor einer Bar mit dem Namen »Mingus«. Sie waren die einzigen Ausländer. Schiller wirkte verzweifelt, er hatte sich die Besichtigung viel einfacher vorgestellt, dabei hatte die eigentliche Verkaufsverhandlung noch gar nicht begonnen. Für die Weinberge wollte Gesine Fröhlich, je nach Qualität der Lage, zwischen dreißig- bis fünfzigtausend Euro pro Hektar haben. Das gesamte Anwesen, Wohnhaus, Kellerei und Garten, sollte 1,5 Millionen kosten, was im Vergleich zu den Luxusvillen nicht teuer war.

»Es ist nichts entschieden«, versuchte Schiller Henry zu beruhigen, der sich wohlweislich jeden Kommentars enthielt. Er war erleichtert, dass er aus der Rolle des Buhmanns entlassen wurde. »Das Ergebnis der Reise kann sein«, fuhr Schiller fort, »dass wir nichts kaufen und dass ich mir die Idee mit dem Wein aus dem Kopf schlage. Leben will ich hier nicht unbedingt, und wenn man irgendwo auch nur ein Haus besitzt, ist man zusätzlich angebunden. Irgendetwas muss immer repariert werden, etwas anderes fehlt, der Garten braucht Pflege, es gibt einen Schaden an der Wasserleitung, an der Zisterne, Einbrüche kommen vor. 's Rickle meinte, man könne mal schnell für zwei Tage herfliegen, Freitag bis Montagmorgen. Andere täten das. Ich halte das für Quatsch, außerdem komme ich mir dabei lächerlich vor, wenn ich an die $CO_2$-Bilanz denke, die wir von Winzern einfordern, womit wir beim Kunden werben, und gleichzeitig ballere ich das Kerosin im Flugzeug hinten raus.«

Henry versuchte, zwischen beiden Ehepartnern zu lavieren. »Für deine Frau wird das kein Argument sein, ich höre von ihr nur Zustimmung, bei dir hingegen wächst die Ablehnung. Es wird schwierig, ihr solltet länger darüber nachdenken, wie das eine mit dem anderen zu vereinbaren ist und was ihr vom Leben erwartet.«

Schiller, der einen zähen Streit mit Ulrike auf sich zukommen sah, war dankbar für diesen Vorschlag. »Wir haben bislang auch nur extreme Spezialisten besucht. Man müsste sehen, wie andere sich positionieren, die größeren Güter.«

»Wir haben bislang auch nur *vinos de pago* probiert, wie wir sie in Spanien nennen, oder *vinos de autor*, Lagenweine und Autorenweine. Die großen Produzenten, Macià Batle und José L. Ferrer, haben weit mehr zu verkaufen, eine Million Flaschen, sie sind international aufgestellt. Ich glaube, wenn du hier produzierst, willst du, anders als sie, den Großteil deines Weins in Deutschland verkaufen und nicht auf der Insel. Die Mallorca-Klientel in Deutschland ist riesig. Man trinkt gern das, was man im Urlaub kennengelernt hat, die schönen Erinnerungen kommen zurück …«

»… aber nicht derselbe Geschmack«, unterbrach ihn Schiller. »Was hast du am Nachmittag vor?«

Im Hotelzimmer betätigte Henry im Kleiderschrank als Erstes die Tasten seines Tresors. Darin lag der graue Karton, unberührt, wie er erwartet hatte. Er nahm die Sig Sauer heraus, wickelte sie aus dem Tuch, nahm sie in die Hand und wog sie, schob das Magazin hinein, lud durch, entsicherte, hielt sie mit einer Hand, dann mit beiden, das Gewicht kannte er, das Gefühl war ihm vertraut, er senkte die Waffe wieder, sicherte und entlud sie und legte sie zurück. Was nutzte sie ihm, wenn sie hier lag? Wachsamkeit und ein klares Gefühl für die jeweilige Situation waren wichtiger. Er legte sich aufs Bett, nahm das Bild von Rafael Viadero zur Hand und betrachtete das Gesicht.

Was war das für ein Mensch, der bereit war, für Geld andere zu töten? Ein Mord aus Rachsucht, aus Habgier und Eifersucht war einigermaßen nachvollziehbar, den Menschen eigen, wenn auch nicht menschlich, wenn auch nicht verständlich. Jemanden auf Auftrag zu töten, als würde man wie ein Lkw-Fahrer fünf Paletten Wein von La Rioja nach Hamburg bringen, war gänzlich unverständlich. Aber handelte ein Offizier, der wissentlich eine Kompanie in den Tod schickte, nicht ähnlich? Polizisten schlugen auf Befehl zu, für Geld oder weil sie Befehlen gehorchten oder sich mit ihren Oberen identifizierten. Fehlte ihnen jene Regung, im anderen ihren Mitmenschen zu sehen? Machte dieser Rafa sich Gedanken darüber, wer er war, wen er weshalb umbringen sollte? Nein, Rafa würde ihn nicht umbringen, er hatte mit ihm etwas anderes vor.

Um mich töten zu lassen, sagte sich Henry, ist Diego zu geldgierig. Er weiß, dass ich der Firma nutze und damit auch ihm. Diego kennt die Zahlen, er kennt die Geschäftsentwicklung, seit ich den Verkauf leite. Aber was ist niederträchtiger, als jemanden zu töten? Ihn zum Krüppel zu machen … War es das, was sie mit ihm vorhatten?

Henry rief José Maria an und berichtete ihm von der Übergabe der Waffe in Palma und seinen Überlegungen, denen sich sein Freund nur zum Teil anschloss.

»Alles kann schiefgehen. Bei einem Mordanschlag wird man nur verletzt, und eine Schlägerei kann das Ende bedeuten. Also, *amigo,* im Safe nutzt dir das Ding nichts. Steck es gefälligst ein! Dafür ist es da, hinten in den Hosenbund, du trägst eine weite Jacke darüber, und beim Fahren gehört es in Reichweite und nicht ins Handschuhfach. Rafa ist ein Spitzenmann, vergiss das nie!«

»Seid ihr an ihm dran? Diene ich euch als Lockvogel?!« Henry wusste nicht, ob er darüber wütend sein sollte oder entsetzt.

»Es war nicht geplant, doch wenn sich eine Gelegenheit ergibt, sollte man sie nutzen …«

»Wisst ihr, wo er sich aufhält, ob er jetzt schon hier ist?«

»Nein, dann hätte ich es dir mitgeteilt. Ich nehme mal an, du wirst es uns rechtzeitig sagen …«


Henry holte die Waffe aus dem Schließfach, steckte sie wie befohlen hinten in den Hosenbund und probierte zwei Sakkos aus, er hatte auch seine Lederjacke mitgebracht, doch die würde er wegen der Temperaturen höchstens nachts tragen. Außerdem war sie derart abgeschabt, als hätte er sie aus einer Altkleidersammlung gezogen. Er stellte sich vor den großen Spiegel gegenüber vom Bad, wandte sich hin und her, bewegte sich mal schnell, mal langsam, holte seinen Rasierspiegel, hielt ihn hinter sich und ging in die Knie, um zu sehen, ob die Waffe bei seinen Bewegungen auffiel, und war schließlich halbwegs zufrieden. Er konnte sie mitnehmen, doch sie würde ihm nur nutzen, wenn er diesen Rafa bemerkte, bevor der ihn sah.

Er bat Schiller, ihn zum Flughafen zu fahren, um an einen Leihwagen zu kommen, was Schiller zunächst strikt ablehnte, er selbst würde ihn wohin auch immer bringen. Das war für Henry inakzeptabel; er wollte seine eigenen Wege gehen können, besonders da er Schiller aus der Affäre mit Rafael Viadero heraushalten musste. Er durfte niemanden in Gefahr bringen, das verbot sich von selbst. Außerdem plante er, Erkundigungen über Frau Fröhlich einzuholen. Dabei musste er vermeiden, dass Schiller und vielleicht sogar Ulrike mitbekamen, wen er ihretwegen befragte. Es hätte nur ihr Misstrauen verstärkt.

Bei der Mietwagenfirma am Flughafen brauchte Henry dann nochmals eine halbe Stunde, um Schiller davon abzuhalten, auch diesen Wagen zu bezahlen, obwohl Henry nur den unauffälligsten grauen Kleinwagen nahm, der am häufigsten vermietet wurde. Das Ding war leicht und flott, und man kam wunderbar durch die extrem schmalen Straßen zwischen den eng stehenden Häusern der Dörfer.

Auf dem Rückweg nach Sineu hielt er an und kratzte das Namensschild des Autovermieters ab, das innen an der Rückscheibe klebte. Es erregte Aufmerksamkeit, sowohl bei Autoknackern wie bei Attentätern. Wieder einmal kam er sich bei diesem Gedanken lächerlich vor.

Die Kellerei Ribas in Consell gehörte für jeden Weinlieb-
haber und Weinkenner zum Pflichtprogramm. Eine halbe
Stunde fuhren sie von Sineu aus, zuerst zehn Minuten zurück
in Richtung Palma, dann bogen sie rechts ab nach Sencelles.
Die Straße dorthin war extrem schmal und von Mauern eingefasst, und man konnte dem Gegenverkehr kaum ausweichen. Henry fuhr vorneweg und wusste aus Erfahrung, dass
Touristen es normalerweise nicht schafften oder nicht willens
waren, auf diesen Straßen mehr als hundert Meter zurück-
zusetzen, und starrköpfig stehen blieben. Auch die Bauern
verhielten sich so. Wer hier nicht fahren konnte, sollte es
sein lassen und am Strand bleiben. Als sei es ein Gesetz, kam
ihnen natürlich ein Touristenfahrzeug entgegen. An Henry
kam der Entgegenkommende noch vorbei, da er den Außenspiegel einklappte und sich bis auf zwei Millimeter an die
rechte Mauer heranpirschte, aber da der andere Fahrer die
Straßenmitte beanspruchte und stur blieb, musste Henry
Schillers Wagen rückwärts bis zur Einfahrt eines Gehöfts
zurücksetzen und sich dann noch die Pöbeleien des Bayern
hinter dem Lenker anhören. Er entgegnete kein Wort, ging
schweigend und übel gelaunt zu seinem Wagen zurück und
merkte, dass er die Pistole im Hosenbund dabei völlig vergessen hatte.

Schlechte Laune war das Überflüssigste und Dümmste,
was man in die Weinprobe mitnehmen durfte. Das fiel auf
alle Weine zurück, wie Henry aus Erfahrung wusste. Glücklicherweise fanden sie die Bodega sofort, es gab einen Wegweiser an der Landstraße, der sie zu dem denkmalgeschütz-
ten Herrenhaus brachte, dessen historischer Keller auf 1711
datierte. Damit war Ribas eines der ältesten Weingüter der
Insel überhaupt. Was Henrys Laune weiter aufhellte, war,
dass man sich Zeit nahm, insbesondere Araceli Severa Ribas,
eine junge Önologin und Mitglied der Familie.

Sie machte es richtig, sie fuhr mit ihnen in die Weingärten, dorthin, wo der Wein herkam. Henrys Laune besserte

sich zunehmend, denn was er hier sah, beeindruckte ihn und bewies den Sachverstand der Winzer. Die vierzig Hektar bildeten eine kompakte Einheit, was Wege und Zeit ersparte und damit die Produktion kostengünstig gestaltete, worauf er Schiller erneut hinwies, denn viele verstreut liegende Weingärten kosteten Zeit und Kraftstoff, und es war wichtig, die Trauben nach der Lese, gerade bei den hier herrschenden Temperaturen, sofort in die Keller zu bringen.

Ribas Weingärten waren gut zugänglich und in bestem Zustand. Die internationalen Reben waren durchschnittlich fünfundzwanzig Jahre alt und wurden an Drahtrahmen gezogen, die einheimischen Sorten – knorrig verdrehte Einzelstöcke – waren vor sechzig Jahren gepflanzt worden und sahen auch bei näherer Betrachtung absolut gesund aus. Und obwohl diese Zone unterhalb der Serra de Tramuntana zum Herkunftsgebiet Binissalem gehörte, war Ribas, wie Araceli erklärte, aus dem Verband ausgetreten. Die Gründe interessierten Henry nicht, er kannte die Querelen innerhalb der Verbände, den Streit in den diversen Kontrollräten, nicht anders verhielt es sich in deutschen Weinbauverbänden mit Machtansprüchen Einzelner und der Borniertheit von Funktionären, die fremde Interessen vertraten und jeder Modernisierung im Wege standen. Das alles war für Schillers Entscheidung nebensächlich. Ribas war ein Beispiel, ein sehr gutes, obwohl ihn die Touristen erschreckten, die sich im Garten des Herrenhauses bei einer Weinprobe mit Lunch vergnügten. Oder war es Lunch mit Weinprobe? Besucher empfingen sie zu Hause bei Peñasco nur einzeln und möglichst nur Leute vom Fach.

Was Henry hier in der Ebene unter einem gewaltig blauen Himmel inmitten grüner Reben besonders gefiel, war der *cobert d'eines*. So nannte Araceli den ehemaligen Geräteschuppen auf Mallorquin, früher auch genutzt, um in der kleinen Küche der Behausung über offenem Feuer das Essen für die Weinbergarbeiter zuzubereiten. Es gab einen groben

Tisch und Stühle, Küchengeräte, die Wände über der Anrichte und dem gemauerten Herd waren blau-weiß gekachelt. Alles wirkte ein wenig museal, aber es erinnerte Henry an die Wochenenden, die er viel zu selten mit Isabella in einem ähnlichen Haus verbrachte, weit weg vom Stress des Unternehmens, näher am Leben, wie er es sich für sich selbst wünschte. Und über das *móvil* konnte nur ihr Vater sie erreichen, auch erst, seit sein Herz aus dem Rhythmus gekommen war.

Zurück in der Bodega zeigte sich im Glas, was dem lockeren Stein- und Kiesboden abgerungen wurde. Ob die Drainageeigenschaften bei nur vierhundertfünfzig Millimeter Regen pro Jahr sinnvoll waren, hing immer von den jeweiligen Gegebenheiten ab, Henry hätte einen tiefgründigen Boden für besser gehalten, der das wenige Regenwasser zurückhielt, um es dem Weinstock verfügbar zu machen. Der durchschnittliche Ertrag mit eineinhalb Kilo Trauben pro Weinstock sagte ihm auch, dass hier mit der Schere heftig Mengenbegrenzung betrieben wurde, oder war der geringe Ertrag der Trockenheit und dem Alter der Stöcke geschuldet? Wenn er sich recht erinnerte, waren die von Ignácio Martínez angelegten Rebflächen auf Ses Palmes bis auf die hinzugekauften nicht älter als fünfundzwanzig Jahre.

Einer der Gründe, weshalb Ribas die D. O. verlassen hatte und seine Weine als Vino de la Tierra bezeichnete, mit Mallorca als Herkunft, war, dass laut D. O.-Statut ein hier erzeugter Wein nur mit dreißig Prozent einer einheimischen Sorte verschnitten sein musste, der Rest beziehungsweise der Großteil konnte durchaus Cabernet oder Merlot sein; dann galt er immer noch als mallorquinischer Wein.

Die Ribas-Weine aber waren anders. Der Ribas Blanc enthielt knapp neunzig Prozent Prensal Blanc, der Rest war Viognier, eine gute Zusammenstellung. Beim Ribas Negre überwog die Rebsorte Manto Negro gegenüber den internationalen Sorten, wobei hier auch Syrah hinzukam. Wenn

Araceli Ribas für die Assemblage verantwortlich war, dann verstand sie viel vom Handwerk. Die Basis für den roten SIÓ bildeten die Trauben alter Reben, und der Merlot-Anteil war größer als beim Ribas Negre, was ihm neben dem intensiven Aroma mehr Tiefe und Struktur verlieh. Beim weißen SIÓ kamen zum Prensal noch Chardonnay und Viognier hinzu, wobei ein Teil des Weins in französischen Eichenfässern vergoren wurde und für sechs Monate auf der Hefe blieb.

»Sie nehmen immer französische Eiche, weil die Fässer feinporiger sind und die Oxidation langsamer verläuft.« Schiller sagte das, nur um etwas zu sagen, doch sein Gesicht wurde länger und länger. »Da werden Maßstäbe gesetzt, die ich, wenn überhaupt, in höchstens zehn Jahren erfüllen kann.«

Henry bemühte sich, ihn wieder aufzurichten. »Was erwartest du von dir? Die Familie Ribas hat schließlich seit 1711 Erfahrung im Weinbau. Der Vorsprung der Einheimischen ist riesig. Das muss kein Grund sein, es nicht auszuprobieren und loszulegen. Du beginnst gleich auf hohem Niveau. Aber deinen Weinhandel, mein Freund, den musst du vergessen, oder du zerreißt dich.«

Der rebsortenreine Manto Negro kam zum Schluss: Aromen von Kaffee, Cassis, Rote Bete, Holunderbeeren, hier zeigte sich, was in der rein mallorquinischen Rebsorte steckte. Es waren wunderbare Aromen, doch Araceli Ribas gab ihm nur eine Lebenszeit von zwei Jahren, dann würde er seine Eigenschaften verlieren, noch war dieser Wein nicht lange lagerfähig. Aber musste er das sein?

Als sie den Garten neben dem Büro verließen, wo sie die Weine probiert hatten, und zu den Bäumen gingen, in deren Schatten sie die Fahrzeuge abgestellt hatten, wirkte Schiller ziemlich deprimiert.

»Ich muss nachdenken. Es ist gut, wenn ich mal ein wenig allein bin. Ulrike ist in Palma, sie ist dort mit irgendjemandem verabredet. Was hast du vor?«

Es war Henry sehr recht, dass die Schillers weit weg waren und er auf seine Art Nachforschungen anstellen konnte. Auch lief er keine Gefahr, dass jemand sah, was hinten im Hosenbund steckte. Er konnte, ohne Aufmerksamkeit zu erregen oder Fragen beantworten zu müssen, seine Umgebung beobachten. Er fuhr zurück zum Hotel, holte den Feldstecher, den Tejeda ihm gegeben hatte, und fuhr auf der schmalen Straße Richtung Petra durch die Felder, immer ein wachsames Auge im Rückspiegel, immer im Bewusstsein, dass ein Motorradfahrer von hinten heranjagen konnte und, wenn er sich auf gleicher Höhe befand, auf ihn schoss. Zu wissen, dass ihn jemand jagte, war ihm unerträglich. Dennoch glaubte Henry nicht, dass Diego ihn tot sehen wollte.

An einem von wilden bunten Blumen eingefassten Feldweg hielt Henry an, stieg aus und zog die Waffe aus dem Bund. Er lud sie durch, entsicherte – niemand war in der Nähe – und gab einen Schuss ab. Der Rückstoß war minimal, der Krach allerdings sehr laut. Aber auch der zweite Schuss, ziellos zur Probe abgegeben, um den Rückstoß der Waffe in der Hand zu fühlen, verhallte nicht ungehört, denn ein Schwarm Vögel flog auf, kreiste und ließ sich nach einigen Runden wieder nieder. Henry fuhr weiter, gelangte nach Petra, bog vor der Kirche rechts nach Vilafranca ab und folgte dem Wegweiser hinauf zur Ermita de Bonany, vorbei an den Gemüsegärten der Bewohner, die sonntäglich ihre Familien hier zur großen Paella vor dem Gartenhäuschen versammelten. Mauern fassten das gewundene Sträßchen ein, dahinter wuchsen Mandeln, Orangen und Feigen. Der höchste Teil des mehr als dreihundert Meter hohen Berges war von Kiefern und Eichen bewachsen. Auf dem Parkplatz unterhalb der Brüstung standen nur zwei kleine Busse, die Insassen tummelten sich unter den Palmen auf dem Vorplatz der mächtigen Kirche und genossen die Aussicht. Die Kirche war im Stil des Historismus gebaut, mit neobarocken Anklängen oder Ursprüngen, was es genau war, wusste Henry nicht zu sagen. Der klerikalen Kunst war er in seinem Leben überdrüssig geworden, der Gekreuzigte, die Mutter mit dem Kind, der Verräter Judas, Märtyrer und Apostel, deswegen ersparte er sich das Innere des Gebäudes. Er suchte nach einer Treppe oder einem schattigen Erker mit einer Mauer, auf die er sich stützen konnte, um das Fernglas ruhig zu halten, und von wo aus sich die Ebene zwischen Sant Joan und Petra überblicken ließ, denn in der Mitte zwischen beiden Orten lag Ses Palmes, weniger als fünfhundert Meter Luftlinie entfernt.

Dank des erstklassigen Feldstechers mit der Vergrößerung von zehn mal fünfzig entdeckte er den Polizeiwagen, der auf das Haus zufuhr und dann von ihm verdeckt wurde. Angespannt blieb Henry sitzen, das Glas im Anschlag. Was hatte das zu bedeuten? Kurz darauf erschien ein Motorradfahrer, er kam aus Richtung Sant Joan und bremste vor der Einfahrt zu Ses Palmes. Das Motorrad verschwand hinter Büschen, dafür trat ein Mann ins Licht, nahm den Helm ab und schlich geduckt auf das Anwesen zu, bis er ganz zwischen den Rebzeilen untertauchte. Konnte das Rafael Viadero sein, Diegos Attentäter? Nein, woher sollte er wissen, dass Henry auf der Finca zu finden war? Doch wer war es dann?

# Kapitel 9

Die Polizisten blieben lange auf der Finca. Henry setzte das Glas ab und schaute auf die Uhr, eine Dreiviertelstunde war seit der Ankunft des blau-weißen Geländewagens vergangen. Er hatte gesehen, wie die beiden Uniformierten hinter dem Wohnhaus verschwanden, eine Viertelstunde später waren sie herausgekommen und hatten eine Runde um das Grundstück gemacht. Zuerst hatten sie den Garten in Augenschein genommen, waren dann durch die angrenzenden Weingärten hinten herum ums Haus gegangen und schließlich am Segelboot angekommen. Es waren lediglich winzige Figuren, fast Strichmännchen. Henry meinte, Frau Fröhlich erkannt zu haben. Er hätte sich täuschen können, doch welche blonde Frau hätte es sonst sein können? Heute war sie nicht in Schwarz gekleidet. Auch die beiden Töchter hatten sich der Begehung angeschlossen. Welche von beiden die Ältere war, hatte er von seinem Standort aus nicht erkannt.

Inmitten der Reben tauchte eine weitere Figur auf, ein dunkler Körper, das Gesicht ein heller Fleck. Er näherte sich dem Haus und der auf fünf Personen angewachsenen Gruppe, immer in Bewegung und in Deckung hinter Büschen und Bäumen bleibend. Er zögerte nie und überwand die Trockenmauern, als würde er sich auskennen, robbte anscheinend unter den Spanndrähten hindurch und bewegte sich näher auf die Gruppe zu.

Von Henrys Beobachtungsposten aus glich das Geschehen auf und um Ses Palmes einem Spiel, einem Reigen, bei dem sich eine zunehmende Zahl von Personen auf einem grünen Spielfeld bewegte. Je länger er die Szene beobachtete, desto sicherer wurde er, dass es sich bei dem Motorradfahrer nicht um diesen Rafael Viadero handeln konnte. Wozu sollte er zwei Polizisten, eine Frau und ihre Töchter belauern, immer in der Gefahr, entdeckt zu werden?

Wo wird dieser Mensch mich angreifen?, fragte er sich. Was wäre die günstigste Ausgangsposition für ihn? Sicher nicht die in der Nähe von Zeugen, nicht dort, wo sich viele Menschen aufhielten, höchstens in einer sich bewegenden Menge, die ihn leichter untertauchen ließ. Im offenen Gelände, so wie hier, wäre ein Angreifer weithin sichtbar, konnte dann aber wegen der Übersichtlichkeit sicher sein, dass nicht plötzlich Zeugen auftauchten. Bei Nacht in Sineu! Das wäre ideal. Das Städtchen war verwinkelt, unübersichtlich, es gab sehr dunkle Ecken, versteckte Torbögen, die Schatten warfen, Mauerreste und leerstehende, verfallende Häuser sowie eine miserable Stadtbeleuchtung. Ein Schuss aus dem Dunkeln heraus ...

Henry hoffte, dass die Guardia Civil sich nicht einschaltete, denn mit der halbmilitärischen Einheit, die sowohl dem Innenministerium wie auch dem Verteidigungsministerium unterstand, war nicht zu spaßen. In der Guardia Civil kannte man nicht einmal das Wort Spaß. Henry hatte noch nie einen Guardia lachen sehen. Auch wenn sie in La Rioja eine Kneipe auf dem Land betraten, wo er gerade mit Weinbauern verhandelte oder mit den Mitgliedern der Kooperative schwatzte und trank, machte keiner von denen ein freundliches Gesicht. Ein geknurrter Gruß war alles. Sie wurden eigens alle zwei Jahre versetzt, damit sie sich nicht mit der Bevölkerung gemeinmachten und weiter als Besatzungsmacht fungieren konnten, nur dem Staat und seinen (korrupten) Politikern verpflichtet. Er kannte die Guardia Civil bereits seit jenen Tagen, als sie noch lackierte schwarze Tschakos trugen und an Spaniens Stränden Jagd auf Nackte und junge

Männer mit langem Haar machten. Er war einer von den Langhaarigen gewesen.

Was hatte die Fröhlich mit der Policía Nacional zu schaffen? Was suchten die Männer auf dem Grundstück dort unten? Er müsste sie fragen, obwohl er von ihr keine ehrliche Antwort erwartete. Es war dahingestellt, ob sie überhaupt noch mit ihm sprach, denn er spürte, dass sie ihn als Hindernis beim Verkauf betrachtete, weil er mit Winzerfolklore und Mallorcas Naturschönheiten nicht zu ködern war.

Dort unten machten sich die Polizisten in ihrem Geländewagen davon; den Motorradfahrer noch zu erwischen hielt Henry für unwahrscheinlich, aber er hatte eine andere Idee. Auf den Dörfern kannten sich die meisten Menschen. Vielleicht gerade weil kaum jemand in Rufweite des anderen lebte, sprachen sie miteinander. Und die Ehe eines spanischen Winzers, verheiratet mit einer deutschen Touristin, war sicher allseits kommentiert worden, besonders nach seinem Tod. Es war sicher von allgemeinem Interesse, was mit seiner Finca geschah. Da saßen diverse Winzer auf der Lauer, um sich aus den Weinbergen die Filetstücke herauszuschneiden.

Hier war es nicht anders als in der Provinz La Rioja, in den Kneipen wurde geschwatzt und getratscht. Bei vielem von dem, was zur Sprache kam, mochte es sich lediglich um Gerüchte handeln, vom Hörensagen Bekanntes. Egal, es ermöglichte weitere Fragen und ein besseres Urteil. Henry wollte zu gern wissen, welches Stück dort unten auf Ses Palmes wirklich aufgeführt wurde. Vielleicht lief alles in normalen Bahnen ab, aber ein Journalist, der nicht neugierig war, hatte den Beruf verfehlt. Er war zwar längst kein Journalist mehr, aber in Momenten wie diesem bedauerte er das.

Er steckte den Feldstecher zurück ins Futteral, versicherte sich, dass die Sig fest im Hosenbund steckte – es wäre ihm peinlich, wenn sie herausrutschte und jemand das mitbekäme. Er sah sich um, hier an der verfallenen Außenmauer der Abtei beobachtete ihn niemand. Er beeilte sich, zum Wagen zu kommen, fuhr in halsbrecherischem Tempo die kurvenreiche Strecke hinunter nach Petra. Inzwischen kannte er sich einigermaßen aus und gelangte zehn Minuten später zur Einfahrt von Ses Palmes. Dass man ihn entdeckte, befürchtete er nicht. Niemand bis auf Schiller wusste, dass er diesen Wagen fuhr, und sein Kleinwagen fiel sowieso nicht auf. Trotzdem hielt er nach einem Platz Ausschau, wo er möglichst nicht gesehen wurde, und genau in dem Moment, wo er sich anschickte, nach dem Motorrad zu suchen, schoss es aufjaulend aus einem zugewachsenen Feldweg und verschwand in Richtung Sant Joan. Das ging rasend schnell, und Henry war zu erschrocken, um sich die Nummer zu merken. Auch dem behelmten Fahrer hatte er keine Aufmerksamkeit schenken können. Und die Maschinen sahen für ihn sowieso alle gleich aus. Jetzt erinnerte er sich, dass er in der Werkstatt von Ses Palmes Motorradteile hatte liegen sehen, ein Rad und zwei Schutzbleche. Oder waren die vom Motorroller der älteren Tochter? Aber das Rad war groß, hatte Speichen und gehörte damit zu einem Motorrad.

Henry fuhr nach Sant Joan. Der Schreck saß ihm noch in den Gliedern, als er im Zentrum nach einer Bar suchte. Es war Nachmittag und ruhig. Er stellte sich an den Tresen. Ein freundliches Grinsen und ein genuscheltes … *buenas* … reichten als Begrüßung, um wahrgenommen zu werden. Ein *caña*, das frisch gezapfte Bier, war ihm recht, ein Käsebrötchen gehörte dazu, das Tellerchen mit Oliven kam wie von selbst als Tapa oben aufs Glas. Henry wandte sich von der Bar ab und dem Gastraum zu, aß, trank und wartete. Er durfte nicht zu früh mit seinen Fragen kommen. Er hatte Zeit, auch genoss er die schlichte Atmosphäre. In der Ecke saßen drei Rentner und spielten Domino, ein Lieferwagenfahrer versuchte sich an der Dart-Scheibe, und der Spielautomat gab undefinierbare Lichtsignale und elektronisch verzerrte Laute an Außerirdische weiter. An der Wand flimmerte tonlos ein Fernsehapparat, unter der Decke drehte sich langsam ein Ventilator. Als jemand die Bar betrat, klimperte der Fliegenvorhang an der Tür und beruhigte sich wieder. Er mochte diese Stimmung, das hier war nicht das touristische Mallorca, das war Spanien und überall ähnlich. Er wandte sich dem Barmann zu, der mit einem Tuch den Tresen abwischte.

»Es gibt hier in der Nähe eine Finca zu verkaufen, habe ich gehört.«

»Da hast du richtig gehört. Interessiert dich das? Du bist vom Festland?«

»Logroño«, sagte Henry und hoffte, dass der Barmann wusste, wo es lag.

»Schönen Wein gibt's bei euch. Aber wir haben auch welchen.« Der Barmann griff unter den Tresen und holte eine geöffnete Flasche heraus. Sie stammte von einem Weingut, das man nicht kennen musste.

Henry nickte langsam. »Gute Tropfen gibt's bei euch, das ist wahr, sehr gute sogar.«

»Endlich mal einer, der das begreift«, sagte der Barmann mit der Kurzhaarfrisur und den kräftigen Händen, bei denen zu vermuten war, dass sie beim Spülen jedes dritte Glas zerbrachen. Er trug ein verwaschenes T-Shirt mit dem aufgedruckten Namen der Rockband Héroes del Silencio. Eigentlich war er vom Alter her mehr der Mann für Tattoos, aber nicht ein Einziges war auf den muskulösen Armen zu sehen.

Für Henry ließ das nur den Schluss zu, dass er nicht immer in diesem Gewerbe tätig gewesen war. »Du hast früher auf dem Festland gearbeitet, vermute ich mal?«

»Stimmt, aber hier habe ich ein Stück Land, doch in der Bar ist es weniger anstrengend, und man verdient mehr.«

»Besser ist es nur in der Bauwirtschaft.«

»*Qué va!* Das ist zu hart und längst nicht mehr so gut wie früher, zu viele Vorschriften, zu viele billige Marokkaner. Irgendwann gehe ich wieder aufs Land, *si toca demasiado a mis cojones*, wenn mir das hier zu sehr auf den Wecker geht.«

Er blickte in die Runde. »Und du, was machst du?« Der Barmann musterte Henry ungeniert von Kopf bis Fuß. »Tourist? Nein, in Geschäften hier?«

Henry deutete den Grund seines Aufenthalts an. »Es geht um eine Finca, Ses Palmes. Kennst du sie? Ich soll eine Beurteilung abgeben.«

»Das ist doch die von Ignácio, dem Andalusier? Das ist doch der, der vor 'nem halben Jahr ganz plötzlich gestorben ist, Schlaganfall oder so. Der hat die junge Frau nicht verkraftet.« Der Barmann lachte, nicht hämisch, nicht hässlich, mehr fatalistisch. »Und du willst seine Finca kaufen?«

»*Dios me libre!*«

»Sei froh, sonst müsstest du dich mit seiner schwarzen Witwe rumschlagen. Die Deutsche ist beinhart, wenn es um Geschäfte geht.«

»Wieso das denn?« Henry tat unschuldig. »Hast du mit ihr zu tun?«

»Mit ihr nicht«, erklärte der Barmann, »mehr mit den hiesigen Residenten.« Es gäbe etliche Deutsche in Sant Joan, fügte er hinzu, sie hätten sich in den letzten zwanzig Jahren hier eingekauft, am Rand des Ortes alte Fincas hergerichtet, manche hätten den Ortskern vorgezogen, aber auch da blieben sie mehr am Rande und unter sich. »Viele kommen freitags, und am Montag sind sie wieder weg. Ich habe nichts dagegen, kaum jemand von uns hat das. Sie sind wichtig für den Ort, waren uns immer weit voraus, gaben ein Beispiel, wie viel man erreichen kann, wenn man sich anstrengt. Die andere Seite ist die, dass einige von uns ihre Grundstücke und Häuser verkauft haben und dann nur noch in den Bars rumhängen, ihr Geld ausgeben, abstürzen und nichts mehr mit ihrem Leben anzufangen wissen.«

Die Finca Ses Palmes hatte der Barmann nie betreten, er wusste jedoch genau, wo sie lag, »man kommt zwangsläufig daran vorbei«. Es sei ein ziemlich schöner Besitz, den sich Ignácio da geschaffen habe, aber was habe ihm die Schufterei genutzt? »Jetzt, wo es endlich gut lief, hat er den Löffel abgegeben, und nur die Witwe profitiert davon.«

Der Barmann kannte Doña Gesine, man begegnete sich unweigerlich irgendwann in einem Ort mit nur zweitausend Bewohnern.

»Und bewirtschaftet sie die Finca jetzt allein?« Das war die Frage, auf die Henry die ganze Zeit über hinauswollte. »Der Besitz ist groß, das Haus, die Kellerei, die Weinberge, das ist ziemlich viel Arbeit. Das schafft kein Mensch allein.«

»Das weiß ich auch nicht, sie hat die beiden Töchter, aber das sind noch Kinder, die gehen zur Schule. Die ältere, die kommt schon mal auf ihrem Roller her, oder sie kam, als Ignácio noch lebte, trank mit anderen Mädchen eine Cola, ein wirklich patentes Mädchen, *una chica formidable*, spricht perfekt Spanisch und Mallorquin. Jetzt hält die Mutter den Daumen drauf. Ist ja auch ein gefährliches Alter, siebzehn, du verstehst? Die jüngere, heißt es, sei eine ziemlich eingebildete Pute, hält sich für was Besseres. Die kam nie her.«

»Aber Doña Gesine?«

»Selten, meist war ein anderer Mann dabei, nicht Ignácio, der hat immer nur gearbeitet. Aber das tun die Andalusier alle, die wollen zu was kommen.«

»Dann hatten sie nicht viel Kontakt hier in Sant Joan?«

»Ich glaube, sie haben sich mehr nach Petra hin orientiert, ihre Finca liegt genau auf der Mitte. Da kommen auch die Arbeitskräfte her, nehme ich jedenfalls an. Hier sah man sie mal mit diesem oder jenem Ausländer, aber Wein hat sie nie ausgeliefert.«

»Demnach hatte sie weniger mit euch zu tun, mehr mit ihren Landsleuten?«

»*Hombre*, du stellst Fragen. Woher soll ich das wissen? Was geht es mich an? Ich weiß es nicht, sie gehörte jedenfalls nicht dazu, sie spricht fast kein Spanisch, da beschränkt sich der Kontakt aufs Einkaufen im Supermarkt; nicht einmal die Zahlen von eins bis zehn muss man kennen, man liest den

Preis von der Kasse ab.« Er zeigte auf die Kasse, die hinter den Tresen neben einem Ständer für Süßigkeiten und Kartoffelchips stand. »Es gibt hier einen Deutschen, mit dem habe ich sie einige Male gesehen, der weiß auf jeden Fall mehr.«

»Und wo finde ich ihn?«

Der Barmann sah Henry in einer Weise an, die man nur als verschwörerisch interpretieren konnte. »Dass der dir was sagt, wage ich zu bezweifeln.«

»Warum denn das?« Henry konnte es sich denken, aber er wollte die Antwort des Barmanns hören.

»Bist schwer von Begriff, wie mir scheint. Es gibt Sachen, über die redet man besser nicht. Im Dorf weiß eigentlich jeder alles über jeden, fast alles.«

In diesem Moment betrat ein Mann die Bar, dem Henry den Landarbeiter auf den ersten Blick ansah. Der Mittvierziger stellte sich an die Theke und musterte Henry ähnlich ungeniert, wie es der Barmann getan hatte.

»Nicht von hier, was?«, fragte er.

»Wer ist schon von hier!«

»Gefällt mir, die Antwort. Wir sind eigentlich alle nicht von hier, wir sind nur kurz da, dann machen wir uns vom Acker.«

»Genau darüber haben wir eben gesprochen«, sagte der Barmann, »über Ignácio.«

»Unseren andalusischen Winzer? Amer Kerl. Ich glaube, seine Alte hat ihn unter die Erde gebracht. Das war zu viel für ihn, sie war zu schön, und sagen wir mal – zu beweglich. Habe ich da schon zu viel gesagt?« Er blickte den Barmann an, und beide grinsten. Dann wandte er sich wieder an Henry. »Was hast du mit der zu schaffen? Willst du Wein kaufen oder die Finca?«

»Nichts von beiden. Ich berate einen Freund, der sich mit dem Gedanken trägt …«

»Den soll er sich lieber aus dem Kopf schlagen. Madame ist steinhart – *dura como una piedra*.«

»Auf mich hat sie recht verträglich gewirkt.« Henry nahm gern die Gegenposition ein, um Widerspruch herauszufordern, »sogar entgegenkommend, ich habe sie allerdings erst einmal getroffen.«

Der Barmann beugte sich über den Tresen hin zu Henry. »Na, dann sieh dich mal vor, vielmehr rate ich das deinem Freund. Mehr will ich nicht sagen, sonst meinen die Leute noch, ich würde schlecht über andere reden. Jeder muss seine Erfahrungen selbst machen.«

»Man kann auch von denen anderer lernen«, meinte der Neuankömmling, »man muss niemanden ins offene Messer laufen lassen.«

»Na, so schlimm wird es nicht sein.«

»Du kennst sie nicht. Ich kenne sie, habe mit ihr verhandelt, sie wollte, dass ich für sie arbeite, vielmehr wollte ich es, hat aber nicht lange gedauert, unser Gespräch war schnell vorbei. Sie wollte nichts zahlen, heute nimmt sie für die Arbeit im Weinberg nur die billigsten Fremdfirmen, die arbeiten wieder mit Subunternehmern, und die haben nur noch billige Marokkaner. Andere Arbeitskräfte, die sich im Weinbau auskennen, gibt es kaum, obwohl die Arbeitslosigkeit bei uns höher ist als auf dem Festland. Die Hoteliers nehmen uns alles weg, die zahlen auch mehr, weil sie es können. Die guten Fachleute, wie Kellermeister und Önologen oder Agronomen, die werden von den reichen Fatzkes weggekauft, Ausländer sind das, die sich hier Weinberge anlegen lassen und für die Geld keine Rolle spielt, solche wie dieser Professor vom Castell Miquel, so ein Bio-Heini, der die Doppelmagnum für hundertvierzig Euro verkauft. Vorstellungen haben die … Ach, und die Finca Es Fangar gibt's auch noch, drüben, bei Felanitx … Wenn du einen Önologen brauchst, den musst du dir vom Festland holen, aber das nutzt dir im Weinberg wenig, der kennt unsere einheimischen Rebsorten nicht, weiß nicht, was zusammenpasst, wie die Böden sind, wie und wann man die Stöcke beschneiden muss. Wenn es so einfach wäre, könnte jeder Idiot Wein machen.«

Henry erklärte, dass er die Weingärten oder Weinberge der Doña Gesine noch nicht besichtigt habe, aber Haus und Keller hätten einen sehr aufgeräumten Eindruck hinterlassen.

Der Barmann und der andere Gast, der sich endlich mit Namen vorstellte, Xavier hieß er, grinsten sich anzüglich an, als wüssten sie mehr.

»Und?«, fragte Henry. »Was ist es, das ich wissen sollte und nicht wissen darf?«

»Sollen wir's ihm sagen?«, fragte der Barmann und sah sich um. Die Kartenspieler waren in ihr Blatt vertieft und hörten nicht zu. »Sie zahlt in Naturalien«, sagte er, nachdem ihm Xavier zugenickt hatte.

Henry verstand, was gemeint war.

»Erst hat Madame dem armen Ignácio den Kopf verdreht, dann auf den verdrehten Kopf Hörner draufgesetzt, ihn schließlich tränenreich begraben und zu guter Letzt seinen Sohn ausgebootet. *Rápido como un rayo*, blitzschnell ging das. Bevor der Bengel sich versah, war er draußen, nichts hat er mehr zu sagen, der arme Lucas, obwohl er all die Jahre mitgearbeitet hat, schon als Kind. Ach, was sage ich mitgearbeitet, nein, ich weiß gar nicht, wessen Leistung größer ist, die des Vaters oder des Sohns. Die Andalusier sind hart im Nehmen, Bestien sind das. Und in der Schule gehörte das Kerlchen zu den Besten. Wir alle haben ihm eine große Zukunft vorausgesagt, sie hatten Biss, Vater und Sohn, sie hatten Geschmack, sie waren hilfsbereit, wir haben die beiden bewundert, obwohl sie nicht von hier waren, aber sie gehörten zu uns. Sogar beim Segeln hat der Bengel es zu einer gewissen Meisterschaft gebracht. Was er anfasste ... ja, dann kam sie, die Señora, Doña Gesine, vor sieben oder acht Jahren ...«

»Ein Sohn?«, fragte Henry perplex. Davon hatte er bislang nichts gehört. Er musste Ulrike Schiller fragen, ob Frau

Fröhlich ihn erwähnt hatte. Vieles auf der Finca war das Werk von Männern, aber nichts wies auf die Anwesenheit eines Mannes hin. Eventuell die Werkstatt? Aber die wurde nicht benutzt.

»Wo ist der Junge jetzt? Wie heißt er?«

In diesem Moment hörte Henry, dass ein Motorrad vor der Bar hielt. Sofort war er in Alarmbereitschaft. Ein Mann in Leder stieß seine Hand durch den Fliegenvorhang, einen Gegenstand in der Hand. Da lag Henrys Hand bereits unter der Jacke am Kolben seiner Waffe. Doch er wäre in jedem Fall zu spät gewesen, wie er jetzt begriff. Die Sig Sauer war überflüssig. Sie nutzte ihm nur, wenn er sie bereits in der Hand hielt oder wenn ihn jemand ohne Waffe angriff. Aber an der Hand des Neuankömmlings, der durch den Fliegenvorhang trat, schlenkerte nur der Motorradhelm.

Die Männer begrüßten sich, der Neuankömmling wohnte im Ort und trank wie jeden Tag hier sein Feierabendbier. Mit dem Glas in der Hand ging er rüber zu den Kartenspielern und schaute ihnen über die Schultern.

Henry wiederholte seine Frage nach dem Sohn von Martínez.

»Wo der Junge jetzt ist? Das weiß kein Mensch. Lucas verschwand vor einigen Monaten, hat sich nach dem Tod des Vaters abgesetzt. Man sagt, er sei auf dem Festland, weil es für ihn hier nichts mehr zu tun gibt.«

»Wieso hat er das Weingut nicht weitergeführt, wenn er von Anfang an dabei war? Frau Fröhlich kann es nicht, sie ist damit überfordert, oder sie will es nicht.«

»Woher weißt du das denn?« Xavier, der mit dem Finger auf den Zapfhahn zeigte und dann zwei Finger hob, das zweite Bier war für Henry, war ehrlich überrascht. »Du wohnst doch gar nicht hier.«

»Er war da, er interessiert sich für Ses Palmes, es steht zum Verkauf.«

»Da wäre ich an seiner Stelle aber vorsichtig«, hörten sie

den Motorradfahrer sagen, der jetzt an den Tresen trat. »Habt ihr keine Zeitung gelesen, die von heute? Ihr solltet euch bilden und nicht so viel fernsehen, ihr verblödet dabei.«

»Das merkt man besonders an dir«, sagte der Barmann. »Die Zeitung muss hier irgendwo herumliegen.« Der Barmann blickte sich um. »Die lese ich nicht, die ist für Gäste. Steht da was über Ses Palmes drin?«

Die Zeitung lag auf einem Tisch in einer Ecke, Henry ging sie holen und blätterte darin, ohne zu wissen, wonach er suchte. Der Motorradfahrer nahm sie ihm aus der Hand, schlug eine Seite auf und hielt sie Henry vors Gesicht. »Hier, lies!«

»Der Tote von S'Arenal: Ein Holländer!«, lautete die Überschrift einer Doppelseite. Das Erste, was Henry in die Augen fiel, war das Foto des bedeckten Leichnams, das er bereits kannte, daneben war ein Polizeisprecher abgebildet, der etwas von sich gegeben hatte, oder ein ermittelnder Beamter; am Fuß der Seite fand sich das Foto einer Person mit verpixeltem Gesicht. Eine Landschaft war klar und deutlich zu erkennen, es gefiel Henry gar nicht, was er dort sah, im Gegenteil: Er erkannte sofort, dass es sich um Ses Palmes handelte. Es war die Frontansicht, unverwechselbar, von der Zufahrt her aufgenommen.

Weniger erschrocken als beunruhigt blickte Henry auf, aber die Männer am Tresen schenkten weder ihm noch dem Artikel die geringste Aufmerksamkeit. Im Text wurde erklärt, dass man die Identität des Toten mithilfe eines Hotels und des Autoverleihers aufgeklärt habe. Der Tote hieß Frerik Huisman, stammte aus Utrecht und stand, genau wusste es die Polizei noch nicht, mit dem Weingeschäft in Verbindung, als Importeur oder Großhändler. Nach Angabe des Hotelpersonals war er hier gewesen, um ein Weingut zu besichtigen. An der Rezeption seines Hotels erinnerte man sich an seine vielen Fragen. Und in diesem Zusammenhang sei der Name Ses Palmes gefallen.

Henry ließ das Blatt sinken und sah die Männer an, die ihn jetzt gleichfalls anstarrten.

»Was ist?«, fragte der Mann, der ihn auf die Zeitungsmeldung hingewiesen hatte. »Gefällt dir die Nachricht nicht? Ist doch gut, wenn man so was vorher weiß.«

Die Polizei hatte im Hotelzimmertresor des Holländers eine fünfstellige Summe an Bargeld gefunden. Es war nicht bekannt, ob der Holländer weiteres Bargeld bei sich gehabt hatte, um eventuell eine Anzahlung zu leisten. Vielleicht ging es auch darum, ein Geschäft an der Steuer vorbei zu machen. Bei der Leiche war nichts gefunden worden, weder Ausweispapiere noch Bargeld oder eine Kreditkarte. Er musste eine besessen haben, die er bei der Anmietung des Leihwagens hatte vorlegen müssen. Eben diese Mietwagenfirma hatte gestern einen ihrer Wagen als vermisst gemeldet und kannte selbstverständlich den Mieter. Seine Identität war also von zwei Seiten bestätigt worden.

»Was bist du so ernst?« Der Barmann lachte. »Ist nicht zum Lachen, *verdad*? So was verschlägt einem die Sprache, nicht wahr? Ich würde mit dem Kauf erst mal ein Weilchen warten, bis klar ist, was dahintersteckt.«

»Ach, was soll das sein? Da steckt nichts dahinter«, Xavier winkte ab, »oder das dauert ewig, bis sie was rauskriegen, wenn überhaupt. Der hat sich in S'Arenal an der Platja de Palma die Kante gegeben. Da ist der ›Megapark‹ gleich nebenan, wo sie ihn gefunden haben, da schwirren genug heiße Mädchen rum, Amateure und Profis, Klauhuren, die es auf solche Typen abgesehen haben. Die füllen die Jungs weiter ab und nehmen sie später aus, zusammen mit ihren Zuhältern. Oder sie kommen mit mehreren Weibern, wie diese Bande aus Nigeria neulich, wenn du nicht freiwillig mitkommst, nehmen die dich mit.«

»Könnte unter Umständen ja ganz nett werden«, meinte der Motorradfahrer und hatte die Lacher auf seiner Seite.

In dem Artikel tauchte auch der Name von Gesine Fröhlich als Inhaberin der Finca auf. Man würde sie befragen und hoffte, dass sie zur Aufklärung des Verbrechens beitragen könnte.

Henry fragte sich, ob mit seinem jetzigen Wissen einige Ereignisse der letzten Tage anders zu bewerten wären. Dazu zählten der Steinwurf und der plötzliche Aufbruch von Frau Fröhlich am Tag ihres Besuches und der das Anwesen umkreisende Motorradfahrer. Wie ein aufgescheuchter Fasan war er in Panik aus dem Gebüsch gestoben. Und dann hatte sie ihren Mann anscheinend betrogen, wenn Henry die Männer richtig verstanden hatte. Aber was ging es ihn an? Schiller wollte die Finca haben.

»Wird hier viel gestohlen, gibt es viele Einbrüche auf der Insel, oder wird bei den Kellereien eingebrochen?« Die Sicherheit war immer eine wichtige Frage, wenn man sich an einem fremden Ort niederlassen wollte.

»Korruption, *dios mío*, ja, die gibt's, wie überall, in den Bürgermeisterämtern, auf den Behörden, bei der Inselregierung.« Für den Motorradfahrer war es ein alltäglicher Vorgang, nichts Besonderes, nichts, das man weiter kommentieren musste. Der Mann hatte sich mittlerweile aus dem oberen Teil seiner Kombi geschält, der ihm jetzt um die Hüften baumelte. »Die Ganoven vergessen immer, dass wir auf einer Insel sind, wo man schlecht wegkommt, außer man hat ein Schnellboot oder ein Privatflugzeug.«

»Hubschrauber, wie die Russen und die Scheichs!« Jeder hatte etwas beizusteuern, auch der Barmann. »Die großen Dinger passieren auf dem Festland, Banküberfälle und so. Hier überfallen sie in letzter Zeit mehr die ausländischen Residenten. Die glauben, dass in den Villen Bargeld und Schmuck herumliegen ... Kürzlich gab's einen Fall, da wurden allerdings vierzigtausend erbeutet, den Kerl haben sie noch nicht ... Und dann gibt es noch die Hütchenspieler, das sind allesamt Betrüger.«

»Das sind die Rumänen und Bulgaren und die Typen, die

die Russen mitgebracht haben, die gehen allerdings sehr systematisch vor, wie bei der Cappuccino-Kette ...«

»Ach, die superschlauen Einbrecher sitzen auch, den ersten hatten sie nach drei Tagen gefasst. Ein guter Krimineller braucht eben Köpfchen, wie für jedes Geschäft, meine lieben Freunde, daran hapert's bei denen eben. Für kleine Dinger ist das Risiko zu hoch. Auch die Hells Angels haben versucht, hier Fuß zu fassen, wollten Prostitution und Drogen in die Finger kriegen, hat aber nicht geklappt. Der Chef von denen, ein Deutscher, saß hier lange in U-Haft.«

Während die Männer darüber beratschlagten, welche Art von Verbrechen das richtige für Mallorca sei, mit Aussicht auf Erfolg, las Henry den Artikel erneut. Dieser holländische Interessent hatte möglicherweise weit mehr Bargeld bei sich gehabt. Was man im Tresor gefunden hatte, konnte der Rest gewesen sein. Bei vielen Immobiliengeschäften wurden Haus und Grundstück unterbewertet, um Steuern zu sparen, und nur der offizielle Kaufpreis überwiesen. Der nicht unerhebliche Rest ging in bar von Hand zu Hand.

Eine andere Frage war noch offen, bei deren Beantwortung die Männer Henry helfen konnten. »Wie ist das bei den Bodegas, wird da eingebrochen, wird Wein gestohlen oder die Ausrüstung oder Maschinen?«

Der Barmann hatte davon bislang nichts gehört, Xavier kannte einen Fall, bei dem waren lediglich Ackergeräte verschwunden, und der Motorradfahrer wusste, dass auf einem Gut bei Inca mal eingebrochen worden war, seinerzeit hatten die Diebe nur Spritzmittel und Treibstoff mitgehen lassen. »Alles Dinge, deren Ursprung sich nicht oder nur schlecht zurückverfolgen lässt. Keiner klaut ein Barrique, das hat nämlich den Stempel der Tonnellerie, oder die großen Tanks, wie willst du die abtransportieren?«

»Will ich ja gar nicht«, meinte Xavier.

»Jeder Traktor ist registriert, jeder weiß, welchen Typ und welches Fabrikat der Nachbar fährt ...«

»… außerdem fährt der zu langsam, damit zu entkommen ist unmöglich. Stell dir mal vor, eine Verfolgungsjagd mit Landmaschinen, das wäre scharf …« Das Gespräch glitt jetzt ins Lächerliche ab. Henry bezahlte die Zeche seiner Gesprächspartner, was ihm hoch angerechnet wurde, er sei jederzeit herzlich willkommen. »Und pass auf, wohin du trittst. Hier scheint nicht nur die Sonne! Falls du weitere Fragen hast – wir sind hier, *amigo*.«

»Und Vorsicht mit der schönen Winzerin«, rief ihm der Motorradfahrer nach.

Henry fuhr ein Stück in Richtung Sineu, nahm einen Feldweg und stieg an einem verfallenen Gehöft aus, das von riesigen Washingtonia-Palmen umgeben und fast gänzlich von Kakteen überwuchert war. Er fuhr den Wagen in den Schatten, sodass er fast gänzlich von den großen Wedeln der Palme verborgen wurde und er dabei sowohl die Landstraße als auch die Zufahrt überblicken konnte. Er durfte kein Risiko mehr eingehen. Irgendwo gab es diesen Rafael Viadero, irgendwann würde er zuschlagen. Er zog sein Foto aus der Innentasche seiner Jacke. Vorhin, als er das Motorrad in der Kneipe gehört hatte, hatte er viel zu aufgeregt, fast panisch reagiert. Das durfte ihm nicht wieder passieren, schließlich kannte er die Gefahr. Er versuchte, sich mit dem Gedanken zu beruhigen, dass Rafael Viadero nicht wissen konnte, wo genau auf Mallorca er weilte.

Wieder betrachtete Henry das Foto. Würde er dem Mann auf der Straße begegnen, käme er nie auf den Gedanken, dass es sich um einen brutalen Schläger handelte, noch dazu um einen rechtsradikalen Hooligan. Manchen Menschen sah man die Bosheit an, anderen überhaupt nicht. Lammfromm blickten sie in die Welt. Mit Diego war er damals sofort aneinandergeraten, in seine Schwester hingegen hatte er sich gleichzeitig verliebt. War das der tiefere Grund ihrer Feindschaft? Aber Diego hasste Isabella …

Henry wollte sich darüber jetzt keine Gedanken machen, es verdarb ihm die Laune. Er wollte die Abendstimmung genießen, die sich über dem weiten, immer noch grünen Land ausbreitete. Es war die Stunde der Fotografen, die mit dem idealen Licht, wie Frank Gatow es genannt hatte, sein Freund aus der Toskana, dem er am Kaiserstuhl unter denkwürdigen Umständen begegnet war. Zu dieser Stunde war Frank immer unruhig geworden und mit seinen Kameras losgezogen. Im letzten Jahr hatten Isabella und er ihn auf dem Weingut seiner Frau Antonia bei Brolio besucht. Antonia und Isabella, beide im Weingeschäft, hatten sich auf Anhieb verstanden und sich bestens in einem spanisch-italienischen Kauderwelsch verständigt. Jetzt verblasste die Erinnerung daran, das weiche warme Licht brachte seine Gedanken zum Verstummen, die Konturen begannen zu fließen, die Farben der Blumen am Feldrain gewannen an Kraft und leuchteten intensiver als tagsüber, wenn das gleißende Sonnenlicht alle Farben zerschlug. Klar zeichneten sich die Bäume und Palmen vor dem verblassenden Himmel ab, deutlich stand die Serra de Tramuntana am Horizont, als bildete sie eine quer über die Insel verlaufende Barriere. Nichts deutete darauf hin, dass man sich auf einer Insel befand, nichts deutete auf die Gefahr hin, die hier irgendwo lauern konnte.

Isabella war telefonisch nicht zu erreichen, er rief Luisa an, und sie besprachen eine halbe Stunde lang die aktuellen Arbeiten in der Kellerei und den Vertrieb. Es ging um Lieferungen und unbezahlte Rechnungen, um Stornierungen von Aufträgen, um neue Kunden und Druckaufträge für Prospektmaterial. Eine halbe Stunde, in der weder die Bedrohung durch diesen Schläger noch die Verwirrung durch die schwarze Witwe eine Rolle spielten, und auch die Landschaft war ausgeblendet.

»Wann kommst du zurück?«, fragte Luisa, nachdem die Arbeiten für die nächsten Tage geklärt waren.

»Wenn man mich nicht braucht, bleibe ich noch einige Tage.«

»Kommst du voran? Lohnt sich die Mühe? Verstehst du dich mit Señor Schiller und seiner Frau?« Luisa wusste, dass Henry ein Einzelgänger war, der lieber allein arbeitete als in der Gruppe. Wenn es um den Beruf ging, zeigte er sich sehr sozial, konnte einem großen Publikum die Weine Peñascos bestens präsentieren, aber danach war er lieber wieder ganz für sich, besonders auf Reisen. Sein Engagement für die Kooperative LAGAR, die Zusammenarbeit mit den Genossen und das Zusammenleben mit der Familie Peñasco waren Ausnahmen, das war ihr klar. Das waren Bereiche, in denen er keine Rolle spielen musste.

»Du hast drei Fragen gestellt, Luisa, die ich alle mit Ja und Nein beantworten kann. Es gibt Probleme, Unklarheiten, sowohl mit dem Weingut wie mit der Besitzerin als auch mit der Ehefrau des Weinhändlers. Es sind eigentlich nicht meine Probleme, es sind ungeklärte Fragen zwischen ihr und ihm, und dann sind da noch einige Ungereimtheiten auf dem Weingut. Außerdem habe ich noch nicht einen ihrer Weinberge gesehen«, fuhr Henry fort. »Ob sich die Mühe lohnt, kann ich erst danach sagen, zwei oder drei Tage brauche ich mindestens noch, spannend ist es auf jeden Fall, egal, was dabei rauskommt.«

Luisa kannte ihren Chef sehr gut, sie merkte, dass etwas nicht stimmte, dass er auswich. »Das tendiert mir, du entschuldigst, dass ich das sage, mehr zu einem Nein in drei Fällen.«

»Was soll ich dazu sagen?« Auch Henry wusste, dass er Luisa nichts vormachen konnte. Sie wusste sehr viel von ihm, das weit über das Geschäftliche hinausging.

»Wie geht es Armando García? Ist er wieder zur Arbeit erschienen?« Henry machte sich Sorgen um den Kellermeister. Der war nicht mehr der Jüngste, und sie hatten noch keinen gleichwertigen Nachfolger gefunden. Henry kannte jemanden, den er gern in dieser Tätigkeit gesehen hätte, einen jungen Mann, aber der arbeitete lieber in dem überschaubaren Familienbetrieb, als sich um mehrere Millionen Flaschen einer Großkellerei zu kümmern.

»Ich habe mehrmals bei ihm angerufen, er meldet sich nicht. Es geht niemand ans Telefon.«

Hatte Isabella ihm nicht berichtet, dass Armandos Frau zur Tochter nach Zamora gefahren sei, auch um ihre Enkelkinder zu sehen, und den Mann für eine Woche allein gelassen hatte?

»Wenn er sich nicht meldet, muss man sich Sorgen machen ...«, sagte Luisa. »Ich fahre heute Abend bei ihm vorbei, Isabella hat es heute Nachmittag nicht geschafft. Wenn Sebastián käme, könnte er es falsch verstehen und sich kontrolliert fühlen, du weißt, wie empfindlich er manchmal reagiert.«

Das waren fast seine eigenen Worte. »Dann fährst du am besten gleich, spätabends sollte man ihn nicht stören, besonders, wo er krank ist.«

Als Nächstes telefonierte Henry mit Sebastián, fasste seinem Schwiegervater gegenüber kurz die Ereignisse der letzten Tage zusammen und sagte ihm auch, dass Luisa sich um den Kellermeister kümmern würde. »Ist Isabella noch im Haus?«

Um neunzehn Uhr war üblicherweise Dienstschluss in der Verwaltung, aber seine Frau, sein Schwiegervater und er blieben häufig länger und besprachen die anstehenden Aufgaben, oder sie gingen zusammen essen, wo dann auch La Cantora zu ihnen stieß, Sebastiáns Schwester. In Sachen Wein war sie nicht die Kompetenteste, doch sie hatte die große Fähigkeit, die Familie moderieren zu können. Mitten in einer haarsträubenden Sitzung – hauptsächlich stritten Vater und Tochter – hatte die ehemalige Sängerin lauthals ein Lied angestimmt, und die hässliche Debatte endete im Gelächter. Heute fragte sie in gespannten Situationen lediglich, ob sie etwas singen sollte, und sofort herrschte Ruhe, dabei hatte sie eine ausgezeichnete Stimme.

Sebastián holte tief Luft, und so wusste Henry, dass Isabella mal wieder gegen seinen Willen ihren Kopf durchgesetzt hatte. »Sie hat sich von einem unserer Fahrer nach Madrid bringen lassen. Sie musste zu einer Besprechung der ARMH im Innenministerium. Ihr Erscheinen war wichtig, wie sie sagte, erstens sei sie politisch unabhängig, zweitens habe sie als Unternehmerin einen guten Ruf und gelte nicht als linksradikal. Lediglich mit sechzigtausend Euro unterstützt die Regierung die Exhumierungen in diesem Jahr, eine Schweinerei, das lässt nur den Verdacht zu, dass sie die Toten lieber unter der Erde lassen will.«

Jetzt stieß Henry heftig die Luft aus. »Davon hat sie mir kein Wort gesagt.« Isabella wusste, dass er dagegen war, dass sie sich derart exponierte, er hielt die spanische Rechte für extrem gefährlich, und die Behörden, vollständig in der Hand der konservativen Partei, konnten die Kellerei lahmlegen. Es gab das Finanzamt, die Steuerfahndung, das Gesundheitsamt, die Baubehörde …

»Worum geht es?«, fragte er, weniger aus Interesse, als um sich nicht zu ärgern. Sebastián würde sie den Grund genannt haben.

»Sie kommt spätestens übermorgen wieder. Hat sie dir wirklich nichts gesagt?«

»Sie hat nur etwas von Archivarbeit angedeutet …«

Der Bürgermeister einer Gemeinde in der Nähe von Ciudad Real habe der ARMH das Exhumieren von Ermordeten aus dem Bürgerkrieg verboten, was rechtlich möglich sei. Gleichzeitig habe die Behörde den Einblick ins öffentliche Sterberegister verweigert und die Polizei es abgelehnt, die Anzeigen entgegenzunehmen.

»Eine Grabung lässt sich einfach so verbieten«, meinte Sebastián, »einfach so«, wiederholte er. »*Esto es nuestra España* – das ist unser Spanien.« Sein hilfloses Achselzucken war fast hörbar. Zuletzt empfahl er Henry, bei Macià Batle und José L. Ferrer vorbeizuschauen, er solle die Gelegenheit nicht ungenutzt verstreichen lassen, die beiden größten Kellereien der Insel zu besuchen. Sie entsprachen mehr dem Standard von Peñasco als die besuchten Kleinbetriebe. So würde auch Peñasco von seinem Aufenthalt profitieren. Das hatte Henry ohnehin vorgehabt.

Die Bedrohung durch Diego und seinen Handlanger verschwieg er seinem Schwiegervater. Nicht weil er fürchtete, Sebastián würde ihn auffordern, sofort zurückzukommen. Er durfte ihn schlicht nicht damit belasten, dass sein Sohn sogar aus dem Gefängnis heraus einen Auftragsmörder auf ihn angesetzt hatte. Sebastián litt schon genug unter dem missratenen Sprössling und machte sich ständig Vorwürfe wegen seines Versagens als Vater.

Die Ruhe nach dem Telefonat war fantastisch, Henry meinte, sogar die Schritte der Kaninchen zu hören, die sich gleich neben ihm auf der Wiese tummelten. Er stieg aus und durchstöberte die Ruine. Das Dach war recht gut erhalten, die Läden einiger Fenster waren heil, es gab eine Kochstelle in einem offenen Kamin, wo vor nicht allzu langer Zeit jemand ein offenes Feuer entzündet haben mochte. Vielleicht nutzten die Besitzer dieses *cobert d'eines* an Wochenenden für Familientreffen, wo sie gemeinsam um die große Paella-Pfanne saßen. Die zerbrochenen Weinflaschen ließen den Schluss zu. Dieses Haus herzurichten, vielleicht noch mit einem Anbau, falls er genehmigt würde, das wäre das Richtige für Ulrike Schiller.

Henry blieb noch eine Weile und genoss die Ruhe, froh darüber, mal wieder allein zu sein, und er hatte einen sehr guten Überblick. Niemand konnte sich ungesehen nähern, außer er schlich hinter den Steinmauern auf ihn zu. Aber dieser Jemand müsste mit dem Wagen kommen, er käme nicht zu Fuß, und ein Auto würde man schon von Weitem sehen und hören. Doch die latente Bedrohung blieb, sie hüllte ihn ein, ja, sie war mit der Atemluft in ihn eingedrungen. Jetzt schwebte ab und zu eine Gruppe von Radfahrern geräuschlos vorbei, nur ihre Oberkörper waren über den halb hohen Mauern zu sehen, Wesen einer fremden Welt.

Schließlich trieb der Hunger Henry zurück nach Sineu. Er stellte den Wagen auf den Parkplatz und ging zum Hotel. Als er sich der Treppe zuwandte, sprach ihn die Hotelbesitzerin an.

»Da hat sich heute Nachmittag eine junge Dame nach Ihnen erkundigt.« Sie betonte das »junge« besonders und machte einen anzüglichen Gesichtsausdruck. »Sie wollte wissen, ob Sie hier wohnen und wann Sie zurückkommen. Was genau sie wollte, weiß ich nicht.«

Henry erstarrte, sein Fuß, nach der nächsten Treppenstufe ausgestreckt, verharrte in der Luft. Dann entspannte er sich. Das wird die Tochter von Frau Fröhlich gewesen sein, dachte er erleichtert und setzte den Fuß ab. »Ist sie mit einem Motorroller gekommen?«

»Nein, ich ging zufällig nach draußen, hier links an der Ecke stieg sie zu einem Mann in den Wagen.«

# Kapitel 10

Vor der Kellerei in Binissalem stand der Mallorca Wine Express: Der Volksmund nannte ihn *Tren de los Borrachos*, den Zug der Betrunkenen. Es war ein Bähnchen, zwei offene Waggons für Passagiere von einem als Lokomotive verkleideten Traktor gezogen. Damit fuhren Wein-Touristen oder solche, die etwas über Wein erfahren und Kellereien von innen sehen wollten, von Weinprobe zu Weinprobe.

»Und von Keller zu Keller werden die Passagiere lustiger«, wie ein Mann meinte, der vor der Kellerei José L. Ferrer an ein Auto gelehnt stand und bemerkt hatte, mit welchen Blicken das Ehepaar Schiller und Henry das Wein-Bähnchen musterten. »Fahren Sie mit, es sollen noch Plätze frei sein. Manchmal wird auch gesungen. Besonders die Engländer tun es gern.«

Jetzt, am frühen Morgen, stand die Lok noch nicht unter Dampf, bisher hatte niemand den Zug bestiegen, drei Gestalten hatten sich bereits eingefunden, bekleidet mit karierten Bermudashorts, beschrifteten T-Shirts, dem obligatorischen Basecap und übergroßen, knallbunten Sportschuhen. Das war nicht unbedingt die Gesellschaft, die Henry behagte. Im Arbeitsleben waren diese Herren wahrscheinlich Anzugträger, hier wirkten sie nur lächerlich.

Das Interview war mit Henry verabredet, sozusagen von Kollege zu Kollege, er würde mit dem Önologen und mit einem der Inhaber sprechen, dem jungen Pepe Roses, der in der vierten Generation die Kellerei sowie das Weingut führte. Aber noch waren die Eltern an der Macht, und noch mussten die drei Besucher warten. Das taten sie lieber draußen und genossen den Morgen. Die Berge waren nah, keine fünf Kilometer entfernt, die Felder waren grün, genau wie die an das Gelände der Kellerei grenzenden Weingärten. Der Himmel war blitzblank, bis auf den Umstand, dass im Zwei-Minuten-Takt ein Flugzeug über ihnen zur Landung ansetzte, wobei sich der Lärm in Grenzen hielt. Auf der Straße Palma–Alcudia, die direkt an der Kellerei vorbeiführte, herrschte Berufsverkehr in Richtung der Inselhauptstadt, Lastwagen waren in entgegengesetzter Richtung unterwegs, die Müllabfuhr arbeitete, nebenan im Hof wurden leere Flaschen ausgeladen, und gleichzeitig nahm ein Lieferwagen eine Ladung Wein auf. Das Ehepaar Schiller empfand die Atmosphäre als angenehm geschäftig, so drückte Ulrike es aus, doch die Stimmung färbte nicht auf sie ab. Schiller wirkte angespannt. Schließlich holte er aus der Brusttasche seines Leinensakkos einen Zettel hervor, den er Henry mit schuldbewusster Miene wortlos überreichte.

SEGUNDO AVISO: MANOS FUERA DE SES PALMES!

Der Text war auf einem Drucker geschrieben.

Ulrike ergriff nach dem auffordernden Blick ihres Mannes das Wort. »Das Schreiben war in einem Umschlag. Der Brief wurde uns an der Rezeption übergeben, als wir gestern Abend vom Essen kamen. Um zwanzig Uhr haben wir das Hotel verlassen, da war er noch nicht da. Wir haben beim Nachhausekommen im Internet die Übersetzung zusammengestoppelt. Ich würde das mit ›Zweite Aufforderung: Hände weg von Ses Palmes‹ übersetzen. Kommt das in etwa hin?« Hilflos sah sie Henry an. Es schien, als ob sie zum ersten Mal seine Gegenwart schätzte.

Henry starrte auf den Zettel, nickte und dachte an die junge Frau, die sich gestern angeblich nach ihm erkundigt hatte. Das war vor acht Uhr gewesen. Sie konnte ihn nicht abgegeben haben, kurz nach acht war er zurückgekommen, da waren die Schillers bereits ausgegangen. Er hatte geduscht und war um neun Uhr wieder losgezogen und in der »Bar Sabina« auf der anderen Seite Sineus hängen geblieben. Er hatte eine Kleinigkeit gegessen und mit den Leuten aus dem Ort über Weinbau und Politik geplaudert.

»Henry, was bedeutet das?« In einer Mischung aus Angst und Misstrauen sah sie ihn an. Auch Hoffnung lag im Blick, darauf, dass er ihr die Angst nehmen könnte.

»Zweite Warnung? Dann muss es eine erste gegeben haben«, sagte er so kalt, als ginge es ihn nichts an. Sollte sie sich doch fürchten, vielleicht brachte sie das zurück in die Realität. »Was es bedeutet? Ganz einfach«, antwortete er, »da will jemand Ses Palmes für sich haben, ein anderer Käufer, wer weiß. Euch will er abschrecken, will, dass ihr die Finger davon lasst, vielmehr die Hände. Ist doch klar, oder?« Er zuckte mit den Achseln, als sei es ihm gleichgültig, was es nicht war. Er dachte an den Stein, der die Scheibe des Autos zertrümmert hatte. Er hätte jemanden von ihnen treffen und verletzen können. »Der Briefeschreiber meint es ernst.«

»Muss man diesen Quatsch wirklich ernst nehmen? Kann es sich nicht um einen schlechten Scherz handeln?«

Henry lebte lange genug in Spanien, um schlechte von guten Scherzen unterscheiden zu können. »Wie wollt ihr reagieren? Die Koffer packen?«

»Nein«, sagte sie entschieden, »ich soll klein beigeben? Ich lasse mich doch nicht von so einem hergelaufenen Idioten vertreiben, nicht wahr, Gägge? Wir lassen uns nicht vertreiben!« Sie drückte zur Bestätigung den Arm ihres Mannes.

»Wollt ihr die Polizei einschalten?«

Schiller winkte ab. »Wegen dieser Lappalie? Die lachen uns aus.« Sein Gesichtsausdruck aber zeigte Besorgnis.

»Habt ihr den Briefumschlag noch? Wegen der Fingerabdrücke. War euer Name mit der Hand geschrieben?«

Sie konnten das Gespräch nicht fortsetzen, denn sie wurden hereingerufen.

Auf den ersten Blick empfand Henry die Kellerei als unpersönlich, sie hatte mehr den Charakter einer Firma als den einer Kellerei, der Verkauf vom Wein und der vielen Produkte um ihn herum, die ihn wie Lotsenfische stets begleiteten, vom Senf über Champagnerpralinen bis Weingelee, stand im Vordergrund. Nicht anders sah es bei Peñasco aus. Hier ging es um den Verkauf, der längst nicht so spannend und fordernd war, wie den Wein zu machen. Nichts außer knorrigen, wie tot aussehenden Stöcken ragte im Winter in einer Reihe aus der kalten Erde, und neun Monate später ging man hinaus und schnitt die vollen reifen Trauben ab. Die Bürokratie drum herum war ein zum Teil überflüssiges Übel, so empfand es Henry. Aber es gab Leute, die wollten wachsen, die wollten um jeden Preis größer, mächtiger, gewaltiger werden, um dann irgendwann eines Tages nicht mehr mit Wein, sondern nur noch mit Geld und Banken zu lavieren, wie es einer seiner Interviewpartner gesagt hatte, als er noch seinen Newsletter herausgegeben hatte. Der blaue Anzug des Managers war ein anderer als der Blaumann, den Kellermeister Armando García trug, wenn er ungefilterten Wein aus den Barriques abzog und ihn im Schein einer Kerze über eine Messingschüssel laufen ließ, um seine Klarheit zu prüfen.

So wie Henry hier bei José L. Ferrer mochte es Besuchern ergehen, die zum ersten Mal die Kellerei Peñasco betraten. Auch da kam man in den Showroom, wo der Krimskrams angeboten wurde, der den Wein umrankte, von den Polohemden mit Firmenaufdruck, die Luisa so gern trug, über natives Olivenöl bis hin zum Drop-Stop, der das Tropfen beim Einschenken verhindern sollte, ebenfalls mit dem Schriftzug des Unternehmens.

Eine der Mitarbeiterinnen führte sie durch Büros in die hinteren Räume, so wie Henry sie kannte, mit jungen Frauen vor Bildschirmen, hinter Bergen von Papier und mit Telefonhörern in den Händen. Die Mitarbeiterin bat sie zuletzt, im Besprechungsraum Platz zu nehmen.

Kurz darauf erschien der Önologe, Arnau Galmés, der vor dem Wechsel zehn Jahre lang bei Macià Batle gearbeitet hatte, der zweiten Großkellerei der Insel. Mit ihm kam Pepe Roses, der junge Mitinhaber. Der Unterschied zwischen den beiden Männern konnte kaum größer sein. Arnau war ein typischer Spanier mit offenem Gesicht, klein, etwas rundlich – unter verfrühtem Haarausfall litten viele Iberer –, er wirkte zugänglich und engagiert. Den schlanken Unternehmersohn mit Bart und schulterlangen Locken hätte man eher in einer der Strandbars vermutet, wo er sich ein Tattoo ums Handgelenk hätte stechen lassen. Ob nun mit oder ohne Tattoo, die Zeiten waren im Wandel, doch die familiäre Tradition blieb lebendig. Also hatte der erste Eindruck von dem jungen Mann getäuscht.

Der Urgroßvater José Luis Ferrer Ramonell hatte im Alter von achtundzwanzig Jahren den Betrieb gegründet, nur eine seiner drei Töchter setzte den Weinbau fort, und seitdem war das Weingut in Familienbesitz. Heute gehörten neben Pepe Roses der Vater, die Großmutter und der Onkel zu den Teilhabern. Und seit der Gründung war das Weingut ständig gewachsen. Und auch die Kinder der älteren Mitarbeiter arbeiteten wieder hier. Der Ton war familiär und freundlich.

Wie immer begann das Gespräch mit Daten, mit Zahlen und Fakten, die durchaus interpretierbar waren und Rückschlüsse auf die gegenwärtige Geschäftspolitik zuließen. Das war besonders für Henry interessant, deshalb hatte Sebastián ihn gebeten, diesen Besuch zu machen.

Eine Million Flaschen pro Jahr! Die mussten erst einmal verkauft und ausgetrunken werden. Achthunderttausend davon blieben auf der Insel und fanden den Weg in die hiesigen Restaurants. Der Rest ging hauptsächlich nach Deutschland und in die Schweiz. Das war ein wichtiger Hinweis für Schiller, wie er seinen zukünftigen Markt gestalten müsste. Einhundertzwanzig Hektar gehörten zu Ferrer, fünfzehn davon waren in der Phase der Neubepflanzung und brachten keinen Ertrag, dreißig Prozent der verarbeiteten Trauben wurden von Weinbauern hinzugekauft.

»Wir arbeiten schon immer mit ihnen, natürlich prüfen wir, was sie liefern, sowohl analytisch wie auch organoleptisch.« Jede dieser Aussagen war wichtig für Schiller, aber ob sie für ihn anwendbar waren, ließ sich nur in der Praxis herausfinden. Jeder Winzer hatte für etwas anderes ein spezielles Händchen. Sonst wäre die Welt langweilig.

Manto Negro, auch in einem Wort als Mantonegro geschrieben, Schwarzer Mantel, war auch hier eine der bevorzugten Rebsorten.

»Sie ergibt Weine mit guter Struktur«, erklärte der Önologe, »bringt viel Farbe für den Rotwein mit und viel Alkohol, was den Wein rund und mächtig macht. Sie benötigt allerdings eine lange Reifezeit, genau wie Cabernet Sauvignon, mit dem sie meistens verschnitten wird. Die Rebsorte Callet ist im Kommen, eine mallorquinische Züchtung, *callet* bedeutet im heimischen Dialekt schwarz. Leider ist die Rebe durch die eng stehenden Beeren anfällig für falschen Mehltau, der hier im feucht-warmen Klima sein ideales Ambiente findet. Merlot und Syrah runden den Reigen unserer roten Trauben ab.«

Tempranillo, mit der Henry die meisten Erfahrungen gemacht hatte und die in Spanien am häufigsten angebaut wurde, spielte hier eine untergeordnete Rolle. Unter den weißen Reben waren Moll, oder Prensal genannt, die beliebtesten Reben, verschnitten mit Viognier oder Chardonnay, ein Drittel jedoch musste Moll sein, um als Herkunft die D. O. Binissalem nennen zu dürfen.

Sie sprachen über Erntemengen und Mengenbegrenzung, über die Auswirkung der großen Hitze, die zu Ernteverlusten von bis zu zwanzig Prozent führte. Man erörterte die Bodenbeschaffenheit, die Auswirkung des Gebirges auf das Wachstum der Reben und des Salzes in der Meeresluft und die Frage, in welchem Alter man die Rebstöcke durch neue ersetzen musste.

Worte, dachte Henry, alles Worte. Die Sprache und Sprüche, der sich die besten Weingüter wie die Discounter in ihren Prospekten bedienten, ähnelten sich in erschreckender Weise. Der Einzige, der wirklich die Wahrheit sagt, ist der Wein, dachte er, und den wollte er probieren.

Nicht ein Wein von José L. Ferrer wies einen Fehler auf, nichts, was man ihnen vorstellte, war von minderer Qualität. Aber in der Rangfolge von gut bis bestens konnte er sich nicht mit Schiller einigen, wohl aber, sehr zu seinem Erstaunen, mit Ulrike. Sie wurde zugänglicher, minimal zwar, aber bemerkbar. Beim Pedra de Binissalem, einem Weißwein aus der Rebsorte Moll, trafen sie sich in ihrer Bewertung, und auch bei den Aromen von frisch geschnittenen Kräutern – und das Apfelaroma ordnete sie wie er einem grünen Granny Smith zu.

Der Veritas Blanc, obwohl erst im Vorjahr gelesen, war weicher und wirkte reifer, er hatte mehr Körper, was sicher auf den Ausbau im Barrique zurückzuführen war. Wieder eine gelungene Kombination von Weißwein und Holz, bei der nicht das Holz den Wein und seine Aromen erschlug. Der Veritas Roig, ein leichter Rosé, war aus Manto-Negro-Trauben gekeltert, vielleicht stammte die kräuterige Note daher, die Henry hier bei allen Weinen dieser Traube zu spüren meinte.

Die fand sich auch beim Pedra de Binissalem Negre, einer Verbindung von Manto Negro und Cabernet Sauvignon, die sehr gelungen war. Die Crianza JL Ferrer, eine Cuveé aus fünf Rebsorten, war Henry zu konventionell, ein Wein, den man in dieser Art ziemlich oft probiert hatte. Der rote Veritas hingegen zeichnete sich wieder durch Originalität aus, mit Aromen roter Früchte, dem Duft von Cassis und einem Hauch Waldboden. Eine von Henrys Maximen war, dass ein Wein erst dann sein Höchstmaß an Harmonie erreicht hatte, wenn er nicht mehr leicht zu definieren war. Das empfand er so bei der sieben Jahre alten Veritas Reserva, sie war für ihn ein großer Wein, ein selten vergebenes Lob.

Während des Rundgangs durch die Kellerei, der man den Weg durch die verschiedenen technischen Etappen der jüngeren Weinbaugeschichte anmerkte, erzählte der Önologe, dass er nachmittags auf dem Familienweingut in Petra arbeite, der Vater konnte es aus gesundheitlichen Gründen nicht mehr, allerdings nur mit gekauften Trauben. Über eigene Weinberge verfügte die Familie nicht.

Schiller war kaum zurückzuhalten, er wollte unbedingt, dass Arnau Galmés ihm half, zumindest in der Anfangszeit. Er drängte Henry auf Deutsch, diese Frage zu stellen, was Henry aus diplomatischen Gründen strikt ablehnte. Es würde ihren Gesprächspartner irritieren, ihr Besuch stünde in anderem Licht und er als Lügner da. Schließlich hatte er den Termin vereinbart. So ging man in guter Stimmung mit der Zusage auseinander, Proben nach Tübingen zu schicken, um dort mit den Mitarbeitern die Entscheidung zu treffen, welche von Ferrers Weine ins Programm kämen.

Nahe der Kirche mitten in den rechteckig angelegten Gassen Binissalems fanden sie nach langem Suchen einen Parkplatz und weit entfernt erst eine Bar, um ihr Gespräch fortzusetzen.

Über den Besuch bei Ferrer gab es nichts mehr zu sagen, ob Schiller die Weine führen würde, interessierte Henry nicht weiter. Wichtig hingegen war, was auf der Insel weintechnisch möglich war. »Und das nach den Erfahrungen von vier Generationen! Macht euch klar: Ihr braucht enorm viel Zeit, um ein konkurrenzfähiges Niveau zu erreichen. Schlechte Weine gibt's genug, was ihr hier verkaufen könnt, müsst ihr nicht nach Deutschland transportieren. Wie das funktioniert, wissen wir noch nicht. Aber in Sachen Wein werdet ihr am allgemeinen Standard gemessen. Einen Vertrauensvorschuss für Anfänger gibt es nicht.«

»Aber die Weinberge von Ses Palmes sind gepflegt, die Kellerei ist in Schuss«, meinte Ulrike, sie gab nicht klein bei. Sie wollte die Finca. »Und nach dem, was ich gehört habe, können sich die Weine durchaus mit anderen vergleichen.«

»Von wem hast du das gehört? Wir haben lediglich einen probiert«, warf Schiller ein und runzelte die Stirn, »hast du die anderen verkostet? Hast du dich etwa mit der Fröhlich noch mal getroffen?«

»Klar«, sagte sie schnippisch, »einer muss es ja tun. Einen Weißen und einen Roten habe ich probiert, und beide waren exzellent! Aber das scheint unseren La-Rioja-Experten nicht zu interessieren.«

Provozierend blickte sie Henry an, der sich dabei ertappte, dass er ein finsteres Gesicht machte, das seinen ähnlich finsteren Gedanken entsprach. Er ärgerte sich, dass er sich hatte gehen lassen. Ihn bewegte die Frage, ob und wann er von dem Toten aus der Zeitung erzählen sollte, seiner Beziehung zu Ses Palmes und dem Erscheinen der Polizei. Die Fröhlich, wie er sie insgeheim nannte, würde es aus offensichtlichen Gründen nicht getan haben.

»Hast du wieder eine von deinen Katastrophenmeldungen parat oder neue, schwerwiegende Vorbehalte? Hat der Stein dich so erschreckt?«

»Nein, der Stein war es nicht, aber der Stein in Verbindung mit dem Brief ...«

»Ach so?« Ulrike Schiller tat jetzt, als würde sie der Aufforderung, die Hände von Ses Palmes zu lassen, keine Bedeutung beimessen. Doch ihre unruhigen Augen gaben andere Signale. Da flackerte Unsicherheit auf, Angst wäre die nächste Stufe.

Sage ich es, oder sage ich es nicht?, fragte sich Henry. Aus der Zeitung werden sie es nicht erfahren, höchstens aus der nächsten Ausgabe vom Mallorca Magazin, wenn sie es denn lesen. Um abzulenken, wechselte er das Thema:

»Wie geht's weiter? Was liegt am Nachmittag an?«

»Wir sind mit ihr verabredet.«

»Geht's endlich in die Weinberge? Die will ich sehen!«

»Weshalb denn? Du bist doch sowieso dagegen.« Ulrike spielte die Beleidigte.

Im Stillen musste Henry lachen, er mochte jetzt nicht in Schillers Haut stecken. Er beschloss, sie ins offene Messer laufen zu lassen. Wenn sie so scharf auf die Finca waren, sollten sie sich doch einkaufen, alle möglichen Fehler machen, sich die Finger verbrennen, ihr Geld verspielen, vor Stress nicht mehr ein noch aus wissen und den Laden in Tübingen vernachlässigen.

»Ich will ihn dabeihaben. Punkt!« Wenigstens Schiller äußerte klar seine Interessen.

Sollte er ihnen nun von dem Holländer erzählen? Die Frage bewegte Henry weiterhin. Der Mord musste nichts mit der Finca zu tun haben, aber er konnte durchaus damit in Verbindung stehen. Doch es war die Aufgabe der Polizei, das herauszufinden, und nicht die seine. Außerdem mussten sie die Fröhlich dazu befragen. Am Nachmittag wären ihre Töchter da, die sicher auch zu allem eine Meinung hatten, besonders die ältere, wie der Mann in der Kneipe von Sant Joan gemeint hatte.

Aber Svenja, die ältere, und Nele, die jüngere, waren nicht im Hause. Es wurde also nichts aus der Befragung.

Ihre Mutter, wieder in Schwarz, entschuldigte sie. »Svenja ist heute mit dem Roller zur Schule gefahren, sie hat Nele mitgenommen. Die beiden besuchen irgendeine Freundin in Petra, und dann wollen sie gemeinsam mit dem Zug nach Palma. Das machen sie häufiger. Ich hatte sie gebeten, herzukommen, damit Sie die beiden auch mal kennenlernen, aber Sie wissen ja, wie Kinder so sind. Wir sind also ungestört.«

Das schien Frau Fröhlich wichtig zu sein. Hatte sie es so arrangiert? An Henrys Gegenwart nahm sie keinen Anstoß.

»Eine erfreuliche Mitteilung habe ich Ihnen zu machen. Ich möchte mich in Zukunft aus den Verkaufsverhandlungen raushalten. Es schmerzt mich alles viel zu sehr, die schönen Erinnerungen, die Zeit des gemeinsamen Aufbaus mit Ignácio, all die Hoffnungen, natürlich auch Rückschläge, das schweißt zusammen – und das jetzt verkaufen zu müssen, mich tagtäglich damit zu beschäftigen, das geht über meine Kräfte, es tut unsäglich weh.«

Wozu dient diese langatmige Einleitung, fragte sich Henry, die Gerhard gezwungenermaßen über sich ergehen ließ und Ulrike offensichtlich ans Herz ging?

»Erfreulich ist es insofern, dass ich einen Anwalt mit den weiteren Verhandlungen betraut habe. Er hat einen Fachmann herangezogen, der Sie durch die Weinberge führen wird. Außerdem hat Svenja, meine Älteste, im Computer meines verstorbenen Mannes eine Auflistung der Weinberge gefunden, nebst der dazugehörenden Karten und so weiter; das alles ist im Katasteramt registriert. Sie will es mir heute oder morgen ausdrucken, da ist irgendein Defekt mit dem Drucker, ich glaube, es fehlt eine Tintenpatrone, meinte sie jedenfalls. Ich verstehe davon nichts, ich habe mich um diese Dinge nie kümmern müssen, das hat Ignácio mir alles abgenommen.«

Ach, wie vorsorgend er doch gewesen sein muss, der gute Ignácio, sagte sich Henry insgeheim und erwartete, dass sie gleich darauf wieder ihr Witwengesicht aufsetzte, die Leidensmiene. Inzwischen glaubte er Gesine Fröhlich kaum noch ein Wort, sein Misstrauen wuchs bei jeder Äußerung. Das veranlasste ihn, in die Offensive zu gehen.

»Das ist ja wunderbar, Frau Fröhlich, das macht alles viel einfacher, und wir kommen voran. Aber gestatten Sie mir eine Frage. Gestern war die Polizei hier bei Ihnen auf Ses Palmes. Worum ging es da?« Es war ein Versuchsballon. Er war gespannt, wie sie reagieren würde.

»Wie kommen Sie denn darauf – Herr Meyenbeeker?«,

fragte sie empört, als hätte er sich ihr gegenüber zu viel herausgenommen, und auch Ulrike Schiller betrachtete ihn befremdet, während ihr Mann erschrocken wirkte.

»Man hat so seine Quellen«, antwortete er, wohl wissend, dass diese Antwort Ulrike Schillers Widerspruchsgeist anfeuern würde. Genauso war es, sie sprang sofort darauf an.

»Die Polizei war hier? Wieso hast du uns nichts davon gesagt?«

»Genau genommen war es die Policía Nacional, es waren zwei Beamte, in Uniform.«

Der Blick, den ihm Gesine Fröhlich zuwarf, war alles andere als fröhlich, er war vernichtend. Es war erstaunlich, wie schnell sie umschwenken konnte und die Leutselige spielte. In Henry setzte sich immer mehr der Eindruck fest, dass sie ständig spielte. Was war sie eigentlich von Beruf gewesen, bevor sie den Winzer geheiratet hatte? Er fürchtete, dass sie ihm an die Gurgel gehen würde, falls er die Frage danach stellen sollte.

»Das war erst gestern«, sagte sie mit der Stimme, auf die jede Nachtigall eifersüchtig geworden wäre. »Ja, ja, die Nationalpolizei war da, mit einem Jeep sind sie gekommen, ich bin furchtbar erschrocken, als die beiden Beamten plötzlich vor unserer Tür standen. Man weiß nie, worum es geht, und mit der Polizei möchte niemand etwas zu tun haben. Sie kennen ja sicher die Geschichte Spaniens, und wenn dann die Polizei tatsächlich vor der Tür steht, fährt einem der Schrecken in die Glieder.«

Nicht unklug von ihr, über ihre Gefühle zu sprechen, dachte Henry, so gewinnt sie Zeit für ihre Antwort.

»Es soll hier in der Gegend eingebrochen worden sein, drüben, bei den Fincas, die man Feriengästen vermietet. Es sind schöne Häuser, da steigt ein recht solventes Publikum ab. Das spricht sich herum. Die Beamten waren sehr freundlich, sie fragten, ob wir in den letzten Tagen etwas Ungewöhnliches bemerkt hätten. Es ist selten, dass so weit von den touristischen Zentren Diebstähle verübt werden«, versuchte sie zu beschwichtigen, als sie bemerkte, dass Ulrike Schiller besorgt dreinschaute. »Es hat mit der Insellage zu tun.«

Das Ehepaar Schiller verstand nicht, es war den beiden anzusehen.

»Hier kommt keiner weg, von der Insel, versteht ihr? Jedenfalls nicht, ohne dass er registriert wird. Und die Polizei kennt ihre Pappenheimer, wie man mir versicherte.«

Ulrike wandte sich Henry zu, als erwarte sie, dass er noch eine weitere Karte in der Hand hielt, so weit hatte sie seine Art des Vorgehens begriffen. Es gefiel ihr nicht.

Ungeniert erwiderte er den Blick und schüttelte kaum merklich den Kopf, Schiller verstand das Zeichen und machte sich auf die nächste Überraschung gefasst.

»Dieser Besuch gestern, der hatte nichts mit dem zu tun, was in der Ultima Hora zu lesen war?« Die Provokation war mehr als deutlich und auch die Absicht, Gesine Fröhlich vorzuführen.

Sie tat weiter unschuldig. »Was soll in der Zeitung gestanden haben? Glauben Sie, hier kommt täglich jemand vorbei und bringt uns die Zeitung? Was sind das für gehässige Fragen, und in welchem Ton reden Sie überhaupt mit mir? Ihre deutsche Tour dürfen Sie gern in Frankfurt oder sonst wo reiten, hier auf Mallorca versteht man es, sich zu benehmen, besonders wenn man zu Gast ist.« Sie war laut geworden. »Ich werde mich nicht länger mit Ihnen unterhalten. Sie stören die Verhandlungen, die ich mit diesem charmanten Ehepaar …«– sie wies mit der Hand auf Ulrike, Gerhards Blick wich sie aus – »… führe, bislang auf der Basis gegenseitigen Vertrauens, nicht wahr, Ulrike? Wieso Sie gegen mich opponieren, weiß ich nicht, und es interessiert mich auch nicht. Aber es ist eine Frechheit!«

Ulrike Schiller sprang darauf an. »Das stimmt, Henry. Was soll das? Was ziehst du hier ab? Das war doch eine klare

Antwort. Ich finde es völlig verständlich und sehr verantwortungsvoll, dass die Polizei die Nachbarn verständigt und sie warnt. Wozu gehst du hier auf Gesine los? Wozu?« Theatralisch schüttelte sie den Kopf. »Außerdem – eingebrochen wird schließlich überall. Was glaubst du«, angesprochen war jetzt Gesine Fröhlich, »was in Tübingen, in diesem kleinen, netten Städtchen, so alles passiert«, eiferte sie sich. Ihr Mann wollte sie beruhigen, doch sie wischte seine Hand beiseite. »So bist du uns jedenfalls keine Hilfe, Henry!«

»Ja, dann gehe ich wohl besser spazieren.« Henry stand auf. Er hatte erreicht, was er wollte, er wusste Bescheid. Wenn Gesine Fröhlich derart auf Abwehr ging, wusste sie von dem Toten.

»Einen Spaziergang wollte ich Ihnen auch vorschlagen. Das kühlt den Kopf.« Kerzengerade saß die Fröhlich am Tisch, beide Fäuste auf der Platte. »Aber bitte außerhalb meines Anwesens!«

»Selbstverständlich, gnädige Frau.« Henry deutete lächelnd eine Verbeugung an. »Ich warte dann oben an der Straße!«

Ohne jede Eile verließ er das Haus und trottete zurück zur Landstraße. Beinahe diebisch freute er sich über den Knaller, den er losgelassen hatte. Gleichzeitig hatte er immer stärker das Gefühl, dass es ihn nichts mehr anging und dass er froh wäre, wenn er die Sache endlich hinter sich gebracht hätte. Wie mag es jetzt da drinnen zwischen Schiller und Fröhlich weitergehen?, fragte er sich, blieb stehen und schaute zurück zur Finca. Schillers neuer Leihwagen, diesmal ein weniger auffälliger Europäer, der besser zu Ses Palmes passte, stand vor dem Eingang. Was für ein schöner Besitz, sagte sich Henry, ideal in die Landschaft integriert, sehr gepflegt die Weinberge ringsum, alles bestens in Schuss, nur saßen die falschen Leute drin. Selbstverständlich war seine Botschaft angekommen. Ulrike Schiller würde trotz ihrer Abwehr versuchen, sofort die Zeitung Ultima Hora aufzutreiben und dazu jemanden, der ihr den Inhalt übersetzte, Henry vertraute sie längst nicht mehr. Erschien nicht heute das Mallorca Magazin?

In diesem Augenblick bemerkte er die Bewegung zwischen den Rebzeilen. Noch im Fallen griff er nach der Waffe und lud sie durch. Das Geräusch des nach hinten gezogenen Schlittens war laut. Das musste auch der Unsichtbare gehört haben. Hätte der Wind die Blätter bewegt, wäre die gesamte Laubwand in Bewegung gewesen. Also kroch dort drüben, keine zehn Meter entfernt, ein Mensch herum. Rafael Viadero?

In diesem Moment meldete sich Henrys Telefon, und er wälzte sich auf die linke Seite, um an die rechte Tasche zu kommen und es mit der linken Hand auszuschalten. Der Ton verriet seine Position. Wer ihn bei diesen Bewegungen sah, musste glauben, da wälze sich jemand in einem epileptischen Anfall im Staub. Doch ungeachtet, ob er sich dreckig machte, kroch er weiter, schlängelte sich unter den Weinstöcken hindurch in Richtung seines vermeintlichen Ziels, so wie Salgado es ihm eingetrichtert hatte. Er glaubte, zwischen den Stöcken, unter den Blättern eine erneute Bewegung bemerkt zu haben. Es konnte der geduckte Körper eines Mannes gewesen sein, der sich von ihm weg in Richtung auf die Finca zubewegte. Oder sah er Gespenster, und es war eine verirrte Ziege, ein großer Hund? Für einen Hasen oder ein Kaninchen war die Bewegung zu heftig.

Fünf oder sechs Reihen hatte er kriechend überwunden, dann richtete er sich vorsichtig auf, die Waffe in der Hand. Da war nichts, da war niemand. Sich weiter nach allen Seiten sichernd, ging er geduckt zwischen den Rebzeilen zur Straße, die Augen knapp über den austreibenden Reben. Es war an der Zeit, sie einzuflechten. Der Austrieb hatte das Sechs-Blatt-Stadium erreicht. Sechs Blätter pro Trieb, acht Augen pro Rute … der Winterschnitt war nicht korrekt ausgeführt worden, da hatte die Fremdfirma gepfuscht, und es war niemand da, der es reklamiert hätte. Nur das Auge des Bauern macht die Kühe fett, hieß es, nur die Hand des Winzers ließ die Trauben reifen. Auf Ses Palmes wurde angeblich nur von Hand gelesen, wie Frau Fröhlich erklärt hatte. Was war dieser Person überhaupt zu glauben? Der Önologe von Ferrer hatte eingeräumt, dass sie in den Flachlagen die Trauben für die schlichteren Weine maschinell lasen. Henry kannte die Problematik genau, sie selbst haderten damit, bei Peñasco schickten sie vor dem Vollernter eine gut ausgebildete Mannschaft durch die Zeilen, die so gut wie möglich alle ungeeigneten Trauben und Traubenteile herausschnitt. Es gab zusätzlich den Lesetisch mit einer Optik, die schlechte Beeren erkannte und per Luftstrahl herausblies. Nur in den besten Lagen wurde von Hand geerntet.

Bevor er die Landstraße erreichte, entlud er die Pistole, steckte sie zurück und klopfte sich den Staub von Hose und Jacke, gerade rechtzeitig, denn von der anderen Straßenseite her beobachtete ihn ein Mann. Von ihm ging eindeutig keine Gefahr aus, er hielt einen Farbeimer in der einen Hand, in der anderen einen Pinsel und strich mit grüner Farbe ein Gestell. Darauf befanden sich Schilder mit den Namen mehrerer Fincas.

»Hola! Qué tal? Cómo estás? Estás bien?«

Das waren die üblichen Floskeln zur Begrüßung. Über die Fragen nach den Schildern auf dem Gestell und nach seiner Funktion kamen sie rasch ins Gespräch, und Mateo erzählte, dass er der Hausmeister, der Gärtner, der Klempner und Wächter sei und teilweise auch der Babysitter, der mit seiner Familie hier wohne.

»… in einem kleinen Haus neben der Luxusfinca. Du kannst dir vorstellen, welche Leute zu uns kommen, bei einem Wochenpreis von zweitausend Euro und mehr! Und was geht da drüben ab, auf Ses Palmes? Da kommst du doch her.« Er musterte Henry von Kopf bis Fuß, hielt sich jedoch mit einem Kommentar zu der verschmutzten Kleidung zurück. »Hat die Señora endlich ihren Käufer gefunden?«

»Wenn ich das wüsste.« Henry machte keinen Hehl aus seiner Skepsis. »Ich weiß nicht, ob man die Finca guten Gewissens kaufen sollte.«

»Du bist nicht der Käufer, das sehe ich, ich kenne die Leute, die Gesichter der Ausländer, die hier aufkreuzen. Außerdem gehen die nicht zu Fuß.« Mateo beobachtete gut und hatte dem Anschein nach auch eine schnelle Auffassungsgabe.

»Kennst du die Leute denn?«

»Da gibt's doch nur noch die Frau und ihre Töchter, Lucas ist ja abgehauen, untergetaucht, kurz nach dem Tod seines Vaters …«

Also stimmte es, was der Mann in der Bar von Sant Joan erzählt hatte.

»… seitdem geht's da drüben bergab. Aber für sie geht's bergauf. Sie kam mit nichts als drei alten Koffern und zwei kleinen Kindern – und wenn sie verkauft, geht sie als Millionärin zurück. Ignácios Weinberge sind hervorragend, die kann man unbesehen übernehmen, wenn man was vom Geschäft versteht. Das ist die Bedingung. Na ja, in den ersten Jahren muss man sich eingewöhnen, da sind die Ergebnisse sicher nicht so toll, aber dann … doch Madame will zu viel Geld, und das zahlen nur die Ausländer, die nicht vom Weingut leben müssen. Für uns sind die Preise zu hoch, unsereins sieht das immer in Bezug auf das, was übrig bleibt.«

»Du kennst dich anscheinend mit Wein aus.« Henry hatte endlich jemanden vor sich, der einiges über Ignácio Martínez' Reblagen zu sagen hatte, und sicherlich wusste er mehr über die Verhältnisse auf Ses Palmes.

»Ich habe ihm oft geholfen, ich kannte ihn gut, es ist schade, die Besten sterben immer zu früh. Das hat keiner hier verstanden, das mit dem Schlaganfall und dass er danach nicht wieder hochgekommen ist. Kann sein, dass er zu viel getrunken hat, aber der Alkohol soll bekanntlich für den besseren Durchfluss des Blutes im Gehirn sorgen. Das sage ich meiner Frau auch immer, wenn sie mit mir meckert.«

Henry beobachtete die Zufahrt nach Ses Palmes, um Schillers Abfahrt nicht zu verpassen.

»Was ich überhaupt nicht verstanden habe, war, dass der Junge sich davongemacht hat. Manchmal habe ich den Eindruck, er spukt noch in der Gegend rum, es heißt, er sei auf dem Festland … Aber geh mal an dein Telefon, es klingelt!«

Neugierig wie er war, hatte Henry das Klingeln nicht bemerkt. Auf dem Display zeigte sich Sebastiáns Nummer.

»Ist es so spannend auf Mallorca, dass du dein Telefon ignorierst? Es ist wichtig für dich, Enrique.« Wenn er von seinem Schwiegervater so genannt wurde, war es ernst. »Und ich bin äußerst ärgerlich.« Das war Sebastiáns Stimme anzuhören. »Was wird hier gespielt, was verheimlichst du mir?«

»Ich wüsste nicht …« Henry wusste durchaus, was er seinem Schwiegervater vorenthielt. »Geht es um unseren Kellermeister?«

»Es geht um viel mehr. Du selbst hast Luisa zu ihm hingeschickt. Sie rief mich an, nach Feierabend, sie hatte den Eindruck, dass jemand im Haus war und nicht aufmachen wollte. Ich bin dann sofort hingefahren. Er wohnt in Elciego, wie du weißt.« Das alles war in einem Ton vorgebracht, der für Henry neu war, vorwurfsvoll und auch beleidigt.

Sebastián erzählte, wie Luisa und er vor dem verrammelten Haus gestanden hatten, sämtliche Rollläden waren heruntergelassen, alles schien ausgestorben, dann aber hatte Luisa ein Geräusch gehört, als würde jemand die Treppe hinaufgehen, und im ersten Stock hatte sich einer der Fensterläden bewegt. »Nur so weit, dass jemand herunterschauen konnte. Luisa, die näher dran stand, meinte, Armando erkannt zu haben. Ich habe dann so laut gesagt, dass er es hören musste, dass ihm wohl etwas zugestoßen sei und wir die Polizei holen würden, damit sie die Tür aufbräche. Das war zu viel für den guten Mann, er hat selbst aufgemacht. Er sah grauenvoll aus, übel zugerichtet, das Gesicht zerschlagen, aufgeplatzte Lippen, und das bei seinem Alter. Er hätte einen Herzschlag kriegen können. Und das aus reiner Loyalität dir gegenüber, mein lieber Enrique, deinetwegen! Du hast einiges gutzumachen!«

Henry zog den Kopf ein. Es war nicht leicht, ihn einzuschüchtern, doch jetzt fürchtete er sich vor weiteren Eröffnungen.

»Sie haben ihn zu zweit zusammengeschlagen, wie er sagte, möglicherweise zu dritt. Draußen stand ein Wagen, vielleicht stand jemand Schmiere. Wir sind mit Armando sofort zur Ambulanz gefahren, aber die Verletzungen waren älter. Er hat eine Platzwunde neben dem Auge, zwei Zähne ausgeschlagen, Prellungen an Kopf und Hals ... Selbstverständlich hat ihm niemand geglaubt, dass er die Treppe heruntergefallen ist, und das Hospital hat die Polizei verständigt. Mein Freund, was du dir da geleistet hast, war eindeutig zu viel. Deine Eigenbrötelei geht nicht nur mir auf die Nerven, sie ist auch für andere gefährlich. Du trägst nicht nur für dich selbst Verantwortung, sondern auch für unsere Mitarbeiter. Finde dich endlich ein. Schließlich gehörst du zu Peñasco, zu uns. Natürlich wussten wir sofort, worum es ging – um dich!«

Henry machte sich so klein wie möglich, der Hausmeister hatte wieder zum Pinsel gegriffen und verteilte weiter grüne Farbe auf dem Pfosten. Henry entfernte sich von ihm, um die Einfahrt besser im Auge behalten zu können.

»Ich wollte dich schonen, Sebastián.« Selbst Henry fühlte, wie mager seine Entschuldigung wirkte. »Ich dachte, es sei zu viel für dich, für deine Gesundheit. Nicht schon wieder Diego, damit wollte ich dich nicht belasten, das setzt dir mehr zu, als du glaubst, das merken wir.«

»Was mir wirklich zusetzt, ist mangelndes Vertrauen, mein lieber Enrique. Einer schlug Armando zusammen, ein Zweiter, Armando hat ihn als groß und besonders kräftig in Erinnerung, stellte die Fragen. Er wollte deinen Aufenthaltsort wissen ...«

»Und, hat er ihn erfahren?«

»Was glaubst du denn! Ein fünfundsechzig Jahre alter Mann, zwar noch gut beieinander, gegen zwei dreißigjährige skrupellose Schläger? Keine Chance.«

»Hat er jemanden erkannt?«

»Jetzt bin ich erst mal mit Fragen dran. Worum geht's?«

»Um deinen Sohn, um Diego. Er hat einem ehemaligen Mitgefangenen den Auftrag gegeben, mich …«, Henry zögerte, es auszusprechen. »Salgado meint, dass er … mich … äh, na, du weißt schon …«

»Nichts weiß ich, rede endlich Klartext!«

»Er soll mich umlegen – was ich nicht glaube.« Henry versicherte sich, dass der Hausmeister nichts von dem Telefonat mitbekam.

Die Pause, bevor Sebastián weitersprach, war sehr lang. »So! Und was glaubst du?« Die Stimme klang, als fiele es ihm schwer, die Nachricht zu verdauen.

»Diego weiß, was ich für die Firma tue. Und das bedeutet für ihn mehr Geld, daran kann er sich im Knast ergötzen. Er will mich nicht tot sehen. Die Arbeit, die ich mache, könnte ich auch vom Rollstuhl aus verrichten …«

»Weißt du, was ich glaube?« Es war klar, dass Sebastián auf diese Frage keine Antwort erwartete, die würde er selbst geben. »Ich glaube, dass der Geist meines Vaters nach seinem Tod sich mit dem von Diego verbunden hat – zu doppelter Bosheit. Nur ich glaube nicht an Geister und auch nicht an Gott. Was hat Salgado vorgeschlagen?«

»Er hat einen Vertrauensmann auf der Insel. Von dem habe ich ein Foto von diesem Rafa, und ich bin bewaffnet. Ich habe mich hier bisher sicher gefühlt.« Henry seufzte hörbar. »Wenn dieser Rafa jetzt weiß, wo ich bin, ist das allerdings nicht mehr der Fall.«

»Wer, bitte, ist dieser Rafa?«

»Rafael Viadero, ein Schläger, ein Galgenvogel mit viel Knasterfahrung. Er saß lange mit Diego in Valencia im Gefängnis. Er gehört auch derselben rechtsradikalen Organisation oder einem Netzwerk an. Salgado hat sein Foto, zeig es Armando. Vielleicht erkennt er ihn. Ach, gestern hat sich bereits jemand im Hotel nach mir erkundigt.«

»Dann wechsle sofort das Hotel und komm zurück!«

Das Hotel konnte Henry wechseln, auch in einen anderen Ort umziehen, aber nicht unverrichteter Dinge nach Logroño zurückkehren. Er nannte Sebastián die Gründe.

Für seinen Schwiegervater zählte das nicht. »Was gilt das Versprechen diesem Weinhändler gegenüber dem eigenen Leben? Weiß Isabella von dem Chaos?«

»Natürlich nicht.«

»Dann lass es dabei, die hat schon wieder Unsinn gemacht. Auch sie verbreitet wieder Chaos. Sie hat sich aufgeführt, hat sich mit den Behörden angelegt, jetzt hat sie zwei Verfahren am Hals, vielleicht sogar ein drittes, aber da stecken wieder ihre üblichen Freunde dahinter. Zu allem Übel hat sie sich wieder mit dem Klerus angelegt. Der Dorfpfarrer verweigert Einsicht in die Kirchenbücher, verweigert die Herausgabe von Namen der Ermordeten, da hierdurch die Komplizenschaft der damaligen Priester mit dem Franco-Regime klar wird. Das hat sie öffentlich gesagt, Komplizenschaft mit Francos Mördern …«

»Womit sie völlig recht …«

»Recht haben und in Spanien darüber zu reden sind zweierlei. Wie lange lebst du eigentlich hier? Du weißt, wie es Richter Garzón erging.«

Henry hatte den ehemaligen Untersuchungsrichter am Staatsgerichtshof, der von der Regierung kaltgestellt worden war, persönlich getroffen. Bereits als Abgeordneter hatte Garzón sich Feinde gemacht, als er von seinem Mandat zurücktrat, weil die Regierung nicht genügend hart gegen die Korruption vorgegangen war. Dann leitete er Verfahren gegen die GAL, die Grupos Antiterroristas de Liberación ein. Als Untersuchungsrichter eröffnete er Verfahren gegen geheime Gefangenenflüge der CIA, gegen die Inhaftierungen in Guantanamo und beantragte die Auslieferung des Exdiktators Pinochet. Da alles waren Maßnahmen, zu denen ein deutscher Richter sich Henrys Wissen nach niemals hätte »hinreißen« lassen. Was Garzón aber endgültig aus dem Verkehr gezogen hatte, war ein Verfahren wegen Rechtsbeugung: Die rechtsextreme Beamtengewerkschaft Manos Limpias (Saubere Hände) hatte es angestrengt, da er mit neuen Ermittlungen wegen der Massenmorde der Franco-Diktatur seine Kompetenzen überschritten habe.

Isabella hatte ihn über die ARMH kennengelernt und Henry vorgestellt. Henry hielt Garzón für einen äußerst korrekten Menschen und Juristen, von dem Spanien einige Dutzend brauchte, aber dann würden einige Hundert Staatsbeamte in den Knast marschieren. Und wo sollte der Ersatz für sie herkommen?

»Ich rufe dich wieder an«, sagte Henry übergangslos, »mach dir keine Sorgen, Sebastián, das kommt alles in Ordnung.« Er unterbrach das Gespräch. Von der anderen Straßenseite war das Geräusch des Anlassers eines Motorrades zu hören gewesen, Sekunden später sah er die Maschine zwischen mannshohen Gräsern herausschießen. Den Fahrer in Lederkombi und mit Integralhelm zu erkennen war unmöglich.

»Wissen Sie, wer das war?«, fragte Henry den Hausmeister, der alles mit angesehen hatte, »oder wer das gewesen sein könnte?«

Der Mann schüttelte den Kopf. »Der Einzige, der mir dazu einfällt, wäre Lucas, der Sohn von Ignácio, der fuhr auch wie ein Henker.« Er tauchte, als hätte er damit nichts zu schaffen, den Pinsel in die Farbe. Dann wandte er sich aber doch noch einmal Henry zu. »Es gibt jemanden, der kann Ihnen dazu mehr erzählen. Hugo Armengol, er wohnt hier in der Nähe, dem gehören die Schafe dort drüben auf der Weide, rechts von Ses Palmes.«

»Und wo finde ich diesen Hugo?«

»Er wohnt in Petra, oder kurz davor, es ist der letzte Weg vor dem Ortseingang rechts rein, ein langer Weg, fast bis an den Fuß des Berges, da hat er seine Finca. Zuerst kommen die Oliven, dann die Feigen, dann die Mandeln. Die Schafe hat er hier, Ziegen hält er auch, er macht einen fantastischen Käse, frag ihn danach, wenn du da bist ...«

Schillers Wagen näherte sich der Einfahrt, Henry musste gehen. Er ärgerte sich, dass er auf Schiller gehört hatte und nicht mit seinem Auto gefahren war. Er hätte das aufschlussreiche Gespräch gern weitergeführt. Alles begann er, ohne es richtig zu beenden. Bei diesem konfusen Vorgehen brauchte er sich nicht zu wundern, wenn dieser Rafa seine Chance bekäme, und dass der ihren Kellermeister in die Sache hineingezogen hatte, nagte heftig an Henrys Gewissen.

# Kapitel 11

Direkt nach der Rückkehr nach Sineu suchte Henry die Besitzerin des Hotels auf. Er bat darum, dass man ihn sofort benachrichtige, falls erneut jemand nach ihm fragen sollte, und hinterließ die Rufnummer seines Mobiltelefons. Die dürfe aber nicht weitergegeben werden. Gerhard Schiller war von dem Gedanken, dass Henry das Hotel wechseln wollte, überhaupt nicht begeistert. Trotz der Kritik seiner Frau empfand er ihn als große Hilfe und wertvolle Ergänzung. Wie sollte man auch sonst vernünftig mit den Insulanern kommunizieren? Es störte ihn besonders, da am nächsten Tag die Begehung der Weinberge stattfinden sollte, wie er es nannte, zusammen mit einem Anwalt, den niemand kannte. Auch hatte Henry ihnen bislang alle Sprachprobleme vom Halse gehalten.

Ulrike empfand es keineswegs als Problem, tageweise einen Dolmetscher zu engagieren, jemanden, der von der Insel stammte und sich auskannte, allemal besser als Henry. Das wäre auch jemand, der ihr positives, wenn auch nicht unbedingt freundschaftliches Verhältnis zu Gesine Fröhlich nicht torpedieren würde. Das war für ihren Mann das Stichwort, als sie, umgeben von einem Meer gelber Blüten, im stillen Innenhof des Hotels zusammensaßen, um sich über die Ergebnisse des Tages klarzuwerden und über den nächsten Tag zu beratschlagen.

Ulrike aber war auf Streit aus. In einer Weise, die, gelinde gesagt, nur als frech aufzufassen war, fragte sie, was Henry eingefallen sei, Gesine Fröhlich derart inquisitorisch anzugehen. Auf diese Weise arbeite er geradezu gegen ihre Interessen.

»Dabei wolltest du helfen, nicht wahr? Man muss der Polizei dankbar sein, wenn sie vorbeischaut, um die Nachbarschaft vor möglichen Gefahren und Verbrechern zu warnen. Und woher weißt du überhaupt, dass die Polizei dort war? Was weißt du, was wir nicht wissen? Handelst du hinter unserem Rücken?«

»Ich habe oben vom Berg aus die Finca und das Geschehen dort unten mit einem Feldstecher beobachtet.«

Ulrike reagierte mit Entsetzen, ob es gespielt war, ließ sich nicht sagen. »Das sind ja Stasi-Methoden!«, lautete ihr harscher Vorwurf, und alles an ihr drückte ihre Abneigung gegenüber Henry aus. »Was fällt dir ein? Ist das die Hilfe, die du uns angeboten hast?«

»Ich halte das für absolut verständlich«, knurrte ihr Mann, »wenn man glaubt, dass ein anderer nicht mit offenen Karten spielt oder uns nur mit Halbwahrheiten abspeist. Das ist inzwischen auch mein Eindruck, damit du es weißt.«

»Du verteidigst dieses Verhalten auch noch?« Der Ehekrach kündigte sich an.

Gerhard Schiller zuckte lediglich mit den Achseln.

»So geht das mit uns nicht weiter, Ulrike.« Über die »Stasi-Methoden« hatte Henry sich wirklich geärgert, er empfand es als beleidigend. Er wurde ernst, mit Humor war Ulrike nicht beizukommen. Außerdem kannte er die Dynamik von Paarbeziehungen, die beiden würden sich seinetwegen keinesfalls zerstreiten. Aber nicht er wäre der Dumme, sondern Peñasco würde darunter leiden, ihre Weine würden ausgemustert werden, dafür würde sie sorgen, und das durfte er nicht zulassen, besonders nach Sebastiáns Moralpredigt, die er sich zu Herzen genommen hatte. »Jetzt hör mir mal gut zu!«

Ulrike Schiller wollte aufbegehren, was Henry mit einer

Handbewegung abtat, als ginge ihm ihr Geschwätz fürchterlich auf die Nerven, was es auch tat. »Gesine Fröhlich belügt uns. Wenn du das nicht merkst, Ulrike, weil du unbedingt die Finca haben willst, ungeachtet aller Ungereimtheiten, kann ich es nicht ändern. Dann gib ihr dein Geld. Nicht ich habe mich angeboten, nein, ihr habt mich um Unterstützung gebeten, die kann ich euch geben. Und wenn ich einen Verdacht habe, gehe ich dem nach. Die Polizei war auf Ses Palmes. Warum? Weil Gesine Fröhlich darüber befragt worden ist, ob sie etwas über den Tod von Frerik Huisman weiß.«

Ulrike erschrak, doch ihre Skepsis blieb. »Wer ist das, bitte? Fridrich Hausmann?«

»Huisman, Frerik, ein Holländer, der Interessent, der vor euch die Finca kaufen wollte, von dem neulich in der Zeitung stand, dass er erschossen wurde, und den man in S'Arenal im Rotlichtviertel gefunden hat. So jedenfalls steht es in der Zeitung.«

»Seit wann weißt du das?« Ulrikes harte Fassade bekam Sprünge.

»Seit gestern.«

»Und du als ehemaliger Journalist glaubst den Zeitungen?«

Für Henry war der Einwand zu dumm, um darauf einzugehen.

»Weiß man, was dahintersteckt?« Gerhard Schiller stellte seine Frage sehr vorsichtig.

Seine Frau hingegen versuchte einstweilen, mit ihren Gefühlen klarzukommen. Der Schwenk war ihr zu abrupt. »Das mag ja sein, aber der verhinderte Käufer wird sich im Rotlichtmilieu rumgetrieben haben. Man weiß ja, wie Männer sind. Es muss nichts mit der Finca zu tun haben. Henry, du versuchst schon wieder, dieser Frau etwas anzuhängen.«

Darauf einzugehen war ihm zu lächerlich. »Die nächste ungeklärte Frage ist die nach Lucas, dem Sohn von Ignácio Martínez, dem verstorbenen Winzer. Wisst ihr überhaupt von dessen Existenz?«

Ulrike und Gerhard Schiller schüttelten ungläubig die Köpfe.

»Wo ist der Junge? Angeblich auf dem Festland, wie ich erfahren habe. Ihr solltet euch dringend fragen, ob er an der Finca beteiligt ist. Solange wir den Eintrag im Grundbuch nicht gesehen haben, wissen wir gar nichts. Mallorca ist Europameister in Bezug auf Betrug mit Grundstücken. In Sant Joan hat man mir erzählt, dass er die Finca von klein auf mit dem Vater zusammen aufgebaut hat, er hat den besten Leumund in der Gegend, ist bei den Nachbarn beliebt, wird als hilfsbereit und intelligent bezeichnet. Ist sie wirklich die Alleinerbin, oder hält der Junge einen Anteil, einen Pflichtteil? Ihr müsst bedenken«, das sagte Henry völlig ruhig und dabei lächelnd, obwohl er innerlich angespannt war, »dass in Spanien der Besitz auf dem Land zum Teil extrem aufgesplittert ist. Da gehört der Oma eine Ecke vom Garten, dem Nachbarn die Durchfahrt, er hat Wegerecht. Der Schwager, der früher hier wohnte, hält einen halben Hektar, und die Tochter aus zweiter Ehe will ihre Parzelle, für die sie Pacht bekommt, um nichts in der Welt verkaufen.«

»Und warum nicht?«

»Weil sie daran hängt, weil Erde ihr mehr bedeutet, als nur darauf zu produzieren.«

»So ein Quatsch. Du willst uns nur Angst machen.« Ulrike sah Henry trotzig an, doch es schien, als bekäme auch sie Zweifel.

Schiller hielt den Kopf gesenkt und starrte vor sich hin, hilflos und gleichzeitig zähneknirschend. Es war ihr Geld, das hier investiert werden sollte.

Henry machte weiter, etwas leiser als vorher, denn weitere Gäste hatten den Innenhof betreten, man wusste nicht, ob sie Deutsch verstanden. »Zur nächsten offenen Frage. Weshalb versteckt sie die Töchter vor uns?«

»Das sind Kinder, die gehen noch zur Schule.«

»Eine Siebzehnjährige, die auf einem Weingut aufgewachsen ist und dort mitgearbeitet hat, ist kein Kind mehr.«

»Woher willst du denn wissen, dass sie mitge …«

»Wo sind die Arbeitskräfte?«, fiel Henry ihr ins Wort. »Wer hat seit dem Tod von Ignácio Martínez die Finca in Ordnung gehalten, wer die Weinberge gepflegt, den Winterschnitt durchgeführt? Wer kümmert sich um den Keller? Die Weißweine vom letzten Jahr müssten längst abgezogen und abgefüllt sein, die Roten sind jetzt dran. Wer entscheidet, wie lange sie auf dem Holz beziehungsweise im Barrique bleiben? All diese Leute könnten positiv auf einen möglichen Verkauf wirken, könnten die Arbeiten erläutern, genau wie die Besonderheiten einer Kellerei.«

»So einen Quatsch habe ich lange nicht gehört.« Ulrike fuhr beinahe hysterisch auf. »Kannst du mir sagen, weshalb man jemand erschießen sollte, der eine Finca kaufen will? Ich weiß nicht genau, was du damals in La Rioja erlebt hast, aber du reimst dir anscheinend gern Räuberpistolen zusammen, Gerhard hat es mir gegenüber nur angedeutet. Und dann soll es vor drei oder vier Jahren noch eine andere Horrorgeschichte gegeben haben, bei der Baden-Baden Wine Challenge, das stand sogar bei uns in der Zeitung. In die Sache warst du damals verwickelt. Und jetzt siehst du überall Verbrechen. Du bist ja paranoid! Beschuldigst die arme Frau, die den Mann verloren und es schwer genug hat, sich zu behaupten. Ich verstehe sehr gut, dass sie die Finca schleunigst loswerden will. Und was die Arbeiten in der Kellerei betrifft – heute kriegst du für jeden Job jemanden.«

»Wein zu machen ist kein Job, das ist eine Aufgabe.« Der Einwurf ihres Mannes klang ziemlich kläglich und half auch nicht weiter.

Henry ließ sich nicht beeindrucken. »Wie wollt ihr die Weinberge beurteilen? Da geht es um mehr als eine Million Euro. Die Preise liegen zwischen dreißig- und fünfzigtausend Euro pro Hektar! Wer beurteilt ihren Wert? Du musst wissen, ob du dich darin wohlfühlst, ob die Zeilenbreite stimmt und auf die Maschinen passt, wie die Bodenbeschaffenheit ist, in welchem Zustand sich der Besatz befindet, das Alter der Rebstöcke …«

»Ist ja gut, ist ja gut!« Ulrike hielt sich die Ohren zu. »Wieso willst du eigentlich verhindern, dass wir Ses Palmes kaufen? Schließlich ist es mein Geld! Damit mache ich, was mir gefällt, und wenn ich es in Palma in den Hafen werfe.«

»Eine gute Idee, das habe ich neulich bereits vorgeschlagen. Endlich sagst du klar, worum es geht«, sagte Henry, »um dein Geld.« Er stand auf. Undank war das Ergebnis, wenn der Rat nicht so ausfiel, wie sich der Ratsuchende es erhofft hatte, der lediglich seine Meinung bestätigt haben wollte.

Henry hatte wirklich andere Sorgen, er sollte sich um sein Problem kümmern, und das hieß in erster Linie Rafael Viadero! Er fasste unter die Jacke, die Waffe war da. Dann sollte er sich ein Ticket nach Madrid besorgen, nach Ciudad Real fahren und Isabella gegen die Behörden zur Seite stehen, auch wenn er an ihrem Verhalten manches auszusetzen hatte, gehörte ihr seine volle und absolute Unterstützung. Im Weggehen fiel ihm noch etwas ein.

»Was ist mit diesem Zettel, dieser Aufforderung, die Hände von Ses Palmes zu lassen? Die Warnung nehmt ihr auch nicht ernst? Der Stein neulich, wenn er mich getroffen hätte …«

»… ein Dummer-Jungen-Streich!«

Einen anderen Kommentar hatte Henry von Ulrike nicht erwartet. »Vielleicht ist der Junge gar nicht so dumm.« Henry sagte es leichthin, ohne sich Gedanken darüber zu machen, dass in den Worten ein tieferer Sinn stecken könnte. »Und dass dein Mann das Gefühl hatte, dass ihm jemand folgt, bereits als er mich vom Flughafen abholte, gibt dir auch nicht zu denken? Inzwischen geht es mir ähnlich, aber darauf gibst du ja nichts. Besten Dank für eure Gesellschaft – ich reise morgen ab. Meine Rechnung zahle ich selbst.«

Er wandte sich mit einem Lächeln ab und ging durch die Halle hinauf zu seinem Zimmer.

Es war auch besser für ihn, die Insel zu verlassen, denn seit dieser Rafael wusste, dass er sich auf Mallorca aufhielt, und man auch das Hotel kannte, in dem er abgestiegen war, fühlte er sich nicht mehr sicher. Es reichte ein Schuss im Dunkeln. Finstere Ecken gab es in Sineu genug, viele defekte Straßenlaternen und Schatten, aus denen heraus man auf ihn zielen konnte.

Henry lag seit einer Stunde auf dem Bett, die Hände hinter dem Kopf verschränkt, und versuchte, Ordnung in seine Gedanken zu bringen, als es zaghaft klopfte. Henry ging zur Tür.

Es war Schiller, der kleinlaut darum bat, eintreten zu dürfen, und er blickte sich noch einmal um, bevor er die Tür schloss. »Es tut mir leid«, sagte er, als er Henrys Einladung folgte, an dem kleinen Schreibtisch Platz zu nehmen. »Du willst tatsächlich abreisen?« Er hatte den Ausdruck des Flugplans gesehen, den die Hotelchefin, die sich um alles persönlich kümmerte, für Henry angefertigt hatte. »Aber – wieso nach Madrid und nicht nach Bilbao oder …«

»Ich hasse diesen Satz: Es tut mir leid. Den hört man in jedem beschissenen Film.« Henry machte aus seiner Verärgerung keinen Hehl. »Klar tut es dir leid, davon gehe ich aus. Wäre es anders, dann brauchten wir gar nicht mehr zu reden. Ich weiß, dass die Verstimmung nicht von dir ausgeht, das hat deine Frau mir gegenüber deutlich gemacht, und wohl auch dir gegenüber. Und weshalb ich nach Madrid fliege?«

Henry holte weit aus, erzählte Schiller, dass Isabella sich neben ihrer Funktion als Verwaltungschefin der Kellerei Peñasco intensiv um die Exhumierung der Opfer des Spanischen Bürgerkriegs kümmere. »Das hat seinen Ursprung in der Beteiligung ihres Großvaters Horácio an den Verbrechen.« Und bei ihrem Temperament, sie sei schließlich Baskin und keine Spanierin, worauf sie sehr viel Wert lege – ein Teil Riojas gehöre ebenfalls zum Baskenland –, gerate sie häufig mit den Behörden aneinander. »Da muss ich ihr ein wenig den Rücken stärken.«

»Und das muss morgen sein und kann nicht einen Tag warten?«

»Ihr braucht mich nicht, beziehungsweise deine Frau braucht mich nicht«, korrigierte sich Henry.

»Aber ich brauche dich. Du weißt mehr, das haben wir in den letzten Tagen gesehen, und kannst beurteilen, ob man diese Warnung ernst nehmen muss.«

»Das solltet ihr, auf jeden Fall …«

Dann brachte Schiller das Argument vor, dass sie morgen mit dem Önologen der Kellerei Macià Batle verabredet seien, mittags wollten sie sich in Sant Joan mit dem Anwalt und seinem Weinbauexperten treffen, und sie fanden auf die Schnelle keinen Dolmetscher, um diese Zeit seien bereits alle Agenturen geschlossen. »Außerdem weiß ich nicht, wessen Spiel der Anwalt treibt und dieser Experte …«

»Selbstredend das von Frau Fröhlich.«

»Und ob das, was die uns erzählen, mit der Wirklichkeit übereinstimmt, wissen die Götter.«

»Die ganz bestimmt«, sagte Henry, zwar nicht gänzlich umgestimmt, aber doch gesprächsbereit.

»Ich habe Ulrike bearbeitet, sie überlässt uns das Feld, wir fahren ohne sie, sie mischt sich nicht ein, darauf habe ich bestanden.«

»Und sie macht wieder auf fröhlich bei Frau Fröhlich?«

»Deshalb wollte ich dich bitten, dass wir mit deinem Wagen fahren.«

»Ich hätte nicht übel Lust, die Töchter vor der Schule abzupassen und ihnen einige Fragen zu stellen, aber dann zeigt sie mich in der nächsten Sekunde wegen Kindesmissbrauchs an. Was wollt ihr denn eigentlich?«

»Ulrike will die Finca, und ich will die Kellerei!«

»Sie könnte sich doch die Finca kaufen, es geht schließlich um ihr Geld, sie macht aus der Kellerei eine Luxus-Ferien-Finca mit Park und Programm, dann trägt sich das vielleicht eines Tages.«

»Und ich?« Schiller wirkte tatsächlich erschrocken, dabei war Henrys Vorschlag keineswegs ernst gemeint. Er wusste, dass es so nicht funktionieren würde.

»Die Weinberge, wenn sie vielversprechend sind, finden allemal einen Käufer oder Pächter, viele sind hinter guten Lagen her. Mich wundert sowieso, dass bisher niemand die Filetstücke gekauft hat. Sie sollte alles aufteilen und einzeln verkaufen, da ließe sich mehr rausschlagen.«

»Macht aber viel mehr Arbeit.« Schiller raufte sich die Haare. »Ich kann dir sagen, weshalb sie sich mit der Fröhlich verbrüdert …«

»… verschwestert, aber das Wort gibt's nicht …«

»Du nimmst die Angelegenheit nicht ernst, Henry.«

»Doch, sehr sogar, viel zu ernst, sonst wäre ich längst weg. Also, was ist mit ihr?«

»Vor zwei Jahren erst starb ihr Stiefvater, das hat sie fertiggemacht, sie hat ihn geliebt, er war jemand, der in ihren Augen im Leben alles richtig gemacht hat. Und da die Fröhlich um ihren Mann trauert, wird ihr der Verlust wieder bewusst. Er hat ihr das große Mietshaus vermacht, von dort stammt das Geld für die Finca. Angeblich hat er immer gesagt, dass sie sich davon ihre Traum-Finca kaufen soll. Aber mehr als zwanzig Jahre war sie nicht hier.«

»Da wundert es mich, dass es ihr gefällt, wo alle Küsten zugebaut sind und die russische Mafia …«

Schiller unterbrach ihn. »Genau diese Sprüche nimmt sie dir übel.«

»Erstens sind das keine Sprüche, und zweitens verbietet mir niemand zu sagen, was ich denke.«

»Das will auch niemand.«

»Doch, deine Frau, sie stellt sich nicht der Wirklichkeit.«

»Ich erzähle dir das nur, damit du verstehst …«

»Und damit ist sie berechtigt, andere Menschen mies zu behandeln?«

Henry ging allein zum Abendessen. Er überlegte, ob er die Pistole nicht besser im Tresor ließ, doch dann bemerkte er, dass es dunkel wurde, und steckte sie in den Hosenbund, was ihn zwang, wieder ein Sakko zu tragen, damit niemand die Waffe bemerkte. Es ging ihm zunehmend auf die Nerven, aber er nahm die latente Bedrohung ernst. Dieser Rafa – jetzt dachte er seinen Namen bereits in der Kurzform, fast familiär – wusste, wo er sich befand, er wusste, in welchem Hotel er abgestiegen war, und Salgado hatte erwähnt, dass er nicht allein operierte und einen Helfer hatte. Genau davon musste er auch hier ausgehen. Beim Überfall auf den Kellermeister Armando García war er nicht selbst in Erscheinung getreten, zugeschlagen hatte ein anderer. Eine Frau war in jedem Fall dabei, die, die im Hotel nach ihm gefragt hatte. Möglicherweise war es weit weniger verdächtig, als Ehepaar aufzutreten. Zwei allein reisende Männer fielen eher auf.

Es waren nur wenige Schritte vom Hotel bis zum großen Platz mit den Platanen, auf dem die Kinder Fußball spielten und die Jugendlichen Basketball und wo sich gegenüber der Seniorenklub befand, der zu einer Veranstaltung eingeladen hatte. Und morgen würde dort Mallorcas größter Markt abgehalten, der ehemalige Viehmarkt, mit Kaninchen, Ponys und lebenden Hühnern als Attraktion.

Die drei Bars an der Straße waren gut besucht, Autos hielten am Bordstein, Worte flogen zwischen den Fahrern und den Gästen der Straßencafés hin und her. Es war ein Abend, wie er ihn auch aus Logroño kannte, wenn er mit Isabella eine letzte Runde um den Block drehte und auf einen Brandy, ein Bier oder einen Likör bei Miguel einkehrte. Es war wie zu Hause in Spanien – das hier war nicht das 17. Bundesland der Bundesrepublik Deutschland, wie es einige Dummköpfe unverschämt behaupteten. Die Menschen ringsum gaben Henry ein viel stärkeres Gefühl von Sicherheit als die ausgestorben wirkende Gasse vor dem Hotel, wo er sich erst aus der Tür wagte, nachdem er sich nach rechts und links hin versichert hatte, dass niemand auf ihn wartete.

In Ruhe musterte er die Gäste der Bars, ein Gesicht wie das von Rafa erwartend. Bei Henry verstärkte sich das Gefühl, Opfer zu sein, der Gejagte. Die Furcht hatte noch nicht die Oberhand gewonnen, jedoch wenn er daran dachte, blähte der Gedanke sich auf, ob die Angst nun begründet war oder nicht. Er musste zurück, er musste nach Hause und mit Salgado diesem Rafa eine Falle stellen und ihn dazu bewegen, seinen Auftraggeber preiszugeben, entweder mit Geld oder guten Worten … Dann hätten sie noch mehr als die letzten Jahre von Diegos Reststrafe Ruhe vor ihm. Wenn Rafa seinen Auftraggeber nannte, würde der niemals wegen guter Führung vorzeitig entlassen. Aber er würde weiter versuchen, ihm zu schaden. Diego war sein Fluch. Salgado wusste besser, wie ihm beizukommen war. Und Armando, ihr Kellermeister, musste aus der Schusslinie. Noch einmal sah Henry sich um, doch dort saß niemand, der dem Mann auf dem Foto glich. Wie der Gangster wirklich aussah, konnte niemand wissen. Ein angeklebter Bart veränderte das Aussehen vollkommen, ein Perücke … Im Estanc des Mercat ergatterte er die letzte Ultima Hora, bevor der Laden geschlossen wurde, setzte sich mit der Zeitung gegenüber ins Restaurant »Son Cleda« und sah der Betreiberin des Kiosks zu, wie sie die übrig gebliebenen Zeitungen bündelte und zur Abholung vor die Ladentür stellte.

Von seinem Platz aus hatte er die Straße, die hier eine nahezu rechtwinklige Kurve beschrieb, gut im Blick. Nur das Sträßchen links von ihm war kaum einzusehen. Deshalb blickte er von der Lektüre häufig auf, aber dann vergaß er es schließlich, und als der Kellner ihm die Menükarte vorlegte, zuckte er zusammen.

Beim Durchblättern stellte sich der Hunger ein. Trotzdem war es schwer, sich zu entscheiden. Als Vorspeise nahm Henry mit Gambas und feinen Kräutern gefüllte Pasta – sehr typisch mallorquinisch war das nicht, das musste es auch nicht sein. Die Sopas Mallorquinas wären typisch gewesen, die Gemüse-Brot-Suppen. Den Tumbet genannten Gemüseauflauf kannte und schätzte er, aber auf Frito Mallorquin verzichtete er lieber, Innereien hatte er schon immer verabscheut.

Auf der Karte fand sich eine Weißweincuvée von Macià Batle, das wäre sozusagen die Vorbereitung auf den Besuch dort. Die Rebsorten waren angegeben: Prensal sechzig Prozent, Chardonnay zu fünfunddreißig Prozent (musste es denn immer Chardonnay sein?), und Moscatel rundete die *ensamblaje* ab. Der Wein kam angenehm gekühlt, hatte gerade die richtige Temperatur, um die Aromen und seine Fruchtigkeit hervorzuheben, wobei Zitrusfrüchte deutlich auffielen. Trotz seiner Leichtigkeit empfand Henry den Wein als nicht zu dünn. Er gefiel ihm, er war ein guter Einstieg.

Weniger gefiel ihm, dass sich das Restaurant schnell füllte, besonders die Terrasse, was es ihm schwer machte, den Überblick zu behalten. Kaum war die Vorspeise serviert, bemerkte er eine junge Frau, die an den Bars vorbeischlenderte, auf der Suche nach einem freien Platz vor der Terrasse stehen blieb und zu seinem Tisch herübersah, unsicher, als traue sie sich nicht, ihn zu fragen.

Er lächelte auffordernd, die Schönheit hätte ihm durchaus Gesellschaft leisten können, doch so jemand wie sie war sicher nicht allein.

Sie kam auf ihn zu, ein wenig verzagt, ein wenig sich entschuldigend. Eine Deutsche war das niemals, dafür hatte er einen Blick, es konnte eine Spanierin sein, genauso gut eine Libanesin oder Jordanierin, das schwarze Haar war echt, nicht gefärbt, die Augen dunkel umrandet, ohne dass ein Lidstrich hätte nachhelfen müssen. Eine tolle Erscheinung, die Blicke auf sich zog, bewundernde und neidische, je nach Geschlecht der Betrachter.

»Erwarten Sie noch jemanden, oder wäre hier für mich eventuell noch Platz?« Entschuldigend sah sie in die Runde. »Ich möchte keinesfalls stören, nur eine Kleinigkeit essen, ¿comprendes?«

»Wenn Ihre Begleiter nicht unversehens auftauchen, dann gern, ich hab's nicht gern so eng.«

»No, no, ich bin allein«, sagte sie schnell, und ihr Lächeln wirkte bezaubernd, wenn auch eine Spur zu gewöhnlich, jemand aus einfachen Verhältnissen, der es zu was gebracht hatte, sei es durch Heirat, sei es durch eigene Leistung.

Henry wies auf den freien Platz, ein wenig Konversation würde ihn auf andere Gedanken bringen.

»Darf ich wirklich?« Sie griff nach der Lehne eines der drei freien Stühle am Tisch. Damit war es klar, sie war Spanierin, denn eine Frau aus dem Maghreb oder dem Libanon hätte sich niemals zu einem fremden Mann an den Tisch gesetzt, wie modern sie auch eingestellt sein mochte. Und auch unter den Spanierinnen war dieses Benehmen selten. Der Kleidung nach stammte sie nicht von den Balearen. Es war der Schick der Großstadt, vermutete Henry, Barcelona, Santander vielleicht, oder Sevilla? Über der weißen Bluse trug sie eine Art dunkelblauen Bolero, die Hose hatte dieselbe Farbe. Die schwarzen, halb hohen Pumps machten sie größer, als sie war. Was für ein grandioser Unterschied zu der stets praktisch gekleideten Ulrike Schiller in schlabbrigen T-Shirts oder knittrigen Blusen und verwaschenen Jeans. Es gefiel Henry gut, wenn Frauen sich geschmackvoll kleideten. Und diese hier war ein entzückender Anblick.

Er rückte ihr den Stuhl zurecht, was ihm diesmal den neidischen Blick der Männer an den Nebentischen einbrachte, und schob ihr die Menükarte zu. Als sie danach griff, schaute er ihr auf die Hände mit rot lackierten Fingernägeln. Sie trug keinen Ehering. Es sah auch nicht danach aus, als hätte sie ihn kürzlich abgenommen oder heute darauf verzichtet. Aber er trug einen. Und er würde ihn nicht abnehmen.

»Haben Sie sich schon entschieden?« Sie blickte von der Karte auf, und Henry blickte in vielversprechende Augen, die ein wenig zu viel versprachen. Entweder hatte er eine Frau mit Klasse vor sich oder jemanden, der es gekonnt darauf anlegte … Henry gelang es, sich seine Verwirrung nicht anmerken zu lassen.

»Nein, bisher noch nicht, ich schwanke noch.« Sie unterhielten sich darüber, ob man denn nun lieber geröstete Schweineschulter mit kandierten Kartoffeln oder gebackenen Wolfsbarsch mit Knoblauch und geräucherter Paprika nehmen sollte.

Die Nachspeise stand für ihn fest, es musste Banane im Blätterteig mit Kokos-Eis sein, es hätte auch alles andere als Banane sein können, Mango wäre schön gewesen, aber Kokos-Eis war für ihn das, was der Lachs dem Bären war. Henry ließ ein zweites Glas Wein bringen, er nahm den Fisch, der Wein passte. Sie entschied sich für die Schulter.

Die Tischgenossin stammte tatsächlich aus Sevilla, hatte dort vor einem Jahr ihr Jurastudium beendet und arbeitete seitdem in der Kanzlei eines Freundes ihres Vaters, der im Farbengeschäft tätig sei, was sie nun gar nicht interessiere. Ihr Freund, mit dem sie auf die Insel gekommen sei, »Mallorca war für uns beide neu, wir wussten nicht, wie schön es hier ist«, hätte sich als jemand anderes entpuppt. »Zum ersten Mal miteinander zu verreisen ist immer eine Erfahrung.«

»Hoffentlich war's kein Heiratsschwindler«, witzelte Henry.

»In gewisser Weise schon. Er präsentierte mir vor vier Tagen völlig überraschend einen Verlobungsring und sprach vom Heiraten und vom großen Glück. Warum wollen die Kerle immer gleich heiraten, verstehst du das? Niemand braucht heutzutage noch einen Trauschein, nicht einmal, wenn man Kinder hat. Und was die Nachbarn sagen, interessiert niemanden wirklich. Hast du Kinder?«

»Dazu ist es nie gekommen. Mit Kindern wäre mein Leben ziemlich anders verlaufen, und ich bin mit dem zufrieden, wie es ist.«

»Endlich mal jemand, der zufrieden ist, solche Menschen trifft man selten. Wie macht man das – zufrieden sein?«

»Man muss nur so sein, wie man ist, und das tun, was man will.«

»Ach, so einfach ist das?« Ihre großen fragenden Augen, dunkel wie ein nasser Stein, ließen Henry warm werden.

»Nein, das ist überhaupt nicht einfach. Man braucht ziemlich lange, um das herauszufinden. Und man braucht etwas Glück dazu.«

»Hast du Glück gehabt?«

»Na, du doch wohl auch. Ein wohlhabender Vater, eine gute Ausbildung, dazu noch fantastisches Aussehen, Männer, die einen heiraten wollen …«

»… nur um mich dann einzusperren, mir Vorschriften und Kinder zu machen, mit denen ich mich ein Leben lang herumärgern muss? *No, gracias.*« Sie sagte es mit tiefster Überzeugung. »Wir Frauen haben es in Spanien immer noch schwer. Und das wollen wir nicht mehr. Dann nörgelt seine Familie ständig an dir herum, besonders die Schwiegermutter, und die lieben Onkel und Tanten wollen dir ihre Vorstellungen vom Leben aufzwingen.«

»Spanien ist im Wandel«, bemerkte Henry.

»Ja, das merkt man. Die Mehrheit wird ärmer, die Reichen noch reicher. Aber zu den Armen scheinst du nicht zu gehören.« Es war ein abschätzender Blick, mit dem sie ihn musterte, was Henry verwundert bemerkte. »Wo kommst du her, womit verdienst du dein Geld?«

Er zögerte einen Moment lang, es ihr zu sagen, dann erzählte er von der Kellerei in La Rioja, seine tatsächliche Position dort ließ er im Dunkeln. Er sprach von den Weinen, von der Landschaft, der Leidenschaft, von der Arbeit mit vielen Menschen, wie viel Freude es ihm mache, besonders während der Lese, wenn die Weinbauern, die er lang kannte, mit Traktoren und Anhängern vorfuhren und ihre Trauben ablieferten, wenn man sah, was man während des Jahres richtig und was man falsch gemacht hatte, was äußerst spannend sei.

Ana Maria, so hatte sie sich vorgestellt, hörte ihm bewundernd zu. Fast vergaß sie dabei ihr Essen, fasziniert hing sie Henry an den Lippen und wirkte dabei ein wenig bedrückt.

»Es muss schön sein, wenn man von einer Sache derart überzeugt ist …«

In diesem Moment kam der Ober und fragte, ob es ihnen möglich sei, etwas zusammenzurücken. Es seien noch Gäste gekommen, die um einen Tisch bäten, und nur hier seien zwei Plätze frei.

Ehe Henry antworten konnte, saß Ana Maria neben ihm, lachte ihn keck an und deutete mit der Hand auf die beiden Stühle gegenüber. »Wir sind sowieso mit dem Essen fast fertig, nicht wahr, Enrique?«

Die neuen Gäste waren ein deutsches Ehepaar, das sich wenig zu sagen hatte und dem offensichtlich die Nähe peinlich war, die sich zwischen Henry und Ana Maria entwickelte. Henry blendete ihr Gegenüber aus, das hatte er gelernt, und wandte sich ausschließlich Ana Maria zu. Er bestellte, ihre Zustimmung voraussetzend, einen Blanc Dolç, einen süßen Weißen aus Prenesal-Trauben mit einem schönen Aprikosenaroma und einem Hauch von Akazie, was er der Gärung im Holzfass zuschrieb.

So konzentrierte er sich auf die lebendig und mit viel Witz und guter Beobachtungsgabe vorgebrachten Berichte Ana Marias über die Society von Sevilla – oberer Mittelstand –, was ihn nicht sonderlich interessierte, ihn jedoch durch die Weise amüsierte, wie sie schilderte, und ihn von dem ablenkte, was ihn bedrückte. Irgendwann plauderte auch er und erzählte Geschichten, die andere erlebt hatten, und dann seine eigenen.

Das deutsche Pärchen hatte gegessen und war grußlos gegangen, genervt statt angesteckt vom Gelächter des Paares gegenüber. Die nächste Flasche Wein kam, und schließlich fragte Ana Maria, inzwischen vertraulich an seinen Arm gelehnt, welches denn nun seine wirkliche Nationalität sei. Nein, Spanier sei er nicht, obwohl er so sprach, sich so kleidete, sie betrachtete ihn aufmerksam von oben bis unten. Sie rückte näher, scheinbar absichtslos, und er hatte Mühe, sich so zu drehen oder von ihr abzurücken, dass sie die Pistole in seinem Rücken nicht bemerkte. Er hatte keine Chance, die Sig Sauer unbemerkt in der Jackentasche verschwinden zu lassen. Dann wieder wandte sie in einer schnellen Bewegung den Kopf, und ihr Haar streifte flüchtig seine Wange. Es waren gerade diese flüchtigen und fahrigen Berührungen, die ihren Reiz noch unterstrichen.

»Was bist du denn nun wirklich?«

Er antwortete ebenfalls mit einer Frage. »Was ist wirklich? Ist es das, was ist? Ist es das, was wir dafür halten, oder das, was uns gesagt wird, was Realität sei? Oder das, was wirkt?«

Sie kicherte und kam nahe an sein Ohr. »So redet man nur, wenn man betrunken ist. Ich bin es auch. Ich muss jetzt dringend zu Bett, ich bin todmüde. Aber ich möchte dich wiedersehen. Willst du das auch? Wie sieht es bei dir morgen aus?« Als er sich ihr zuwandte, ihre Gesichter waren sich nahe, küsste sie ihn – flüchtig. Es gefiel ihm nicht, obwohl sie schön war, sie war jung – auf jeden Fall zu jung. Außerdem stand ihm der Sinn, seit es Isabella gab, nicht nach weiteren Abenteuern.

»Ja, du willst es auch, ich weiß es, ich fühle es«, sagte sie und blickte ihm tief in die Augen. »Wir sehen uns morgen? Selbstverständlich, wenn du deine Arbeit erledigt hast. Ich fahre nach Sóller und nach Porto Sóller und sehe mir den Hafen an. Die Bucht ist ein Traum, ich fahre mit der kleinen alten Straßenbahn. Ich liebe Häfen, das Meer und besonders die Segelboote, ihre weißen Segel auf dem blauen Hintergrund. Kommst du mit? Es wäre sehr schön, vielleicht übermorgen? Aber du musst mich jetzt wenigstens zum Hotel begleiten, im Dunkeln fühle ich mich nicht so sicher.«

Sie wohnte in einer Privatpension an der Plaça Quintana, eine Freundin hatte sie ihr empfohlen. »Das Atrium solltest du sehen – fast so schön wie die Innenhöfe in Sevilla. Magst du Gärten mit Wasserbecken?«

Henry zahlte, sie standen auf und wandten sich nach links, vorbei am Zeitungskiosk. Die sacht ansteigende Straße war ziemlich dunkel, das fahle gelbe Licht der Laternen schuf mehr Kontraste, als dass es den Weg erleuchtete. Etwas heller war es weiter hinten am Platz vor der Kirche. Dort stand der Sockel mit dem geflügelten Löwen aus Bronze, seine Schwingen ausgebreitet, ihnen sein Hinterteil zuwendend, als wolle er zu den dunklen Fenstern im Glockenturm hinauffliegen. Ana Maria hakte sich bei Henry ein, was ihn dazu veranlasste, sich mit der Hüfte wegzudrehen, damit sie nicht mit der Waffe in Berührung kam. Schließlich ergriff er ihren Arm, um sich bei ihr einzuhaken, eine Bewegung, die sie offenbar nicht zu deuten verstand und gegen die sie sich wehrte. Das machte ihn wach, die dominierende Art, wie sie sich bewegte, machte ihn stutzig.

Vor ihnen schwang sich der Löwe in den Himmel, da bemerkte Henry die Gestalt, die sich schemenhaft aus dem Schatten der Kirche löste und langsam schräg auf sie zusteuerte. Es war ein groß gewachsener Mann, sein Gesicht blieb im Schatten verdeckt. Dann machte er einige schnelle Schritte in ihre Richtung – gleichzeitig wurde auf der Treppe unterhalb des Löwen ein Kopf sichtbar, dann der Oberkörper, dann die Beine, ein zweiter Mann … Henry begriff die Situation. Sie wollten ihn in die Zange nehmen, und mit einem Mal hing die kleine Ana Maria wie ein Klotz an ihm, was ihn hinderte, den rechten Arm zu gebrauchen. Mit einem Ruck riss er sich los, stieß die Frau von sich, sah sich um, es war niemand hinter ihm, der den Weg versperrte.

Sie taumelte und strauchelte. Sie schrie: »*Cuidado, va armado!*« Dann stürzte sie.

Also hatte das Biest gewusst, dass er bewaffnet war. Sie brauchte einen Moment, um wieder auf die Beine zu kommen, dabei versperrte sie dem Mann von oben den Weg, es konnte nur Rafa sein. Der Moment reichte, um die Waffe zu ziehen, sie durchzuladen und zu entsichern. Der Angreifer von unten hatte ihn fast erreicht. Henry schoss in seine Richtung, er wollte ihn nicht treffen. Er sollte das Mündungsfeuer sehen, die Kugel hören. Henry wollte ihn blenden. Es würde ihn stoppen, falls er keine Waffe besaß. Andernfalls musste der zweite Schuss sein Ziel finden. Der Knall war in der nächtlichen Stille zwischen den Häusern so laut, dass sicherlich ganz Sineu wach wurde.

Beide Männer blieben abrupt stehen, verblüfft, unschlüssig, als hätten sie etwas anderes mit ihm vorgehabt, keiner zog eine Waffe. Ein Schuss aus dem Hinterhalt wäre leicht gewesen. Henry konnte von Glück reden, dass er einen klaren Kopf behalten hatte.

Es gab ein Patt, die Männer warteten, ob er auf sie schießen würde, aber sie glaubten es nicht, sie brachten sich nicht in Deckung. Ana Maria saß wieder auf der Erde mit weit offenem Mund, rieb sich ihr Knie und starrte Henry an, der sich an einer Hauswand entlang zurückzog, die Waffe weiter auf die Männer gerichtet. Jetzt wussten sie, dass sie einen harten Gegner vor sich hatten, dass er nicht zögerte, obwohl er zurückwich. Die erste Runde ging an ihn.

Es würde eine zweite geben, die würde härter, so viel war sicher, sie mussten und sie würden sich etwas anderes einfallen lassen. Also hatte Diego drei Leute losgeschickt. Die Frau war verbrannt, sie würde nicht mehr zum Einsatz kommen, Ana Maria, oder wie immer sie wirklich heißen mochte, er kannte ihr Gesicht. Der größere der beiden Männer musste

Rafa sein, aber erkannt hatte er ihn nicht. Was war er nur für ein Idiot! Diego kannte seine Schwäche, und er hatte sie genutzt.

Da bin ich wieder auf so ein junges Ding reingefallen, sagte sich Henry und war sich im Klaren, dass er verdammtes Glück gehabt hatte. Werde ich jemals klug werden? Aber die Letzte, auf die ich reingefallen bin, heißt Isabella und ist meine Frau, und das war kein Reinfall.

Er musste schleunigst von der Straße verschwinden, die ersten Hunde bellten, Fenster wurden geöffnet … Die anderen drei waren längst fort, und er verschwand im Schutz der Schatten.

# Kapitel 12

»Wie bist du denn heute drauf?« Die flapsige Ausdrucksweise passte wenig zu Schiller, doch hielt er sie an diesem Morgen für angebracht, um seiner Verwunderung Ausdruck zu geben. »Deinem Gesicht nach muss die letzte Nacht grauenhaft gewesen sein, geradezu unterirdisch. Schlechte Träume gehabt?«

»Ganz schlechte«, bemerkte Henry knurrend und in einer Weise, die Schiller jede weitere Nachfrage verbot, auch die, ob die unterirdische Laune damit zusammenhing, dass Henry jetzt noch einen Tag länger bleiben müsse.

Henry starrte auf die Käfige mit den Hühnern und den Kaninchen, die furchtsam zusammenrückten. Die Händler waren dabei, ihre Stände aufzubauen, und breiteten die Waren für den Markt aus, der regelmäßig hier stattfand. Er sah die Tauben; die wurden letztlich auch gefressen, nur die grünen und gelben Wellensittiche hatten vielleicht eine Chance, wenn sie nicht zu Tode behütet oder von der Hauskatze erwischt wurden.

Wir fressen alles, wir machen alles kaputt und brennen alles nieder, sagte sich Henry. Der Mensch ist ein Dreck. Die Gedanken passten zu seiner finsteren Laune, und er sah sich um, als wäre er bereit, auf jeden loszugehen, der ihm dumm käme. Er hatte sich mal wieder die Welt einfacher gedacht, als sie war.

Da standen auch zwei Kisten mit verängstigten Wachteln. Er wusste, dass auf Mallorca unter der konservativen Inselregierung die Nutzung der Wachteln als lebende Zielscheiben wieder eingeführt worden war. Man steckte den Vogel in eine Röhre und schoss ihn mit Druckluft in den Himmel, wie eine Tontaube, wo er von geilen Jägern sofort abgeknallt wurde. Peng. Das hätte man mit Jaume Matas tun sollen, dem korrupten ehemaligen Chef der Inselregierung, das mit der Druckluft. Aber Spaniens oberster Gerichtshof hatte seine Gefängnisstrafe von fünf Jahren auf neun Monate reduziert. Schön für ihn, leider nicht für den Rest der Welt. Aber sechsundzwanzig Verfahren wegen Korruption hingen ihm noch an. Zumindest würde die neue Regierung Mallorcas in diesem Jahr den Stierkampf abschaffen.

»Ich will die Kiste haben, die da, mit den Wachteln!« Henry zeigte auf die oberste des Stapels.

»Alle?« Der Verkäufer sah ihn ungläubig an. »Das sind zwölf Tiere.«

»Ja, das sind zwölf Leben«, sagte er genauso unfreundlich. Schiller sah ihn verständnislos an. »Ich will alle! Und die Kiste dazu!« Henry zählte die Tiere, es waren tatsächlich zwölf. Wären es dreizehn gewesen, hätte er sie nicht genommen – oder eine zurückgelassen.

Schiller traute sich nicht zu fragen, was Henry mit den Wachteln vorhabe.

»Ich hole sie später ab, wir machen eine Runde über den Markt, dann bin ich wieder hier. Wehe, du verkaufst sie!«

»Keinesfalls«, sagte der Verkäufer verschüchtert und strich das Geld ein, unsicher, ob er sich über das Geschäft freuen sollte. Er schrieb sogar eine Quittung aus, was absolut unüblich war.

Auf dem Tiermarkt hatte ein Handschlag gereicht. Aber diese Zeiten waren vorbei. Der Vogelhändler war erleichtert, dass Henry ging. Er hoffte wohl, dass sich heute nicht weitere derart übel gelaunte Kunden einstellten, solche Leute brachten Unglück.

»Sollen wir nicht besser gleich zu Macià Batle fahren?«

Schiller versuchte, vorsichtig für besseres Wetter zu sorgen. »Der Markt interessiert dich doch nicht wirklich.«

»Nein! Du wolltest den Markt sehen. Und mich bringt er auf andere Gedanken.« Der Überfall der letzten Nacht steckte Henry tiefer in den Knochen, als er für möglich gehalten hatte. »Also? Noch kann man sich hier einigermaßen bewegen.« Die Touristenbusse waren erst im Anmarsch.

Die Afrikaner boten geschnitzte Elefanten an, auf dem Hintern sitzend und in die Luft trompetend, daneben Nilpferde und barbusige Frauen mit Flaschenkürbissen auf den Köpfen. Plastikeimer zum Wasserholen in den Elendsvierteln von Nairobi wären als Motiv realistischer gewesen, Tücher vor den Gesichtern, um sich vor dem Gestank brennenden Plastikmülls zu schützen, doch wozu derartige Skulpturen ins Wohnzimmer stellen? Wie wäre es mit den Statuen von Kindersoldaten? Oder Gnus verschlingende Krokodile?

Am Stand für Grillhähnchen rotierten die ersten Exemplare bereits am Spieß. »Ganz« für 7,50 Euro, »Halb« für 3,85 Euro, mit der schwarz-rot-goldenen Fahne für die Deutschen, »Entier« und »Moitié« für die Franzosen, daneben die Tricolore, »Whole« und »Half« für die Briten mit dem Union Jack. Die Hähnchen hielten Hähnchenkeulen in den Flügelhänden und machten »mmmm« und »rrrup« und »ñamm«. Gehörten Hühner zu den Kannibalen? Sicher waren das Exzesse, eine Folge extremer Käfighaltung.

Die Blumenstände beruhigten Henry, Salatsetzlinge versöhnten ihn ein wenig mit der Welt, Töpfe mit Salbei, Majoran und Basilikum ließen ihn aufatmen. Er konnte sich, wenn er so angespannt war, selbst nicht leiden. Manchmal hatte er das Gefühl, dass nur Isabella ihn verstand, wenn er diese Welt, nein, die Menschen, nur grässlich fand, besonders wenn sie in Massen auftraten. Wenn er Ruhe fand, allein war oder darüber sprechen konnte, was ihn belastete, erinnerte er sich an die vielen Freunde, José Maria war einer von ihnen. Ihn in der Nähe zu wissen hätte ihm mehr Sicherheit gegeben als die Sig Sauer.

Schiller kaufte einem Mann aus Uganda zwei Gürtel ab und einem Mallorquiner eine dicke Sobrasada, angeblich aus dem Fleisch schwarzer Schweine.

»Wieso ist die Paprikawurst dann rot?«, fragte Schiller, und die Frage war für Henry derart absurd, dass er loslachte und seine verbissene Haltung aufgab, Schiller auf die Schulter klopfte und ihn drängte, endlich loszufahren. Zuvor holten sie die Kiste mit den Wachteln ab.

»Es ist aber noch nicht vorbei mit den unangenehmen Dingen«, sagte Henry, als sie den Bussen entgegensahen, die aus den Betonburgen der Strände Touristen herbrachten, die einen authentischen mallorquinischen Markt erleben wollten. »Ich habe mich damit bisher zurückgehalten.«

»Weitere Horrormeldungen über Frau Fröhlich? Eigentlich wirkt sie doch ganz fröhlich …«

»Nein, es geht um die Insel und was in Bezug auf Immobilien hier abgeht, rechtlich.«

»Hättest du mir das nicht längst sagen können?«

»Nicht solange deine Frau dabei ist. Sie meint, ich sähe nur das Schlechte. Ich finde, man sollte alles sehen. Wenn Mallorca nicht so faszinierend wäre, brauchte man sich keine Gedanken zu machen, dann kauft euch besser ein Häuschen am Neckar.«

»Wir haben eins.«

»Na, umso besser. Nein, hier geht es um kriminelle Netzwerke, um Geldwäsche, Immobilienschwindel, Urkundenfälschung. Vieles davon wurde aufgedeckt, doch alles wird weiterlaufen, nur anders. Etliche Prozesse sind anhängig, einige Leute hocken im Knast, andere sind auf Kaution draußen, Beamte, Politiker und Anwälte. Und viele Finca-Besitzer fürchten, ihr wunderschönes Domizil, in gutem Glauben errichtet, abreißen zu müssen. Zu dem Verlust kommen dann zusätzlich die Abrisskosten.«

Schiller sank immer mehr in sich zusammen, als er erfuhr, dass Naturschutzgelände mit gefälschten Urkunden zu Bauland erklärt worden war, dass die jeweiligen Bezirksämter mitgemacht und entsprechende Expertisen ausgestellt hatten, nebst Baugenehmigungen, und dass viele Grundstücke sogar mehrmals verkauft worden waren.

»In sämtliche Machenschaften waren Anwälte, Bürgermeister und Bauamtsleiter verwickelt, sogar der Generaldirektor für Raumordnung.« Henry holte nur Luft für weitere Hiobsbotschaften. »Jaume Matas war Regierungschef der Balearen. Der hat im großen Stil sogar falsche Rechnungen beim Bau eines Stadions in Palma eingereicht und sich das Geld überweisen lassen – wie kurzsichtig und dumm. Also müssen wir höllisch aufpassen, was der Anwalt nachher sagt, denn diese Spezies berät falsch, von Beamten bekommst du zwar eine Baugenehmigung, aber ob die rechtens ist, bleibt offen. Sogar der Tenniscrack Boris Becker musste für die illegale Bebauung seiner Finca bei Artá mehr als zweihunderttausend Euro Strafe zahlen. Das liegt ganz in der Nähe von Petra. Wie hoch die Abrisskosten für fünfhundert Meter Wohnfläche sind, weiß ich allerdings nicht.«

»Woher weißt du das alles?« Schiller stellte seine Frage vorsichtig, er wollte Henry nicht verärgern, seine Sachkenntnis nicht infrage stellen, andererseits schienen ihm derart viele Verbrechen nahezu unglaubwürdig.

»Zum Teil aus der hiesigen Presse, und da gelangt vieles nicht bis nach Deutschland. Es will auch niemand das Ansehen Mallorcas beschmutzen. Vieles weiß ich von einem Deutschen, der ein Buch darüber geschrieben hat, Günther Prütting, der die Fälle untersuchte.«

Henry hielt beim Fahren das Geschehen hinter ihm so diskret wie möglich im Auge. Ein Motorradfahrer folgte ihnen bereits seit Sineu. Als sie von der Hauptstraße nach Santa Eugènia abgebogen waren, hatte Henry darauf gelauert, wie der Verfolger sich verhalten würde. Er war nicht überrascht, dass er ihnen weiter folgte, der Abstand blieb gleich.

»Du brauchst gar nicht zu schielen. Ich weiß längst, dass jemand hinter uns ist.« Schiller hatte es also gemerkt. »Wer ist das?«

»Das wüsste ich auch gern.« Henry hielt am Straßenrand, um den Fahrer herankommen zu lassen, doch der war verschwunden. Jetzt war es an der Zeit, sich um die Wachteln zu kümmern. Schiller half ihm, die Kiste mit den verängstigt piepsenden Vögeln aus dem Kofferraum zu heben. Als sie am Straßenrand standen, klappte Henry den Deckel auf und trat zurück. Drei Sekunden später waren die Tiere frei, und zwölf kleiner werdende Punkte verloren sich im blassen Morgenhimmel.

»Jetzt geht's mir besser«, sagte Henry lachend, ihm war, als seien die Schatten der Nacht verflogen. »Hast du etwa gedacht, ich wollte sie fressen? So denkst du von mir?« Henry knuffte Schiller, der beschämt in den Wagen stieg, freundschaftlich in die Seite.

Santa Eugènia war ein kleiner Ort, in dem wegen der parkenden Autos nur die linke Straßenseite befahrbar war. Sie mussten den Gegenverkehr abwarten. Der Motorradfahrer war wieder da.

»Er macht mich nervös, sehr nervös.« Mehr sagte Henry nicht.

»Wie du bemerkt hast, hatte ich bereits das Gefühl, von Anfang an beobachtet zu werden, seit dem ersten Besuch auf Ses Palmes, und immer war es ein Motorrad.«

»Wir müssen uns dringend mit dem Sohn von Ignácio Martínez beschäftigen, mit diesem Lucas. Wieso taucht er ab? Ses Palmes ist schließlich auch seine Finca, das jedenfalls sagten die Männer in Sant Joan und Mateo, der Hausmeister von gegenüber. Heute Abend wissen wir mehr.«

Am Ortsausgang passierten sie die Bodega Vinya Taujana. Henry hatte gelesen, dass man hier sehr schlichte, dafür aber authentische Weine finden würde, nichts Spektakuläres, stattdessen sollten sie umso angenehmer, leichter, typisch und bezahlbar sein.

»Den Besuch hier heben wir uns für morgen auf.« Henry wollte Schiller etwas Mut machen, es war ausgeschlossen, dass sie ihr Tagespensum schaffen und heute die Besichtigung von Ignácio Martínez' Weinbergen hinter sich bringen konnten. Es hing davon ab, wie kooperativ sich der Anwalt und sein angekündigter Weinexperte zeigten.

»Wieso hat die Fröhlich uns den Stiefsohn Lucas verheimlicht? Der gehörte, so wie ich es verstanden habe, dazu.«

»Wir werden sie fragen«, antwortete Schiller kleinlaut.

Henry glaubte, dass ihm die Auseinandersetzung mit seiner Frau mehr Kopfzerbrechen bereitete als die mit Gesine Fröhlich. Auf Henrys Hinweis, im Katasteramt von Sineu sich die Einträge der Finca und der einzelnen Weinberge zeigen zu lassen, ging er gar nicht mehr ein. Wenn es dort Unstimmigkeiten zwischen Gesine Fröhlich und Lucas Martínez gäbe, liefe man Gefahr, betrogen zu werden, und jede weitere Mühe war umsonst.

Die Straße führte links an Santa Maria del Camí vorbei, rechts lagen unbebaute Grundstücke. Der Motorradfahrer bog zu ihrer Erleichterung links ab in Richtung Zentrum, sie hingegen fuhren geradeaus direkt auf den Parkplatz der Kellerei Macià Batle zu.

In dem repräsentativen, lang gestreckten Bau waren alt und neu anmutende architektonische Elemente zusammengefügt, Rundbögen und arabische Kastenbauweise, es war eine alte Einheit erhalten und eine neue geschaffen worden. Alle technischen Einrichtungen waren unter die rote Erde verlegt, die Call Vermel. Die Weingärten ringsum versöhnten Henry mit dem Tag, sie versöhnten ihn immer. Wenn ihn etwas ärgerte und er Luft brauchte, verließ er das Büro und streifte durch die Rebzeilen – auch Peñasco besaß Lagen rings um die Kellerei –, strich über die Blätter, betrachtete ihre Bewegung im Wind, vertiefte sich in ihren Anblick, legte die Hände auf den Boden und schloss die Augen und wusste wieder, weshalb er diese und keine andere Arbeit machte.

Die Geschichte dieser Kellerei war eine gänzlich andere als die der bisher besuchten Bodegas. Im Jahr 1856 hatte ein Señor Macià Batle begonnen, im nahen Dorf Biniali aus seinen Trauben Wein zu keltern. Die Unternehmung wuchs, bis 1996 seine Nachkommen zusammen mit »einer Gruppe von Freunden«, Henry hielt sie für Investoren, eine neue Kellerei in Santa Maria del Camí aufbauten. Dann kaufte 2003 der einheimische Unternehmer Sebastià Rubí die Kellerei, und mit ihrer Erweiterung wurde sie zu einer der wichtigsten der Balearen.

Der Önologe des Hauses, Ramón Servalls, war ein gemütlicher, bestens gelaunter Mann, der mit einer vernünftigen Einstellung an den Weinbau heranging. »Wir verarmen, wenn wir alle dasselbe machen«, war eine seiner wichtigsten Aussagen. Der Boom der mallorquinischen Weine begann für ihn mit der Ankunft der Deutschen auf der Insel zu Beginn der Achtzigerjahre. »Damals gab es gerade einmal fünfzehn Bodegas. Und die Einheimischen schätzten ihre Weine nicht besonders. Aber die Deutschen wollten sie. Und Ihr Land, Señor, ist unser wichtigster Exportpartner. Viele unserer Mitarbeiterinnen sprechen Ihre Sprache, denn die meisten Besucher sind Deutsche.«

Also musste Henry darauf achten, was er mit Schiller besprach. Den Hinweis auf den deutschen Markt empfand er als wichtig. Schiller, für den er wieder übersetzte, hatte er der Wahrheit entsprechend als Weinhändler vorgestellt, sich selbst nur als »den Übersetzer«. Seine Erfahrung hatte ihn gelehrt, dass je nach Beruf und Stellung des Fragenden die Antworten unterschiedlich ausfielen.

Das Engagement einiger sehr wohlhabender Deutscher im hiesigen Weinbau sah Ramón Servalls jedoch kritisch.

»Zum einen verstehen sie wenig vom Weinbau hier«– dem Gesichtsausdruck Ramóns nach noch weniger, dachte Henry –, »vom Rebschnitt gar nicht zu reden, und zum anderen kaufen sie uns die guten Mitarbeiter weg.« Das würde auch sonst niemandem gefallen.

Für Henry war der Einfluss des Mittelmeeres wichtig, er konnte sich nicht vorstellen, dass es keine Auswirkungen hatte. Der Önologe sah den Wind als Problem, dagegen hatten sie Bäume gepflanzt. Zu viel Windschutz verursachte aber eine mangelnde Durchlüftung der Rebzeilen, was die Gefahr von Pilzbefall erhöhte. Also musste der Rebschnitt darauf abgestellt werden. Ein Vorteil war, dass die Weingärten Macià Batles offen in der Ebene lagen und durch die Serra de Tramuntana vor kaltem Nordwind geschützt wurden. Ses Palmes hatte den Bonany im Rücken, der Berg schirmte den Ostwind ab, doch solange Henry und Schiller die einzelnen Lagen nicht kannten, waren Schlussfolgerungen sinnlos.

Es bedurfte jahrelanger Erfahrung, um zwischen dem Schutz vor Wind und nötiger Belüftung einen Ausgleich zu finden. Wegen großer Hitze und Wassermangel kam man in manchen Jahren um künstliche Bewässerung nicht herum. Beim Brunnenbohren musste jedoch darauf geachtet werden, dass die Bohrköpfe nicht in Salzwasser führende Schichten vordrangen.

Schillers Gesicht wurde zunehmend länger, er würde sehr schmal nach Tübingen zurückreisen, so kompliziert hatte er sich das alles nicht gedacht.

Manto Negro stellte bei den Roten von Macià Batle die Leitsorte, Merlot, Cabernet Sauvignon und Syrah waren in jeder Cuvée präsent. Bei den Weißen waren es Prensal Blanc und Chardonnay. Einen rebsortenreinen Wein gab es nicht, was Henry sehr bedauerte. Er hätte zu gern die Eigenheiten der hiesigen Rebsorten weiter ausgekostet. Die Begrenzung der Erntemenge war wie überall auch in der D. O. Binissalem ein Thema. Wieder ging es um das Maß der Dinge, um das, was man dem Weinstock an Leistung zumuten konnte. Trotz der Obergrenze von neuntausend Kilo je Hektar beschränkte sich Ramón auf durchschnittlich sechstausend Kilo, für seine edlen Weine reichten ihm dreitausend Kilo. Mehr Land würden sie gern kaufen, aber die Preise stiegen unaufhörlich, sechzigtausend Euro war nach seinen Schätzungen der aktuelle Hektarpreis. Da hatte Henry anderes gehört.

»Wenn wir die dreizehn Hektar von Ses Palmes zu dem Preis verkaufen könnten, wäre die Finca fast bezahlt«, meinte Schiller.

»Das wird unsere liebe Frau Fröhlich allemal verlangen«, gab Henry zu bedenken, »damit steigt sie zumindest ein.« Seinem Eindruck nach verabschiedete der Weinhändler sich innerlich immer mehr von dem Gedanken, auf der Insel Wein anzubauen. Auch in Baden-Württemberg sollten Flächen zu kaufen sein. Aber probieren wollte Henry hier auf jeden Fall. Er war durstig, nach dem Rundgang durch »geschmackvoll eingerichtete Besuchsräume und die faszinierenden Weinkeller«, vorbei an »Maschinen hoch entwickelter Technologie« und den Weinen, die im Beton-Ei vergoren wurden. Die neue Technik machte sie angeblich mineralischer, filigraner und vielschichtiger. Henry hielt wenig davon, seiner Meinung nach lohnte die Investition in die überdimensionalen Eier mit neunhundert Liter Fassungsvermögen nicht den Aufwand. Dann fielen schöne und durch häufigen Gebrauch leider entwertete Worte über Qualität, über bedeutende Preise bei nationalen und internationalen Wettbewerben, Worte wie »Passion« und »Verantwortung«.

Den Weißen hatte Ramón gut hinbekommen, es war richtig gewesen, der Cuvée aus Prensal Blanc und Chardonnay noch etwas Moscatel zuzusetzen. Das hatte ihm mehr Körper und eine weitere Aromenfülle gegeben. Der Rosé mit der Himbeer- und Erdbeernote war in der Nase schwach, aber im Mund dafür umso besser. Der Jahrgangsrotwein, nach nur kurzer Reife im Barrique, war einfach, direkt im Geschmack und sein Geld wert. Die Crianza, ein Wein von fünfundzwanzig Jahre alten Rebstöcken, brachte intensivere Aromen dunkler Waldfrüchte mit Anklängen von Nelke und Pfeffer. Vom Standard her begriff Henry ihn als einen Wein auf internationalem Niveau. Schiller meinte nur, dass er derartige Weine bereits im Laden hätte.

Die Reserva, mindestens ein halbes Jahr länger im Eichenholz gereift als eine Crianza und zwei weitere auf der Flasche, war zu perfekt, zu harmonisch, zu glatt. Henry zog Weine mit Ecken und Kanten vor, Weine, die ihm in Erinnerung blieben. Das traf auf den Negre Dolç zu, einen roten Süßwein mit einem sehr guten Weinaroma. Auch der Blanc Dolç, seine weiße Ergänzung, zeigte eindeutig seinen mallorquinischen Ursprung. Dieser Wein kam dem Postulat von Ramón Servalls am nächsten, dass man den Charakter der Insel unterstreichen wolle.

Möglichst unauffällig schaute Henry sich um, bevor sie die Stufen vor der Eingangshalle der Kellerei heruntergingen, wo er einen Moment stehen blieb. Er wollte Schiller nicht weiter verunsichern, aber der Weinhändler blickte sich ebenfalls um und bemerkte Henrys Anspannung.

»Suchst du wieder nach dem Motorrad? Glaubst du wirklich, dieser Lucas, der Sohn von Frau Fröhlich, verfolgt uns?«

Der Bengel war Henry ziemlich gleichgültig. Er fürchtete vielmehr, dass Rafa und seine Helfer ihm eine neue Falle stellten. Mit einem Blick, der so finster war wie seine Gedanken, starrte Henry den Weinhändler an.

»Was ist denn los?« Schiller wirkte erschrocken. »Was ist inzwischen passiert? Mit dir stimmt was nicht! Gestern warst du völlig anders. Du siehst aus, als könntest du …« Er verkniff sich das, was er hatte sagen wollen, stattdessen suchte er einen Ausweg. »Sollten wir besser aufhören und zurückfahren? Mir liegt die ganze Angelegenheit mittlerweile sowieso quer im Magen. Inzwischen sehe ich auch schon Gespenster. Da drüben ...«

An der Straßenkreuzung gegenüber vom Parkplatz stand ein Motorradfahrer. Als der Verkehr ihm die Möglichkeit bot, bog er auf die Hauptstraße und fuhr in Richtung Palma weiter.

Nein, Rafael Viadero würde nicht mit dem Motorrad kommen. Henry abzuknallen wäre gestern Nacht ein Leichtes gewesen. Der Plan musste ein anderer sein.

»Wir fahren jetzt auch nach Palma, es ist Zeit, wir sind mit dem Anwalt verabredet.«

»Wenn du meinst?«

»Ja, ich meine!« Die Wut kochte in Henry hoch, die Wut darüber, dass andere ihm Angst machten. Und Wut war ein fantastischer Motor, sie trieb ihn an, ließ ihn handeln, und die Angst löste sich auf.

Eine halbe Stunde später fuhren sie auf der Avenida Jaume III an der Kanzlei von Abogado Domingo Barbadillo vorbei, sie lag nur einen Block von Victor Tejedas Büro entfernt. Henry ließ Schiller aussteigen und suchte allein nach einem Parkplatz, bis schließlich jemand eine Parklücke frei machte. Henry hetzte zurück, im Portal des Geschäftshauses blieb er stehen. Auf der gegenüberliegenden Straßenseite stand ein Motorradfahrer und unterhielt sich mit einem Passanten, wie Henry aufatmend bemerkte.

Die Kanzlei machte zu seiner Überraschung einen guten Eindruck. Die Räume waren hell, geschmackvoll eingerichtet, Geld war vorhanden, Bilder einheimischer Maler hingen an den Wänden, Motive der Insel, nicht naiv, sondern gekonnt, abstrakt und naturalistisch, kontrastiv aufgehängt, etwas zum Schauen.

»Ich dachte, du hättest dich abgesetzt«, meinte Schiller, halb im Ernst, halb im Spaß. »Man erwartet uns längst, aber da ich kein Spanisch spreche ...«

Abogado Barbadillo, gleichzeitig Notar, war ein smarter

Vierzigjähriger, freundlich, korrekt gekleidet, ruhig sprechend und klare Worte findend. Er ließ sich die Personalausweise zeigen, dann erklärte er, dass er über Besitzverhältnisse informiert sei, Ses Palmes befände sich seit mehr als vier Jahren im Besitz von Frau Gesine Fröhlich, der Ehefrau des Vorbesitzers.

»Von Gesine Fröhlich? Seit vier Jahren?« Schiller reagierte ungläubig. »Der Winzer ist erst im vergangenen Herbst gestorben, und … wieso?«

Die Übertragung habe tatsächlich vor vier Jahren stattgefunden, übersetzte Henry, der sich das beurkundete Datum zeigen ließ und den in dieser Angelegenheit gar nichts mehr wunderte.

»Der Sohn, Lucas heißt er, ist in keinem der Dokumente erwähnt? Sie haben auch die Besitzurkunden der einzelnen Flurstücke mitsamt der Katasternummern?«

Die erste Frage verneinte der Anwalt, die zweite bejahte er. »Die Originale liegen im Katasteramt in Sineu, die Grunderwerbsteuer allerdings müssen Sie bei der Gemeinde Petra entrichten, auch in Sant Joan, auch dort liegen drei Flurstücke.« Anschließend erläuterte er, wie die Übertragung des Besitzes, die *compraventa,* vor sich gehen sollte.

»Das Grundbuch ist in jedem Fall entscheidend, der hier Eingetragene gilt als Eigentümer, auch für den Fall, dass es zwischenzeitlich zu anderen Regelungen gekommen ist, testamentarisch meine ich.«

Da hatte die liebe Frau Fröhlich diesen Lucas rausgekickt und für ihre Brut gesorgt, vermutete Henry und merkte, wie Schiller anscheinend der gleiche Gedanke durch den Kopf ging. Sein vielsagender Blick bestätigte den Verdacht. Wer hatte gesagt, dass sie mit drei Koffern und zwei kleinen Kindern gekommen sei und als Millionärin gehen würde?

»Soweit ich das beurteilen kann, ist rechtlich alles sauber. Aber ich würde mir einen Anwalt nehmen, der sowohl in Deutschland als auch auf Mallorca tätig ist, den kriegt man dann wenigstens in Deutschland an den …« Henry ballte die Hand zur Faust. Ihm war heute nicht nach einem elaborierten Wortschatz.

Mit dem Kaffee kam auch der Weinexperte. Alejandro war ein blasiertes Jüngelchen, ein Überflieger, jemand, der sich ungern die Hände schmutzig machte und sich gern reden hörte. Er war Master of Enology, Sommelier, weitgereist, nannte in einer Reihe spanische Kellereien, wo er angeblich hospitiert hatte. Aber bei dem Alter des Masters of the Universe hatten sich die Praktika sicher nur jeweils über zwei Stunden erstreckt. Im Namedropping hingegen war er gut. Henry kannte die Kellereien.

Kaum hatte Alejandro sich gesetzt, begann sein Vortrag über Weinbau auf Mallorca. Die Phönizier hatten damit begonnen, die Römer weitergemacht, die Mauren ihn nicht verboten und die Katalanen ihn weiterentwickelt. Dann kam im Jahr 1891 die Reblaus auf der Insel an. Die Weinbaufläche sank von dreißigtausend Hektar auf heute knapp zweitausendfünfhundert. Die Serra de Alfabia, ein Teil der Tramuntana, schütze im Norden vor kalten und feuchten Winden. Die Winter seien gemäßigt, die Sommer trocken und heiß. Fünfhundert Millimeter Niederschlag sei das Mittel auf der Insel. Alejandro sprach über Bodenbeschaffenheit und Kalkschichten, die gute Durchlässigkeit der Böden und ihre Fähigkeit, das Wasser zurückzuhalten … bis Henry ihn freundlichst unterbrach und ihm vorschlug, sich das Ganze besser vor Ort anzusehen.

Der Anwalt konnte sich ein Grinsen nicht verkneifen und begleitete die drei Herren zur Tür. Dort nahm er Henry beiseite und zog ihn in seine Bibliothek, während Alejandro auf Englisch Schiller mit weiteren Einzelheiten des mallorquinischen Weinbaus überforderte.

Abogado Barbadillo schloss die Tür hinter Henry. »Ich weiß durchaus um Ihre Bedeutung für den Verkauf von Ses Palmes, glauben Sie mir. Die Verkäuferin hat es mir deutlich gesagt. Es wäre denkbar, eine Provision zu vereinbaren, für den Fall, dass es zu einem Abschluss kommt, fassen Sie es als Beraterhonorar auf, sozusagen, Sie verstehen? Sie könnten in diesem Sinne auf Señor Schiller einwirken.«

Klar, Henry verstand. Das war ein glasklarer Bestechungsversuch. Er sollte Schiller dazu bewegen, Ses Palmes zu kaufen, dann bekäme er von dem Geld was ab. Barbadillo würde das, was er ihm zahlte, auf die Kaufsumme draufschlagen oder Frau Fröhlich in Rechnung stellen.

Henry nahm das Angebot zum Schein an. Er musste es tun, es war unumgänglich, andernfalls würde der Anwalt ihn von weiteren Informationen abschneiden und als Gegner betrachten.

»Wir sprechen zu gegebener Zeit weiter darüber?« Henrys aufforderndes Lächeln reichte aus, um seine Zustimmung zu signalisieren.

»Ich wünsche Ihnen viel Spaß bei Ihrem Ausflug«, sagte Barbadillo, als er die Tür der Bibliothek wieder öffnete und Henry den Vortritt ließ.

»Den werden wir haben.« Henry schüttelte dem Abogado die Hand und zog Schiller zum Aufzug.

»Ich hoffe nur, das Jüngelchen setzt sich nicht heimlich ab«, meinte Schiller, die Unterlagen über die Lage der einzelnen Flurstücke in Händen haltend.

»Es ist besser, dass er seinen Wagen nimmt«, sagte Henry, der hinter Alejandro herfuhr. »So haben wir einen Führer aus dem Stadtgewühl und einen über Land, wir brauchen ihn nachher nicht heimzubringen. Und wir können ungestört reden.« Er erzählte Schiller von Barbadillos Angebot, das der lediglich mit einem Kopfschütteln kommentierte.

Alejandro nahm die Schnellstraße nach Manacor und bog in Montuíri in Richtung Sant Joan ab. Der Junge fuhr in halsbrecherischem Tempo, während der gesamten Strecke sein Mobiltelefon am Ohr.

»Wahrscheinlich informiert er sich bei Frau Fröhlich, wo die Weinberge liegen«, meinte Schiller.

»Die blickt überhaupt nicht durch, oder sie spielt Theater. Ansonsten interessiert sie lediglich, wie viel dabei rausspringt, glaube ich jedenfalls. Übrigens – die Sache mit dem Jungen, mit diesem Lucas, gefällt mir ganz und gar nicht.«

»Meinst du, dass auf den möglichen Käufer deshalb Schwierigkeiten zukommen?«

Henry schaute in den Rückspiegel. »Nicht nur deshalb. Ein Motorrad ist nicht in Sicht. Das beruhigt mich. Schwierigkeiten? Ich kenne das spanische Erbrecht nicht, aber was einmal übertragen wurde, kann nicht vererbt werden. Davon kann man auch keinen Pflichtteil verlangen, das ist wie bei uns.«

Alejandro hatte sich verfahren, wie Henry bald bemerkte. Er hatte die Lagepläne nur überflogen, aber er wusste, falls Ignácio Martínez ein guter Winzer gewesen war, dass er neue Rebflächen an den südlichen und westlichen Flanken des Bonany angelegt und dort bereits bestockte Flächen gekauft hatte. Demnach müssten sie auf der Linie Petra–Vilafranca liegen und weniger bei Sant Joan. Dort hatte Henry eine Anhöhe gesehen, die er für geeignet hielt, da sie nach Südosten abfiel. Für gute Lagen hatte er einen Blick.

Nach einem Umweg erreichten sie Vilafranca und nahmen eine winzige Straße, wo der junge Master of Enology mehrmals hielt und Bauern nach dem Weg fragte. Demnach kannte er die Flurstücke nicht. Schließlich hielt er mit seinem Geländewagen an einem flachen Stück, wo der Weg endete und der Weinberg begann. Aus dem Plan ging hervor, dass hier anderthalb Hektar mit Manto Negro bestockt waren. An diesem Weinberg war absolut nichts auszusetzen, die Exposition zur Sonne ideal, nur war es an der Zeit, die Triebe einzuflechten. Bei täglich zunehmender Sonneneinstrahlung und Wärme schossen die Triebe dem Licht entgegen. Man musste sie zähmen. Henry zerbröselte die

Erde mit den Fingern: Im Boden hielt sich genug Feuchtigkeit.

Das nächste Feld lag einen Kilometer entfernt, hier wuchs Callet, eine rote Traubensorte, die mithilfe von EU-Mitteln hatte ausgerottet werden sollen, zugunsten der üblichen und oft langweiligen Cabernets und Chardonnays. Glücklicherweise hatten sich einige Winzer nicht bestechen lassen und die autochthonen Rebsorten belassen. Ignácio Martinez, obwohl Andalusier, hatte sich klug verhalten. Den Eindruck gewann Henry auch bei der nächsten Lage, bestockt mit Prensal Blanc (oder Moll). Davon gab es zwei weitere Rebflächen, nach Osten ausgerichtet, der Morgensonne zu, für Weißwein gerade richtig.

Die heimischen Rebsorten hatten eindeutig das Übergewicht. Aber auch die Lagen mit Cabernet Sauvignon, Merlot und Syrah waren bestens gepflegt, die Stöcke gesund. Henry und Schiller diskutierten den jeweiligen Zustand der Rebanlagen, wobei der Weinhändler einigermaßen mithalten konnte. In Sachen Weinbau war er kein Experte, aber er hatte die wichtigsten europäischen Weinbaugebiete bereist und in seiner fünfundzwanzig Jahre währenden Tätigkeit fast alle Winzer besucht, deren Weine in seinem Laden standen.

Henry musste nun vom Deutschen ins Spanische übersetzen, denn der junge Master wurde wieder zum Bachelor und neugierigen Studenten, der Henry bei seinen Erläuterungen an den Lippen hing und immer interessierter seine Fragen stellte. Wer würde sich um den rechtzeitigen Einsatz der Spritzmittel gegen Pilzbefall kümmern? Diese Frage konnte Alejandro nicht beantworten. Der Verkauf dieser Weinberge musste schleunigst durchgeführt werden, ansonsten würde es mindestens zwei Jahre dauern, den aktuellen Zustand wieder zu erreichen, wenn nicht länger.

Henrys Eindruck war richtig, dass Alejandro die heute besuchten Lagen niemals zuvor zu Gesicht bekommen hatte und von Frau Fröhlich auch nicht eingewiesen worden war.

Schließlich gelangten sie nach Ses Palmes. Die dortigen Weinberge kannten sie.

»Wer hat Sie engagiert?«, fragte Henry, als sie an der Einfahrt ausgestiegen waren.

»Das war Rechtsanwalt Barbadillo.« Die Antwort kam ein wenig kleinlaut. »Ich muss gestehen, dass es mein erster Job dieser Art ist.« Der Student, in den Alejandro sich zurückentwickelt hatte, senkte den Kopf. »Bitte, können Sie Señor Schiller fragen, ob ich bei ihm arbeiten darf, wenn er die Weinberge kauft, wenigstens ein Praktikum machen? Er kauft sie doch, *verdad?*«

»Da bin ich mir nicht so sicher.« Henry erfüllte die Bitte, und Schiller gab dem jungen Mann eine Zusage.

»Falls ich sie kaufe, es kommt auf meine Frau an.«

Nach der Übersetzung lachte Alejandro auf. »Das sagt mein Vater auch immer, wenn er Zeit gewinnen will.«

»Ein netter Junge«, meinte Schiller, als Alejandro zurück nach Palma gefahren war und sie zu zweit in Petra vor einem Restaurant an der Plaça Fray Junipero Serra saßen, wo Henry vor einigen Tagen bereits gegessen hatte. Heute bestellte er *sopa de verdures*, eine Gemüsesuppe, Schiller brauchte etwas Handfestes, deshalb nahm er *arros brut*, Reis mit Gemüse und Schweinefleisch vermischt; es war ihm leichter zu essen als Kaninchenbraten, er hatte die Tiere in den Käfigen auf dem Markt vor Augen.

»Bei entsprechendem Umgang könnte aus ihm was werden.« Henry war nicht entgangen, dass Schiller Luft holte, als wolle er etwas Bedeutungsvolles loswerden. So war es auch.

»Was war heute Morgen mit dir los? Wenn ich dich nicht besser kennen würde, könnte man meinen, du hättest Mordlust in den Augen. Vorsicht, jetzt guckst du wieder so.«

Mit diesen wenigen Worten schaffte es Schiller, dass Henry den Panzer abwarf, den er angelegt hatte, um den Tag über seinen wahren Zustand zu verbergen. Er ließ den Löffel in der Suppe, schob den Teller von sich weg und lehnte sich zurück. Er zweifelte, ob es richtig war, Schiller reinen Wein einzuschenken, ihm zu erklären, was wirklich los war.

»Ist es so schwer, darüber zu reden?«, fragte Schiller und schien besorgt. »Dann lass es.«

Henry wusste nicht, wie und wo er beginnen sollte, wie weit er ausholen musste. Er hätte bei dem Önologen Jaime Toledo beginnen müssen, durch ihn war er damals überhaupt erst nach La Rioja gekommen, und dann hatte die Geschichte ihren Lauf genommen.

»Es ist jemand auf mich angesetzt«, platzte er heraus, »jemand, dessen Namen ich kenne, Rafael Viadero heißt er, ist fünfunddreißig Jahre alt, kommt aus Madrid und ist Gewohnheits- oder Gewaltverbrecher. Hier sein Foto.« Henry griff in die Brusttasche und zog den mittlerweile zerknitterten Ausdruck hervor. »Ich sehe mir das Bild jeden Morgen einige Minuten lang an, damit ich ihn erkenne, wenn er auftaucht.«

Schiller vergaß das Essen und stierte Henry an. »Was heißt das, auf dich angesetzt?«

»Das heißt, dass er mich entweder erschießen soll oder plant, mich in Einzelteile zu zerlegen.«

»Das kann nicht dein Ernst sein. Hier, auf der Insel?«

»Ha, ha, ja, genau hier auf der Insel.« Henry verzog das Gesicht zu einem hässlichen Grinsen. »Gestern Abend gab es den ersten Zusammenstoß.«

»Wieso verschwindest du nicht?«

»Dann reist er mir hinterher. Er hat einen Auftrag, den wird er ausführen, er wird sicherlich gut dafür bezahlt, sehr gut, nehme ich an.«

»Und von wem?« Schiller war das Entsetzen anzusehen. »So einen … Auftrag … wer macht denn so was?«

»Mein Schwager.«

»Dein Schwager? Das glaube ich nicht.«

»Dann lass es, aber so ist es.«

Ungläubig schüttelte Schiller den Kopf. »Wenn du das weißt, wieso unternimmst du nichts gegen ihn?« Schiller hielt ein solches Verbrechen offenbar nicht für möglich. »Das ist … das ist völlig absurd!«

»Absurd? Denk daran, wo du bist. In Spanien wurden im vergangenen Jahr insgesamt eintausendzweihundertdreißig Menschen umgebracht, in Deutschland waren es knapp dreihundert …«

»Du weißt gut Bescheid.«

»Das ist in meinem Fall unerlässlich. Auf Mallorca stieg die Zahl der Delikte in den ersten drei Monaten dieses Jahres im Vergleich zum Vorjahr um fünfzig Prozent.«

»Ich glaube, ich sollte auf den Kauf verzichten.«

»Das musst du nicht, halte dich lediglich besser nachts von den Touristenzentren fern.«

»Das liegt mir sowieso nicht, aber weshalb hat dein Schwager den Auftrag … nein, das gibt's nicht.« Die anfänglichen Zweifel wichen Schillers Empörung. »Was ist denn der Grund? Geld, wegen deines Eintritts in die Firma?«

»Nein, ich habe ihn in den Knast gebracht. Und von dort betreibt er jetzt seine Geschäfte und wird jeden Tag reicher …«

Der Appetit war Henry vergangen, er bedeutete dem Wirt, seinen Teller wegzuräumen und ihm einen Brandy zu bringen, und begann, Schiller den Hintergrund der tödlichen Feindschaft ausführlich zu schildern.

Auch der Weinhändler hatte sein Essen stehen gelassen, dafür blickte er jetzt wachsam und misstrauisch in die Runde, musterte die Gäste der Bars und Restaurants, die sich rings um den Platz angesiedelt hatten, und blickte wieder auf die Fotokopie mit Rafael Viaderos Konterfei.

»Nicht unsympathisch, der Kerl, weder brutal noch dümmlich. Und der soll es sein? Woher weißt du das eigentlich?«

»Eben das darf ich dir nicht sagen.«

Mit diesem Satz schwand Henrys Glaubwürdigkeit, er sah es Schiller an, erste Zweifel stellten sich ein, und dann kam das Naheliegende. »Und ich und Ulrike, wir laufen in deiner Nähe keine Gefahr?«

»Absolut nicht. Die wollen mich.«

»Und was ist gestern passiert?«

Henry erzählte es ihm, ohne etwas zu beschönigen.

»Wie bist du da rausgekommen?«

Statt einer Antwort holte Henry die vorläufige Erlaubnis zum Tragen einer Handfeuerwaffe aus seiner Brieftasche.

Jetzt glaubte ihm Schiller wieder. »Und – hast du die bei dir?« Schiller war entsetzt.

»Selbstverständlich, ich bin doch nicht lebensmüde, ich möchte in meinem Leben noch ein paar Flaschen leeren, am liebsten mit meiner Frau. Und jetzt habe ich keine Lust mehr, darüber zu reden. Es wird Zeit, Ignácio Martínez' Nachbarn aufzusuchen. Wir müssen mehr über seinen Jungen rauskriegen, sonst entwickelt sich bei uns noch eine Phobie gegen Motorradfahrer.«

Doch dazu war es bereits gekommen. Henry war nicht in der Lage, einen vom anderen zu unterscheiden. Die Lederkombinationen sahen ähnlich aus, manche waren schwarz mit weißen Streifen, andere weiß mit schwarzen Streifen, blau mit roten Ecken, weißen Keilen, gelb oder beige, mit oder ohne Werbeaufkleber. Die Fahrer trugen Integralhelme, die das Gesicht unkenntlich machten, ein Fahrer saß aufrecht, ein anderer lag mehr auf dem Tank, aber sie zu unterscheiden war weder Henry noch Schiller möglich. Außerdem waren die Motorräder zu schnell. Der Verfolger hatte mal eine schwarze Kombi, ein andermal eine grün-weiße getragen. So jemand, nichts weiter als ein dunkler Fleck, befand sich seit einiger Zeit wieder hinter ihnen. Er war Henry bereits bei der Besichtigungstour aufgefallen.

Die Worte des Hausmeisters Mateo hatte Henry noch im Gedächtnis, als sie aus Petra hinausfuhren. Die Einfahrt zum

Grundstück des Nachbarn sollte – da sie nun aus entgegengesetzter Richtung kamen – die letzte links vor dem Ortseingang sein. Der Weg war schlecht und voller Schlaglöcher, die schnelles Fahren unmöglich machten. Rechts wuchsen Oliven, links Feigen, weiter hinten standen Mandelbäume, dann kam ein Gürtel von Kiefern, der den Blick auf violett blühende Jacaranda-Bäume verdeckte. Neben der Finca, mit der denkbar schlichtesten, beinahe ärmlich wirkenden Fassade, stand rechts eine Dattelpalme, links eine Washingtonia mit breiten Wedeln, und eine Reihe gar nicht so kleiner Zwergpalmen verdeckte die um das Gebäude herumführende Zufahrt zum Wirtschaftsbereich.

Noch ehe Henry den Schlüssel aus dem Zündschloss gezogen hatte, bemerkte er den Mann, der bewusst lässig in der Eingangstür lehnte, sie beobachtete und die Arme vor der Brust verschränkt hatte, den Kopf abwartend zu Seite geneigt, die Augen hinter einer Sonnenbrille verborgen, das Gesicht lag im Schatten eines Hutes.

»Ich habe euch erwartet«, sagte er, verschwand ohne weitere Worte im Haus, kam einen Augenblick später mit einem Krug und drei irdenen Bechern zurück und ging auf einem Pfad durchs Unterholz voran zu einer Lichtung, auf der einige Hauklötze als Sitzgelegenheiten standen. Er setzte sich und füllte die Becher mit Weißwein oder Traubensaft und reichte sie herum.

»Ich weiß alles«, sagte er und stellte sich als Hugo Armengol vor, wobei er klarmachte, dass er mit der ehemaligen Inselpräsidentin Francina Armengol nicht das Geringste zu tun hätte.

»Was bedeutet das alles?«, fragte Henry und roch am Becher, es war ein köstlich duftender Weißwein, vermutlich Prensal Blanc, der war seit Neuestem in seinem Geschmacksgedächtnis gespeichert. »Von wem weißt du das? Sicher nicht von Señora Fröhlich.«

»Hier weiß man alles, wir haben schließlich Augen und

Ohren. Der Wein? Der ist von mir, nur für den Hausgebrauch … Wir sehen und hören zu und reden nicht so viel. Du …«, er sah Henry an und nahm endlich die Sonnenbrille ab, »du hast neulich mit einem Freund von mir gesprochen.«

Es konnte sich nur um den Hausmeister von gegenüber handeln, oder war es einer der Männer aus der Kneipe in Sant Joan?

»Xavier hat mir von deinen Fragen berichtet und auch erzählt, was sie dir gesagt haben. Und – weiß er das alles auch?« Der Bauer zeigte auf Schiller. »Hast du mit ihm darüber gesprochen? Vermutlich, wenn ihr Freunde seid …«

»*Amigos de negocios*«, sagte Henry ausweichend und übersetzte Schiller nur die *amigos*, die Freunde, nicht die *negocios*, die Geschäfte.

»Dann ist er nicht dein Freund, sondern ein Klient?«

»Wieso Klient?«

»Mir musst du nichts vormachen. Du bist der Vertriebsleiter von Peñasco, Marketingchef, wie das heute heißt, und ein Deutscher, na, nicht ganz, so wie du redest. Ja, ihr unterschätzt uns, Internet gibt's auch hier.« Er zog ein Smartphone jüngster Bauart aus der Tasche seiner abgeschabten Drillichjacke. »Und er, der Weinhändler, will die Finca kaufen? Wird er das tun?«

»Das kommt ganz darauf an.« Bisher hatte der Nachbar die Führung im Gespräch inne, jetzt übernahm Henry. Endlich sah er das Gesicht des Bauern, seine blauen Augen, die weißen Bartstoppeln, der Jüngste war er nicht mehr.

»Worauf kommt es an?«

»Darauf, was du uns erzählst und uns empfiehlst.«

Der Bauer zeigte auf Schiller. »Er will kaufen, eigentlich mehr seine Frau. Die scheint verrückt nach Ses Palmes zu sein, sie ist schon wieder da drüben.« Er hob den Arm und zeigte in die Richtung. »Wahrscheinlich ergötzen sie sich zusammen an den Tischdecken, den Vasen, den Bildern …

Madame will alles verkaufen, sie will nichts mitnehmen, es würde sie nur belasten, es würde sie unter Wasser ziehen …«

Henry zögerte, wie er Schiller das Gesagte übersetzen sollte, denn nicht einmal er verstand den Sinn dieser Worte. Unter Wasser ziehen?

»Ich war von Anfang an dabei, habe alles mit angesehen, die ersten Schritte, den Aufbau, dann kam sie, und ich werde auch das Ende erleben.«

»Was für ein Ende?«, fragte Henry, der zumindest akustisch verstand, was der Bauer sagte, während Schiller völlig verunsichert auf die Übersetzung wartete.

»Das Ende von Ses Palmes. Eigentlich ist es mit der Finca längst zu Ende.«

# Kapitel 13

»Ich erinnere mich gut daran, wie es angefangen hat: Ignácio tauchte damals hier auf als ein Niemand, einundzwanzig Jahre ist das her. Ich sehe ihn noch vor mir stehen: klein und hager, wie die meisten Andalusier, nicht gerade beeindruckend, und in jungen Jahren bereits kahl, aber sein Schnurrbart war so groß wie sein Mut. Das merkte man gleich.«

Als besonders beeindruckend empfand Henry auch Hugo Armengol nicht, wie er dort unter dem Baum saß, klein, grau meliert das Haar und unter der Sonne Mallorcas gealtert – oder gereift? Seinem Gebaren nach, dem ernsten Blick, mit dem er abwechselnd Henry und Schiller ansprach, war er eine ehrliche Haut.

»Ignácio hatte aus seinem elenden Dorf in Andalusien verschwinden müssen. Nach dem Tod seiner Frau hatte er sich unbeliebt gemacht und zu viel danach gefragt, was in der Franco-Zeit passiert ist. Er war unbeliebt bei den Großgrundbesitzern, bei der Polizei und natürlich bei den Pfaffen. Bei allen. Dabei musste er noch für seinen Jungen sorgen. Ignácios Onkel und dessen gesamte Familie sind ausgerottet worden. Der Vater hatte sich damals verkrochen. Wie du siehst, hatten wir solche Fälle auch hier. Auf Mallorca sind vierhundert Menschen verschwunden, erst kürzlich wurden drüben auf dem Friedhof von Sant Joan drei ausgegraben, Bauern wie ich, Männer der Landarbeitergewerkschaft. Angeblich waren es Anarchisten, aber das waren alle, die wirklich Freiheit wollten. 1936 sind die drei von Francos

Faschisten aus ihrem Heimatdorf Maria de la Salut verschleppt worden; man hat sie wie üblich ohne Gerichtsverfahren hingerichtet. Also fehlen noch dreihundertsiebenundneunzig Leichen.«

Die zu finden wäre eine Aufgabe für Isabella, dachte Henry, sie hatte ihm schon davon erzählt. Aber dann würde sie sich noch mehr Ärger einhandeln und sich weniger um die Firma kümmern.

»Haben die Verschwundenen etwas mit Ses Palmes zu tun?«, fragte Schiller und verließ sich wie üblich auf Henrys Übersetzung.

»Nein, rein gar nichts. Ignácio hat nur mit der Vereinigung Memória de Mallorca zusammengearbeitet. Der Verein arbeitet die Verbrechen auf Mallorca während des Bürgerkrieges zwischen 1936 und 1939 auf. Aber eine Rolle hat Ignácio da nicht gespielt. Er war vorsichtig geworden, aus Politik hielt er sich hier raus. Wein wurde seine Passion, und die hat sich auf seinen Sohn übertragen. Er war ein Autodidakt, ein Arbeitstier, wie alle Andalusier, und genügsam wie eine Bergziege. Er wollte was werden, was schaffen und seinem Sohn einen schönen Besitz hinterlassen.«

»Dieser Sohn, Lucas, soll verschwunden sein«, warf Henry ein. »Angeblich hat ihn in den letzten Monaten niemand zu Gesicht bekommen. Er wird auf dem Festland vermutet, jedenfalls sagten mir das deine Freunde in der Kneipe.«

»*Basura absoluta*, das ist völliger Quatsch. Der Junge ist hier, irgendwo, er beobachtet alles, vielleicht sogar uns jetzt.« Der Bauer sah sich um und breitete die Arme aus. Auch seine beiden Besucher warfen einen Blick in die Runde.

»Fährt er Motorrad?«, wollte Henry wissen.

»Sehr gut, der Junge. Er hat hier an Geländerennen teilgenommen, er kann segeln, hat ein Segelboot, er war groß im Fußball, Stürmer, mit seinen Toren hat er sich viele Freunde gemacht, er war dann einer von uns, und mit der Schleuder ...«, Hugo schüttelte lachend den Kopf, »... war er einzigartig, er traf eine Taube im Flug, wie früher unsere alten balearischen Schleuderer. Die haben sich vor zweitausend Jahren bereits bei den Karthagern und danach bei den Römern als Söldner verdingt.«

»Unser Auto wurde beim Besuch auf Ses Palmes von einem Stein getroffen, ein runder, nicht ganz so groß wie eine Billardkugel ...«

»*Pues ya ves!* Na bitte, sag ich doch, er ist hier. Das ist der Beweis. Zeig mal her!«

»Der Stein ist bei der Polizei.« Henry erklärte den Grund, was dem Bauern gar nicht gefiel.

»Ich rate euch, lasst die Finger von der Finca«, sagte er finster blickend, »ihr werdet kein Glück damit haben!«

Henry übersetzte alles wortwörtlich, doch er wies Schiller darauf hin, dass der Mann ihnen diesen Rat erteilte, weil er selbst, wenn nicht an der Finca, so doch an den Weinbergen interessiert war. Entweder würde er sie selbst bearbeiten, oder er wollte sie mit Gewinn weiterverkaufen.

»Was redest du da?«, fragte der Bauer, misstrauisch geworden. »Ihr glaubt mir nicht?« Er konnte Gedanken lesen.

Henry beeilte sich, ihm das Gegenteil zu beteuern. »Womit verdienst du dein Geld hier? Auch mit Wein?«

Weinbau war Armengol zu kompliziert. »Wir pflanzen Gemüse an, die Bäume hast du gesehen, ich denke, du kennst sie, Mandeln und das Übliche. Meine Passion, anders als bei Ignácio und Lucas, gehört den Schafen, und ein paar Ziegen halte ich auch, wegen des Käses. Den werden wir nachher probieren. Aber ihr trinkt ja gar nichts. Schmeckt euch der Wein nicht?«

Dafür, dass die Passion des Bauern den Ziegen gehörte, war der Wein verdammt gut, viel zu gut für jemanden, der nur nebenbei einige hundert Liter kelterte.

»Ist alles Lüge, ist nicht mein Wein.« Der Bauer lachte sie aus. »Euch kann man alles erzählen, was? Ihr glaubt auch jeden Quatsch. Das ist Ignácios Wein vom letzten Jahr ...«

»Prensal Blanc?«

»Oh, der Experte spricht. Richtig geraten. Aber ich will noch mal zurück zu Ignácio. Ich glaube, dass jeder von uns eine Schwachstelle hat. Ignácio hatte sie, weil seine erste Frau so früh gestorben ist, im Kindbett. Er hat den Jungen allein aufgezogen, er hat einen richtigen Mann aus ihm gemacht. Er hat alles für ihn getan, und der Junge hat es ihm gedankt, was bei Kindern heutzutage selten ist. Alle haben gedacht, dass sich Lucas mit Svenja zusammentut und die beiden die Finca weiterführen, das Mädchen hat es auch drauf. Madame bringt nicht einmal den Müll alleine zur Straße. Die älteste Tochter von Madame, die taugt was. Die Kleine hingegen ist ein Aas, genauso falsch wie die Mutter. Ich mache aus meiner Abneigung keinen Hehl, ich habe ihm das ins Gesicht gesagt, als Madame hier aufkreuzte und sich zu ihm ins Bett legte. Er ist, wie man sagt, total auf sie abgefahren, als wäre sie die erste Frau im Leben, hat sich benommen wie ein Siebzehnjähriger. Sie konnte mit ihm machen, was sie wollte. Die wird dein Untergang, habe ich ihm immer wieder prophezeit. Und so ist es gekommen.«

Der Bauer starrte vor sich hin, goss die letzten Tropfen seines Bechers auf den Boden und schenkte nach. Er hob den Kopf, und Henry sah, dass sich in seinen Augen ein Abgrund auftat.

»Ich war da, an dem Tag, als er starb, ich war ein Stück weit weg vom Haus. Ich mache mir keine Vorwürfe, na ja, insgeheim doch, wenn ich ehrlich bin, aber ich hatte keinen Grund, vorbeizugehen, zumal sie da war.«

»Als er den Schlaganfall hatte?« Henry glaubte, sich verhört zu haben.

»Vielleicht habt ihr gesehen, dass rechts der Zufahrt eine Wiese ist, mit Mandelbäumen. Darunter standen meine Jungschafe, deshalb war ich den Vormittag über dort, ich musste impfen, Klauen schneiden, was so anliegt, von morgens an. Ich sah sie wegfahren, sie bringt die Mädchen zur Schule, wenn Svenja ihre kleine Schwester nicht auf dem Scooter mitnimmt. Wie die Kleine heißt, vergesse ich immer …«

»Nele!«

»Von mir aus. Was für ein Name, ich kann sie sowieso nicht riechen, sie ist … na, lassen wir das. Glaubst du, dass ich sie schon mal im Garten oder im Weinberg habe helfen sehen?«

»Keine Ahnung, woher auch. Also – was war an dem Morgen los?«

»Ich weiß gar nicht, warum ich euch das erzähle, aber vielleicht passiert ja doch was.«

»Was könnte das sein?« Schiller verstand gar nichts mehr. Er war Henry ausgeliefert, den es störte, dass beim Übersetzen der Gesprächsfluss ins Stocken geriet.

»Beweisen kann ich nichts, aber sie war im Haus, als Ignácio den Schlaganfall hatte. An die Zeit kann ich mich genau erinnern. Ich habe ihn kurz vor neun Uhr angerufen. Er ging immer ans Telefon, besonders wenn der Junge weg war, aber an dem Tag nicht. Sie kam nach neun Uhr zurück, und sie blieb bis mittags, bis nach eins, da holt sie normalerweise die Mädchen wieder ab. Sie selbst hab ich nicht gesehen, aber den Wagen – und ihn gehört. Ich kenne alle Motorengeräusche hier. Ich bin zwar alt, aber ich hab Ohren wie mein Hund. Als ich später noch mal anrief, ist er wieder nicht rangegangen. Ich wollte ihn nach dem Spritzmittel für die Tomaten fragen, so ein biologisches Zeug. Erst am Abend hörte ich dann die Sirene und bin rübergegangen. Sie hatten ihn gefunden und die Ambulanz bestellt, aber da war es längst zu spät. Je länger der Schlaganfall her ist, desto größer sind die Schäden im Gehirn. Er war so gut wie tot.«

Henry war fassungslos, er blickte Armengol entgeistert an. »Und sie?«

Armengol lachte kurz und böse. »Madame hat ein riesiges Drama veranstaltet, inklusive Schwächeanfall.«

»Und wo war sein Sohn?«

»Der hat auf der Messe in Barcelona Weine vorgestellt!«

»Dann hat sie ihn bewusst sterben lassen, oder vielleicht sogar … nachgeholfen?« Diese Vermutung äußerte Schiller erst, als sie auf dem Parkplatz in Sineu ankamen, wo sie immer ihre Autos über Nacht abstellten. Es waren seit dem Abschied von Hugo Armengol seine ersten Worte. Schillers Wagen stand auch da, Ulrike war anscheinend schon von ihrem Ausflug zu Frau Fröhlich zurück. Henry würde sich vorsehen müssen, denn er wollte auf keinen Fall weitere überflüssige Debatten über Schuld und Unschuld führen.

»Rechtlich gesehen hat sie ihn wohl nicht umgebracht, faktisch gesehen aber doch. Hat sie darauf gewartet, dass er stirbt? Ses Palmes war ihr längst überschrieben. Unterlassene Hilfeleistung wäre dem deutschen Rechtsverständnis nach der Fall, aber die Spanier sehen das ein wenig anders, obwohl sie in Sachen Sterbehilfe weiter sind. Sie hat keine Sterbehilfe geleistet, so wie ich das verstehe, sie hat ihn bewusst sterben lassen, obwohl sie hätte helfen können …«

»… und müssen. Für mich ist das Mord«, sagte Schiller tonlos, »und damit ist für mich der Fall gelaufen. Oder glaubst du, der Mann sagt die Unwahrheit?«

»Weil er sie nicht mag? Nein. Der Beweis für mich ist, dass bereits vor vier Jahren das Land, die Finca und sämtliche Weinberge auf sie übertragen wurden. Dahinter steckt Methode.« Henry blieb hinter dem Steuer sitzen und starrte die gegenüberliegende Hauswand an. Auch Schiller bewegte sich nicht.

»Ich fürchte, meine Frau wird alles in Abrede stellen, sie wird dir die Schuld in die Schuhe schieben, weil du mit der Fröhlich nicht kannst …«

»Man sollte vielleicht mal versuchen, den neuen Freund von ihr aufzutreiben und ihn ein wenig zu befragen.«

»Ein Freund? Ein Liebhaber? Den hat sie auch? Was du nicht alles weißt!«

»Das liegt an der Sprache und am gelegentlichen Besuch von Dorfkneipen. Ich vermute mal, dass sie einen Knecht braucht und ihn in Naturalien, wie es jemand sagte, bezahlt.«

»Davon hast du mir nichts gesagt.« Das klang vorwurfsvoll.

»Ich hielt es nicht für wichtig.« Henry hatte die Augen wieder im Rückspiegel, er drehte ihn, um auch nach hinten einen Rundumblick zu gewinnen. Solange er in Gesellschaft war, würde sich kaum jemand an ihn heranwagen, aber dann ... Er sollte zusehen, dass er schleunigst hier wegkam. Die für morgen angesetzten Besuche wollte er noch hinter sich bringen, und er musste Victor Tejeda die Waffe zurückgeben, von dort aus würde er sich direkt zum Flughafen fahren lassen. »Wie geht es jetzt weiter? Mich brauchst du sicherlich nicht mehr.«

»Wie wird Ulrike das aufnehmen?« Die Frage klang hilflos. »Die Finca ist ihr Herzenswunsch.«

So sind manche Männer, dachte Henry, gegenüber anderen spielen sie den großen Max, und bei Mutti kuschen sie.

»Sie wird es nicht glauben, sie wird Entschuldigungen für die Fröhlich finden, sie wird den Bauern der Lüge bezichtigen, zumal er nicht bei der Polizei war, und ihm unterstellen, dass er die Finca haben will, da seine Grundstücke direkt an Ses Palmes grenzen. Noch mehr Argumente?«

»Nein, es reicht.« Schiller öffnete die Wagentür. »Ich muss allein sein und mir die Beine vertreten, ich brauche dringend Luft.« Er schwang die Beine aus dem Wagen. »Das mit der Fröhlich wird mir unheimlich. Wir geraten womöglich in eine Sache, die niemand mehr überblickt. Im Grunde ist das mit dem Kauf passé. Es ist nur schade um die schönen Weinberge«, bemerkte er mit einem weinenden Auge. »Und die Kellerei ist perfekt, alles an seinem Platz, vom Arbeitsablauf her richtig und übersichtlich, Vater und Sohn haben ein gutes Stück Arbeit hingelegt. Schade, wirklich schade. Also habe ich dir völlig umsonst deine Zeit gestohlen.«

»Mir war's ein Vergnügen«, sagte Henry, wohl wissend,

dass Schiller ihm das nicht abnahm. Er drückte seine Hand. »Irgendwann tut sich eine neue Gelegenheit auf. Was ist mit morgen? Kommst du mit? Wir haben Besuche vereinbart.«

»Klar, jetzt, wo mir das Probieren Freude macht. Wir werden zwei oder drei Winzer von der Insel ins Angebot aufnehmen …«

Es war die erste Nacht, in der Henry wirklich gut schlief. Er freute sich sogar auf das Frühstück, und er war neugierig, wie Ulrike Schiller die Nachricht aufnehmen würde, obwohl es ihn nichts mehr anging. Er war draußen, er hatte seinen guten Willen gezeigt und konnte sich endlich ganz auf seine Verteidigung konzentrieren. Sein Problem hieß Rafael Viadero! Eigentlich hieß es Diego, nur an ihn kam er nicht heran, der saß sicher hinter Gittern. Außer man verhielt sich wie er und bezahlte jemanden unter den Gefangenen, der es ihm in gleicher Münze heimzahlte. Die entsprechenden Typen fanden sich immer. Aber das war nicht Henrys Weg.

Das Nachdenken darüber brachte ihn auf zwei gute Ideen; eine davon musste er dringend mit José Maria besprechen. Wenn er ihn davon überzeugen könnte, würde er die hiesige Polizei als Verbündeten gewinnen. Die zweite Idee behielt er besser für sich, sie war zu perfide. Sie umzusetzen konnte Diego sogar mehr als die Gesundheit kosten. Man müsste die Kolumbianer über seine Koksgeschäfte informieren, sie duldeten im Knast keinen Konkurrenten. Wenn da nur nicht die Skrupel wären …

Im Atrium des Hotels saßen Holländer, Engländer und Radfahrer beim Frühstück, bei Letzteren war die Nationalität gleichgültig, sie ähnelten sich alle in ihren prallen Hosen und Leibchen, wie Würstchen in der Pelle, und den beim Gehen klackernden Rennradschuhen. Gegen diese Spezies war kein Kraut gewachsen (nur Nägel, dachte Henry böse), als Radfahrer waren sie von Natur aus im Recht.

Schiller und seine Frau waren noch nicht zum Frühstück erschienen oder hatten es bereits hinter sich, was Henry sehr lieb war, denn Ulrike hätte er heute kaum ertragen. Trotzdem fragte er bei der Bedienung nach ihnen und erfuhr, dass die Señora Schiller gemeinsam mit der Chefin vor Kurzem ziemlich aufgeregt das Hotel verlassen habe. Der Mann sei nicht dabei gewesen. Henry sah keine Veranlassung, zu warten, und hinterließ eine Nachricht, dass er nach Santa Eugènia zu den Crespí-Brüdern fahre und später zum Celler Tianna Negre. Erstere waren zwei Krauter, die schöne Weine machen sollten, Tianna Negre sollte eine hypermoderne Kellerei mit viel technischem Schnickschnack und überdurchschnittlichen Weinen sein. Zwischendurch würde er in Santa Maria del Camí bei Pere Calafat und seiner Kellerei Jaume de Puntiró vorbeischauen. Dann gab es da noch diesen Sebastià Pastor, einen Eigenbrötler mit einem besonderen Händchen für autochthone Reben … Wie gesagt, wenn er es schaffen würde. Es war eine Erleichterung, dass er den Plan für diesen Tag selbst aufstellen konnte und dass er auf niemanden Rücksicht nehmen und nicht übersetzen musste.

Henry ließ Sineu rasch hinter sich und bog an einer hoch gelegenen Stelle in einen Feldweg, von dem aus er das Land überschauen konnte. Sein Wagen war von Bäumen verdeckt. Sich umsichtig zu bewegen war ihm in den letzten Tagen zur Gewohnheit geworden, quasi seit der Ankunft am Flughafen. Von seiner Position aus sah er, was von vorne kam und wer sich von hinten näherte. Gleichzeitig war der Blick über die Insel am Morgen ein Fest für die Augen, ebenso wie die klare Sicht auf die Serra de Tramuntana, von der Sonne in reines Licht getaucht, ein brillantes und dennoch weiches Licht, das die Fotografen so liebten, das um zehn Uhr schwand und erst gegen siebzehn Uhr zurückkehrte, wärmer, weicher und mit Rottönen durchsetzt. Er dachte wieder an Frank, den Fotografen, den sie in Italien auf dem Weingut seiner Frau Antonia besucht hatten. Der Gegenbesuch war längst überfällig.

Die Aussicht über das Land, das täglich ein wenig trockener und brauner wurde, machte Henry auch Heimweh nach La Rioja. Dort trat er morgens auf seinen Balkon, etwas früher als jetzt, und schaute über Logroño und sah weit hinter den Dächern der Stadt die Steilwand der Sierra de Cantabria. Dann trat Isabella zu ihm mit der Nachricht, dass ihr Frühstückstisch gedeckt sei, und er nahm sie in den Arm, und sie blieben einen Moment lang in den Anblick versunken stehen. Sie fehlte ihm sehr. Morgen würde er sie wiedersehen. Hoffentlich steckte sie nicht zu tief in Schwierigkeiten. Sie hasste es, wenn man ihr half, sie wollte alles allein schaffen. Er rief Luisa an, die selbstverständlich bereits im Büro war, und bat sie, ihm ein Flugticket nach Madrid zu besorgen und es am Flugplatz hinterlegen zu lassen.

»Ich dachte, du wolltest bereits heute fliegen …«

»Es hat sich anders ergeben.« Henry wich aus, um sie nicht nervös zu machen. »Wie geht es unserem Kellermeister?«

»Armando geht es etwas besser, aber er muss im Hospital bleiben, er hat eine leichte Gehirnerschütterung, und Don Sebastián hat ihm untersagt, zur Arbeit zu kommen. Aber er hat zumindest wieder Mut gefasst. Doch die Angst um seine Familie bleibt. Wir haben einen Wachmann vor seiner Tür platziert.«

»Und wie laufen unsere Geschäfte?«

»Alles normal, alles bestens. Nur ein Lkw nach Amsterdam ist in Frankreich liegen geblieben … Aber was ist mit dir? Ich habe mitgekriegt, weshalb diese Männer Armando so gequält haben. Das hört sich sehr gefährlich an.«

»Halb so wild.« Henry wiegelte ab. »Bis die hier sind, bin ich längst wieder weg. Habt ihr die undichte Stelle in der Firma gefunden?«

Luisa erklärte, dass sich der Verdacht auf drei Mitarbeiter reduziert habe: »Zwei von denen hat noch Don Horácio eingestellt.« Der Dritte, ein junger Mann, der mit seinen rechtsradikalen Sprüchen aufgefallen sei, arbeite erst seit zwei Jahren in der Kellerei.

Der zweite Anruf galt José Maria Salgado. Leider war er nicht erreichbar, Henry hinterließ die Aufforderung, ihn sofort anzurufen.

Santa Eugènia war ein kleines Straßendorf, das zu dieser Zeit einen verlassenen Eindruck machte, wie alle Dörfer im Inneren Spaniens. Hier war nichts, das an Europas Ferieninsel Nummer eins erinnerte, es gab weder Touristen noch Schilder mit »Bratwurst«-Angeboten noch kannibalische Brathähnchen. Die Dorfstraße führte unterhalb eines sanft auf dreihundert Meter ansteigenden Hügels entlang, ein- und zweistöckige Häuser mit blühenden Gärten oder auch mit hermetisch geschlossenen Fassaden begleiteten die Straße. Andere Gebäude zogen sich am Hang hinauf bis zu einem alten Wachturm und der typischen Windmühle. Vor der Bar, auch am Morgen, standen bereits Tische und Stühle am Straßenrand, fegte eine Frau das Trottoir und plauderte derweil mit dem Nachbarn. Hier herrschte die Gelassenheit, die Henry besonders in den Morgenstunden schätzte. Er wusste, dass es anders sein konnte, dass gerade zur Ernte oder zur Weinlese bis tief in die Nächte schwer gearbeitet wurde. Da blieben zwischen dem Saubermachen des Kellers und dem erneuten Aufbruch in den Weinberg gerade mal drei Stunden Schlaf.

Jetzt, im Mai, herrschte auch vor der Kellerei Vinya Taujana die gleiche Stimmung wie vor der Bar. Das neue zweigeschossige und rustikal wirkende Haus aus Naturstein stand einsam am Ortsende. Zwei Fenster unten, in der Mitte eine Tür mit Rundbogen, zwei Fenster oben. Doch der Eindruck täuschte. Es waren drei Gebäudeteile, die an dem abfallenden Hang so geschickt hintereinander angeordnet waren, dass der optische Eingriff in die Landschaft minimal blieb. Von der eigentlichen Kellerei war kaum etwas zu sehen.

Rechts und links der Tür standen zwei große Töpfe mit Buchsbaum, ein Mann fegte hier so ruhig wie die Frau vor der Bar. Sofort stellte er den Besen beiseite und folgte Henry in den Verkaufs- und Probenraum. Anders als bei anderen Bodegas standen hier kleine Edelstahltanks, vielleicht fünfhundert Liter fassend, aus denen direkt gezapft wurde, und kaum hatte sich Sebastià Crespí zu Henry an den Tisch gesetzt, musste er wieder aufstehen und einem Deutschen den Fünf-Liter-Plastikkanister mit dem Hauswein füllen. Der Preis war erstaunlich niedrig: Nur 4,50 Euro kostete der Liter Manto Negro, dabei empfand Henry den Wein als exzellent. Heute probierte er nicht nur, heute gönnte er sich sogar ein Schlückchen am Morgen. Als ein Wagen vorfuhr, kam ihm Rafa in den Sinn, und er setzte sich so, dass er die Einfahrt im Auge behielt. Seine Aufmerksamkeit durfte nicht nachlassen. Doch nach einer Minute empfand er seine Wachsamkeit bereits als lächerlich. Rafael Viadero würde ihn niemals hier angreifen. Er würde eine bessere Gelegenheit abwarten.

Sebastià Crespí sah sich mehr als Weinbauer denn als Winzer. Er erzählte, dass in seiner Jugend der Wein dem schlechten Boden vorbehalten war, auf den guten kam der Weizen. Er erinnerte sich an die guten und an die schlechten Jahre, wie die schreckliche Trockenheit 1996 und 2002, dann fehlte 2006 im Frühjahr der Regen, der erst viel zu spät im Sommer kam, und 2013 verregnete es ihnen im September die Lese.

Es war schade, dass Schiller heute nicht dabei war. Vinya Taujana war ein Betrieb, der sowohl von der Größe her Ses Palmes entsprach als auch vom Einsatz an Arbeitskraft. Zu der Ausbeute von acht eigenen Hektar kam die Produktion von weiteren sechs hinzu, die Arbeit teilten sich die Crespí-Brüder, und auch ihre Frauen arbeiteten mit, die Kinder gingen anderen Berufen nach. Ein Sohn jedoch würde bestimmt die seit drei Generationen andauernde Tradition in der vierten fortsetzen. Viel hatte sich im mallorquinischen Weinbau in den letzten Jahren gewandelt, davon war Crespí überzeugt, und sie machten auch vieles anders als der Vater. Da kam an erster Stelle, wie von anderen Winzern zuvor erwähnt, die Technik des Rebschnitts. Das wiederum stand damit in Zusammenhang, dass Einzelstock- oder Buschziehung immer mehr den am Drahtrahmen gezogenen Stöcken wich.

Das auf lautlos eingestellte Mobiltelefon vibrierte. Henry sah auf dem Display Ulrike Schillers Nummer. Mit ihr zu reden kam momentan überhaupt nicht infrage, er schaltete das Gerät ab.

Crespí erklärte freundlich weiter, dass ihm in trockenen Jahren zwei Spritzdurchgänge reichten, in feuchten Jahren waren vier oder mehr Durchgänge nötig. Außerdem stellte er den Betrieb auf naturnahen Weinbau um, was die Stärkung der Pflanzen gegen Pilze und die Verwendung organischen Düngers bedeutete. Die neuen Methoden hatten dazu geführt, dass die Trauben gesünder waren und die Beeren kleiner, wodurch das Verhältnis von tannin- und farbstoffhaltiger Beerenhaut zum Fruchtfleisch günstiger geworden war. Henry und Crespí diskutierten die Breite der Rebzeilen und die Bestockungsdichte im Verhältnis zur maschinellen Bearbeitung und zum Ertrag. Bei nur dreitausend Stöcken je Hektar fiel das Ergebnis sowieso niedriger aus als auf dem Festland.

Crespí füllte für eine Kundin einige Liter von seinem Jungwein ab, den er Torrent Fals nannte und den er zum sagenhaft niedrigen Preis von 2,10 Euro verkaufte. Er bestand aus dem Verschnitt von Manto Negro mit Syrah, obwohl er mit Letzterem haderte, weil die Rebsorte mehr Feuchtigkeit brauchte als die anderen. Seinen Rosat, gänzlich aus Manto Negro gekeltert, geradlinig, klar und nicht zu alkoholisch, verkaufte er etwas teurer. Die Crianza, von sehr alten Rebstöcken und im Barrique gereift und später auf Flaschen gezogen, war für 4,50 Euro zu haben. Bei dieser Qualität, die

Henry sofort überzeugte, war es ein unglaublich günstiger Preis. Crespís kleine Fässer waren ein Sammelsurium von Hölzern verschiedensten Ursprungs. Seine neuen Fässer kaufte er in La Rioja, sonst handelte es sich um französische und amerikanische Eiche. »Ob das Holz nun aus Rumänien kommt, aus Russland oder Ungarn, ist doch egal. Den Unterschied merkt der normale Weintrinker sowieso nicht.«

An diesem Punkt war Henry anderer Meinung, er hatte es bei Peñasco immer wieder ausprobiert, und die Ergebnisse fielen bei absolut identischem Wein kolossal verschieden aus.

»Ein Mann muss verrückt sein, hier ein Weingut aufzubauen«, meinte Crespí, als Henry ein wenig mehr Flagge zeigte und den wahren Grund seines Hierseins andeutete. »Im Weinbau muss man, bevor man einen Schritt macht, die folgenden fünf voraussehen.«

Gilt das nicht auch für mich? Diese Frage stellte sich Henry, als er wieder im Wagen saß und nach der neuerlichen Rundumsicherung weiter nach Santa Maria del Camí fuhr, hinter sich je zwei der vier Crespí-Weine im Karton klirrend. (Schiller musste sie probieren, diese Weine zu importieren lohnte sich. Leider gab es mal wieder zu wenig davon.)

Wenn man wusste, was der Gegner vorhatte, war es einfach, sich darauf einzustellen. Er hielt am Straßenrand, schaltete das Telefon wieder ein und sah, dass Ulrike mehrmals versucht hatte, ihn anzurufen. Nein, er musste sie sich vom Leib halten, er würde bei ihrem Versuch, Schiller doch noch zu überreden, nicht den Verbündeten spielen. Außerdem musste er zunächst José Maria einen Vorschlag machen, was dadurch begünstigt wurde, dass Salgado inzwischen mit Armando García gesprochen und sich von ihm alles hatte berichten lassen, wie er gleich darauf erfuhr.

»Gehst du davon aus, dass dieser Rafael Viadero dabei war, als unser Kellermeister verprügelt wurde?«

»Worauf willst du hinaus?«

»Was hältst du davon, wenn Armando García behauptet, dass er Rafael Viadero erkannt hat?«

Salgado zögerte mit der Antwort. »Wie soll das funktionieren?«

»Du hast das Foto von ihm. Es wird das sein, was mir Victor Tejeda gegeben hat. Zeig es Armando, er soll sich die Gesichtszüge gut einprägen, zur Polizei gehen und behaupten, er sei der Schläger gewesen.«

»Und was soll er dort? Was bezweckst du damit?«

»Armando behauptet, dass es den Schlägern darum gegangen sei, meinen Aufenthaltsort zu erfahren, mich aufzuspüren, um mir eine Lektion zu erteilen. Also sind sie anschließend nach Mallorca gefahren beziehungsweise geflogen. Das heißt, ich bin in Gefahr. Dann muss ihn die Polizei zur Fahndung ausschreiben, und er kann sich nicht mehr offen bewegen. Außerdem bin ich morgen weg.«

»Nichts für ungut, *hombre*, für wen hältst du dich, dass deinetwegen eine Fahndung eingeleitet wird?«

»Es geht nicht um mich, es geht um Armando – schwere Körperverletzung ist kein Kavaliersdelikt.«

Salgado schwieg einen Moment, was Henry veranlasste nachzufragen, ob er noch am Telefon sei.

»Klar bin ich das. Aber mein Polizistenverstand, du nennst es Bullenhirn, sagt mir, dass da etwas nicht stimmt mit dir. Ist dieser Rafael bereits auf Mallorca?«

Henrys Zögern bestätigte Salgados Vermutung. »Du bist ihm begegnet? Hast du ihn gesehen? Los, rede, *hombre*, weshalb erzählst du mir das nicht gleich? Mit der Fähre ist er nicht gefahren, er ist auch nicht geflogen, wir haben die Passagierlisten gecheckt. Also muss er anders rübergekommen sein, sicher mit einer Gratispassage auf der Jacht von Diegos Verbrecherfreunden.«

»Ihr habt die Passagierlisten gecheckt? Wer seid ihr? Du und Victor Tejeda und wer noch dazugehört? Und dass ich eine Waffe bekomme, nebst Erlaubnis, sie zu tragen, vorläufig zwar nur, aber trotzdem. Es handelt sich nicht um eine offizielle Ermittlung?« Henry war vorsichtig geworden, und es gab Fragen, die hatte er José Maria nie stellen müssen.

»Frag nicht so viel und freue dich, dass dir jemand hilft. Was ist passiert? Wo seid ihr euch begegnet? Weiß Victor Tejeda davon?«

»Nein.« Henry berichtete von seinem nächtlichen Debakel und beschönigte seine eigene Rolle nicht. »Isabella muss es nicht erfahren. Ich wollte diese Ana Maria wirklich nur zu ihrem Hotel begleiten, sie hat mich darum gebeten.«

»Ich will das nicht vertiefen.« Manchmal hörte sich Salgado sehr streng an. »Ich hoffe, das war dir eine Lehre. Es war also hilfreich, was Victor dir überlassen hat?«

»Sehr, er bekommt es morgen zurück, ich fliege danach gleich nach Madrid.«

»Hast du diesen Rafael Viadero gesehen, in der Nacht, hast du ihn erkannt?«

»Nein, dazu war es zu dunkel, alles ging zu schnell. Es hat nur Sekunden gedauert. Aber es war ein riesiger Kerl.«

»Dann kann es ein normaler Überfall auf einen dämlichen Touristen gewesen sein, der sich auf eine Nutte einlässt. Dumm gelaufen, würden die Kollegen dazu sagen.«

»Wir müssten es bei der Polizei behaupten, es kann mir den Rücken frei halten.«

»Ich denke, du willst zurückkommen beziehungsweise weiter …«

»In ungewöhnlichen Situationen muss man zu ungewöhnlichen Mitteln greifen.«

»Wenn es nur um dich und mich ginge, wäre ich einverstanden, aber ich weiß nicht, wie sicher euer Kellermeister bei einem Verhör auftritt.«

»Er ist ziemlich hart. Du hast gesehen, wie sie ihn zurichten mussten, damit er meinen Aufenthaltsort preisgibt, lass ihn entscheiden …«

»Ich werde mit ihm reden.« Salgados verhaltene Zustimmung signalisierte, dass er von Henrys Idee längst nicht überzeugt war. »Da ist noch etwas anderes, was du mir sagen willst.«

»Nein, das war alles.«

»Das glaube ich dir nicht, du hast noch etwas in der Hinterhand, *amigo*, ich kenne dich lange genug. Worum geht es?«

»Es wäre zu böse.«

»Jeder Mensch hat eine dunkle Seite. Lernst du von deinen Feinden? Manchmal hilft es.«

»So könnte man es nennen.«

»Jetzt rede nicht um den heißen Brei herum! Also?«

Henry musste Salgado nicht erklären, dass Diego aus dem Gefängnis heraus seine Finanzen steuerte und dass er dafür seinen Rechtsanwalt Miguel Angel Gurpegui Zapatero benutzte. Er musste ihm auch nicht erklären, dass Diego Gefängnisbeamte bestach und sich mit Geld andere Gefangene gefügig machte und wieder andere vom Leib hielt. Das alles wusste er von Salgado, der kannte die Strukturen und wusste selbstverständlich von den Kolumbianern, die in der Strafanstalt das Drogengeschäft kontrollierten. Henrys Vorschlag mündete in der einfachen Überlegung, dass man sie über Diegos Kokain-Deals aufklären sollte.

»Das ist wirklich äußerst böse, Señor!« Wenn Salgado ihn so titulierte und nicht beim Namen nannte und ihn auch nicht freundschaftlich mit *hombre* anredete, war er wirklich empört. »Das könnte ein Todesurteil sein. Einen derartigen Vorschlag hätte ich von dir nicht erwartet. Du erstaunst mich immer mehr. Willst du, dass sie ihn umbringen?«

»Soll ich den Rest meines Lebens vor diesem Verbrecher flüchten? Diego wird niemals Ruhe geben! Mann, ich habe Angst. Ich bin kein Bulle!« Henry wurde lauter, was Ausdruck seiner Panik war. »Jede meiner beruflichen Aktivitäten, jede gute Idee von mir, von Isabella und von Sebastián macht ihn reicher und gibt ihm mehr Mittel für seine Rache in die Hand. Wenn wir diesen Rafa irgendwie ausschalten, wird es einen neuen Rafa geben.«

»Es gibt immer einen Rafa«, sagte Salgado ruhig. »Das ist der Preis, den wir dafür zahlen, dass es keine Todesstrafe mehr gibt, keine inoffiziellen Hinrichtungen, dass wir in einer Demokratie leben, die auch dem Täter Rechte zugesteht, die jedem Rechte zugesteht, und ich … wir sind dafür da, dass diese Rechte eingehalten werden.«

»Red nicht so einen Unsinn, José Maria. Du hast deine Arbeit zu ernst genommen, und genau deshalb haben sie dich von den internen Ermittlungen abgezogen und kaltgestellt.«

»Heute habe ich mehr Bewegungsfreiheit denn je …«

»Wer sagt dir, dass die Regierung dich nicht dabei beobachtet, dass sie uns in diesem Moment nicht abhört? Und wenn man wirklich stört, wird man ausgeschaltet, so oder so.«

»Wenn du die Kolumbianer informierst, bist du nicht besser als Diego. Du bedienst dich derselben Mittel, die der Zweck nicht heiligt. Lass dir was anderes einfallen, *hombre*. Ich werde auch darüber nachdenken. Erst mal rufe ich Victor an, er kann dich bis zum Abflug begleiten, dir den Rücken decken, ich werde ihn darum bitten. Setz dich mit ihm in Verbindung. Und wenn du erst wieder hier bist, sehen wir weiter …«


Nach dem aufwühlenden Gespräch blieb Henry eine Weile still im Wagen sitzen, er dachte darüber nach, ob Salgado recht hatte, und betrachtete die Weinfelder. Es hatte von hier aus den Anschein, dass sie sich bis an die Berge hinzogen. Weinreben übten immer einen beruhigenden Einfluss auf ihn aus. Es musste eine andere Lösung geben, sich Diego vom Hals zu halten. Auf sein Niveau durfte er sich wirklich nicht herablassen. Dagegen, dass er sich verteidigte, hatte Salgado nichts einzuwenden gehabt, sonst hätte er nie dafür gesorgt, dass er an die Waffe gelangte. Inzwischen hatte sich

Henry daran gewöhnt und wunderte sich gleichzeitig, dass er sich daran hatte gewöhnen können. Immer wenn er sich irgendwo hinsetzte, sei es auf einen Stuhl oder auf einen Sitz im Wagen, erinnerte ihn der Druck im Rücken daran.

Der Blick in den Spiegel war mittlerweile zwanghaft, der Weg war frei, keine Verfolger, es zeigte sich auch kein Motorradfahrer, und er konnte seinen Weg fortsetzen, zurück zu alten Ufern beziehungsweise Zeiten, als er nichts weiter getan hatte, als spanische und portugiesische Weingüter zu besuchen und in seinem Newsletter darüber zu schreiben – und Isabella zu lieben. Er würde sie anrufen, er würde ihr nichts von den aktuellen Problemen mitteilen – dabei war er sich sicher, dass sie längst von dem Überfall auf ihren Kellermeister erfahren hatte. Dann wusste sie auch von der Gefahr, in der er schwebte.

Die nächste Kellerei auf Henrys Weg war Jaume de Puntiró in Santa Maria del Camí an der Plaça Nova. Es war ein Familienbetrieb, geleitet von Pere Calafat, einem großen, etwas grob wirkenden, aber sehr entgegenkommenden Endvierziger. Mit ihm wie auch mit allen bisher getroffenen Winzern war es leicht, ins Gespräch zu kommen, und niemand beharrte darauf, Mallorquin mit ihm zu sprechen. Wie Pere sich mit den beiden Rumänen verständigte, die ihm beim jetzt angesagten Ausbrechen der jungen Triebe halfen, vergaß Henry zu fragen. Die zehn bis zwölf Hilfskräfte, mit denen er die Lese durchführte, kamen von der Insel. Einer der drei Söhne von Pere studierte Chemie in Barcelona, auf ihn setzte der Winzer, er war der Einzige, der in der Familie den Weinbau fortsetzen würde, dann wäre es die fünfte Generation.

Die zuletzt besuchten Kellereien hätten die ersten auf der Besuchsliste sein müssen, dachte Henry, während Pere Calafat die Flaschen für die Probe zusammenstellte und Gläser aus der Spülmaschine holte und sie nachpolierte. Diese kleinen Betriebe entsprachen dem Standard von Ses Palmes.

Hier war die bestockte Fläche mit zehn Hektar sogar noch kleiner, das größte Flurstück im Gebiet von Raiguer am Fuß der Berge maß drei Hektar, das kleinste lediglich 0,4 Hektar, das waren die alten Reben.

Aber eine andere Reihenfolge der Besuche hätte letzten Endes nichts geändert. Die Sache war gelaufen. Er glaubte dem Bauern, diesem Hugo mit dem kaum merkbaren Nachnamen. Niemand wusste, wie weit Gesine Fröhlich beim Tod ihres Mannes nachgeholfen hatte. Mit drei Koffern und zwei kleinen Mädchen war sie gekommen ... Wie würde sie gehen?

Und wie er jetzt wusste, waren die Steine weder auf Zufälle noch auf Streiche zurückzuführen. Vielmehr hatte der Bengel ihnen mit seiner Schleuder verdeutlichen wollen, dass sie auf Ses Palmes unerwünscht waren. Wieso aber bedrohte er ihn und Schiller und nicht die Fröhlich? Henry konnte sich glücklich schätzen, dass er nicht getroffen worden war. Was trieb Ulrike Schiller in die Arme dieser Unglückseligen? Wie blind oder verbohrt konnte jemand sein? Das Ziel war die Opfer nicht wert. Aber das wird ihr Schiller heute sicher eindrücklich klargemacht haben, dachte Henry.

Der Tisch war gedeckt, die Gläser glitzerten, die Probe inmitten der von Künstlern bemalten Fassdauben konnte beginnen. An keinem der biologisch gemachten Weine war etwas auszusetzen. Die Wahl der Rebsorten war identisch mit den Weinen anderer Kellereien. Der einfache Blanc, gänzlich aus Prensal gekeltert, war zwar angenehm in der Frucht, auch schön in der Säure und lebendig, doch er war ein wenig flach. Die Traube eignete sich Henrys Ansicht nach nicht, um ihn im Barrique auszubauen, er brachte, trotz der alten Rebstöcke, nicht genügend Kraft und Extrakt mit. Manto Negro hingegen eignete sich auch ohne Verschnitt mit kräftigeren Rebsorten für einen schönen Rosé. Im Carmesi, dem einfachen Rotwein, waren sie dann alle wieder vereint: Manto Negro, Cabernet Sauvignon, Syrah und die einheimische Sorte Callet. Pere Calafats roter BUC, von Trauben aus der gleichnamigen Zone, brauchte nur zwei Sorten, um großartig zu sein, der Manto Negro gab ihm den Charakter, Cabernet Sauvignon die Farbe und die Struktur, die so fest war, dass sich der Wein viele Jahre lagern ließ. Den Preis von 13,30 Euro hielt Henry für gerechtfertigt, nicht jedoch die 34 Euro für den roten JP, obwohl er ihn, entsprechend gereift, als großen Wein einstufte.

Die Bodega Can Rubí am selben Platz, nur hundert Meter weiter rechts, wirkte sehr volkstümlich. Ähnlich volkstümlich waren auch die Weine in den großen Holzfässern, aus denen, wie bei den Crespí-Brüdern, literweise gezapft wurde. Optisch hatte die Bodega einiges zu bieten, doch Schiller würde nichts verpassen, wenn er ihm aus diesem Hause keine Probe mitbringen würde.

Das war zwei Ecken weiter ganz anders, in der Bodega von Sebastià Pastor, am Ende des Platzes. Es war keine Kellerei im eigentlichen Sinn, es war sein Verkaufsraum, in dem Chaos herrschte, das sich bis in den Innenhof erstreckte. Wannen, Kannen, Kisten und Kanister, leere Plastikflaschen zwischen Topfpflanzen, Pappkartons, ein alter, umgekippter Stuhl, eine mit Zeug vollgestellte Treppe – es sah nicht nach einem Umzug aus. Ob es hier immer so war? Henry kaufte einen Flaschenwein zu fünf Euro, dann probierte er den einfachsten, der literweise verkauft (*a granel*) und in ebendiese leeren Plastikflaschen oder Kanister abgefüllt wurde und schleunigst getrunken werden sollte, damit er nicht oxidierte. Der Wein machte Henry sprachlos, der Grad der vorübergehenden oder dauernden Unordnung entsprach der Güte des Weins. Señor Pastor verstand sehr viel von seinem Beruf, er musste geradezu ein Künstler sein. Vielleicht regte ihn das kreative Chaos an?

Nach dem vielen Wein brauchte Henry einen Kontrapunkt, gesetzt von einem guten und starken Kaffee. Er fand einen Schattenplatz in einer der Bars am Platz und staunte über das Design des Toilettenhäuschens, einen Korb aus rotrostigen Metallbändern geflochten. Überall auf der Insel, gerade dort, wo er es am wenigsten erwartete, taten sich überraschend Kunstwerke auf, so wie jenes Ensemble übergroßer flacher Metallfiguren an der Straße nach Manacor.

Das alles versetzte Henry in gute Stimmung, und so glaubte er, einigermaßen gelassen Ulrike Schiller ertragen zu können, die ihm bereits drei Nachrichten auf sein Smartphone geschickt hatte.

# Kapitel 14

Er blickte kurz auf, schaute zurück aufs Display und erstarrte. Langsam setzte er die Lesebrille ab und die Sonnenbrille auf. Damit konnte er besser in die Ferne sehen. In der übernächsten Bar saßen zwei Männer nebeneinander, die Gesichter in seine Richtung gewandt, eines von einer Sonnenbrille verborgen, das andere im Schatten des Schirms von einem Basecap. Beide Männer rauchten. Henry wusste nicht, was genau ihn an die beiden erinnerte, die ihn vor der Kirche von Sineu erwartet hatten. War es ihre Statur? Es waren Spanier, so viel war klar. Touristen benahmen sich anders, waren anders gekleidet und trugen ihre Kleidung anders. Der Unterschied lag in der Gelassenheit. Er tastete diskret nach der Waffe, versicherte sich, dass sie da war, und versuchte, sich an das Foto von Rafael Viadero zu erinnern, es steckte in seiner rechten Jackentasche. Er zog es heraus, warf einen Blick darauf und sah wieder hinüber zu den beiden Männern, dann wieder auf das Bild und verglich sie so offensichtlich, dass sie es bemerken mussten. Genau das bezweckte er, und es gelang ihm, sie auch zu verunsichern.

Ihr Benehmen veränderte sich schlagartig, als er zusätzlich das Smartphone ans Ohr hielt, die Lippen bewegte und den Blick mal auf sie und dann wieder aufs Foto richtete. Die beiden fühlten sich offensichtlich ertappt, wandten sich ab und rückten ihre Stühle zur Seite. Sie hatten es nicht gelernt, unauffällig zu observieren. Sie legten Geld auf die Tischplatte und standen auf, ein weiteres Zeichen, dass es sich um Spanier handelte. Touristen hätten die Rechnung abgewartet und wahrscheinlich den Betrag kontrolliert. Sie entfernten sich zum jenseitigen Rand des Platzes, und als sie einige Schritte vom Tisch entfernt waren, bückte sich der Größere, den Henry für Rafael hielt, nestelte an seinem Schuh und blickte zurück.

Sie wussten, dass Henry bewaffnet war, das machte sie vorsichtig. Seit einigen Minuten wussten sie zusätzlich, dass er sie entdeckt hatte, was ihren Job nicht leichter machte. Sie verschwanden in einer der Seitenstraßen, dort würde ihr Wagen stehen, sie würden ihn weiter beobachten, und wenn er aufbräche, würden sie ihm folgen.

Er überlegte, Victor Tejeda anzurufen, wie aber sollte der ihm helfen? Er war kein offizieller Polizist. Er konnte zur Polizei gehen und erzählen, dass ein Freund sich von zwei Männern verfolgt und bedroht fühlte. Mit der Behauptung, dass Henry bewaffnet sei, konnten seine Verfolger den Spieß leicht umdrehen. Er würde versuchen, sie auf Abstand zu halten, und sie schmoren lassen; solche Leute hatten selten Geduld, sie mussten ihr Ziel schnell erreichen und verschwinden. Das würde sie unvorsichtig werden lassen. Ihr einziger Beweggrund war das Geld. Sie taten es für Geld, ganz anders als Diego. Der wollte seine Rache.

Henry hielt sein Smartphone noch immer in der Hand, jetzt rief er die eingegangenen Nachrichten auf, die letzte zuerst, sie war eine Stunde alt.

*»dringend!!! melde dich endlich! gerhard ist seit gestern verschwunden – sein wagen auch. bitte hilf mir, ich brauche dich! polizei ist alarmiert. alle suchen ihn. wo bist du?«*

Henry richtete seinen Blick weiter auf die Ecke, wo Rafa und sein Komplize verschwunden waren. Sie braucht mich? So, so. Weil Gerhard verschwunden ist? Hatten die beiden Krach? Traute er sich nicht, seiner Frau mit seiner Entscheidung unter die Augen zu treten? Oder war er versackt? Nein, dazu war er nicht der Typ, doch man konnte sich irren.

Henry las die zweite Nachricht. Sie war um neun Uhr morgens abgeschickt worden.

*»henry! ich bin bei der polizei, guardia civil, gerhard ist noch immer nicht aufgetaucht. bin in grosser sorge. melde dich!!!«*

Deshalb also hatte sie versucht, ihn zu erreichen, und er hatte geglaubt, sie wollte ihn zur Rede stellen und ihm die Schuld für das Scheitern der Verhandlungen mit der Fröhlich geben. Er zog die erste Nachricht aufs Display. Sie stammte von gestern. Da war noch nichts von Panik zu spüren.

*»hallo henry. wo seid ihr? warum nehmt ihr mich nicht mit zum essen? gerhards handy muss kaputt sein. gruß – rickle«*

Jetzt las er die Nachrichten in der richtigen Reihenfolge. Wenn er die Texte richtig verstand, hieß das, dass Gerhard verschwunden war, nachdem sie sich auf dem Parkplatz getrennt hatten. Das war tatsächlich ein Grund zur Sorge. Er hatte lediglich spazieren gehen wollen. Er war in keiner Verfassung gewesen, die Henry Anlass zur Besorgnis gegeben hätte. Oder machte Ulrike Schiller wieder Theater? Er glaubte sowieso, dass sie zum Dramatisieren neigte. Ihre Lage schien sich von SMS zu SMS verschlimmert zu haben, ihre Angst hatte zugenommen. Wenn auch Gerhards Wagen verschwunden war, musste er unterwegs sein. Hatte er einen Autounfall gehabt? Wahrscheinlich war sie deshalb heute so früh mit der Hotelbesitzerin ausgegangen, um sich bei der Guardia oder der Polizei zu erkundigen. Die Frau sprach Englisch, Ulrike hatte sie zum Übersetzen gebraucht. Zur Wache war es nicht weit, das Gebäude der Guardia Civil lag am Ortsrand, ein Stück vor der Abzweigung nach Sant Joan. Irgendwo hatte er auch einen Hinweis auf die Policía Local gesehen, aber er erinnerte sich nicht mehr, wo es gewesen war.

Henry wählte Ulrike Schillers Nummer. Sie meldete sich nicht, er sprach eine Nachricht auf die Mailbox, dass er jetzt in Santa Maria del Camí sei und weiter zur Kellerei Tianna Negre nach Binissalem fahre, wie mit Gerhard abgesprochen. Er hoffe, ihn dort zu treffen. Aber wenn nicht, könne sie ihn jederzeit anrufen. Ehrlich war das nicht, er hatte nicht die geringste Lust, sich in ihren Ehekram einzumischen, da bekam man sogar als Außenstehender Prügel oder einen Blumentopf an den Kopf. Er hatte keinen Schimmer, was zwischen den beiden vorgefallen war, ob sie sich gestern womöglich noch über Gerhards Rückzug von Ses Palmes ausgetauscht hatten. Ihn beschäftigten viel gravierendere Probleme. Es ging um seine Gesundheit, um sein Leben.

Aus der Einbahnstraße, in der Rafa nebst Begleiter verschwunden war, war inzwischen nur ein einziger Wagen gekommen, mit nur einem Fahrer. Also warteten sie auf ihn? In der Nähe seines Wagens? Sie wussten, was für ein Fabrikat er fuhr, sonst hätten sie ihm nicht hierher folgen können. Sie warteten auf ihre Chance. Vierundzwanzig Stunden noch musste er sie hinhalten. Zu Hause, in La Rioja, würden Salgado und er sich die beiden greifen, Salgado würde schon was einfallen, er verfügte aus seiner Dienstzeit über die entsprechenden Verbindungen und sicher auch Helfer. Am besten hetzte man die Unterwelt auf die Unterwelt, Wölfe gegen Wölfe. Aber das wussten die Wölfe auch, und Diego war nicht der Mann, der die Zeit im Knast ungenutzt verstreichen ließ und sich nicht fortbildete. Einfach darf ich mir das nicht vorstellen, dachte Henry, alles wäre viel einfacher, wenn José Maria sich auf meinen Vorschlag einlassen und Rafa zur Fahndung ausschreiben würde. Henry wusste bei José Maria nie, wo er die Grenze zwischen legal und illegal zog.

Er ging zu seinem Wagen und fuhr gegen den Uhrzeigersinn um den riesigen, rechteckigen Platz, und bevor er am Ende rechts abbog, konnte er einen Blick in die gegenüberliegende Straße werfen. Dort fuhr ein silberner Wagen an, kaum dass Henry den Blinker zum Abbiegen gesetzt hatte. Ob zwei Männer in dem Fahrzeug saßen, ließ sich nicht erkennen, die Windschutzscheibe reflektierte die hoch am Himmel stehende Sonne und blendete ihn. Aber das Auto folgte ihm bis zur Kellerei Macià Batle, wo Henry rechts abbog, und blieb weiter hinter ihm. Er wusste, dass er an der Abzweigung nach Alaró auf einen Kreisverkehr treffen würde. Henry fuhr langsam hinein, zwischen ihm und seinen möglichen Verfolgern fuhren zwei weitere Autos, aber als er den Kreisverkehr einmal langsam umrundet hatte, ohne hinauszufahren, befand er sich hinter dem silbernen Honda. Es war ein weniger godzillahaftes Modell als Schillers erster Leihwagen.

Die Nervosität der beiden Insassen war offensichtlich, sie glaubten zuerst, ihn verloren zu haben, bis sie bemerkten, dass er hinter ihnen herfuhr. Da gaben sie Gas. Ein wenig hatte er von den Gesichtern der Männer erhaschen können, auf dem Beifahrersitz saß Rafa, das war gewiss. Henry ließ sich zurückfallen, seine Verfolger fuhren weiter in Richtung Binissalem, er hingegen bog, ohne zu blinken, links in einen Wirtschaftsweg, an dessen Ende inmitten einer gewaltigen Fläche grüner Reben die Kellerei Tianna Negre stand, ein riesiges flaches Rechteck aus Naturstein. Es war einer überdimensionierten Gabione nachempfunden, nicht einmal der Draht fehlte, der die Steine zusammen und in Form hielt. Es war der modernste Bau, den Henry auf der Insel bislang zu sehen bekommen hatte, geradezu eine Festung.

Sehr konzentriert war er nicht bei der Sache, zumal ihn das Verschwinden von Schiller mehr beunruhigte, als er sich eingestehen wollte. Die Begegnung mit seinen Verfolgern war auch nicht dazu angetan, ihn in Sicherheit zu wiegen, obwohl er sich besser fühlte, da er die Initiative ergriffen hatte.

Klarheit und Kühle beherrschten die Räume, ein moderner Anspruch auf Umweltverträglichkeit war beim Neubau dieser Kellerei umgesetzt worden. Ausgehobener Sand und Steine aus der Baugrube hatten dem Neubau als Material für Außenmauern gedient. Das Flachdach deckte eine Fotovoltaikanlage von vierhundert Quadratmetern, wo doch Mallorca sonst in Sachen erneuerbare Energien weit hinter dem Festland zurücklag. Regenwasser wurde wie in früheren Zeiten wieder aufgefangen und das gereinigte Brauchwasser zur Bewässerung genutzt. Mit der Kellerei Ribas, die Henry mit Schiller zusammen besucht hatte, wurde gemeinsame Klonselektion betrieben. Die Anbaufläche betrug fünfzig Hektar, die Pflanzrechte waren vom Festland transferiert worden, denn der Weinbau in der EU durfte nach europäischem Recht nicht mehr beliebig vergrößert werden. Henry fotografierte die moderne Installation, vom Versuchsfeld für neue Rebsorten über die Traubenanlieferung, die Presse und den perfekt ausgestatteten Gärkeller mit der Warnanlage für Kohlendioxid. Der Keller, wo die Weine in mehr als hundertfünfzig Barriques reiften, sozusagen während der Mikrooxidation den letzten Schliff erhielten, war von der Anlage und der Dimension her beeindruckend. Stille und Beleuchtung schufen eine geradezu feierliche Ruhe. Henry konnte Schiller zumindest die Bilder zeigen.

»Ich lasse Sie jetzt allein, vermutlich wünschen Sie keine Kommentare, wenn Sie probieren«, sagte sein Begleiter, der Önologe.

»Hat sich das rumgesprochen?«

»Die Branche ist übersichtlich, zwei, drei Anrufe genügen, außerdem plaudert man beim Wein ganz gern.« Er wandte sich ab und kam noch einmal zurück. »Die Rebsorten der jeweiligen Weine finden Sie in diesem Flyer.« Er schob eine Flasche beiseite, legte den Flyer auf den Tisch und ging dann zum Tresen, wo immer mehr Gäste eintrafen, die ihn mit ihren Fragen bestürmten.

Henry war zwar interessiert, doch das Auftauchen von Rafa brachte seine Konzentration durcheinander. Was ihn weiter nervös machte, waren die Unruhe im Raum und die Vielzahl von Weinen, die hier produziert wurde. Es waren zu viele, er verlor die Übersicht, die einzelnen Qualitätslinien waren ihm nicht deutlich genug voneinander abgegrenzt.

Eindeutig war dagegen der Velrose, ein sehr heller Rosé aus Manto-Negro-Trauben, der Henry überraschte, denn im

Duft empfand er ihn als einen Weißwein, im Geschmack war er eindeutig ein Rosé. Internationale Klasse hatte auch der Tianna Bochoris, eine *ensamblaje* von vier Rebsorten, zwei einheimischen, zwei internationalen, den üblichen, wobei die heimische Manto Negro die Richtung vorgab.

Zuletzt bekam er eine Probe direkt aus dem Barrique, es war ein rebsortenreiner Callet. Eigentlich war es eine schwierige Rebsorte, die wegen der großen, eng stehenden Beeren leicht faulte, außerdem bildete sie in der Fotosynthese wenig Zucker, und ihr wurde eine schwache Phenolkonzentration nachgesagt, was entscheidend für Geruch, Geschmack, Farbe und Textur des Weins war. Dieser hier war gelungen, der Wein war gut, sehr gut sogar, es war der mit den besten Anlagen, und er hatte Charakter. Beim Verkosten spürte Henry die Unterschiede deutlich. Er lernte rasch dazu, innerhalb von Tagen, und das war wichtig. Wenn man sich Mühe gab und nicht so viel Wert aufs Äußere legte, konnte Tianna Negre in ihrer Liga richtig gut werden.

Diesen letzten Wein würde Henry gern Schiller präsentieren, es wäre spannend, die Geschichte seiner Entstehung zu erfahren. Was er Schiller aber damit eigentlich sagen wollte, war, dass seine Entscheidung richtig war, sich nicht zwischen einer Finca und seinem Weinhandel zu zerreißen. Beides ähnlich gut zu machen war kaum zu schaffen.

Er fuhr hinauf nach Lloseta und suchte nach dem »Celler Can Carrossa«, einem seit Ewigkeiten existierenden Restaurant im Zentrum des am Gebirge hochgewachsenen Ortes. Diese Empfehlung hatte er noch im Kopf. Er fand einen Platz, von dem er die Straße einsehen konnte, dafür fehlte die Speisekarte, stattdessen gab es ein Degustationsmenü von fünf Gängen, das ihn von der Menge her nicht überforderte. Es gab von allem etwas, und er fand einen Wein von Toni Gelabert auf der Karte. Er war zufrieden.

Als er sich auf den Rückweg machte, war er unentschieden,

ob er nun nach Sineu fahren sollte oder ob es sinnvoller war, sich mit Victor Tejeda zu treffen und die Maßnahmen wegen seiner Abreise zu erörtern. Da meldete sich dieses verfluchte Telefon. Er hasste es, wenn er keine Freisprechanlage im Wagen hatte und einen Halteplatz suchen musste, besonders wo ihm ein Lastwagen im Nacken saß. Es war Ulrike, 's Rickle.

»Na? Hallo. Wie geht's?« Er versuchte, seiner Stimme einen möglichst hoffnungsvollen Klang zu geben. »Gerhard ist wieder aufgetaucht? Wo war er?«

Das empörte Schweigen Ulrikes signalisierte ihm das Gegenteil. »Nein«, sagte sie kurz und hart. »Nein, und wir wissen noch immer nicht, wo er ist. Ich dachte, du hättest eine Ahnung!« Da schwang wieder der Vorwurf mit. »Aber sein Auto ist gefunden worden – in Magaluf!«

»In Magaluf?« Der Ort genoss den denkbar schlechtesten Ruf; am Ballermann in S'Arenal sollten die Partys im Vergleich geradezu gesittet abgehen. »Was hat er in Magaluf zu suchen?«

»Das frage ich dich! Ich dachte, dass du es wüsstest, dass du vielleicht dabei warst.« Der Vorwurf war stärker geworden.

»Erstens bin ich nicht verrückt, zweitens zu alt, und drittens habe ich keine Ahnung, wo er stecken könnte!« Was für eine absurde Unterstellung, dachte Henry und stoppte in einer Einfahrt. »Magaluf ist die Amüsiermeile für britische Hooligans und durchgeknallte Jugendliche. Die Marketingdirektoren mittelständischer spanischer Kellereien pflegen andere Orte und ein anderes Amüsement vorzuziehen.« Es war ihm ziemlich egal, ob Ulrike seine Worte als arrogant auffassen würde. Die Frau konnte ihn allein durch ihre vorwurfsvolle Redeweise in Wut versetzen. »Wir waren gestern so gegen halb sieben zurück. Euer Wagen stand auf dem Parkplatz, also musst du schon zurück gewesen sein. Ich ging ins Hotel, er sagte, dass er sich die Füße vertreten wolle. Seitdem habe ich ihn nicht gesehen.«

»Die Füße vertreten?« Ihre Empörung brauchte Ulrike

nicht zu spielen. »Er ist verschwunden, und du behauptest, dass Gerhard sich die Füße vertreten wollte? Weißt du, was du da redest?«

»Ja, ziemlich gut, ich war dabei. Vielleicht ist aus dem Spaziergang ja eine Spazierfahrt geworden, was weiß ich.«

»Dann bist du der Letzte, der ihn gesehen hat, seitdem ist er verschwunden ...«

»Du liest zu viele Kriminalromane.«

»Das ist eine Frechheit!«

Dass er ihre Bemerkung ähnlich auffasste, behielt er für sich. Der Letzte, der jemanden lebend gesehen hatte, kam immer als Mörder in Betracht. »Du musst deinen Frust nicht bei mir abladen, Ulrike«, sagte er ruhig. »Wir waren tagsüber unterwegs, du hattest anderes vor, ich fragte ihn, ob wir zusammen essen gehen sollten, aber er hat es abgelehnt, er wollte lieber allein sein und nachdenken ...«

»Was ist vorgefallen?«

Wenn sie nicht vorwurfsvoll war, war sie inquisitorisch. Henry hatte wenig Lust, ihr auf die Nase zu binden, wo sie gewesen waren, und besonders nicht, was der Nachbar, Hugo Armengol, über ihre neue Freundin gesagt hatte. Auf diese Debatte wollte er sich unter keinen Umständen einlassen. Außerdem musste man beim Geschwätz von Nachbarn vorsichtig sein. Armengol hatte auf ihn allerdings glaubwürdig gewirkt.

Ulrike Schiller holte tief Luft, es hörte sich beinahe wie ein Schluchzen an. Sie stöhnte. »Ich habe Angst, Henry ...«

Zum ersten Mal fühlte er, dass Ulrike ehrlich war, und die Worte drangen zu ihm durch. Angst kannte er, ihr war er dreimal in seinem Leben begegnet. Einmal, als der Stier in der Arena von Logroño »das Maul am Boden« hatte und der Matador ihn töten wollte, beim zweiten Mal hatte er selbst »das Maul am Boden« gehabt, mehrere junge Männer waren über ihn hergefallen, beim dritten Mal hockte er in einem Erdloch, über ihm seine Jäger ...

»Ich habe Angst, Henry …«

Nein, es handelte sich nicht um eine Bagatelle. Er konnte sich vorstellen, dass Gerhard geflüchtet war, der Auseinandersetzungen um Ses Palmes leid war, aber seit er die Autotür zugeschlagen hatte, waren zwanzig Stunden vergangen. Da hatte viel geschehen können.

»In welchem Zustand befindet sich der Wagen?«, fragte er.

»Der Polizei nach stand die Tür offen, der Schlüssel war weg. Aber das Auto ist heil. Nur er ist nicht da!« Sie schrie ihre Angst fast raus.

Henry hielt das *móvil* ein Stück vom Ohr weg, sie war laut genug.

»Was sagt die Polizei? Oder ist es die Guardia Civil? Du warst heute Morgen dort?«

»Ja, mit der Hotelbesitzerin, sie hat übersetzt. Sie spricht Englisch. Henry! Was soll ich tun?«

Es war neu, dass sie ihn um Rat fragte, leider fiel ihm auch nicht mehr ein, als ihr zu empfehlen zu warten.

»Wo seid ihr gewesen? Was ist passiert, dass er noch in dieses …«, sie suchte stammelnd nach Worten, »in dieses eklige Magaluf fahren musste? Warum hat er mir nichts gesagt? Was war los, dass er sich unbedingt noch die Füße vertreten musste?«

»Von unbedingt hat er nicht gesprochen. Ich glaube, dass eine Entscheidung von der Tragweite, wie ihr sie trefft, etwas zutiefst Bewegendes ist.«

»Du weichst mir aus, Henry, ich will eine Antwort.« Sie stöhnte. »Du weißt mehr!«

Er würde den Teufel tun und ihr mehr sagen, vor allem nicht am Telefon. Er hörte Stimmen im Hintergrund, Ulrike Schiller sprach mit jemandem auf Englisch.

»Ich rufe dich wieder an. Hier ist ein Polizist, der was von mir will.«

Benommen starrte Henry auf die Landstraße. Langsam fuhr er weiter.

Was zum Teufel hatte Schiller nach Magaluf getrieben? Hatte er sich amüsieren wollen und war versackt? Das traute Henry ihm nicht zu, doch wer konnte dem anderen hinter die Stirn blicken, wen kannte man so gut, dass man für ihn die Hand ins Feuer legte? Irgendeine neue und unbekannte Seite offenbarte sich immer wieder. Im Grunde kannte er Schiller kaum. Rund eine Woche hatten sie täglich miteinander zu tun gehabt, immer war es dabei um das Thema Wein gegangen.

Schiller würde heute irgendwann zu sich kommen, wenn die K.-o.-Tropfen nicht mehr wirkten, und sich in einem schäbigen Hotelzimmer wiederfinden – ohne Brieftasche. Die Schöne der Nacht wird sie für ihn aufgehoben haben, dachte Henry und grinste bei dem Gedanken. Doch dann fiel sein Blick durch die breite Glasfront auf den Parkplatz, und er erinnerte sich an seine Verfolger. Er rief Victor Tejeda an und erklärte ihm kurz die Lage. Schillers Verschwinden erwähnte er nicht.

»Komm ins Büro oder fahr ins Hotel und rühre dich nicht mehr von der Stelle. Ich hole dich morgen ab und begleite dich zum Flugplatz. Rafael Viadero kann nichts von deinem Plan wissen, nach Madrid zu fliegen. Im Hotel erklärst du, du würdest nach Hause fliegen, und ich kläre mit José Maria die nächsten Maßnahmen.«

Henry entschied sich, nach Palma zu fahren.

»Auch gut, dann gehen wir einen Kaffee trinken, und ich komme mal aus meinem Büro raus. Pass auf dich auf, eine Bombe werden sie nicht unter dein Auto legen, dazu hätten sie längst Gelegenheit gehabt. Sie haben was anderes vor. Denk daran, dieser Rafa ist kein Killer.«

Kaum war Henry auf der Autobahn nach Palma, hing Rafa wieder hinter ihm. Er lernte, er wurde besser. Sie waren wieder zu zweit. Solange Henry sie im Auge behielt, war alles gut, Henry hatte zwar nicht die Kontrolle, aber die Übersicht. Wenn sie sich trennten, wurde es gefährlich, da konnte der zweite Mann sich auf anderem Wege an ihn heranmachen. Wenn keiner mehr zu sehen war, wurde es brenzlig, dann musste er jederzeit mit einem Angriff rechnen.

Er gab Gas, steuerte auf den Standstreifen und vollführte eine Notbremsung. Wenn sie einen Unfall vermeiden wollten, mussten seine Verfolger weiterfahren. Sie kamen an ihm vorbei, und er sah die Gesichter, Rafa allerdings nur im Profil, da glich er seinem Foto aus der Verbrecherkartei. Der zweite Mann starrte herüber. Sehr gut, jetzt kannte Henry auch ihn. Sie waren zwar vorbeigehuscht, aber Gesichter, auch wenn er sie nur kurz gesehen hatte, konnte er sich gut merken. Vor Palma war der Verkehr so dicht, dass sie das Spielchen nicht wiederholen konnten, so folgten sie ihm einfach ins Zentrum, bis er sie aus den Augen verlor. Victor Tejeda hatte ihm empfohlen, von hinten an sein Bürogebäude heranzufahren. Den Hausmeister, der in der Tiefgarage Dienst tat, hatte er angewiesen, ihn einzulassen und ihm einen Stellplatz zu zeigen, er würde dann herunterkommen, und sie würden mit seinem Wagen weiterfahren.

Victor Tejeda fuhr ein äußerlich ziemlich verdrecktes Auto, aber innen war der kleine BMW mit der starken Maschine absolut sauber. Henry genoss es, gefahren zu werden und die Landschaft zu betrachten. Sie fuhren hinunter zum Hafen und dann weiter über den Paseo Marítimo am Meer entlang. Jetzt stellte sich endlich mal das Inselgefühl ein. Eine kaum sichtbare Welle bewegte die Jachten, die der Weltumsegler und die der Scheichs, sie lagen da, weil jemand sie besaß, aber mangels Zeit nicht bewegen konnte, weil er in Cannes auf dem anderen Schiff war, weil er arbeiten musste, um sich das nächstgrößere Schiff anzuschaffen, und so weiter. Die Wedel der Palmen hingen schlaff in der Nachmittagshitze. Die Touristen waren an den Stränden, alles hatte seine Ordnung, kein Rafa und Komplize im Rückspiegel. Auch die Nähe von Victor Tejeda tat ein Übriges, Henry in

Sicherheit zu wiegen. Er wusste, dass sie trügerisch war. Und auch Tejeda blieb aufmerksam.

»In anderen Fällen, wenn wir eine Observation durchführen, haben wir mehrere Teams im Einsatz, mehrere Fahrzeuge, verbunden durch Funk, du kennst das aus dem Fernsehen. Das ist immer eine Frage der Wichtigkeit der observierten Person. Sich mit einfachen Gangstern rumzuärgern ist dagegen ein Kinderspiel«, fuhr Tejeda fort. »Die wirklich Großen arbeiten wie wir, wechseln die Autos, setzen mehrere Teams ein, bluffen dich mit Doppelgängern. Dein Schwager Diego muss ein Anfänger sein. Hast du die Waffe bei dir?«

»Sicher. Entweder sie stört, oder man gewöhnt sich daran oder vergisst es.«

»Gewöhnen ist besser als vergessen«, meinte Victor Tejeda. »Am besten ist es, wenn sie stört, dann vergisst du sie auf keinen Fall. Dieser Rafa ist eine ernste Bedrohung. Solche Leute bekommen meist eine Anzahlung, den Löwenanteil allerdings erst nach der Ausführung, vielleicht noch eine Erfolgsprämie drauf, sonst würden sie mit dem vorab erhaltenen Geld abhauen. Es sind schließlich Gangster. Aber sie wissen auch, dass dann der Nächste auf sie angesetzt wird. Deshalb muss er es hinter sich bringen. Erzähl mir von dem Abend, an dem sie dich fast geschnappt hätten, lass nichts aus.«

Bevor er mehr sagte, wollte Henry endlich genauer wissen, wer eigentlich mit »wir« gemeint war, was genau Victor tat und mit wem oder für wen er arbeitete.

Diesmal war Tejeda zu einer Antwort bereit. »Ich bin so eine Art von Ermittler auf privater Basis, nenne es Agent, wofür auch immer, Privatermittler, hauptsächlich für Unternehmen, aber auch für den Staat, wenn Mitarbeiter ihrer Institutionen selbst das Ziel sind. Ich arbeite so wie dein Freund Salgado. Muss eine dicke Freundschaft sein, so wie er von dir spricht, er hält große Stücke auf dich, obwohl wir mit Journalisten unsere Probleme haben. Mit einigen steht man mehr, mit anderen weniger in Verbindung, manche braucht man.«

»Ich bezahle dich aber nicht.«

»Regel das mit José Maria, der kümmert sich um alles, du kannst mich zum Kaffee einladen, und einen schönen Cognac in einem großen Schwenker wünsche ich mir auch.«

»Wie wär's mit einem Carlos Primero?«

»Du sagst es, leider führen nicht alle Bars diese Klasse. Aber die Gran Reserva von Cardenal Mendoza tut es zur Not auch.«

Und dann berichtete Henry.

Victor Tejeda unterbrach ihn nicht und fragte auch nichts, bei Génova hatten sie die Umgehungsstraße verlassen und die Autobahn nach Andratx genommen. Es musste mehr als zwanzig Jahre her sein, dass Henry diese Strecke zuletzt gefahren war, in Kolonne, auf zweispuriger Straße, zwischen halb hohen Mauern. An manchen Stellen zeigte sich der Fortschritt erschreckend, wie auch an der ausgebauten Straße hinunter nach Puerto Andratx. Obwohl die Hauptsaison noch nicht begonnen hatte, war es hier fast schwieriger als in Palma, einen Parkplatz zu finden. Sie blieben links der Bucht.

Sie war mit Jachten vollgestopft, so dicht an dicht lagen sie, dass man trockenen Fußes die Bucht hätte überqueren können. Als Henry vor Jahren hier gewesen war, hatte das eine oder andere Boot unter Segel den Hafen verlassen, damals hatten vorn an der Mole Angler gesessen, waren zwei abenteuerlustige Jungen in einem Beiboot vorbeigerudert, und Fischer kamen vom Meer und verkauften einen Teil ihres Fangs an Einheimische und Gäste.

»Ich erinnere mich gut, wie es damals hier aussah«, sagte Victor. »Da hinten, vor der Mole, in den Bars am Wasser, da kannte der Kellner jeden Gast. Aber dann kamt ihr …«

Henry starrte erschrocken hinüber zu dem Hügel über dem Hafen. Früher war er grün gewesen, bewachsen, jetzt leuchteten die gelben Fassaden der Villen und Apartment-häuser, das Grün war eliminiert. »Die deutsche Invasion?«

»Das könnte man so nennen. Es gibt immer einerseits und andererseits. Einerseits haben sie der Insel den Fortschritt gebracht, die Modernisierung beschleunigt, aber vieles von dem, was du siehst, muss abgerissen werden.«

Henry wusste es, aber Schandtaten direkt vor Augen zu haben war bedrückend. »Sie werden nichts abreißen, trotz aller Gerichtsurteile. Einen Rückbau zur Natur wird es nicht geben.«

Das sah Tejeda ähnlich. »Es wäre gegen unsere Natur. Aber das eine oder das andere wurde bereits abgerissen, bei einigen Hochhäusern wurden die zu viel gebauten oberen Etagen demoliert ...«

»Dann machen die Firmen ganz schnell pleite und lassen alles stehen und liegen. Wusstest du, dass damals diese Son-derkommission gegen die Stadtverwaltung von Andratx ge-gründet worden ist, der Fall mit der korrupten Anwaltskanz-lei Feliu?«

»Niemand wusste davon. Nicht einmal wir.«

»Aber alle wussten von den Machenschaften der Stadtver-waltung mit Baufirmen, den gefälschten Baugenehmigun-gen, den Doppel- und Dreifachverkäufen von Grundstücken und Apartments.«

»Nicht alle ...«

Sie lachten, sie kannten Spanien, so war es eben, und sie suchten sich einen Sitzplatz in einer Bar am Wasser.

»Hier standen früher vier oder fünf Tische, man konnte die Beine ausstrecken, heute sind es fünfzig.«

»Dafür gibt's dann auch viel mehr Arbeitsplätze.«

»Aus reiner Menschenfreundlichkeit, *hombre*. Das Perso-nal wohnt dann zu dritt in einer schäbigen Bude mit über-teuerter Miete.«

Dass Victor Tejeda ihn mit *hombre* titulierte, zeigte Henry, dass zwischen ihnen das Eis gebrochen war. Sie bestellten –

ein Carlos Primero war nicht vorrätig, Tejeda musste sich mit einem Fundador zufriedengeben –, und Henry bewunderte die Vergnügungsflotte im Hafen. Da waren sie, all die Weltumsegler, mehr die im Ruhestand sowie die Heimgekehrten oder die in Vorbereitung neben jenen, die den Termin zum Auslaufen leider verpasst hatten.

»Hör zu, *hombre*, ich habe eine Idee. Es fiel mir nach unserem Telefonat ein, nur wird es zu spät sein, und damit ist es nicht mehr nötig. Du wirst morgen abreisen, dann erübrigt sich das.«

»Was ist es? Worum geht's?«

Tejeda sah sich um und beugte sich zu Henry. »Euer Kellermeister ist einverstanden, wir könnten mit ihm rechnen, José Maria hat mich angerufen, Armando García will aussagen. Er ist sich sicher, dass er Rafael Viadero als den Angreifer und Schläger erkannt hat! Also wird es eine Fahndung geben. Jetzt zu Mallorca: Hier hätten wir in der Zeitung einen Bericht lanciert, dass ein berühmter Ganove, soeben aus dem Gefängnis entlassen, der auf dem Festland bereits wieder mit Haftbefehl gesucht wird, sich auf Mallorca vom Knast erholt.«

Henry starrte sein Gegenüber an und wusste nicht, was er davon halten sollte.

»War ja nur eine Idee«, entschuldigte sich Tejeda, »ist sowieso hinfällig, morgen bist du weg, und dann übernimmt dich José Maria.«

»Und was willst du damit bezwecken?«

»Dass er sich verzieht, in sein Loch verkriecht, sich nirgends zeigen kann und dich in Ruhe lässt …«

»Ich glaube nicht, dass er Zeitung liest. Außerdem muss man das erst mal in die Blätter kriegen.«

»Es gibt immer einen Journalisten, der einem was schuldet. Außerdem freuen die sich, wenn sie was zu schreiben haben, wie diese Story von dem Schimpansen, der aus dem Zoo in Sa Coma entflohen ist. Die geistert seit Tagen halbseitig durch die Blätter, und dann die Bordellgeschichte mit den Politikern aus S'Arenal, damit füllt man Seiten. Mit irgendetwas müssen die Rückseiten der Anzeigen schließlich vollgeschrieben werden.«

»Das habe ich schon mal gehört, von meinem früheren Chefredakteur. Einen derartigen Job hattest du nicht zufällig mal?«

In diesem Moment meldete sich Henrys *móvil*. Schon wieder Ulrike, dachte Henry, Schiller wird aufgetaucht sein, sie hat ihn zurück. Halb seufzte er, halb war er erleichtert, für einen Moment hatte er gedacht, das Rafa ihn entführt haben könnte, um etwas gegen Henry in der Hand zu haben, ihn womöglich gegen Schiller auszutauschen. Zuzutrauen war der Bande alles. Er drückte auf die grüne Taste. »Ulrike?«

»Henry!« Es war ein Schrei, ein Hilferuf, eine Anklage.

»Ulrike? Was ist …?«

»Sie haben ihn …« Ein Schluchzen folgte.

»Wer hat ihn?«, fragte Henry, den verständnislosen Blick Tejedas auf sich gerichtet. Hatte sich etwa seine Befürchtung bewahrheitet?

»Gefunden haben sie ihn, oh mein Gott, die Polizei, hinter den Mülltonnen – in Magaluf …«

In Tejedas Gesichtszügen spiegelte sich Henrys Ratlosigkeit wider. Er musste gut in Gesichtern lesen können. Henry zuckte lediglich mit den Achseln.

»Hinter Mülltonnen? Und wie geht es ihm?«

»Das fragst du? Er ist tot … Henry!« Sie flehte. »Hilf mir! Bitte …«

»Er ist tot«, sagte er zu Tejeda. »Schiller! Sie haben ihn gefunden.« Dann wandte er sich wieder an Ulrike. »Ich komme, wir kommen, wo bist du?«

»Der Weinhändler, mit dem du unterwegs warst?«, fragte Tejeda flüsternd.

»Man hat ihn ermordet.«

»Wer? Moment.«

Henry hob die Hand, damit Tejeda schwieg. »Wir fahren direkt nach Magaluf, dann komme ich, versprochen. Wir fahren gleich los.«

Er hörte Stimmen im Hintergrund, Ulrike war nicht allein, das war gut, denn das Gespräch brach ab, und Henry legte hastig einen Geldschein zu der Rechnung unter den Stein, der sie am Wegfliegen hinderte.

»Dann wird's wohl nichts mit unserem Abendessen beim ›Celler Sa Premsa‹ in Palma? Ich habe mir extra deinetwegen bei meiner Frau freigenommen. Es ist ein sehr typisches Lokal, rustikal, einfach, es macht Spaß, dort zu sitzen, und das Essen ist gut.«

Henry reagierte mit verständnislosem Kopfschütteln. Glücklicherweise hatte Tejeda Zeit, und auf dem Weg zum Wagen erzählte Henry ihm, was er wusste, erläuterte Schillers Hintergründe und seine eigene Rolle sowie die der Frau Fröhlich. Nur über den Sohn des toten Winzers konnte er wenig sagen. Wie beiläufig erwähnte er den Holländer, den man in S'Arenal gefunden hatte, Frerik Huisman, den ersten Interessenten für Ses Palmes.

Tejeda sah sofort Parallelen und hatte sein Telefon am Ohr. »Ich werde gleich wissen, wo genau man ihn gefunden hat. Oder musst du die Witwe trösten?«

Henry war erstaunt über die Härte oder die Kälte, mit der Tejeda das sagte. »Ohne Trost ist der Mensch vollends verloren.«

»Wenn ich all diese Ereignisse an mich heranließe, all die grauenhaften Fälle, weniger die *comédie humaine*, die menschliche Komödie, als die *tragédie humaine*, dann wäre ich auch verloren.« Sie waren an Tejedas Wagen angelangt.

»Steig ein«, sagte er nur, »wir fahren zum Fundort der Leiche.«

# Kapitel 15

Tejeda hatte mit einem einzigen Anruf herausbekommen, wer den Fall übernommen hatte und wo der Tote lag. Eine Hausbewohnerin hatte ihn hinter den Mülltonnen entdeckt, am Ende der Einfahrt zwischen dem China-Restaurant und der Karaoke-Bar. Das war am frühen Nachmittag gewesen. Schiller hatte ein einziges Loch im Kopf.

»Er muss sofort tot gewesen sein«, meinte der Leiter der Ermittlungskommission, den Victor Tejeda nur Valde nannte und dem er freundschaftlich die Hand auf die Schulter gelegt hatte, während der ihn über den bisherigen Stand der Ermittlungen informierte. Es gab nichts, was der Kommissar der Nationalpolizei bisher wusste, lediglich dass man den Deutschen anderswo ermordet haben musste, aus nächster Nähe, und dass die Leiche hierhergeschafft worden sei. Von Henrys Anwesenheit nahm Kommissar Valde, die Abkürzung von Valdemar, wie Tejeda Henry zuflüsterte, keinerlei Notiz; dass er mit ihm zusammen erschienen war, reichte ihm als Erklärung. Auch die Polizisten, die die Einfahrt sicherten, hatten Tejeda und ihn sofort passieren lassen. Die beiden Männer der Guardia Civil, ohne Uniform, die in einem grün-weißen Jeep vorgefahren waren, sahen das etwas anders und stritten sich mit Valde um die Zuständigkeit. Der Kommissar war vor ihnen am Tatort gewesen, also war es sein Fall …

Henry war dankbar, dass man ihn einstweilen in Ruhe ließ, denn bis auf Tejeda wusste niemand von seiner Verbindung zu Schiller. Etwas, das er als Schuldgefühl bezeichnen würde, ergriff schleichend von ihm Besitz. Dabei hatte er Schiller gewarnt, hatte abgeraten – und nach dem Besuch bei Armengol hatte sich der Kauf der Finca erübrigt.

Henry verspürte ein ekelhaftes Ziehen im Mund, in den Mundwinkeln, es war das Gefühl, kurz bevor man sich übergab, etwas, das ihm lange nicht passiert war, aber dieses widerliche Gefühl vergaß man nie. Als er den Toten dort liegen sah, hingeworfen auf den Beton, und als Kommissar Valde die Plane zurückschlug, um Tejeda, mit dem er sich duzte, das Gesicht des Toten zu zeigen, zuckte er zurück. Es war ein friedliches Gesicht, nicht im Schrecken erstarrt, nicht vom Todeskampf verzerrt, einfach nur still und bleich und staunend. Obwohl man bereits als Kind erfuhr, dass Menschen sterben können, war es immer wieder ein Schock, der sich nur mit Erinnerungen an den Lebenden bewältigen ließ – oder mit Schweigen. Henry zog Letzteres vor. Er starrte auf die Plane über dem Toten, er glaubte einen Moment lang, Schiller würde aufstehen und ihnen erzählen, wie es zu dem Loch in seinem Kopf gekommen war, so gegenwärtig war seine Stimme in Henrys Erinnerung.

Er bemerkte, dass die Spurensicherung, junge Leute in Zivil und nicht in weißen Anzügen, Fingerabdrücke von den Müllcontainern nahm, denn die mussten verschoben worden sein, um die Leiche dahinter abzulegen.

Vorn, vor der Absperrung, drängten sich Touristen, hauptsächlich junge Männer um die zwanzig, die sich warm tranken, voller Gier das Nachtprogramm erwarteten und das Erscheinen der Mordkommission als Vorprogramm begriffen. Die vergnügungssüchtigen jungen Engländerinnen, Mädchen mit weit offenen und unter der Brust verknoteten Blusen und knallengen Shorts, waren noch damit beschäftigt, sich für den Abend herzurichten, und hatten die Hotelzimmer noch nicht verlassen. Von den benachbarten Balkonen des großen Hotels starrten sie herüber, im zweiten Stock sah man über die Brüstungen gebeugte Oberkörper, weiter oben nur noch Köpfe, und es wurde fleißig mit den Smartphones fotografiert. Mit den Aufnahmen konnte man sich später in den Bars wichtigtun. Andere vertrieben sich die Zeit mit Bierflaschen in Händen, wieder anderen vermeintlich witzige Sprüche über den Toten und die Polizei zurufend. Die Presse war eingetroffen, die Reporter ausgeschwärmt, einer kletterte auf die Mauer neben der Einfahrt, ein anderer fotografierte mit Teleobjektiv von einem benachbarten Balkon aus, der dritte interessierte sich wesentlich mehr für die Szenerie und interviewte die sich am meisten hervortuenden Zuschauer.

»Frag ihn mal nach Frerik Huisman«, flüsterte Henry, nachdem er Victor Tejeda diskret zur Seite genommen hatte, »frag ihn, was ihm der Name sagt.«

»Willst du dich jetzt bereits outen?« Tejeda hielt es für riskant. »Du weißt, was dann auf dich zukommt? Lass dir Zeit, erhol dich erst einmal von dem Schock. Sprich vorher mit Frau Schiller. Es wäre möglich, dass sie dich mitnehmen. Schließlich bist du der Letzte, der ihn lebend …«

Das hatte er aus anderem Munde schon mal gehört. In diesem Zusammenhang jedoch empfand er Tejedas Einwand als berechtigt. Henry ahnte, dass man ihm, wenn die Polizei davon wüsste, keine Ruhe mehr lassen würde. Ulrike würde reden, auf jeden Fall, sie würde über alles reden. War es taktisch sinnvoller, vor ihr mit den wichtigen Informationen herauszurücken? Es musste ihr entsetzlich gehen. Sie hatte sicher längst Gesine Fröhlich über den Tod ihres Mannes in Kenntnis gesetzt.

Mit zwei kleinen Mädchen und einem Koffer gekommen – und als Millionärin gehen? Damit ist's wohl vorbei, Frau Fröhlich, sagte er sich im Stillen. Wer wird eine Finca kaufen, derentwegen zwei Menschen umgebracht wurden? Beide Tote waren als Käufer aufgetreten. Beide waren erschossen und in einem Rotlichtbezirk hinter Mülltonnen gefunden worden. Das sollte die Polizei glauben machen, dass es sich um ein Verbrechen im Milieu handelte, davon war auch Tejeda überzeugt. Aber war es nicht ein viel zu durchsichtiges Manöver?

Henry sah sich um, er ging nach vorn zur Absperrung und versuchte, über die Menschenmenge zur Straße zu blicken. Wartete dort irgendwo ein Motorradfahrer und beobachtete die Szene? Es waren vier, sie standen in einer Gruppe zusammen, nicht einer hatte den Helm aufbehalten und das Visier geschlossen. Er ging nicht davon aus, dass Lucas, falls er hier auftauchte, sein Gesicht zeigen würde. War der Gedanke nun falsch oder naheliegend, dass Lucas Martínez etwas mit dem Tod von Schiller zu tun hatte? Wenn es eine Schuldige gab, dann sie, Gesine Fröhlich. Was hatte sie ihnen noch verschwiegen?

Spielte Rafa in diesem Zusammenhang eine Rolle? Hatte er Schiller mit ihm verwechselt und ihn statt seiner erschossen und das Verbrechen so gestaltet wie das an Frerik Huisman, um die Tat eines Wiederholungstäters zu fingieren? Es konnte auch eine Warnung sein, ein Hinweis darauf, was Diego ihm zugedacht hatte, der Versuch, ihn einzuschüchtern, ihn nervös zu machen, ihm Angst einzujagen, damit er Fehler beging und offene Flanken zeigte. Auch das ist zu kurz gedacht, vermutete Henry, er nimmt mir nicht den Grund meines Aufenthalts hier. Wenn Schiller nicht mehr war, konnte er Mallorca verlassen.

Er starrte die Plane an, als könne er den Toten darunter sehen, bis er merkte, dass Kommissar Valde ihn beobachtete und dabei nachdenklich die Lippen vorstülpte. Sein dunkles Gesicht war nicht unsympathisch, es wirkte ernsthaft und gleichzeitig hart, er mochte vierzig Jahre alt sein und hatte für einen Polizisten ziemlich langes Haar. Wangen und Kinn waren vom kräftigen Bartwuchs geschwärzt, er gehörte zu den Männern, die sich täglich zweimal rasieren mussten. Er hätte durchaus als Marokkaner durchgehen können. Valde wirkte müde, einige Tage Strandurlaub hätten ihm sicher gutgetan, aber Mallorcas Polizei war chronisch unterbesetzt.

Jetzt nahm er die Sonnenbrille ab und blickte aus kleinen dunklen Augen rüber zu Tejeda, dann sah er Henry an und war sich offenbar über die Rolle, die er, Henry, hier spielte, nicht klar und fragte sich, weshalb er in Tejedas Schlepptau aufgekreuzt war. Er hätte ihn direkt darauf ansprechen können, aber er tat es nicht. Henry hatte gelernt, seinen Blick so zu verstellen, dass er einen Menschen wohl ansah, aber sein Blick leer blieb, sodass der andere sich unbeobachtet fühlte.

Er wechselte seinen Standort, zog sich seitwärts bis an die Absperrung zurück, sodass der Kommissar in seinem Blickfeld blieb, sich aber nicht beobachtet wähnte.

Tejeda trat zu ihm. Die beiden Männer sprachen eine Weile miteinander, es sah aus, als würde Tejeda ihn ausfragen. Ab und zu winkte Valde einen der Spurensucher zu sich und gab freundlich weitere Anweisungen. Henry war darauf gefasst, jeden Moment gerufen zu werden, doch stattdessen kam Tejeda auf ihn zu.

»Den Flug nach Madrid kannst du vergessen«, sagte er. »Ich habe Valde nach diesem Frerik Huisman gefragt, dem ermordeten Holländer. Klar, dass Valde sich ebenfalls fragt, was beide Fälle miteinander zu tun haben. In Bezug auf dich bin ich ausgewichen. Ich durfte nicht zu viel sagen, sonst fragen sie morgen womöglich, weshalb wir das nicht heute bereits zu Protokoll gegeben haben. Sprich erst mit Señora Schiller. Morgen wirst du vernommen, daran kommst du nicht vorbei. Und wenn du abreist und diese Frau Schiller behaupten sollte, dass du als Letzter ihren Mann lebend gesehen hast, was sie sicherlich tun wird, dann machst du dich erst recht verdächtig. In derartigen Situationen zeigen die Verwandten der Opfer häufig die Tendenz, andere für eigene Versäumnisse verantwortlich zu machen.«

So wenig Henry von dem Gedanken, auf der Insel zu bleiben, angetan war, so verständlich war die Überlegung andererseits. Er glaubte nicht, dass dieser Kommissar etwas konstruieren würde, nur um einen Verdächtigen vorweisen zu können.

Tejeda stimmte zu. »Nein, das hat er nicht nötig, dazu ist er zu erfolgreich in seinen Ermittlungen. Er ist ein gewissenhafter Mann. Du musst allein schon deshalb bleiben, weil du möglicherweise helfen kannst, das Verbrechen aufzuklären ...«

»... dann käme das Gespräch zwangsläufig auf Rafa, und das möchte ich vermeiden, andernfalls wird ein großes Ding draus.«

»Das muss nicht sein. Dann hältst du wenig von dem Vorschlag, die Presse über Rafas Unwesen zu informieren?«

»Es wäre nicht gut, wenn man mich mit Schiller und Rafa in Verbindung bringt. Die Kanone gebe ich dir am besten zurück.«

»Untersteh dich. Sie hat dir schon einmal genutzt. Falls du vorgeladen wirst, lass sie im Handschuhfach. Und vergiss nicht, dass ich auch noch da bin«, beruhigte ihn Tejeda. »Zur Not holen wir José Maria vom Festland«, sagte er in bewusst ironischem Ton, »um auf dich aufzupassen.«

Dann hob er das Absperrband hoch und schob Henry darunter durch, die Schaulustigen und Sensationshungrigen wichen vor seinem drohenden Blick zur Seite. Nur wenige waren bereits so weit alkoholisiert, dass sie eine besondere Aufforderung benötigten. Dann versperrte ihnen ein großer, hagerer Reporter den Weg, einen Wortschwall vor sich herschiebend und das Aufnahmegerät in der Hand.

»Nichts erfährst du von mir, Javier!« Tejeda blieb kategorisch. »Kein Wort. Sprich mit Valde und lass uns vorbei!«

»Wer ist er hier?« Damit war Henry gemeint. »Wieso durfte er rein? Hat er was damit zu tun? Sein Gesicht ist neu.«

»Hau endlich ab!« Jeder verbindliche Klang war aus Tejedas Stimme verschwunden, die mitschwingende Drohung war nicht zu überhören. »Dieser Mann verdreht einem jedes

Wort im Munde.« Das war für Henry bestimmt, der Tejeda zum ersten Mal wütend erlebte. »Wenn sie erst wissen, dass du in der Sache drin hängst, sagst du besser kein Wort zu irgendeinem Journalisten. Er stellt deine Aussage in gänzlich andere Zusammenhänge, interpretiert alles nur Denkbare hinein und gibt falsche Informationen weiter«, meinte er, als der Reporter sich getrollt hatte. »Damit hat er sogar Erfolg. Aber es gibt auch seriöse Kollegen.«

Mittlerweile hatte die Dämmerung eingesetzt, der Feierabendverkehr kam ihnen aus Palma entgegen. »Gehen wir noch essen? Ich hatte den ›Celler Sa Premsa‹ vorgeschlagen.« Tejeda hatte nachdenklich geschwiegen, seit sie in Magaluf losgefahren waren.

»Ich sollte mich um Frau Schiller kümmern und die Hotelbesitzerin entlasten. Setz mich besser bei meinem Wagen ab.« Eine Frage allerdings wollte Henry vor dem Aussteigen noch klären. »Außer mir wussten nur dieser Armengol und Schiller davon, dass die Fröhlich ihren Mann hat sterben lassen. Schiller ist nun tot. Man müsste wissen, wer seinerzeit den Tod des Winzers festgestellt hat. Möglich, dass die Fröhlich mit einem Medikament nachgeholfen hat. Es soll Mittel geben, die richtig dosiert dem Kranken helfen, die aber als Überdosis tödlich wirken. Ignácio Martínez starb im Krankenhaus, dort werden sie den Totenschein ausgestellt haben, aber es wurde sicher keine Autopsie durchgeführt.«

»Ich werde mich drum kümmern«, sagte Tejeda zum Abschied, »du bist sicher, dass du keinen Personenschutz brauchst?«

»Ich glaube nicht, dass uns jemand gefolgt ist. Rafa wartet höchstens vor dem Hotel auf mich. Vielleicht hat er sich da auch ein Zimmer genommen.«

»*Gracias a Dios* hast du den Humor noch nicht verloren – und die Pistole hoffentlich auch nicht?«

Henry fasste hinter sich. Da steckte sie, seine Lebensversicherung.

Unheimlich war die Rückfahrt nach Sineu schon. Kaum hatte er Palma hinter sich gelassen und in Santa Maria del Camí die Autobahn verlassen, umgab ihn die Dunkelheit des Inlands. Es war kaum jemand auf der Landstraße unterwegs. Er hätte auf der Autobahn bis nach Inca fahren und dann erst die Landstraße nehmen sollen, dann hätte er sich wohler gefühlt, so wie es ihm Tejeda empfohlen hatte. Aber Henry musste raus aus dem Stress, wollte weder Fahrzeugkolonnen noch Scheinwerfer sehen, keine Raser um sich haben. Der Trubel des Tatorts in Magaluf hing ihm nach, er wurde das Bild des Mannes unter der Plane nicht los, nicht dieses Gesicht, nicht die Gesichter der Zaungäste. Von denen hatten etliche das makabre Schauspiel anscheinend genossen, dachte Henry, als der Scheinwerfer den Hund auf der Straße erfasste. Er trat so hart auf die Bremse, dass der Wagen ins Schleudern geriet, Henry hatte Mühe, einigermaßen die Spur zu halten, das Heck stellte sich fast quer, und er rutschte mit den Hinterreifen in den unbefestigten Randstreifen. Büsche streiften das Fahrzeug, Steine prasselten von unten gegen das Chassis – dann stand der Wagen.

War es eine Falle? Lungerte Rafa hier irgendwo herum? Der Hund war verschont geblieben.

Henry stellte den Motor ab und vernahm nur noch das Sirren der Zikaden. Er stieg aus, entfernte sich einige Meter vom Wagen und blieb im Schatten der Büsche stehen und beobachtete die Straßenränder, die entsicherte Waffe in der Hand. Die Bilder des Nachmittags waren wie weggeblasen, es gab nur noch die Weiden, die bizarren Bäume und Schatten werfenden Büsche, darüber die Sterne, und wie immer ein Flugzeug im Anflug, die Landescheinwerfer bereits eingeschaltet. Halb hohe Mauern zogen gerade Linien in der Finsternis, und das Blöken von Schafen in der Nähe gab Henry das Gefühl, nicht gänzlich allein zu sein. Dann näherte sich Motorengeräusch, ein Wagen kam aus Sineu, Henry sicherte die Waffe, steckte sie weg und trat mit erhobenen Armen auf die Straße. Ein wenig mulmig war ihm doch, es hätten Rafa und sein Komplize sein können, doch aus Sineu waren sie nicht zu erwarten.

In dem alten Ford saßen drei junge Mallorquiner, die sich sofort bereit erklärten, seinen Wagen wieder auf die Straße zu wuchten, und nur eine Minute später war das geschafft, was er allein nie hinbekommen hätte. Mit Mühe konnte er den Fahrer davon überzeugen, den Schein anzunehmen, der dem Trio einen netten Abend garantierte. Es war viel Geld, aber Henry hatte das Gefühl, irgendetwas Gutes, Positives an diesem Tag tun zu müssen, zumindest konnte er sich selbst mit Freundlichkeit anderen gegenüber verwöhnen. Eine Viertelstunde später war er in Sineu, parkte gegen seine sonstige Gewohnheit vor der mittleren der drei Kneipen und mischte sich dort unter die Gäste. Hätte er nicht weiterhin so aufmerksam bleiben müssen, hätte er sich gern eine ganze Flasche Wein genehmigt, so begnügte er sich mit zwei Gläsern.

»Wo bist du den ganzen Tag über gewesen? Auch heute Abend bist du nicht ans Telefon gegangen. Ich habe dich gebraucht, dringend gebraucht. Ich habe sonst keinen.« Ulrike Schiller schluchzte laut auf und umarmte Henry, sie hielt sich an ihm fest und weinte, sie umklammerte ihn beinahe, und er stand stocksteif da und wusste nicht, wie er sich verhalten sollte. Dann legte er die Arme um sie und drückte sie zaghaft. Sie nahm es als Zeichen und klammerte sich fester an ihn.

Über ihre Schulter hinweg sah er die Hotelbesitzerin auf dem Sofa neben dem Kamin in der Hotelhalle an, sie nickte ihm aufmunternd zu. Langsam wich die Spannung aus Ulrikes Körper, sie wurde kleiner, sank in sich zusammen, dann, nach einer von Henry als endlos empfundenen Zeit, löste sie sich von ihm, drückte verzweifelt seine Hände und zog ihn zu der Sitzgruppe.

»Ich bin schuld. Ich habe ihn hierhergebracht, ich werde

mir das nie verzeihen. Es war meine Idee … Ohne dass ich ihn gedrängt hätte, wäre er nie hierhergekommen. Wir haben gedacht, es wäre eine gute Möglichkeit, unsere beiden Wünsche gleichzeitig zu erfüllen.« Flehend blickte sie Henry an, als könnte er Schiller wieder lebendig machen oder ihr zumindest die Absolution erteilen.

Nichts konnte er. Er konnte lediglich helfen, den Mörder zu finden. Ihr Leid konnte er ihr nicht abnehmen, und ob er sie zu trösten vermochte, hielt er für fraglich. Um ihr die Fragen zu stellen, die ihm wichtig waren, war es zu früh. Vielleicht war es richtig, sie einfach nur festzuhalten. So schien es, denn die Hotelbesitzerin nickte ihm bestätigend zu.

»Ich werde uns mal etwas zu essen und zu trinken holen«, sagte sie und ging in die Küche.

»Wie hast du's erfahren, das mit Gerhard?«

»Ich hatte sowieso Kontakt mit ihnen, da ich ihn bereits als vermisst gemeldet hatte«, antwortete sie nach einer Weile der Besinnung. »Und über die Mietwagenfirma hat sich die Polizei die Bestätigung der Adresse geholt. Wir hatten das Hotel als Aufenthaltsort angegeben.«

»Hast du ihn gesehen, ihn identifizieren müssen?« Henry stellte es sich als einen der schwersten Momente im Leben vor, den geliebten Partner leblos vor sich zu sehen.

Sie sah ihn an und presste die Lippen zusammen, die Tränen liefen ihr wieder übers Gesicht. »Sie haben mich hingebracht, zum Identifizieren. So was Schreckliches habe ich noch nie erlebt. Er lag da, hinter Mülltonnen …« Ihre Stimme war rau geworden.

»Ich weiß, vor der Mauer.«

»Woher …?«

»Ich war mit einem Polizisten dort.« Es war besser, Tejeda als Polizisten darzustellen, das erübrigte weitere Fragen.

»Was hast du mit der Polizei zu tun? Henry! Was ist hier los? Worum geht es? Was weißt du? Du weißt anscheinend viel mehr.«

Die Panik in ihrer Stimme ließ ihn zögern. Er wollte um Himmels willen nicht über den Verdacht sprechen, der entstanden war, seit er mit Tejeda die ersten Schlussfolgerungen gezogen hatte. Er wollte sie schonen, konnte er ihr dann die Wahrheit vorenthalten? Er fand einen Ausweg darin, über den Tag mit Gerhard zu sprechen. Henry erzählte von dem Besuch beim Anwalt, beschrieb ihn genauer, als es nötig war, um Ulrike auf andere Gedanken zu bringen, berührte rechtliche Fragen des Verkaufs und schilderte dann, wie sie mit dem Weinfachmann über Land gefahren waren und Ignácio Martínez' Weinberge inspiziert hatten.

»Soweit ich das beurteilen kann, sind es allesamt gute Lagen, gesunde Reben verschiedenen Alters, Neupflanzungen ebenso wie dreißig und vierzig Jahre alte Rebstöcke, und was ich für wichtig halte, die Weinberge lassen sich gut bearbeiten. Das erübrigt sich jetzt alles.«

Ihr Blick war leer. Sie starrte in den dunklen Patio, als sähe sie in unendliche Ferne, und erst als die Hotelbesitzerin mit einer Flasche Weißwein und einigen Tapas kam, kehrte sie aus dem Jenseits zurück und zwang sich ein Lächeln ab. Dann trank sie ein wenig, nahm zwei Tapas, steckte sie lustlos in den Mund und kaute darauf herum, als sei selbst das zu viel. Schließlich runzelte sie die Stirn. »Du verheimlichst mir was, Henry. Es gibt noch mehr. Da ist noch was, ich sehe 's dir an. Du musst mich nicht schonen.«

»Ich bin mir nicht sicher, ob du das, was ich zu sagen hätte, auch hören willst.«

»Wer fragt mich denn, was ich hören will? Ich wollte auch nicht, dass Gerhard gegangen ist, und trotzdem … Also, was ist? Wenn du so ein Geheimnis darum machst, hat es was mit ihm zu tun.«

»Nein, nicht mit ihm, mehr mit dieser Frau und dem …«

»Gesine?« Es klang schon wieder so, als hätte Henry verbotenes Terrain betreten.

»Du lässt mich nicht einmal aussprechen und bist bereits wieder auf hundertachtzig.«

»Ich kenne deine Abneigung gegen sie. Ich weiß nicht, was du hast, Gesine ist in Ordnung. Sie hat gelitten, ihren Mann verloren, so wie ich … Für mich ist ihr Verhalten verständlich.«

»Für mich auch.« Henry hatte Mühe, nicht die Geduld zu verlieren. »Ein Nachbar hat es mir ausführlich erläutert. Mit nichts als zwei kleinen Kindern ist sie auf die Insel gekommen, ihr Mann hat allen dreien ein Zuhause geboten, hat ihretwegen seinen Sohn enterbt und ihr bereits vor vier Jahren Ses Palmes überschrieben.« Henry konnte sich nicht mehr zurückhalten, er erzählte, was Armengol berichtet hatte, und redete sich dabei in Rage, und obwohl sie nichts verstand, hielt sich die Hotelbesitzerin allein seines Tons wegen erschrocken die Hände vor den Mund.

»Sie ist nicht die traurige Witwe, Ulrike, wie sie uns alle glauben machen will, eher die lustige. Erkundige dich in Sant Joan nach ihrem deutschen Freund.«

»Warum beleidigst du mich, Henry?«, fragte Ulrike kaum hörbar, sie war in sich zusammengesunken.

»Ich beleidige dich nicht, im Gegenteil. Ich schenke dir lediglich reinen Wein ein.«

»Ich brauche dich, bitte hilf mir, aber mach mich nicht zusätzlich nieder. Du hast Gerhard geholfen, jetzt bitte ich dich darum. Ich kann die Sprache nicht, ich weiß nicht, wie man mit den Leuten umgeht, und morgen geht es mit den Behörden weiter. Ich will Ses Palmes nicht mehr kaufen, ich will gar nichts mehr kaufen, ich will nur nach Hause. Und jetzt kommt diese ganze Bürokratie auf mich zu, mit Autopsie und Überführung … das halte ich nicht aus.«

Es ist zu viel für sie, wenn ich sie jetzt auch noch mit meinem Problem namens Rafa belästige, sagte sich Henry. Entweder begriff sie es nicht – aus Selbstschutz –, oder sie tat es womöglich als Hirngespinst ab, was er letztlich für wahrscheinlicher hielt. Außerdem war er erledigt, ausgebrannt und hundemüde, es hatte zu viele Worte gegeben und zu wenig Resultate.

»Sie müssen schlafen gehen, Señora Schiller.« Besorgt stellte die Hotelbesitzerin ein Glas Wasser und eine Tablette vor Ulrike auf den Tisch und legte ihr fürsorglich den Arm um die Schultern.

Ulrike reagierte mit Entsetzen. »Ich soll nach oben, in das Zimmer, allein? Das kann ich nicht … Bitte, haben Sie kein anderes Zimmer als das, in dem ich … mit ihm … nein!«

Die Hotelbesitzerin gab Henry einen Wink, dass er gehen sollte. »Ich helfe der Señora, das Nötigste für die Nacht in ein anderes Zimmer zu schaffen. Es ist heute eines frei geworden.«

Henry hatte schlecht geschlafen. Immer wieder war er hochgeschreckt aus irgendeinem hässlichen Traum, an den er sich nicht erinnern konnte – doch an einen erinnerte er sich: Er war vom Hotel aus vor zwei Männern in den Wald geflohen und hatte sich in einem Erdloch verkrochen.

Normalerweise stand er gegen sechs Uhr auf, doch heute schlief er länger, er war mit Kopfschmerzen aufgewacht und ins Bad gegangen, um sich rasch von den Bildern der Nacht zu erholen, von Gestalten, wie sie der späte Goya gezeichnet hatte. Sonst erinnerte er sich nie, ob er in Farbe träumte, aber diese Nacht war schwarz-weiß gewesen.

Der Frühstückstisch war unter der Arkade im Atrium gedeckt, von den anderen Tischen, die unter freiem Himmel standen, war dieser Teil des Innenhofes nicht einzusehen. So war Diskretion und eine Privatheit garantiert, denn Ulrike Schiller scheute die anderen Hotelgäste. Momentan schien sie nur Henrys Gesellschaft zu ertragen, was ihn verwunderte, nach den Spannungen der letzten Tage. Ihr Gesicht war grau, die Augen waren dunkel gerändert, anders als sonst hatte sie auf ihr Haar nicht allzu viel Mühe verwandt. Ihre Stimme war so leise, als täte ihr das Sprechen weh.

»Ich habe über alles nachgedacht«, flüsterte sie, sodass Henry sich ihr zuneigen musste. »Ich konnte nicht schlafen, aber irgendwann im Morgengrauen bin ich dann weggesackt. Es wurde bereits wieder hell, habe ich mir zumindest eingebildet.« Sie sprach davon, dass sie die vielen Informationen, die auf sie einstürmten, nicht miteinander in Beziehung setzen könne, besonders was Henry ihr über Gesine Fröhlich gesagt hätte.

»Ich glaube nicht, dass Gesine so brutal und eiskalt ist und ihren Mann nach dem Schlaganfall liegen lässt, mit ihren Kindern shoppen geht und auf seinen Tod spekuliert. Was müsste das für eine Frau sein? Weiß die Polizei davon?«

»Ich glaube kaum.«

»Wissen es ihre Töchter?«

»Das ist kaum anzunehmen.«

»Also spielt sie denen auch was vor?«

»Es sieht so aus.«

»Und seinen Jungen hat sie um sein Erbe gebracht?«

»Das ist die Meinung der Nachbarn. Und der Anwalt hat nichts Gegenteiliges erwähnt. Das sieht zumindest der Bauer von nebenan so; wie es die Leute in Sant Joan sehen, weiß ich nicht. Von ihnen habe ich nur Gutes über Lucas gehört …«

»Lucas heißt er? Und wo ist der Junge jetzt?«

»… bis auf die Tatsache, dass er ein Crack mit der Steinschleuder sein soll.«

»Dann war er das mit dem Stein und mit dem Zettel?«

»Ist anzunehmen. Wo er sich gegenwärtig aufhält, weiß niemand. Man meint, auf dem Festland.«

»Bist du deshalb so nervös? Du erwartest jemanden?«

Jetzt blickte sie ins Dunkel des Torbogens, hinter dem die Hotelhalle lag. Sie hatte bemerkt, dass Henrys Blick immer wieder dorthin gezogen wurde. Die Tür zur Küche konnte nicht gemeint sein, sie lag weiter rechts, dahinter war die

Küchenhilfe damit beschäftigt, für die wenigen Gäste das Frühstück zu bereiten. Um das Schubsen und Grabschen am Frühstücksbuffet zu vermeiden, füllten sie abends einen Zettel aus, wie sie ihr Frühstück wünschten: mit oder ohne Obstsalat, Naturjoghurt, Ziegen- oder Schafskäse, selbst gemachte Marmeladen, ein Spiegelei oder ein Omelett – alles von der Insel, bis auf Wurst und den Schinken von den Pata-Negra-Schweinen.

Henry aß von allem etwas, längst nicht so viel wie sonst, Ulrike hingegen nahm überhaupt nichts zu sich, sie nippte lediglich an ihrem Kaffee, starrte in die Tasse und atmete angestrengt.

»Du wirst umfallen, wenn du nichts isst«, warnte Henry sie.

»Na und? Das wäre auch nicht schlimm.«

»Ihr habt … du hast Kinder«, korrigierte er sich schnell.

»Ja, das ist richtig. Sie wissen Bescheid, beide kommen, sobald sie einen Flug haben. Bis dahin musst du bei mir bleiben.«

»Sprechen sie Spanisch?«

»Nein. Aber – was ist da noch, Henry? Da ist noch was, du verschweigst mir was!«

»Was sollte das sein?« Selbstverständlich wusste er, worauf sie hinauswollte.

»So wie du das sagst, ist es klar, dass da noch was im Schwange ist. Mach es bitte nicht schwerer, als es ohnehin ist. Hat es mit Gerhard zu tun?«

Er sah sie an und überlegte, ob er über Rafa sprechen sollte. Er fürchtete, dass sie auf den gleichen Gedanken käme, den er gestern gehabt hatte, dass Rafa ihn gemeint und Schiller getroffen hatte. Plötzlich liefen ihr wieder die Tränen über die Wangen, sie gab keinen Laut von sich, schluchzte nicht einmal, sondern wandte sich nur ab, und er reichte ihr seine Serviette. Mitten in der Bewegung hielt er inne.

Im Torbogen war ein großer Mann aufgetaucht, erleichtert stellte Henry fest, dass es Valde war. Der Kommissar blinzelte, die flach in den Patio einfallende Sonne blendete ihn, und es dauerte einen Moment, bis er Henry und Ulrike Schiller am Frühstückstisch entdeckte.

»Wieso bin ich nicht erstaunt, Sie hier zu treffen?« Valde nickte Henry zu und reichte Ulrike Schiller zuerst die Hand, eine Beileidsformel murmelnd, dann zog er einen Stuhl vom Nebentisch heran und setzte sich ungefragt.

»Kaffee, Señor *comisario*?« Henry wollte für gutes Wetter sorgen, der Mann konnte bei der Lösung seines Problems nützlich sein.

»Ich hatte Sie etwas gefragt! Wie heißen Sie eigentlich? Was haben Sie mit Victor Tejeda zu tun?«

»Ihre erste Frage bezüglich Ihres Erstaunens kann ich leider nicht beantworten, das müssten Sie selbst wissen. Die zweite ist leichter, ich heiße Henry Meyenbeeker …«

»Ein spanischer Name ist das nicht«, unterbrach Valde.

»Ich bin gebürtiger Deutscher sowie Mitinhaber und Verkaufsleiter der Rioja-Kellerei Peñasco.« Es konnte nicht schaden, sich ein wenig aufzuplustern. »Mein Großvater mütterlicherseits hat unter Franco dieses gastfreundliche Land verlassen müssen.« Das war die politische Vorstellung. »Nun zu Ihrer dritten Frage – Victor Tejeda ist der Freund eines Freundes.« Henry lehnte sich zurück, griff wie absichtslos hinter sich an den Hosenbund und hoffte, dass Valde die dort steckende Waffe nicht bemerkte. Leute wie er sahen Dinge, die anderen leicht entgingen. Der Kommissar machte sowohl einen interessierten wie intelligenten Eindruck auf ihn.

Ein zweiter Mann trat zum Tisch, freundlich, ein offenes Gesicht, höchstens Ende zwanzig, leger in Jeans und Polohemd gekleidet. Er stellte sich als Polizei-Dolmetscher vor und sprach als Erstes Ulrike Schiller sein Beileid aus.

»Einen Dolmetscher hätten Sie sich sparen können.« Henry bot sich zum Übersetzen an.

Valde lächelte freundlich und gab sich souverän. »Wenn Sie mit Victor Tejeda so gut stehen, verstehen Sie sicherlich, dass wir unseren eigenen Leuten mehr vertrauen als Personen, deren Hintergründe, Aufgaben und Absichten uns nicht bekannt sind. Damit möchte ich Ihnen nicht zu nahetreten. Was machen Sie hier? In welcher Beziehung stehen Sie zu Señora Schiller?«

Henry erklärte es dem Kommissar und verschwieg nicht, dass er den ganzen Tag vor seinem Verschwinden mit Schiller verbracht hatte. Ulrike blickte verständnislos von einem zum anderen. Sie verstand kein einziges Wort. Henry übersetzte, was den Dolmetscher bewundernd aufmerken ließ.

»Na?« Henry grinste ihn an. »So weit alles richtig?«

»*Todo correcto!*« Das war an die Adresse des Kommissars gerichtet. »Alles korrekt.«

Der nickte zufrieden. »Wer hat Sie zuletzt zusammen gesehen? Wann und wo haben Sie sich getrennt?«

»Der Mann heißt Hugo Armengol, ein Bauer, sein Land grenzt an die Finca Ses Palmes.«

»Sie verstehen selbstverständlich, dass wir das überprüfen.«

»*Por supuesto*«, sagte Henry artig und stand auf, »selbstverständlich. Anschließend sind wir nach Sineu gefahren, dort ist Señor Schiller ausgestiegen und wollte sich die Beine vertreten. Es ging ihm nicht gut, er wollte die Finca Ses Palmes kaufen, und der Bauer riet davon ab.«

»Weshalb?«

»Das fragen Sie ihn bitte selbst.« Henry verabschiedete sich und erklärte, dass er in seinem Zimmer zu finden sei, wo er einige Anrufe zu tätigen habe.

»Ach, Sie wohnen im selben Hotel?« Die Art, wie der Kommissar ihn ansah und dann Ulrike, wirkte, als ob er eine Schlussfolgerung zöge.

»Ihre Annahme führt Sie in die Irre, Señor Balfagón.«

»Oh, Sie kennen meinen Nachnamen? Woher?«

»Wie ich bereits sagte, Victor Tejeda ist der Freund eines Freundes.«

»Das muss ein ziemlich guter Freund sein. Muss man sich in Acht nehmen?«

»Bei einem derart gefährlichen Beruf, wie Sie ihn ausüben, sollte man das immer. Ich bin oben, Zimmer neun, falls Sie mich brauchen.«

Der erste Anruf galt Isabella. Er erklärte ihr kurz die aktuelle Lage, woraus sich ergab, dass er bleiben müsse. »Frau Schiller kann ich in diesem Zustand unmöglich allein lassen.« Zwar kämen die Kinder heute oder morgen, sie seien Erwachsene, »aber niemand in der Familie spricht Spanisch«.

Isabella hingegen meinte, dass es ihm ausschließlich um Rafa gehe. »Du willst ihn stellen, Enrique. Ich kann es verstehen, du willst endlich Ruhe haben. Aber versteh bitte auch mich, ich habe dich damals halb tot auf der Landstraße aufgelesen. Ich möchte nicht, dass sich das wiederholt. Beim zweiten Mal – ich weiß, was du jetzt sagen wirst –, ja, da wart ihr ziemlich betrunken, du und Frank Gatow. Vielleicht hat euch das gerettet. Gibt es keinen anderen Weg, diesen Mann auszuschalten?«

»Meinst du den Auftraggeber oder den Ausführenden?«

»Du weißt genau, wen ich meine. Für meinen Bruder lasse ich mir selbst was einfallen. Aber zurückrufen kann ich ihn nicht, er redet nicht mit mir.«

»Eine Idee hätte ich schon.« Er berichtete von Tejedas Vorschlag und der Begegnung mit dem windigen Journalisten, dort, wo Schillers Leiche gelegen hatte. Er könnte Tejeda nach dessen Telefonnummer fragen und ihn mit einer interessanten Meldung ködern, und wenn er darauf nicht anspräche, ihn bestechen. »Auf Geld reagieren die meisten.« Man müsste ihn dazu bewegen, die Meldung über Rafas Auftrag auf Mallorca in aller Ausführlichkeit zu bringen, möglichst mit Foto.

Das hielt Isabella für eine weitaus bessere Idee und für weniger gefährlich. »Dann verkriecht er sich von allein.«

Henry war sich da gar nicht sicher, Rafa zeigte sich ziemlich hartnäckig. »Der Auftrag steht, und der wird erst bezahlt, wenn er ausgeführt ist. Dein Bruder zahlt nie ohne Vollzugsmeldung.« Das wusste Rafa, davon mussten sie ausgehen. »Ruhe haben wir nur, wenn dein sauberer Bruder auf die Teufelsinsel verbannt wird, nach Französisch-Guayana.«

»Ich ziehe eine andere Möglichkeit in Erwägung.« Isabella war immer gut, wenn es darum ging, mit Behörden umzugehen. »Wir informieren die Anwaltskammer über die Aktivitäten von Doktor Miguel Angel Gurpegui Zapatero und darüber, dass er Geld für Mordaufträge weiterleitet oder entsprechende Zahlungen veranlasst.«

»Ohne konkrete Beweise? Das funktioniert nicht.« Von seiner Idee, die Kolumbianer zu informieren, dass die Ratte in ihren Teichen fischte, sagte Henry besser nichts. Tot wollte Isabella ihren Bruder auch nicht sehen, denn die Kolumbianer fackelten nicht lange.

»Wie siehts bei dir aus? Steht der nächste Prozess an?«

»Leider, ich habe Ärger mit dem hiesigen Gericht, es hat unseren Antrag auf Herausgabe der Namensregister abgelehnt, ich habe eine Klage wegen Beleidigung am Hals, aber das ist längst nicht so schlimm wie das, was du am Hals hast … Auf mich schießt zumindest niemand.«

Dann pass mal auf, dass es so bleibt, dachte er. Den Rechtsradikalen war alles zuzutrauen, besonders wenn sie wohlhabende Gönner hinter sich wussten. Die gute Nachricht für ihn kam erst am Schluss. Fast beiläufig erwähnte Isabella, dass Cristóbal im Anflug sei, ihr Onkel aus Chile. Auf seinem Weingut hatte Henry ein halbes Jahr lang hospitiert. Mit Cristóbal, dem Bruder von Sebastián, und La Cantora konnte er Pferde stehlen, die Herde mit Gewinn verkaufen und sie erneut verschwinden lassen, um sie dem ursprünglichen Besitzer wieder zuzutreiben. Auf Cristóbal war Verlass, so gut wie auf José Maria Salgado.

»Ich habe ihn umgeleitet. Eigentlich wollte er uns helfen, weil es Vater nicht gut geht. Du weißt, Cristóbal ist der Beste von uns, wenn es um die Beurteilung der Weine geht. Jetzt fliegt er erst einmal zu dir, ich habe ihn eingeweiht …«

»Ich brauche keine Kindermädchen. Mit deinem Bruder werde ich auch so fertig.«

»Bist du dir sicher? Wir haben ihn schon einmal unterschätzt.«

# Kapitel 16

Der nächste Anruf galt seiner Sekretärin. Luisa gab Henry einen Bericht über die laufenden Geschäfte, ließ sich kurz über die Lage auf Mallorca unterrichten und kam mit der erfreulichen Nachricht, dass Armando García wieder zur Arbeit erschienen sei.

»Er meint, ohne ihn im Keller funktioniere nichts. Der Abstich für die Reserva müsse jetzt erfolgen, die Entscheidung darüber will er Sebastián nicht allein überlassen. Ansonsten bleibt er bei seiner Aussage, er habe diesen Rafael Viadero erkannt. Bedroht der dich weiterhin?« Die Art, wie sie es sagte, ließ keinen Zweifel daran, dass sie Henry zutraute, mit der Situation fertig zu werden.

»Er hat die Jagd nicht aufgegeben, aber momentan läuft hier wegen Schillers Ermordung zu viel Polizei herum.« Henry berichtete Luisa von den gestrigen Ereignissen. »Wenn sich die Aufregung gelegt hat, wird er sich wieder an mich hängen, aber wir wissen, wie wir ihn uns vom Leib halten und ihn sogar neutralisieren können.«

Luisa hoffte, dass er recht behielt, und beschwor ihn, vorsichtig zu sein. Dann kam der geschäftliche Teil, es ging um Termine und Lieferungen, um säumige Kunden, und für Anfang nächster Woche hatte sich eine Gruppe Österreicher angemeldet, Weinhändler, die Wert auf seine Anwesenheit legten.

»Ob ich bis dahin zurück bin, ist fraglich. Im Zweifel musst du die Führung übernehmen, dein Deutsch ist gut genug.« Und ihr Charme kam allemal besser an als seiner. Es war immer wieder nötig, sie darauf hinzuweisen. Ein dummer Junge aus den sogenannten besseren Kreisen Logroños, in den sie schrecklich verliebt gewesen war, hatte ihr eingeredet, sie sei eine Landpomeranze, *una provinciana*, eine gänzlich falsche Einschätzung.

Dann wollte Henry José Maria über die Ereignisse des Vortags informieren, das aber hatte bereits Victor Tejeda besorgt. Er musste José Maria noch am Abend angerufen haben.

»Und wie ist der ermittelnde Kommissar? Zugänglich? Hat er eine gute Nase, vielleicht sogar eine Theorie?«

Von Valde konnte Henry nur seinen oberflächlichen Eindruck wiedergeben. »Ich halte ihn für kooperativ, er begegnet mir einerseits mit Respekt, da ich mich im Dunstkreis von Victor Tejeda aufhalte, andererseits habe ich sein Befremden darüber bemerkt, dass ich im selben Hotel wie die Frau des Opfers wohne. Hoffentlich versteigt er sich nicht zu der Annahme, dass ich Schiller erschossen habe, um an seine Frau ranzukommen. Da ich angeblich der Letzte bin …«

»… der ihn lebend gesehen hat«, unterbrach José Maria, »das kennt man, du bist also verdächtig? So ein Unsinn. Ich möchte wissen, wann sie diese zu nichts führende Theorie über Bord werfen. Der Letzte war der Mörder. Lass Valde die Waffe nicht sehen, das könnte ihn in seiner Meinung bestärken. Wer hat Schiller erschossen?«

»Keine schlechte Frage. Ich weiß es nicht. Der Geschädigte ist der Vater, der lebt nicht mehr, geschädigt ist auch der Sohn, aber der wirft lieber mit Steinen, er gehört zu den balearischen Schleuderern. Wirklich gefährlich ist sie, die Witwe, aber aus welchem Grund sollte sie mögliche Käufer umbringen?«

»Vielleicht ist sie verrückt. Und unser Freund Rafa?«

Henry erzählte von Tejedas Gedanken, dem Journalisten die entsprechenden Informationen zukommen zu lassen.

José Maria hielt die Idee für praktikabel. »So könnte der

Journalismus zur Waffe werden. Lieber wär's mir natürlich, du würdest ihn kriegen. Dann könnte man es mit einem Tausch versuchen: Wir ziehen die Anklage wegen Körperverletzung zurück, wenn er erklärt, dass Diego ihn anstiften wollte. Armando ist einverstanden, dann ginge Rafa straffrei aus, und vor Diego wärst du nochmals etliche Jahre sicher. Wie gesagt, dazu musst du ihn kriegen. Schaffst du das? Ich werde mit Victor reden …«

Da Kommissar Valdes Gespräch mit Ulrike andauerte, konnte er mit Sebastián telefonieren. Seine Sekretärin ging ihn suchen und kam mit der Meldung zurück, er sei mit Armando im Keller und würde sich später melden. Je länger Henry mit seinen Familienangehörigen, mit Freunden und Vertrauten telefonierte, je häufiger er seine Pläne ausbreitete, desto mehr nahmen sie Gestalt an und desto sicherer fühlte er sich. Doch es war ein Trugschluss. Niemand war hier, der sich für ihn in die Bresche warf, nicht einmal Victor Tejeda. In den kritischen Momenten war er allein. Das würde sich erst ändern, wenn Cristóbal hier wäre. Der Gedanke, sich Rafa zu greifen (inzwischen war er sogar neugierig auf ihn), gewann immer mehr Raum. Dabei würde es nie und nimmer gesittet zugehen. Musste er sich ihm anbieten, um ihn aus der Deckung zu locken? Aber es musste in einer Situation sein, die kontrollierbar wäre.

Es klopfte. Henry erschrak und sah sich um. Wo lag die Sig Sauer? Dort, direkt neben ihm, griffbereit auf dem Schreibtisch. »Wer ist da?«

»*Soy yo, el mozo*«, sagte jemand von draußen.

Ein Hotelbursche? Henry hatte ihn noch nicht gesehen, trotzdem stand er auf, steckte die Waffe gewohnheitsmäßig in den Hosenbund und zog die Jacke über. Er ging zur Tür und öffnete – draußen stand ein Unbekannter, legte die Hand auf den Mund als Zeichen des Schweigens, da erst bemerkte Henry, dass eine Pistole auf seinen Bauch gerichtet war.

»Ein Wort – und du bist tot!«

Jetzt begriff Henry: Es war der Mann, den er bei Rafa im Wagen gesehen hatte. Auf einem höher gelegenen Treppenabsatz stand Rafa selbst im Schatten eines Rundbogens. Ihn erkannte Henry sofort. Ganz Herr der Situation, kam er langsam die drei Stufen herunter. Also kommt es schneller zu einem Treffen als gedacht, sagte sich Henry und wunderte sich, wie ruhig er blieb, fast so, als hätte er das Treffen arrangiert.

»Aber guten Tag darf man deinem Chef doch sagen, oder nicht?« Er ignorierte die auf ihn gerichtete Waffe, ließ Rafas verblüfften Komplizen stehen und ging mit ausgestreckter Hand auf Rafael Viadero zu. Nein, hier werden sie mich weder niederschießen noch zusammenschlagen, davon war Henry überzeugt, das hätten sie anderswo leichter. Sie wollen mich irgendwo hinbringen.

Rafa war wirklich groß, er sah gut aus, als Model für Herrenmode hätte er eine gute Figur gemacht. Er wirkte sehr kräftig. Henry wusste, dass er ihm trotz seines Trainings mit José Maria unterlegen war. Er war zwanzig Jahre jünger, hatte sicher keine Hemmungen zuzuschlagen und konnte mehr einstecken. Gleichzeitig musste er der komplette Idiot sein, bei seinen Fähigkeiten sein Leben mit derartigen Aktionen zu ruinieren. Aber so waren die Nazis und Neonazis. Auch die deutschen. In ihrer Dummheit kannten sie nur Krieg. Rafa war ähnlich irritiert wie sein Helfer, fasste sich aber schneller.

»Red keinen Scheiß, Deutscher, dreh dich um. Geh die Treppe runter, schön langsam, einen Schritt vor uns.«

Rafa übernahm die Pistole. Henry blieb stehen und stellte sich den Weg die Treppe hinunter vor: Unten würden sie sich nach links wenden, durch den halb dunklen Gang zur Hoteltür – oder nach rechts? Nein, da war die Rezeption, da konnte sie jemand sehen. Also hatte die süße Ana Maria für sie die Kundschafterin gespielt. Wo war der geeignete Punkt für einen Ausfall? Am besten noch im Hotel, hier kannte Henry sich aus.

Der Komplize ging vor, Henry folgte, unten wandte er sich nach links und verhielt seinen Schritt. Nirgends war jemand zu sehen. Rafa bohrte Henry von hinten die Mündung zwischen die Schulterblätter.

»Geh, sonst knallt's«, zischte er.

Als sie auf Höhe der Rezeption waren, bemerkte Henry eine Bewegung rechts im Gang zum Patio. In diesem Moment hob er die Hände und streckte sie weit in die Höhe. Das Sakko war lang genug, die Pistole würde Rafa nicht sehen.

»Was soll der Quatsch?«, zischte Rafa wieder, so gut er aussah, so hässlich war seine Stimme. »Verflucht, nimm deine scheiß Arme runter …«

»He, ihr da!« Die Stimme kam aus dem Gang zum Patio. »Das ist mein Mann, der gehört mir.« Das war Kommissar Valde.

Rafa wirbelte herum, sah die Handbewegung des Kommissar hin zu einer versteckten Waffe und schoss. Der Knall hallte schmerzhaft laut in dem Gewölbe. Valde taumelte wie von einem Schlag getroffen und stürzte rückwärts auf die Fliesen, Rafa hatte ihn getroffen, aus den Tiefen des Hauses hallte ein Schrei.

»*Comisario!?*«

Henrys Ausruf ließ Rafa erstaunt zögern, dann stieß er ihn mit aller Kraft gegen die Wand und spurtete wie sein Helfer zur Haustür. Draußen schlugen Autotüren, heulte ein Motor auf, und Reifen quietschten. Henry war gefallen, er rappelte sich auf und kniete sich neben Valde, riss dem stöhnenden Mann die Jacke vom Oberkörper, dann das Hemd. Die Blutung war stark.

»Die Schulter«, sagte Henry und tippte die Notrufnummer. »Nur die Schulter.« Dann gab er den Notruf ab.

»Eigentlich dachte ich, dass Sie der Täter wären. Aber wieso sollten Sie das nächste Opfer sein?«

»Eine Verwechslung, trotzdem vielen Dank. Jetzt geben Sie mal Ruhe. Ich muss die Blutung stillen«, herrschte Henry ihn an und drückte das zerrissene Hemd auf die Wunde.

»Sind Sie allein gekommen?«

»Um eine deutsche Touristin zu verhören, brauche ich keinen Assistenten.«

»Dumm von Ihnen. Jetzt halten Sie am besten den Mund. Der Krankenwagen ist unterwegs.«

»Das kann dauern ...«

Henry ließ sich einen Verbandskasten bringen und tauschte das blutgetränkte Hemd gegen eine sterile Kompresse. Aber einen Druckverband konnte er nicht anlegen, obwohl er wie alle Mitarbeiter bei Peñasco alle zwei Jahre einen Erste-Hilfe-Kurs absolvierte. Kurz unterhalb des Schlüsselbeins, wo die Kugel steckte, blieb die Wundauflage nicht liegen. Er hätte den gesamten Oberkörper bandagieren müssen. So saß er neben Valde und lockerte den Druck auf die Kompresse nur, wenn der Kommissar es vor Schmerz nicht mehr aushielt. Nach zehn Minuten, die Henry wie eine Stunde vorkamen, erschien ein Arzt aus dem Ort, der einen Notverband anlegen konnte und ein Kreislaufmittel spritzte. Das ließ Valde zur Ruhe kommen. Leider hielt es ihn nicht vom Fragen ab, als Henry von der Toilette zurückkam, wo er sich Valdes Blut von den Händen gewaschen hatte.

»Was sollte das eben werden? Ihre Entführung? Wozu? Wer hat auf mich geschossen?«

»Der Schütze heißt Rafael Viadero. Er wurde vor Kurzem aus dem Gefängnis von Valencia entlassen.«

»Dann wird er demnächst wieder einrücken«, stöhnte Valde. »Diese Idioten lernen das nie.«

»Er kann nichts anderes.«

»Warum hat er auf mich geschossen?«

»Ich dachte auch, dass Sie nach Ihrer Waffe greifen.«

»Ich habe gar keine bei mir. Was wollte der von Ihnen?«

»Ich habe seinen Auftraggeber durch meine Aussage für viele Jahre hinter Gitter gebracht.«

»Das wird ihn geärgert haben.« Valde zwang sich ein verunglücktes Grinsen ab. »Da wird er sich ab heute auf eine längere Verweildauer einrichten müssen. Hat das mit den Toten aus S'Arenal und Ihrem Señor Schiller zu tun?«

»Sie meinen mit Ses Palmes? Vielleicht.« Die Andeutung war ein Kauknochen, den Henry ihm beiläufig hinwarf, auf dem Valde im Krankenhaus herumbeißen durfte. Er würde an dem Fall dranbleiben, da war sich Henry sicher. »Jetzt halten Sie aber endlich die Klappe. Ruhen Sie sich aus. Ich werde alles Ihrem Nachfolger oder Ihrer Vertretung erklären.«

»Noch eine Frage, nur eine. Bitte!« Valde war nicht totzukriegen. »Wer ist Ihr Freund aus La Rioja, dass Tejeda mit Ihnen auf Du ist?«

»Das ist kein Geheimnis.« Henry nannte ihm Salgados vollständigen Namen. »Er war früher Leiter der polizeiinternen Ermittlung in der Provinz La Rioja. Lange davor gehörte er wie Tejeda zur Ermittlungsgruppe gegen die GAL. Er wurde von vielen gehasst.«

»Ah, verstehe. Weshalb hat der …«

Jetzt mischte der Arzt sich ein. »Es reicht, basta!« Was der Arzt sagte, war Befehl, und Henry konnte sich um Ulrike kümmern.

Sie saß bleich und schweigend in einer dunklen Ecke auf einem weinroten Ledersofa vor einem Kamillentee.

»Henry!« Ihre Augen lösten sich von dem am Boden liegenden Mann und dem Arzt, sie sah flehend zu ihm auf, als er vor ihr stand. »Was geschieht hier, ich verstehe das alles nicht. Ich werde verrückt«, stammelte sie, »wie schrecklich ist das alles, hoffentlich kommen die Kinder endlich.« Sie griff nach seiner Hand.

Er sprang über seinen Schatten und setzte sich zu ihr und überließ ihr die Hand, die bis eben noch von Valdes Blut rot gefärbt war. Es fiel Henry nicht leicht, darüber hinwegzusehen, wie herablassend sie ihn behandelt hatte. Aber die Umstände stimmten ihn milde. Welcher Gefahr er selbst entgangen war, kam ihm erst langsam zu Bewusstsein.

Heute war die Guardia Civil schneller als die Polizei. Die beiden Soldaten betraten mit gezogener Waffe das Hotel, sicherten den Raum und hockten sich schließlich zu Valde, den sie anscheinend kannten.

Henry schwante Böses. Er rief Victor Tejeda an und klärte ihn kurz über die Situation auf. »Ich vermute mal, sie werden mich mitnehmen. Besorg mir einen Anwalt. Wenn ich mich nicht in einer halben Stunde melde, schickst du ihn her, oder du kommst am besten gleich mit. José Maria verständigst du sowieso, und schick mir schleunigst diesen windigen Journalisten her, den von gestern aus Magaluf …«

Mitten im Gespräch griff eine behaarte Hand zielgerichtet nach seinem Smartphone. »Schluss mit Telefonieren. Sie kommen mit uns.«

»Mit welcher Begründung, Señores?«

Die Frage war provokativ vorgebracht. Henry blieb sitzen. Ihm wurde heiß. Diese Leute verstanden niemals Spaß. Wohin mit der Sig? Als der Guardia sich nach seinem Kollegen umdrehte, ließ er sie im Zwischenraum zwischen Sitzfläche und Rückenlehne des Sofas verschwinden. Dem Akzent nach kam einer der Guardias aus Galizien, der andere stammte aus Madrid. Es war üblich, sie weit von ihrem Geburtsort entfernt einzusetzen, um die Verbrüderung mit der lokalen Bevölkerung zu verhindern. Der Korpsgeist dieser Truppe war seit Francos Diktatur ungebrochen.

»Der Verdacht lautet auf Unterschlagung von Beweisen.« Der Hinweis kam von dem am Boden knienden Guardia. Valde protestierte so leise, dass sich seine Einwände leicht überhören ließen. Henry machte sich auf eine rüde Behandlung gefasst. Es hatte seinerzeit durch die Guardia Civil eine umfangreiche Ermittlung gegeben, da ein Guardia-Offizier bei einer Auseinandersetzung mit ihm zu Tode gekommen war. Glücklicherweise hatten mehrere Personen Henrys Unschuld bezeugt. Polizei-Computer hatten sicher diesen Fall gespeichert. Er glaubte sowieso nicht, dass jemals irgendeine Information gelöscht wurde.

»Wollen Sie sich nicht erst um die Verbrecher kümmern?«, fragte die Hotelbesitzerin. »Ihn haben sie entführen wollen, nicht er ist der Verbrecher.« Dann drehte sie sich um und zeigte auf Ulrike. »Und ihr Mann wurde gestern ermordet.«

Inzwischen waren mehrere Hotelgäste hinzugekommen und starrten die Beteiligten an. Niemand von ihnen sprach Spanisch, die Hotelbesitzerin erklärte das Vorgefallene auf Englisch. Alle horchten auf, als sie Polizeisirenen hörten. Reifen quietschten, Türen schlugen, Männerstimmen waren zu hören, und Stiefel trappelten vor dem Hotel, dann brach eine Welle von Uniformierten und zivilen Beamten herein. Auch der Krankenwagen kam, eine halbe Stunde hatte es gedauert. Dabei hatte auf Mallorca die Hochsaison noch nicht einmal begonnen.

Alle waren wichtig, alle stellten Fragen, alle hatten eine Aufgabe zu erledigen, und alle redeten durcheinander. Da hatte Valde seine Leute gestern besser im Griff gehabt. Henry begleitete den auf der Trage liegenden Kommissar zum Krankenwagen und gab ihm die Hand.

»Danke, ich danke Ihnen, Sie haben mir wahrscheinlich das Leben gerettet. Tut mir leid, dass Sie dafür zahlen mussten.«

»Berufsrisiko, geht schon in Ordnung.« Valde winkte ihn näher zu sich. »Fragen Sie nach Ricardo, Ricardo Paja, er ist der Beste von uns, nach mir«, grinste Valde, »auf ihn ist Verlass. Das ist der in dem grünen Hemd und der braunen Hose, der mit dem Vollbart. Keine Haare auf dem Kopf, dafür umso mehr im Gesicht, sagen wir immer. Passen Sie besser auf sich auf! Machen Sie nicht jedem auf, der klopft. Außerdem wüsste ich gern, was hinter allem steckt.«

»Ich besuche Sie im Krankenhaus, und werden Sie schleunigst gesund. Trinken Sie Wein?«

»Nur die hiesigen und die aus La Rioja und die aus Toro und Valdepeñas und die Weißen aus dem Penedès und besonders aus Galizien, und Cava mag ich auch und die …«

»Also muss sich niemand um Ihre Gesundheit Sorgen machen. Wir haben nur La Rioja zu bieten …«

»Manto Negro, mit ein wenig Cabernet verschnitten …«, rief er, als sie ihn in die Ambulanz schoben, »… oder Callet …«

Die Türen schlossen sich, der Wagen fuhr unter Sirenengeheul los, die Schaulustigen gaben respektvoll den Weg frei. Man war eben nicht in Magaluf, Sineu war spanisch. Henry kehrte unter den misstrauischen Blicken der Guardia Civil ins Haus zurück und näherte sich dem von Valde beschriebenen Kollegen.

»Sie sind Ricardo Paja? Ihr verletzter Kollege hat Sie mir empfohlen.« Henry stellte sich vor. »Ich sollte entführt werden. Valde hat für mich den Blitzableiter gespielt – und sich leider verbrannt.«

Erstaunt, wie lapidar jemand mit dieser Tatsache umgehen konnte, machte der Kommissar einen Schritt zurück, um Henry besser sehen zu können. »Dann sind Sie der Schlüssel?«

»Ein Teil davon. Was ich weiß, sage ich Ihnen. Ich bin in beiden Fällen sehr an der Aufklärung interessiert.« Das Wort »sehr« wiederholte er eindringlich. »Die Sache ist nicht ausgestanden.«

»Hört sich spannend an, aber hier führt die Guardia Civil das Kommando, in den Fällen S'Arenal und Magaluf hingegen bin ich zuständig.«

»Dann verhören Sie mich in den Fällen, nehmen Sie mich nach Palma mit, sonst schleppt mich die Guardia weg. Ich war einer der Letzten, die den Deutschen lebend gesehen haben.« Jetzt konnte ihm die Tatsache von Nutzen sein.

»Und wer war der Letzte?«

»Na, der Mörder natürlich …«

Misstrauen und Belustigung gleichzeitig meinte Henry im Gesicht des bärtigen Polizisten mit den großen, erstaunten Augen zu lesen. »Weshalb sollte die Guardia Sie mitnehmen wollen?«

»Es gab in der Vergangenheit Missverständnisse.«

Der bärtige Kommissar war sich unschlüssig, wie er mit dem Angebot umgehen sollte. Henry hielt dem Blick stand. »Aber man braucht Sie hier. Niemand außer Ihnen kennt den Hergang des Attentats auf meinen Kollegen.«

»Es war kein Attentat, es war ein Missverständnis.«

»Wieso?«

»Wenn Sie mich mitnehmen, sage ich es Ihnen.« Henry wollte hier weg, seine Lage kam ihm immer mehr zu Bewusstsein, Diegos Leute wurden zusehends dreister und damit gefährlicher.

»Bleiben Sie hier, setzen Sie sich, warten Sie auf mich.« Ricardo Paja ging zu der Gruppe von Guardias; finster blickten sie ihm entgegen.

»Hör gut zu«, sagte er zu Ulrike Schiller, die wie versteinert auf dem Sofa saß und nichts verstand. »Ich werde dir alles erklären … so bald wie möglich«, fuhr er fort, als er den angeforderten Journalisten bemerkte, der sich durch die zweite Tür hereingeschlichen hatte und im Patio verschwand. Henry folgte ihm, nicht ohne Paja darauf hinzuweisen. Der vergewisserte sich, dass es keinen Fluchtweg gab, und erteilte seine Erlaubnis.

»Waren Sie das nicht gestern mit Victor Tejeda? Was haben Sie mit den Bullen zu schaffen?«

»Hören Sie, schalten Sie Ihr Aufnahmegerät ein und hören Sie einfach gut zu.« Henry erzählte ihm leise, dass er das Entführungsopfer gewesen sei und der angeschossene Polizist den Blitzableiter gespielt habe. »Machen Sie eine Riesen-Story daraus, setzen Sie eine fette Überschrift darüber:

›Kommissar rettet Deutschen vor Attentäter‹ oder so ähnlich, ›Mord in letzter Sekunde vereitelt‹. Der Schütze war ein gewisser Rafael Viadero …«

Es folgte die Schilderung der Ereignisse der letzten Tage, besonderen Wert legte Henry auf die Beziehung der beiden Toten zu Ses Palmes und auf die Todesumstände. Die Frage, wer sie erschossen hatte, ließ er offen. Ob unterschiedliche Waffen benutzt worden waren, müsste die Polizei wissen. Wichtig sei in diesem Zusammenhang Lucas Martínez, der Sohn des ehemaligen Besitzers der Finca, den man auf dem Festland vermute. Er aber glaube, dass Lucas Mallorca nie verlassen habe und hier herumspuke, schließlich sei er der Geschädigte bei der Erbschaft. Dass er als Mörder infrage komme, wagte Henry nicht zu behaupten. »Welches Interesse sollte er daran haben, Käufer zu erschießen? Wenn er seine Stiefmutter umgelegt hätte«, das war die Sprache, die der Boulevardjournalist verstand, »könnte man das verstehen, aber nicht wildfremde Menschen. Also steckt etwas anderes dahinter.«

»Was soll das sein? Wo sind die Beweise für Ihre Story?«

»Brauchen Sie noch mehr Tote? Ich finde den Hinweis, dass sich auf der Insel jemand befindet, der auf Polizisten schießt, dramatisch genug. Vielleicht ist es sogar derselbe, der die beiden Männer ermordet hat und mich entführen will.« Henry griff zur Brieftasche. Er hatte etwas mehr als dreihundert Euro in bar bei sich. »Ist das vorerst genug, für den Anfang?« Er hielt dem Journalisten die Scheine hin. »Die restlichen fünfhundert bekommen Sie nach Erscheinen. Alles, was ich gesagt habe, lässt sich nachprüfen.«

»Wollen Sie mich kaufen?« Es war mehr eine neugierige Frage als ein empörter Vorwurf. Der Journalist strich die Scheine ein, nicht ohne sich zu vergewissern, dass es niemand gesehen hatte.

»Genau. Und jetzt verdrücken Sie sich am besten, bevor

die Polizisten Sie rauswerfen. Sie sind anscheinend nicht sehr beliebt.«

»Was Sie nicht alles wissen, Señor ...«

Kaum hatte sich der Journalist getrollt, nicht ohne den Versuch zu unternehmen, einige Fotos zu machen, trat Ricardo Paja in den Patio, neben ihm ein Guardia-Offizier.

»Wir werden die Befragung gemeinsam durchführen, das spart Zeit, und zwei Leuten fällt mehr ein. Man durchschaut den Befragten besser.«

»Da gibt es nicht viel zu durchschauen.« Henry erklärte sich einverstanden, auch beiden gleichzeitig fühlte er sich gewachsen, und begann von Neuem mit seiner Geschichte, diesmal in einer seriöseren Variante, ohne jede Mutmaßung. Er übergab dem Guardia-Offizier eine Kopie von Rafas Foto.

»Er wollte mich entführen, er hat geschossen, gegen ihn läuft ein Haftbefehl in La Rioja – er hat vor seiner Entlassung aus dem Gefängnis von Valencia den Auftrag erhalten, mich auf irgendeine Weise aus dem Verkehr zu ziehen, tot oder lebendig.«

Der Offizier glaubte Henry kein Wort, es war ihm anzusehen, er sagte aber nichts. Ihm war jeder Mensch verdächtig, der nicht zur Guardia Civil gehörte.

»Was haben Sie mit den beiden Toten zu tun«, fragte Ricardo Paja, »mit dem Holländer und dem Deutschen?«

Henry erläuterte seine Geschäftsbeziehung zu Schiller, kam auf dessen Bitte um Hilfe zu sprechen und wiederholte alles, was er dem Journalisten gesagt hatte. Bei dem war seines Erachtens das Wissen besser aufgehoben, wenn er es in seinem Blatt herausbrachte und die Öffentlichkeit davon erfuhr. Ihm gegenüber hatte er auch davon gesprochen, was der Nachbar Armengol über Gesine behauptete. Henry war sich sicher, dass der Journalist entsprechende Nachforschungen anstellte. Der Bauer würde ihm das nie verzeihen, aber das durfte ihm egal sein. Wenn lediglich die Behörden davon wussten, war man nie sicher, ob daraus weitere Ermittlungen folgten oder ob alles heruntergespielt werden würde, aus welchen Gründen auch immer. Das war nicht nur ein spanisches Phänomen. Er beendete seinen Bericht mit einer Mutmaßung, nämlich dass beide Morde und der Entführungsversuch nichts miteinander zu tun hätten.

Der Guardia-Offizier fragte, ob Henry glaube, dass Señora Schiller bereits vernehmungsfähig sei. »Sie macht einen extrem angeschlagenen Eindruck.«

»Wenn man entsprechend einfühlsam mit ihr umgeht, müsste es möglich sein.« Paja verstand die Anspielung und konnte sich ein Grinsen kaum verbeißen. »Ist der Dolmetscher noch hier? Dann sollten wir es jetzt mit ihr versuchen.«

Henry war froh, dass sich die Aufmerksamkeit von ihm abwandte. Außerdem war Victor Tejeda erschienen, er hatte ihm von Weitem zugewinkt. Doch nicht er, sondern Paja winkte zurück. Also kannten die beiden sich auch. Nur der Offizier blieb distanziert. Er stand auf und suchte den Dolmetscher.

Als Henry erfreut auf Tejeda zuging, bemerkte er, wie zwei Uniformierte die Treppe herabkamen, sie übersahen ihn so deutlich, dass sich ihm der Eindruck aufdrängte, dass sie in der Zwischenzeit sein Zimmer durchsucht hatten.

»Sie bleiben auf Mallorca?!« Die Stimme des Offiziers traf ihn von hinten wie eine Kugel.

Henry drehte sich um. »Wenn Señora Schiller mich nicht mehr braucht, bin ich weg. Mir ist es hier zu gefährlich. Oder bekomme ich Polizeischutz?«

»Den haben Sie bereits«, meinte Paja. »Wir passen auf Sie auf. Sie bleiben auf der Insel, vorerst jedenfalls. Sie sind ein wichtiger Zeuge.«

Henry zog Victor Tejeda zum roten Sofa und nötigte ihn, dort Platz zu nehmen. Es dauerte einen Moment, bis Tejeda begriff, wonach Henry in der Ritze zwischen den Polstern angelte, er konnte sich das Lachen kaum verbeißen.

»Man kann nie vorsichtig genug sein. Hast du ausgesagt?«

»Selbstverständlich, ich kooperiere gern.« Im Telegrammstil berichtete Henry von den Geschehnissen und seiner Aussage. »Paja macht einen vernünftigen Eindruck, der Guardia-Offizier, scheint mir, sucht Opfer. Ich muss leider los.«

»Wohin?«

»Nachdenken und dann zwei Mädchen aufsuchen – die Töchter von Señora Fröhlich. Die Ältere soll mit dem Sohn des Winzers befreundet gewesen sein, ob die Jüngere eine Rolle spielt, werde ich erfahren.«

»Dir ist aber klar, dass du Kinder nicht ohne ihre Eltern oder Beistand befragen darfst.«

»Ich frage nicht als Polizist, ich frage als Betroffener.«

»Trotzdem Vorsicht, nicht dass man dir was anhängt. Die jüngste Tochter ist erst dreizehn …«

Kurz vor Unterrichtsschluss um vierzehn Uhr fand Henry sich vor der Schule ein, es war ein moderner halbrunder Bau auf der anderen Seite des Städtchens. Er kannte die Mädchen nicht, hatte keine Vorstellung, wie sie aussahen. Deshalb ging er auf gut Glück zum Standplatz der Roller und Mopeds und hoffte, dass Svenja, die Ältere, hier ebenfalls ihren Roller abgestellt hatte und nicht von der Mutter abgeholt würde. Er fragte einen Jungen nach Svenja, das war weniger verfänglich, falls die Lehrer ein Auge auf die Schülerinnen hatten.

»Da kommt sie«, sagte er, »es ist die Lange in der schwarzen Lederjacke mit den Nieten. *Chulo, verdad*?«

Ha, das Mädchen. Der Junge war begeistert. Svenja, beinahe eine junge Frau, war wirklich groß, sehr schlank und hatte eine mit Killernieten besetzte Lederjacke über einem roten Shirt an. Sie trug Jeans, darunter spanische Stiefel, das Haar hing offen und lang über die Jacke, an ihrem Arm baumelte ein weißer Helm, unter dem Arm klemmte die Schulmappe.

Henry ging auf sie zu und nannte seinen Namen, den sie

sicher bereits gehört hatte, bezeichnete sich als Freund des deutschen Weinhändlers, der Ses Palmes hatte kaufen wollen, und erklärte, dass er gern mit ihr über Lucas sprechen würde. Henry hielt es für sinnvoll, nicht lange herumzureden, das würde ein Gespräch unnötig komplizieren. Svenja war zuerst erschrocken, dann fasste sie recht schnell Vertrauen, und ein leichtes Lächeln huschte über ihr offenes Gesicht. Es konnte auch Neugier sein. Sie hängte den Helm an den Lenker des Rollers und warf das Haar in den Nacken.

In diesem Augenblick drängte sich ein kleineres Mädchen vor, ebenfalls mit einem Helm. Henry wusste sofort, dass es sich um Nele handelte, das Ebenbild ihrer Mutter, in jeder Hinsicht, genauso eingebildet, blasierte Unsicherheit, rosa Lidschatten unter gezupften Brauen, angezogen wie aus dem Katalog für versnobte Kinder, die Tennisschuhe für zweihundertfünfzig Euro, und die dümmliche Mütze des deutschen Michel, die auch im Sommer sein musste, kostete mindestens einhundert. Darunter schaute langes blondes Haar heraus.

»Red nicht mit dem da«, kreischte das Blag und wedelte mit den Armen. »Mama hat es verboten. Aushorchen will er uns. Er verdreht nur alles!« Feindselig starrte sie Henry an, aber auch halb ängstlich auf seine Reaktion gespannt. »Er will verhindern, dass wir Ses Palmes verkaufen – hat Mama gesagt. Er ist gegen uns.« Jetzt versuchte sie, ihre Schwester, die sie ärgerlich abschüttelte, am Arm wegzuziehen.

Henry konnte ob des albernen Gehabes und der hysterischen Reaktion nur lachen, Svenja hingegen blickte ihre Schwester so herablassend an, als hätte sie eine Schwachsinnige vor sich. Das war für Nele schlimmer als viele Worte, sie wusste nicht, wohin mit ihrer Wut darüber, dass die Schwester mit Henry sprach. »Mama hat's doch verboten.« Das klang bedeutend hilfloser.

Svenja aber hatte ihre eigene Meinung, das jedenfalls drückte ihre Haltung aus – aufmerksam Henry zugewandt.

»Was wollen Sie? Sie wollen doch was wissen.« Sie betonte

es, als sei nicht Henry, sondern sie an einem Gespräch interessiert.

Er kam direkt zum zentralen Punkt. »Ich hätte gern gewusst, wo Lucas sich aufhält, wo man ihn treffen kann.«

»Wozu?«

»Ich will von ihm die Scheibe ersetzt bekommen, die er mit dem Stein zerschossen hat, mit seiner Schleuder.«

»Wegen einer lächerlichen Scheibe? Pah … das glauben Sie doch selbst nicht.«

Nele versuchte weiter, ihre Schwester wegzuziehen. »Wir müssen nach Hause. Wer weiß, was er sonst noch will.« Sie verzog angeekelt das Gesicht.

»Was wollen Sie wirklich?«

»Das habe ich eben klar gesagt: Ich will Lucas treffen. Sie haben Kontakt zu ihm …«

»Nein, hab ich nicht. Er ist verschwunden, seit er … seitdem … äh …« Sie hatte sich verhaspelt und wurde rot.

»Seit Langem«, sagte die Kleine besserwisserisch, »seit Monaten. Jedenfalls ist er endlich weg. So, und jetzt komm!« Sie setzte ihren Helm auf und ging zum Roller. In diesem Moment sprach sie ein anderes Mädchen an, und als Nele losließ und sich wegdrehte, sagte Svenja: »In einer halben Stunde gegenüber in der Finca-Kolonie. Warten Sie im zweiten Seitenweg rechts, ich finde Sie. Ich bringe nur die Nervensäge nach Hause.«

Henry wartete in der angegebenen Straße, die zu einer Edelfinca führte, einem zweistöckigen Haus mit unendlich vielen Zimmern, Erkern, Arkaden, mit Atrium, Pool, Garten und Tennisplatz und so gut wie nicht einsehbar, der ideale Ort für eine arabische Großfamilie. Das Haus war momentan nicht bewohnt. Er setzte sich auf die Gartenmauer, eine Hecke im Rücken, dahinter der Zaun. Auf der Rückseite des Nachbargrundstücks schnipselte der Hausmeister an einer Buchsbaumhecke herum. Es war Mateo, mit ihm war er kürzlich ins Gespräch gekommen, nachdem Frau Fröhlich ihn rausgeworfen hatte. Er würde nachher zu ihm gehen.

Svenja kam diesmal mit dem Fahrrad und grinste. »Es ist das Rad meiner Schwester. So kann sie mir nicht nachspionieren, zum Laufen ist sie zu bequem.« Sie setzte sich neben ihn, holte einen Apfel aus der Jackentasche, biss hinein und bot Henry einen zweiten Apfel an, den er gern annahm. Fehlte nur noch die Schlange, die war drüben auf Ses Palmes.

»Ich weiß, wer Sie sind. Bis vor zwei Wochen hatten wir Kontakt, Lucas und ich, ich habe ihn auch getroffen, klar, heimlich. Er wollte das so. Aber nach …« Sie zögerte und blickte Henry an, als müsse sie Abbitte leisten, als hätte sie sich zu entschuldigen, als könne sie das, was sie mit sich herumtrug, nicht länger ungesagt lassen. »Ich habe nichts mehr von ihm gehört, seit … seit dem Tod des ersten Käufers, dieses Holländers, den sie in S'Arenal gefunden haben. Ich habe ihn nie gesehen. Mama macht alles Geschäftliche immer vormittags, wenn wir nicht da sind. Sie will uns damit nicht belästigen, wie sie sagt. Dabei weiß ich viel besser, wie es um Ses Palmes steht. Ich kenne die Weinberge, und ich kenne die Buchhaltung. Eigentlich müssten die Käufer mit mir reden.« Ein kurzes Lächeln traf Henry. »Wenn jetzt nichts passiert, von wegen Ausbrechen und Rebschnitt und Vorsorge gegen Pilzbefall, wo es so heiß wird … und im Keller liegen viele Fässer, wir sollten abfüllen … Sie wissen das alles wahrscheinlich viel besser als ich, Herr Meyenbeeker. Ich habe mir gleich Ihre Peñasco-Website angesehen, auch Ihr Foto … ja, dann geht alles den Bach runter.«

Svenja war ein patentes Mädchen. Er ließ sie reden. Er sah sie dabei nicht an, so fiel ihr das Sprechen möglicherweise leichter, und sie fand die richtigen Worte. Er hätte gern gewusst, ob sie Lucas von dem Holländer erzählt hatte oder ob er die Finca bereits vorher beobachtet hatte. Vielleicht lag er sogar jetzt in der Nähe auf der Lauer? Henry hatte viele Fragen, doch er schwieg. Dass sie zutiefst unglücklich war, hatte er ihr bereits vor der Schule angesehen, und das schwang in ihrer leicht brüchigen Stimme mit.

»Wir, Lucas und ich, wollten zusammen irgendwann Ses Palmes übernehmen, wenn Ignácio nicht mehr konnte, er litt unter Bluthochdruck, deshalb wohl auch der Schlaganfall. Wir wollten das Weingut weiterführen. Lucas würde es erben und ich den Teil von meiner Mutter. Mein Schwesterchen hätten wir ausbezahlt.«

»So weit gingen eure Pläne?«

»Er hat mir alles beigebracht.«

»Wart ihr … ein Paar?« Henry zögerte, es so direkt zu sagen. Er glaubte, dass sie mit dieser Formulierung am besten umgehen konnte.

»Nein«, antwortete sie, aber es schimmerte durch, dass sie es sich hätte vorstellen können. »Was er wusste, hat er mir beigebracht.«

»Sie kennen sich demnach in den Weinbergen aus?«

»Ich kenne alle unsere Parzellen. Ich kenne den Boden, weiß, was in der Erde steckt, ich weiß über das jeweilige Mikroklima Bescheid, sogar wie es bei Nacht ist. Wir haben darüber diskutiert, ob die richtigen Rebstöcke auf dem richtigen Grund stehen und ob wir uns verstärkt bei den autochthonen Sorten, also den hier heimischen, engagieren – so sagt man doch, oder? Augenblicklich machen wir halbehalbe mit den internationalen Sorten. Mein Ding ist der Weinberg, seines war mehr der Keller.«

»Das von Lucas?«

Sie nickte und starrte in die Ferne, als erwarte sie, dass er dort irgendwo auftauchte.

»War Ignácio Martínez für Sie auch so etwas wie ein Lehrer?«

Svenja senkte den Kopf und starrte traurig in den Kies, den sie mit den Fuß von einer Seite zur anderen schob. Sie blickte auf, fasste Henry am Ärmel und zog ihn weiter. Der Hausmeister hatte gewinkt, was sie irritierte. Sie verstand das

Zeichen nicht. Sie gingen zu einem Haus außer Sichtweite des Mannes, das von einem gepflegt verwilderten Garten umgeben war.

»Ignácio war so was wie …«, sie zögerte, »wie … mein Vater. Mein richtiger hat sich nie gekümmert. Meine Schwester hat ihn zum Heiligen erklärt, um damit klarzukommen. So konnte sie Ignácio ablehnen. Wir waren seine Familie, er hat uns mit offenen Armen aufgenommen, meine Mutter hat er geliebt, er hat sie verehrt. Heute sehe ich das ziemlich anders.«

»Und wie?«

»Er war süchtig nach ihr, jemand hat mal gesagt, er sei ihr hörig, aber ich weiß nicht, was das bedeutet. Sie hat es ausgenutzt, sie bekam, was sie wollte, es war ihr nie genug. Sie hat mit ihm gespielt. Er war ihr Instrument.«

»Und Lucas?«

»Lucas hat sie gehasst. Für mich ist er mein großer Bruder. Es war schrecklich, zwischen diesen Leuten leben zu müssen, das müssen Sie mir glauben. Deshalb war ich, wenn die Schule rum war, mit den Männern im Weinberg. Da hatte ich meine Ruhe.«

»Sie haben Ignácio zusammen mit Ihrer Mutter gefunden?«

»Hören Sie auf davon. Es war grässlich. Ich werde nie vergessen, wie er da vor uns lag, halb tot ….« Sie presste die Lider zusammen und schlug sich die Hände vors Gesicht. »Das Bild bleibt wie eingebrannt, ich werde es nicht los. Immer muss ich daran denken. Ich träume davon. Und sie redet da gar nicht drüber. Er ist tot, sagt sie, wenn ich sie darauf anspreche. Man muss vergessen können, du lernst es auch noch, sagt sie. Jedenfalls leiden wir keine Not. Einen Monat später fing sie davon an, dass wir nach Deutschland zurückgehen. Das war der nächste Schock. Aber geradezu katastrophal wurde es, als sie mit Lucas vom Rechtsanwalt kam, der Ignácios Testament aufbewahrt hatte.«

»Hieß der zufällig Barbadillo?«, fragte Henry.

»Woher wissen Sie das denn wieder? Was wissen Sie noch alles?« Mit schreckgeweiteten Augen starrte das Mädchen Henry an.

»Wie hat Lucas reagiert?«

»Er hat seine Sachen gepackt und ist sofort ausgezogen, am selben Tag. Kein Wort hat er gesagt. Meine Mutter hat ihn mitnehmen lassen, was er wollte. Die halbe Werkstatt hat er ausgeräumt. Wenn du Ärger machst, rufe ich die Polizei, hat sie gesagt. Er hat mir alles erklärt und gemeint, wir seien Verbrecher. Ich habe ihn angefleht, zu bleiben oder mir zumindest zu sagen, wo ich ihn finde, aber er hat geantwortet, dass er mich findet, wenn er will, egal, wo. Danach war zwischen uns nichts mehr wie vorher. Er traut mir nicht mehr, er meint, ich hätte es gewusst, aber das stimmt nicht.« Tränen liefen ihr übers Gesicht. »Sie hat alles zerstört.«

»Wissen Sie, was der Bauer darüber sagt, Ihr Nachbar zur Linken, Hugo, Hugo Armengol heißt er wohl.« Das war ein Fehler; dass er seinen Namen kannte, würde Svenja noch mehr erschrecken als die Andeutung.

»Woher sollte ich das wissen?« Sie wischte sich mit dem Ärmel die Tränen aus dem Gesicht. »Hugo, das ist der mit den Schafen, nicht wahr?« Svenja dachte nach, griff nach einem langen Stöckchen und brach es in winzige Teile, dabei immer verzweifelter dreinblickend, als müsse sie etwas zerstören. »Ich weiß nicht, was der sagt. Sie hat jeden Kontakt zu den Nachbarn verboten, sie sagt, die wollen uns ausplündern, sich unseren Besitz unter den Nagel reißen, zuerst die Weinberge, dann die Finca. Die wollen uns arm nach Hause schicken. Das sagt sie dauernd. Jetzt ist sie total aus dem Häuschen, sie schreit nur noch rum, seit sie ihr die Käufer ›wegschießen‹, wie sie sagt.« Svenja zögerte und blickte Henry in die Augen, fragend, flehend, unausgesprochen die Bitte, nicht tiefer zu graben, ihr weitere Schmerzen zu ersparen. Dann gab sie sich einen sichtlichen Ruck. »Sie hat mir sogar verboten, im Weinberg zu arbeiten, da könnte ich Lucas treffen …«

»Wo ist er?«

»Warum?«

»Ich möchte verhindern, dass er Dummheiten macht, noch mehr als bisher.« Wusste sie, was er damit meinte?

Sie ließ sich nichts anmerken. Sie beschrieb ihm eine baufällige, herrenlose Finca. »Es ist mehr ein *cobert d'eines*, wenn Ihnen das was sagt, ein großer Geräteschuppen, Stallungen, von außen sieht alles total verlassen aus und ist von Kakteen fast zugewachsen. Den Weg dorthin habe ich nicht in Erinnerung, aber es muss in der Nähe unserer Weinberge sein, da steht eine uralte verwachsene Eibe, so wie die in den Gärten von La Granja de Esporles, wenn Sie das kennen. Und überall wächst Pfahlrohr. Jetzt sagen Sie mir endlich, was Hugo gesagt hat.«

»Nein!«

»Wieso denn nicht? Erst deuten Sie was an – das ist gemein. Warum darf ich das nicht wissen?«

»Ich will nicht, dass Sie den Eindruck gewinnen, ich wollte Sie beeinflussen.«

»Sie sind link, das tun Sie bereits.«

»Fragen Sie ihn selbst.«

Wütend stieß sie die Luft durch die Nase aus. »Und was wissen Sie über Lucas?«

»Nicht viel«, antwortete Henry vorsichtig. Er wusste selbst, dass es so gut wie nichts war. »Ich nehme an, dass er uns verfolgt hat, dass er Schiller bereits zum Flughafen folgte, als er mich dort abgeholt hat. Und vor Ihrem Haus hat er mich fast mit einem Stein getroffen.«

»Wenn er Sie hätte treffen wollen, säßen Sie jetzt nicht hier.« Es schwang etwas wie Stolz in ihren Worten. Dann starrte sie wieder ausdruckslos auf den Haufen zerbrochener Stöckchen vor sich. »Lucas trifft immer. Er gehört zu den *foners balears,* er war der Zweitbeste auf der Insel. Er hat an allen Wettkämpfen teilgenommen.«

»Was ist ein *foner?*«

»Ein anderes Wort dafür ist *hondero,* Steinschleuderer, die *honda* ist die Schleuder.«

»Ein gefährlicher Junge, Ihr Lucas. Haben Sie ein Foto von ihm? Bestimmt – auf Ihrem Smartphone.«

Sie konnte jetzt nicht mehr ausweichen und zeigte ihm mit zusammengepressten Lippen das Bild. Darauf war ein sehr sympathischer junger Mann zu sehen, der sie, die auf den Auslöser gedrückt hatte, verliebt anschaute.

# Kapitel 17

Ein Wärter ging langsam über den Hof, verfolgt von hundert Augenpaaren. Das Wetter war gut, die Insassen genossen die nachmittägliche Sonne, einige spielten Basketball, andere stählten die von Anabolika aufgequollenen Muskeln an Reck und Barren und stemmten Gewichte. Die Kolumbianer waren wie üblich eng zusammengerückt und prahlten mit Weibergeschichten, die Nordafrikaner hockten am Boden, heckten Fluchtpläne aus und belauerten die Schwarzafrikaner, aber alle hatten Augen für den Gefängnisbeamten, den gemeinsamen Feind, der sich offensichtlich Diego Peñasco näherte.

»Komm mit, du hast Besuch!«

»Ich wüsste nicht, dass ich jemanden bestellt hätte«, antwortete Diego in seiner hochfahrenden Art, ohne aufzublicken.

»Mach keinen Ärger, außerdem wird es dich interessieren, wer gekommen ist.«

»Mein Anwalt ist der Einzige, den ich sehen will, oder meine Frau, aber heute ist nicht ihr Tag.«

»Ich wollte es eigentlich nicht glauben, aber du bist tatsächlich mit dieser kleinen Nutte verheiratet? Maria heißt sie, aber so heißen sie ja alle, ach ja, Ana Maria, wenn ich nicht irre.«

»Du weißt zu viel. Das kann einem schaden. Wir wissen, wo du wohnst.«

»Halt's Maul und komm mit, oder ich lasse dich holen.«

»So ernst ist es?« Diego löste sich notgedrungen aus dem Kreis der Spieler, ausschließlich Spanier, die ihre Karten vor sich auf den Boden geworfen hatten. »Pass auf meinen Gewinn auf«, wies er einen der Mitspieler an. »Wenn was fehlt, bist du dran.« Er folgte, die Hände in den Hosentaschen, in gemächlichem Schritt dem Wärter zum Trakt C2, wartete geduldig, bis die Gittertüren auf- und wieder zugeschlossen waren, und betrat zuletzt den Besuchsraum, der für Einzelgespräche mit den Anwälten reserviert war. Der Wärter verließ den kahlen Raum mit den fleckigen Wänden, in dem sich nichts weiter befand als ein Tisch und zwei Stühle, und schloss von außen ab.

Diego hasste das Geräusch. Sehnlichst erwartete er den Tag, an dem er hier rauskäme, dann würde er in der Kellerei sämtliche Schlüssel abschaffen, als Erstes seine Schwester rauswerfen und danach seinen Vater. Der wird es mit seinem kaputten Herzen sowieso nicht mehr lange machen, dachte er siegessicher. Dann erbe ich einige seiner Anteile, und irgendwann gehört mir Bodegas Peñasco sowieso. Wenn er jetzt schon seinen Bruder aus Chile kommen lässt, muss es ihm ziemlich dreckig gehen. Und mit Meyenbeeker sind wir längst fertig. Rafa würde seine Sache gut machen, davon war Diego überzeugt, besonders jetzt, wo er sich vor einer Stunde eine Linie von dem Zeug reingezogen hatte, das der neue Wärter reingebracht hatte. Es war anscheinend ziemlich sauber, und der Mann verfügte über einen sicheren Kanal.

Wer besaß die Unverschämtheit, ihn hier so lange warten zu lassen? Er wurde unruhig, ging in dem Raum umher, das Fenster lag zu hoch, um hinauszusehen, er wurde nervös, ging schneller, langweilte sich, wollte zurück auf den Hof, es war schlecht für sein Ansehen, dass er mitten aus dem Spiel herausgeholt worden war. Dann hörte er wieder die Schlüssel.

»Sie?« Diego erschrak. Vor ihm stand der Mann, vor dem er sich wirklich fürchtete. »Was wollen Sie?« Diego wich einen Schritt zurück. Er wusste, dass José Maria Salgado der

Einzige war, der ihn vernichten konnte, ja der einzige Polizist, ob ehemalig oder nicht, der ihn persönlich wegen seiner Zugehörigkeit zu den Neofaschisten zutiefst verachtete. Dass er jetzt hier auftauchte, war ein böses, ein fürchterliches Signal. War etwas schiefgegangen? War Rafa gescheitert? Das durfte nicht sein, das durfte einfach nicht sein. Diego rieb sich nervös die Nase ...

»*Buenos días*, Señor Peñasco.« Salgado wies mit der Hand einladend auf einen der durchgesessenen Stühle. »Nehmen Sie Platz, fühlen Sie sich ganz wie zu Hause. Außerdem redet es sich im Sitzen besser, und im Sitzen ertragen Sie das leichter, was ich Ihnen eröffnen werde.« Salgado wahrte beim Sprechen immer den Anstand. Niemals wurde er ausfallend, niemals beleidigend.

»In Ihrer Anwesenheit stehe ich lieber, da muss ich nicht extra aufstehen, wenn ich kotzen muss.«

»Ganz wie Sie meinen.« Bevor sich Salgado setzte, drehte er sich einmal um, öffnete das Sakko, hob es hinten an und zeigte Diego die offenen Hände. »Ich bin unbewaffnet.«

»Ich auch, bis auf spitz gefeilte Deckel von Fischdosen und messerscharfe Esslöffel, ich trage sie im Schuh, *entonces*, also, machen Sie es nicht so spannend, Sie verplempern meine Zeit.«

Salgado lächelte verständnisvoll, er gluckste sogar. »Zeit? Ja, die Zeit vergeht. Jeder Tag, den Sie hier sind, ist ein guter Tag für alle da draußen.« Er zeigte auf das Fenster mit den Glasbausteinen. »Für Sie werden es weniger, Señor Peñasco, Sie haben nicht mehr so viele davon. Wie alt sind Sie jetzt?«

»Sie verrecken sowieso vor mir, Salgado, außerdem langweilen Sie mich. Kommen Sie endlich zur Sache. Sie sagten, meine Zeit sei kostbar.«

»Das ist sie. Es geht wirklich um Zeit, um die da draußen, Sie werden noch viel weniger davon haben, Señor Peñasco, wenn das nächste Verfahren gegen Sie abgeschlossen ist.«

»Sie werden mir gleich sagen, worum es geht. Ich wüsste nicht, dass ich mir etwas habe zu Schulden kommen lassen.«

»Nein? Tatsächlich nicht? So kurz ist Ihr Gedächtnis? Das wird eine Folge des langjährigen Kokaingenusses sein.«

Diego rieb sich leicht verlegen die Nase, ihm wurde heiß. Er bemerkte, dass Salgado jede seiner Regungen durchschaute. Diesem Mann blieb nichts verborgen. Er war ein Terrier, der nie losließ, und gleichzeitig ein Bluthund, der jede Spur fand. Er hasste ihn.

»Was werfen Sie, oder besser, was wirft die Justiz mir vor? Ich weiß von keiner Anklage.« Der Hohn in seiner Stimme war brüchig.

»Den zweiten Mordauftrag.«

Diego lachte gekünstelt. »Ich hier im Knast, mit meinen beschränkten Möglichkeiten, wie soll das gehen?« Jetzt zeigte er auf das Fenster. »Wer von meinen geschätzten Verwandten hat sich wieder was ausgedacht, um mir meine Anteile an der Kellerei streitig zu machen?«

»Wenn Sie so weitermachen, werden Sie nie wieder in Ihrem Leben einen Weinberg zu sehen bekommen, geschweige denn darin herumlaufen.«

»Das war sowieso nie mein Ziel. Dafür habe ich meine Arbeiter.«

»Solche wie Rafael Viadero?« Salgado ließ sein Gegenüber nicht für den Bruchteil einer Sekunde aus den Augen.

Diego war bemüht, keinerlei Regung nach außen dringen zu lassen, ob es ihm gelang, wusste er nicht. »Wer ist das?«

»Ihre Antwort ist leider Ausdruck Ihrer Beschränktheit, na, das bleibt bei dieser Umgebung auf Dauer nicht aus. Bis vor vierzehn Tagen saßen Sie hier noch mit ihm zusammen und gaben ihm, um es kurz zu machen, den Auftrag, Ihren Schwager zu ermorden.«

»Meyenbeeker?« Diego lachte laut auf. »Der ist nicht mal 'ne Kugel wert.«

»Das ist ja die Krux. Geiz zahlt sich nicht aus. Wenn Sie

bereit gewesen wären, etwas mehr auszugeben, dann wäre Ihr Plan womöglich aufgegangen. Aber gute Profis zu finden, die ihre Sache richtig machen, ist schwer. Sie schneiden sich ins eigene Fleisch. Erst macht er Ihren Kellermeister nieder, der wusste, dass Meyenbeeker auf Mallorca tätig ist ...«

»Was macht er da?« Diegos Unsicherheit wuchs, er merkte, dass er von aktuell notwendigen Informationen abgeschnitten war. Rafa hätte sich längst wieder bei seinem Anwalt melden und den Vollzug bestätigen sollen. »Was ist mit dem Kellermeister? Sie meinen Armando García, den Alten? Lebt der noch? Kriegt sein Gnadenbrot, was? Was hat García damit zu tun?«

»Ihr Freund hat aus ihm rausprügeln lassen, wo sich Meyenbeeker aufhält. Ihr Spitzel im Betrieb hat es mitgekriegt. Der wurde übrigens sofort entlassen.«

Sein innerliches Grinsen meinte Diego vor Salgado verbergen zu können. War einer seiner Leute aufgeflogen, waren immer noch zwei übrig.

»Die anderen beiden, mit denen Sie in Verbindung standen beziehungsweise über Ihren Anwalt, Señor Miguel Angel Gurpegui Zapatero, haben auf Anraten gegen eine Abfindung fristlos gekündigt. Sie sahen ein, dass es besser für sie ist. Und gegen Ihren Anwalt wurde bei der Kammer ein Verfahren eröffnet und bei der Staatsanwaltschaft eines wegen Geldwäsche. Vielleicht hat er sich auch an Ihrem Geld bedient? Sie sollten das prüfen. Suchen Sie sich einen anderen und treten Sie als Nebenkläger auf. Ein interessanter Gedanke.«

Es machte Diego längst nicht so viel aus, wie Salgado annahm. Wenn die alten Faschisten weg waren, kamen neue, junge, die besser in die veränderten Zeiten passten. Aber Rafa? Was wusste Salgado wirklich?

»Rafael Viadero und sein Komplize wurden auf Mallorca gesehen, der Erstere wird bereits mit Haftbefehl gesucht, er hat einen Kommissar angeschossen, und Meyenbeeker hat

Ihren Freund bereits zweimal geleimt. Zweimal. Da machen Sie große Augen, was? Kommt das vom Koksen? Wie ich schon sagte, Sie hätten sich einen besseren Mann nehmen sollen. Sollte es hart auf hart kommen – ich habe Meyenbeeker bewaffnet.«

»Machen Sie sich doch nicht lächerlich. Der Kerl schießt sich höchstens in den Hintern.« Diego riss sich zusammen. Er musste ruhig bleiben. Wenn es stimmte, was Salgado sagte, war es schlimm, aber ihm konnte man nichts nachweisen, Rafa würde das Maul halten.

»Irrtum, ich hab's ihm persönlich beigebracht. Ich schieße die Zehn, er zwar nur die Acht, aber für eine Null wie Rafa reicht das allemal. Dann wird er auspacken.«

»Nichts wird er sagen, der hat auch die letzten sechs Jahre hier geschwiegen.«

»Bei Mordversuch sind es aber fünfzehn oder zwanzig, und für Sie als Auftraggeber im Wiederholungsfall? Wie viele?«

»Reden Sie nicht so viel Scheiße, Salgado. Was wollen Sie wirklich?«

»Blutvergießen vermeiden! Und Sie hätten eine Chance, in wer weiß nicht wie vielen Jahren mal wieder durch einen Weinberg zu stromern, besser nicht in La Rioja, das verpestet uns die Luft, aber es gibt auch noch andere Weinbaugebiete, Toro zum Beispiel oder Jumilla. Kaufen Sie sich von Ihrem Geld woanders ein schönes Weingut, aber wie ich es sehe, ist Ihnen daran wenig gelegen.«

»Was ist der Deal?«

»Rufen Sie Rafa zurück!«

»Das geht nicht.«

»Sie haben Rafa in Lebensgefahr gebracht. Meyenbeeker darf eine Waffe tragen und sie auch benutzen!«

»Haben Sie ihn zum Hilfssheriff ernannt?« Der Gedanke erheiterte Diego maßlos, sein Lachen klang gehässig. »So richtig, mit Stern an der Weste?«

»Sie verkennen die Situation. Dann bleiben uns nur noch die Kolumbianer.«

»Was meinen Sie damit?« Diego hob den Kopf, er hatte ein feines Gespür für Gefahr.

»Ihre Koksgeschäfte an den Latinos vorbei. Die haben hier das Monopol, die dulden keinen neben sich. Wenn sie das wissen, fackeln sie nicht lange, dann liegen Sie zwei Tage später mit durchschnittener Kehle im Waschraum und verbluten, denken Sie an die Fischdose …«

Jetzt brach Diego der Schweiß aus. Dieser gottverfluchte Salgado – was wusste er noch?

»Nein, ich kann ihn nicht zurückrufen«, krächzte er, Schweiß stand ihm auf der Stirn, der Hals wurde trocken. »Ich kann es nicht, auch wenn ich wollte.«

»Und wieso nicht? Sie können doch sonst alles.«

»Ich habe die Verbindung zu ihm verloren …« Jetzt wirkte er geradezu verzweifelt.

»Ich gebe Ihnen nur diese eine Chance, Señor Peñasco. Rufen Sie Rafael Viadero zurück!« Salgado stand auf, klopfte an die Tür, der Schließer öffnete. Salgado verließ grußlos den Raum.

»Die bringen mich um«, rief Diego ihm entsetzt nach.

Salgado steckte noch einmal den Kopf durch die Tür.

»Das hätten Sie sich vorher überlegen sollen.«

# Kapitel 18

Nachdem Svenja gefahren war, blieb Henry noch eine Weile in der Finca-Kolonie und dachte über Rafa nach. Wo war er? Der beste Schutz gegen ihn war es, ihn wissen zu lassen, dass die Fahndung lief. Nach dem Schuss auf den Polizisten musste er sich bedeckt halten, geduckt agieren, seinen Auftrag ausführen und schleunigst verschwinden. Er würde sein Foto in der Zeitung sehen. Aber war der Artikel wirklich hilfreich? Leute wie er lasen nur selten Zeitung, und wenn, dann den Sportteil und nur das, was über die eigene Mannschaft geschrieben wurde, in diesem Fall Atlético Madrid. Das war Rafas Klub. Dass ihn mal ein Hooligan verfolgen würde, hätte Henry niemals erwartet. Wie viel hatte Diego ihm geboten? Sein Schwager schwamm in Geld. War Rafas Gier stärker als die Angst, gefasst und wieder eingebuchtet zu werden? Die meisten Täter bildeten sich ein, schlauer als die Polizei zu sein.

Das war nicht besonders schwer, besonders bei der hiesigen, bei der niemand genau wusste, wer korrupt war, wer in S'Arenal an den Schutzgeldgeschäften und Sexpartys beteiligt war, wer die Warnungen vor Razzien ausgesprochen hatte, ob das beschlagnahmte Kokain in der Nase eines Polizisten oder in der Asservatenkammer gelandet oder wieder verkauft worden war, ganz zu schweigen von den Verstecken der minderjährigen Prostituierten für die speziellen, die ekelhaften Kunden. Dazu bedurfte es einer organisatorisch gut aufgestellten Truppe.

Die nächste offene Frage war, wie Frau Fröhlich auf den zweiten Mord an einem potenziellen Käufer reagieren und was sie wegen seines Kontakts zu ihren Töchtern unternehmen würde. Nele hatte ihr sicher von der Episode vor der Schule berichtet. Tejeda hatte ihn gewarnt.

Er war gleich am Telefon, als Henry ihn anrief und sich nach dem Gesundheitszustand von Kommissar Valde erkundigte.

»Es geht ihm den Umständen entsprechend, wie es so ist, nach einer Narkose. Die Kugel ist an einem Knochen stecken geblieben, hat aber die Lunge nicht verletzt. Er hat Glück gehabt, er wird rasch wieder obenauf sein.« Über die Fähigkeiten und das Engagement des Beamten, der jetzt die Ermittlungen führte, war sich Tejeda nicht im Klaren.

Danach erzählte Henry von dem Gespräch mit Svenja und davon, was sie über Lucas zu berichten wusste, unter anderem, wie er auf den Tod des Vaters reagiert hatte.

»Über die Rolle des Jungen in der ganzen Angelegenheit bin ich mir überhaupt nicht im Klaren. Bisher habe ich nur erfahren, dass er mit seiner Steinschleuder hantiert, ein wenig infantil finde ich das, obwohl er einer der Besten auf den Balearen sein soll. Aber Pistole oder Revolver? Weiß man da mehr? Bist du, rein zufällig, versteht sich, in die Nähe der Obduktionsberichte gekommen?«

Das war Tejeda. »Es steht fest, dass dein Señor Schiller und der Holländer nicht mit derselben Waffe erschossen wurden. Es ist eine spezielle Munition verwendet worden, weshalb man annimmt, dass es sich bei beiden Pistolen um russische Fabrikate handelt.«

»Russen? Hier auf der Insel?«

»Die sind schon lange da, die sind seit dem Ende der Sowjetunion eigentlich überallhin ausgeschwärmt, sie haben Geld, das ist besser als jeder Pass, sie haben hier etliche Fincas und Luxusanwesen gekauft. Es kursiert in unserem Fall die Theorie, dass die Russen auf diese Weise unliebsame Konkurrenten von Ses Palmes fernhalten wollen.«

»Unsinn. Dazu muss man keinen umbringen, es gibt andere Wege.«

»Du kennst dich in dem Geschäft aus, Señor Meyenbeeker?« Tejeda lachte.

»Das wollte ich damit nicht gesagt haben. Ich dachte mehr daran, auf andere Art Druck auszuüben. Da geht jemand hin zu der Dame und schlägt ihr den Käufer vor, damit sind ihre Töchter vor unangenehmen Überraschungen sicher. Dass die Toten im Rotlichtmilieu abgelegt wurden, halte ich für eine Finte. Und die verschiedenen Waffen? Das muss nicht bedeuten, dass es sich um zwei Täter handelt. Ich glaube, die Sache ist komplizierter, verworrener, es ist nicht immer alles logisch verknüpft.«

Nach dem Ende des Gesprächs trottete Henry zur Landstraße, wo er den Wagen abgestellt hatte. Er dachte darüber nach, was Tejeda zum Schluss gesagt hatte, dass es bei Rafa, wenn er in die Enge getrieben wurde, zu Kurzschlussreaktionen kommen könnte.

Es war früher Nachmittag. Ulrike Schiller brauchte ihn momentan nicht, wie er eben erfahren hatte, die erwachsenen Kinder waren eingetroffen, sie hatte Trost, sie hatte Beistand. Behördengänge, die seine Anwesenheit erforderten, auch wenn ein Dolmetscher zur Verfügung stand, waren erst morgen fällig. Er dachte daran, nach Petra zu fahren und dort am Platz zumindest ein Sandwich zu essen, doch als er an der Einfahrt zum Gehöft von Hugo Armengol vorbeikam, beschloss er, ihn erneut aufzusuchen. Er musste mehr über Lucas erfahren. Er war der Einzige, dem er bislang nicht begegnet war. Im Gegensatz zu ihm war Rafa ein offenes Buch. Aber dieser Junge? Er musste zutiefst gekränkt, ja verletzt sein, weil er vom Erbe ausgeschlossen worden war, vom Weingut, das er mit aufgebaut hatte. Und dass daran nicht nur die böse Stiefmutter, nein, sondern auch die Heimlichtuerei des Vaters schuld war, war zu hart, das zerstörte, das fraß ihn sicherlich von innen auf. Aber deshalb erschießt man nicht die Käufer, sondern die Schuldigen, dachte Henry, als er auf Armengols Haus zuging.

Als er dort Neles Fahrrad stehen sah, angelehnt an die Wand neben der Haustür, machte er kehrt. Svenja imponierte ihm, sie war schnell, wollte Klarheit. Einerseits fürchtete sie sich vor der Wahrheit, andererseits auch wieder nicht. Aber diese Wahrheit, die sie erfahren würde, war auch zum Fürchten. Das Verhältnis zu ihrer Mutter, seit Langem schon brüchig, würde endgültig zerbrechen. Wenn einmal ein Verdacht ausgesprochen war, grub er sich wie ein Stachel tiefer ins Fleisch.

In seiner Stammkneipe in Petra am Platz der Radfahrer, wie er ihn inzwischen nannte, aß er auf die Schnelle ein Sandwich und trank dazu ein Bier. Zwei Straßen weiter, so hatten seine Recherchen ergeben, lag die Kellerei Miquel Oliver, die von Pilar Oliver geleitet wurde. Derartige Bodegas oder Weinbaubetriebe interessierten ihn immer, besonders die Frage, ob die von Frauen gemachten Weine anders schmeckten als die von Männern. Möglicherweise brachte ihn der Besuch einer Antwort näher. Und sich mit Wein zu beschäftigen entspannte ihn, brachte ihn weg von der Bedrohung, die mit jedem Tag mehr auf ihm lastete, als er sich eingestanden hatte.

Señora Pilar Oliver hatte Zeit, zwar nur eine Stunde, da er nicht angemeldet war, aber für ein informatives Gespräch und eine schnelle Probe müsste es reichen. Auf dem Weg dorthin, es war vom Platz aus nicht weiter als dreihundert Meter, sah er sich mehrmals um. Ich kriege Paranoia, fürchtete er, da ist niemand. Und doch hatte er wieder das Gefühl, beobachtet zu werden. Außerdem war er ständig besorgt, dass ihm die Waffe aus dem Hosenbund rutschen könnte, auf den Boden fiel und losdonnerte. Es wurde Zeit, dass diese Angelegenheit ein Ende fand. Er musste Rafa ausschalten, er musste in die Offensive gehen.

Pilars schlichte und fröhliche Art und ihre Weine versöhnten ihn mit dem Tag. Sie gehörte zu einer Winzerfamilie; mit diesem Schlag Menschen konnte er umgehen, obwohl er selbst im Vergleich zum Betrieb der Familie Oliver den Vertrieb einer Weinfabrik leitete. Pilar ähnelte eher seinen Freunden von LAGAR.

Die Familie war seit vier Generationen im Weinbau tätig. »Wir wissen, was wir einst taten, wir wissen, was wir tun und noch zu tun haben«, versicherte die Señora selbstbewusst. »Hier auf der Insel muss man zuerst Weinbauer sein und nicht Kellermeister, kein *bodeguero*. Man muss den Weinberg kennen, um zu wissen, was das Jahr über getan werden muss, wenn man weiß, was man im Jahr zuvor getan hat und in dem davor versäumte.«

Die Önologin hatte in Tarragona studiert, war nach Frankreich gegangen, hatte im Jura gelernt, im Elsass und Burgund als Praktikantin gearbeitet, und bei alledem war ihr einziges Problem, zu jener Zeit, eine Frau zu sein. »Frauen im Weinbau gab es damals so gut wie keine, und meine Bewerbungen als Praktikantin unterschrieb ich mit Oliver Pilar, ohne Komma. Also hielt man mich für einen Mann. Und als ich ankam, waren sie erstaunt, eine Frau vor sich zu haben. Aber sich die Blöße zu geben, mich deshalb rauszuwerfen, wagten sie nicht, doch ich wurde anfangs häufig kaltgestellt. Im Elsass sprachen die Kellerarbeiter mit mir nur Elsässisch, wohl wissend, dass ich es nicht verstand. Aber deshalb im Labor zu arbeiten oder im Büro? Nein, das war nichts für mich. Ich wollte in den Weinberg, ich wollte in den Keller! Dabei galt es damals auf Mallorca sogar als Schande, einen Sohn in der Landwirtschaft arbeiten zu lassen.«

Ihr Einstieg in den Beruf fand zu einer Zeit statt, als Mallorca an einem technologischen Neuanfang stand. Das half. Das war damals in Deutschland, und in gewissem Maß auch in Italien, nicht anders gewesen. Vor fünfundzwanzig Jahren war der Einsatz moderner Technologie auf der Insel kaum bekannt. Pilars Vater war aufs Festland gereist, um anderen Winzern auf die Finger zu schauen. Er kam mit dem Wissen um die Vorteile moderner Edelstahltanks zurück und die positiven Auswirkungen der Temperaturkontrolle auf die alkoholische Gärung, denn eine niedrige Gärtemperatur erhielt die fruchtigen Aromen des Weins. Genau das war wichtig, war typisch für die Weine des Südens. Pilar machte bei ihren Praktika die Erfahrung, dass die Weine des Nordens eher schlank waren und bei ihnen die Mineralität im Vordergrund stand.

Bei einem Weinwettbewerb gewann die Kellerei einen ersten Preis, was die Bank endlich veranlasste, den Kredit zu gewähren. Das machte einen neuerlichen Technologieschub möglich. Förderlich war auch die mit dem Tourismus einsetzende Nachfrage.

»Aber wie sollen Touristen nach Wein verlangen, von dem sie gar nicht wissen, dass es ihn gibt? Also mussten wir die Restaurants abklappern und davon überzeugen, unsere Weine anzubieten. Plötzlich verlangten alle nach Weißwein, von dem kaum jemand von der Insel etwas verstand. Damals war noch der gemischte Satz üblich, das heißt verschiedene Rebsorten wuchsen wild durcheinander, alles wurde zusammen vinifiziert, das war unser Clarett, ein sehr heller roter Wein.«

Was Pilar dann erzählte, vom Einfluss des Meeresklimas, das nur die küstennahen Weingärten beeinflusste, vom *call vermell*, dem mit Sand, Steinen und roter, kalkiger Erde vermengten Boden, wäre für Schiller wichtig gewesen. Pilar sprach von der richtigen Breite der Rebzeilen, von der Tiefe des Bodens und davon, welche Rebsorten sie miteinander verschnitten. Für Henry war es zwar nicht bedeutsam, zu wissen, aber es war spannend zu hören, wie hier gearbeitet wurde, welche Mengen je Hektar geerntet werden durften und wie dieser Betrieb sich darüber hinaus beschränkte, um bessere Ergebnisse zu erzielen. Auch Blüte und Reife, die

Anzahl der Spritzdurchgänge, all das hätte Schiller wissen müssen, aber für ihn war alles vorbei. Es bedrückte Henry und machte ihn traurig. Er war überzeugt, dass Ulrike Schiller nie wieder einen Fuß auf diese Insel setzen würde.

Aber hier ging das Leben ungerührt weiter. Die Kellerei Miquel Oliver wurde aktuell verlegt, aus der Enge des Ortes und den schwer zugänglichen Gewölben in einen Neubau vor Petra. Den viereckigen Kasten in rostigem Rot inmitten der grünen Weinberge hatte Henry auf einer seiner ersten Fahrten von Sineu kommend vor dem Ortseingang gesehen. Doch am bisherigen Standort in den alten, hohen Gewölben, wo große Holzfässer auf den Umzug warteten, lagerten genügend Weine für eine schnelle Probe.

Da gab es einen Muscat, den Pilar als Erste trocken ausgebaut hatte, ein wunderbarer Weißwein mit der Fülle der Muscat-Aromen reifer gelber Früchte, besonders von Aprikose und der seltenen Sensation, die entstand, wenn man in eine reife Weinbeere biss.

Rebsortenrein war auch der weiße Son Caló ausgebaut, nur brachte die Prensal-Traube für Henry nicht genügend Länge mit, der Wein verklang zu schnell am Gaumen. Dafür war der rote Son Caló wirklich schön, eine Assemblage aus Callet und Manto Negro. Der hohe Alkoholgehalt von fünfzehn Volumenprozent nahm ihm nicht die Frische, machte ihn nicht breit, ließ kein Gefühl von Sattheit zu, er betonte die fruchtigen Aromen dunkler reifer Früchte, wobei Brombeere am stärksten hervortrat.

Ein anderer gelungener Versuch war die Vermählung von Callet, Manto Negro und Fogoneu, allesamt mallorquinische Trauben. Dieser Wein war von Geschmack und Säure getragen, er war leicht, doch er hatte zu lange im Eichenfass zugebracht, was ihn zu sehr parfümierte. Der zweieinhalb Jahre alte Shiraz dann war wieder gelungen, ein sehr guter Wein, fast zu glatt, fast zu perfekt. Und dass ein Merlot auf Mallorca diese Qualität erreichen konnte, hatte er nicht erwartet:

Der AÍA, vier Jahre gereift, assembliert aus siebzehn verschiedenen Barriques, hatte Klasse, besaß Tiefe, er war weich und brachte viel Geschmack mit.

Bewundernswert, diese Frau, sie versteht ihr Handwerk, dachte Henry, als er in seinen Wagen stieg, der lange Weg, den Pilar Oliver gegangen war, hatte sich gelohnt. An diesen Punkt wäre Schiller nie gelangt, aber er hätte zumindest den Weg einschlagen können, und das zu tun, war bereits sehr viel. Wo man letztlich ankam, wusste man sowieso nie.

Wenn er an Schiller dachte, waberten seine Gefühle von Wut zu Fassungslosigkeit, von einer Art Resignation zum unkontrollierten Um-sich-schlagen-Wollen. Er wusste nicht, wohin und worauf er seine Kraft richten sollte, gegen wen sie eingesetzt werden musste. Aber Schiller musste zurückstehen. Henry blickte in den Rückspiegel, da war keiner, der ihn verfolgte, da waren lediglich einige Personenwagen und kein Motorrad. An Sineu fuhr er vorbei, blieb weiter auf der Straße nach Inca, er wollte nicht angesprochen werden, weder im Hotel von Ulrike oder von Polizisten noch in einer der Bars von sonst wem.

Gemächlich fuhr er auf die im weichen Licht des goldenen Nachmittags zerfließenden Berge zu und nahm sich vor, morgen vielleicht einen kleinen Ausflug dorthin zu machen, am liebsten mit Cristóbal. Mit ihm war er tagelang in den Anden gewandert. Außerdem war er der Richtige, um die beiden Fälle, mit seinem waren es drei, genau zerlegen und analysieren zu können und die entsprechenden Maßnahmen zu ergreifen. Musste er sich wirklich offen anbieten, um diesen Rafa an sich heranzulassen, um ihn dann schlagen zu können? Körperlich war Rafa ihm weit überlegen, mit der Waffe war es etwas anderes. Da war Henry gut, nur hatte er noch nie auf einen Menschen angelegt, geschweige denn geschossen, er bezweifelte, dass er dazu fähig wäre. Er wäre glücklich, wenn es nie dazu käme. Henry griff hinter sich, zog die Waffe aus dem Hosenbund und legte sie ins Handschuhfach. Als er es zuklappte, erinnerte er sich daran, was in jener Nacht geschehen war, als er Ana Maria begleitet hatte. Er hatte es verdrängt. Schon streckte er die Hand nach dem Handschuhfach aus, aber sie wurde am Lenkrad gebraucht, und er ließ die Waffe, wo sie war.

Die Straße führte durch Felder, die deutlich ihr sattes Grün verloren, das trockene Braun des Sommers kündigte sich an. Ein niedriges Wäldchen folgte, danach ging es in eine Senke, an deren Fuß sich beidseitig der Straße weite Rebflächen erstreckten. Ein Schild am Straßenrand wies auf die Finca Son Bordils hin. Henry bog in einen asphaltierten Weg ein, fuhr mitten durch die gepflegten Rebanlagen und gelangte entlang eines Zauns nach einigen Hundert Metern an einen von Bäumen und Beeten eingerahmten Flachbau. Hatte hier früher die alte Finca gestanden? Nein, der ursprüngliche Bau lag jenseits der Landstraße, wie Henry von dem Mitarbeiter erfuhr, der als Einziger vor Feierabend im Verkaufsraum bediente.

Eine Probe könne er für ihn noch arrangieren, aber kümmern könnte er sich nicht mehr um ihn, außerdem würden sie in Kürze schließen. »Nehmen Sie sich trotzdem Zeit für die Weine, es lohnt sich. Ich habe noch zu tun. Und anschließend«, er schaute auf die Uhr, »führe ich Sie kurz herum. Man will ja sehen, wo der Wein herkommt.«

Henry ließ sich an dem langen Tisch nieder, den Verkaufsraum vor sich, um zu sehen, was dort geschah, das Fenster nach draußen im Rücken. Seine Probe begann mit einem leichten Prensal Blanc, den Henry zwar für mundfüllend, aber vordergründig hielt. Die leichte Bitterkeit gab ihm zumindest eine interessante Note. Der Chardonnay mit den typischen Aromen tropischer Früchte danach hätte mehr Säure vertragen können, aber das war allgemein die Schwierigkeit bei hiesigen Weinen, deren Trauben große Hitze und intensivste Sonne ertragen mussten. Zitrusfrüchte, Orange und Banane brachte der Muscat mit, eine gelungene Arbeit,

»*un gran pequeño*«, wie der Mitarbeiter meinte, »ein kleiner großer Wein«, womit er absolut recht hatte.

Der Rosat hatte wenig mit Mallorca zu tun, Monastrell und Merlot waren keine heimischen Rebsorten, doch dieser Wein war ein weiteres Beispiel dafür, wie gut mallorquinische Rosé-Weine ausfielen.

Der Bisbals de Son Bordils demonstrierte, welchen Wert man in diesem Hause auf die Betonung des mediterranen Charakters legte. Der Wein mit balsamischen Noten über den Aromen dunkler Früchte wurde diesem Anspruch trotz seiner Jugend gerecht. Der Negre, eine Cabernet-typische Kreszenz, begeisterte Henry weniger als der Syrah, der an frische Frucht erinnerte, dessen Tannin weich war und der angenehme Süße mitbrachte. Der Cabernet Sauvignon wieder, seit sieben Jahren gereift – schwarze Johannisbeere war typisch für ihn, genauso wie Pfeffer und Leder –, konnte kaum besser sein. Dass ihn der Duft an Waldboden erinnerte, sprach Henry normalerweise nicht aus, denn es verwirrte den Laien. Aber seinem Gastgeber durfte er es sagen. Den krönenden Abschluss bildete ein Merlot, der in den zehn Jahren seit der Kelterung nur gewonnen hatte. Das waren allesamt Weine, die Freude machten und zeigten, wie sehr Mallorcas Winzer unterbewertet waren. Und mit den heimischen Rebsorten ließ sich innerhalb Spaniens eine besondere Stellung herausarbeiten. War es nicht spannend, noch viel vor sich zu haben?

Die Keller einer Bodega brachten für Henry normalerweise nichts Neues, aber fast alle Winzer bestanden darauf, ihre Keller vorzuführen, wo ihre Schätze entstanden, lagerten und reiften. Interessant war nur eine Fassprobe, wenn er mit dem Kellermeister oder Önologen Fass für Fass der unfertigen Weine probierte, die Unterschiede diskutierte, den Status der jeweiligen Reife zu deuten versuchte und die zukünftige Entwicklung des Weins prognostizierte. Ein noch im Barrique befindlicher Wein konnte sich binnen Tagen extrem verschließen oder öffnen, ekelhafte Gerüche ausströmen oder wunderbar riechen.

Hier war der Kellerbesuch schnell beendet, was Henry zu sehen bekam, kannte er aus dem eigenen Laden; dank der Investitionsfreude seines Schwiegervaters waren sie technologisch weit vorn. Danach führte ihm der Mitarbeiter die Kelterhalle vor, er musste das Tor mit Kraft aufreißen, Steine hatten sich in der Zufahrt gelöst und blockierten beide Flügel. Die Halle war ungefähr dreißig Meter lang und zehn breit, sie stand frei hinter dem Hauptgebäude und überragte es ein wenig, die Gärtanks verlangten nach Platz. Auch kleine Tanks waren an den Wänden aufgereiht, sie dienten dem Vergären kleinerer Partien und fassten lediglich tausend Liter. Schläuche wanden sich am Boden wie fette Riesenschlangen, auf einer Seite der Halle befand sich neben der früher gebräuchlichen Korbpresse eine moderne pneumatische. Der Druck auf die Trauben erfolgte mittels eines Luftsacks, der über Stunden stärker aufgeblasen wurde, ohne die Kerne mit dem harten, dem grünen Tannin zu zerquetschen; das wollte niemand im Wein.

Die Abbeermaschine, mit der die Beeren von den Rappen getrennt wurden, war ein neues Fabrikat, die Drahtkörbe für die Lagerung einiger hundert Flaschen kannte Henry aus dem eigenen Haus. Der Scheibenfilter war gerade gereinigt worden, und der Hochdruckreiniger, mit dem man Fässer von innen ausspritzte, stand mitten im Weg. Ordnung und Sauberkeit in der Kellerei waren das Thema zwischen Henry und seinem Begleiter, als dessen Telefon läutete und er im Probierraum verlangt wurde. Er entschuldigte sich, ein Kunde wolle bestellte Weine abholen. Er käme sofort zurück.

Henry war froh über die Pause, über den Moment der Ruhe, der Stille hier, er setzte sich auf eine Kiste. Er mochte den Geruch von Ester, der bei der Gärung entstand, er war ihm vertraut und typisch für alle Keller. Eigentlich wollte er weg hier, fühlte sich überflüssig, ihm fehlte die Aufgabe.

Schiller war tot, seinen Mörder zu finden war Aufgabe der Polizei, und was er hier tat, ergab eigentlich keinen Sinn mehr. Außerdem zermürbte ihn der Stress, die dauernde Bedrohung. Immer schwang die Angst mit, seit der Stein die Autoscheibe durchschlagen hatte. Gerhard Schiller ... in Henrys Erinnerung war er lebendig, er sah ihn vor sich, erinnerte sich an seine Stimme und daran, wie sie die Weinberge von Ses Palmes abgelaufen waren. Er sah die Umrisse seines Körpers unter der Plane ...

Glücklicherweise kam der Mitarbeiter zurück. Henry erhob sich von der Kiste und sah dem Mann entgegen. Gleichzeitig entstand ein Geräusch hinter ihm, das andere Tor wurde geöffnet. Er sah sich um. Die Sonne stand tief, und durch die Tür fiel ein schmaler Streifen fast goldenen Lichts auf den Hallenboden. An der Tür zerrte jemand, als wüsste er nicht, dass man sie nur mit Kraft aufbekam. Die Versuche wirkten vorsichtig, halbherzig. Henry jagte ein Schauer über den Rücken. Unwillkürlich hielt er die Luft an. Es war offensichtlich, dass die Halle von zwei Seiten betreten wurde. Die ungeschickten Versuche zeigten, dass jemand herumfummelte, der sich nicht auskannte. Henry duckte sich. Der Lichtstreifen am Boden war breiter geworden, reichte tief in die Halle, leckte über den Beton wie eine Zunge, deren Spitze bis zu den Schläuchen reichte. Er griff hinter sich, und ein eisiger Schreck fuhr ihm durch die Glieder, es war wie ein Stromschlag, als ihm bewusst wurde, wo er die Waffe gelassen hatte. Er war ein Idiot! Eine Sekunde lang hatte er sich sicher gefühlt – und schon war er verloren. Zwei gegen ihn? Kamen sie von beiden Seiten? Dann war er in größter Gefahr ...

Er sah sich um, an seinen Augen raste alles vorbei, was ihm als Waffe dienen konnte. Die Schläuche? Die vollen Flaschen? Die Drahtkörbe? Da standen Zinkwannen, Eimer, alles nutzlos, genau wie der Scheibenfilter, der diente höchstens zur Deckung. Würden sie schießen?

Eine Gestalt trat in die Tür, füllte sie gänzlich aus, ein Mann, sein Schatten so lang wie der Lichtstrahl. Im Gegenlicht erkannte Henry ihn nicht und wusste doch, dass es Rafa war, der rechte Arm ausgestreckt nach unten, und in der Verlängerung des Arms zeigte sich eindeutig der Schatten einer Waffe. Rafa würde sie benutzen, wenn er sich wie im Hotel in die Enge gedrängt fühlte.

Henry machte einen schnellen Schritt zurück, trat zwischen die Gärtanks, dort hatte er Deckung, bedacht, nicht auf die Schläuche zu treten, er würde den Halt verlieren. Noch hatten sie ihn nicht gesehen. Da, vor ihm, stand der Hochdruckreiniger, es war ein Kompressor auf einer Art Schlitten, daran ein langer Schlauch mit einer dünnen Lanze, vorn die Spritzdüse, hinten das Griffstück mit der Abschaltpistole. Das Gerät wurde an die Wasserleitung angeschlossen. Es konnte jedoch sein, dass der Haupthahn … Der Reiniger war die einzige greifbare Waffe, seine einzige Chance. Er ergriff die Lanze und zog sich damit tiefer ins Dunkel zwischen die Tanks zurück, der Schlauch war lang genug. Oben auf dem Kompressor saß ein dicker roter Knopf, der Starter, den musste man runterdrücken – bei derartigen Geräten baute sich der Druck in Sekundenschnelle auf. Die Tanks standen weit genug von der Wand entfernt, sodass er sich zwischen ihnen und der Wand durchschlängeln konnte. Vielleicht erreichte er den Ausgang, wenn sie durch den Mittelgang gingen und sich in der Mitte der Halle trafen?

Rafa blieb in der Tür stehen, er schien darauf zu warten, dass sein Komplize die Tür endlich aufstieß. Rafa trat aus dem Abendlicht und ging zur Seite, das Gegenlicht blendete, sein Gesicht war nicht zu sehen. Ratlos sah er sich um, suchend bewegte er sich vorwärts.

Schließlich stieß der Komplize die Tür auf, sie schrammte kreischend über die Steine. In der rechten Hand hielt er etwas – einen Prügel oder eine Eisenstange? Henry bewegte sich umsichtig und lautlos, schließlich kannte er sich in einer

Gärhalle aus, diesen Vorteil musste er nutzen. Sonst gab es nicht viel zu seinen Gunsten, doch um Angst zu haben, war er zu angespannt.

Fieberhaft suchte er nach einem Ausweg. Beide Türen waren blockiert, Diegos Attentäter bewegten sich von zwei Seiten sehr langsam auf ihn zu. Rechneten sie mit einem Überraschungsangriff? Die unbekannten Gegenstände, die Maschinen, Geräte und Armaturen jagten ihnen Respekt ein, vorsichtig blickte Rafa in die großen ovalen Öffnungen am Boden der Tanks, dann hob er blitzschnell den Kopf, um sofort wieder den ganzen Raum zu erfassen. Am Scheibenfilter blieb er stehen, wahrscheinlich fragte er sich, ob das Gerät ihm gefährlich werden könnte. Dass es zum Filtern des Weins vor der Abfüllung diente, war ihm sicher unbekannt. Der Komplize reckte sich derweil einen langen Hals, er suchte sein Opfer oberhalb oder hinter den in drei Reihen gestapelten Barriques. Die Fässer waren mit Holzkeilen gesichert, die Zwischenräume eng, der schmale Raum dahinter fast schwarz. Zwischen Fässern und Wand ließ man meistens so viel Platz, dass ein Mensch dahinter sauber machen konnte oder verlorene Werkzeuge wiederfand. Auch die Luft musste zirkulieren. Das wäre das ideale Versteck, aus der Position heraus hätte Henry den Hochdruckreiniger einsetzen können, nur wie sollte er ihn in Gang setzen, ohne sich zu zeigen? Das Ding stand im Mittelgang.

Die Lösung befand sich hinter ihm, an der Wand lehnte ein Besen, daneben stand ein verzinkter Eimer. War der Besenstiel lang genug? Konnte er den roten Knopf erreichen? Reichte das Gewicht aus, den Knopf nach unten zu drücken? Henry presste sich gegen die Hallenwand und wog ihn in der Hand. Er musste mit dem ersten Schlag treffen.

Der Komplize, im üblichen Gangsteroutfit, schwarze Jeans, klobige Turnschuhe und schmuddeliger Kapuzenpullover, hatte das Ende des Barriquestapels erreicht. Jetzt stand er hilflos vor der Presse und blickte rüber zu Rafa, wartete auf irgendein Zeichen. Er inspizierte die Presse mit so viel Vorsicht, als erwarte er jeden Moment, dass Henry ihn aus dem Dunkel ansprang. Rafa war näher gekommen, er hatte den Arm ausgestreckt, hielt die Pistole in der Hand und zielte damit zwischen die Tanks. Irgendwann wäre er auf seiner Höhe. Aber er sah nicht nach unten. Die Tanks standen teils auf Sockeln, teils auf Metallfüßen. Henry ging in die Hocke, ließ sich auf die Knie nieder und kroch unter den Tank links von ihm. Vor ihm stand der Hochdruckreiniger, die Lanze mit der Spritzdüse hielt er in der Hand. Aber er musste darauf achten, dass der Schlauch, der zum Teil bereits abgerollt vor Rafas Füßen lag, sich nicht bewegte. Von hier aus kam er nicht an den Reiniger, mit dem Besen konnte er aus dieser Position nicht ausholen, er musste warten, bis Rafa vorbeigegangen war, dann …

Von Rafa sah er momentan lediglich die Beine und ein Paar schwere Schuhe. Mit denen getreten zu werden musste fürchterlich sein. Aber die Eisenstange in der Hand des Komplizen war eine gefährlichere Waffe. Das also hatte sein Schwager für ihn vorgesehen. Die Knochen sollten ihm gebrochen werden. Henry packte eine ungeheure Wut, ihm wurde fast schlecht davon. Als Rafas Schatten an ihm vorbeiglitt, wand er sich wie eine Schlange unter dem Tank heraus. Der Komplize sah gerade zu den gestapelten Drahtkörben hinauf, Rafa stieg über den aufgerollten Schlauch des Reinigers. Da ließ Henry die Lanze fahren, packte den Blecheimer mit beiden Händen und warf ihn Rafa an den Kopf. Der Henkel klapperte, Rafa drehte sich um, und der Eimer traf ihn mitten ins Gesicht. Er taumelte. Henry stürzte vor und zerrte an dem Schlauch, was Rafa aus dem Gleichgewicht brachte, er ruderte mit den Armen, gab einen Schuss irgendwohin ab, der Querschläger traf einen Tank, und Rafa schlug der Länge nach hin. Henry stürzte zum Hochdruckreiniger, er warf sich fast auf den roten Knopf, hielt den Pistolengriff der Lanze in der Hand, und der harte Wasserstrahl traf den

Komplizen, der mit der Stange ausholend herbeistürzte, mitten ins Gesicht. Der Mann schrie auf, die Stange polterte zu Boden, er schlug sich die Hände vor die Augen, dann war Henry über Rafa, den harten Wasserstrahl Millimeter neben seinem Ohr auf den Zement gerichtet.

»Eine Bewegung, und du hast kein Trommelfell mehr, keine Augen und kein Gesicht«, schrie Henry voller Wut. »Das Ding hier reißt dir die Haut vom Schädel. Eine Bewegung, und *du* bist der Krüppel!«

Aus den Augenwinkeln bemerkte er, dass der Komplize die Pistole entdeckt hatte und darauf zu robbte. Der Wasserstrahl traf sein Ohr. Der Schrei war ziemlich fürchterlich, der Mann presste mit schmerzverzerrtem Gesicht beide Hände auf das Ohr. Jetzt griff Henry nach der Waffe.

»Ich bringe dich um«, sagte Rafa mit einer Stimme, als säße er in einer Blechtonne. »Irgendwann bringe ich dich um.«

»Daraus wird nichts, *hijo de puta*«, knurrte Henry und sah, wie der Mitarbeiter von Son Bordils in die Halle stürzte. Fassungslos von einem zum anderen schauend, klappte sein Kinn herunter, und er wich vor der Waffe in Henrys Hand zurück.

»Was glotzen Sie so!«, fuhr Henry ihn an. »Stehen Sie nicht rum! Rufen Sie die Polizei! Die hier wollten mich umbringen.« Er wies mit der Waffe auf die beiden Männer am Boden. »Sagen Sie, ich hätte den Mann, der auf Kommissar Valde geschossen hat. Das ist wichtig, dann kommen sie sofort. Betonen Sie, dass wir alles unter Kontrolle hätten, sonst ballern die gleich los. Dann kommen Sie schleunigst zurück, ich erkläre Ihnen, was los ist.«

Die Sirenen waren von Weitem zu hören, sie näherten sich aus Inca, und sie kamen aus Sineu, wenn er die Himmelsrichtungen richtig deutete.

Als er Stimmen und Schritte hörte, senkte Henry die automatische Pistole und legte sie neben sich in Reichweite. Es war ein deutsches Fabrikat, Heckler & Koch, kein russisches. Demnach hatte Rafa nichts mit den Morden an den Käufern von Ses Palmes zu tun, was Henry auch für unwahrscheinlich hielt. Außer einem gelegentlichen Stöhnen war nichts zu hören, und Henry stellte keine Fragen. Sein Blick wanderte von den beiden Männern zur Pistole und zum Tor und wieder zurück.

Die eintreffenden Beamten verhielten sich zivilisiert, es war kein Sondereinsatzkommando, aber sie rückten doch mit drei Fahrzeugen und sechs Mann an.

Rafael Viadero registrierte entsetzt, dass Henry ihn den Beamten mit Namen vorstellte, seinen Entlassungstermin aus dem Knast in Valencia nannte und den Auftrag erläuterte, den er von Diego Peñasco in selbigem Gefängnis entgegengenommen haben musste, vermittelt von Rechtsanwalt Gurpegui Zapatero, bekannt durch die Verteidigung einschlägig prominenter Rechtsradikaler. Rafa ließ sich widerstandslos abführen. Obwohl er im Gesicht blutete und möglicherweise die Nase gebrochen war, gab er keinen Laut von sich. Der Schuss auf Kommissar Valde würde ihm als Mordversuch ausgelegt werden, das wusste er, und auch, dass es ihm mindestens zehn Jahre hinter Gittern einbringen würde.

»Die zwei Wochen, die du draußen warst«, sagte Henry, der fast Mitleid mit ihm empfand, »hättest du besser nutzen können.«

»Wir kriegen dich! Das habe ich gesagt, und dabei bleibt es, irgendwann bist du dran, dafür werden wir sorgen. Wir haben viele Freunde.« Rafas Drohung hörte sich schlimmer an, als sie war, sein Blick war der eines Verlierers.

Nur der Komplize, der sich weigerte, seinen Namen zu sagen, protestierte lautstark, als man ihm Handschellen anlegte. »Das Schwein hat mir ins Ohr geschossen, mit seiner Wasserkanone, ich will einen Arzt, sofort.« Es tröpfelte tatsächlich wässriges Blut aus dem Ohr, wahrscheinlich war das Innenohr verletzt.

Henry zeigte nur auf die Eisenstange. »Die war für mich gedacht. Ich hätte danach nicht mehr aufstehen können.«

Dann ging er nach draußen vor die Halle und setzte sich auf einen Stein. Er wollte nichts mehr sehen. Es reichte ihm. Er hatte die Schnauze voll. Jetzt erst kam der Schock. Er starrte vor sich hin, hörte kaum den Hubschrauber, mit dem Kommissar Paja und drei Mann eines SEK eingeflogen wurden. Ein Arzt tauchte in dem Gewimmel auf. Er wollte Henry wegen der »akuten Belastungsreaktion«, wie er es nannte, partout eine Beruhigungsspritze verpassen, aber Henry wehrte sich. »Mir geht es jetzt viel besser. Kümmern Sie sich um die Banditen, die haben's nötig. Ich will einfach nur meine Ruhe – und ein Glas Wein!«

Der Mitarbeiter von Son Bordils, José, brachte drei Gläser und den Rest des Merlots, der Henry bei der Probe so gut gefallen hatte. Ein Glas war für den Kommissar, eines für Henry und eines für ihn selbst. Während Paja abschwirrte und die Lage sondierte, setzte Henry sich mit José an die von der Sonne durchgewärmte Außenwand der Halle und sah zu, wie Sonnengott Helios mit der strahlenden Scheibe und seinen vier Hengsten hinter den Horizont verschwand. Ein Höllentag war das gewesen. Und er war noch nicht zu Ende. Wie hieß es? Man solle den Tag nicht vor dem Abend loben? Aber verdammen durfte man ihn …

Nach einer halben Stunde, sie hatten die nächste Flasche angebrochen, kam Paja aus der Halle und setzte sich dazu. »Sie dürfen nicht mehr fahren. Wir bringen Sie nach Hause.«

»Nach Hause?« Er dachte an Isabella und bekam Sehnsucht nach ihr. »Nach Hause ist es zu weit, denke ich, und bis zum Hotel schaffe ich es allein.«

»Sind Sie sicher?«

»So sicher, wie ich jetzt diese Pest von Rafael Viadero endlich vom Hals habe.«

»Ich weiß von nichts. Außerdem haben Sie verdammtes Glück gehabt, ach, was sage ich, mordsmäßiges Glück.«

»Nein, ich hatte einen Eimer und einen Hochdruckreiniger. Wenn Sie häufiger im Weinkeller arbeiten, kennen Sie sich mit diesen Dingen aus.«

»Kommen Sie morgen ins Präsidium, zur Vernehmung, um zehn Uhr. Wir brauchen ein Protokoll. Aber Sie sollten jetzt wirklich nicht mehr Auto fahren.«

»Trinken Sie einen mit, Señor *comisario*, auf seinen Sieg«, sagte José. »Er hat ihnen den Schützen geliefert. Und das noch am selben Tag. Schneller geht's kaum.«

»Ich habe leider viel zu tun.« Dem Gesicht von Paja nach zu deuten, wäre es ihm lieber gewesen, wenn er selbst Rafa geschnappt hätte. »Nach Ihrem Gelage kommen Sie in die Halle und erklären uns kurz den Ablauf des Vorfalls, das hilft der Spurensicherung.«

»Darf ich austrinken? Ich habe tatsächlich was zu feiern, Sie vergessen, dass ich das Ziel war. Valde war ein Zufallsopfer. Er griff nach seiner Waffe, um mich zu schützen.«

»Nein, er hatte gar keine dabei, wie er mir sagte.«

Es war fast dunkel, als Henry zu seinem Wagen ging. Er hörte ein Geräusch, das ihn quasi seit seiner Ankunft auf Mallorca begleitete: das Knattern eines Motorrades. Er wandte sich an den jungen Polizisten, der an einem der Einsatzfahrzeuge lehnte und eine Zigarette rauchte. Es war Henry aufgefallen, wie viele Leute hier rauchten. Er zeigte in die Richtung, in der das Knattern verklang.

»Wer war das? Haben Sie ihn gesehen?« Er dachte sofort an Lucas.

Doch der junge Polizist machte nur eine wegwerfende Handbewegung. »Einer von den Mitarbeitern oder einer der Gaffer wird's gewesen sein, was weiß ich. Die kommen wie die Fliegen auf faules Fleisch.«

»Haben Sie sich das Nummernschild gemerkt?«

»Sollte ich das?« Es schien eine immense Zumutung zu sein. Gelangweilter konnte man es nicht sagen. »Jedenfalls war es ein hiesiges«, schob er nach, tat einen tiefen Zug und blies den Rauch gelangweilt in den Himmel. »Hatte der mit der Sache zu tun?« Eine Kopfbewegung in die entsprechende Richtung reichte.

»Schon möglich.« Henry hielt es für ausgeschlossen, mehr zu erfahren, versuchte es aber trotzdem. »Hat er Sie etwas gefragt? Haben Sie ihn gesehen, von Nahem?«

Der Polizist war offensichtlich genervt. »Wieso sollte ich *Ihnen* was sagen?« Er sah Paja auf sich zukommen. Sofort nahm er Haltung an und trat die Zigarette aus.

»Weil *ich* hier gerade ermordet werden sollte.«

Ein mitleidiges Lächeln war die Antwort. Erst als Paja Henry die Hand vertraulich auf die Schulter legte, wandelte sich der Ausdruck des Beamten. Schuldbewusst starrte er Henry an, Paja mischte sich ein.

»Was ist los? Wollen Sie nicht doch lieber, dass wir Sie ins Hotel bringen?«

Henry schüttelte den Kopf. »Ich versuche nur, diesen Vertreter der spanischen Republik zur Kooperation zu bewegen, leider weigert er sich, ein konsequenter Mensch. Versuchen Sie's mal.«

Vor Verlegenheit stammelnd, wollte sich der Polizist entfernen, Paja hielt ihn einfach fest. »Was wollte Señor Meyenbeeker wissen? Hören Sie auf zu stottern.«

Jetzt gab der Polizist eine ziemlich genaue Beschreibung des Fahrers und seiner Maschine. »Er fuhr eine Yamaha, mit gelbem Tank. War wohl so ein Retro-Modell, runder Scheinwerfer, nicht die typische Form der Rennmaschine, Scheibenbremsen, gerader Lenker, der Fahrer trug eine grün-silberne Ledermontur, war ein junger Typ, konnte ich aber wegen des Helms nicht genau sehen. Dick war er nicht. Er trug schwarze Motorradstiefel mit Klettverschluss.«

»Na bitte, es geht doch«, unterbrach ihn Henry, »Farbe der Augen, der Haare, vielleicht trug er 'ne Brille?«

»Nein, keine Brille, Augen dunkel und Haare auch. Mit

Helm und in der engen Kombi wirkte er groß, größer, als er war.«

»Die Stimme? Hat er was gesagt?«

»Na ja, was hier passiert ist, hat er gefragt.«

»Und Sie haben's ihm gesagt?«

»Ja.«

»Mann, *hombre*, reden Sie endlich«, schimpfte Paja. »Ihnen muss man jedes Wort aus der Nase ziehen. Und was genau haben Sie gesagt?«

»Na ja, nur, äh, dass man versucht hat, einen Deutschen, wie es hieß …« Der Polizist stockte und starrte Henry an. »Er ist aber kein Deutscher, er spricht Spanisch.«

»Muss man deshalb gleich Spanier sein?« Paja seufzte. »Gehen Sie, verschwinden Sie, rauchen Sie woanders weiter.« Und an Henry gewandt, sagte er: »Hat dieser Motorradfahrer was mit der Sache zu tun?«

»Nicht mit dieser, vielleicht mit den Morden an dem Holländer und an Señor Schiller.«

»Sind Sie da auch dran?« Paja schüttelte ungläubig den Kopf.

»Das wissen Sie doch …«

»Sind Sie lebensmüde? Da stecken Russen dahinter …«

»Ach. Glauben Sie das wirklich? Wo ist eigentlich der Wagen der beiden Idioten?« Henry dachte an Ana Maria. »Irgendwie müssen sie hergekommen sein.«

Paja sah sich um und kratzte sich am Kopf. »Eine gute Frage.«

# Kapitel 19

Henry wollte nichts als seine Ruhe. Das Atrium des Hotels war wie geschaffen dafür. Er saß in einer dunklen Ecke auf einem bequemen Sofa, auf dem Tisch davor stand ein Teelicht in einer gelben Glasschale. Die Farbe passte zu den gelben Blüten der Kletterpflanzen, die an den Wänden emporwuchsen und einen dunklen, süßen, schläfrig machenden Duft verströmten, ein schweres Parfüm, das man hier gern roch, das aber an jeder Frau zu schwer gewirkt hätte. Victor Tejedas Pistole steckte wieder da, wo sie hingehörte, hinten im Hosenbund. Hätte er sie bei sich gehabt, hätte er wahrscheinlich auf Rafa geschossen. Vielleicht war es besser so, ja, es war auf jeden Fall besser. Aber es war erschreckend, welche Veränderung die Waffe in ihm hervorrief, wie die Skrupel schwanden.

Die Hotelbesitzerin hatte auf einem großen Teller einige Tapas für ihn arrangiert. Das Beste daran waren frittierte *pulpos* mit Knoblauch, die winzigen Tintenfische. Er war inzwischen bei der dritten Flasche Bier angekommen, sein Durst längst nicht gestillt, und noch immer vibrierte er innerlich so, als hätte er Rafa noch vor sich. Er versuchte, nicht an die Ereignisse des Nachmittags zu denken, aber es gelang ihm nicht. Auch Schiller trat ihm immer wieder vor Augen, Henry meinte, sich an seine Zweifel zu erinnern, an seine Fragen, als sie die Weinberge besichtigt hatten.

Sein Unmut gegenüber Ulrike Schiller hingegen verblasste, genau wie die Erinnerung an sie, dabei war sie es, die jetzt der Hilfe bedurfte. Dafür jedoch war er der Falsche. Es musste ihr ziemlich schlecht gehen, aber zumindest hatte sie ihre Kinder hier um sich. Sie trafen zusammen gegen zweiundzwanzig Uhr im Hotel ein.

Ulrike erschrak, als er ihr aus dem Dunkel des Atriums entgegentrat. »Ich bin völlig fertig«, sagte sie, um weitere Worte zu vermeiden, er begriff es als Versuch, ihn auf Abstand zu halten. Sie sah übermüdet aus, ihr Gesicht war vom Weinen verquollen. Sie griff nach dem Kamm und fuhr sich damit durchs Haar.

»Ich hoffe, dein Tag war nicht so schlimm?«, fragte sie distanziert. Sie habe sich extra nicht bei ihm gemeldet, um ihn zu schonen, wie sie erklärte. »Du hattest genug um die Ohren. Was ist mit dem Mann, der dich verfolgt hat? Ist das geklärt?«

»Ja, er wurde verhaftet.«

»Wie gut, da freue ich mich für dich. Ach, ich vergaß …«

Sie stellte ihm ihre Tochter Sonja und ihren Sohn Oliver vor. »Sonja arbeitet in Stuttgart bei einem Handelsunternehmen, sie ist Betriebswirtin, und Oliver«, sie wies auf den sympathischen blonden Mann, »ist im letzten Semester Mikrobiologie. Er interessiert sich mehr für das Kleine, aber darin ist er ganz groß. Ihn werden wir sicher mal im Weinbau antreffen.«

»Ich finde es sehr gut, dass Sie gleich gekommen sind«, sagte Henry, »Ihre Mutter braucht Sie …«

Tochter Sonja ging sofort zum Angriff über, und sie vergriff sich im Ton. »Sie waren der Letzte, der meinen Vater lebend gesehen hat.« Ein schlecht zu überhörender Vorwurf.

»Was wollen Sie damit sagen? Außerdem stimmt es nicht.«

»Wieso stimmt es nicht? Meine Mutter sagte, dass es so war.«

»Sie sollten sich Ihre Worte besser überlegen. Sie sprechen indirekt eine Verdächtigung aus, die durch nichts belegt ist, weder berechtigt noch begründet. Eigentlich kann ich das nur als Unverschämtheit auffassen, beleidigend geradezu.« Henry wurde wütend. »Hat Ihnen Ihre Mutter auch gesagt, dass Ihr Vater mich hergeholt hat? Dass ich Tage hier geopfert habe, um Ihre Eltern zu beraten? Dass ich von Anfang an vom Kauf dieser Finca abgeraten habe? Hätte Ihre Mutter nicht insistiert, nicht darauf bestanden, Ses Palmes zu kaufen, trotz aller Widrigkeiten, dann wäre Ihr Herr Vater noch am Leben. Das muss klar gesagt sein. Er wurde erschossen, weil Ihre Mutter die Finca kaufen wollte. Er war längst davon ab, als er hier auf dem Parkplatz aus dem Wagen gestiegen ist. Hören Sie auf, die Situation zu beschönigen, sich irgendwas einzureden. Womöglich verbreiten Sie derartige Statements auch bei der Polizei. Ich bin es leid, Ulrike, eigentlich bin ich nur auf deine Bitte noch hier. Ich habe einen extremen Tag hinter mir, einen äußerst gefährlichen Tag. Wenn du mehr darüber wissen willst und über die ach so unschuldige Gesine Fröhlich, dann frag einfach Kommissar Paja!«

Ulrike Schiller hatte mit weit offenem Mund zugehört, sie schnappte wie ein Karpfen an der Oberfläche nach Luft.

Henry ließ die Gruppe grußlos stehen und verschwand in seinem Zimmer. Er legte sich aufs Bett und starrte die Decke an. Es gab Menschen, die sahen ausschließlich sich selbst und suchten immer nach der billigsten Lösung. Oder war er ungerecht gewesen, hatte zu impulsiv reagiert?

Zaghaft klopfte jemand an die Tür. Henry rollte sich lautlos vom Bett, auf Socken schlich er zur Tür und blieb hinter der Wand neben der Tür stehen, die entsicherte Waffe in der Hand, den Finger am Abzug. Die Tür hätte keine Kugel aufgehalten.

»¿*Quien es?* Wer ist da?«

So zaghaft wie das Klopfen klang die Stimme. »Ich bin's, Oliver Schiller – ich würde Sie gern sprechen.«

Es wurde eine lange Nacht, bis um drei in der Frühe diskutierten sie. Oliver wollte alles wissen, und Henry schilderte die Tage auf der Insel bis ins kleinste Detail, wobei er die Verfolgung durch Rafa nicht ausließ. Der junge Mann schien ihm der Vernünftigste in der Familie zu sein, zumindest hatte der Kummer über den Tod des Vaters seine Fähigkeit zum logischen Denken nicht beeinträchtigt, während die Schwester ein Opfer für ihren Schmerz brauchte. Der Schilderung ihres Bruders nach gehörte sie zu den Menschen, die immer sofort jemanden fanden, den man für dieses und jenes und alles verantwortlich machen konnte. Schuld hatten immer die anderen, auch wenn es gar nicht um Schuld ging. Oliver bot sich an, Henry bei der Suche nach dem Versteck von Lucas Martínez zu helfen. Am Nachmittag wollten sie sich auf die Suche machen. Henry versuchte in Olivers Beisein, auf einer Landkarte die Lagen wiederzufinden, die er mit seinem Vater besucht hatte. Und dort irgendwo befand sich wahrscheinlich die Ruine, die Ignácio Martínez' Sohn für seine Zwecke nutzte.

Henry hielt Lucas für die Schlüsselfigur, wobei völlig im Unklaren blieb, welche Interessen er verfolgte, ob er irgendeinen Nutzen aus dem Tod der potenziellen Käufer zog, ob er anderen (irgendwelchen obskuren Russen) als Späher diente oder sogar selbst in die Morde verstrickt war. Wenn er die Frau seines verstorbenen Vaters in Misskredit bringen wollte, um mögliche Käufer abzuschrecken, hätte er zu weniger grausamen, dafür aber deutlich wirkungsvolleren Methoden greifen können.

Alles besprach er in der Nacht mit Oliver, der sich als guter Zuhörer erwies und kein Freund voreiliger Schlussfolgerungen war. Wenn morgen noch Cristóbal aus Chile dazustoßen würde und Victor Tejeda sich aufraffen könnte, sich stärker einzubringen, hätten sie ein gutes Team.

Die Befragung bei der Polizei in Palma verlief rein bürokratisch. Kommissar Paja führte das Gespräch, der Leiter der Dienststelle kam kurzzeitig hinzu, es hatte sich herumgesprochen, auf welche Weise Henry den Mann ausgeschaltet hatte, der den Kollegen Valdemar fast erschossen hatte. Das brachte ihm viel Anerkennung ein. Und auch einen Hochdruckreiniger gegen einen Angreifer einzusetzen war für Mallorcas Polizei ein Novum. Henry tat es mit der Bemerkung ab, dass Wasserwerfer für die Polizei schließlich nichts Neues seien.

Victor Tejeda, den er danach aufsuchte, konnte sich vor Lachen kaum halten, immer wieder schlug er Henry auf die Schulter, untypisch für den sonst so zurückhaltenden Spanier, und er malte sich die Szene selbst bis ins kleinste Detail aus.

»Wie gut, dass es kein Plastikeimer war, *hombre*, darauf müssen wir einen trinken, *hombre*. José Maria hat mir zwar gesagt, dass du ein *bicho raro* bist, aber für einen derart komischen Kauz hätte ich dich nicht gehalten. Mit einem Eimer den Attentäter auszuschalten, das ist unglaublich. Ein verzinkter Eimer, sagst du?«

»Hätte ich schießen sollen? Ich hätte mich für den Rest meines Lebens unglücklich gemacht. Ich hatte nichts anderes zur Hand.«

»Wieso? Du hattest die Waffe … Rafa hätte nicht eine Sekunde gezögert.«

»Nein«, jetzt wurde Henry kleinlaut, »hatte ich nicht.«

»Nicht?« Ungläubig starrte Victor Tejeda ihn an. »Wo …?«

»Im Handschuhfach.«

»Hm, hervorragend, da liegt sie gut, wunderbar. Sie ist dazu da, um dir das Leben zu retten, du … du …« Henry einen Idioten oder Trottel zu nennen, dafür kannten sie sich zu wenig, Tejeda schluckte es herunter. »Aber du wirst sie bei dir tragen, bis du die Insel verlässt. Klar? Die andere Sache ist noch nicht vorbei. Dieser Lucas macht mir Sorgen. Also, du gibst mir die Waffe erst am Flughafen zurück.«

Noch auf dem Weg nach Sineu rief Henry Oliver an, um sich mit ihm zu verabreden. Das Telefon war ausgeschaltet, genau wie das seiner Mutter. Ob sie den Kontakt zwischen ihnen unterbinden wollte? So bog er bereits zehn Kilometer vor Sineu ab in Richtung Montuíri, hielt sich dann links und folgte der schmalen Straße nach Sant Joan und bog zuletzt in den Weg zur Edel-Finca-Kolonie, um den Wagen dort zu lassen. Von Weitem winkte ihn der Hausmeister heran. Der Mann schien alles zu sehen, was hier passierte. Er wusste sicher mehr, als er zugab.

»Gibt's was Neues?«, fragte er mit großen Augen.

»Das wollte ich Sie gerade fragen«, entgegnete Henry.

»Ich habe Zeitung gelesen. Da ist richtig was los, und Sie sind mittendrin. Da ist ja wirklich jemand hinter Ihnen her. Sie können froh sein, dass Sie ihn geschnappt haben. War das wirklich so? Sie haben ihn mit einem Eimer niedergestreckt, oder haben sich die Journalisten das ausgedacht?«

»Nein, mir blieb gar nichts anderes übrig«, sagte Henry, als Held fühlte er sich wahrlich nicht. »Es war der einzige greifbare Gegenstand, ich warf das Ding, und der Kerl drehte sich genau im richtigen Moment um.«

»Ihr Schwager hat den beauftragt? Wirklich eine feine Familie, in die Sie da eingeheiratet haben. Fast so wie die da drüben.« Er wies auf Ses Palmes.

»Woher wissen Sie das alles?«

»Stand heute in der Zeitung.«

Henry erinnerte sich nicht, dem Reporter gegenüber die Peñascos erwähnt zu haben. Der Mann musste eigenständig nachgeforscht haben. Er wird neugierig geworden sein, schloss Henry und erinnerte sich, dass er ihm Geld schuldete.

»Na ja, was man von feinen Leuten zu halten hat, merke ich immer, wenn die hier nach zwei Wochen ausziehen. Manche Häuser könnte man danach abreißen, zumindest von Grund auf renovieren. Wollen Sie zu ihr? Passen Sie auf, der werden sämtliche Käufer weggeschossen.« Der Hausmeister lachte hämisch. »Der sollte besser die Dame des Hauses aufs Korn nehmen, dann könnten Svenja und

Lucas das Weingut übernehmen. Dann hätten sie endlich ihre Ruhe.«

»Sie halten viel von den beiden?«

»*Sí, muchísimo.*«

»Was glauben Sie, wer die Käufer ermordet hat?«

Der Hausmeister wurde ernst, senkte den Blick, dann schob er, Nachdenklichkeit heuchelnd, die Unterlippe vor. »Worte sind schnell gesagt. Sie sind wie die Vögelchen, einmal frei, fliegen sie davon«, er schlug einen Bogen mit dem Arm, »irgendwohin. Wo oder bei wem sie sich niederlassen, weiß keiner. Nicht wahr? Und dann beginnen die Vögelchen, oder die Worte, ihr Eigenleben.«

»Was soll ich mit derart nebulösen Aussagen anfangen? Seit wann arbeiten Sie hier, gegenüber von Ses Palmes?«

»Ich habe diese Häuser mit gebaut. Das war vor fünf Jahren.«

»Dann wissen Sie mehr, viel mehr. Kann Lucas mit Waffen umgehen?«

»Tun Sie dem Jungen bitte nichts. Er weiß nicht, was er tut. So!« Der Hausmeister nahm die Schubkarre mit den Gartengeräten wieder auf und seufzte. »Ende des Interviews. Aber Sie sollten sich auch vorsehen.« Im Weggehen wirkte er müde – nein – eher traurig und an der Welt oder irgendetwas anderem zweifelnd.

Lange sah Henry dem Mann nach und dachte an dessen kryptische Andeutungen. Sie trafen sich mit seinem Gefühl, aber es war zu früh, aus dem Gefühl Gedanken entstehen zu lassen, und von da bis zum Handeln war es noch weit. Er tastete nach seiner Waffe. Sie war dort, wo sie sein sollte. Er schaute sich um. Weit und breit war kein Motorradfahrer zu sehen oder zu hören.

Gab es weitere Interessenten, von denen er nichts, Gesine Fröhlich aber mehr wusste? Sie würden auch in Gefahr sein. Ihr Tod nutzte niemandem, weder Frau Fröhlich noch Lucas, noch irgendwelchen ominösen russischen Oligarchen. War das deren Methode, den Preis nach unten zu drücken, am besten bis auf null? Hier ergab gar nichts einen Sinn. Aber nicht alles musste immer einen Sinn ergeben ...

Gesine Fröhlichs Auto stand vor dem Haus, daneben der Roller von Svenja. Henry erinnerte sich an den Rundgang beim ersten Besuch und schlug sich rechts zwischen die Reben, er ging von der Blattwand gedeckt auf das Haus zu. Die Reben waren gewachsen, dadurch war die Blattwand erheblich dichter geworden, nicht einmal ums Ausbrechen der Wasserschosse, der Triebe, die aus dem faserigen alten Stammholz entsprangen, hatte man sich gekümmert. Er gelangte zum Haus und blickte durchs Fenster ins Wohnzimmer, wo sie beim ersten Besuch gesessen hatten. Niemand war zu sehen. Stattdessen meinte er, Stimmen aus dem Hof zu hören, und schlich dicht am Wohntrakt entlang, während die Stimmen lauter wurden. Es waren die von Gesine Fröhlich und ihrer älteren Tochter, lauter als sonst, schrill und aggressiv.

»... hast es darauf angelegt, von Anfang an.«

»Ich bin schließlich allein und muss für meine Töchter sorgen. Willst du mir das zum Vorwurf machen?«

»Nein, das nicht, aber dass du ihn hast liegen lassen ...«

»Das ist eine Unverschämtheit von dir. Grotesk ist diese Behauptung. Und meine eigene Tochter glaubt einem besoffenen Bauern! Du weißt, dass er trinkt? Ein Alkoholiker ist das. Nichts von dem, was er sich in seinem kranken Hirn ausdenkt, ist wahr; ich war nicht hier.«

»Er hat dich aber gesehen. Und wo warst du dann, den Vormittag über, wenn du nicht hier warst?«

»Was nimmst du dir raus? Ich bin schließlich deine Mutter.«

»Darauf bin ich nicht stolz.«

Es folgte eine längere Pause, Henry drückte sich eng an die Hauswand, die beiden Frauen standen knapp zwei Meter von ihm entfernt, es war diese Art von Gespräch, aus dem man am meisten erfuhr, besonders dann, wenn jemand die Nerven verlor. Und Gesine Fröhlich war kurz davor.

»Ich habe dich was gefragt«, ihre Worte kamen drohend und gepresst. »Wer hat dich überhaupt auf die Idee gebracht, Armengol danach zu fragen? Ich kann es mir fast denken – das war bestimmt dieser Meyenbeeker, der auch die Schillers gegen mich aufgehetzt hat. Ich glaube, das ist ein Krimineller, über den steht sogar was in der Zeitung. Irgendwelche Gangster sind hinter dem her.«

»Das interessiert mich alles einen ... Dreck, Mama!« Das letzte Wort kam voller Verachtung. »Du hast meine Zukunft zerstört, schon vor Jahren, die Zukunft von Lucas hast du auch zerstört und die von Ignácio sowieso. Ich habe mit dem Anwalt gesprochen.«

»Was regst du dich auf? Ignácio war ein kranker Mann, er wäre an dem Schlaganfall über kurz oder lang sowieso gestorben.«

»Du bist widerlich. Er hat alles für dich getan, dir jeden Wunsch von den Augen abgelesen, uns hat er aufgenommen, nie was verlangt, mir hat er alles gezeigt, hat mir Spanisch beigebracht und alles über Weinbau ... und wie du Frau Schiller die große Freundschaft vorgegaukelt hast, eine Komödie, sogar ich wäre fast darauf reingefallen.«

Gesine Fröhlich lachte hässlich. »Willst du dein Leben lang in diesem Dreck herumwühlen und zwischen stinkenden Fässern rumstehen, dir im Keller den Rücken kaputtmachen und blöden Touristen erzählen, welche Rebsorten in der Flasche sind? Und nachts die defekte Pumpe reparieren? Ist es das, was du willst?« Ihr herablassendes Lachen musste die Tochter sehr verletzen.

»Es sollte meine Zukunft werden, meine, verstehst du das? Meine! Nein, das verstehst du nicht. Ich bin hier glücklich gewesen, aber du ...«, Svenja schluchzte laut, »... du kannst überhaupt nicht glücklich sein. Immer machst du alles kaputt, alles, was du anfasst, ihn und uns und Ses Palmes. Das hier ist mein Zuhause ... ich will hier nicht weg.«

Svenjas Schluchzen ging in ein Weinen über, das ihr ganzes Unglück offenbarte.

Henry lehnte mit dem Rücken an der Hauswand, die Arme vor der Brust verschränkt, den Kopf gesenkt. Svenja tat ihm wirklich leid. Ihre Mutter war ein Aas. Nein, sie war schlimmer, sie hatte keine Hilfe geholt und ihren Mann sterben lassen. Wenn sie es nicht darauf angelegt hatte, dann hatte sie es zumindest billigend in Kauf genommen.

»Spar dir deine Heulerei, Svenja. Du spielst dich auf. Das zieht bei mir nicht.« Gesine Fröhlich sagte es in einer Weise, die sogar Henry frösteln ließ. »Hast du dir überlegt, was wir kriegen, wenn wir verkaufen? Mindestens zwei Millionen, hat der Makler gesagt. Dann gehen wir endlich zurück nach Karlsruhe. Denk an das schöne Leben, das wir uns davon machen können, du und ich und deine Schwester.«

»Und weiß dein neuer Freund davon, dass du Ses Palmes verkaufen und dann gehen willst?«

»Welcher Freund?«, fragte Gesine Fröhlich unschuldig.

»Na, der in Sant Joan, Augustin oder wie er heißt. Den legst du auch rein. Lässt dir hier helfen, machst ihm Hoffnung und willst dich in Wirklichkeit verdrücken. Und wie soll diese Wirklichkeit dann aussehen? Willst du mit Nele in irgendeiner Wohnung in Karlsruhe rumhocken, im dritten Stock, und ab und zu shoppen gehen, irgendwelchen Scheiß kaufen, den kein Schwein braucht? Auf so ein Leben pfeife ich. Wenn ich erst Abitur habe, das verspreche ich dir, bin ich am nächsten Tag weg.«

»Und wer soll dein Studium bezahlen, he?«

»Das kriege ich irgendwie hin, mit BAföG und so. Dein Geld ist schmutzig.«

»Ha, ha.« Gesine Fröhlich lachte laut auf. »Jetzt schwingst du hier die großen Töne, aber wenn's so weit ist, kommst du angekrochen und bettelst ...«

»Du musst nicht immer von dir auf andere schließen. Und glaub ja nicht, dass dir jetzt noch einer Ses Palmes abkauft, nach den beiden Toten. Da hat jeder Schiss, dass er der Nächste ist.«

»Was weißt du darüber?« Die Worte kamen langsam und gefährlich, Gesine Fröhlichs Stimme war scharf geworden.

»Ich? Nichts, nicht mehr als alle anderen. Aber ich weiß, was du darüber denkst, dass es nämlich Lucas war ...«

»Und? War er es? Dein Lucas? Nun red endlich! Er will uns schaden, weil er neidisch ist, weil sein geliebter Vater auch ihn ausgetrickst hat, deshalb will er den Leuten Angst machen. Ein Killer ist das. Ein Mörder.«

»So wie du!« Es folgte ein erstickter Schrei. Die Stimme gehörte eindeutig Svenja. »Lass mich los, nimm die Finger weg ...«

Das war für Henry der Moment, sich zwar nicht einzumischen, zumindest aber in Erscheinung zu treten, bevor hier ein weiteres Unglück geschah.

Gesine Fröhlich, die ihre Tochter mit einer Hand am Hals, mit der anderen an der Schulter gepackt hatte und rüttelte, stieß sie weg, als sie ihn sah. »Was wollen Sie denn hier?« Voller Ingrimm, wenn nicht mit Hass in den Augen sah sie ihn an.

»Ich versuche, mir über Ihre Rolle klar zu werden, gnädige Frau. Die Polizei war nach dem Mord an Herrn Schiller bei Ihnen. Haben Sie auch über Ihre Rolle beim Tod Ihres verstorbenen Mannes gesprochen? Falls nicht, wird Kommissar Valde das gewiss nachholen, wenn er wieder auf den Beinen ist. Übermorgen wird er aus dem Krankenhaus entlassen, ich war vorhin bei ihm und habe mit ihm Ihren Fall diskutiert und die juristischen Implikationen.«

»Ihnen glaubt sowieso keiner, wo Sie mit Gangstern zu tun haben. Außerdem haben Sie sich an meiner Tochter Nele vergriffen ... vor der Schule ...«

»Was für eine unverschämte Unterstellung.« Henry wurde

blass. Das war ein Vorwurf, den kaum ein Mann entkräften konnte. Die Folgen dieser Anschuldigungen würden fürchterlich sein. Zu seiner großen Erleichterung sprang Svenja für ihn in die Bresche.

»Du bist widerlich, Mama, du lügst, so widerlich … Ich war dabei, vor der Schule, und da war nichts, gar nichts, und das sage ich auch bei der Polizei, verlass dich darauf.«

»Das werden wir ja sehen. Und Sie, Señor, Sie verschwinden sofort von meinem Grundstück. Ich rufe die Polizei.« Sie griff zu ihrem Smartphone. »Hausfriedensbruch ist das Mindeste, Verführung Minderjähriger wirkt aber schlimmer …«

»So werden Sie Ses Palmes nie verkaufen, Frau Fröhlich. Und es ist auch nur eine Frage der Zeit, bis Ihr neuer Freund von Ihren Reiseplänen erfährt. Das kursiert bereits in den Kneipen von Sant Joan. Hier bleibt nichts geheim.« Henry sagte es in der gleichen Weise, als würde er darauf hinweisen, dass morgen mit Schauern zu rechnen sei. »Ihr Weingut wird verkommen, Ses Palmes wird untergehen, wenn Ihre Tochter es nicht übernimmt. Ihr traue ich das zu. Ich werde mich mal um den Sohn des Mannes kümmern, den Sie ins Grab gebracht haben. Ich glaube, vor dem sollten Sie sich sehr in Acht nehmen. Und vor dem, was die Polizei dazu sagt.«

Svenja begleitete ihn zur Straße, wo der Wagen stand. Mehrmals entschuldigte sie sich für das Verhalten ihrer Mutter. »Sie war nicht immer so«, schluchzte sie. »Erst in den letzten Jahren ist sie so geworden, ich glaube, seit Ignácio ihr die Finca überschrieben hat.«

»Sie wird immer so gewesen sein«, gab Henry zu bedenken, »und sich bis dahin lediglich verstellt haben.«

»So was kann man wirklich?« Svenja war das Entsetzen anzusehen.

Henry wollte ihre Schulter tätscheln, dann zuckte seine Hand zurück. »Du wirst es erleben. Menschen können noch viel mehr, es gibt viel über sie zu lernen, meistens durch Verletzungen. Aber wenn du mehr über Wein lernen willst, wenn du einen Job brauchst, wenn du im Wein arbeiten willst, dann komm bei uns vorbei. Wir haben eine große Kellerei, wir brauchen immer gute junge Leute, mit denen das Arbeiten Freude macht.«

»Meinen Sie das ernst?« Svenja strahlte.

»Mach die Schule fertig, deine Mutter wirst du noch eine Weile ertragen müssen, sieh es als Training fürs spätere Leben an. Und wenn's gar nicht mehr geht, kommst du eben früher, wir finden was, eine Familie von Weinbauern, bei der du unterkommen könntest.« Er dachte an Luisas Familie. »Ich werde mit meiner Sekretärin und mit meiner Frau sprechen.«

»Sie haben eine Frau?«

»Ja, wieso wundert dich das?« Henry lachte. »Eine wunderbare sogar.«

»Ich komme sicher auf Ihr Angebot zurück.« Hatte sie eben noch erfreut reagiert, so verfinsterte sich ihr hübsches Gesicht von einer Sekunde zur anderen. »Sie sind hier noch nicht fertig?«

Henry begriff, was sie meinte. »Nein, noch nicht ganz.«

»Sie werden nach Lucas suchen?«

»Ich werde ihn suchen und finden. Seit wann ist sein Boot weg?«

Svenja antwortete nicht gleich. »Seit zwei Tagen. Bitte, tun Sie ihm nichts. Er ist mein Bruder, na ja, wenn Sie so wollen, Stief …«

»Alle suchen nach ihm. Besser, ich finde ihn, als dass die Polizei oder die Guardia Civil ihn findet. Die ist nicht zimperlich …«

Die Landkarte lag neben ihm auf dem Beifahrersitz. Bei der Tour mit dem Weinexperten zu den Rebflächen aus dem einstigen Besitz von Ignácio Martínez hatte Henry ihre ungefähre Lage eingezeichnet. Alle lagen in einem Dreieck, gebildet aus den Orten Petra, Sant Joan und Vilafranca de

Bonany mit dem Berg und der Abtei im Zentrum. An einem dieser Hänge musste sich das verfallene Gehöft befinden, das Lucas möglicherweise als Unterschlupf gewählt hatte. Sollte er die beiden Käufer erschossen haben, so würde er nicht zögern, auch einen dritten zu erschießen. Henry überprüfte seine Waffe. Lucas musste sich stellen. Wenn er nicht der Täter war, würde es einfach. Aber wenn doch?

Er begann seine Tour wie neulich in Vilafranca de Bonany, das war er Schiller schuldig. Sein Mörder musste gefunden werden. Henry fuhr durch den Ort und fand die Stichstraße, die zu Martínez' Lage mit Prensal Blanc führte. Sie endete an einem Wäldchen, keine Spur von einem Anwesen oder einer Ruine. Er fand die nächste Lage weiter östlich. Es waren, wie er notiert hatte, anderthalb Hektar Manto Negro. In einer Senke, halb verdeckt von Kiefern und Mastixsträuchern, lag eine Ruine. Eine hohe Dattelpalme hatte seine Aufmerksamkeit geweckt. Er musste einen Umweg über drei kaum befahrene Feldwege machen, um näher heranzukommen. Aber es gab keinerlei Spuren, nicht ein Anzeichen dafür, dass jemand in den letzten zwei Jahren dieses Grundstück betreten hatte. Wahrscheinlich verhinderten Erbstreitigkeiten den Verkauf, denn die Lage am Fuß des Berges und mit Blick über die Ebene war wunderbar. Auch in der Nähe der dritten Rebfläche, der Neigung nach der Weinberg mit Cabernet Sauvignon, wie er meinte, an den Blättern zu erkennen, fand sich kein Hinweis auf ein Versteck.

Er war jetzt beinahe unterhalb der Straße angekommen, die von Petra hinauf zur Abtei führte, da folgte er absichtslos einem schmalen Feldweg, der Asphalt ging über in Schotter mit weißen Kieseln, eingerahmt von Büschen und einer Bankette aus wilden Blumen, die jeder Gärtnerei zur Ehre gereicht hätte. Er hatte sich verfahren, er musst umkehren. Dieser Weg wurde überhaupt nicht mehr genutzt. Es gab keinerlei frische Fahrspuren. Henry hielt und betrachtete die verwehten Spurrillen. Etwas an ihrem Anblick verwirrte ihn, sie wirkten ungleich, und erst bei genauem Hinsehen entdeckte er den Abdruck, mehr eine Delle im trockenen Boden, in der linken Rille fehlte er, demnach stammte der Abdruck von einem Motorrad?

Henry fuhr den Wagen an den Rand des Weges und stellte ihn in der Zufahrt zu einer Ackerfläche zwischen mannshohen Büschen ab, die kaum einsehbar war. Zu Fuß ging er weiter. Das Gehölz aus Steineichen wurde dichter, Vögel lärmten in den Bäumen, da endete die Spur direkt vor einem vertrockneten Dickicht, so abrupt, dass es Henry, der fast mit der Nase am Boden weitergegangen war, auffallen musste. Die trockenen Büsche ließen sich beiseiteräumen, dahinter begann weicher Sand, in dem sich die Reifenspur ausgeprägter zeigte.

Henry sah sich um. Weit hinter sich sah er einen Wagen, wohl der eines dort arbeitenden Bauern. Sicherheitshalber zog Henry die Waffe und spannte sie, geduckt schlich er weiter. Der Weg war zugewachsen, rechts breitete sich ein Pfahlrohrdickicht aus, ein Zeichen, dass ein Gelände nicht mehr bewirtschaftet wurde. Links knallten die lila Blüten eines Jacaranda-Baumes aus dem Grün der Steineichen, also musste es hier mal einen Garten gegeben haben. Die Dattelpalme ließ Ähnliches vermuten. Es musste sich um ein *case de foravila* gehandelt haben, ein von Bauern ständig bewohntes *Haus außerhalb des Dorfes*, wie es hieß, mit Vorratsräumen und Stallungen, dachte Henry. Aber dem zugewachsenen Weg nach zu urteilen, wurde es seit Ewigkeiten nicht mehr bewohnt. Die Reifenspur führte in Schlangenlinien durchs Unterholz, das noch grüne Holz abgebrochener Zweige ließ vermuten, dass sich hier jemand kürzlich bewegt hatte. Zwischen den Kakteen mit gefährlich spitzen Stacheln passte nur ein Mensch oder ein Motorrad hindurch.

Das Erste, was er von Lucas' geheimem Quartier sah, war das Dach. Da lagen Blätter und Gestrüpp drauf, aber alles war absichtsvoll drapiert, sogar beim Überfliegen hätte niemand ein bewohnbares Haus mit intaktem Dach vermutet. Die Fenster waren entweder vernagelt oder von Fensterläden verschlossen. An einigen Stellen waren die Natursteinwände neu verfugt. Das Anwesen bestand aus dem einstöckigen Haupthaus und zwei kleineren fensterlosen Nebengebäuden, sicher der ehemalige Stall und die Vorratskammer. Vor deren Tür, sie war mit einem neuen Vorhängeschloss gesichert, endete die Reifenspur.

Ob es hier Sicherungen oder Fallen gab, um unliebsame Besucher fernzuhalten? Lucas war das zuzutrauen. Die Tür zum Haupthaus war mit Schloss und Riegel gesichert, doch das Vorhängeschloss war nicht zugedrückt. Henry sah sich um. Er war allein. Also öffnete er die Tür und stieß sie mit dem Fuß auf, die Waffe auf den Innenraum gerichtet. Es tat sich nichts. Henry schlich einmal ums Haus. Da war ein weiterer Pfad, er führte zu einer Grube. Die Müllreste darin zeigten ihm, dass hier jemand lebte.

Er ging zurück und betrat das Haupthaus. Es dauerte einen Moment, bis sich seine Augen an die Dunkelheit gewöhnt hatten. Da stand ein Tisch, ein Stuhl, es gab ein Radio sowie einen Laptop, einen Generator sah er nicht, aber auf dem Boden reihten sich einige Autobatterien aneinander. Der Bewohner hatte sich auch eine Kochecke mit Herd und Gasflasche eingerichtet, an der Wand lehnte die Spülschüssel, daneben stand der Besen. Alles war sauber, alles stand an seinem Platz. An der Längswand war mit groben Nägeln eine Landkarte befestigt. Sie zeigte die Umgebung der Abtei, Ses Palmes war eingezeichnet genau wie sämtliche Weinberge, und oben drüber stand in roter Filzschrift *MI TIERRA*, MEIN LAND.

Es gab einen zweiten Raum, den Henry mit der gebotenen Vorsicht betrat. Da stand ein Feldbett mit einem Schlafsack, an der Wand hingen Kleidungsstücke, dazwischen eine grün-silberne Motorradkombi.

Henry ging zurück in den großen Raum und widmete sich den Papiere auf dem Tisch. Seine Waffe legte er in Reichweite daneben. Es waren Gerichtsakten, Eingaben, Protestschreiben und Expertisen über die Richtigkeit der von Ignácio Martínez verfügten Besitzübertragung und seines Testaments. Nichts war Lucas geblieben, nicht mal ein Schraubenzieher für sein Motorrad. Dabei steckte in jedem Weinstock, in jedem gemauerten Stein, in jeder der gut gepflegten Landmaschinen ein Teil seines Lebens. Diese Enttäuschung, diese Wut und gleichzeitig Verzweiflung mussten in Hass umgeschlagen sein, und der war durch nichts auszugleichen, der Verlust war nicht wiedergutzumachen. Lucas musste es als Verrat auf ganzer Linie betrachten. Das machte ihn so gefährlich. Jetzt war Henry überzeugt, dass er die potenziellen Käufer erschossen hatte. Und wo stand er selbst? Zwischen seinem Mitgefühl mit Schiller und dem Verständnis für das Verhalten dieses jungen Mannes, für den das Leben genauso verloren war. Aber nichts rechtfertigte seine Taten.

Als Henry die Schritte hörte, war es bereits zu spät. Er wirbelte herum, seine Waffe lag auf dem Tisch.

»Die bleibt da auch liegen«, sagte die Frau und richtete ihre Pistole auf ihn. »Ich drücke ab, verlass dich darauf!«

»Du?« Er erkannte ihre Stimme sofort.

»Ja, ich bin's, die Frau des Teufels, leibhaftig. Hättest du nicht gedacht, was?«

»Ana Maria!«, rief er aus und tat erfreut. »Was für eine Überraschung.« Sie sah längst nicht mehr so gut aus wie an dem Abend in der Bar von Sineu. Sie schien ihm ziemlich verwildert.

»Es wird aber kaum eine freudige für dich sein.«

Verblüfft starrte er auf ihre Pistole. Sie war auf seine Körpermitte gerichtet. »Ich habe dich anscheinend vergessen.«

»So wenig habe ich dich beeindruckt? Wie schade. Aber das werde ich ändern, deshalb bin ich hier.«

Henry zögerte, er wich zurück. Erst jetzt dämmerte ihm, was sie gesagt hatte: die Frau des Teufels. Wen meinte sie damit – doch nicht etwa … Diego?

Henry starrte Ana Maria fassungslos an. »Du bist mit Diego … verheiratet? Dann sind wir sozusagen …«

»Verwandte? Ja sicher.« Sie lachte. »Das schockiert dich, was?«, fragte sie hämisch grinsend. Jetzt, wo sie überlegen wirken wollte oder es auch war, wurde ihr hübsches Gesicht zur Fratze. »Ja, wir sind verheiratet, so richtig, mit allem Drum und Dran, seit fünf Jahren. Zuerst war's nur 'ne Zweckehe, bis ich erkannte, welche Qualitäten in ihm stecken.«

»Da kann es sich nur um Geld handeln, das wir verdienen.«

»Besten Dank, dass ihr so gut für uns sorgt.«

»Weiß dein Zuhälter davon?« Es war ein Schuss ins Blaue. »Frauen aus deinem Gewerbe, Profis oder Amateure, haben immer einen.«

Es trat ein Moment der Verwirrung ein. Sie schien ausweichen zu wollen, zumindest suchten ihre Augen einen Ausweg. »Du bildest dir doch nicht etwa ein, dass Diego dir das abnimmt? Außerdem reicht er mir als Mann. Bei ihm ist noch alles dran, im Gegensatz zu dir.«

»Ich dachte, die kriegen im Gefängnis was ins Essen geschüttet, was die Potenz mindert.«

»So wie Diego veranlagt ist, würde bei ihm nicht mal die doppelte Dosis reichen. *Basta*, Schluss mit dem Gelaber. Dass ich seinen Auftrag zu Ende führen würde, hast du nicht erwartet, Meyenbeeker? Ja, Pech für dich, und das besonders, da wir zur selben Familie gehören – und auch wieder nicht.«

Ana Maria wirkte in ihrer Verachtung nur noch hässlich, außerdem sah sie tatsächlich zerrupft aus, oder war es eine Verkleidung? Sie trug eingerissene Jeans, halbhohe Schnürstiefel und über dem T-Shirt eine Art Armeejacke. Sie war auf der Flucht. Aber so wie Ana Maria ihn anschaute, war nicht damit zu rechnen, dass sie irgendetwas von Diegos Auftrag abhalten könnte – außer Gewalt. Sie hatte die Waffe, sie hatte auch seine Pistole an sich genommen. Er hatte sie abgelegt, vor Begeisterung, dass er Lucas' Versteck gefunden hatte. Er war ein Vollidiot.

»Geh raus, vor die Tür! Bringen wir's hinter uns, ich mach's draußen. Ich werde dir in die Knie schießen, und du wirst dein Leben lang nicht wieder laufen können und im Rollstuhl an Diego denken, jeden Tag, jede Nacht, wenn die Pfleger dich zu Bett bringen, oder deine dich liebende Ehefrau, falls du hier nicht verblutest. Da helfen dir auch die teuersten Ärzte nicht. Los, geh!«

Sie hob die Waffe und gab einen Schuss ab, der Rückstoß riss ihre Hand nach oben, es knallte so entsetzlich laut hier drinnen, dass sogar sie erschrak, aber es unterstrich ihren Willen. Falls er sich auf sie stürzte, hätte er eine Kugel im Bauch. Draußen ergab sich vielleicht eine Chance, wegzulaufen, sich rückwärts fallen zu lassen, aus der Drehung heraus ihr die Pistole aus der Hand zu schlagen. Ihre Reaktion auf den Schuss zeigte, wie wenig Erfahrung sie mit Schusswaffen besaß und dass sie nicht gut zielte.

Das Licht draußen schmerzte in den Augen. Ana Maria dirigierte ihn in Richtung Müllgrube. »Leg die Hände in den Nacken!«

Henry folgte dem Pfad zur Grube. Vor ihm war der Baum, dem er bereits vorhin ausgewichen war. Ein Ast ragte in den Weg, und Henry hatte sich darunter bücken müssen. Jetzt ging er aufrecht weiter, drückte den Ast mit der Brust zurück, was Ana Maria nicht sah, und bei Henrys nächstem Schritt würde er zurückschnellen, und in diesem Moment müsste er …

Etwas knallte trocken, der zweite Knall sofort danach war dumpfer, und Ana Maria schrie auf. Da erst schnellte der Zweig zurück, er traf sie am Kopf, und sie stürzte. Henry warf sich zu Boden, kroch panisch zwischen die Büsche, blickte zurück, sah die Waffe, die dort lag, sprang wieder auf und hechtete auf sie zu …

»*Déjala!* Lass sie liegen!« Es war das erste Mal, dass er die Stimme von Lucas Martínez hörte.

# Kapitel 20

»Lass sie liegen, Enrique. Lass sie ganz einfach liegen. Ich habe sogar zwei, sie funktionieren beide. Eh, Mädchen, auch du bist gemeint, nimm die Finger aus der Tasche.«

Lucas hatte bemerkt, wie Ana Maria mit der Linken in der Jackentasche nach Henrys Pistole fingerte. Er drückte ihr seine Waffe an den Kopf und nahm ihr Henrys Pistole ab, dann ergriff er die Waffe, die Ana Maria aus der Hand gefallen war. »Wunderbar, jetzt habe ich sogar vier.«

Dass Ana Maria das Blut übers Gesicht und in die Augen lief, der Ast hatte sie vermutlich an der Stirn getroffen, nahm er ungerührt zur Kenntnis. Jetzt erst bemerkte Henry die Schleuder, die an Lucas' Gürtel baumelte. Daher der Knall, der erste entstand also beim Abschuss, der zweite Knall, dumpfer und von dem Schrei begleitet, rührte daher, dass der Stein Ana Marias Hand mit der Pistole getroffen hatte. Der Junge war wirklich perfekt, viel zu perfekt. Henry schauderte.

Ana Maria sah mit blutverschmiertem Gesicht grauenvoll aus, sie wand sich vor Schmerzen, sie presste die unverletzte Hand auf die Kopfwunde, die andere streckte sie weit von sich, als wollte sie die Verletzung nicht wahrhaben. Dann begann sie zu wimmern. Es sah aus, als würden blutige Tränen durch ihr Gesicht rinnen.

»Jetzt jammerst du? Und eben noch wolltest du Enrique Meyenbeeker zum Krüppel machen? Du bist so verkommen wie alle anderen.«

»Nimmst du dich davon aus, oder zählst du dich zu den anderen?«, fragte Henry kalt, und gleichzeitig war er ihm unendlich dankbar, ihm, dem zweifachen Mörder. Er starrte ihn an und erkannte ihn, er war bei seiner Ankunft auf dem Flugplatz gewesen. Der Junge mit den brennenden Augen. »Wenn ich nicht ganz falsch liege, hast du zwei Menschen umgebracht.«

»Habe ich jemals gesagt, dass ich mich ausschließe? Ich weiß genau, was ich tue. Sie hatten es verdient. Aber, Enrique, ich bin in Wirklichkeit gar nicht mehr da, weiß du? Ich bin längst weg, irgendwo, *sabes?*, gar nicht mehr auf der Insel, auch nicht hier in diesem Moment. Ich bin ein Gespenst, ein böser Geist, ein Phantom, mich gibt es gar nicht … Aber wir zwei reden später. Gib dein Mobiltelefon her, dann verarztest du die schießwütige Ballerina.«

»Du weißt, was hier gespielt wird?«

»Klar, Enrique, wir spielen *parchís*, gefangen nehmen und fressen!«

So brutal ist das deutsche Mensch-ärgere-dich-nicht keineswegs, dachte Henry. Anders als bei diesem Spiel konnte keiner von ihnen von vorn beginnen.

»Ich weiß alles«, beeilte sich Lucas zu sagen, und es hörte sich an, als wäre er felsenfest davon überzeugt. »Außerdem lese ich Zeitung. Ich beobachte dich seit Tagen, habe dich eigentlich, seit du hier bist, im Visier, auch bei Son Bordils, ich sah unsere Ballerina wegfahren. Aber nicht du, sondern Schiller war das Ziel.«

»Ich zahle dir fünfzigtausend, wenn du dem da«, krächzte Ana Maria und zeigte auf Henry, »wenn du dem da die Knie zerschießt.« Sie gab trotz ihrer ausweglosen Lage und der Verletzungen nicht auf.

»Oh, *chica,* was für eine Frau du bist! Gehörst zu der ganz harten Sorte. Solche Leute imponieren mir. Da haben wir was gemeinsam. Henry, das Schmerzmittel ist im Schlafraum, los, geh es holen, sonst macht sie Dummheiten. Du kennst dich ja bereits in meiner bescheidenen Hütte aus. Ein Beruhigungsmittel für diese kleine Bestie hier«, er zeigte auf Ana Maria, »gibt es auch. Solltest du mit einem Küchenmesser in der Hand herauskommen, bist du hin.«

»Wirst du uns töten?« Ana Maria hatte ihre Stimme wiedergefunden, sie krächzte nicht mehr.

»Töten? Ist es das Einzige, was dir einfällt – töten? Wozu? Wem würde das nutzen? Du bist mir ziemlich egal, und der da«, er zeigte auf Henry, »der wird noch gebraucht.«

»Der? Das kann ich mir nicht vorstellen«, zischte Ana Maria mit Hohn und Verachtung in der Stimme.

»Wahrscheinlich, weil deine Vorstellungskraft begrenzt ist, *corazón*. So, mein Herzchen, jetzt wird Henry dich fesseln, damit du ihm nicht die Augen auskratzt, während er dich verbindet. Wir wollen ja nicht, dass sich die Wunde entzündet. Wirst eine schöne Erinnerung an den heutigen Tag im Gesicht mit dir herumtragen, ein Leben lang, bildschön.«

»Ihr Auftraggeber wird ihr sicher einen guten Schönheitschirurgen spendieren.«

»Halt die Klappe, Meyenbeeker. Du bist momentan nicht gefragt. Setz dich lieber in Bewegung, die Zeit ist knapp. Glaube ja nicht, dass ich nicht auf dich schießen würde, falls du Zicken machst.«

Ana Maria zu bändigen war ein hartes Stück Arbeit. Sie wehrte sich mit Händen und Füßen, schlug um sich, kratzte und versuchte zu beißen, bis Henry auf Lucas' Geheiß die gesunde Hand an eine Wurzel band. Lucas hielt Henry die Waffe an den Kopf, während der Ana Maria erst das Schmerzmittel einflößte, und als sie sich ein wenig beruhigt hatte, das Gesicht mit Tupfern und einem Desinfektionsmittel reinigte. Es war ein grausiges Gefühl, obwohl er Lucas' Worte noch im Ohr hatte, dass er gebraucht würde. Bei jeder unbedachten Bewegung konnte sich ein Schuss lösen … Henry suchte fieberhaft nach einem Ausweg, er durfte nichts unternehmen, solange dieser Wahnsinnige den Finger am

Abzug hatte, aber alle seine Sinne waren darauf gerichtet, die Gelegenheit zu erkennen, wo er handeln konnte.

Nicht Ana Marias Stirn, vielmehr die Wange über dem Jochbein war auf mehreren Zentimetern aufgeplatzt. Henry klebte zuletzt die Wundauflage kreuzweise fest, einen Streifen von der Schläfe bis unter die Nase, der andere reichte vom Ohr bis zur Nasenwurzel, dadurch blieb das Auge frei. Ana Maria war während seiner Behandlung zusehends erschlafft. Eine der beiden Tabletten musste das Schafmittel sein. Jetzt konnte Henry sich um die verletzte Hand kümmern. Kaum dass Lucas aufgestanden und Henry zur Seite gerückt war, trat Ana Maria zu. Sie traf Henry zwischen den Beinen.

Ihm blieb die Luft weg, dann kam der Schmerz, und er rollte, die Hände zwischen die Beine geklemmt, zur Seite, atmete wie wild gegen den Schmerz an und hoffte, dass er bald vorüberging.

»Sie ist ein schlechter Mensch, Enrique, du musst das endlich kapieren. Es gibt Menschen, die sind von Natur aus böse, das liegt nicht an der Gesellschaft. Denen kann niemand helfen. Die sind so geboren. Die hier ist so ein Exemplar.« Lucas machte einen Schritt zurück und setzte sich auf einen Stuhl, die Waffe im Anschlag. »Gib ihr was zu trinken.«

»Nein, diese Frau kann man nur mit einer Zange anfassen«, stöhnte Henry und rappelte sich auf. »Außerdem schläft sie fast.«

»Dann mach uns einen Kaffee, dabei plaudert es sich besser. Wir müssen wach bleiben. Du findest alles in der Kochnische.«

Da war der Herd, daneben stand eine große Amphore mit frischem Wasser und einem Schöpflöffel, es gab Kaffee, Zucker und haltbare Milch sowie eine Pfanne und einen Kochtopf, um Wasser heiß zu machen. Der Zweck der Schläuche jedoch, die dort am Boden lagen, zwei waren prall gefüllt, die beiden anderen hatten gänzlich unregelmäßige Formen, war ihm völlig unklar. Henry schleppte sich zum Herd, schöpfte Wasser aus der Amphore in den Topf und stellte ihn auf den Herd.

Mittlerweile hing Ana Marias Kopf vornüber, sie war eingeschlafen, Lucas befreite sie von ihrer Fessel und betrachtete die geschwollene Hand. »Sieht aus, als seien ein oder zwei Mittelhandknochen gebrochen. Nicht so schlimm, die ist jung, das heilt schnell.«

Während Lucas mit Ana Marias Hand beschäftigt war, ergab sich zum ersten Mal für Henry die Gelegenheit, ihn ausführlich zu mustern. Für einen Andalusier war er recht groß, er wirkte muskulös, sportlich, durchtrainiert, obwohl er eine weite beige Weste mit vielen Taschen trug, darunter ein grünes T-Shirt, wie Henry es bei einem Jäger vermutet hätte. Er hatte ein freundliches, offenes Gesicht, nichts, aber auch gar nichts ließ darauf schließen, dass er kaltblütig zwei Menschen erschossen hatte. Er wurde Henry zusehends unheimlicher. Lucas wusste genau, was er tat. Was bedeuteten dann die Worte über seine geisterhafte Existenz?

Lucas lächelte mitleidig, während er Ana Marias Hand schiente und vorsichtig mit einem feuchten Tuch umwickelte, die Waffe keine zehn Zentimeter neben sich. Fürsorglich ging er mit der Frau um, bemüht, ihr keine weiteren Schmerzen zuzumuten, aber auch wohlgefällig sein Werk betrachtend, denn er war Herr der Lage, zumindest einstweilen. Er machte keineswegs den Eindruck, als wäre er auf der Flucht, er lächelte sogar, als er sich mit einem kurzen Seitenblick aus dunklen, fast verträumt wirkenden Augen versicherte, dass Henry momentan keine Bedrohung für ihn darstellte. Und nickte ihm aufmunternd zu, als würde er sagen: Alles wird gut.

Lucas griff zu dem Küchenhandtuch, das er hinter Ana Marias Kopf verknotete und in das er den lädierten Arm vorsichtig hineinschob.

»Steh auf!« Die Pistole war wieder auf Henry gerichtet.

»Pack die Kleine und bring sie in den Stall. Los, geh voran!«
Lucas war zum Befehlsmodus zurückgekehrt. Er ließ Henry
in seine Werkstatt vorgehen, die der eines Kfz-Mechanikers
glich, sogar ein kleines Schweißgerät war vorhanden. »Nimm
den Draht und die Seilklemmen, dann legst du ihr eine Fuß-
fessel an, nicht zu eng, damit sie sich noch bewegen, aber
nicht weglaufen kann und dir nichts mehr tut. Sie muss dich
sehr hassen. Du wirst mir gleich erzählen, weshalb. Dann
schiebst du 'ne Klemme über den Draht und ziehst die Mut-
tern fest, ein Achterschlüssel müsste dafür passen. Mit blo-
ßen Händen kann sie die unmöglich lösen.«

»Soll sie verdursten?«

»Wie fürsorglich deinen Feinden gegenüber. Ja, Wasser
braucht sie und einen Eimer für die Notdurft.« Lucas dirigierte Henry mit vorgehaltener Waffe. Als Henry den Eimer
in der Hand hielt, zögerte er.

»Was ist los? Stell den Eimer so hin, dass sie rankommt.
Mach endlich. Sei froh, dass ich aufgetaucht bin, sonst lägst
du mit zerschossenen Knien in der Müllgrube.«

»Wenn es dich nicht gäbe, wäre ich hier überhaupt nie aufgetaucht.«

»Nein, weil du diesem Schiller helfen wolltest und mein-
test, mich suchen zu müssen, deshalb bist du hier. Deine
Schuld, dein Pech.«

»Und was hast du mit *mir* vor?«, fragte Henry, der notgedrungen den Anordnungen folgte und dem das Prozedere
immer unheimlicher wurde. Was plante dieser Irre, der jetzt
die Tür des Stalls abschloss, in dem Ana Maria mit einer
Drahtschlinge angebunden lag, und den Schlüssel außen
stecken ließ?

»Ich halte euch so lange fest, bis ich weg bin, das heißt, ihr
bleibt eingesperrt, damit ich mir den nötigen Vorsprung verschaffen kann. Du wirst dich irgendwann befreien, ich habe
mir ausgedacht, wie das gehen könnte. Außerdem braucht
die kleine Wilde bald einen Arzt. Wenn es dunkel ist, haue

ich ab. Von da an könnt ihr an eurer Befreiung arbeiten. Aber pass gut auf sie auf, sie hasst dich, aus welchem Grund auch immer, ich kenne das Gefühl.« Er blickte kurz zu Boden. »Leider kenne ich es«, sagte er mehr zu sich selbst.

Die Sonne hatte sich längst geneigt, das warme, weiche Licht strich flach über die fleckigen Wände des Anwesens, über die niedrigen Dächer, berührte schmeichlerisch die Bäume, ließ die lila Blüten der Jacaranda leuchten und überzog die Wedel der Dattelpalme mit einem goldenen Hauch. Sie warf einen langen Schatten, länger als Rafas Schatten gestern in der Kelterhalle. Ohne die lebensbedrohlichen Umstände wäre das hier geradezu ein Idyll, dachte Henry, eine wunderbare kleine Finca, und er ging von Lucas gefolgt zurück ins Haus. Lucas ließ Henry eine Petroleumlampe anzünden, sie setzten sich an den Tisch und tranken schweigend den mittlerweile kalten Kaffee.

»Warum?«, fragte Henry in die Stille. »Warum das alles? Gab es keinen anderen Weg?«

»Wenn es ihn gegeben hätte, wäre ich ihn gegangen.« Lucas sagte es mit einer Selbstverständlichkeit, als handele es sich nicht um zweifachen Mord, sondern um eine längst überfällige Maßnahme im Weinberg wie den Grünschnitt im Spätsommer.

»Sie hat alles zerstört. Sie konnte es nicht abwarten. Sie hat meinen Vater umgebracht, sie hat ...«

»Er starb an einem Schlaganfall«, unterbrach ihn Henry. »Daran gibt es keinen Zweifel.«

»Ach – warst du dabei?« Lucas schüttelte den Kopf. »Mein Vater nahm Tabletten gegen Bluthochdruck, und sie hat sie gegen wirkungslose Pillen ausgetauscht, gegen Placebos.«

»Woher weißt du das?«

»Ich habe die richtigen bei ihr im Schlafzimmer gefunden – sie schliefen getrennt –, in ein Taschentuch eingewickelt, als ich von der Reise kam.«

»Du hättest sie als Beweismittel aufbewahren müssen.«

»Hab ich auch, aber dann waren sie weg. Ich habe mir zuerst nichts dabei gedacht, nichts dabei denken *wollen*. Aber als das mit dem Testament offenkundig wurde, war mir alles klar. Da war Vater bereits tot.«

»Und dann bringst du zwei Unschuldige um?«

»Keiner ist unschuldig, weder du noch ich. Wir alle haben Schuld – Schuld daran, wie beschissen diese Welt aussieht. Sieh sie dir genau an: Krieg, Hunger, Dreck, Misstrauen, Betrug, kaputtes Klima, Bombenterror, korrupte Regierungen, das sind alles unsere Erfindungen, und jeder bescheißt jeden. Wir alle lassen das zu. Ich habe meinen Vater im Krankenhaus besucht, es war grauenvoll, diesen großen starken Mann vernichtet zu sehen. Das hältst du nicht aus, es tut weh, es tut noch immer weh, es sind Schmerzen, die nicht vergehen.«

»Wenn sie es gewesen wäre, deine Stiefmutter, dann …«

»Was dann? Dann hättest du es verstanden? Das willst du doch sagen. Aha, also auch rachsüchtig. Ich habe sie angezeigt, aber niemand hat mir geglaubt. Also musste ich zu anderen Mitteln greifen. Sie soll leiden, bis zum Ende ihrer Tage. Sie hat die beiden Käufer umgebracht, nicht ich! Ich bin nur das ausführende Organ. Und wenn du noch mal ihren Namen mit dem meiner Mutter in Zusammenhang bringst, von wegen Stiefmutter, dann … dann vergesse ich mich. Ist das klar?«

Henry nickte, seine Lage war ernster, als er gedacht hatte, Lucas' Verhalten war nicht mit normalen Maßstäben zu messen. Er war nicht zurechnungsfähig, er war tatsächlich ein Gespenst.

»Gesine Fröhlich wird nicht leiden, dazu ist sie zu kalt.« War das eine Aussage, die Lucas besänftigen konnte?

»So siehst du das? Nein. Sie wird Ses Palmes nie verkaufen, ich werde es verhindern, ich bin der Fluch, der über der Finca liegt, ich. Wer sie kaufen will, der stirbt. Dieses Gerücht hat bereits sein Eigenleben aufgenommen. Es kursiert, es geistert herum. Genau das habe ich bezweckt.«

»Russische oder sonst welche Oligarchen kümmert dein Fluch einen Dreck, Lucas.«

»Da bin ich mir nicht sicher. Ich kenne einige …«

»Sie haben dir die Waffen verkauft?«

»Sehr einfach. Wir hatten russische Kunden, ich lieferte den Wein aus, daher kannte ich ihre Sicherheitsleute, und die haben genug Spielsachen.«

»Warum denn die Unschuldigen töten, das ist mir immer noch nicht klar.«

»Erstens sind sie nicht unschuldig. Sie wollten meine Finca haben!« Lucas schrie es heraus, dann wurde er wieder sanft. »Zweitens kapierst du das nur, wenn du meine, unsere Geschichte kennst. Vater und ich kamen vor zwanzig Jahren hierher, ich war gerade mal sechs Jahre alt. Wir haben unser Leben lang geschuftet, alles aufgebaut, Ses Palmes war eine Ruine, wie diese hier, und in den Weinbergen herrschte Chaos. Dann sollen Fremde das übernehmen, was wir aufgebaut haben? Und die *bruixa alegre*, die Hexe Fröhlich, verschwindet mit den Millionen? Und meine Schwester Svenja, die alles gelernt hat, von Vater und von mir, die wie ich jeden Weinstock kennt und liebt, die längst auf Ses Palmes zu Hause ist, die geht ebenfalls leer aus? Wir wollten die Finca zusammen führen, wollten zusammen leben. Und Mama kauft sich Klamotten, Nagellack, Schmuck und teure Schuhe? *No, amigo, no!* Pech für deinen Freund Schiller, ich hatte nie etwas gegen ihn persönlich …«

»Er war nicht mein Freund, er war ein Kunde, aber er hat Frau und Kinder, einen Sohn in deinem Alter.«

»So was haben viele, aber darauf nehmen unsere Bomben und unsere Politiker keine Rücksicht.«

»Und das gibt dir das Recht, genauso zu handeln?«

»Habe ich vorhin gesagt, ich sei besser als die anderen?«

Lucas erzählte, wie sie die Finca entdeckt hatten, wie sein Vater und er zwei Jahre lang im Schuppen schliefen, während sie das Haus aufbauten, nur mithilfe eines Maurermeisters. Als Kind habe er die Steine herangeschleppt und die Werkzeuge angereicht. Wenn er von der Schule kam, ging es in den Weinberg, die Ackergeräte in einem Anhänger hinter dem Moped, für ein Auto war noch kein Geld da. Und im Laufe der Jahre legten sie neue Pflanzungen an, pachteten andere dazu, aus den Weinverkäufen wurde die Pacht bezahlt, jede Flasche Wein brachte wieder zwei oder drei Setzlinge. Alles hatten Vater und Sohn gemeinsam besprochen – »bis sie kam, die *bruixa*«, wie Lucas sie nannte.

»Tu nicht so, als wäre dein Vater unbeteiligt oder unschuldig.« Kaum hatte Henry die Worte ausgesprochen, fürchtete er, wieder zu weit gegangen zu sein.

Lucas stierte ihn gefährlich an. »Ich habe dich vorhin gewarnt, Meyenbeeker, bring sie nicht mit meinem Vater in Verbindung! Mir ist schon klar, dass er nicht unbeteiligt ist. Ich bin kein Idiot. Aber wie niederträchtig muss ein Mensch sein, die Schwachstellen des anderen ganz bewusst zu suchen und, wenn er sie gefunden hat, für sich in dieser perversen Weise auszunutzen? Ich erinnere mich, wie oft sie gedroht hat, wieder nach Deutschland zu gehen, ihn allein zu lassen. Er hat unter dem Tod meiner Mutter fürchterlich gelitten. Er glaubte, zum zweiten Mal im Leben die große Liebe gefunden zu haben. Und dann ist er reingefallen, in ihr Netz.«

»Es ist wohl besser, wenn ich nichts dazu sage.«

»Das ist es, Enrique, aber was ich gern wissen möchte, ist, was die kleine Wilde gegen dich hat. Du musst ihr ziemlich übel mitgespielt haben. So hätte ich dich gar nicht eingeschätzt.«

»Ich kannte sie bis vor einer Woche gar nicht. Ich weiß auch nur, dass sie Ana Maria heißt und mit zwei Typen unterwegs war, die den Auftrag hatten, mich umzubringen, wie ich zuerst dachte, aber sie wollten mich zum Krüppel machen.« Er erzählte von Diegos Auftrag.

»*Dios mío*, was es doch für schlechte Menschen gibt – für Geld so etwas zu tun. Unglaublich. Aber du hast sie beide geschnappt. Gratulation, großartig, das mit dem Eimer. Als du ihn vorhin in der Hand hattest, da hatte ich den Finger am Abzug. Eine falsche Bewegung … und bumm!« Lucas grinste.

»Da habe ich ja noch mal Schwein gehabt.«

»Das ist wahr, das hast du.«

»Gestattest du mir noch eine Frage?« Henry war vorsichtig geworden. Lucas veränderte sich, die anfängliche Gelassenheit wich einer zunehmenden Anspannung, er wirkte weniger konzentriert. Ob er in seinem Zustand überhaupt ernst zu nehmen war? Die Waffe ließ daran keinen Zweifel.

»Wenn du noch mal Kaffee machst und mir die Thermoskanne füllst, darfst du fragen, aber mach zu, ich will los.«

Henry beeilte sich, dem Befehl nachzukommen, und fragte sich, was Lucas mit ihnen vorhatte und wie er diese Situation mit seinen beiden Gefangenen auflösen wollte. Lucas wollte weg. Aber wohin? Die Insel konnte er nicht mehr verlassen, Fähren und Flugzeuge wurden überwacht, besonders jetzt, wo er seit Stunden verschwunden und längst überfällig war. Schillers Sohn und Victor Tejeda wussten, was er vorgehabt hatte, Letzterer kannte auch seinen Verdacht gegen Lucas Martínez.

»Wozu werde ich gebraucht, wie du vorhin sagtest?«

»Jeder wird für irgendwas gebraucht, auch du, Enrique. Du musst mir gut auf meine Schwester aufpassen. Hol Svenja zu euch nach La Rioja, in deiner Bodega kann sie lernen. Sie begreift schnell, sie ist ziemlich intelligent, intelligenter als ich, und sie liebt das Land, den Boden, die Weinstöcke, die Sonne, den Wind, und sie liebt mich – aber darauf wird sie verzichten müssen … Doch ich bin in der Nähe, immer, sag ihr das, vergiss das nicht. Du hast eine Bodega, da kann sie arbeiten. Denn nach dem, was vorgefallen ist, kann sie mit der Mutter nicht länger zusammenleben.«

Seltsam, dieselbe Idee war Henry auch schon gekommen, aber er sagte nichts dazu. »Und die Kleine?«

»Die ist mir völlig gleichgültig. Nele ist versaut, die wird wie ihre Mutter, ach, was sage ich, die ist es bereits. Hast du den Kaffee endlich fertig?«

Lucas befahl Henry, die Thermoskanne zu füllen. Es war noch etwas Kaffee übrig, Henry füllte damit zwei Tassen, dann setzte er sich an den Tisch und sah Lucas an, auf das wartend, was nun folgen würde. Auf einem Regalbrett stand eine Blechdose, Lucas nahm zwei Madalenas heraus und legte eine neben jede Tasse, dann ließ er sich schwerfällig seufzend Henry gegenüber nieder und richtete die Pistole auf ihn.

»Komm nicht auf die Idee, mir was ins Gesicht zu schütten, du weißt, dass ich gut zielen kann. Und schnell bin ich auch, der Vorteil der Jugend. So. Jetzt reden wir über was Anständiges, über Wein. Du scheinst eine ganze Menge davon zu verstehen. Wenn du das Weingut hättest kaufen wollen, wäre ich in Schwierigkeiten gekommen. Es gibt sogar noch Artikel von dir in einer deutschen Zeitschrift, ist lange her, aber aus dem Internet verschwindet nichts. Was mir gefallen hat, war deine Auswahl von Kellereien hier. Ich hätte es nicht anders gemacht.«

Der Junge litt an Selbstüberschätzung, das war Henrys Eindruck nach dieser Einleitung.

»Jeder andere hätte die Ausländer aufgesucht, die hier Weinbau betreiben, aber das hast du nicht getan ...«

»Wenn es mir mit Ses Palmes ernst gewesen wäre, für Schiller, hätte ich es auch getan«, warf Henry ein, »später.«

»Du hast es aber nicht. Du hättest die Finca Es Fangar besuchen können, die gehört einem Deutschen, Pferde halten sie da auch, die sind superreich, vierunddreißig Hektar haben sie mit Wein bestockt, weitere dreißig sind in Vorbereitung. Einige Weine taugen was, besonders der Sa Fita, ein weißer, Prensal, Muskat und Chardonnay ...«

»Du kennst dich aus?« Henry war erleichtert. Wenn sich das Gespräch um Wein drehte, waren Gemeinsamkeiten möglich ...

Er erntete nur einen milden Blick. »Eine wirklich große *ensamblaje* ist der N'Amarat, ein Verschnitt von Callet und Manto Negro. Ist auch kein Wunder, bei Es Fangar arbeitet die Tochter von Toni Gelabert mit. Dann besitzt dieser deutsche Drogerie-Unternehmer Müller hier etliche Hektar, aber der verkauft seinen Wein hauptsächlich in Deutschland. Seinen Syrah kann ich empfehlen, ist ganz gut, aber keine Weltspitze. Was auf Castell Miquel abgeht, dem Schloss in den Wolken, zwischen Alaró und Lloseta, das weiß ich nicht, da kommt nicht jeder rein. Für die Qualität ist das Zeug zu teuer, eine Doppelmagnum Cabernet Sauvignon für hundertvierzig Euro? Irre.«

»Seit wann hat der Preis etwas mit dem Wert zu tun?« Je länger das Gespräch dauerte, desto mehr Hoffnung schöpfte Henry, sich einigermaßen unbeschadet aus der Situation herauswinden zu können.

»Wenn du noch Zeit findest, fahr mal zur Finca Ses Talaioles bei Manacor, ach, es wäre gut gewesen, wenn wir zwei uns gemeinsam umgesehen hätten, achtundachtzig Weinproduzenten gibt es mittlerweile auf dieser kleinen Insel, na ja, das ist jetzt gelaufen … so … jetzt steckst du zwei Orangen ein, na, besser drei, steh auf und geh vor …«

Lucas zwang Henry mit vorgehaltener Waffe, in die Werkstatt zu gehen, dort wies er ihn an, einen Meißel und zwei Schraubenzieher einzustecken, und dirigierte ihn in den ehemaligen Stall. Es gab hier weder ein Fenster noch irgendein Möbelstück, nur Stroh am Boden.

»Mit den Werkzeugen kannst du dir einen Weg ins Freie verschaffen. Musst nur den Mörtel zwischen den Steinen rauskratzen, wie der Graf von Monte Christo. Du hast es besser als er, draußen kannst du dich frei bewegen und kriegst Hilfe.«

»Was ist mit den Autos, meinem und das …«

»… von der kleinen Bestie? Das ist gut versteckt, und deines leihe ich mir aus, einstweilen. Gesellschaft hast du genug, es gibt Mäuse hier, aber keine Ratten. Mach's gut, Enrique, ich denke, wir sehen uns nie wieder.«

»Ich kann dir schlecht alles Gute wünschen, Lucas, nach allem, was geschehen ist. Du weißt ...«

»... dass ihr mich jagen werdet«, antwortete er beinahe zuversichtlich. »Ja, das werdet ihr tun. Und du hältst dich besser raus!« Mit diesen Worten schloss er die Tür des Stalls und verriegelte sie von außen.

Eine Viertelstunde lang hörte Henry Geräusche aus dem Haus, das Schlagen einer Tür, irgendetwas klapperte, dann kam ein unterdrückter Fluch, zuletzt waren Lucas' Schritte zu hören, die sich langsam und schwer entfernten. Ein Motor wurde angelassen, der Wagen fuhr los und entfernte sich, bis schließlich nur noch das Sirren der Zikaden übrig war. Dann herrschten Stille und Dunkelheit.

Es war zu finster, um zu sehen, ob seine Bemühungen von Erfolg gekrönt waren. Zuerst hatte Henry die Kammer oder den Stall komplett abgetastet, um einen Ausgang zu finden. Ob er durchs Dach entkommen könnte, hätte sich nur bei Licht feststellen lassen, er musste bis zum Morgen warten, und zum vollständigen Ertasten waren die Wände zu hoch. Aber dass er einen Ausweg finden würde, davon war er überzeugt. Darauf, dass man ihn hier fand, war wenig Verlass, er musste seine Befreiung in die Hand nehmen. Als Henry meinte, eine Fuge gefunden zu haben, die nicht mit Zement, sondern mit bröckeligem altem Mörtel gefüllt war, setzte er den Schraubenzieher an. Er musste beim Kratzen die Hand unter die Fuge zwischen den groben Natursteinen halten. Nur so konnte er fühlen, ob sich mit dem Schraubenzieher oder dem Meißel tatsächlich der Mörtel herauskratzen ließ. Das andere Maß war der kleine Finger in der Fuge.

Der Graf von Monte Christo hatte in seinem Verlies zumindest Wasser und Brot bekommen. Henry erinnerte sich an den Roman, den er in seiner Jugend gelesen hatte. Eine

Orange war bereits verzehrt, zwei blieben noch. Nach zwei Stunden passte der kleine Finger bis zum zweiten Gelenk in die Fuge. Er wurde müde, die Hände zitterten, die Handgelenke schmerzten, die Knöchel waren aufgeschürft, es machte ihn mürbe, nichts zu sehen, nicht zu wissen, was Lucas vorhatte. Vor dem Morgen würde niemand nach ihm suchen. Es war Ende Mai, also würde es zwischen vier und fünf Uhr hell werden, um fünf Uhr ging die Sonne auf, dann könnte er … aber ans Dach, die schwächste Stelle bei dieser Art Gebäude, würde er trotzdem nicht herankommen. Verbissen arbeitete er weiter.

Irgendwann fielen ihm die Werkzeuge aus den Händen, er legte eine Pause ein, massierte die schmerzenden Gelenke und streckte sich auf dem Stroh aus. Je länger er hier eingesperrt blieb, desto geringer wurde sein Mitgefühl für Lucas. Wie weit ein Mensch zu gehen bereit war, dem man alles, seine Zukunft, seine Gegenwart und auch die Vergangenheit, genommen hatte, hatte er heute erfahren. So weit, dass er nicht nur das Leben anderer, sondern auch sein eigenes Leben missachtete. Das war der letzte Gedanke in dieser Nacht.

Als er erwachte, war es Tag, fahles Licht fiel durchs Dach und ein Schimmer durch die Ritzen der Bohlentür. Jetzt konnte er die Dachkonstruktion sehen. Während er die zweite Orange aß, dachte er nach. Wenn er einen halben Meter größer wäre, käme er an die Querbalken heran, und von dort könnte er die Dachpfannen mit dem Werkzeug lockern und durchs Dach entkommen. Er müsste die Schraubenzieher wie die Sprossen einer Leiter in die Fugen bohren und sich von dort zu den Dachbalken aufschwingen. Ein halber Meter ließ sich überbrücken. Er machte sich an die Arbeit, während Ana Maria im Gefängnis nebenan ihre Wut und Beleidigungen in den Morgen brüllte.

Nach einer Dreiviertelstunde hatte er die beiden Schraubenzieher bis zum Griff in den alten Mörtel gebohrt. Sie saßen einigermaßen, nur gab es nichts außer Fugen, um sich mit den Fingerspitzen daran festzuhalten. Freeclimbing war nichts für ihn, trotzdem musste er es versuchen. Er fand einen tieferen Spalt, griff mit den Fingern hinein, setzte den Fuß auf den unteren Schraubenzieher, konnte sich nach oben ziehen, setzte den Fuß auf den zweiten Schraubenzieher, erreichte mit einer Hand sogar den untersten Dachbalken. Als er die andere Hand von der Wand löste und nach dem Balken griff, knackte es gefährlich, der Balken brach, die Hände rutschten ab, er fiel ins Stroh und sah Balken und Dachpfannen auf sich zustürzen …

Das Dröhnen war fürchterlich, es war in seinem Kopf und um ihn herum, ihm sausten die Ohren, und ein Sturm war aufgekommen, die Luft war voller Staub, Stroh wirbelte umher. Langsam entfernte sich das Dröhnen, es wurde zum Brummen, und es schälte sich das Geräusch eines Hubschraubers aus dem undefinierbaren Lärm. Henry konnte sich kaum bewegen, er begriff, dass er unter Dachbalken und Sparren lag, unter Ziegeln und Stroh und entsetzliche Kopfschmerzen hatte. Er bekam eine Hand frei und betastete seinen Schädel. Glücklicherweise war es nur eine riesige Beule und keine Platzwunde. Da hörte er Stimmen, ein Hund bellte, Autotüren schlugen, die Erinnerung kam zurück. Das konnte unmöglich Lucas sein, und er begriff, wo er sich befand. Er blickte nach oben, da war kein Dach mehr, da war nur noch blauer Himmel. Die Stimmen näherten sich, er meinte, die von Kommissar Paja herauszuhören. Die junge weibliche Stimme, gehörte sie zu Svenja? Ana Maria war das nicht. Wie mochte es ihr gehen? Er hatte die Wunde so gut desinfiziert wie möglich, aber die Hand musste rasend schmerzen. War er verrückt? Er lag hier, eingesperrt und eingeklemmt, und machte sich Sorgen über die Frau, die ihn zum Krüppel hätte machen sollen. Unglaublich, dass es Diegos Ehefrau war! Unglaublich!

Nur mit Mühe gelang es Henry, sich von der Last des Daches zu befreien und die Balken beiseitezuräumen, und bis auf einige Schrammen und Prellungen schien er unverletzt zu sein. Gerade als er sich aufrappelte, um sich vom Staub der Jahrhunderte zu befreien, schob jemand den Riegel der Tür zurück, und er blickte in den Lauf einer Waffe.

Nein, bitte nicht schon wieder, dachte er und hob entnervt die Hände.

»Chef! Wir haben ihn!«, rief der Uniformierte, ein Zweiter kam hinzu und richtete ebenfalls die Waffe auf ihn.

»Auf den Boden! Runter auf den Boden! Das Gesicht nach unten.«

Jetzt hatte er schon wieder eine Waffe am Kopf. Es war die Hölle, es war zum Wahnsinnigwerden. Verzweifelt befolgte Henry den Befehl. Sofort kniete einer der Polizisten auf seinem Rücken und riss ihm die Arme nach hinten. Die Handschellen klickten.

»Sie geben einen guten Verbrecher ab, Meyenbeeker, Respekt.« Das war Paja, er konnte sich das Lachen kaum verbeißen. »Hören Sie auf, den Mann zu quälen«, sagte er zu dem Polizisten. »Er ist kein Täter, sondern Opfer.« Er befreite Henry von den Handschellen, streckte ihm die Hand entgegen und half ihm auf die Beine. »Was war hier los?«

»Haben Sie Lucas Martínez gefasst?«

»Nein.«

»Dann habt ihr wenigstens die Frau.«

»Welche Frau?«

»Ana Maria heißt sie, sie war mit Rafa unterwegs, mehr weiß ich auch nicht. Lucas hat sie nebenan im Schuppen eingesperrt.« Henry wies auf das Gebäude.

»Ach, die Verletzte, die mit der Drahtschlinge ums Fußgelenk? Wir haben sie losgemacht und ihr erst mal … Wo ist sie?«, fragte Paja einen der Uniformierten. »Bringt sie her!«

»Weiß nicht, eben war sie noch hier«, meinte der Polizist und sah sich um. »Wer war das?«

»Das war die Frau, die das vollenden sollte, was Rafael Viadero nicht geschafft hat, nämlich mir die Knie zerschießen.«

»Sie gehört zu den beiden?«

»Na klar.«

»Sucht sie, aber schnell, sofort!« Paja war laut geworden und scheuchte seine Beamten auf. »Wieso haben Sie mir das nicht gleich gesagt?«, fuhr er Henry wütend an.

»War schlecht möglich, Sie haben sie zuerst rausgelassen. Haben Sie was gegen Kopfschmerzen? Es ist dringend.« Er betastete seine Beule. »Und dann brauche ich ein Mobiltelefon.« Henry schaute auf die Uhr, es war kurz vor halb acht. Victor Tejeda würde noch nicht im Büro sein, und seine Mobilnummer kannte er nicht auswendig. Also rief er Salgado an und erläuterte ihm die Situation, Paja hörte aufmerksam zu.

»Und wo hält sich Ihrer Meinung nach Lucas Martínez versteckt?«

»Moment.« Henry hatte eine Idee, er ging ins Haus und blieb neben dem Herd stehen. Die Schläuche lagen nicht mehr da, sie enthielten wohl Wasser und Proviant. Henry äußerte seine Vermutung, dass Lucas mit dem Boot unterwegs war. »Er hat sein Segelboot vor Kurzem von der Finca geholt, eine Zweimannjolle, damit wird er sich abgesetzt haben.«

Einer der Polizisten hatte zugehört. »Das ist völliger Unsinn, Wahnsinn, das schafft man nie bis zum Festland.«

Kommissar Paja sah das anders. »Der Levante, der Ostwind, wird stärker, bis zu vier oder fünf Windstärken sind momentan möglich, dann ist er bei Sonnenuntergang in Ibiza. Wenn er dort schläft, Proviant hat er, wie Sie sagten, dann braucht er noch einen Tag bis zum Festland, er könnte es schaffen. Wo liegt das Boot?«

»Was weiß ich? In einem der vielen Häfen an der Ostküste. Aber ich glaube nicht, dass er das vorhat«, meinte Henry. »Er hat sich längst aufgegeben. Er weiß um seine Verbrechen. Er will ein Geist sein, ein Gespenst, das umgeht, unauffindbar, wie der fliegende Holländer. Er will verhindern, dass Ses Palmes verkauft wird, es gehört ihm ...«

»... und mir auch!« Svenja stand plötzlich neben Paja, hocherhobenen Hauptes. »Haben Sie ihm was getan, Señor Meyenbeeker?«

»Nein, er mir auch nicht. Nur hat er mit einem Stein Ana Maria die Hand zerschmettert, als sie auf mich schießen wollte.«

»Sie ist nirgends zu finden!« Atemlos kam ein Polizist zurück.

»Sucht weiter, verflucht, und schickt den Hubschrauber endlich los, aufs Meer. Hat das Segel eine Nummer? Was für ein Boot ist das? Wann ist er los?«

Henry wollte auf die Uhr schauen, dann erinnerte er sich, dass Lucas sie ihm abgenommen hatte. »Er hat noch eine Weile sein Zeug zusammengepackt, diese wasserdichten Säcke. Es war stockdunkel, als er losgefahren ist, mit meinem Auto.«

»Die Sicht war vergangene Nacht gut, sternenklar«, bemerkte einer der Polizisten, »aber wir hatten keinen Mond.«

»Wie weit kann er bis jetzt gekommen sein?«, fragte Paja.

»Das kommt auf den Wind an, auf Stärke und Richtung und wie gut er navigiert«, antwortete der Polizist. »Diese Jollen sind schnell. Bei halbem Wind erreicht er Ibiza heute Mittag, dann muss er schlafen, irgendwo in einer stillen Bucht, morgen Abend könnte er auf dem Festland sein.«

»Sie werden ihn nie finden«, flüsterte Svenja, die dicht an Henry herangetreten war, »niemals.« Und ein Lächeln huschte über ihr Gesicht, ein befriedigtes Lächeln, das Henry gar nicht gefiel.

# Kapitel 21

Die Befragung von Svenja durch Kommissar Paja hatte zu keinem greifbaren Ergebnis geführt. Zu den gemeinsamen Segeltörns mit Lucas war sie von Porto Cristo aus gestartet, hier gab es die Möglichkeit, eine Jolle ohne Kran vom Trailer aus ins Wasser zu lassen. Henry war sofort mit Paja von Lucas' Versteck aus hingefahren, die Polizei hatte die entsprechenden Hafenanlagen abgesucht, doch ein Trailer war nicht gefunden worden, genauso wenig wie Henrys Leihwagen. Er würde den Hinweis liefern, wo Lucas auf sein Fahrzeug gewechselt war.

Paja verständigte nur unter Protest Victor Tejeda von seinem Diensttelefon aus. Der versprach, sich sofort nach Porto Cristo in Bewegung zu setzen. Henry musste seine ganze Überredungskunst anwenden, um Paja davon zu überzeugen, dass Ana Maria keine Bedrohung mehr darstellte. Sie war zu Fuß unterwegs, wegen der Gesichtsverletzung sofort erkennbar und mit nur einer gesunden Hand ungefährlich. Ihre Waffe besaß Lucas. Dass er auch Henrys Sig Sauer führte, musste außer Tejeda niemand wissen. Also musste Paja keinen Polizisten zu Henrys Schutz abstellen und konnte sich ganz auf die Suche nach den beiden Flüchtigen konzentrieren. Bei der örtlichen Polizei war inzwischen die Meldung eingegangen, dass man an der Costa de los Pinos weiter nördlich am Strand einen herrenlosen Trailer gefunden habe, die Nummer würde überprüft.

Henry blieb allein in Porto Cristo zurück. Nach den Unbequemlichkeiten der vergangenen Nacht unter Trümmern suchte er sich eine Bar, um zu frühstücken. Obwohl eine Dusche ihm gutgetan hätte, wollte er nicht ins Hotel zurück. Er hätte Ulrike Schiller in ihrem allzu verständlichen Leid nicht ertragen, auch weil sein eigenes auf eine unbedeutende Größe geschrumpft wäre. Außerdem hatte er sein Ziel verfehlt und den Mörder nicht gefasst. Nur der Kunst von dessen Schleuder verdankte es Henry, dass er jetzt nicht mit zerschossenen Gelenken in einer Müllgrube lag, irrsinnig vor Schmerz, sondern hier an diesem wundervollen Morgen frühstücken durfte.

Er schloss die Augen bei diesen Gedanken und öffnete sie dann ganz langsam wieder, und der grandiose Blick auf den Hafen floss in ihn hinein. Er spürte den Wind im Gesicht und wünschte, dass er den durchgeknallten Jungen in seinem Boot möglichst weit forttrieb. Henry sah die sich wiegenden Boote an den Festmachern, erste Segler fuhren hinaus, er spürte die Bewegung des Meeres, roch das Salz und freute sich am Flug der Möwen durch einen Himmel, in dem die Sonne die Schatten der vergangenen Nacht vertrieb. Kaffee, geröstetes Brot, Rührei, Serrano-Schinken und ein sehr reifer Manchego aus Kastilien standen vor ihm. Der Genuss überlagerte einstweilen die Erinnerungen an die überstandenen Schrecken. Er wusste, dass sie an die Oberfläche kommen würden, dass sie ihn verfolgen würden, unvergesslich wie das Grauen jener Nacht auf der Landstraße nach Navarra, als er die Traubenschmuggler verfolgt hatte, oder die unendlich lange Stunde in dem Erdloch oben am Kaiserstuhl, als schießwütige Kalabresen nach ihm suchten. Allein der Umstand, dass ihm beide Ereignisse so bildhaft vor Augen standen, obwohl er sich dagegen wehrte, zeigte ihm überdeutlich, dass ihn derartige Erlebnisse nicht mehr loslassen würden. Glücklicherweise hatte er in Isabella eine Frau, mit der er darüber sprechen konnte, wie oft auch immer es nötig war. Sie verstand es, denn auch ihre Teilnahme an der Exhumierung der Franco-Opfer, der Blick in offene Gräber forderten ihren Tribut.

Das alles war in dem Moment vergessen, als Cristóbal auf ihn zukam, der Bruder seines Schwiegervaters, Isabellas Onkel aus Chile. Ein lieber Mensch, ein grandioser Winzer und ein toller Kerl. Er hatte sich einen Vollbart wachsen lassen, trotzdem erkannte Henry ihn sofort. Grau war Cristóbal geworden. Ein halbes Jahr hatten sie täglich auf seinem Gut im Valle Central zusammen im Weinberg und im Keller gearbeitet, und bei ihren Bergwanderungen waren sie Freunde geworden. Sie fielen sich in die Arme.

»Du kommst spät«, sagte Henry, »die Show ist vorbei. Ich hätte dich in den letzten Tagen verdammt gut brauchen können.«

»Du hast es auch ohne mich hingekriegt, wie ich erfahren habe.« Cristóbal deutete auf Victor Tejeda, der ihm mit *comisario* Valde gefolgt war. Tejeda hatte den Kommissar, der es nicht länger im Krankenhaus ausgehalten hatte, in der Frühe abgeholt. Beide wussten bei der sprühenden Wiedersehensfreude der zwei anderen Männer nicht so recht, wohin mit sich selbst, bis sie sich setzten.

»Wo habt ihr ihn aufgegabelt?«, fragte Henry und meinte Cristóbal.

»Er war im Hotel ...«

»Ich dachte, du holst mich ab, aber als du nicht zum Flugplatz kamst, habe ich mir ein Taxi genommen. Alle sind in heller Aufregung. Isabella meinte, ich müsste los, dich retten, du hättest dich wieder bis zum Hals in irgendwelche Katastrophen manövriert. Aber wie ich sehe ...« Er ließ den Blick zufrieden über den gedeckten Tisch streichen.

»Was nicht so falsch gedacht war«, meinte Victor Tejeda, und Cristóbal Peñasco berichtete, er sei gestern nach der Ankunft in Madrid nach Isabellas Anweisung direkt in den nächsten Flieger nach Mallorca gestiegen. »Sie hat mich sozusagen geschickt, um auf dich aufzupassen.«

»Das ist bei Meyenbeeker unmöglich.« Valde winkte ab. »Ich kenne ihn kaum, aber er tickt anders als die meisten. Wieso haben Sie gestern nicht auf den Sohn von Schiller gewartet?«, wollte er von Henry wissen, »oder auf einen von uns, wenn Sie schon auf Mördersuche gehen müssen. Sie hatten Lucas seit Längerem in Verdacht, wie ich vermute.«

»Oliver Schiller war telefonisch nicht erreichbar. Wie lange hätte ich warten sollen? Außerdem war ich mir bis zuletzt nicht sicher, ob Lucas wirklich der Mörder ist. Ich hielt ihn immer für ein Opfer, und das tue ich noch. Er ist beides. Was hat die Suchaktion mit dem Hubschrauber ergeben?«

Valde machte ein langes Gesicht. »Das Mittelmeer ist groß.«

»Was Sie nicht sagen. Einen Geist zu finden ist unmöglich. Lucas hält sich selbst für ein Gespenst, was er auch ist. Er will Angst machen, umgehen wie ein Spuk. Damit sein Plan aufgeht, darf man ihn nicht finden, und wenn es ihn das Leben kostet. Nur so kann er Gesine Fröhlich schaden.«

Weder Cristóbal noch Valde verstanden, was gemeint war.

»Wenn Lucas nicht gefunden wird, könnte er auftauchen, sobald sich jemand für Ses Palmes interessiert. Die Geschichte ist überall bekannt, oder sie wird es sein. So was wird weitererzählt, die Zeitungen brauchen was zum Schreiben, genau darauf setzt er.«

»Sie wird nur dann bekannt, wenn Sie den Mund nicht halten können.« Valde ärgerte sich, er sah Henry missbilligend an. »Man könnte meinen, dass Sie Sympathie für ihn hegen. Kann das sein?«

»Er hat mir den Rollstuhl erspart. Wie weit wird er kommen?«

»Nach Afrika wird er kaum segeln, er wird ans Festland wollen. Wann ist er aufgebrochen?«, fragte Valde.

Henry erklärte, dass es nach Einbruch der Nacht gewesen sei, eine Uhr hätte er nicht mehr besessen. »Er hat sie mir abgenommen. Er hat mich eingesperrt und dann seine Proviantschläuche gepackt. Er hat meinen Wagen geholt und ihn beladen. Sein Motorrad wird irgendwo versteckt liegen. Ansonsten war ich damit beschäftigt, Mörtel aus Fugen zu kratzen und mich zu fragen, was er mit mir, mit uns vorhat. Er hat mir von Anfang an klargemacht, dass er mich …«

Eigentlich wollte Henry sagen, dass Lucas ihn noch brauchte, aber das hätte ihn in ein falsches Licht gerückt, also entschied er sich anders und fuhr fort: »… verschonen wollte, da ich ja kein Käufer sei. So hat er es ausgedrückt. Und die Kleine, Ana Maria, sei nebensächlich.«

»Wenn er um Mitternacht losgesegelt ist, dann wird er längst auf Ibiza gelandet sein. Die Marine dort ist verständigt.«

Vielleicht hat Lucas seine Flucht lediglich vorgetäuscht, dachte Henry. Alles soll aussehen, als hätte er die Insel verlassen, damit ihn niemand mehr hier vermutet. Er versenkt sein Boot, es wird gefunden, ähnlich wie Ausrüstungsgegenstände, die auf ihn hinweisen – damit wäre sein Tod plausibel, und die Gemüter könnten sich beruhigen. Henry glaubte nicht, dass man große Anstrengungen unternehmen würde, Lucas zu fassen.

Valde riss Henry aus seinen Gedanken. »Kennt Lucas sich in den Gewässern um Ibiza aus?«

»Das müsst ihr Svenja fragen, die weiß mehr über ihn …«

Valde unterbrach Henry ärgerlich. »Aber sie gibt nichts preis. Angeblich weiß sie nichts; ich glaube, sie deckt ihn.«

»Er ist schließlich ihr Bruder.«

»Halbbruder, nein, nicht mal das, lediglich ihr Stiefbruder! Möglicherweise liegt es an der Art, wie Paja fragt. *Ich* sollte mich mit ihr beschäftigen.«

»Weiß er es schon?« Cristóbals Frage, leise gestellt, war an Victor Tejeda gerichtet.

»Ich vermute nicht.«

Henry blickte verständnislos von einem zum anderen. »Was weiß ich nicht? Sollte ich es wissen?«

»Dass Ana Maria deine Schwägerin ist!«

Henry holte tief Luft. »Ja, gewiss doch, ich weiß es«, sagte er leichthin, aber es wurde allen deutlich, dass es noch nicht wirklich bis zu ihm durchgedrungen war. Dann blickte er aufs Meer hinaus. Wie sehr musste Diego ihn hassen, dass er sogar seine Frau in seine niederträchtigen Pläne einspannte? Oder hatte er sie zur Kontrolle Rafas mitgeschickt? Vielleicht diente er selbst Diego nur als Ersatzobjekt seines Hasses, um nicht die gesamte Familie Peñasco hassen oder auslöschen zu müssen? Früher hatte Diego den Vater, die Schwester und seine Tante lediglich verachtet, er sah sich als den großen Zampano, den Winzer der Zukunft und Chef von La Rioja, aber da hatte der Großvater noch gelebt. Er, Henry, war in die Familie aufgenommen worden, die Schwester war zurückgekehrt, die Tante arbeitete mit – sogar Cristóbal war wieder da – und ihn, Diego, hatten sie ausgestoßen.

»Aber ich kann es kaum glauben«, meinte Henry kopfschüttelnd. »Wieso weiß niemand in der Familie davon? Nicht einmal Salgado hat irgendetwas darüber verlauten lassen.«

»Ich wusste es bis heute Morgen auch nicht«, sagte Cristóbal. »Diego muss heimlich im Knast geheiratet haben.«

»Das ist nach unseren Gesetzen möglich.« Valde kannte sich mit Gesetzen aus. »Verheirateten Paaren wird sogar eine gewisse Intimität zugestanden, in zeitlichen Abständen, eine Art Familienzusammenführung. Manchmal hilft es, leider nicht bei notorisch Kriminellen.«

»Was das Äußere angeht, da kann man ihm Geschmack nicht absprechen …« Henry erinnerte sich an das anregende Gespräch mit Ana Maria in der Bar in Sineu. Dumm war die Kleine auch nicht.

»Sie hat früher bei einem Escort-Service für bessere Kreise gearbeitet.« Valde hatte die Information von Paja. »Es gibt eine Akte über sie. Der Anwalt hat den Kontakt vermittelt, es war anfangs eine reine Zweckehe. Diego brauchte Abwechslung. Aber die beiden scheinen sich gefunden zu haben, charakterlich passen sie bestens zueinander. Und an Geld mangelt es nicht.«

»Das ist es, was mich maßlos ärgert. Er schwimmt in Geld.« Cristóbal besaß ebenfalls Firmenanteile an der Kellerei Peñasco, mehr als Henry, aber bei Weitem nicht so viele wie Diego.

»Mein Freund Salgado hat einen Weg gefunden, ihn ruhigzustellen.« Victor Tejeda schmunzelte. »Er hat ihn in Valencia aufgesucht, er hat ihm gut zugeredet, ich glaube, jetzt gibt er Ruhe.«

»Wie hat er das hingekriegt?« Henry konnte sich nicht vorstellen, dass Diego jemals aufgab.

»Man muss die Widersprüche nutzen, die in gewissen Institutionen existieren«, meinte Victor Tejeda. »Auch die Gefangenen sind nicht immer einer Meinung, auch sie haben widerstreitende Interessen. Es war deine Idee, Henry.«

Anscheinend wusste Valde, was gemeint war. Aber ihn interessierte mehr, wieso Henry heute früh so schnell vom Schauplatz verschwunden war, vor einem ausführlichen Verhör würde er sich nicht drücken können.

»Das werde ich auch nicht. Ich hatte lediglich die Befürchtung, dass mir dieser Journalist wieder über den Weg läuft.«

»Weshalb?«

»Ich schulde ihm Geld.«

»Wofür das?«

»Für den Artikel über Rafael Viadero.«

»Sie haben ihn doch nicht etwa bezahlt?«

»Wenn man will, dass Journalisten das schreiben, was man will, muss man sie bezahlen. Ich dachte, ich könne mir dadurch Rafa vom Leib halten. Hat nicht geklappt. Dann wisst ihr auch von Gesine Fröhlichs Versuch, ihren Mann umzubringen?«

Valde war der Ansicht, dass ihr die Absicht nicht nachzuweisen sei, lediglich unterlassene Hilfeleistung. Das käme auf die Aussagen des Nachbarn an. Aber hierbehalten wolle man sie auf keinen Fall, sie dürfe sogar zurück nach Deutschland reisen. »Nach den jüngsten Ereignissen wird sie kaum bleiben wollen, ich kann es mir jedenfalls nicht vorstellen. Es wird ihr sehr schwerfallen, Ses Palmes zu verkaufen.«

Dass Gesine Fröhlich angeblich das Kreislaufmittel ihres Mannes gegen Placebos ausgetauscht hatte, wie von Lucas vorgebracht, behielt Henry für sich. Er war geneigt, ihm zu glauben, aber es war nicht zu beweisen. Stattdessen kehrte er zu seinem Lieblingsthema zurück.

»Es ist wirklich schade um die Weinberge, sie werden verwahrlosen, wenn sich niemand verantwortlich fühlt.«

»Wäre das nichts für dich?« Cristóbals Frage war an Henry gerichtet.

»Das kann nicht dein Ernst sein? Dann taucht dieser Kerl womöglich auf und erschießt mich.«

»Sie glauben den Unsinn?« Valde war empört, Victor Tejeda hingegen sah es ähnlich wie Henry.

»Solange Lucas Martínez nicht gefasst ist, wird es keine Ruhe geben. Da wird sich niemand an der Finca die Finger verbrennen wollen.«

Henry hielt Svenja für die Einzige, die Ses Palmes erhalten könnte. »Sie hat den nötigen Biss, doch ohne kompetente Hilfe wäre sie momentan damit komplett überfordert. Ich habe ihr angeboten, nach Ende der Schulzeit zu uns zu kommen und ein Praktikum zu machen. Sie ist ein kluges Mädchen, setzt sich durch, versteht einiges vom Weinbau, und sie bringt die richtige Einstellung zur Natur mit ...«

»Und die Mutter?«

»Mit der hat Svenja gebrochen. In ihren Augen hat sie ihren Ziehvater ermordet und alle Kinder enteignet. Sprechen Sie mit ihr, Valde, sie hat sicher einiges zu erzählen. Aber lassen Sie sich nicht einwickeln. Was ist eigentlich mit Señora Schiller?«

Valde meinte gehört zu haben, dass sie heute mit ihrer

Tochter nach Stuttgart zurückfliegen würde, der Sohn kümmere sich um die Überführung des Vaters. Inzwischen seien auch die Angehörigen von Frerik Huisman, dem ermordeten Holländer, erschienen. Die hätten sich mit den Schillers zusammengetan. »Nach Ihnen, Henry, hat keiner gefragt.«

»Ist mir viel lieber.«

»Aber ich muss dich noch was fragen.« Victor Tejeda beugte sich verstohlen zu ihm, als Valde und Cristóbal an die Brüstung der Terrasse traten und mit einem Fernglas die auslaufenden Boote beobachteten. »Wo ist meine Sig Sauer geblieben? Ich muss sie zurückhaben.«

»Man soll gefährliche Waffen nicht leichtfertig aus der Hand geben«, antwortete Henry mit gespielter Unschuld. »Man weiß nie, in wessen Hände sie geraten. Erst hatte sie Ana Maria, dann Lucas, und wer sie jetzt hat? Vielleicht spielen aber auch die Fische längst mit ihr …«

# Danksagung

Mallorca ist mir seit 1984 bekannt. Und trotzdem hat mich die Insel in diesem Jahr überrascht. Fast alle, nein, meine sämtlichen bisherigen Besuche standen unter dem Zeichen des Tourismus – einer hoch entwickelten Form der Beziehungslosigkeit.

Mallorca war diesmal anders, weil ich zum ersten Mal während meiner Recherche den Bewohnern begegnet bin, statt auf das Personal diverser Dienstleistungsunternehmen zu treffen: Autovermieter, Kioskbetreiber, Kellnerinnen. Es war anders, weil nicht das Geld oder eine zu erbringende Leistung zwischen uns stand.

Auf meiner Seite waren Neugier und der Wunsch nach Teilnahme die treibenden Kräfte – und selbstverständlich der nach angenehmer Arbeitsumgebung. Ich halte alle Berufe um den Wein für spannend, wenn man sich nicht allzu sehr spezialisieren oder ausschließlich Erntemaschinen putzen muss.

Das Überzeugtsein vom eigenen Beruf und wohl auch der Wunsch, Kellereien und Weine vorzustellen, förderten auf der mallorquinischen Seite den Dialog. Auch hatte ich deutlich gemacht, dass ich ohne die Bereitschaft der Winzer, mir die Türen zu öffnen, dieses Buch nicht schreiben kann. Für dieses Versprechen haben viele mir ihre Zeit geschenkt. Ich hab's gehalten.

Mit Absicht und bewusst an die Weine Mallorcas heranzugehen ist wesentlich spannender als mal im Ca'n Pedro in Palma/Genova essen zu gehen und dazu einen mallorquinischen Wein zu trinken. Erst beim täglichen Probieren und Vergleichen von Weinen verschiedener Jahrgänge und von unterschiedlichen Weinbergen und Rebsorten zeigt sich die Vielfalt des mallorquinischen Weinbaus. Ihn kennengelernt zu haben hat mir große Freude gemacht – und dafür bedanke ich mich.

*Paul Grote*
*Berlin, im August 2016*